U0822214

古典文學的内部研究

葛晓音教授七十华诞纪念文集

刘宁　李鹏飞◎编

北京出版集团公司
北　京　出　版　社

图书在版编目（CIP）数据

古典文学的内部研究／刘宁，李鹏飞编. — 北京：北京出版社，2016.8
ISBN 978-7-200-12299-2

Ⅰ. ①古… Ⅱ. ①刘… ②李… Ⅲ. ①中国文学—古典文学研究 Ⅳ. ①I206.2

中国版本图书馆 CIP 数据核字(2016)第 160715 号

古典文学的内部研究
GUDIAN WENXUE DE NEIBU YANJIU
刘　宁　李鹏飞　编

*

北京出版集团公司　北京出版社　出版
（北京北三环中路 6 号）
邮政编码：100120
网　址：www.bph.com.cn
北京出版集团公司总发行
新华书店经销
北京京华虎彩印刷有限公司印刷

*

787 毫米×1092 毫米　16 开本　30.5 印张　480 千字
2016 年 8 月第 1 版　2016 年 8 月第 1 次印刷
ISBN 978-7-200-12299-2
定价：98.00 元
质量监督电话：010-58572393

2009 年葛晓音教授在研究室

1983 年和陈贻焮先生在北京大学镜春园 82 号

2004 年在唐代文学学会第十二届年会上
左起：葛晓音、户仓英美、张明非

2006 年和学生在北京郊区
后排左起：张耕、吴相洲、钱志熙、葛晓音、李鹏飞、李俊、杜晓勤
前排左起：郭朝凤、臧清、刘宁

2012 年在"古典文学内部研究之反思"学术研讨会上
左起：简汉乾、唐梓彬、康建强、徐盛、刘占召、梁海燕、陈先明、郭朝凤、臧清、吴相洲、葛晓音、吴光兴、姜必任、金昌庆、刘畅、张耕、刘宁、绀也达野、陈桥生、李鹏飞、李俊、陈伟强、李伟

目　录

德性之维，鉴照之境

——论学术研究中理论思维的本质与方法

钱志熙

学术研究的最终指向，可以概括为二：一为事实的发现，一为理论的创造。事实的发现似乎又可分为两类。一类为简单的事实，往往含有明确的时间、空间、数据、对象等因素的事实，具有非此即彼的明确的判断标准。对于此类简单的事实，文献考据的方法是有效的。另一类则为复杂的事实，即一种包括综合因素的事实，需要通过我们的认识来重建研究对象的性质与状态等。就古典文学来讲，如孔子有无删诗，陶渊明得年之多少，李白入长安的次数等，都属于简单事实，而诸如建安风骨、玄言诗风、盛唐诗风等，则属于复杂的事实。简单事实的获得，表面上看似乎不须与理论发生关系，但从促使发现者从事研究的某种学术观念来看，仍然是受着理论的支配的。如近代史学即史料学的观念，就是古典文学研究中许多考证性研究的理论基础；同样，小说、戏曲的考证之所以在近百年来蔚为风气，几成显学，与近代文学观念的变迁、小说戏曲由传统的娱乐文艺上升为文学史的正宗是直接联系在一起的。无论是简单事实还是复杂事实，当它成为学术研究的对象时，都已包含了学者的价值判断。从这个意义上说，所谓离开了思想的、纯粹的客观性学术是不存在的。所以，虽然在习惯的判断中我们可以将学术研究的最终指向区分为事实的发现与理论的创造两类，但实际上它们是难以完全划分开来的。复杂事实的呈现离不开理论，并且理论就是从复杂事实中提炼出来的。古典文学领域多年来一直存在着重文献与重理论之分歧，虽然未至剑拔弩张，但不能否认，这种困扰是一直存在的。推至古代的场合，所谓尊德性与道问学，虽然在透彻之悟里曾经融为一贯，但在实际的学风、学派分歧中，往往被截为两端，极端时至水火不容，其结果则是各自流于弊端。清代章学诚对此曾有论述："学博者长于考索，岂非道中之实积？而骛于博者，终身敝精劳神以徇之，不思博之何所取也？才雄者健于属文，岂非道体之发挥？而擅于文者，终身苦心焦思以构之，不思文之何所用也？言义理者似能思矣，而不知义理虚悬而无薄，则义理亦无当于道矣！此皆知其然，而不知其所以然也。程子曰：'凡事思所以然，天下第一学问。'人亦盍求所以然者思之乎？"[①] 学术之流弊，常是世道人情之流弊所致。对此，学者除了反思自身的学术良知外，似无别法。但是除此之外，也有认识上的偏差问题。这种场合，章学诚所说的思所以然，还是极其必要的。笔者多年思考学术研究中理论思维的本质，常常觉得零乱不能归纳。近来，笔者稍窥南宋以来各派学术，对理学、心学、考据学各派做了一些思考，尝试使用传统学术的范畴来阐述学术研究的理论思维本质及其方法，即以德性之维为学术研究的终极性的价值判断依据，而以鉴照之境为理论创造的基本方法。

一

多年来，人们对理论一直有一种误解，一谈到理论，就会联想到教条与空谈，以及主观随意。这也不奇怪，因为在我们过去与现在的许多所谓理论文章中，的确有不少是这样的。事实上，我们这个时代仍在不断地炮制一些空洞的观念与教条。这些所谓的理论，因为其中没有真正的事实内涵，而流于务虚学者的概念游戏，或者是一些别有用心的政治家玩弄民意的把戏。学术研究也深受这种风气的影响，一些研究者往往以十分主观的、捕风捉影的方式设计某些课题。其做法是主题先行，先有框架，后截割事实填充其间。这些框架并非研究者经过长期研究，从历史事实上概括、提炼出来的，而是运用某种现成的理论或者简单地搬用前人的方法与框架。但是，理论难道真的就是这样的一种表现吗？真正的理论，是体现了我们人类思维可贵的本性，是人类思想的精华，也是我们理解一切事物，支配一切行为与行动所唯一能够依赖的理性之维。道不可须臾离，没有人不是在思想的支配下行动的，不

① 章学诚著，叶瑛校注《文史通义校注》，中华书局1985年版，第154页。

同之处在于对这种理性之维是自觉地去体认，还是并没有自觉地体认到它，或者不愿意承认它的存在。虽然道不可须臾离，但自觉地追求悟道，进行艰苦的本体反省与理论思维，仍然只能是部分个体的出众表现，也就是我们通常所说的哲学的事业、理论创造的事业。中国古人曾经前仆后继、坚持不懈地走在这个悟道、尊德性的道路上，尤其是从宋到明的数百年内，一种求道、求圣学的热情，使得许多人都卷进去了，讲学风气兴盛，有关理学、心学的著述也不断涌现，其间创造出许多思想的精品，其对人性、人类本质之思考之深入，一点也不逊于德国的古典哲学。一直到乾嘉学术的时代，虽然人们的努力方向已经明显地由尊德性转入道问学，但是没有一位乾嘉学术大师坦言放弃尊德性。相反，一部分人虽然放弃了宋明理学的专尚德性的治学方法，但仍然以他们的方式追求德性之维，他们承认经学考据的最终目的是为了究明儒道；其中不少同时做着考据与义理的工作，戴震就是一个突出的例子，他的《孟子字义疏证》，正是以乾嘉训诂的方法来做宋儒留下来的工作，并且这其中明显看出有南宋陈淳《北溪字义》的深刻影响。用我们今天的话来讲，戴震是典型的希望两个轮子推车。他的学术之所以较同时的考据家高出一头，也正因为此。还有乾嘉考据之学的代表性人物凌廷堪，厌弃空疏之学，希望由礼学的考证返归性情之原，“精于三《礼》，专治十七篇，著《礼经释例》一书，上绍康成，下接公彦。而《复礼》三篇，则由礼而推之德性，辟蹈空之弊，探天命之原，岂非一代之礼宗乎？释礼之暇，谓乐由中出，礼自外作，合情饰貌，相须为用者。乃辨六律五音，明四旦七调，著《燕乐考原》，绝无师承，解由妙悟，容积周径之说，《河图》《洛书》之谬，皆可废矣！”[①] 他的考证礼乐，是为了“由礼而推之德性”。由此可见，乾嘉学术并没有简单地放弃理论思考，而是由道问学而最终解决尊德性的问题。更重要的是，乾嘉考据主要是以经学考据为主，正是建立在阐述儒道的价值判断之上的。但是，也的确有不少人最后舍本逐末，真正陷于支离事业，做了不少失去意义的学问。正如辞章的过于雕琢会“可怜无补费精神”，体悟之偏执脱离生活实际会鼓动狂禅之气，义理之失去主体印证会走向教条，考据之末流也会产生完全失去德性的学问，导致博学而无知的人格出现。学问与现实生活的事务，都

① 江藩《校礼堂文集序》，载于凌廷堪著《校礼堂文集》，中华书局1998年版，卷首第3页。

需要有德性与义理支撑，这个道理，连《红楼梦》里面的几个小女子都懂得。探春和宝钗兴利除弊，想办法为大观园的财政开源节流，其间说到朱子《不自弃》文，探春还杜撰《姬子》，讨论到义利之际的事情。“李纨说：‘叫了人家来，不说正事，你们且对学问！’宝钗道：‘学问中便是正事。此刻于小事上用学问一提，那小事越发作高一层了。不拿学问提着，便都流入市俗去了。’”① 她们能说这话也不奇怪，因为曹雪芹就深谙性命之学，透彻理性之维。

要透彻理解学术中的实证精神与思辨哲学的关系，还是应该采用中国传统哲学中“尊德性”与“道问学”这一对范畴来把握。《礼记·中庸》：

> 大哉圣人之道！洋洋乎！发育万物，峻极于天。优优大哉！礼仪三百，威仪三千。待其人而后行。故曰苟不至德，至道不凝焉。故君子尊德性而道问学，致广大而尽精微，极高明而道中庸。温故而知新，敦厚以崇礼。是故居上不骄，为下不倍，国有道其言足以兴，国无道其默足以容。诗曰“既明且哲，以保其身”，其此之谓与！②

朱熹一派的理学，将尊德性与道问学视为两事，企图让学者在两者之间寻找平衡状态；陆九渊则从“心即理也”的心学本体观出发，认为尊德性与道问学根本上是一件事。陆九渊《语录》中记载了双方争论的要点：

> 朱元晦曾作书与学者云：“陆子静专以德性诲人，故游其门者多践履之士，然与道问学处欠了。某教人岂不是道问学多了些子？故游某门者践履多不及之。”观此，则是元晦欲去其两短，合两长。然吾以为不可，既不知尊德性，焉有所谓道问学？③

---

① 曹雪芹著，蔡义江校注《红楼梦》第五十六回《敏探春兴利除宿弊》，浙江文艺出版社 1993 年版，第 744 页。

② 郑玄注，孔颖达疏《礼记正义》卷五十三，《十三经注疏》下册，中华书局 1980 年版，第 1633 页。

③ 钟哲点校《陆九渊集》卷三十四《语录上》，中华书局 1980 年版，第 400 页。

在陆九渊看来，一切真正的问学（或称学问），都在德性之中；不知尊德性，无所谓真正的道问学。后来王阳明进一步阐发陆九渊的旨意，也是认为尊德性与道问学实为一事：

> 以方问尊德性一条，先生曰："道问学即所以尊德性也。晦翁言'子静以尊德性诲人，某教人岂不是道问学多了些子'，是分尊德性、道问学作两件。且如今讲习讨论，下许多工夫，无非只是存此心，不失其德性而已。岂有尊德性只空空去尊，更不去问学？问学只是空空去问学，更与德性无关涉？如此，则不知今之所讲习讨论者，更学何事！"①

从思辨的彻底性来讲，陆、王心学无疑是究竟之论，而朱熹的将道问学与尊德性分为两事，在事与理之间留下一个人为的隔阂，在逻辑上终不圆满的。在陆、王看来，一切学问之事，无不体现德性之维。游离于尊德性之外的学问有没有呢？自然是有，但陆、王认为那只是支离事业，不是圣学功夫。那么，与圣学无关的各种专门的学问及艺术、技术，又怎么来体现这一关系呢？我们知道，在陆、王心学体系中，这一切也一定应该得到圆满的解释的。从心学的逻辑出发，我们得出的结论是，要求每一个问学之士，不管其所从事的是何种学问与艺术、技术，首先都应该是一个自觉的德性圆满的人，其学问的价值的高低也只在德性之圆满与否。而一切的学问与艺事，也都是以各自的方式与人类主体的德性之维、人类自身的终极之道联系在一起的。但在具体的学术与技术、艺术活动中，并不是每一件具体的工作都直接地呈现德性之维的。现实中的各种学问与艺术、技艺中，存在着并不都与德性、与道直接相关的各自的评价的标准。这些标准显示它们往往独立于哲学之外，使得陆、王"道问学即所以尊德性也"，在学理上陷于困境，客观上也阻碍了近代实证科学的发展。清代朴学之所以脱离心学，甚至脱离一般的理学，其原因也许正在于此。相对来说，朱熹将尊德性与道问学分为两端，虽然在思辨上不彻底，削弱了其哲学的价值，但在实践上却有一定的可操作性，为专业性、实证性的学问的发展开启了一扇大门。于是出现了南宋以黄震、王应麟

① 吴光等编校《王阳明全集》卷三《语录三》，上海古籍出版社1992年版，第123页。

等为代表的理学家流派的博学宏辞的一种学者，甚至一些学者认为清代考据经学也是由朱熹的道问学的理路发展出来的。章学诚《文史通义·朱陆篇》即揭示了这一学术发展的基本脉络：

> 然谓朱子偏于道问学，故为陆氏之学者，攻朱氏之近于支离；谓陆氏之偏于尊德性，故为朱氏之学者，攻陆氏之流于虚无；各以所畸重者，争其门户，是亦人情之常也。但既自承朱氏之授受，而攻陆王者，必且博学多闻，通经服古，若西山、鹤山、东发、伯厚诸公之勤业，然后充其所见，当以空言德性为虚无也。

又云：

> 朱子求一贯于多学而识，寓约礼于博文，其事繁而密，其功实而难，虽朱子之所求，未敢必谓无失也。然沿其学者，一传为勉斋、九峰，再传为西山、鹤山、东发、厚斋，三传为仁山、白云，四传而为潜溪、义乌，五传而为宁人、百诗，则皆服古通经，学求其是，而非专己守残，空言性命之流也。[①]

这里正指出朱子道问学一道对宋代、清代博学考据一派的开启，今人研究章氏之余英时、山口久和等学者的著述，也多发挥此论。有学者至有“使朱子的道问学得以善终的清代考证学”[②] 之说，最直截地指出清代考据学与朱子道问学在学术思想上的渊源关系。但是正如陆九渊、王阳明所揭示的朱子将尊德性与道问学视为两端，甚至分为两事，存在思想上内在的矛盾，容易造成于德性之维之外的徒劳的博学、辞章末流的学术流弊，这种流弊在乾嘉考据学的畸形发达中我们已经看到了。所以，虽然章学诚对由朱子道问学而形成的“服古通经，学求其是”的宋、清诸儒给予高度评价，但对于乾嘉考据的末流表现，整体上是持批评态度的。他既批评假尊德性的空言性命，又批评

---

① 章学诚著，叶瑛校注《文史通义校注》，第262、264页。

② 山口久和著，王标译《章学诚的知识论》，上海古籍出版社2006年版，第61页。

假道问学的专己守残。而在章学诚的学术思想中，还是要求尊德性与道问学两者的统一。但他也没有真正地为两者的统一寻找到一个更圆满的理论阐述。

但是，有没有出现能够将尊德性与道问学比较圆满地结合在一起的一种学术呢？我认为这种学术正是指出了学术的理想境地。在传统学术中，包括章实斋本人在内的浙东学术一派，是较好地做到了这一点的。《文史通义·浙东学术》一篇叙述浙东学术源流云：

> 浙东之学，虽出婺源，然自三袁之流，多宗江西陆氏，而通经服古，绝不空言德性，故不悖于朱子之教。至阳明王子，揭孟子之良知，复与朱子抵牾。蕺山刘氏，本良知而发明慎独，与朱子不合，亦不相抵也。梨洲黄氏，出蕺山刘氏之门，而开万氏弟兄经史之学，以至全氏祖望尚存其意，宗陆而不悖于朱者也。惟西河毛氏，发明良知之学，颇有所得，而门户之见，不免攻之太过，虽浙东人亦不甚以为然。[①]

章氏对浙东学术源流的叙述，其实还是从尊德性与道问学这一重关系中来把握的。在他看来，所谓浙东学术，虽然也包括心学，但重点在于经史之学。也就是说，章氏所说的学术，仍是以道问学为主的。这一点对于近代学术的独立有很重要的意义，因为中国古代学术，其实一直是依附于儒学的。学术之能脱离儒学，即道问学从人生哲学向各种经史实学发展，是近代学术独立的标志。章氏之所以将浙东学术溯源到朱熹一派，还是认为朱熹在尊德性的同时开出了道问学一途，促成了南宋时期通经服古、博学宏辞的一派。这是因为在章氏看来，仅有陆王派的尊德性，是开不出促使学术独立的道问学一途的。所以，其论近世浙东学术，必溯源于朱熹，也必溯至南宋浙学。但章学诚在追溯具有独立史学品质的浙东学术的渊源时，却忽略了与朱学同时的永嘉学派。这是他在认识上的一个缺陷。[②] 永嘉学派被后人视为功利之学，但其从为现实政治的需要出发来研究经史，以究明古代的制度，其实是具有近世品格的独立的史学的开端。同时，永嘉学派对性命之理，也并不忽略。但

---

① 章学诚著，叶瑛校注《文史通义校注》，第523页。

② 参见钱志熙《论浙东学派的谱系及其在学术思想史上的位置——从解读章学诚〈浙东学术〉入手》一文的相关论述，《中国典籍与文化》2012年第1期，第61~72页。

由于没有像朱熹那样专重理学，没有像陆九渊那样提出心即理的思想，尤其是没有明确地提出尊德性一义，所以后人即以事功之学视之。章氏之所以不以永嘉学派为浙东学术之源，恐怕也是这个原因。章氏完全是从尊德性与道问学这一对关系建立他所理解的浙东学术谱系。但可惜他尊朱太过，没有看到永嘉学派虽未明言尊德性，但其心性、道理之学的开发并不少，其实学同样是建立在一个哲学的基础上的，与尊德性而道问学的宗旨并不违背。永嘉之学源出关洛，但最初周行己、许景衡等人就已有注重事功的倾向，经过郑伯英、薛季宣、陈傅良、叶适等一批学者的发展，形成了以"经制言事功"的特点，其实是一个从经学发展出来的以经世致用为目的的成熟的史学流派。它与同时的"朱陆之学相颉颃，而亦与朱陆之学在互动中实现其整合"①，他们在追求儒学道德价值观的实现方面是共同的。有学者评价集永嘉学术之大成的"叶适的突出之处恰恰在于，他既反对'远述性命而以功业为可略'的高谈，又吸收了理学与心学的范畴与命题而予理论上的重新阐释；既坚持永嘉学派之一贯的事功思想，又重视内政之实德及个体的道德修养。他所要求是将内圣之道与外王事业相互统一起来，强调个体的主体精神必须延展于经验世界的全部领域。"② 比起朱熹的道问学与尊德性为两端，陆九渊因为视尊德性与道问学为一事，但过于注重心性之义，而没有立即推出学术的发展之路。永嘉学派的经制之学，是直接地将史学建立在儒家思想的大本上的，是真正的比较圆满的一种学术形态。所谓"个体的主体精神必须延展经验世界的全部领域"，其实已经为人类一切行为与道德的关系确立了一个理想的原则，当然也就为学术奠定了一个哲学的基础。与浙西之学试图由道问学之明，进而求经义之明、德性之明不同，浙东学术从其开端之处，即已确立德性与学问浑然一体的境界。

章实斋的历史哲学，其实与永嘉学派在精神上有许多相似之处，都带有复古、述古的色彩。但在他看来，真正阐明德性之义的，仍为朱学与陆学，实际上陆学更为彻底。但陆、王之学，在道问学方面却没有具体的展开，象山、阳明都轻视著述，尤其不欲为在中国古代思想史中作为主流形态的经典

① 董平著《浙江思想学术史》，中国社会科学出版社2005年版，第123页。

② 同上，第138页。

注疏之学，而于其他考据、辞章之学，更是基本上排除在其“圣学”境域之外。尽管从陆、王心学的逻辑里，也是可为经史乃至一般的人间诸种学术、学艺寻找到合理位置的，但陆、王诸人都将此作为不言自明之义，在学理与学术实践的层面上，都没有开出心学与传统的经史相壤接的通道。因此，其最终被具有悠久的、强大的传统的经学注疏之学所抛弃，也是理所当然的。但以黄宗羲为代表的浙东学派的贡献，正在于他们在尊德性与道问学之间搭起一座桥梁，从学术思想的层面解决了道问学必尊德性，尊德性能为道问学开出通途的道理。而章实斋“言性命必竟于史”则可以说是前无古人地将心学乃至更传统的性命之学与史学的关系，直截了当地揭示出来了。其《浙东学术》一篇，正是从这里揭示陆、王心学导出浙东史学的逻辑关系：

> 天人性命之学，不可以空言讲也。故司马迁本董氏天人性命之说，而为经世之书。儒者欲尊德性，而空言义理以为功，此宋学所以见讥于大雅也。夫子曰：“我欲托之空言，不如见诸行事之深切著明也。”此《春秋》之所以经世也。圣如孔子，言为天铎，犹且不以空言制胜，况他人乎？故善言天人性命，未有不切于人事者。三代学术，知有史而不知有经，切人事也。后人贵经术，以其即三代之史耳。近儒谈经，似于人事之外，别有所谓义理矣。浙东之学，言性命者必究于史，此其所以卓也！①

浙东之学的史学品质，正在于其是在德性之维中阐述史学。这里的史学实非单纯的历史学，而是指一切文史之学，甚至也可以推及自然科学。因为一切事物，包括人类社会与自然界，都存在于空间与时间之中，所以对一切事物的推究，其实都具备史学的精神。实斋之所以说六经皆史，是以史为源，而非以经为源。“三代学术，知有史而不知有经”，与传统的以经学为史学之源、为史学之基础不同。实斋最伟大的发现，就是以史学为一切学术形态的基本形式。经其实是源于史的，推之一切学问，也无非源于史。史者何，人事也。史学为何，以天人性命之理探究人事，解释人事也。而复明心学之说，心即

① 章学诚著，叶瑛校注《文史通义校注》，第523~524页。

理，宇宙内事即吾分内事。则何尝不可说，史即心也，史学即心学也。中国学术之真正成熟，在心学建立之后，即可断言矣！

究竟来讲，要解决这个问题，我们得承认，尊德性与道问学，在具体的学问之用上每易分为两端，甚至为两途，这是无法否认的事实。但是在学问之根本问题上，德性之维与学问之事是应该统一的。只有这样，才能真正取得有价值的知识、有意义的学术。德性之维是人类在认识自身与一切事物时所追求的一种最高的理性认识，它所揭示出来的东西，即我们习惯所说的本质。虽然我们不可能任何时候都能达到这德性之维，但显然在任何时候都要自觉地追求这个德性之维。

二

理论的本质，在于它是德性之维的体现，是事物本质及内在关系的展示。通常地，在学术研究中，不管是热衷于理论思维的学者，还是厌倦甚至完全否定理论思维的学者，都会以自己的方式来理解理论的本质。这中间有一种常见的对于理论的误解，认为理论是脱离了一些具体事实后的天马行空式的主观畅想，或者是认为理论是一成不变的教条。的确，这是某些价值不高甚至毫无价值的理论产品常见的现象。但这不是真正的理论，真正的理论即体现德性之维，即揭示事物本质及其内在关系的具有系统性的知识，是我们长期探索一些历史事实的认识产物。

理论的获得，或者说是理论的呈现方式，在于它是对于事物本质及其内在关系的呈现。文学研究与文学史研究的理论成果，即在于它是对一切文学与文学史事实的本质与内在关系的呈现，小至一个作品，大至整个文学史。任何一个有效的理论，都是对上述的文学史事实本质与内在关系的呈现，虽然不能说是全部的呈现。这种理论思维及其呈现的本质，在中国古代的语境中经常用“鉴照”这样的概念来表述。刘勰的《文心雕龙·知音》以“鉴照”来称文学批评与鉴赏之事。其论秦始皇见韩非《储说》、汉武帝见《子虚赋》，开始以为是古人之文而极加赞赏，恨不同时，但当两人真的来到他们身边时，反而韩囚而马轻，于是刘勰评论说：

故鉴照洞明，而贵古贱今，二主是也。[1]

所谓“鉴照洞明”即指一种有效的，能准确地揭示作品的思想价值与审美价值的批评境界。但“贵古贱今”则属于人为的偏见。可见“鉴照洞明”是建立在良知之上的，而“贵古贱今”则是人为偏见对良知的遮蔽。这种遮蔽，有时是批评者主观上都认识不到的。《文心雕龙·知音》又有下面一些论述：

文情难鉴，谁曰易分。[2]

夫篇章杂沓，质文交加，知多偏好，人莫圆该。[3]

凡操千曲而后晓声，观千剑而后识器。故圆照之象，务先博观，阅乔岳以形培塿，酌沧波以喻畎浍。无私于轻重，不偏于憎爱，然后能平理若衡，照辞如镜矣！[4]

夫缀文者情动而辞发，观文者披文以入情，沿波讨源，虽幽必显。世远莫见其面，觇文辄见其心。岂成篇之足深，患识照之自浅耳！[5]

所谓“鉴照”“鉴”“圆该”“圆照”“照辞”“识照”，都是指文学批评的境界，也是指文学批评应具有的基本品质，是一种鉴照的品质。刘勰所提炼的“照”“鉴”这两个重要文学批评范畴，其渊源在于玄学。玄学认为对本体的证悟，是一种玄照的境界。不仅如此，对一切事物的把握，也都是一种以主观之智来认识客观之理的鉴照之境：

先民有怀，子探其妙。心犹水鉴，函景内照。[6]

---

① 刘勰著，范文澜注《文心雕龙注》卷十，人民文学出版社1958年，第714页。
② 同上。
③ 同上。
④ 同上，第714~715页。
⑤ 同上，第715页。
⑥ 陆云著《陆云集》卷三《答大将军祭酒顾令文》，中华书局1988年版，第75页。

明明大象，玄鉴照微。①

韩康伯曰：几者，去无入有，理而未形者。不可以名寻，不可以形睹也。唯神也，不疾而速，感而遂通，故能照鉴于未形也。②

惟公迈达冲虚，玄鉴劭邈。③

伏愿陛下决玄照之明，断常均之外。责臣以兴复之效，委臣以终济之功。④

可见，鉴照的思维方式，不仅是玄学的思维方式，而且扩大到对一切事物的认识方式。玄鉴、玄照、鉴照是指超越常见，离绝世俗的利害关系，达到了事物的正确认识，揭示出事物的本质与真象。这种认识方式是以道为前提的，其实正是指向理论思维的最高境界。所以，我们可以说理论思维的本质即鉴照之境。刘勰正是在这样的思想背景与思维方式下，将鉴照提炼为文学批评的重要术语。

剔除玄学特有的玄虚的因素，我们会发现，鉴照正是理论思维的基本品质。刘勰虽然只在《知音》篇中阐述鉴照、圆照之旨，似乎没有将其作为整个文学研究的基本方法，但成功的文学研究，无论其属于宏观还是微观，都应该具备圆照的品质。所以他在《序志》篇，称近代论文之作，如“魏文述典，陈思序书，应瑒文论，陆机《文赋》，仲洽《流别》，宏范《翰林》各照隅隙，鲜观衢路。”⑤ 从“各照隅隙”可知，刘勰正是以“照”来指称上述诸家的文学理论与批评的，但他认为诸家所照，只及隅隙，不能周鉴圆照。而

① 陆云著《陆云集》卷三《孙世显赠》，第79页。

② 王弼著，楼宇烈校释《王弼集校释》下册，附韩康伯注《系辞注》，中华书局1980年版，第563页。

③ 《晋书》卷六十五《王导传》，中华书局1974年版，第1753页。“玄鉴”《四库全书》本作“玄照”。

④ 同上卷九十八《桓温传》，第2574页。

⑤ 刘勰著，范文澜注《文心雕龙注》，第726页。

刘氏自己提倡的研究方法，正是系统的研究，对文学的本质，文体的性质与历史，文学创作的性质以及修辞、风格等各种因素进行周备的研究，最终创作出“体大而思精”的文学理论著作。所以，我们可以看到，刘勰的文学研究，是深受玄学本末兼具、圆照周鉴的思维方式的影响。不仅如此，整个魏晋南北朝的文学研究的发展，虽然是受当时文学创作风气的刺激，但与这个时期玄、佛哲学流行的背景下文人理论思维能力的普遍提高是分不开的。而这种玄、佛思维与传统的经学、子学的思维方式的最大的不同，就是一种透过现象看本质、提倡透彻本体、烛照玄微的抽象思维能力的开发。但自南北朝后期之后，玄风逐渐衰落，到了唐代，经学研究又回到了传统的注疏之学的道路，而且整体上看只是对汉魏以来的历代经学成果的一种总结与整理。这种圆照、周鉴的思维风气衰落了，所以唐代虽然文学艺术空前繁荣，但论文之风反而衰落，文人局限于经验事实之中，最多只能对这些经验事实做直观的、零碎的表述，虽然这种表述有时也不乏烛照之功。至于专门指导文士从事诗歌创作的各类诗格著作，则只是概括一些表面的现象，并且所使用的是典型的、机械的、比附的思维方式，如生硬地将诗歌分成多种格、势。所以，这个时期，虽然也有像皎然《诗式》、司空图《诗品》这样的杰作，深入到诗美创造的本质性问题，对诗歌的美学风格做圆融的、富有启示性的观照，虽出于当时的风气，却能超越上述机械、粗芜的唐人论文著作的劣势，但整体来讲，有唐一代的论文，是很缺乏理论自觉性的，连刘勰批评的那种“各照隅隙，鲜观衢路”的造诣都还没有达到，因那些“各照隅隙”之作虽然未能圆照周鉴，缺乏成熟的理论思维品质，但还是在理论思维的鉴照之境中的。而宋明时期文学研究再次兴起，虽然也是中国古代文学发展历史的成果体现，尤其是人们力图总结唐代文学发展高峰的动机的体现，但就其哲学资源来讲，与宋明理学的发展也是分不开的。由此可见，文学研究风气的盛衰及各代文学研究成就的高低，与同期（或前期）思想风气的盛衰与思想成果的高低是相关的。

理论是一种鉴照之境，真正有价值的理论，只能是主观研究客观，认识客观事物的成果。理论的最高境界，是主客观的统一，是内在的德性之维与外在的事物本性的共同呈现，其呈现之圆满与否决定了理论价值的高低。但是包括文学事实在内的客观事物，是一种复杂的存在，任何我们称之为客观存在的东西，其实从根本来说，都只是存在于主客观结合的人类的认识体系中。这就决定了人们对于所谓的客观事物，是有着不同的反映方式的。人们对事物的认识还不够深入时，常常处于直观、表面、零碎、粗芜的认识阶段。这时是形不成对事物透彻的认识与整体观照的。在这样的时候，主体并没有完全自觉地意识到自身在理论思维上的局限性，往往在认识上陷入困境，并常常导致最终放弃理论思维；或者出现一种相反的情况，错误地理解理论的性质，将理论理解为一种工具，将一些并不符合事物本身特点的其他的学科的理论简单地搬用，试图以此透入事物的本质，结果，理论成了教条与纯粹的工具。用那样的理论来陈述、解释他所面对的具体、特定的文学事实，无论是一个作品、一个作家的创作还是一种文体、一个流派、一代文学，都会造成生搬硬套，甚至削足适履，结果歪曲的事实，使得事物的真相非但不能呈现，反而支离割裂，毫无认识的价值。上述两种情况，即放弃理论与将理论思维教条化、机械化，在学界同仁看来，似乎两不相关，而且相互攻讦，形成目前学术界所谓重理论与重文献之争；但从根本上说，都是因为不了解理论思维的本质特点，在于它是一种鉴照之境。

当然，理论虽然是事物本质与内在关系的呈现，但就思维的形式来讲，理论成果并不等于事物本身，作为一种成果的理论作品，是外在于事物的。任何文学研究，也不可能代替文学本身。但正是在这个意义上，理论显示出它的自身价值，即作为人类认识事物过程中的理性思维成果的价值。在我们的感觉中，有价值的理论总是具有这种品格，它让我们认可它是对象本质特征、事物存在关系的一种揭示，尽管我们有时会觉得这种揭示有着这样和那样的局限，离古人所说的圆照之境还有距离。还有一点，任何的理论都是在自身的认识体系中存在的，理论思维的两大要素即体系与概念。所以，判断一个理论高低，不是从与这个理论不相关的角度来评论它的高度，而是只需看它自身的体系是否合理，其概念是否能够充分地指称其陈述的对象。从这个意义上，理论的另一特性是“圆而神”。章学诚《文史通义·书教下》中曾经论述史学著作中“方以智”与“圆而神”两种境界：

《易》曰：“蓍之德圆而神，卦之德方以智。”间尝窃取其义，以概古今之载籍。撰述欲其圆而神，记注欲其方以智也。夫智以藏往，神以知来，记注欲往事之不忘，撰述欲来者之兴起。故记注藏往似智，而撰述知来拟神也。藏往欲其赅备无遗，故体有一定，而其德为方；知来欲其决择去取，故例不拘常，而其德为圆。《周官》三百六十，天人官曲之故可谓无不备矣。然诸史皆掌记注，而未尝有撰述之官；祝史命告，未尝非撰述，然无撰史之人。如《尚书》誓诰，自出史职，至于帝典诸篇，并无应撰之官。则传世行远之业，不可拘于职司，必待其人而后行，非圣哲神明，深知二帝三王精微之极致，不足以与此。此《尚书》之所以无定法也。

《尚书》《春秋》，皆圣人之典也。《尚书》无定法。而《春秋》有成例。故《书》之支裔，折入《春秋》，而《书》无嗣音。有成例者易循，而无定法者难继，此人之所知也。然圆神方智，自有载籍以还，二者不偏废也。不能究六艺之深耳，未有不得其遗意者也。史氏继《春秋》而有作，莫如马、班，马则近于圆而神，班则近于方以智也。①

用我们今天的概念来说，章学诚所说有“圆而神”，是指一种有价值的理论创造，而“方以智”是有规范的文献整理。“方以智”是对直观存在的对象的准确界划，但它不一定能揭示出对象的本质与内在关系。要认识本质与关系，则必须在此基础上进一步进行我们上面所说的“鉴照”的思维方式，形成认识体系与概念。这样，理论思维工作才能达到“神以知来”的效果。所谓神以知来，其实就是对事物存在本质、历史发展规律的揭示。从这个意义上讲，我们应该看到，从对事物本质与内在关系的揭示的鉴照之境，到能够举一反三，揭示出事物发展规律的“圆而神”的境界，正是体现了理论思维的两个层面。以章学诚的标准来说，“方以智”的记注之学，只是一种史料学工作，而“圆而神”则是上升到对历史规律的探求。就学术研究的整体来讲，两者都是不可偏废的。

理论思维的另一重要特点是概念思维的方式，或者说理论的本质在概念思维。南宋是中国古代哲学成熟的时期，这个成熟的标志就是概念思维的成熟。正是概念思维，使理学能够从汉唐经传注疏之学中摆脱了出来，形成了自己的哲学命题。朱熹与陆九渊等人运用《中庸》的尊德性与道问学这一对

① 章学诚著，叶瑛校注《文史通义校注》，第49页。

范畴展开思想交锋，也正是理学家从经典中撷取概念进行哲学思维，展开哲学问题的讨论的一个例子。爱因斯坦曾经对思维的本质，亦即理论的本质做过生动简明的阐述，他说：“准确地说，‘思维’是什么？当我们接受感觉印象、产生记忆图像时，这还不是‘思维’，而且，当这些图像形成系列，每一个形象都产生另一个形象时，这也不是‘思维’。可是当某一形象在许多这样的系列中反复出现，它就形成了这种系列的组织性要素。因为它把那些本身没有联系的系列联结了起来。这种要素便成了一种工具、一种概念。我认为，从自由联想或者‘梦想’向思维过渡的标志，是由‘概念’在其中所起的支配作用。概念绝不是必然同某个感觉上可以识别的可以再现的符号（词）绑在一起，但是，如果发生了这样的情况，思维就变得可以交流了。”①爱因斯坦认为思维的本质属性就在于概念，而当这种“概念”与特定的词语绑在一起时，思维就变得可以交流了。宋明理学的学术真相，就是理学家们从原始儒学中得到了一系列的“概念”，并且以形成了符号的概念进行思维上的交流。爱因斯坦所描述的思维的状态，与刘勰所说的“鉴照”极其相似，思维本质在于概念的形成，这种概念其实正是事实的本质，它是通过鉴照的方式取得的。中国古代文论，历来被认为缺乏理论，只存在一些被今人认为不太科学的范畴，如气、象、神韵、风骨等。这其实是一个很大的误解。中国古人通过鉴照的方法，以文学作品及文学史做出深入的鉴照，真正是进入了思维的窔奥。而且他们运用的正是用概念词语来交流文学研究的思维成果的做法。事实上，中国古代的哲学与文学批评，是具有很高的理论品质的，是德性之维与照鉴之境的圆满的结合。

三

上面我们从德性之维与鉴照之境两个方面来揭示学术研究理论思维的本质，破除人们对理论的种种误解。德性之维是理论思维的本质，也是人类认识事物的最高维度，无论是自然科学还是社会科学、人文科学，作为人类的认识活动，其最终的指向都是德性之维。西方的一些自然科学大师都同时具

---

① 爱因斯坦著，易洪波、李智谋编译《相对论——广义及狭义相对论》，重庆出版社 2006 年版，第 4 页。

备哲学家的品质，他们的科学研究工作，就其最高的目标来讲，都是指向哲学境界的，即对人类德性之维与终极本体的揭示。如波动力学的创始人奥地利物理学家薛定谔就有代表性。“薛定谔坚持哲学探索对科学研究的意义，认为形而上学、亦即对实在及其本质的哲学思辨是‘我们的普遍知识和特殊知识的必不可少的基础。’他指出马赫的‘思维经济原理’过于枯燥空泛，它使我们‘无法在任何领域推进研究工作’，因为真要把形而上学排斥出去，就意味着抽去艺术与科学的灵魂，置它们于裹足不前的境地。”① 运用中国古代的哲学表达方式，我们可以说任何的科学研究，虽然因专门性而形成此疆彼界，但都是在人类的德性之维支配下的，都是一种良知的活动，其所指向的也是对这个统一的德性之维的阐述，虽然有时候这种阐述表现为一种局部性。由此可见，学术研究的本质即在于对德性之维的指向。而通过鉴照透彻对象本质，形成概念，并进一步使用与特定的词语相黏附的概念术语来展开论述与交流，正是其基本的表现方式。

当然，理论思维不是学术研究的唯一的思维方式，理论表述也不是学术研究唯一的表述方式，但是它显然是学术研究的基本特质，并且可以视为学术研究的最终目的。古代文学研究作为当今人文科学体系中一个学科，虽然只有一百来年的历史，但作为传统的学问体系中的一种，却有极其悠久的发展历史。先秦诸子的学术活动中，已经有文学批评的萌芽，汉代经学家的说诗、论诗，史学家的整理文学文献、撰写文学家传记、叙述文学的源流，标志着文学研究这种学术形式的初步确立。尤其是汉代淮南王刘安、王逸等人的楚辞学，不像前数种那样依附于经学与史学，已经是独立的文学作品与文学史的研究。魏晋南北朝时期，由于玄学思想兴盛与文学创作的繁荣，文学批评、文学理论及各种文学总集的编撰，构成了相当完整的文学研究学科。在上述早期的中国古代文学学科的发展历史中，我们可以看到，理论的创造与表述是其最主要成果。《典论·论文》《文赋》《文心雕龙》《诗品》《金楼子·立言》这样的文学理论批评专著自不待言，即使是各种总集的编撰，也都是在自觉的文学思想与批评观念的指导下进行，并且出现了像挚虞《文章流别论》、李充《翰林论》、萧统《文选序》这样重要的文学研究论文。而自

① 胡新和《薛定谔评传》，载于《薛定谔讲演录》，北京大学出版社2007年版，第173页。

南北朝至唐代史家撰写的正史中的各种《文苑传》《文学传》的绪论，更是具有成熟的学术品质的文学史论文。唐宋时期，文学研究与文学创作结合得更为紧密，虽然一些随意性强的作家文论和不具备系统的诗话著作，缺乏理论的品格。元明清时期，各种形式的文学研究成果大量出现，可以说传统的文学研究学科至此已经完全成立。上述中国古代的文学研究学科，为后来的古代文学学科提供了一个极其坚实的基础。我们回顾这个传统学科，它的基本特点就是重视文学的本体，而且理论创造是它的主要形式。而标志现代形态的文学学科开端的京师大学堂中国文学门，其文学教学的基本目标，除我们今天已经基本上放弃了的辞章即文学创作之外，就是以研究中国文学史及各种文体的源流演变为基本的学科对象，它正是以理论阐述为主要形态。

文献的研究与整理，就如自然科学的实验、社会科学的社会调查一样，是任何一门学科都必须重视的一项基础工作，但它并非学术研究的终极目标。各种形式的实证研究，一是它本身就是在一定的学科理论指导下进行的，二是它最终的目的仍是为了让理论的研究建立在一个坚实的基础上。毋庸讳言，在具体的学术研究中，从事文献考据工作与从事文学史研究的理论创造工作，两者是有分工的；但理想的文学研究工作，应该是两者的完美结合，而前辈有成就的学者，也都是以各自的方式在其中取得平衡。比如词学三大家中，唐圭璋先生终生不放弃文献的研究，但他每一项文献工作都是围绕词学的基本理论展开的。在这同时，他撰写了许多词史、词学及词人研究的论文。夏承焘先生的词学研究也是体现文献研究与词史、词论、词人研究的圆满结合。龙榆生先生侧重于词史的源流演变的研究，体现出较高的史学品质，但也是建立在实证的基础上的。相反，如果脱离文学研究的根本目的，文献的工作将会失去其学术的规范，变得琐碎，无意义。当然，如果像上面曾说过的那样，将主观臆想与教条运用、脱离对象的纯粹的概念游戏等当成理论的内涵，那样的工作，不说有害，至少也是无效的。为此，本文尝试从德性之维与鉴照之境两方面体认学术研究中的理论思维的本质，重建理论的信誉，使古典文学研究学科也能在自身的尊德性与道问学的完美结合的境界有效地发展，成为一个学术上高度自觉的现代人文学科。

（本文原刊于《中国文化研究》2012 年第 4 期）

韩白关系考

朱 琦

韩愈和白居易是中唐文苑诗坛领袖，年龄相近，在朝官位也相近。但他们两人的关系既不见之于史料记载，也无后人探寻。这不能不说是文学史研究的一件憾事。笔者以为，了解韩白之间的关系，对于了解元和诗坛乃至探索整个中唐文学的发展都是不可或缺的。

一 元白诗风的冲击与韩孟诗派的形成

韩孟求险怪，创新在前；元白求浅近，兴起在后。但韩孟诗派是在元白诗风冲击下形成的。韩白同是突破盛唐，而艺术追求却恰恰相反，矛盾在所难免。

诗至盛唐而臻于完美。大历诗人一味模仿前人，使诗歌发展陷于窘境。年轻的韩愈志欲开辟新的艺术道路，其《醉留东野》诗云："昔日因读李白杜甫诗，长恨二人不相从。吾与东野生并世，如何复蹑二子踪？"[①] 他和孟郊切磋诗艺而欲另辟蹊径，欲去陈言而字字争胜。唐贞元十七年（801 年）《山石》一诗问世，标志着他成功地开辟了新的艺术境界。然而他并不满足，试图彻底打破前人的艺术常规，创造出高险到极处而又平淡到极致，险而后平、怪而后淡、出神而入化的境界。其唐元和元年（806 年）所作《醉赠张秘书》诗云："险语破鬼胆，高词媲皇坟。至宝不雕琢，神功谢锄耘。"[②] 同年所作

---

① 《全唐诗》卷三百四十，中华书局 1999 年版，第 3813 页。

② 同上卷三百三十七，第 3779 页。

的《南山》诗雕褥铺排、佶屈聱牙，只想着“险语破鬼胆”，结果使读者也望而生畏。就在韩愈的险怪诗风走入极端的时候，白居易和元稹以浅近诗风在诗坛上卷起一阵旋风。在韩愈《南山》诗问世半年左右，白居易以风情摇曳、声韵流美、通俗易懂的《长恨歌》耸动天下。唐元和二年（807 年）秋至元和六年（811 年）秋，韩愈分司东都，教授诸生，领导古文运动。就在这段时间内，元白在西都长安掀起一场新乐府运动，开辟新诗体、新诗风，求浅近，求通俗。从时间上来看，元白的新乐府运动显然受韩愈古文运动的影响；而元白开浅近一路，既有可能得自韩孟创新的正面启示，亦有可能得自于韩孟创新的反面借鉴。元白的新乐府运动就革新精神而言，是对韩愈的呼应，但以艺术追求而言，则构成对韩愈的挑战。

白居易仅比韩愈小四岁，但成名要比韩愈晚得多。不过，他和元稹很快就异军突起，颇具声势。韩诗使人敬而远之，白诗却浅近易懂，内容上亦尚俗，自然为时人所喜爱，传唱民间，远播海外。元白选择了一条与韩孟完全相反的艺术道路而崛起诗坛，盛况空前，这对韩孟来说无疑是一个相当大的冲击。面对这种冲击，韩愈的心情很矛盾。一方面他已意识到自己的艺术失误，并开始转变过险过怪的诗风。其唐元和五年（810 年）所作《月蚀诗效玉川子作》是对卢诗的删改，而删改之处恰是过险过硬的地方。当时，卢仝已列于韩愈门墙。他大概也自知诗风太怪，所以请韩愈删改。第二年，韩愈作有长诗《寄卢仝》，诗中云：“往年弄笔嘲同异，怪辞惊众谤不已。近来自说寻坦途，犹上虚空跨绿弭。”[①] 卢仝因诗风太怪，遭人讥评，也想把诗写得平淡些；而韩愈创作此诗，未尝不是为门人压惊，同时倡导险怪而又避免过险过怪。

另一方面，韩愈不愿因时人之所好就放弃自己的艺术追求，因元白浅近诗派的崛起而有意识地组成以险怪为总体特征的艺术流派。如果说元和元年的韩愈志在以古风重振诗风，志在领袖整个诗坛，因此并不以诗风相近取人的话；那么在元白崛起之后的韩愈便开始大力倡导险怪诗风，特别赏识那些求险逐怪的诗人，很快就形成了一个具有鲜明群体意识和审美框架的艺术流派。与韩孟相比，元白似乎没有建立诗派的意识，推其原因当是由于他们的

① 《全唐诗》卷三百四十，第 3814 页。

追随者太多了。但他们同样构造了自己的艺术领域和审美框架，所以仍然可以肯定元白诗派的存在。

韩愈于唐元和六年（811 年）回到长安后，当会更强烈地感觉到元白诗风的冲击。作于此时的《酬司门卢四兄云夫院长望秋作》和《送无本师归范阳》诗，与其说赞美卢汀和贾岛的诗，不如说借此倡导险怪诗风，贬斥元白的浅近诗风和时人之所好。前一首写了“望秋”所见之后忽发议论和感慨：“云夫吾兄有狂气，嗜好与俗殊酸咸。日来省我不肯去，论诗说赋相喃喃。望秋一章已惊绝，犹言低抑避谤谗。若使乘酣骋雄怪，造化何以当镌劖。嗟我小生值强伴，怯胆变勇神明鉴。驰坑跨谷终未悔，为利而止真贪馋。高揖群公谢名誉，远追甫白感至诚。”① 卢汀的审美爱好与时人决然不同，大概是不满意当时流行的浅近诗风，所以跑来找韩愈发感慨，发牢骚，论诗说赋。韩愈说他的《望秋》诗惊世绝俗，卢汀却说为了避免时人的非议已“低抑”了许多。韩愈于是感叹卢汀倘若能尽情挥洒笔墨，驰骋雄怪之气，那将会功夺造化。这其实也是韩愈本人诗歌创作的自伤、自怜和自负。卢汀很可能是朝廷官员中唯一与韩愈诗风相近的人，韩愈为自己在朝廷中找到知音而颇受鼓舞，从而“怯胆变勇”，坚信当初所选择的艺术道路并无过错。尽管这样的艺术道路涉艰犯难，但他愿为此“驰坑跨谷”永不后悔。他鄙弃那些以诗求名逐利的人，志在远追李杜，达到诗歌艺术的至高境界。

《送无本师归范阳》可以视为韩愈的艺术宣言。“无本于为文，身大不及胆。吾尝示之难，勇往无不敢。”② 贾岛作诗追求险怪，韩愈“示之难”，无非是告诉他选择这样的艺术道路很难博得时人的喜爱；而贾岛却胆大包身，知难而行。对此，韩愈大加称扬：“蛟龙弄角牙，造次欲手揽。众鬼囚大幽，下觑袭玄窞。天阳熙四海，注视首不颔。鲸鹏相摩窣，两举快一啖。”③ 欲揽蛟龙角牙，下视鬼穴，上视太阳，口吞鲸鹏，求险求怪求雄，这些赞语分明只适合韩愈自己的诗。其后的赞语更非贾诗所敢当：“狂词肆滂葩，低昂见舒惨。奸穷怪变得，往往造平淡。”④ 这正是韩愈追求的险而后平、怪而后淡、

---

① 《全唐诗》卷三百四十，第 3814 页。

② 同上。

③ 同上。

④ 同上。

出神而入化的艺术境界，即便韩愈自己也难以达到。韩愈又称赞贾岛说：“蜂蝉碎锦缬，绿池披菡萏。芝英擢荒榛，孤翮起连菼。”[①] 第一句喻指“奸穷怪变”的，蜂采百花才能酿蜜，蝉饮百花之露方成薄翼，千辛万苦，穷尽变化；第二句喻指“平淡”，平淡恰如荷花在碧绿色的池水中披拂摇曳。随后两句称赞贾岛与崇尚浅近的时人不同，秀出特异，像香草兰花擢出于荆棘之间，像健飞的孤鸟从芦荻丛中飞起。这与称扬卢仝“嗜好与俗殊酸咸”是一个基调，在褒美同伴的同时贬斥浅近诗风和时俗所好。

韩愈对元白浅近诗风的看法未免失之偏激。元白确有急功近利、迎合时俗之嫌，但追求浅近也是具有艺术探索精神的；而且他们把诗歌从神圣的艺术殿堂引向社会，引向民间，获得了前所未有的成功。据实而论，韩愈的偏见不仅仅来自艺术偏爱。当时他初归长安，自然会强烈感受到元白诗风的冲击和时人之所好，同时也感受到自己的诗歌被人非议和冷落的滋味。他说卢仝“怪辞惊众谤不已”，“犹言低抑避谤谗”，其实被时人非议最厉害的只怕还是韩愈自己的诗。刘叉就愤愤不平地说：“退之何可骂，东野何可欺。”[②] 只要想想元白崛起于韩孟之后诗风却恰恰相反，又那么受时人喜爱以至广为传唱，而文坛泰斗且欲领袖诗坛的韩愈，连同他仅有的几个追随者，竟像是被元白浪潮冲上了孤岛，就不难理解韩愈当时的心情和想法了。

二　“腾身跨汗漫”与“人间要好诗”

张籍是解开韩白关系之谜的钥匙。他既是韩愈的至交和门人，也是白居易的好友。他尊奉韩愈为文坛领袖，但诗歌创作更靠近白居易。为了使韩白二人清除隔膜，把酒言欢，张籍从中奔走，煞费苦心。

唐元和十年（815 年）六月，李师道遣盗刺杀宰相武元衡，白居易上疏捕捉刺客而被贬为江州司马。韩愈很可能被白居易这一壮举所感动，张籍正好借此机会为韩白说和。白居易《酬张十八访宿见赠》颇多话外之音，依稀可辨张籍是如何说和的。诗云：“昔我为近臣，君常稀到门。今我官职冷，唯

---

① 《全唐诗》卷三百四十，第 3814 页。

② 同上卷三百九十五《答孟东野》，第 4458 页。

君来往频。”[①] 是知乃在贬官之后。又云：“怜君将病眼，为我犯埃尘。远从延康里，来访曲江滨。”[②] 是知乃在离京之前。就在白居易贬官之后，离京之前，张籍常去白家。除了抚慰友人之外，张籍还抱着将当代的文雄诗杰说和为友的苦心。白诗接着说：“我受狷介性，立为顽拙身。平生虽寡合，合即无缁磷。”[③] 看起来是写他与张籍的关系，其实也暗示他与人相处的态度，并对他与韩愈的不和做出不卑不亢的解释。所谓“狷介”“顽拙”“寡合”，用在这里就等于说自己从不会屈从谁、奉迎谁，坚持自己所认定的道理。申明这些之后，白居易才渐渐将笔墨转向韩愈：“况君秉高义，富贵视如云。五侯三相家，眼冷不见君。问其所与游，独言韩舍人。”[④] 与其说是赞美张籍的人品，不如说是对韩愈重贤爱才的暗自称许。张籍视富贵如浮云，从不把高官权贵放在眼中，而独以韩愈为知己；高官权贵冷眼对待张籍，而独独韩愈与之相善。白居易这样婉转地称许韩愈，其实就是对韩愈为人的肯定。想来，张籍说和时也是以韩愈的重贤爱才来称赞韩愈的为人，以此打动白居易。然后张籍又把白居易与韩愈相提并论，无外乎说韩白作为文雄诗杰各有千秋，韩白都是自己的好友，都是重贤爱才的人，而自己平生深为推服并与之深交的人，除了韩愈就是白居易。因此，白居易接着说：“其次即及我，我愧非其伦。”[⑤] 这是自谦之词，但白居易既能如此说却也可贵。读诗至此，已见张籍为韩白说和之情状，亦可稍窥白居易对韩愈的态度。

张籍虽然视韩愈为师为友，但其诗歌创作从未受韩诗影响。韩愈死后，他写了长诗《祭退之》，对韩愈其人、其道、其文推崇备至，却只字不提韩诗。他的诗歌特征是尚实尚俗，与白居易相近。若说论诗，他与白居易更为投合。白居易《酬张十八访宿见赠》说他与张籍“一夜话达晨”[⑥]，可见谈得十分投机，这其中免不得要秉烛论诗。在此不久，白月居易写了《读张籍古乐府》诗，其评价之高，超过他对同代任何诗人的赞语。张籍的古乐府诗主要创作于唐贞元年间至元和初年，此时白居易才大加评论，显然是为了重新

---

① 《全唐诗》卷四百二十九，第4746页。

② 同上。

③ 同上。

④ 同上。

⑤ 同上卷四百二十九，第4746页。

⑥ 同上。

提倡讽谕诗。

因为伸张正义而遭打击，白居易自是心气难平，又想拿出当年的勇气。同年岁暮，身在江州担任司马的白居易给元稹写了封长信，这就是有名的《与元九书》。信中强调诗歌应以反映民生疾苦为上旨，但论及《诗经》至盛唐的诗歌发展，却以讽谕为唯一的标准，得出诗歌发展一代不如一代的结论，甚而把李白和杜甫也贬低了："又诗之豪者，世称李、杜。李之作，才矣奇矣！人不逮矣！索其风、雅、比、兴，十无一焉。杜诗最多，可传者千余首。至于贯穿古今，覙缕格律，尽工尽善，又过于李焉。然撮其《新安吏》《石壕吏》《潼关吏》《芦子》《花门》之章，'朱门酒肉臭，路有冻死骨'之句，亦不过十三四"。①

张籍是韩门中人，白居易推崇张籍，按理说韩愈应当感到高兴。但张籍乐府诗与白居易相近，白居易把张籍乐府诗推崇到"举代少其伦"的地步，无形中却是对韩愈的嘲弄。白居易论诗以反映民生疾苦为主旨，以讽谕为唯一标准评价所有的诗歌，而韩愈的诗歌无一首写及民生疾苦，也很少有讽谕之作。再者，在《与元九书》中，白居易有抬高自己之嫌。他在贬低前代诗人，甚至贬低李杜之后，紧接着说："仆常痛诗道崩坏，忽忽愤发，或食辍哺，夜辍寝，不量才力，欲扶起之。"② 这一切自然会激怒韩愈，而最使他反感的是白居易把他平生最服膺的李杜也贬低了。白居易《与元九书》颇多偏激之处，在当时诗坛上的反响不难想见。张籍既与白居易颇相知，乐府诗创作也相近，有些想法可能与白居易相通，甚至可能配合元白，想在诗坛上再次掀起新乐府运动。他与韩愈无话不谈，也就流露出了这些想法。因此，韩愈特意写了《调张籍》。当然，韩愈的主要意图乃在于借此阐明自己的诗歌创作主张，抨击元白。韩白关系本有可能因张籍的从中说和而言归于好，不料平地又起波澜，韩白因文学观点不同再起争执。这一次争执更激烈，也更明朗。《调张籍》诗云：

李杜文章在，光焰万丈长。不知群儿愚，那用故谤伤。蚍蜉撼大树，

---

① 《全唐文》卷六百七十五《与元九书》，中华书局1983年版，第6888页。

② 同上。

可笑不自量!①

起首二句以“光焰万丈长”彪炳李杜，表明自己对李杜诗歌成就的充分认识。其后四句直斥“群儿”贬低李杜，说他们愚陋狂妄。在韩愈之前有人抑杜扬李，到韩愈那时又有人抑李扬杜。唐元和八年（813年）元稹作《杜工部墓志铭》，以“乐府歌诗”和“铺陈”、“排比”等艺术手法评价李杜高低，结果贬低了李白。韩愈所指“群儿”当然也包括那些抑李扬杜或抑杜扬李的人。至于敢将李杜全都贬低的人，大概只有白居易了。而且，他在贬低李杜的同时又有抬高自己之嫌。所以，韩愈此诗很可能主要是针对白居易的。

白居易《读张籍古乐府》作于唐元和十年（815年），《与元九书》作于同年十二月，韩愈《调张籍》应作于其后。钱仲联《韩昌黎诗系年集释》将此诗系于唐元和十一年（816年）是可信的。白居易又有《读李杜诗集因题卷后》诗，据其诗意可知是在贬官江州之后所作。我认为这首诗便是对韩愈《调张籍》的回应，当作于《调张籍》之后。两相参证，更可确认彼此的创作时间及诗意所指。诗云：

翰林江左日，员外剑南时。不得高官职，仍逢苦乱离。暮年逋客恨，浮世谪仙悲。吟咏留千古，声名动四夷。文场供秀句，乐府待新词。天意君须会，人间要好诗。②

白居易贬官在江州，越发体会到李白潦倒在江左，杜甫漂泊在西南的抑郁不平，同时也像李杜一样更深刻地体会到人民的苦难。杜甫直到暮年尚且穷愁漂泊，李白一生颇多失意伤悲，他们抒写忧愤，悲歌感怀，声动四夷，名传千古。显然，白居易放弃了当初苛求李杜的讽谕标准和揭露民生疾苦的唯一主旨，承认抒写个人身世不遇同样可以写出不朽的诗篇，从而高度评价了李杜。《与元九书》在当时必然引起很大反响，一些偏激的说法，特别是贬低李

① 《全唐诗》卷三百四十，第3820页。
② 同上卷四百三十八，第4890页。

杜的，恐怕不只是引起韩愈的反感和不满。韩愈《调张籍》因白居易而发，当会使白居易更为被动。因此，白居易以《题李杜诗集》为名，纠正自己贬低李杜的偏颇，挽回影响。

不过，诗的末四句则是对原有一些看法的坚持，表明自己与韩愈不同的创作主张。结合《与元九书》，我认为“文场”两句的意思是：李杜留下灿烂的诗章“供”后人学习，但他们的乐府诗（这里当是指反映民生疾苦的乐府诗）毕竟有限，还“待”后人写出更新更多的乐府诗。一方面是“供秀句”，一方面是“待新词”，白居易把自己的意见表述得相当婉转。“天意”两句直言针对韩愈。韩愈说自己举身飞扬，捕捉李杜篇章，腾身于汗漫之中，然后“顾语地上友，经营无太忙”[①]。白居易反唇相讥说，你既然腾身于汗漫之中，那么天意你该明白，天意就是“人间要好诗”。言外之意是韩愈从不反映民生疾苦，远离社会现实。从韩白对李杜的评价及由此所产生的争执，明显可以看出韩白文学思想的基本分歧点：韩偏重“怨”，白偏重“刺”。韩愈文学思想最可珍视的精华，就是强调“不平则鸣”。[②] 他的《送孟东野序》以此观点评价本朝和本朝以前历代的文章家和诗人，与白居易以讽谕为标准评价从《诗经》以来至李杜的诗歌发展恰是鲜明的比照。偏重“怨”与偏重“刺”并无必然矛盾，只是因为韩白之间本有成见而又涉及到李杜的评价，所以才会产生争执。其实，韩愈强调“不平则鸣”而基本否定和平之音，白居易提倡讽谕而基本否定了颂美，都是对儒家正统文学观念的突破，原是有相同点的。

三　韩白晚期诗风趋近的倾向

前面在考索韩白间相互关系时，即已论及韩白间的相互争胜。因为，就某种角度而言，韩白间的相互关系就是在诗坛上相互争胜的关系。中唐诗坛的争胜之风当也由韩白之争而起。如果说元和十年（815 年）之前，诗坛争论主要是艺术流派之争和艺术追求之争的话，那么元和十年之后，诗坛争胜

① 《全唐诗》卷三百四十，第 3820 页。

② 《全唐文》卷五百五十五《送孟东野序》，第 5612 页。

主要是诗人之间的创作水平之争。元和十年之后，韩白一代诗人除了被远谪穷乡的刘柳之外，诗风都发生了明显转化，他们愈来愈热衷于创作律体诗，愈来愈追求诗歌的流美精工，连从来不作律体诗的韩愈也对律体诗热衷起来。韩愈的险怪诗派在孟郊死后就已不复存在，白居易因被贬官而激发出的勃郁之气也在他写了《与元九书》之后很快就烟消云散了，韩白的诗歌艺术的逐渐靠近是他们诗歌以创作水平争胜的前提。

白居易的《江楼夜吟元九律诗成三十韵》和元稹的《见人咏韩舍人新律诗，因有戏赠》同作于元和十一年（816年）。由这两首诗颇可看出当时诗风的转化和诗歌创作的争胜之风。白诗云：

> 昨夜江楼上，吟君数十篇。词飘朱槛底，韵堕绿江前。清楚音谐律，精微思入玄。收将白雪丽，夺尽碧云妍。寸截金为句，双雕玉作联。八风凄间发，五彩烂相宣。冰扣声声冷，珠排字字圆。文头交比绣，筋骨软于绵。……老张知定伏，短李爱应颠（自注：张十八籍、李二十绅皆攻律诗，故云）……①

这首诗所称道的元稹律体诗的艺术特点以及由此而表现出来的白居易的审美趣味，竟与大历诗人颇有相通之处。元稹又把白居易对于自己诗作的一些赞语加以修改后评价韩诗，在赞赏韩愈新律诗的同时对韩诗的转化暗含讽意，他以戏谑的口气说：

> 喜闻韩古调，兼爱近诗篇。玉磬声声彻，金铃个个圆。高疏明月下，细腻早春前。花态繁于绮，闺情软似绵。轻新便妓唱，凝妙入僧禅。欲得人人伏，能教面面全。延之苦拘检，摩诘好因缘。七字排居敬，千词敌乐天（自注：侍御八兄，能为七言绝句。赞善白君，好作百韵律诗）。殷勤闲太祝（自注：张君籍），好去老通川（自注：自谓）。莫漫裁章句，须饶紫禁仙。②

① 《全唐诗》卷四百四十，第4912页。

② 同上卷四百零七，第4540页。

首二句即已暗示韩诗的转化。对于“韩古调”听说而已，对于韩愈新律诗则大加称赏。韩愈的新律诗“声声彻”“个个圆”“繁于绮”“软似绵”，这与韩愈从前一再标举的艺术追求及其“横空盘硬语”[①] 的诗风是多么不同！过去韩愈一直唱“阳春白雪”，瞧不起元白投合时俗，而现在他的诗歌既可“便妓唱”，又可“入僧禅”，过去韩愈与几个性情孤僻、穷困潦倒的诗人求险求怪，现在他却是“欲得人人伏，能教面面全”。元稹又不无深意地说：“延之苦拘检，摩诘好因缘。”前一句似是暗指韩愈旧作，亦指“韩古调”，如颜延之诗一样枯板生硬，后一句则是说韩愈新作，亦即“近诗篇”，如王维诗一样清新自然。这与其说是赞誉韩愈现在的新律诗，不如说是否定韩愈过去作的古体诗。“七字”两句以自己的两位诗友与韩愈相比，说韩愈的七绝可与居敬争胜，百韵律诗能与白居易媲美。居敬就是元白诗中常常出现的“元八”，名叫宗简，在当时亦颇有诗名，与元白相处甚善，与韩愈却无往来。元稹以两位好友与韩愈作比，于赞赏的同时别有深意，无异于说韩愈新律诗无论长短都向元白诗风转化。末四句与“欲得”两句相呼应，意谓无论是身在京城时常出入韩门的张籍，还是远离京城、常被贬官外地的诗人自己，都该对韩愈拱手相让。韩愈以前曲高和寡，现在与其他诗人一样大写律体诗，元稹认为这是韩愈意欲争胜叫别人都服气。所以，前边说韩愈“欲得人人伏，能教面面全”，末一句又说“须饶紫禁仙”。诗中“伏”“排”“敌”“饶”等字眼都颇有争胜的味道，透出当时诗坛争胜的时尚；而前一首诗中白居易称赞元稹新律诗“老张知定伏，短李爱应颠”亦颇见当时诗人争胜之心。这时的韩白一代诗人已走入晚年，渐渐失去当年的壮志和激情。

他们本来已位居朝廷高官，志得意满，除了偶尔写几首清新的律体诗，很难说在艺术上再有创新，写出迥异于前人的杰作。唐元和十年（815 年）白居易被贬，愤懑之际写出《与元九书》一文，激起韩愈创作《调张籍》。元和十一年（816 年）五月韩愈被贬，一次在听琴的时候被琴声引发出满腹感伤，感伤之余写出《听颖师弹琴》诗；这首诗又激起白居易争胜之心，写出一首《琵琶行》来。就诗歌创作而言，韩白既该庆幸官场上被贬，也该庆

---

① 《全唐诗》卷三百三十七《荐士》，第 3786 页。

幸在诗坛上他们是彼此争胜的劲敌。韩对白诗的影响实不亚于元之于白，而白对韩诗的影响更不亚于孟之于韩。

四　唱酬与交游

张籍第二次为韩白说和是在唐长庆二年（822 年）。这一次，韩白间矛盾虽然已渐渐开始化解，但多年的隔膜仍难以完全消除。他们之间的关系正如他们的唱酬诗所暗喻的那样：二月坚冰初解。然而，遗憾的是至终他们没能彻底融解，化作一池春水。张籍千呼万唤，韩白“犹抱琵琶半遮面”。

元和十五年（820 年）夏，白居易自忠州奉诏回长安。同年岁暮，因上表谏迎佛骨而被贬官的韩愈也奉诏回到京城。从现有资料来看，长庆元年（821 年）两人似无往来痕迹。长庆二年（822 年），在韩愈与白居易、张籍与白居易之间有一些赠答之作，大致可以看出韩白的微妙关系。由于这些赠答诗都很短，不易确切把握其中的寓意，笔者尽可能按时间顺序将这些赠答诗排列起来，从中寻找联系，或可得之。

韩愈《早春与张十八博士籍游杨尚书林亭寄第三阁老兼呈白冯二阁老》诗云：“墙下春渠入禁沟，渠冰初破满渠浮。风池近日长先暖，流到池时更不流。”[①] 诗题标明“与张十八博士籍游”大概是因张籍的鼓动，韩愈才写这首诗并寄给了白居易，正所谓解铃还须系铃人。杨氏林亭池与凤池相接，韩愈由此而念及凤池三阁老也很自然。诗题又标明“寄第三阁老兼呈白冯二阁老”，不但不是单独寄赠白居易，而且是“兼呈”，对韩愈来说也不至于感到难为情。虽然名之曰“兼呈”，但我以为此诗的诗意是传达给白居易的。韩白不和是件憾事，杨、冯二阁老会不会像张籍一样从中劝和亦未可知。韩愈说春来冰破，暗示他与白居易之间已经开始解冻。问凤池里还有没有冰，似是问白居易心里的冰是否已经融化。白居易明白这层含意，所以才回答说：“渠水暗流春冻解，风吹日炙不成凝。凤池冷暖君谙在，二月因何更有冰?”[②] 前两句同韩诗前两句一样，暗示他与韩愈的关系已经解冻，后两句似是说我对

---

① 《全唐诗》卷三百四十四，第 3871 页。

② 同上卷四百四十二《和韩侍郎题杨舍人林池见寄》，第 4960 页。

你的“冷暖”你是知道的，如今心里已无芥蒂。两首诗都有一种轻松的调侃味道，这样两个人都不至于难堪。

白居易《曲江独行招张十八》云：“曲江新岁后，冰与水相和。南岸犹残雪，东风未有波。偶游身独自，相忆意如何。莫待春深去，花时鞍马多。”[①]表面上看白居易只是招张籍同游曲江，但结合当时的情况和韩、白、张三人的微妙关系，再从此诗诗意来看，白居易是希望与韩、张同游曲江。当时，白居易住新安里，距曲江很近，韩愈和张籍都住在靖安里，距曲江也不远，白居易招张籍游曲江也就自然连及韩愈。白居易说“冰与水相合”，似是暗示他与韩愈的关系，冰与水本相同，水冻成冰却与水有别；冰解成水，便与水相合。韩白之争并非政治上的牛李党争冰炭不容，有矛盾可以化解，此犹“冰与水”也！“南岸”两句似是暗指韩愈那边残雪犹存，春波未起。末两句希望早一些去曲江游赏，担心春深花开时游人太多。

张籍作诗答复说：“曲江冰欲尽，风日已和恬。柳色看犹浅，泉声觉渐多。紫蒲生湿岸，青鸭戏新波。仙掖高情客，相招共一过。”[②] 冰将消尽，风恬日和，暗示韩白间很快就会和好。“柳色”两句照应白居易“南岸”两句，暗示韩愈对白居易看起来还不热情，其实已经在改变态度。末一句不独指白居易招他，他招白居易，也有再招韩愈之意。张籍没有马上找白居易同游曲江，先答诗一首，当有再招韩愈的用心。

笔者认为以上四首诗同作于唐长庆二年（822 年）早春，出自三人之手而都特意写到“冰”，不是偶然的巧合。韩白关系曾长时间处于“冰冻状态”。在长庆二年早春前后，韩白间才出现唱酬，两人的矛盾正处于“冰释状态”。因此，正好以早春二月的冰渐渐融化来暗示他们之间的渐渐和解。如果没有暗寓这一层深意，韩、白、张这四首诗就写得太笨拙、太乏味了。早春二月可咏之物甚多，三位大诗人仅仅缠绕着一个“冰”字写来写去，倘无寓意岂不可笑？

在白居易和张籍相约不久，或许只间隔几天，韩愈奉使赴镇州，“春光欲动别长安”[③]。他仅凭一张嘴巴宣抚叛乱后的镇州，完成了连裴度也久而无功的朝廷使命，回京后立被唐穆宗转为吏部侍郎。张籍不忘同白居易相约游曲

---

① 《全唐诗》卷四百四十二，第 4959 页。

② 同上卷三百八十四《酬白二十二舍人早春曲江见招》，第 4329 页。

③ 同上卷三百四十四《夕次寿阳驿题吴郎中诗后》，第 3871 页。

江的事，又与韩愈约好同去，但白居易没有应约前往。韩愈写诗给白居易说："漠漠轻阴晚自开，青天白日映楼台。曲江水满花千树，有底忙时不肯来。"① 首句暗示他与白的关系像"轻阴"一样不难消散，第二句意谓你我相约，光明正大，不必要躲躲闪闪。韩愈大概明白白居易没能赴约乃是瞻前顾后，心有疑忌，担心别人议论。当其时，韩愈镇州立功，初归京城，正是春风得意。所以，此诗虽有责备之意，语气却很豪爽。

白居易答诗解释说："小园新种红樱树，闲绕花行便当游。何必更随鞍马队，冲泥蹋雨曲江头。"② 早春时节，他就有相约张、韩同游之意，那时他便说"莫待春深去，花时鞍马多"。现在的解释正与这两句相呼应。可事实上，白居易不会仅仅因为懒得"冲泥蹋雨"就失约。如果说韩愈因为镇州立功，气度豪迈而来得很大方，白居易则很可能因此而更谨慎。他与韩愈不和想必时人尽知，当此时韩愈权势正盛，而他忽然与韩愈出现在游人如云的曲江边，确也不能没有被人议论的顾虑。

大概由于白居易失约，韩愈心中不快，对白居易的态度又冷淡了下来。过了段日子，白居易以调笑的语气写诗给韩愈说："近来韩阁老，疏我我心知。户大嫌甜酒，才高笑小诗。静吟乖月夜，闲醉旷花时。还有愁同处，春风满鬓丝。"③ 白居易说韩愈近来之所以对他疏远是因为"才高笑小诗"，乃是以调侃话消除韩愈因自己失约而引起的不快。"静吟"两句是希望韩愈不要错过"月夜花时"，与自己一同饮酒赋诗。白居易婉转地表达自己再约韩愈的愿望，弥补未能赴约的过失。末两句尤为婉转真切，意思是说你我都老了，还是有许多话可以说的。春风拂动我们满头的苍发，就能引起我们共同的愁绪。在平淡的语气中，表露出自己多年与韩愈不和的遗憾。

白居易又有《老戒》诗，大约就作于此诗前后。诗云："我有白头戒，闻于韩侍郎。老多忧活计，病更恋班行。矍铄夸身健，周遮说话长。不知吾免否，两鬓已成霜。"④ 首两句提及韩愈，末两句说到自己，中间四句以打趣之言述说老年人的毛病，嬉戏之中见哀伤，不独怜自己，而且怜韩愈，把韩愈

---

① 《全唐诗》卷三百四十四《同水部张员外籍曲江春游寄白二十二舍人》，第3872页。

② 同上卷四百四十二《酬韩侍郎张博士雨后游曲江见寄》，第4961页。

③ 同上卷四百四十二《久不见韩侍郎戏题四韵以寄之》，第4960页。

④ 同上卷四百四十九，第5090页。

和自己放到一起相怜却是有深意的。即使当年意气用事，现在俱已年老，两鬓成霜，也该趁有生之年握手言好，一同吟诗。从白诗中能看到这种愿望。

也许是白诗消除了韩愈的不快，加之张籍从中劝和，韩白终于坐在同一条船上。白居易《同韩侍郎游郑家池吟诗小饮》诗云："野艇容三人，晚池流浼浼。悠然依棹坐，水思如江海。宿雨洗沙尘，晴风荡烟霭。残阳上竹树，枝叶生光彩。我本偶然来，景物如相待。白鸥惊不起，绿芡行堪采。齿发虽已衰，性灵未云改。逢诗遇杯酒，尚有心情在。"① 白居易说"我本偶然来"，但由前边所述韩白关系来看，很难说这两人竟会偶然巧遇，并在同一条船上作诗饮酒。笔者怀疑仍然是张籍从中说和，将韩白两人约在一起。想来张籍是为了让韩白两人交谈得更随便些，所以没有在场作陪。不过，从此诗来看，韩白谈得并不投合。诗中没有流露出与韩愈把酒论诗的喜悦，只淡淡地说"尚有心情在"。白居易又有《和韩侍郎苦雨》诗，约作于与韩愈同游郑家池之后。既为和诗，则韩愈当有"苦雨"诗寄给白居易。不久，白居易外调为杭州刺史，自此以后两人再未见过面，也再无赠答之作。

十余年后，白居易忆及故人，尤难忘怀的是诗友元稹和"诗敌"韩愈。作于唐大和八年（834 年）的《思旧》诗云："闲日一思旧，旧游如目前。再思今何在，零落归下泉。退之服硫黄，一病讫不痊。微之炼秋石，未老身溘然。"② 白居易一生知之最深的应该说有两个人：元稹和韩愈。尽管后者与他多年不和。

韩白是中唐最具影响力的诗人。他们不仅是杰出的诗人，而且各自在盛唐之后开辟了新的诗歌艺术道路；不仅是文苑诗坛的领袖，而且都曾在朝廷身居高位。因此，他们两人在诗坛上多年相争，直接影响着整个中唐诗歌的发展。韩愈的创新精神和艺术失误都给白居易以深刻启示，白居易与韩愈争胜当也是白诗成功的一个因素。同样，如果没有元白浅近诗风的冲击，很难说会有韩孟诗派的产生，也很难说韩愈会很快收敛过险过怪之气。而这一切，都进而影响整个中唐诗坛。可以说，韩白相争直接促成中唐诗歌的绚烂局面。

（本文原刊于《中国韵文学刊》1994 年第 1 期）

---

① 《全唐诗》卷四百三十四，第 4817 页。

② 同上卷四百五十二，第 5137 页。

礼乐文儒思路在盛唐落幕后的终结

臧　清

文儒思想是开元天宝时期特有的以礼乐为核心的、文与儒有机结合的儒学思想。中国文学史上“盛唐之音”的审美特质、盛唐诗学观念的产生、变化和消退，是与文儒思想观念的盛衰消长相始终的。考察文儒思想逻辑在唐代从确立、开展、曲折到终结的演变过程，或可对盛唐文学研究和史学研究中的若干焦点问题提供新的解答①。

自开元中期以来，礼乐文儒思想逐渐取代政本儒学思想成为唐代社会的主流思想观念。盛唐文儒们在“开元之治”的良好社会基础上，抓住时代机缘，积极推动唐玄宗大展儒家理想主义实践。张说及其同道以集贤院为机构依托荟萃文儒人才，以评鉴和选举引导好尚文儒的社会风气，以制礼作乐来营造文物彬彬的盛世氛围，使盛唐时代出现了前所未有的新气象。海内清晏，四夷向慕，文物彬彬，风俗淳厚，朝野上下普遍感到和谐欣悦。在当时许多人看来，儒教社会的盛世理想大致已经成为现实。正如杜甫所描述的：“盖九五之后，人人自以遭唐虞；四十年来，家家自以为稷卨。”② 然而，与此相伴随，那些理想设计下始料未及的问题，则在文儒思想的现实开展中日益严重，文儒思想本身的内在缺陷亦由此彰显。开元年间应制举的袁映的一篇对策，使我们看到了文儒型文人在礼制、学术、艺文、教育等精神文化领域的昂扬自信，另一方面也看到了他们在面对现实挑战时的苍白无力。而以“文”相高的片面观念，在政治实践和人生日用层面流弊日深，更导致文儒型官员养

① 相关论述参见拙文《盛唐文儒的文学与历史承担》，《郑州大学学报》2004 年第 4 期。

② 杜甫著，仇兆鳌注《杜诗详注》卷二十四《有事于南郊赋》。

成空疏和不善治事的积习，安史之乱中房琯执政的失败即标志着文儒逻辑在盛唐落幕之后的无奈终结。

一　开元十四年的君臣问答：一个个案分析

唐开元十四年（726 年），是唐玄宗东封泰山的第二年，也是唐人盛赞的唐诗巅峰期、“声律风骨兼备”的开元十五年的前一年①。开元十五年前后唐代社会状态的变化之迹，包括玄宗朝的弊政、边事、弥漫朝野的豪奢风尚、学问动向、诗人心态等，赵昌平先生已有专文清晰勾勒②，唐开元十四年自包含在内，亦为本文论述的基础，在此不赘。本文兹另求与文儒相关的史述加以论列。③

是年，张说于东都天津桥南百官酺宴时，令在集贤院幕上悬设大榜，以显扬院官学士。

正月，张说奏请修订“五礼”，玄宗于是令徐坚等学士讨论、检撰，此即唐开元二十年（732 年）修成的《大唐开元礼》。

四月，张说为宇文融、崔隐甫、李林甫所弹，罢中书令，右丞相及专修国史如故。然而宠顾不衰，“说虽罢政事，专文史之任，朝廷每有大事，上常遣中使访之”④。至此，张说已拜相五年（自开元九年第三次同中书门下平章事起），任中书令三年（自开元十一年第三次任中书令起），已在其任内完成了祭后土、祀南郊、封泰山等大典，改定《大唐乐》乐章辞令，称引了房琯、韦述兄弟六人、赵冬曦兄弟六人、张九龄、孙逖、王翰、贺知章、许景先、徐浩、常敬忠等大批文儒之士；正以学士衔主持集贤书院，去年的拜命之日，玄宗赐宴，荷宠有加；集贤书院十八位学士得玄宗写御赞、图像于东都上阳宫。

---

① 参见《河岳英灵集》序文，载于元结、殷璠等撰《唐人选唐诗（十种）》，上海古籍出版社 1958 年版。

② 参见赵昌平《开元十五年前后——论盛唐诗的形成与分期》，载于赵昌平著《赵昌平自选集》，广西师范大学出版社 1997 年版。

③ 以下唐开元十四年前后事据《张说年谱》（陈祖言著，香港中文大学出版社 1984 年版）和《登科记考》卷七（徐松撰，中华书局 1984 年版）纂辑。

④ 《资治通鉴》卷二百一十三开元十六年“二月”条。

六月，玄宗敕令征求“精于经史，道德可尊，工于著述，文质兼美者”。

七月，玄宗上御洛城南门楼，亲试岳牧举人及东封献赋颂人。此即神岳贤良方正科制举，应制及第者有袁映、孙逖等；严挺之知贡举，所取进士有储光羲、崔国辅、綦毋潜等，第二年又擢常建、王昌龄登第。

八月，玄宗下诏纠正《尚书·洪范》中的一个字并宣示国学：推敲声韵而改“无偏无颇”中的“颇”为“陂”。此诏为孙逖起草。

十月，玄宗亲临道场策问因封祀所荐者，发现“不称所荐，其数则多”，诏令各地都督、刺史审慎访择，具以名荐。

显而易见，开元十四年［或曰十五年（726 年或 727 年）］前后，是文儒思潮高涨、文儒风气大行于世的时期。虽有文儒领袖张说的官运挫折，但其实际影响力并未消歇，由他倡行的礼乐盛事已成为彪炳史册的文儒事业，已造成了以儒道和文章相高的社会氛围。上至皇帝、朝臣，下至士子、百姓，都高度认同文儒理念。选举的标准，进士的文人性质，礼乐文教事业的崇高地位，皇帝的兴趣和鼓励，文儒型官员的自我感觉，在在都不同于初唐对文人文学的观念性压抑了。

然而，这只是历史情境的一个方面。另一方面，就在文儒逻辑舒张高扬的时候，一些问题已经悄然出现并且日益浮出水面了。我们从开元十四年的一篇制举对策中可以窥见个中消息。这篇《神岳举贤良方止策》的作者袁映，生平事迹不详，此篇文字是他唯一留存下来的作品，也一向为人忽略。我注意到了其中玄宗的提问，在此就相关部分引述讨论[①]。据前文所引，当日为玄宗亲试举人，其策问应当基本代表了玄宗的意旨。

策问第一道，玄宗策问原文阙，存袁映对策曰：

> ……昔仲尼称“凤鸟不至，河不出图”，盖伤衰周之运，不见圣明之代也（一作明君圣代也）。臣今舆颂刍言，肃祗眷命，陪圣跸于神岳，奉金策于玉宸，赓歌泰清，咫尺旒扆。是天纵聪明，而超于孔丘，不图幸之至于斯也。况周颁禹膳，列坐尧衢，此优贤之至也。愚臣何足以充塞？

① 袁映《神岳举贤良方正策》，李昉等编《文苑英华》卷四百八十一策五；系年据《登科记考》卷七。

敢不布其腹心，竭尽闻见。臣伏惟皇穹有成命，圣唐受之，崇高配天，广大配地，天地合德，而陛下大明于其中。有以觐高祖之耿光，有以恢太宗之鸿（一作丕）烈，乐成于郊祀，而昭升上帝，礼备于睢上，而敷闻后祇。于是柴于岱宗，望于秩首，三光全而五行序，八荒协而万国谐。皇灵丕应，象物昭格，无疆惟休，能事毕矣。况阴阳燮理，则贤相尽规；风俗敦庞，则良牧宣政。百揆时序，庶物咸亨。诚已郁映华胥，迈绩尧舜，岂夷吾所记七十二之凉德而望清光哉？而犹恭默思道，励精图政，帝阙峥嵘而下临，天问昭回而尽睹。乃赐臣策曰"延想无为之理，聿修太和之化，匪曰能致，将与图之。"所以谋广聪明，询于大陋，使君子道长，俊乂用彰，陛下执谦之至也。天下幸甚！天下幸甚！愚臣无得而称焉。

对其时祀南郊、祭后土、封泰山以及中央和地方政治清明等成绩，袁映都从礼乐教化、阴阳燮理角度大加赞美，认为当今是"迈绩尧舜"的"圣明之代"。对策文中洋溢着躬逢盛世的自豪感和颂美王政的使命感，反映出一种典型的文儒式的理解。

策问第二道：

制策曰："夫原疾而授药者，良医也；因时而救弊者，权政也。今塞垣犹守，府兵云耗，闲人轻去，冗食难归"者。臣闻先王之理，布在方策，乘时司契，其道深乎。陛下窥览万化之源，独运安危之兆，执大象，鼓洪炉，知微其神，惟睿作圣。九门尝药，致苍生于福寿，七政齐衡，得元珠于利见。虽讲信修睦，寰区大同，而安不忘危，故塞垣仍守。虽道德齐礼，黔庶康济，而宽以厚载，故闲人或浮。臣又闻之，兵戈者，威不轨而昭文德也；兆庶者，忘帝功而畏苛政也。边鄙豫备，谁能去军？参决违方，时闻失业。总寰瀛而观偃伯，则三边之戍役，不足多也；据天下而览兆人，则万一之逋逃，不足怪也。况国家皇极作乂，七政有伦，增新军以保厘，革浮惰而绥辑，何忧乎府兵之耗？何有乎冗食不归？虽休勿休，惟陛下之圣虑也。

玄宗提出了府兵空虚和百姓逃亡避赋役的问题。开元十年（722 年），针对一直存在的府兵逃亡的状况，张说建议募“彍骑”以充宿卫，即以职业军人的募兵代替兵农合一的府兵。这一兵制变革带来的社会结构的变化，盛唐时人尚未觉察，至中晚唐直至宋人一直有深刻的反思和检讨，鉴于安史之乱中军将叛变自立的严重问题，废府兵甚至被指为兵乱之源。杜牧在《原十六卫》中说：“至于开元末，愚儒奏章曰：天下文胜矣，可罢府兵。”接着描述罢府兵后边兵势力扩张，终致兵变，显然是直接指斥张说等文儒。尽管中晚唐和两宋士人的议论，出于应对各自面临的现实问题的立场将府兵制理想化，甚至将长期社会情势所致的兵制存废问题归咎于文儒领袖一身，有失客观公允，但盛唐文儒全体对此完全缺乏意识，也令人叹息。玄宗采纳了张说的建议，但仍提出疑虑，而袁映则表现得相当乐观，认为府兵不足，增加新军即可保安全无虞。他说：“兵戈者，威不轨而昭文德也。”仅从军队的终极目的角度置论，这与张说述征战时动以礼乐为名，出乎一辙。针对逃亡人口的问题，玄宗在开元九年至十二年（721—724 年）底任用宇文融括田括户，袁映对此不以为然：“据天下而览兆人，则万一之逋逃，不足怪也。”这与张说、张九龄等人反对宇文融括户的立场也是一脉相承的。对这些重大的兵制、赋税问题，袁映都轻轻放过，说只是皇帝“虽休未休”的“圣虑”，其实不足为虑。

策问第三道：

制策曰：“膏粱无耻于侥幸，蓬荜未致于退让。选举殷凑，官员不给，效职者或禄仕而养资，试言者多浮华而背实。”当今士食旧德，农服先畴。结绶登朝，咸遵揖让；被褐在野，尽归廉洁。臣实睹还淳反素之风，不知无耻未敦之事。尊谦俯问，臣何敢奉？钦若帝唐之有天下也，久于其德，人文化成。敦《诗》《书》，悦礼乐，济济多士，开元以宁。日者十铨分镜，群材焯叙，观行考言，责名征实。克黜浮薄，登延俊秀，大革前弊，其命维新，则推让之风行，尸素之源灭。其肯养资禄仕，以速官谤？若使会府持衡，守而勿失，将恐咏彼空谷，叹此才难。岂有员不给官，殷烦乎选士；言而背实，浮华于举才？臣虽庸愚，有以知其不然也。

玄宗对当时的选官状况、奔竞侥幸的士风、“浮华而背实”的举才标准深表不满。上文所举是年十月玄宗亲临道场策问，认为不合格者甚多一节，适可与此相参证。袁映则盛赞诗书礼乐之儒家教化的成功，认为朝野上下旧德不坠，人文化成，“臣实睹还淳反素之风，不知无耻未敦之事”。“敦《诗》《书》，悦礼乐，济济多士，开元以宁。”

策问第四道：

> 制策曰：“岂风之不臧？何草之难偃也！澄源正本，厥路何由？闻乎古者，井田有助，公私取给。诸侯贡士，赏罚存焉。改辙欲从，迷津尚伫”者。臣闻人无恒德，实从上教，草顺风而靡偃，水随器而方圆。陛下神谋元行，德如天覆，驱今之代，归于寿域。深源固本，政事惟醇，俗既分于土宜，人亦同于上好。又何取乎井田古制，力助前规，赏罚于岁贡之士，增削于诸侯之地，若斯而已哉？夫五帝不沿乐，三皇不袭礼，非固相反，盖取随时，泥以从钧，车难改辙。臣诚愚妄，不识大体，窃愿陛下，神而化之，使人宜之，正如当今之代也。

玄宗紧接着提出了教化难行的困惑、财用不足的困难。盛唐时代大倡礼乐教化，然而对教化的实际施行路径及其效果，玄宗也还是有一丝疑虑。袁映则坚信只要上层坚定引导且实行仁政，人民自会顺应上意，形成良风美俗。财政管理上，玄宗有意尝试古代的井田制度，但踌躇未决。周代井田制度下兵农合一，一向也被儒者视为成周之制，府兵空虚的问题是否可以通过恢复井田的方式解决？玄宗的这一思路实与其前一问相承续，也引出其下有关周制的评价问题。袁映答说，古制去今已远，难以恢复，当今只宜随时俱进。袁映在此援用了张说主政所标榜的“随时之义”，至于如何随时，袁映却提不出任何具体建议，只能说些“窃愿陛下，神而化之”的空话。

策问第五道：

> 策曰：“文质再复，忠敬何适于时？齐鲁一变，亲贤何近于道也？”大哉圣问，臣敢扬之。臣闻之，文质再而复，正朔三而改，殷因于夏，周因于殷，人（《文苑英华》原注：疑）德齐庄，夏尚忠厚。殷人质也，

周人文也，文质虽变，忠敬咸宜。不敬则礼节遂乖，不忠则弼谐斯替。匡朝阐化，适时惟一。然则敬自外饰，忠由内淳，必也奚先，请同去食。若乃亲亲而尊尊者，其有周公之余化乎？举贤而尚忠者，其有太公之遗风乎？孔子曰："齐一变，至于鲁；鲁一变，至于道。"鲁由旧章，斯焉殆庶。

这里，除了举贤和举亲的问题以外，玄宗对"文"与"质"的位置关系提出疑问。"敬自外饰"的文与"忠由内淳"的质，何者更为根本，何者是为时代所需要的，在大倡礼乐之"文"、外在之"饰"的时代，玄宗的这一疑问是值得注意的，或许反映了他对文儒思路的一丝隐忧？袁映的回答是文质应当兼备，表面看是不偏不倚的见解，实际上反映了对文的坚持，因为任何时候都不能说取文而舍质。这一表述如与安史之乱后士人有关"文"的直接抨击性说法加以对比，其立场和取向就更清晰可见了。袁映大体上是沿袭孔子的说法[①]，对于文质更替取一种历史循环的说法，对夏之制未加裁度，对周之文是肯定的。而至中唐，李华撰《质文论》[②]，则明确声称"殷周之道，不胜其弊"，破除了孔子以来儒生津津乐道的"郁郁乎文哉"的周礼、周制的理想光环，正是对盛唐承周继汉、追求三代之化、大兴礼乐的文儒路线的反驳和批判，并举汉代前后的变化证明文不如质，质之弊还可能弥补，文之弊则无法挽救，而在沉醉于"郁郁乎文"的盛唐，恰恰缺乏李华这样的清醒者。

策问第六道：

制策曰："择何典而淳俗？乘何法而安人？何功而天地和平？何德而黎元富寿"者。臣闻诸元元皇帝曰："我无欲而人朴。"大哉至道，不可多言。伏愿陛下克修圣祖，恢维化纲，崇帝象之风，反皇人之始，俗已淳矣，人斯安矣。三事允理，六府孔修，则地平天成矣。轻徭薄赋，慎

---

① 孔子认为周礼是对夏、殷礼制损益而成，对之基本上是肯定的。《论语》中的有关说法是："子曰：周监于二代，郁郁乎文哉，吾从周。"（《八佾》）"子曰：殷因于夏礼，所损益可知也；周因于殷礼，所损益可知也。"（《为政》）"颜渊问为邦，子曰：行夏之时，乘殷之辂，服周之冕。"（《卫灵公》）

② 李华《质文论》，《全唐文》卷三百十七。当然，李华言辞虽然激烈，但并非彻底否定礼乐，主要还是出于对盛唐礼乐浮华化的痛定思痛，要求务去虚文繁礼。

罚措刑，则既富且寿矣。岂臣庸鲰，克堪预焉？伏以垂政立范，因时变通，布陈前载，简在帝聪。……

玄宗最后追问实现人安俗淳的太平治世需要什么样的理论指导思想，需要什么样的功德条件。天地和平，黎元富寿，这是玄宗一直孜孜以求的理想。或许，在文儒们的滔滔论证中，在回荡在岱宗山麓的“万岁”声中，他相信已经达至了，可是此时，仅仅半年之后，他似乎又困惑了。袁映以无为之治和仁政理念笼统作答。

综合上述分析，玄宗提出的都是现实状况引起他关注和思虑的问题，但袁映的回答则无论是思路取向抑或论证方式，都不出文儒的思想框架，并未给出有针对性的解决之道。更有甚者，袁映对社会情势的估计相当乐观，对实际问题的回答比较虚泛，似乎认为那些都不是问题，是在所难免或容易超越的。由此可见，士人在封禅盛典落幕未久之时，深深沉浸在礼乐教化之世的陶醉之中，对文儒政教带来的隐患并无察觉。

这些提问的内容和范围，大致涉及了当时的，也是几乎贯穿整个盛唐时代的不少重大问题。其中一部分属于复杂的民族矛盾、社会矛盾，一部分则是文儒逻辑直接或间接的后果，后者在开元中期以后，随着文儒逻辑展开过程中的曲折和失衡而日益严重。袁映所描述的风俗淳厚、健康单纯的盛唐社会图景当然不是虚构，玄宗对现实的忧虑也不是杞人忧天。这是一个问题的两个方面。开元中期正是盛唐社会的上升阶段，各种社会矛盾还没有尖锐化，袁映所看到的正是文儒政教在顺利展开时期的良好效果，是朝野上下政通人和、在文儒思想鼓舞下奋发昂扬的社会氛围，是充满阳光和朝气的盛唐气象。而玄宗在欣欣然于主要由文儒所塑造的盛世感觉（开元十三年的封禅可谓高潮）的同时，亦看到了阳光下的阴影和大河中的暗流，那同样也是真实的。可以想象玄宗览策之后的失望，但袁映的对策典雅工丽，辞气畅达，称述得当，依照其时倡导的人才标准，袁映和后来成为文儒领袖的孙逖被同榜录取了。

由于不得不面对政治经济全局，玄宗比许多官员、知识分子更早地直觉到了现实问题，但却没有也不可能意识到问题的根源，只是努力设法解决一些实际困难。玄宗本人正是文儒思想的认同者、推行者，在此后的十几年间仍继续推行文儒的政教思路。一直到开元二十九年（741年），在改元天宝诏书里，征求两类人才："其前资及白身人中有儒学博通及文词秀逸，或有军谋越众，或有武艺绝伦者，委所在长官，具以名荐。"① 一类是当时迫于边事而急需的军事人才，一类就是文儒。可见，尽管文儒积弊日深，玄宗的用人政策已逐渐转向，崇尚文儒的观念仍然占据思想场域的主导位置。对文儒思想根本性症结的探求检讨，要到安史之乱过后一个全新的历史空间中才成为政治家、思想家的正面课题。

二　文学、儒道价值优先的后果

在文儒逻辑里，士君子的道德文章，主要是儒学古道、词采文学的能力，甚至被赋予了超越吏能等其他才具之上的价值优先性，吏治之能甚且受到轻视。张说等文儒当朝者，在许多具体现实情境中高扬文儒理念，言行之中颇喜突出文儒的尊贵荣宠。如集贤院的权制，按照唐代官制，本非百司之列，朝廷特使宰相为知院事，集贤院位列在尚书省诸司之上，这已显示朝廷的政策倾向性，张说意犹不足，还要在百官面前再加显扬。② 张说提倡"学士之礼，以道义相高，不以官班为先后"③。贺知章迁礼部侍郎兼集贤学士时，宰相源干曜问张说，学士和侍郎何者为美。张说认为学士荣名美于侍郎，理由是"侍郎自皇朝已来，为衣冠之华选，自非望实具美，无以居之。虽然，终是具员之吏，又非往贤所慕"④。将文儒的价值地位超拔于世俗评价的官阶、门第之上，同时对"具员之吏"流露出了相当的轻视。盛唐时代所揄扬的文儒型人物除了文学观念上的特殊性以外，与传统儒家所推崇的"德行、言语、文学、政事"四科兼备的儒者有相当的重合，独于政事一端殊不为意。⑤ 葛晓

---

① 玄宗《改元大赦文》，《全唐文》卷三十九。

② 即前文列举的开元十四年酺宴张榜事。张榜之举连另一文儒常侍徐坚也认为过于显扬，遂令撤去。事见《职官分纪》卷一五《集贤院》门《大学士学士》节。

③ 刘肃撰《大唐新语》卷七《识量》载，张说拜集贤学士，院厅宴会举酒时不肯先饮，申明学士之礼，并言长安年中修《三教珠英》，当时学士亦高卑悬隔，行立前后，不以品秩为限，遂命举杯一时同饮，"时议深赏之"。

④ 刘肃撰《大唐新语》卷十一《褒锡》。

⑤ 这是就整体观念而言，在碑志等文类撰述时文儒作者当然不免褒奖传主的事功。

音师已指出盛唐文儒不屑吏事的特征。[1] 本文认为，文儒的这一特征实与其政治理想层面的追求密切相关。文儒孜孜以求的是上追三代王化的理想政治。按照儒家一般的理解，三代王化的主要内容是“治出于一，而礼乐达天下，使安习而行之，不知所以迁善远罪而成俗”；三代以下则治出于二，“其朝夕从事，则以簿书、狱讼、兵食为急，曰：‘此为政也，所以治民。’至于三代礼乐，具其名物而藏于有司，时出而用之郊庙、朝廷，曰：‘此为礼也，所以教民。’”[2] 文儒极力追求的最高目标是三代式的礼乐化成，而政事吏务则是三代以下不得已为之的治民之术，故不属于文儒关注和致力的层面，这就是孙逖所说的“方当弥纶帝绩，岂徒润色吏事而已”[3]，也就是盛唐文人避“浊”就“清”的观念背景。张说、张九龄因自己才能全面、文学吏事左右逢源而意识不到其理论主张忽视吏能的潜在危机。刘知几等史臣还把“史任”与“吏道”对立，完全忽视行政管理经验对于学术认知的价值。认同文儒观念的文士，无论能否，大率不愿意担当具体的行政职务。史载元行冲“九迁至陕州刺史，兼陇右、关内两道按察使，未行，拜太常少卿。……又充关内道按察使。行冲自以书生不堪搏击之任，固辞按察……俄又固辞刑狱之官，求为散职”[4]。元行冲的固守书生本色是相当典型但还不是最糟糕的例子，他在不得已为之的大理卿一任上尚表现出一定的司法能力，而大多数被秉政文儒擢用的文学之士，在实际政务方面日渐表现出兴趣缺缺又无力驾驭的状况。

文儒型官僚以文儒价值优先论、以所谓“无文”“不学”为由对吏能人才的鄙视，更直接引发了与吏能型官僚的对立。开元十四年（726 年），张说为中书令时反对用崔隐甫为御史大夫，“薄其无文”[5]；十年后张九龄为中书令时以同样的逻辑反对擢牛仙客为尚书，说“仙客边隅小吏，目不知书”，不宜大任。另一著名文儒、中书侍郎严挺之建议张九龄将户部侍郎萧炅外贬，

---

① 参见葛晓音《盛唐“文儒”的形成和复古思潮的滥觞》，收入葛晓音著论文集《诗国高潮与盛唐文化》，北京大学出版社 1998 年版。

② 《新唐书》卷十一《礼乐志》一。虽非出自唐人，但这里是对三代王化的一般性概述。

③ 孙逖《唐齐州刺史裴公德政颂》，《全唐文》卷三百一十二。

④ 《旧唐书》卷一百零二《元行冲传》。另据本传，元行冲尝因无法推辞而一任大理卿，在李杰案上的表现“深为时论所美”。可见有些文儒如元行冲者，非不能吏事，实不为也。

⑤ 《资治通鉴》卷二百一十三唐纪“开元十四年”条。

理由是萧炅“素不学……读‘伏腊’为‘伏猎’”[①]。牛仙客等是否堪任自当别论，张九龄等提出异议的理由则显示出了正统文儒在价值观上的偏见，即无论如何，文章学问而非其他，是衡量人才的首要标准。这已完全翻转了初唐王师旦掌选举时的取舍标准。不过，吏能官员的反应逻辑与此针锋相对，“无学术”的李林甫说“九龄书生，不识大体”，“苟有才识，何必辞学?”[②]也击中许多文儒官员有文艺无器识的要害。

文儒官员不善吏务本身往往造成行政弊端，同时面对机构问题、社会问题，尤其是日益严重的财政困境，或是无所察觉或是只有迂阔之论，没有有效的办法（如前文所举的袁映对策）。比如礼乐事项、推恩赏赐的用度，经济持续发展时尚可维持，一旦遭逢财政困难，玄宗的忧虑就不是文儒的赞歌所能安慰的了。张说有《钱本草》[③]一文，表现了传统儒臣不言利的清高姿态。文中虽然认可金钱“善疗饥寒困厄”“能利邦国”的用途，但更强调它足以“污贤达”。为此，张说提出以“道”“德”“仁”“义”“礼”“智”“信”等儒家价值约束人们的逐利欲望。可见，张说虽然在治理地方时也有兴利之举，但在观念上是不推重的，故对宇文融的括户举措，个人恩怨的因素之外，张说和张九龄的反对立场更是理念使然。张说、张九龄、裴耀卿等被黜，崔隐甫、宇文融、李林甫、牛仙客等上台，除了玄宗的驭臣之术以及朝臣之间的权力之争，主要还是因为玄宗看中了吏能之臣的干才。如崔隐甫为地方官，“人吏刊石颂其美政”[④]；宇文融括户卓有成效，以至于在他卒后玄宗还“追恨融才有所未尽也”[⑤]；李林甫“条理众务，增修纲纪”[⑥]；牛仙客严谨守法，素有行政效率；杨国忠被玄宗称赞为“好度支郎”。作为史家公认的“好文之君”[⑦]，玄宗从“用相必本于经术，图王亦始于师臣”[⑧]，到依赖“寡学术”“不知书”的吏能人才，其间的转变是逐渐积累和颇为无奈的，文儒宰相的无

---

① 《资治通鉴》卷二百一十四唐纪“开元二十四年”条。
② 同上卷二百十四“开元二十四年”条。
③ 张说《钱本草》，《全唐文》卷二百二十六。
④ 《旧唐书·良吏传下》。
⑤ 《新唐书·宇文融传赞》。
⑥ 《旧唐书·李林甫传》。
⑦ 《旧唐书》卷一百零二“史臣曰”。
⑧ 张九龄《集贤殿书院奉敕送学士张说上赐燕序》，《全唐文》卷二百九十。

能处和失误处自然地成了吏能之臣占据位置的充分理由。玄宗尝“谓裴光庭曰：‘卿等皆言融之恶，朕既黜之矣，今国用不足，将若之何？卿等何以佐朕？’光庭等惧不能对”①。这里透露了玄宗这一转向的根本原因以及依赖性的形成，其情形正如宋代苏辙所言：“（宇文）融既死，而言利者争进。韦坚、杨慎矜、王鉷日以益甚，至杨国忠而聚敛极矣。”② 问题的严重性还在于，玄宗所依赖的吏能官员并没有从根本上解决现实危机。宇文融等人不是以“观民以定赋，量赋以制用”的方法③改变统治策略，缓解社会矛盾，而是以括户括田、广置诸使、增设皇帝私用的“琼林”“大盈”二库等经济控制手段，顺应玄宗的需要和欲望，固然颇见成效，也并不全是敲剥聚敛之法，如括户括田客观上亦有一定程度的安定民生的作用，但终究只救一时之急，而且还带来了更难以清除的弊政和后患。更兼其中的小人乘机弄权营私，败坏了政治风气，终使国家濒于危亡。需要澄清的一点是，吏能官员中因有口蜜腹剑的李林甫和缺乏道德感的杨国忠，常受后人诟病，但实际上其中也有为数不少的清正、精干能吏，如宇文融选拔的二十九位劝农判官等。很显然，吏能之臣不等于奸佞小人，文儒之臣也不尽为忠直贤良，所以文儒与吏能之争主要是为政理念的分歧，而不能简单归之为忠奸斗争。

文儒与吏能作为士君子才能的两大方面，在初盛唐的政治实践中哪一面更受重视，与时代文学观念的摇摆是相表里的。大量擢用文学之士固然早在武则天时期就已开了先河，但武则天时多是以文学之士为侍从和风雅点缀，政事运作中实际倚重的尚有一大批狄仁杰、张柬之辈精明务实的吏员，或是虽由文学出身但更发挥其治事才干者如姚崇、宋璟等，如苏味道这样的“礼乐才”④ 也只是政令决策上“模棱”而已的陪衬人⑤。玄宗时由于文儒观念的大行于世，文学之臣多担当显职或重任，擅文辞者往往掌制诰等清要之职，

---

① 《资治通鉴》卷二百一十三“开元十七年十月”条。

② 苏辙著《栾城后集》卷十一《历代论五》。

③ 这是中唐啖助检讨唐代弊政时提出的一项主张：“凡军旅，国之所以安危也，故纪其善否焉。观民以定赋，量赋以制用，于是经之以文，董之以武，使文足以经纶，武足以御寇，故静以自保，则为礼乐之邦，动而救乱，则为仁义之师。……今政弛民困，而增虚名以奉私欲，危亡之道也。”陆淳著《春秋啖赵集传纂例》卷六“军旅例”引啖助语，中华书局1991年“丛书集成初著编”本。

④ 语出张说《右丞相苏公挽歌二首》其一，张说著《张燕公集》，上海古籍出版社四库影印本1992年版。

⑤ 参见《旧唐书》卷九十四《苏味道传》。

地位高于行政吏务的具体执事者，更片面强化了重清官的取向。尽管文儒之才和吏能之才在二张等文儒领袖身上并不对立，但轻视吏能的价值观念在开天时期极为强大，以致左右了士人的出处选择。在文儒思想氛围内成长起来的士人如元结、萧颖士、杜甫等人都流露过对吏事的鄙视。盛唐不少中第举子，典型者如杜甫，宁肯继续候选也不受县尉这样的吏职。高适不愿做封丘尉，后来虽成为为数不多的“诗人之达者”，仕途上比较成功，也往往“言过其术，为大臣所轻”。[1] 不善实务后来成为吏能官僚打压文儒的重要口实，从这一角度说，许多文儒的人生遭际实和文儒逻辑所必然遭逢的困难有关。

三　房琯罢相：文儒逻辑在朝政中的终结

袁映日后的命运我们不得而知，除了前述那篇煌煌策论，袁映并无其他任何事迹见于今存史传文献，大概终未得大用。袁映其人是否属于文儒类型的人物不得而知也不重要，重要的是我们透过这样一份被主流话语认可的文字，可以看到其背后潜在的主导士人的文儒思想框架，同时还看到了文儒逻辑在面对许多实际问题时的无力。

然而，袁映式的文儒理解以及文儒价值优先论却从开元年一直延续到天宝年。当朝大臣如张说等推尊文儒的一些故事，“时议深赏之”，比文儒的理论话语更广泛流布于士林，形成了舆论导向。再加上玄宗的默许和支持，如前文所引为学士图像书赞，对陆坚之议的排斥，不止一次为改动经文中的一个字下诏书等，[2] 也从上层形成一种对文儒者和文儒事业的尊崇风气，为初盛唐文人以来文人君臣际会的幻想推波助澜。文儒的重要意义，尤其是“文”的重要意义，因其跻身礼乐的位置而被凸显和放大，使文人获得了空前的自信，甚至是程度不等的狂妄。在这样的气氛里，不少文人、儒生自以为穷究经史典籍，博通儒道学问，为文妙笔生花，就是可以经纶天下的宰辅之才了。文人甚至对献赋天子而登龙门的方式抱有很大的幻想。比如李邕在玄宗登封泰山回京途中几次献赋，因上赋称旨而扬言自己当居宰相。时为宰相的张说

---

① 《旧唐书》卷一百一十一《高适传》。

② 除了前文所引开元十四年改《尚书》中一字外，天宝五载诏改《道德经》“载”字为“哉”，见徐松撰《登科记考补正》卷九天宝五载。

出于权位的考虑，为此事深恶李邕，[1] 但他忽略了一点，就是李邕的狂言其实正合乎他张说的逻辑。另如李白标举礼乐大雅，不走普通科举求仕的道路，上书献赋，求名自达，声称能够“申管、晏之谈，谋帝王之术，奋其智能，愿为辅弼，使寰区大定，海县清一”[2]；杜甫以献三大礼赋的方式希望得到皇帝赏拔，自我评价是“窃比稷与契”。李颀的《缓歌行》是盛唐文人典型的仕途畅想曲：“男儿立身须自强，十年闭户颍水阳。业就功成见明主，击钟鼎食坐华堂。二八蛾眉梳堕马，美酒清歌曲房下。文昌宫中赐锦衣，长安陌上退朝归。五陵宾从莫敢视，三省官僚揖者稀。早知今日读书是，悔作从前任侠非。”[3] 这种狂傲坦率、不避庸俗的抒情在李白集中更是常见，在盛唐文人的写作中也颇具普遍性。大批文儒登朝的现实使李颀之辈坚信，闭户读书和成就功业可以直接联机。完全可以说，唐代文学中那些声名赫赫的人物，如李白、王昌龄、杜甫等，实与一个湮没无闻的应试举子袁映属于同一思想脉络，更有许多文人根本连文、儒兼善也没做到，仅只能文就已经忘乎所以了。

如果说历史没有给自以为怀抱王霸大略的李白、杜甫等文儒型文人以展现政治抱负的机会，让我们无从评判他们的政治能力的话，那么通过房琯的例子，我们可以看到一个具有典型盛唐文儒理念的人物在现实中的政治表现及其挫折遭遇。从房琯身上，我们可以看到很多文儒者的影子，可以推想杜甫之类的人物一旦执政的情形。尽管杜甫在安史之乱中对某些重大政治问题的预测是正确的，如在《北征》中提出了与李泌暗合、堪称卓识的战略思想，《北征》《留花门》中估计到了朝廷利用回纥的后果，《洗兵马》也不乏见识，但面对实际情况时未必会比那位撰述《政典》、议论有余而成事不足的刘秩更成熟。史传说杜甫“旷放不自检，好论天下大事，高而不切”[4]。由杜甫积极追随房琯的政治立场来看，他执政亦未必比房琯、刘秩高明多少。

房琯是具有盛唐文儒观念的一类典型人物。当他在安史之乱中登上政治舞台的时候，文儒虽然在政治上的势力已经大为削弱，但文儒的观念、逻辑并没有消歇。在安史之乱尤烈、国事仍然危急的乾元初年，肃宗还对制礼作

① 参见《旧唐书》卷一百九十《文苑传李邕》。
② 《李太白全集》卷二十六《代寿山答孟少府移文书》。
③ 李颀《缓歌行》，《全唐诗》卷一百三十三。
④ 《新唐书》卷二百零一《文艺上·杜甫传》。

乐极为重视。与玄宗自定《大唐乐》声度、开元中以“太常观乐器赋”为进士考试题目[1]遥相呼应，此时肃宗有亲自过问太常乐器、审定音律之举。史载：“肃宗以太常钟磬，自隋已来，所传五音，或有不调，乾元初谓休烈曰：‘古者圣人作乐，以应天地之和，以和阴阳之序，则人不夭札，物不疵疠。且金石丝竹，乐之器也。比亲享郊庙，每听悬乐，宫商不备，或钟磬失度。可尽将钟磬来，朕当于内自定。’太常集乐工考试，数日审知差错，然后令别铸造磨刻。及事毕，上临殿亲试考击，皆合五音，群臣称庆。”[2] 军机万端之际，君臣并不以悬乐音准为不急之务，显然有着开天时代的观念烙印。开元天宝年间成长起来的文人还是以文儒观点来想象儒学古道、礼乐文学对于现实世界的意义。房琯就是这样。据史传，房琯“少好学”，是宏文馆学生，玄宗封岱岳前献《封禅书》，受到张说的赏识和擢用。房琯上书张说自云“若赴古道则适，若逢今人则非”，“愿起自燕国门下”，[3] 后成为天宝文儒谱系中的中心人物。房琯虽好谈佛老，实以儒家思想为核心，如其《龙兴寺碑序》[4] 中认为佛家学说可补先王之道，被杜甫目之为“醇儒”。安史乱中，房琯追赶玄宗至蜀中，表现出毁家纾难的忠义之节。房琯因“素表文学，夙推名器”而拜相，并因高名为肃宗所重，在武人和宦官把持的政府中为文士争取到了位置。他吸纳了许多节操卓异的名士，军政事务尤其倚重刘秩这样的“儒家子”。房琯“自负其才，以天下为己任”，常规治理方面尚有能力，如几次地方官任内都颇有治绩，但执掌朝政需要发挥开物成务的本领时，仍不出文儒式思路。如采纳刘秩恢复周朝“封建”制度的思路[5]，在普安郡敦促玄宗制置天下，命诸王分领大藩，不料其“封建”的结果是引出永王璘拥兵自立的变乱；又如房琯自请将兵收复京都，以刘秩等儒生参谋军事，用“春秋车战之法”，结果是“四万义军同日死”，付出了惨重的代价。这些地方都暴露出房、刘等人搬弄古道、拘执不化的严重弱点。房琯为宰相却“疏阔大言，不切实务”，好引宾客高谈虚论。和二张厌恶宇文融一样，他也排斥善理租庸之政的第五琦，

---

① 如开元时有敬括《观乐器赋》、达奚珣《太常观乐器赋》、邵轸《云韶乐赋》等，葛晓音师认为前两赋题目当为科举试题，见葛晓音著《盛唐“文儒”的形成和复古思潮的滥觞》。

② 《旧唐书》卷一百四十九《于休烈传》。

③ 房琯《上张燕公书》，《全唐文》卷三百三十二。

④ 房琯《龙兴寺碑序》，《全唐文》卷三百三十二。

⑤ 参见《唐会要》卷四十七载刘秩《政典》中对“封建”的论述。

肃宗反诘道："六军之命方急，无财则散。卿恶琦可也，何所取财？"房琯无言以对。历史有惊人的相似，前文所述玄宗当年罢去宇文融之后说的就是同样的话。房琯罢相后，"常自言有文武之用，合当国家驱策，冀蒙任遇"。不知反省又自视甚高，也是文儒华而不实者的通病。唐乾元元年（758 年），肃宗将房琯外放，贬黜诏书特别申斥他"彰浮诞之迹"、"旷于政事"，朝廷则以此"黜华去薄"，表明了对文儒及其为政方式的彻底失望。文儒最后一次在朝政上的开展以失败而告终。[①] 斥逐房琯事也显示，肃宗本人的政教观念逐渐脱离盛唐文儒框架，而走向敦本务实的道路。乾元二年（759 年）仿前朝故事行籍田礼，肃宗要求去掉籍田礼用的耒耜上的雕饰，对前朝"崇奢尚靡"的制作和虚礼浮文有所反省。[②] 不无意味的是，玄宗时期隆重其事的籍田礼，和其他许多典礼一样，至此画上了句号，终唐之世没有再举行过。安史之乱过后，盛唐时代黯然落幕，文儒逻辑所依托的历史条件不复存在，文儒逻辑随之崩溃，礼乐的狂热自然也就成了过去。

四　结论

盛唐礼乐文儒思想带给盛唐文人精神气质的影响是两面的。一方面，文儒在政治理念上高扬礼乐王化，在礼乐中重新定位文学以提升文学的价值。透过袁映个案我们看到，文儒思想解决了初唐以来士人在文与儒、思与行的关系上的不少矛盾和困惑，使盛唐文人的精神面貌比之初唐更加豪迈乐观，充满自信，在礼制、学术、艺文、教育等精神文化领域建树良多。另一方面，文儒在政治实践上忽视经世致用的层面，未能把政治理想的良性开展、开物成务纳入视野。"文"的观念主导了时代的思想场域，整个社会片面地崇尚礼乐经史，以儒学古道、文艺才学相高，而排斥吏干之能，无形中忽略了士人立身道德、通达政本大体的器识。开元全盛期良好的社会状况以及文儒领袖

① 房琯事及引文见《旧唐书》卷一百一十及《新唐书》卷一百三十九的《房琯传》。吴相洲对房琯轻吏道、尚浮华的作风论列甚详，并从肃宗黜华用实、不取儒术的角度对房琯型人物的沉浮进行了深入的分析，参见吴湘洲著《中唐诗文的新变》之第一章第一节、第四章第一节，学苑出版社 2007 年版。

② 《旧唐书·礼仪志四》。

张说、张九龄等人自身不可多得的卓异禀赋和治事才干，一时掩盖了文儒逻辑中的结构性缺陷。开元中后期以来，文儒在政治实践和具体日用层面流弊日深，空疏浮华、不善实务的风气逐渐蔓延，给中央到地方各级政务上带来的负面影响日益公开化，受到越来越多的诟病。由于缺乏开物成务的思想训练和相关的实际政务准备，除了极为个别者，文儒思想培育出来的人，往往都是天真而不切实际者，对现实状况的认识、判断有不少盲点和误区。他们以为只要自己具备儒学古道的修养和文学的才能，就足以高谈王霸，为君辅弼，治国安天下了。或如李白、杜甫、崔颢这样的单纯也不免简单的书生，或如房琯、刘秩这样以天下为己任却拘执泥古的儒者，都不能应对复杂的政治现实，解决实际问题。等而下之者，更造就了许多专以文章奔竞、大悖文人立言本旨的无行文人。这自非文儒逻辑倡导者的本意，但却是其逻辑发展的自然结果。

（本文原刊于《澳门理工学报》2015 年第 1 期）

从王勃《春思赋》看初唐诗赋互动的文体创新

陈伟强

一 引言

王勃（650—675？）的《春思赋》在初唐文学史上做了十分重要的贡献。此赋尤其突出的创新之功，在于诗赋二体的完美糅合，在两种文体中取长补短，达到了上乘的艺术效果。然而由于历来对于此赋研究并不深入，其地位并未受到应有的重视。近年，学界较集中地探讨赋体文学传统在初唐七古的作用，甚有成就①。本文试图从不同角度切入，探究诗体文学在《春思赋》中的作用。

本文尝试从诗赋互动在初唐时期的发展考察《春思赋》中相关张力的形成因素及其特点。赋中所体现的张力可归纳为三个方面：其一属文学体裁上的张力，即五七言诗体在赋体中的抒情功能和需求；其二是题材内容上的张力，即初唐艳情与都城题材的汇合趋势；其三为写作动机上的张力，即献呈作品中自荐与自抒情怀的结合。这三方面的张力，大致各由两个元素结合而

① 如赵昌平《从初盛唐七古的演进看唐诗发展的内在规律》（《中国社会科学》1986年第6期，第121～138页）。较早讨论诗的赋化的论文还有商伟《论初唐诗歌的赋化现象》（《北京大学学报》1986年第5期，第67～72页）。较早对赋体之杂用五、七言诗句做有系统研究的是铃木虎雄《赋史大要》（东京：富山房1936年版，第123～154页）；中文译文可参看殷石臞译《赋史大要》（台北正中书局1942年初版，1992年重印，第113～146页），铃木书中列出赋作中大量使用五七言句式的例子。

形成，为《春思赋》展现出文学新元素，“春思”文学乃在诗赋互动中达到了新的艺术高度，开拓了赋体文学的新景象。然而这个新景象并非王勃一人的独力开拓之功。本文从《春思赋》分析出发，把视野放大至初唐时期的文学总趋势，讨论时风、士风与诗风对于王勃及其同代作家如卢照邻（约636—695后）、骆宾王（约626或627—684后）等的创作概况，审视新体歌行与赋体的交互作用所呈现的新气象的内在成因。

明了《春思赋》的创作背景，对理解其中的寓意十分关键。王勃在序文中交代了该赋写于唐咸亨二年（671年）春。王勃其时在蜀地已度过了两个春天，故赋中有“何啻两违秦”一语。其入蜀原因，是由于唐总章二年（669年）春为沛王李贤（651或653—684）戏撰《檄英王鸡》，唐高宗（628—683，在位：649—683）指是“交构之渐”，“即日斥勃，不令入府”[①]。解官后于五月离京入蜀。在蜀期间，多与宴席，其激愤落拓之情多见于其时所撰作品中[②]。从这时期所撰的序来看——包括《春思赋·序》，王勃有意广交官员贵胄，除抒发不平之外，另外一个重要目的是要展示文才，为其于同年出蜀回京参选做准备。因此，在蜀中的创作，一方面是要抒愤，更重要的是干谒[③]。

二　“岂徒幽宫狭路，陌上桑间?”

春思这个文学主题，在六朝至初唐文人手中经历了新的发展。王勃在序文中所引“屈平有言，目极千里伤春心”，出自《楚辞·招魂》，是我国春思文学的最早作品之一，旨在抒情。从《艺文类聚》引录作品所见，六朝时期以“春赋”“春日”等为题的作品，大抵以咏物闺情为旨。由咏写春景而叙说思妇幽闺之情，是六朝作家春思作品的主要审美对象[④]。如何从这闷局中突围而出？这除了依靠初唐诗人的才情之外，最关键的是由诗人本身的际遇及

---

① 《旧唐书》卷一百九十，中华书局1987年版，第5005页。

② 今原和正《王勃の诗について》，《藝文研究》1982年第43号。道坂昭廣将王勃此时期的序的主旨概括为对社会的排斥、嫌恶和对仙、隐生活的向往，参见道坂昭廣《王勃の序について》，《人文論叢（三重大學）》1993年第10号。

③ 王气中《王勃在四川的创作活动——兼论唐初的士风和文风》，载于《中国古典文学论丛》，人民文学出版社1985年版，第2辑，第83页。

④ 欧阳询等编《艺文类聚》卷三，上海古籍出版社1985年版，第42~45页。

其对“时、才、命”三者的思考和感慨所酝酿[①]，将这些个人因素寄诸作品，于是构成了抒情味道十分浓郁的“春思图”。可以说，王勃之作《春思赋》，是对《楚辞》春思抒情传统的回归。

王勃《春思赋》的抒情判然有别于六朝的同题作品；但他的明显摹范对象之一却是潘岳（247—300）的《秋兴赋》。这可从二者的立题和序文比较中见之。首先“春思”与“秋兴”立题结构一致，都是以季节修饰人的情绪。上文虽提及六朝“春思”作品甚多，但以季节（春）加上感情（思）这个结构模式作为赋的题目，王勃是第一人。这是得力于前代文人“春思”的创作实践，以及潘岳的《秋兴赋》的艺术经验[②]。而“秋兴”之立题，又是与宋玉悲秋的表述方式分不开的。王勃以春为题，仿潘岳以秋叙兴，以感物内容入赋，抒发自身怀才不遇之叹，与六朝“春日”作品纯咏物或闺情主题不同，朝着个人抒情的方向发展。

《春思赋·序》明显仿效《秋兴赋·序》的文句不少。例如在背景的交代上，王虽仿潘，但二者气格颇有出入。潘序言：“晋十有四年，余春秋三十有二，始见二毛。”王序则云：“咸亨二年，余春秋二十有二。”[③] 虽对潘序步趋，但观下文，王所抒发之情，与潘异趣。潘曰：“仆野人也……于时秋也，故以秋兴命篇。”王曰：“于时春也……仆不才……因作春思赋。”[④] 交代创作背景笔法相似，但两赋的思想内容却有较大差异。

两赋的意蕴异趣，原因是多方面的。包括诗人年龄、经历、思想等等[⑤]。

---

① 葛晓音《初唐四杰与齐梁文风》，载于《诗国高潮与盛唐文化》，北京大学出版社 1998 年版，第 1 ~ 8 页。

② 这类型标题结构，虽然曹植早于其《秋思赋》用之，笔者以为此赋题当从《艺文类聚》卷三十五第 620 页，作《愁思赋》。丁晏据《初学记》改为《秋思赋》，参见《曹集诠评》卷一，商务印书馆 1935 年版，第 7 ~ 8 页。有馬みち从前代作品中找寻“春思”入诗的用例，指出曹植的《杂诗》是较早者，南朝用例尤多，如谢朓、沈约、鲍照等，有馬氏亦提到《秋兴赋》对《春思赋》的影响，参见《王勃の春：“春思赋”を手がかりとして》，《筑波中国文化論叢》2006 年第 26 号，第 9 ~ 25 页。

③ 潘岳《秋兴赋》，萧统编《文选》卷十三，中华书局 1979 年版，第 4a ~ 8a 页。

④ 王勃《春思赋》，蒋清翊注《王子安集注》卷一，上海古籍出版社 1995 年版，第 1 ~ 15 页。

⑤ 今原和正指出，中国古代士人的悲哀多寄秋景抒情，而女子的怨情则借春望而触发。他举宋玉《九辩》为例，指出叶落、雁飞、虫声等易与个人不遇、羁旅、孤独等交织而带引出悲情。王勃独以春思述悲哀之情则较特殊。《春思赋》序中引《楚辞·招魂》“目极千里兮伤春心”作为同调，大抵是因为屈原之不遇，与失意的王勃在羁旅、望乡这些主题有共同之处，故引以为同调。参见今原和正《王勃の诗について》，第 84 ~ 85 页。

王勃在序文中所表达的是怀才不遇的愤懑之情；潘岳则叙说退隐高洁之思[1]。两篇作品的情怀不同，亦有赖于感情的触机。潘岳笔下的秋天草木摇落，天气萧索，万物衰颓，所触发的是诗人的沉落的心情，自有助于退隐思想的抒发，亦符合隐士的高风亮节。王勃所叙春景虽也是悲情，但更重要的是春日万物满怀生机，对比于一个仕途失意的年轻士子，由二者的反差而造成了强烈的反衬。诗人准确地抓紧眼前春天景物的各种特点，摘取典型人物活动镜头，以譬喻之笔抒发心中郁闷，最后被春色感召，立志图强。

王勃在序文中明言赋中各种意象的自喻性质："则知春之所及远矣，春之所感深矣。此仆所以抚穷贱而惜光阴，怀功名而悲岁月也。岂徒幽宫狭路，陌上桑间而已哉?"这里透露出王勃创新的文学思想：赋中取材取景，虽上承六朝咏写春色，抒思妇闺情等，但笔下这些传统意象，王勃用"岂徒"这个反诘点明：它们都是自我情感透过意象作譬喻和象征的指涉，衬托主题，因此这些意象对于诗人自身悲慨之情和奋发之志加以形象化，故笔下的人物、事象、景致皆须做两面考察，因为它们无一不饱含着诗人的情愫。

《春思赋》以自叙发端，然后转入各种喻体意象。其笔触流转圆浑，起伏错落，跌宕有致。表面写男女爱情、征人远戍、闺中寂寞和豪奢生活等，实质自况，作者以自我这个譬喻本体作中轴，安排各种喻体围绕运转，意脉一贯[2]。由于诗人在序中已明言全赋用譬喻，读者大可按图索骥，对号入座。诗人开篇于蜀地赏春，由思忆带引"归返"长安，叙长安春色纯是想象，这是失意的诗人怀恋昔日光辉的心理折射。除了春日生意引发文思，诗人两年前被逐王府，也正是春天时节，这也是此赋抒情的一个重要触机。诗人飞驰的精神回到京城后，从叙写长安宫掖，焦点转入"妾本幽闺学歌舞"，大意为作者初出茅庐受到赏识重用；写"妾"的思念远人，喻指与器重自己的人乖隔，此下意象的流转皆作如是读。这远人随即又成了叙述焦点；忽而又转至"公子"，由公子带引，走入了狭邪生活的场景，其中有"南邻少妇多妖婉"的叙

---

① 元好问指出潘岳退隐高情的伪善："高情千古闲居赋，争信安仁拜路尘。"参见元好问《论诗三十首》其六，郭绍虞著《元好问论诗三十首小笺》，人民文学出版社1978年版，第62页。

② 这里所述的譬喻系统结构，所据的是I. A. 理查兹（I. A. Richards）关于由tenor和vehicle构成的隐喻（metaphor）系统的论述，参见Richards, *The Philosophy of Rhetoric*. New York. Oxford University Press, 1936, p. 96. 其中tenor是事物本身"主旨"，vehicle则是该事物的"媒介物"；在修辞学上前者为"本体"，后者为"喻体"。

述。此下便从“少妇”视角抒写对她那位“狂夫”的思念。“狂夫”出征边地情景，于是又成为叙事焦点。闺中苦候的思妇，迟迟未见夫婿归来：“君度山川成白首，应知岁序歇红颜。”这里利用传统文学中的时间喻义，突出诗人时不与我的焦虑感。此下笔锋一转，写洛阳豪奢生活，通过对比，托出诗人自己“何啻两违秦”的境遇，但其表面仍为“小妇”思“狂夫”的书写。这里所述江南景象，大概基于作者早年东吴之游的回忆[①]。赋至末尾，诗人的自我才再度出现，通过“春蝶参差命俦侣，春莺绵蛮思羽翼”充满生机的景物的诱发，激起了自己“会当一举绝风尘”的志向。

《春思赋》的意象流转与铺排技巧，既体现了赋体的传统功能，更重要的是王勃对于传统春的题材的创新处理，在于清晰的自我形象投射于这些精心安排而又令人目不暇给的丰富意象之中。

三　五七言诗句入赋的新发展

《春思赋》在文体上的创新并不是偶然现象，亦非纯粹王勃“天才”所使然，而是在赋体发展逐步诗化的过程中，由作者独特的背景，以及其自身的努力所成就的。这些成就大概有三个因素：第一是五七言诗体的抒情特质，第二是艳情和都城两大题材的结合，第三是献呈作品与自我抒情的调和。

首先讨论五七言诗的抒情功能。上文提及王勃对春的传统题材的创新是把思妇游子的传统意象用为抒发自我感情的喻体。这个处理的成功，得力于五、七言诗体独特的抒情作用。陆机早就点出诗赋二体的各自特点：“诗缘情而绮靡，赋体物而浏亮。”[②]这里所说的“诗”是当时占主要地位的五言诗。至钟嵘之撰《诗品》更以“五言居文词之要，是众作之有滋味者”[③]。陆机之说，李善解曰：“诗以言志，故曰缘情。……绮靡，精妙之言。”[④]此说凸显了陆机对言志以缘情为本，以精妙之言为言志的手段，与赋体“清明”的

---

① 此游系年有二说：一是乾封二年（667年）王勃年十八，参见张志烈《初唐四杰年谱》，巴蜀书社1993年版，第106页；二是十三四岁时即唐麟德元年（664年）前，参见骆祥发《初唐四杰研究》，东方出版社1993年版，第83页。

② 《文赋》，萧统编《文选》卷十七，第4b页。

③ 何文焕辑《历代诗话》，中华书局1981年版，第3页。

④ 《文赋》，萧统编《文选》卷十七，第4b页。

“体物”特点各司其职。而钟嵘对五言诗的论述，主要也着重其抒情功能。七言诗的抒情功能和艺术实践，至鲍照手中虽已成熟，但它被视为“俗体”，一直只能在“宫体”中盛行。

四杰及初唐诸家对七言诗的创作实践，使之进一步成熟，为文人认可，并在唐诗中占着重要地位。王勃《春思赋》虽以赋命篇，但全篇大体以诗的句式行文，尤以七言句为主。这种赋体中特有的句式结构，所呈现的是诗的节奏音步，而更重要的是巧用了诗体的特长功能——抒情。刘熙载（1813—1881）给诗赋二体所划的界限，准确地说明了王勃此赋中两种句式的功能：“赋别于诗者，诗‘辞情少而声情多’，赋‘声情少而辞情多’。”①王赋之不落前代“春赋”铺排采丽之格套，乃在于“声情”迸发，非诗句不足以畅其情。“春赋”的诗化所带引的此类赋作向“声情”方向发展，自晋代至初唐约经历了三种书写形态，分别是纯赋体的铺排咏物，赋体中加插五七言诗句加强了抒情成分，最后是主要以五七言诗为赋，以“声情”为主的书写方式。第一步的典型作品是晋傅玄（217—278）的《阳春赋》，它虽从汉魏抒情小赋发展而来，在晋代即走入了纯咏物的道路，不见个性，艺术上亦无独创。②晋代虽亦有湛方生的《怀春赋》和夏侯湛的《春可乐》，叙春色春情有灵动可爱之笔，但赋句的四六法式，始终对述情造成束限，不如诗句之便捷清俊。庾信（513—581）的《春赋》可视作王勃《春思赋》的先驱。该赋虽似以铺写春景为主，但篇中五七言句式的描述，给春日景致平添了生气。这主要是由于诗的节奏，即七言句4—3式或2—2—3式，和五言句2—3式或2—2—1式，打破了板滞的赋法：大抵以四六言句一联，四言句2—2式和六言句3—1—2式（中间为“而”“于”“以”“之”等虚字）。《春赋》所呈现的春景在以春为题的赋作中有着开创性的地位。以下段落为论者经常引用：

宜春苑中春已归，披香殿里作春衣。新年鸟声千种啭，二月杨花满路飞。河阳一县并是花，金谷从来满园树。一丛香草足碍人，数尺游丝即横路。……三日曲水向河津，日晚河边多解神。树下流杯客，沙头渡

① 刘熙载编《艺概》卷三，上海古籍出版社1978年版，第87页。

② 欧阳修等编《艺文类聚》卷三，第44页。

水人。镂薄窄衫袖，穿衣帖领巾。百丈山头日欲斜，三晡未醉莫还家。池中水影悬胜镜，屋里衣香不如花。[1]

引文所见之春景，主要以七言行文，每联对仗，既有赋体“体物浏亮”的铺张特色，对花、香、水、日等景色描绘，再也不依赖赋体的双声叠韵，除却诵读方法的不同所产生的不同流动跳跃效果之外，其意象之艳丽，通过焦距、色彩的变化，达至映衬之效，这些都是从传统赋法发展而来，却另辟蹊径，造就出一片新景象。当然，在内容上，南朝宫体诗的盛行对此赋的纤秾冶艳风格有十分重要的影响，是为诗赋互动的第一阶段的特色[2]。

五七言句式较诸赋体句法，灵便有致而跌宕生姿。上引庾信《春赋》所见，其雕琢特色之一是某些关键词如“春”“香”“河”等的重复使用。这种做法至初唐时蔚然成风。初唐七言歌行在形式上的特点运用字词反复、双拟对、蝉联体等，这些修辞上的刻意安排，固然是为了朗读和阅读之重要考虑[3]，尤其关键的是这些修辞对于感情抒发力度的加强，更能达到感动人心的效果，试看王勃《春思赋》数句：

蜀川风候隔秦川，今年节物异常年。霜前柳叶衔霜翠，雪里梅花犯雪妍。霜前雪里知春早，看柳看梅觉春好。

首二联均为双拟对，出句重复的“川”字与对句重复的“年”字；第三联承上联反复“霜”“雪”“柳”“梅”等关键词，能通过意象流转，使意脉一贯，感情回环[4]。这种修辞的灵便多变而各具规律，是赋体句式难以做到的。

又试看其本集的五、七言诗，大都篇幅短小，《入蜀纪行诗》大抵以一景

---

① 欧阳修等编《艺文类聚》卷三，第45页。

② 关于南朝诗赋二体在内容和形式上的交互作用，可参见归青《南朝宫体诗研究》，上海古籍出版社2006年版，第129～140页。

③ 鈴木修次《初唐における歌行体の詩の文芸性》，《唐代詩人論》，東京：鳳出版，1973年，第3～46页。关于双拟对的定义及讨论，参见卢盛江《文镜秘府论汇校汇考》，中华书局2006年版，第706～713页。

④ 关于用字重复而达至感情回环的讨论，参见拙文《试从鲍照诗歌的新词汇看其“不避危仄”的创新体格》，《唐研究》2007年第13号。

一诗为主，抒情以高度凝练为特色[1]。至于中篇如《采莲曲》，长篇如《临高台》等，则与《春思赋》大体相似，由于狭邪、爱情主题的需要，只有七言诗句才能承载从赋体铺排生发出的强烈抒情[2]。因此，《春思赋》中两种体裁的结合，兼备了两种不同诗歌体式的抒情及铺叙之长，使作品的内容承载和感人力量都得到了提升[3]。

《春思赋》中的五言成分看似与前人同类诗体作品并无二致，但其抒情性质却有着关键的变化。例如叙写春景，有以下诗句：

> 春江澹容与，春期无处所。春水春鱼乐，春汀春雁举。君道玉门关，何如金陵渚。

"春"字的重复使用，也许是仿效梁元帝《春日诗》的做法[4]，但王勃笔下的春景，由于其譬喻笔法的终极本体是自我感情的表述，于是景物与自身感情形成了第一层映衬关系，衬出小妇的孤独；而第二层映衬，则衬出诗人的孤独无依，这才是作品的真正意旨。其抒情深度和艺术力度，非六朝同以"春"为题的作品可以媲美。

《春思赋》旨在抒情，而赋体句式在抒情作用上显得古拙笨重，节奏板滞，变化较小，不利于承托感情起伏。非依仗诗的句式，尤其七言之跌宕，

---

① 据王勃的《入蜀纪行诗序》可知该小集选录了诗人入蜀所作的三十首作品，属于干谒诗集，笔者对此小集的背景、内容及作用做过考察，见拙文"Restoration of A Poetry Anthology by Wang Bo". *Journal of the American Oriental Society*, 124. 3 (2004): 493—515；中译本（含修订）：《王勃〈入蜀纪行诗〉研究》，收入拙著《汉唐文字的历史文化考察》，凤凰出版社2014年版，第319~347页。

② 宇文所安（Stephen Owen）指出《临高台》的主旨既非愤世亦非自荐，而是"及时行乐"（carpe diem），结尾处劝勉少妇珍惜美好光阴，参见Owen, *The Poetry of the Early T'ang*. New Haven: Yale University Press, 1977, p. 118. 这个读法与明顾璘和清钱良择之见一致，参见陈伯海《唐诗汇评》，浙江教育出版社1993年版，第97页。这样的"安全"读法，可避免堕入"故意的谬误"（Intentional Fallacy）的陷阱中——即读者自以为知道作者的写作意图，从而在阅读过程中加以臆测，加入一些原作中没有涉及的却又言之凿凿的相关背景，对作品按此既定方向做诠解，最终失之千里。参见W. K. Wimsatt, *The Verbal Icon: Studies in the meaning of Poetry*. Lexington: University of Kentucky Press, 1984, pp. 3—18.

③ 高木重俊指出，王勃以诗句入赋而达至抒情之效，成为了当时文坛的新宠儿。但这并不是王勃的独创。在形式上，高木氏举出沈炯的《幽庭赋》和陈后主的《夜亭度雁赋》为例，认为王勃的《春思赋》是梁代宫体至六朝末之高峰的延续，参见高木重俊《王勃"春思賦"と盧・駱の七言長篇詩》，《集刊東洋学》1982年第47号。

④ 欧阳询等编《艺文类聚》卷三，第43页。

就决不能如此有力地抒发思妇沉痛的闺怨，以及年轻诗人愤懑之心情[①]。

四 艳情与都城题材的结合

《春思赋》的第二个张力，来自艳情与都城两种诗歌题材的结合。这两种题材的结合，从文体学的角度看，是诗与赋二体合流的里程碑。高木重俊在探讨《春思赋》艺术渊源时，首先指出初唐诗赋合流作品的句法特点是多用连珠对、双拟对及顶真格等。此外，又指出王勃叔祖王绩（585—644）所作《三月三日赋》对《春思赋》所起的典范作用，因为是“家学”，王勃必然受其影响。《三日赋》在都城与艳情题材的结合这一点上，具有开创性意义，尤其重要的是赋中以春日长安郊外为描述对象，也述及狭邪之事、公子之游。这些内容虽不是赋作的重点，其中亦无闺中思妇绵绵幽怨的描写，更遑论作者自我抒发的强烈情怀，但如高木氏所说：“《三日赋》在思想和文学形式上都为王勃提供了借鉴。”[②] 王绩在赋中表达了对繁华表象的怀疑，而在写作手法上则融合了诗赋二体之长。

艳情与都城题材的结合是在卢、骆、王手中完成的。其中卢、骆代表了这结合中的第一项成就，即“赋体诗”的实践，而王勃则在“诗体赋”的成立上独领风骚。这两种新时代的新体式又不能截然分开，因为它们是在同一个历史背景和思想背景下形成并臻于成熟的。

虽然卢照邻的《长安古意》和骆宾王的《帝京篇》的创作年份未有定论，这两篇巨构的出现，与《春思赋》约略同时，而三者又是三位作者互相切磋的产物这一说法，庶几离事实不远[③]。论者多以上举卢、骆二作加上王的《临高台》为初唐都城诗的鼎足成就，但是《临高台》虽在描写长安事物有

---

① 这种述情的新句式，是时代产物，王勃用之于赋是他对赋体的贡献。这些双拟、顶真、反复等修辞，王勃在其“序”中也经常使用，在骈体文这种极重平仄、对仗等修辞的文体注入新元素，使其抒情内容更加鲜活。这是他在以当时流行的七言诗法用于骈文而给骈文带来了新景象。这方面的论述及例子，可参见道坂昭廣：《王勃の序について》，第 25 页。

② 高木重俊《王勃“春思賦”と盧・駱の七言長篇詩》，第 41 ~ 44 页。

③ 高木重俊《王勃“春思賦”と盧・駱の七言長篇詩》。高木正一把卢照邻的《长安古意》和骆宾王的《帝京篇》系于咸亨年间（670—673 年），参见《駱賓王傳記と文學》，《立命館文學》1965 年第 245 号，第 104 ~ 106 页。

极细腻的笔触，通篇的自述告诫成分，远远不及卢、骆二作之深刻[①]。因此，王作能与之鼎立者当以《春思赋》为是。

也许由于卢、骆年龄较长而容易使人相信王作受其启发。不管事实如何，《春思赋》在“诗体赋”这个艳情与都城合流的新体式上的开创地位，并没有被卢、骆掩盖。它们首次将原为赋体专有的铺写都城景致的内容，用诗的形式表现；此外，又不像赋体专事铺排都城名物，而是加入了充满时代生活色彩的艳情题材，呈现了“癫狂中有战栗，堕落中有灵性”的“生龙活虎”的时代特点[②]。

至于“诗体赋”这个新体式的创制与完善，则是王勃《春思赋》的功劳。观卢、骆二集，搜先唐及初唐赋汇，无一赋如《春思赋》者。王作的出现，是赋史上的一个重要标志，它兼诗赋二体之美。以游子思妇为题的五七言赋体，南朝已有之，骆宾王的《荡子从军赋》则为初唐的代表作[③]，但骆赋并无都城诗赋所展现的宏大结构。王勃《春思赋》的游子思妇内容及宏大壮丽结构，体现了诗赋二体的这两方面特点，可视为《（春日）帝京篇》与《荡子从军赋》的合体。除了“合体”之外，《春思赋》在艳情与都城题材合流的表述上有极大的开拓意义。在题材内容上，艳情和都城两大主题皆寄寓了诗人清晰的自我形象，且以抒情为主。如上文所论，两大主题的融合标志着两种文学体式的汇流。艳情本来是诗体的专利，在王勃手中，除了以之入赋，更重要的是他把游子、思妇、公子、倡家等这些在诗体传统中的书写对象，全数纳入了他的自我抒情的譬喻系统内。因而这些意象所呈现的并非单一的主题，二者之中又以艳情为表象，作为自况手段，旨在摅情。

这个抒情系统的基本框架，在初唐都城主题的诗赋发展方向中得以确立。宇文所安指出了京城在士人心目中的象征意义：

> 在长安任职意味着成功，展示了希望，在其他地方当官则表明失意。

① 宇文所安指出初唐都城诗的主题是“无常”（Impermanence），参见 Owen，*The Poetry of the Early T'ang*，p. 104—118.

② 闻一多《宫体诗的自赎》，《闻一多全集》，生活·读书·新知三联书店 1982 年版，第 1 册，第 14 页。

③ 南朝后期的一些同类赋作中加插了五、七言部分，俨然就是闺情诗，如上引庾信《春赋》。

大部分离开长安的人都与卢照邻一样，怀着忆长安的强烈愿望。[1]

宇文氏虽然指出以上情况是七世纪中叶武后掌权之前的状况，认为此后的情况由于皇权失守，都城题材作品往往呈现出“无常”的慨叹；但都城作为士子梦寐以求的仕途畅达的象征，在初唐作品中一直是个中心主题。这也是王勃在《春思赋》中所透露的重要信息。它既为艳情主题提供场景和情感飞驰的一个“基地”，更主要的是它所蕴含的象征意义，为个人抒发不遇之叹提供了一个情感归宿，诗人对京城景物的若即若离，身不由己的无奈，却被他那缠绕不散的对京城的热恋——象征着仕途显达,反复地牵扯，使得他从神思飞跃、四方漫游中不断地被那股巨大的向心力所吸引，因此赋中的归结处就是返回京城这一终极目标的表述。对王勃而言，由京城情结形成的这股牵扯力量，体现在其作品中尤其恰当和强大，只要把他被逐京城、流寓巴蜀的背景代入到作品中，各种意象主题，皆为诗人的落拓和欲望所驱驭。

《春思赋》将艳情与都城主题结合的表现艺术也是王勃在赋体文学上的一大创获。这主要是在于其行文的变化多端，有赖于作者在视觉转换上的新奇构思和叙事技巧。这样的匠心，造就出一个多线索的春景图：从蜀地春意流转至长安春色、边庭春景、洛阳春日、江南春情，最后又转回到作者所处的蜀地春思。叙写了多条线索的春望、春心、春困和春愁，这些线索却又统一在作者的自我抒情的中轴，通过时空转移，由单一春情而派生成多元春思，然后又分而复合，多角度地对各种喻象细节着以不同的物质与感情的色泽。于是，作品所呈现的是跨越上下四方的春景，而不只是卢、骆“赋体诗”中单一的长安景致。

《春思赋》是王勃在赋史上所做的重大贡献。它是赋史上绝无仅有的佳构，在都城与艳情两个文学传统的结合上，加以个人感情的主宰，铸成了赋史上最独特的一个成功标志。

---

① 宇文所安著，贾晋华译《初唐诗》，广西人民出版社1987年版，第60页。

五 自荐与自叙

《春思赋》的文体创新的第三个张力，来自篇中独特的气格。这气格的来源是作者刻意铺陈，目的是展现才情。促使他这样做的是那特有的写作动机——献呈己作以自荐。这种动机造就了作品独特的风貌，即自叙性十分强烈，而刻意铺陈则成为了赢取在上者青睐的重要手段。

初唐的干谒是唐人行卷的初期发展。骆宾王的《帝京篇》，全名为《上吏部侍郎帝京篇并启》，作者撰写意图，在《启》中明言是裴行俭向自己"垂索鄙文"，因而在诗中极尽铺张之能事，既展现文才，亦表述自我。在铺排帝京风貌、王侯将相、公子倡家生活之后，收结处是对自己不凡才具的坎坷作慨叹："马卿辞蜀多文藻，扬雄仕汉乏良媒。三冬自矜诚足用，十年不调几邅回。汲黯薪逾积，孙弘阁未开。谁惜长沙傅，独负洛阳才。"诗人通过指出汉代几位才士不被赏识的原因，希望裴公在阅读全诗惊叹其文才之余，发现自己尚未得到重用。其自荐的方略及炫示才华的关系甚明。

卢照邻的《长安古意》有相类的结尾。虽然也以"斯人独憔悴"的结构反衬京城的繁华，但卢诗的"自荐"并不如骆诗的冒进，试看："寂寂寥寥扬子居，年年岁岁一床书。独有南山桂花发，飞来飞去袭人裾。"同是引用扬雄典故，诗人选取了他潜心读书的镜头，与骆宾王笔下亟待"仕汉"的扬雄表面虽不相同，实质上用意是一致的。卢的处理，正如闻一多所说："这样说话，也不免暴露了自己态度的褊狭，因而在本篇里似乎有些反作用之嫌。"[①] 闻氏所说的"反作用"是指其"一点点艺术的失败"，他并没有注意到干谒作品这个特有的"蛇足"的需要。在干谒作用而言，卢诗的"反作用"正也表现了"自己态度的褊狭"，不如骆诗的直接。

这种强烈的自我意识与驰骋才情的铺张扬厉，与王勃《春思赋》的背景和实践都十分一致。王赋虽没有明言该赋是"上"给何人之作，但从序文中清晰可见，其献呈对象是柳太易。柳太易即柳明，王勃入蜀期间与之交往频

① 闻一多《宫体诗的自赎》，《闻一多全集》，第15页。

繁，卢照邻亦有赠诗与柳[1]。从王序看，柳明时为县令，王勃称之“英达君子”，大概是当时被贬任地方官，王勃视为知音；更重要的是，他是王勃“上”赋的对象。据此背景，再加上王勃在蜀期间广交官员，予宴撰序，又自编《入蜀纪行诗》以“呈诸好事”，加上还京后多向在位者献呈作品，诸种干谒动作均见出其热衷功名的程度，积极为重返官场做的准备。在这种前提和动机下写成的作品，自然是浑身解数而自我形象又必然地清晰可感。

王勃的自命不凡和“穷途”之叹，在献呈作品中往往表露无遗。而且笔力驰骋，唯恐自己的非凡才具不被发现。早在唐麟德初年的《上刘右相书》已有言：“披肝胆，布腹心，大论古今之利害，高谈帝王之纲纪。然后鹰扬豹变，出蓬户而拜青墀；附景抟风，舍蓑衣而见绛阙。幸甚，斯不为难矣。”在这样的上书示己志的场合，年少气盛的诗人自不肯放过炫耀文才的机会，因此通篇极尽引经据典、排比铺张之能事。尔后所作上某某之书或启，都体现了这个风格特征。

少年得志的诗人，在政治道路上摔了一大跤，欲东山再起，在献呈干谒作品中就更要突出自己了。王勃因撰《檄英王鸡文》而被逐出沛王府，自放蜀地这个背景，造就出此时期作品中的两方面特点。第一是对自己“穷途”境遇的深沉慨叹；第二是强烈自荐的色彩。这两方面特色其实是有机的统一：诗人通过对“穷途”的书写，表达出自己有青云之志，王佐之才，却是“时运不齐，命途多舛”，因此必须让人们知道自己的冤屈；同时也希望在位者能加以赏识和提拔。这些思想，表现在用典措辞之上自不待言，更主要是在作品中显露高超的文才和识见，而对于受文者就不免多作奉承之词。这一点在“序”这种文体尤其必要，因为其场合大都是达官贵人的宴会。在这类文章中，王勃在奉承之余，也经常表述自己“穷途”之悲，引起对方怜惜。如作于被逐之初、入蜀以前的《山家兴序》云：“下官天性任真，直言敦朴，拙客陋质，乃渺小之丈夫。蹇步穷途，即坎壈之君子。文史足用，不读非道之书，气调不羁，未被可人之目。”[2]这样的自我介绍，在谦恭中表达了自己卓越的才情和坎坷的仕途。这是被逐后的心声：自嘲与自诩。自诩和自荐这两个元素，

① 李云逸校注《卢照邻集校注》卷一，中华书局 1998 年版，第 59 页注（一）。

② 唐钞本《诗序》，奈良国立博物馆编《正仓院展》，1983 年版，第 112 下页。篇题蒋本作《山亭兴序》，有异文，见《王子安集注》卷九，第 268～269 页。

始终贯穿于王勃不同时期的大部分“序”中，给人的印象十分深刻①。

《春思赋》的序及正文也是这种动机的产物，全篇旨意是诗人被春日感动而对人生有新的体悟的表述。序文的内容，有与《山家兴序》相似者，但自叙性更强。诗人把自己置放于一个十分不协调的境况中，通过反差作用，突出自我形象：“殷忧明时，坎壈圣代……仆不才，耿介之士也，窃禀宇宙独用之心，受天地不平之气。虽弱植一介，穷途千里，未尝下情于公侯，屈色于流俗，凛然以金石自匹，犹不能忘情于春。”春天感人的力量，使刚直的诗人对此前的人生道路的起伏加以反思：“耿介”，“凛然”，“不屈色流俗”，并没有使其仕途平稳；如今面对春临大地，造化大功，金石之坚也变得柔弱，“犹不能忘情于春”，使诗人顿然明白个中道理。于是篇中所叙事物意象，有恋人的激烈爱情，至于分隔二地，“亦有当春逢远客，亦有当春别故人”，有悲有喜，有起有落，都喻指着诗人对人生起伏痛定思痛。在这段沉沦的日子里，被春日所感召，诗人觉得是时候东山再起了，于是一反春愁，“会当一举绝风尘，翠盖朱轩临上春。朝升玉署调天纪，夕憩金闺奉帝纶”。

因此，《春思赋》的华丽铺张，争妍竞艳，带有明显目的。诗人意在把这春日所悟得的人生体会形诸赋中，另一方面，必须使目的受文者柳明理解其心思，并赏识其文才。这目的一如骆宾王在《帝京篇》中所作的自荐，王勃《春思赋》的结尾也十分类近：“长卿未达终希达，曲逆长贫岂剩贫。年年送春应未尽，一旦逢春自有人。”

不久，王勃便离开了九陇，同年夏天起行回京，冬日于长安参选。从这个行程安排看，就其《入蜀纪行诗》的“呈诸好事”这个做法，加上对裴行俭和李敬玄的干谒及献呈作品，不难想象，《春思赋》这样的长篇巨制，炫耀文才的作品，其献呈对象必不止柳明一人，理应像《帝京篇》一般，成为干谒的重要媒介。因此，王勃撰《春思赋》并非纯粹出于抒情体物，其特有的动机造就出独特的文风、内容和思想。

① 道坂昭廣将王勃的“序”做了分期，并理出各时期的特点：江南时期以乐天自信为主；被斥出沛王府至蜀中时期则有隐居、寻仙、排斥社会等表述；自蜀还京至虢州、交趾时期则多仕途失意，生活凄苦的透露。参见道坂昭廣《王勃の序について》，第4~15页。

六　结语：“不得善终”者——诗赋互动的内在驱动力

在初唐诗赋互动下通过创作实践而获得最卓越的成就者为“四杰”中的王、卢和骆。反讽的是，这三人都被裴行俭评为“浮躁炫露”，“不得其死”[①]，只有杨炯“颇沉默，可至令长”。杨炯在仕途上虽较顺畅，在诗赋互动上则并无建树。因此，裴行俭的评语透露了一个重要的讯息：自矜自怜，轻薄冒进的心理特征，在饱受冷落挫折之时，试图干谒，以求禄位，以五、七言诗法抒情，结合艳情与都城主题，以及清晰的自我形象，打动在上位的受文者。因而形成了一种崭新的诗歌表达方式，是为该时期的独特产物。

王勃的《春思赋》出现在这个时代背景和心理背景，而又有着以赋体为诗以外的另一种开创功绩，创作出第一首集都城与艳情题材的抒情诗体赋。他与卢、骆不同的是，把诗赋互动和艳情与都城结合，实践在赋体当中，把传统以“体物浏亮”为文体特征的赋，注入了新的生命元素，即以诗法作赋，把诗的“缘情绮靡”用在赋中，并改良了“体物浏亮”的功能，大大扩阔并深化了其文学功能。这个开创既是前无古人，亦后无来者，在中国古代赋史上独树一帜，写下了光辉的一页。

斯人已殁，“不得善终”，却文垂千古。本文尝试就《春思赋》重新评定其历史功绩，庶几发明“不废江河万古流”之意。

附记：初稿蒙赵昌平先生赐正，特此致谢。

---

① 笔者对于裴行俭对“四杰”的评语另有解说，认为是慨叹三人的有才无命。见拙文“Literary Criticism and the Ethics of Poetry: the ‘Four Elites of the Early Tang’ and Pei Xingjian”. *T'ang Studies* 15—16 (1997—98): 157—182；中译文：《初唐四杰“华而不实”辨》，收入拙著《汉唐文字的历史文化考察》，第109～127页.

《河岳英灵集》的地域性、派别性问题

——兼及“开元十五年”新解

吴光兴

从诗歌选集的角度看，《河岳英灵集》（以下或简称《英灵集》）是反映开天（开元、天宝）诗风的成功样本。这样的结论，起码时隔二十来年的大历人就有了，所以，才会有《中兴间气集》依仿、续编之作的出现。晚唐人也颇有赞誉。宋明以下士人以道自尊，不大重视唐人自己的选集。自晚明毛氏汲古阁刊行《唐人选唐诗》以来，《英灵集》又逐步走出历史的瓦砾，近人论唐诗，特别是盛唐诗者，已经又几乎无人不以该选集为重要依据了。

但是，绝对客观、公正、正确的选家与选集，永远都不存在。笔者研寻《英灵集》，发现它的地域与派别性的问题，似乎少见论者措意。而这对于我们理解、把握该集对开天诗风的反映，却是一个前提性的条件。澄清了这一前提条件，学者聚讼的“开元十五年”的问题，也可以得一新解。

一 《河岳英灵集》的地域性、派别性问题

天宝十二载（753 年），殷璠编撰《河岳英灵集》。该选集是开天盛唐文学的一面镜子。现在要提出的问题是：这面从事选择、评价别人的“镜子”，本身也有一个“被选择”“被评价”的问题。

殷璠（生卒年不详）“人以书传”，除了《英灵集》大名鼎鼎之外，本人

事迹能够考索所得者非常少[①]。晚唐诗人吴融《过丹阳》诗曰：

云阳县郭半郊坰，风雨萧条万古情。
山带梁朝陵路断，水连刘尹宅基平。
桂枝自折思前代，藻鉴难逢耻后生。
遗事满怀兼满目，不堪孤棹舣荒城。[②]

本诗“藻鉴难逢耻后生”句原注曰：“殷文学于此集《英灵》。”证明晚唐时，仍有殷璠于唐丹阳县[③]编集《英灵集》的传言，丹阳县古名“云阳县”。

殷璠编《英灵集》于唐丹阳郡（润州）丹阳县这一事实，以及他长期以家乡润州，或大而言之，以南朝以来的金陵（建康）、南徐（隋唐润州）一带为活动、文学关注的本位，应是有线索可寻的。据记载，殷璠编过三本诗歌选集，三者在历史上的命运各异，一本传世、一本残佚、一本存名。有趣的是，三本诗选之间似乎还能排比出一定的序列。《丹阳集》是当代当地润州（即丹阳郡）诗人的选集，《河岳英灵集》是当代全国诗人的选集，仅有书名可考的《荆扬挺秀集》[④]，从书名看，可能是古扬州、荆州，也就是吴、楚两地当代诗人的选集。三本诗选成书也颇有次序，《丹阳集》可能成书最早，《荆扬挺秀集》（《荆扬集》）成书在《河岳英灵集》之前[⑤]，“荆扬挺秀”“河岳英灵”二书名也有点类似。

《新唐书·艺文志》：“殷璠《丹杨集》一卷。”同卷又于“《包融诗》一卷”下注释曰：“（包）融与储光羲皆延陵人；曲阿有余杭尉丁仙芝、缑氏主簿蔡隐丘、监察御史蔡希周、渭南尉蔡希寂、处士张彦雄、张潮、校书郎张晕、吏部常选周瑀、长洲尉谈戭，句容有忠王府仓曹参军殷遥、硖石主簿樊

---

① 参见李珍华、傅璇琮《殷璠生平及〈河岳英灵集〉版本考》，载于李珍华、傅璇琮撰《〈河岳英灵集〉研究》，中华书局1992年版。

② 《全唐诗》卷六百八十四。

③ 《元和郡县图志》江南道润州：“天宝元年，改（曲阿县）为丹阳县。”

④ 《荆扬挺秀集》二卷久佚，仅见《日本国见在书目》著录，其内容可知者仅《英灵集》储光羲评语引。

⑤ 《河岳英灵集》储光羲评语曰：“此例数百句，已略见《荆扬集》，不复广引。”证明撰该集时，《荆扬集》已经成书。

光、横阳主簿沈如筠，江宁有右拾遗孙处玄、处士徐延寿，丹徒有江都主簿马挺、武进尉申堂构，十八人皆有诗名。殷璠汇次其诗，为《丹杨集》者。”本书收录籍隶唐润州五县（延陵、曲阿、句容、江宁、丹徒）诗人的作品，惜久佚，今人有辑本。《丹阳集》之成书，约在唐天宝元、二年间[①]。今按：润州改为丹阳郡，事属唐朝天宝元年大规模“州改郡”之际，丹阳本东晋南朝京都所在郡名（今江苏南京市），古地址也不在润州，则润州诗人诗歌选集名曰“丹阳集”，以系于天宝元年州改郡润州得“丹阳”新郡名之后为宜[②]。至于新“丹阳县”诗人籍贯如何标示，因县名与书名所用郡名同名，其籍贯沿用旧县名“曲阿”也可以理解。总之，《丹阳集》成书于唐天宝初年。

由本郡诗选《丹阳集》，进而作全国范围诗人选集《河岳英灵集》，这容易使我们将仅存书名的《荆扬挺秀集》想象成是范围适中的另一部诗选。书缺有间，不能确凿论之。这里可以进一步申论的是，由编《丹阳集》起手，后来编出《河岳英灵集》，一位关怀乡邦文物的选家，会否在他的全国诗选中有意无意地表现出一定的地域性、派别性色彩呢？

这可以分成主观、客观两方面来看。润州地处南北交通枢纽大运河的要道，是大运河与长江在江南一侧的交口，又背靠江东经济富庶、山水灵秀之区，西边紧邻前代六朝文化中心江宁县金陵城（唐时江宁常合并入润州），来往诗人络绎不绝，这些是润州不局限一隅的有利条件。但是，同时，润州毕竟远离中原两京当代的政治与文化中心，选家的选诗条件总是不可避免地具有地域方面的局限性的，他关注全国诗坛的目光，毕竟是从润州投射出来的。尽管文化中心也常具有中心的霸权与傲慢方面的局限。从客观条件看，殷璠本人在润州（丹阳郡）从事当代诗选集，自然是以他所接触到的材料为限，他不了解或没有接触的诗人或诗歌，不可能在他的关注范围之内。

---

① 按：相关论述有多家，以乔长阜天宝元、二年间，很有可能就是天宝元年之说为最辩。参见乔长阜《蔡希周兄弟事迹与〈丹阳集〉成书时间考》，《镇江高专学报》第17卷第4期（2004年10月）。其余各家说，见陈尚君《殷璠〈丹阳集〉辑考》，《唐代文学论丛》第8辑；吕玉华《〈丹阳集〉考辨》，《文献（季刊）》2003年第2期（4月）；杨琼、胡可先《新出墓志与〈丹阳集〉诗人考辨》，《陕西师范大学学报》第43卷第3期（2014年5月）。

② 《资治通鉴》胡三省注曰：“晋都建康，以丹杨太守为尹，宋、齐、梁皆因之。洪适曰：西汉丹阳郡，则治宛陵，丹阳县，则今之建康也。……至唐天宝年，始以京口为丹阳郡，改曲阿为丹阳县，皆非汉旧壤也。”《资治通鉴》（中华书局通行本），第2923页。

客观方面的限制主要是地域性的，而主观方面的派别性尤其应该注意。《英灵集》是部口碑极佳的选本，而一讲到“派别性”又似乎就成了“不公正”的代名词，所以，历来论者基本上都不在此留意。我们如果不以“派别性”是个具有负面意义的称号，而将它与地域性因素做一些关联的观察，或许可以将该选集的文学史背景了解得更清晰。

选集，说到底，体现的就是一种评价。在诗人的评价方面，《英灵集·叙》对于当代代表诗人有一个列举与排名，曰：“粤若王维、昌龄、储光羲等二十四人，皆河岳英灵也，此集便以‘河岳英灵’为号。”口头上或大面上，殷璠明确推举王维、王昌龄、储光羲为当代诗人前三位代表，王维列名第一。这大概与开天诗坛流行的评价差距还不是太大。然而，如果通观全书选目及评论，不难发现，三位诗人在殷璠心目中实际占有的并非同样重要的地位。选家本人与王昌龄、储光羲二位有直接的接触与了解，并且衷心推崇，这是王维所不及的。储光羲是润州当地人，昌龄、光羲二位当开天之际都曾在润州有活动。《英灵集》王昌龄评语透露：“顷有太原王昌龄、鲁国储光羲，颇从厥游。”证明殷璠与昌龄、光羲二位有交往。二人的评语中分别称“王公”①、“储公”②，王昌龄评语又曰“两贤气同体别”，以二人为“贤”③，这一层的尊敬、推崇之意，《英灵集》当中是没有第三位作者享受到类似待遇的。而昌龄、光羲二人相较，王昌龄评语曰：“两贤气同体别，而王稍声峻。”选诗数量上，王昌龄以16首名列全书第一，王维、常建各15首次之，储光羲12首，这方面更凸显昌龄地位之独崇。王昌龄评语在叹息昌龄平生两遭贬谪、再历遐荒的不幸遭遇时，又曰：“及沦落窜谪，竟未减才名，固知善毁者不能掩西施之美也。”④ 比方昌龄之文才，为最美的西施。总之，综合全书各方面因素，《英灵集》备受推崇的第一作者的位置，非王昌龄莫属。

至于王维在《叙》中得排名第一，选诗数量亦列第二这一情况。我们如果注意到当时的公共舆论其实是推崇王维、崔颢、祖咏等为最著名诗人这一

---

① 据宋本《河岳英灵集》。

② 《广韵》上平声卷第一《一东》：“公，通也。父也。正也。共也。官也。”

③ 《广韵》下平声卷第二《一先》：“贤，善也。能也。大也。”

④ 据《唐诗纪事》卷二十四。

史实[1]，就不难理解殷璠之列举王维为“河岳英灵”第一人，只是对王维当代文坛宗主的客观地位的消极的、被动的承认而已。这也从一个侧面表示，殷璠的选集与品骘，并不是元结《箧中集》式的对当代文风的“颠覆”，而是在承认当代主流诗风的价值与地位的前提下，发表一定的批评与倡导。《英灵集》中，崔颢、祖咏、卢象等当时拥有盛名的诗人都有一席之地。这也可以间接地表示，王昌龄所倡导的诗风，与《箧中集》推为样板的沈千运代表的诗风，二者与开天当代主流诗风的距离，是不同的。昌龄本人在诗坛其实就拥有主流诗人的地位，而沈千运的地位要边缘得多。

确定了如上所述的一个制高点之后，再返观《英灵集》的入选诗人。基本上不出两个系列之外，或者是王昌龄、储光羲的交友者，或者是在当代已得盛名、多数与王维有往还者。当然，二者之间颇有交结，甚至是多重交结。王昌龄、储光羲皆与王维有交谊；而昌龄、光羲的友好，多数都拥有当代盛名。以孟浩然为例，与王昌龄、储光羲、王维均有友情，又名高当代。细列之，王、储友好系列：常建（昌龄进士同年，友好）、李嶷（昌龄同年）、李白（昌龄友）、刘昚虚（昌龄友）、陶翰（昌龄友）、李颀（昌龄友）、孟浩然（昌龄友，名人）、岑参（昌龄友）、张谓（岑参友）、王季友（岑参友）、綦毋潜（光羲同年）、崔国辅（光羲同年）、贺兰进明（昌龄、光羲同门）、高适（光羲友，名人）、薛据（光羲友）、阎防（光羲友）。

文坛名人系列：崔颢（名人）、崔曙（名人，省试诗得名）、王湾（名人，“海日”联得名）、祖咏（名人）、卢象（名人）。二十四位入选诗人，经过两条线索的网罗，竟然无一遗漏。

若将《英灵集》与其所反映时代的具体情形做一比较，又可见对于大致分成前赴后继的三代诗人的开天诗史，《英灵集》对于“盛唐先驱者”一代的成就不重视，几乎没有反映，入选诗人只有王湾一人年辈大致属“先驱者”行列；对于“天宝诗人”的业绩，有部分反映，李白、张谓、王季友、李颀、高适、岑参、薛据、阎防共八位诗人；反映得比较深入、全面的主要是开元“鼎盛一代”的成就，有常建等十五位诗人在列。开天三代诗人中，堪作“盛

---

① 参见拙著《八世纪诗风——探索唐诗史上“沈宋的世纪”（705—805）》，社会科学文献出版社 2013 年版，第五章。

唐”诗风典型的，正是“鼎盛一代”的诗人群体。“天宝诗人”的成就尽管同样重大，但是，更具有继往开来的价值。殷璠的选诗与评论，都已经指出了王昌龄的诗风所具有的文学史高峰的意义。

综上所述，殷璠在润州编诗，他与王昌龄、储光羲二位的交往应该也主要在润州。《英灵集》的“润州色彩”，体现在编者对王昌龄、储光羲诗风的自觉认同与推崇方面。以之为一种“派别性”是未尝不可的。《英灵集》的选诗立场与当时流行品题之间的关系是，对当代主流诗风的成就有所承认、有所批评，但是不推崇。所以，《英灵集》实质上是一本“润州版”的或“王昌龄派”的开天诗选。鉴于王昌龄所倡导的诗风与观念的深刻与前瞻①，以及殷璠本人的识力，《英灵集》对一个文学鼎盛时代做出了最好的总结，殷璠也终于以他的这本诗选成了这个时代的杰出理论家。或许正因为殷璠处身在一个相对边缘的地位，所以能够超越时代的保守风气，不随波逐流，保持更多的独立性、批评性。左翼总是比右翼更富有生机与活力，这也是历史的定律。

二 “开元十五年”新解

以前节的论断为基础，我们进而来审视殷璠论开天文学之“开元十五年”的问题，这是一个很容易引起研究者“竞猜”热情的谜语般的问题。《英灵集·叙》纵论文学史大势曰：

> 自萧氏以还，尤增矫饰。武德初，微波尚在；贞观末，标格渐高；景云中，颇通远调；开元十五年后，声律风骨始备矣。

一般而言，论开天文学具备文学史新境界、踏上文学史新高峰，所谓“声律风骨始备”，受众是可以轻易认可的，为何要提出一个“开元十五年”的“节骨眼”来呢？

质之历史实际，唐玄宗在东宫时，即留意经籍；登位以后，非常注意提

① 参见拙著《八世纪诗风》第二章专节论述。

倡儒学，压抑浮华。这方面的事迹比如，开元十三年（725 年），唐玄宗封禅泰山，亲祭孔子宅；同年，改丽正书院为集贤书院并增设学士，规模较前大为扩大，由宰相、著名文士张说总领其事。当时，唐玄宗作《集贤书院成送张说上集贤学士赐宴得珍字》诗，其中有句“礼乐沿今古，文章革旧新”。当时群臣和此诗者甚众，萧嵩的和诗有句：“文章体一变，礼乐道逾弘。”敦古崇儒，君臣一时的认识，是比较一致的①。开元十四年（726 年），玄宗下敕敦儒进贤，同年七月及次年（开元十五年）九月，又两御洛城南门亲试文武举人。唐沈既济《词科论序》说：“开元以后，四海宴清，无贤不肖，耻不以文章达，其应诏而举者，多则二千人，少犹不减千人。”② 前揭殷璠《英灵集·叙》在列出“开元十五年”一目之后，紧接着的解释就是：“实由主上恶华好朴，去伪从真。使海内词场，翕然尊古，南风周雅，称阐今日。”总之，在解释“开元十五年”之目时，注意于唐玄宗朝廷开元之初，特别是开元中期一系列的政治措施，诚然是一种平情和务实之论③。这一论述切实指出了开元中期来自朝廷政策与导向方面的背景因素，但是，我们也要看到“开元十五年”的设问尚未得到完全的回答，因为如果仅以前揭朝廷政策等为据，是不必以“开元十五年”为标志的。

本文的“新解”是，《英灵集·叙》提出“开元十五年”一目之直接原因，乃是因为这是王昌龄、常建进士及第之年而已。下面略作申论。

一者，如前节所述，《英灵集》全书之品骘，实质上以王昌龄为第一人，对昌龄同年常建之评价亦极高。“同年”（开元十五年）之二人，如此受推崇，全集当中无与伦比；也就是一代诗人当中，无与伦比。殷璠自述选诗是“删略群才，赞圣朝之美”（《叙》语），那么，将最杰出之才子崛起之年代作为鼎盛时代之标志，是完全可能的。

二者，殷璠的品骘一代，举出的理想是“声律风骨始备”。众所周知，声律是近体诗普遍的基础，而风骨才是当代文学革新的“药石”。若仅以声律为基础，当时诗名最盛的王维是无可争议的“河岳英灵”代表之第一人。殷璠

① 《唐诗纪事》卷十四。

② 《全唐文》卷四百七十六。

③ 参见王运熙《释〈河岳英灵集〉论盛唐诗歌》，载于王运熙著《汉魏六朝唐代文学论丛》，上海古籍出版社 1981 年版。

以声律、风骨兼备为标准，推崇王昌龄为全书与当代第一，又置常建于全集首位的位置。对“开元十五年”科举进士考试当中的文章及第的二诗人备极推崇，也就是完全自然的。

三者，从《英灵集》所透露出的文学史观考察，常建评语曰“刘桢……左思……鲍昭……常建……”，王昌龄评语一则曰“元嘉以还”，再则曰“四百年内，曹、刘、陆、谢，风骨顿尽”，非常明确的是以刘宋元嘉谢灵运、鲍昭（照）时代为文学史的历史断限，而以昌龄、常建为其隔代传人的。这正是一个针对永明体以下的新体诗的批评的框架。宋文帝元嘉终年癸巳（453年），距《英灵集》编撰之年唐天宝十二载癸巳（753年），正好三百年。鲍照卒年是宋明帝泰始二年（466年）[①]，与元嘉末年相去十多年。而宋代元嘉之后的大明、泰始年间，一般都以为属于新体文学的滥觞期了。所以，标举“元嘉”与谢、鲍，大致没有什么矛盾。其实，《英灵集》评语另一处出现的“三百年”[②]，恐怕才是殷璠的原意，王昌龄评语中的“四百年”，尽管没有版本的证据，恐怕本来也作“三百年”。唐人去宋不算远，“三百年”的历史距离又作“四百年”，误会不容易得解。总之，作为全书评论当代文学所参照的重要的历史框架与参照系，《英灵集》的基本史观，也是与王昌龄、常建代表的文学风格与文学成就联系异常紧密的。

四者，如何理解唐人，以及唐代以前人发表评价时的思维模式，作为后人，要想真正做到同情地了解古人，我们尤其要注意超越那些属于历史隔膜方面的因素。受宋明理学“泛神明化”道统的思维方式的熏陶与影响，我们对待古代的圣贤，早已只知尊崇、不敢亲近，动辄有渎犯的感觉。这方面，唐人及唐代以前人的表现要自由与随意得多。先秦时代之处士横议、“百家争鸣”就不用说了，由汉至唐，以平常心待圣贤的例子，比比皆是，比如，汉人以扬雄为今之孔子，甚至还有扬雄胜过孔子的观点。唐天宝年间，萧颖士被称为“萧夫子”，也是欲与孔子相比拟。

在文学方面，早殷璠几十年，陈子昂发表“汉魏风骨，晋宋莫传”的高

---

① 鲍照生年有异说，卒年确切，即死于宋泰始二年临海王刘子顼败亡之年。《宋书》卷五一《刘义庆传》附传：“子顼败，（鲍照）为乱兵所杀。”

② 陶翰评语：“三百年以前，方可论其体裁也。”

论，被他的好朋友卢藏用评价为是五百年一出的圣贤①。殷璠的同时人中，比《英灵集》晚七年，元结于唐乾元三年（760 年）编《箧中集》，标榜沈千运的诗风，以为“风雅不兴，几及千载……吴兴沈千运独挺于流俗之中，强攘于已溺之后”②。比《英灵集》晚二十一年，独孤及于唐大历九年（774 年）作文哀悼刚去世的李华，又以为李华之成就，足当“五百年”之圣贤运③。总之，唐人的语境中，成圣称贤，品藻表彰，大致是比较随意与自由的。在此语境中，殷璠之推崇王昌龄、常建，与卢藏用之于陈子昂，元结之于沈千运，独孤及之于李华，情形非常相似，不过尔尔罢了。所谓“开元十五年”之标目，表达的意思是，王昌龄、常建等奋然汲取三百年以前文学之精华，振起风骨，以治新体文学之根本不足，令当代文学臻于完备。所以，揭出王昌龄、常建二位进士及第、高歌奏凯之“开元十五年”为一代文学兴盛之标志也。王昌龄活跃于开元诗坛及其发挥影响之情形，殷璠所耳闻目睹者，当然是我们后人所不及见的。

总之，既然《英灵集》是以王昌龄、储光羲为中心的文学交游、文学趣味共同体为主要着眼点来选诗的，既然殷璠真心实意地极其推崇王昌龄、常建为文学典范与样板，那么，将王昌龄、常建进士及第之“开元十五年”（727 年）作为观察、记录文学史风尚变迁的一个标志点，在唐人的语境中，这类做法比较正常，理解起来也不像后人那么困难。

（本文原刊于《文学评论》2012 年第 2 期）

---

① 卢藏用《右拾遗陈子昂文集序》曰：“道丧五百岁而得陈君。”董诰编《全唐文》卷二百三十八。

② 元结《箧中集序》，别详《八世纪诗风》第三章专节论述。

③ 参见拙著《八世纪诗风》第二章“天宝十三载”节。

颜延之与刘宋宫廷文学

孙明君

刘宋时期，谢灵运与颜延之在文学创作方面双峰并峙，各有千秋。正如清人陈仅《竹林答问》所评："颜谢当日，已有定评。然谢工于山水，至庙堂大手笔，不能不推颜擅场，大家不必兼工也。大抵山林、廊庙两种，诗家作者，每分道而驰。"这里的"庙堂""廊庙"一体，今天通称为宫廷文学。谢灵运是山水文学的大家，颜延之是宫廷文学的巨匠。然而，相对于谢灵运的研究，有关颜延之的研究明显薄弱。二十世纪以来，颜延之研究长期问津乏人，直到二十世纪八十年代之后才有了一定的改观。近年来，作为颜延之创作主体的庙堂文学已经引起了学界的关注，[①] 但这里还有值得进一步开拓的空间。笔者拟以颜延之的《应诏讌曲水作诗》（以下简称为《曲水诗》）与《三月三日曲水诗序》（以下简称为《曲水诗序》）为中心，就其宫廷文学中的相关问题谈点看法。

一　颜延之庙堂大手笔地位的确立

裴子野《宋略》载："文帝元嘉十一年，三月丙申，禊饮于乐游苑，且祖道江夏王义恭、衡阳王义季，有诏会者咸作诗，诏太子中庶子颜延年作序。"三月三日是南朝贵族一年一度的盛大节日。在宋文帝元嘉十一年（434 年）的这一天，由文帝出面，邀请大臣一起禊饮，为江夏王刘义恭和衡阳王刘义

① 例如吴怀东的《颜延之诗歌与一段被忽略的诗潮》，《山东大学学报》（社会科学版）1998 年第 4 期；黄亚卓的《论颜延之公宴诗的复与变》，《上海师范大学学报》（社会科学版）2003 年第 3 期，等等。

季送行。文帝下诏命所有与会者都要赋诗，并且命颜延之为这次盛会的诗集作序。颜延之应诏而作，分别写出了诗与序，其诗即《曲水诗》，其序即《曲水诗序》。

《曲水诗》与《曲水诗序》旨在为刘宋帝国歌功颂德，是宫廷文学的典型代表。《曲水诗》分为八章：第一章写武帝创建宋国之功；第二、三章写文帝仁义之道超越了周汉，开创出一个太平盛世；第四章赞颂太子之德有如金玉；第五章颂美诸王，宰相刘义康同于周公，诸王为京师之屏障；第六、七两章写三月三日皇家宴会盛况，欢愉之事同于上古；第八章回顾自己的仕途，感谢皇帝的恩德。《曲水诗序》分为三个部分。其一，言帝王宴乐历代有之，宴乐之道在封建统治中极为重要。其二，正面歌颂大宋帝国。武帝以圣武定鼎，宋文帝以圣明之德继承武帝的事业，太子道德高尚，宰臣为国之栋梁。在文帝的英明领导下，国家空前强盛，符命祥瑞不断出现，四夷纷纷来朝。其三，描写当日皇帝组织、亲临宴会的盛况。从中可以看出皇室的威仪和歌舞升平的盛世情景。这一诗一序，写于同一时期，前者是颜延之个人的抒情之作，后者是颜延之代表群臣的颂歌，两者珠联璧合，相得益彰，构成了刘宋时代宫廷文学中的双璧，在整个南朝时期只有萧齐时代王融的《三月三日曲水诗序》可与之争衡。

对于颜延之而言，对于宋文帝而言，元嘉十一年三月丙申，禊饮于乐游苑，并不是一次皇家宴会这么简单。在这一天，由皇帝亲自确定了刘宋帝国的庙堂大手笔。这个大手笔正是颜延之。

邓绎《藻川堂谭艺·唐虞篇》云："一代文辞之极盛，必待其时君之鼓舞与国运之昌皇，然后炳蔚当时，垂光万世。"[①] 如果把这段话挪到宫廷文学创作上来说，似乎更加贴切。宫廷文学的兴盛需要两大必要条件：其一是君主对文学的爱好和提倡，其二是国运的昌盛。颜延之创作最为活跃的元嘉时期正是刘宋国运的鼎盛期，当时的最高统治者也甚为爱好文学艺术。有一个适合宫廷文学生长的环境固然重要，但是否可以形成宫廷文学的高潮还要看此期是否能够产生优秀的宫廷诗人。成为宫廷文学领袖的人物，通常会被奉为大手笔。宫廷大手笔的出现不是偶然的，除了时代的因素之外，作为大手笔

① 王水照主编《历代文话》，复旦大学出版社2007年版，第6146页。

的诗人应该具备数一数二的文学才华，并且是朝廷里的高级官员，拥护当今皇上的路线、方针、政策。在两晋南朝这个看重门户出身的时代，该大手笔还应该是出身于士族家庭的文化精英。

颜延之的应制诗开始写作于宋武帝刘裕时代，在宋文帝刘义隆时代达到了峰巅。宋武帝和宋文帝对文学艺术皆颇有兴致。刘勰在《文心雕龙·时序》篇中说："自宋武爱文，文帝彬雅，秉文之德，孝武多才，英采云构。自明帝以下，文理替矣。尔其缙绅之林，霞蔚而飙起，王、袁联宗以龙章，颜、谢重叶以凤采，何、范、张、沈之徒，亦不可胜也。"宋武帝虽然"本无术学"，但他倾慕风流，极力提倡文学艺术。《南史·谢晦传》载："帝于彭城大会，命纸笔赋诗……于是群臣并作。"宋文帝具有很高的文化素养，《宋书·索虏传》载文帝诏群臣曰："吾少览篇籍，颇爱文义。游玄玩采，未能息卷。"由于最高统治者的爱好和提倡，刘宋的文学创作极为兴盛，缙绅阶层中活跃着许多文学世家，王氏家族、袁氏家族、颜氏家族、谢氏家族、何氏家族、范氏家族、张氏家族、沈氏家族是其中的八大家族，其中最出名的诗人当推谢灵运与颜延之。

在宋文帝时期，一度有希望成为朝廷大手笔者有三位作家，一位是傅亮，一位是谢灵运，一位是颜延之。据《宋书·颜延之传》载："义熙十二年，高祖北伐，有宋公之授，府遣一使庆殊命，参起居；延之与同府王参军俱奉使至洛阳，道中作诗二首，文辞藻丽，为谢晦、傅亮所赏。"这时的傅亮已是朝廷重臣，颜延之还是一个初出茅庐的文学青年，对傅亮没有构成任何威胁。到宋朝建立之后，颜延之与傅亮之间发生了冲突："时尚书令傅亮自以文义之美，一时莫及，延之负其才辞，不为之下，亮甚疾焉。庐陵王义真颇好辞义，待接甚厚。"政治斗争夹杂着文学竞争，一时剑拔弩张，势不两立。随着庐陵王的失势，颜延之也受到了冲击，被排挤出朝廷，担任始安太守。直到元嘉三年（426 年），文帝剪除了徐羡之、傅亮、谢晦集团，颜延之才得以再次回到朝廷。

谢灵运出身于东晋门阀士族家庭，是康乐公谢玄的唯一继承人，《宋书·谢灵运传》载："灵运少好学，博览群书，文章之美，江左莫逮。"他隐居始宁别墅期间，"每有一诗至都邑，贵贱莫不竞写，宿昔之间，士庶皆遍，远近钦慕，名动京师"。元嘉三年（426 年），谢灵运也得到了起用。《宋书·谢灵运传》载："太祖登祚，诛徐羡之等，征为秘书监，再召不起，上使光禄大夫范泰与灵运书敦奖之，乃出就职。……寻迁侍中，日夕引见，赏遇甚厚。"《宋书·颜延之传》载："元嘉三年，羡之等诛，征为中书侍郎，寻转太子中庶子。顷之，领步兵校尉，赏遇甚厚。"当此之时，谢灵运与颜延之同时受到了文帝的赏识。

就谢灵运而言，他比颜延之更具有成为宫廷大手笔的先天条件，一是他的出身更为高贵，二是他在文学创作方面的声誉更高。但是，他自己无意于做一个宫廷文人。宋葛立方《韵语阳秋》卷二载："颜延之、谢灵运各被旨拟《北上篇》，延之受诏即成，灵运久而方就。"通常我们以这条材料为证，来说明有作家竞于先鸣，有作家不竞于先鸣。其实联系谢灵运当时的心态，他"久而方就"未尝不是有意为之，或者说他的心思压根就不在此处。作为康乐公的继承人，作为谢氏子弟中的领袖人物，他进入朝廷的目的不是为了做一个宫廷弄臣。据《宋书·谢灵运传》载："既自以名辈，才能应参时政，初被召，便以此自许；既至，文帝唯以文义见接，每侍上宴，谈赏而已。王昙首、王华、殷景仁等，名位素不逾之，并见任遇，灵运意不平，多称疾不朝直。……上不欲伤大臣，讽旨令自解。灵运乃上表陈疾，上赐假东归。"谢灵运离开朝廷之后，终于在元嘉十年（433 年）被杀于广州。

除此两人之外，能够成为庙堂大手笔的非颜延之莫属。《宋书·颜延之传》载："颜延之……曾祖含，右光禄大夫。祖约，零陵太守。父显，护军司马。延之少孤贫，居负郭，室巷甚陋。好读书，无所不览，文章之美，冠绝当时。"颜含虽然不属于门阀士族，但他也是衣冠南渡之际的侨姓大族，具有相当高的门第。颜延之的文学才华与谢灵运在伯仲之间。更重要的是颜延之认同当时的主流意识形态，愿意以自己的才华为朝廷服务，自愿做帝国宫廷的文人班头。元嘉三年（426 年），延之被文帝召回朝廷，他在《和谢监灵运》中写道："皇圣昭天德，丰泽振沈泥。惜无雀雉化，休用充海淮。"对文帝充满了感激之情。元嘉十年，延之作《应诏观北湖田收》，《文选》李注引《丹阳郡图经》曰："乐游苑，晋时药园，元嘉中筑堤壅水，名为北湖。"次年三月三日，颜延之等陪同文帝再次游于乐游苑，写作了《曲水诗》与《曲水诗序》。

命一位大臣为朝廷宴会的诗集作序，根据现存的文献记载，在整个元嘉三十年内，这是唯一的一次。在整个刘宋时期也没有看见第二次。在南朝数百年间，第二次出现类似的情况就是齐武帝永明九年（491 年）的三月三日，那一次王融写作了与颜延之同题的《三月三日曲水诗序》。显然它是对元嘉风流的一次模仿。当日虽然没有册封的仪式，但在宋文帝的心目中，在朝廷众臣们的心中，大家都公认：颜延之乃是元嘉文坛上当之无愧的领袖。

此后，颜延之虽然在仕途上并非一帆风顺，他也曾经受到过刘义康集团的排挤与打击，但总体上看，他还是享受到了高官厚禄。不论是在顺境还是在逆境，他始终没有辜负宋文帝的厚爱，写作了多篇庙堂之作，成为刘宋乃至南朝著名的宫廷大手笔。据《南史·颜延之传》载："延之既以才学见遇，当时多相推服，惟袁淑年倍小于延之，不相推重。"可见颜延之很看重自己在文坛上的地位，除了小字辈的袁淑外，朝廷上下对他的文学才华颇为推服。

在颜延之的宫廷文学作品中，写于宋武帝时期的有《车驾幸京口三月三日侍游曲阿后湖作》诗等；写于宋文帝时期的有《曲水诗》《曲水诗序》《皇太子释奠会作诗》《为皇太子侍宴饯衡阳南平二王应诏诗》《车驾幸京口侍游蒜山作诗》《拜陵庙作诗》《侍东耕诗》《赭白马赋》等诗文。《新唐书·艺文志》（别集类）载有颜延之《元嘉西池宴会诗集》三卷，惜乎其作早已失传。

在宋文帝时期，傅亮因自身才华不足，且介入了朝廷政变，早在元嘉初年即被处死；谢灵运出身高贵，才华盖世，但他意在山林，不愿意做一个御用文人，为统治者摇旗呐喊，于元嘉十年（433 年）被杀害。于是，在元嘉十一年（434 年）三月，颜延之当仁不让，以其《曲水诗》与《曲水诗序》为标志，终于成为刘宋时代的庙堂大手笔。

二　颜延之庙堂文学的特征

对于颜延之的宫廷文学，自古以来评价歧异，总体上看否定性看法占大多数。二十世纪以来一般文学史著作均认为，颜延之应制诗文的内容以宫廷生活为主，迎合帝王旨意，为朝廷歌功颂德；在形式上铺锦列绣，错彩镂金，雕缋满眼，缺乏生气。近年来也有学者以为，颜诗内容中正典雅，气象雍容华贵，体裁绮密，辞采藻丽，典故繁富，笔法工巧，诗体律化，应当在刘宋文坛占有一席之地。这似乎是两种截然对立的看法，其实只是角度不同而已。

结合古今学者的评语，颜延之庙堂文学的特征主要体现在几个方面。

其一，规模广大、气体崇闳。

从古到今，对颜延之诗歌评价最高的当推清人王寿昌。其《小清华园诗谈》云："诗有六要：心要忠厚，意要缠绵，语要含蓄，义要分明，气度要和雅，规模要广大。""何谓广大？曰：颜延年之《郊祀》《曲水》《释奠》，以及《侍游》诸作，气体崇闳，颇堪嗣响《雅》《颂》。近体则沈、宋、燕、许、右丞辈，亦时有宏壮之观。"他用规模广大、气体崇闳来评价颜延之诗歌，其评语值得后人深思。

儒家文化具有一套复杂的礼乐制度，统治者要求文学作品也要符合礼乐的规范。《礼记·乐记》载："故乐者，审一以定和，比物以饰节，节奏合以成文，所以合和父子君臣，附亲万民也，是先王立乐之方也。故听其雅颂之声，志意得广焉……先王之道礼乐可谓盛矣。"孔颖达疏："雅以施正道，颂以赞成功，若听其声，则淫邪不入，故志意得广焉。"这里的"雅""颂"也就是《诗经》中的《雅》《颂》。《诗序》说："雅者，正也，言王政之所由废兴也"；"颂者，美盛德之形容，以其成功告于神明者也"。北宋张表臣《珊瑚钩诗话》云："《诗》三百六篇，其精深醇粹，博大宏远者，莫如《雅》《颂》。"在历代儒士看来，《诗经》中的《雅》《颂》乃是儒家礼乐文化的集中体现，只有再现了《雅》《颂》精神、符合礼乐文化标准的作品才有可能达到博大宏远的境界。

宋武帝和宋文帝都非常重视儒家文化，大力提倡儒家礼乐文化和名教纲常。据《宋书·臧焘传》载，刘裕在义熙初年就曾说："顷学尚废弛，后进颓业，衡门之内，清风辍响。良由戎车屡警，礼乐中息，浮夫恣志，情与事染，岂可不敷崇坟籍，敦厉风尚。"据《宋书·武帝本纪》载，刘宋建国之后，武帝在永初三年（422 年）正月下诏曰："便宜博延胄子，陶奖童蒙，选备儒官，弘振国学。"宋文帝比宋武帝走得更远，裴子野《宋略·总论》云："上亦蕴籍义文，思弘儒府，庠序建于国都，四学闻乎家巷。……江东以来，有国有家，丰功茂德，未有如斯之盛者。"宋文帝四学并建之举打破了两晋以来玄学在思想界占据主导地位的格局，标志着儒学在南朝开始走上了复兴之路，与之相伴，文学也取得了一定的社会地位。

颜延之从小服膺儒学，崇尚周汉礼乐，具有出众的学识和智慧。据《宋书·周续之传》载："周续之永初二年被征，武帝刘裕为周续之立馆建康城郊，曾率群臣亲临续之教馆，问以三义，并使颜延之与之对析。"《宋书·颜延之传》云："上使（颜延之）问续之三义，续之雅仗辞辩，延之每折以简要。既连挫续之，上又使还自敷释，言约理畅，莫不称善。"颜延之不仅对儒学有深刻的认识，在现实生活中自觉地用文学艺术服务于封建帝王。颜延之《皇太子释奠会作》云："国尚师位，家崇儒门。禀道毓德，讲艺立言。"在文学作品中，颜延之继承了汉儒的美颂诗学观，按照统治者的意愿去写作，意在写出新时代的《雅》《颂》之作。

颜延之在宫廷文学中经常提到上古朝代，大量使用儒家文献中的典故。其《车驾幸京口三月三日侍游曲阿后湖作》开篇云："虞风载帝狩，夏谚颂王游。"其《应诏观北湖田收》云："周御穹辙迹，夏载历山川。"其中写得最多的还是周和汉，其《曲水诗》云："仁固开周，义高登汉。"写武帝的仁义之道超越了周汉皇帝；其《曲水诗序》云："昔在文昭，今惟武穆。于赫王宰，方旦居叔。"再一次把宋武帝比为周文王，把宋文帝比喻为周武王，把宰相刘义康比喻为周公。周文王家族一门三圣，宋武帝家族同样如此。其《曲水诗》诗云："伊思镐饮，每惟洛宴，郊饯有坛，君举有礼。"《曲水诗序》中云："献洛饮之礼，具上巳之仪。"反复强调文帝君臣的举止符合古代礼仪，即使在饮宴当中也不例外。

在封建士人的眼里，所谓诗歌的中正典雅，其根源就在于诗人能够按照儒家礼教的规范去写作符合《雅》《颂》标准的文学作品。正因为颜延之的宫廷文学符合这样的标准，才被人视为规模广大、气体崇闳之作。

其二，诵美有章，陈言无愧。

《曲水诗序》结尾云："并命在位，展诗发志。则夫诵美有章，陈言无愧者欤?"吕向注曰："言今天子仁明，颂美德亦无愧也。"[①] 宫廷文学乃是按照皇帝的要求在"展诗发志"，如此，臣下们的"志"自然不脱"诵美"一路。既然天子的行为与古代的圣君相同，天子的制度乃是古代礼乐的再现，所以无论怎么颂美也不算过分。

颜延之的宫廷文学中不乏对宋武帝和宋文帝的歌颂，《曲水诗序》写宋武

① 《六臣注文选》，中华书局 1987 年版，第 867 页

帝说“圣武定鼎，规同造物”，将宋武帝抬高到造物主一样的高度。《曲水诗》写宋文帝说：“惠浸萌生，信及翔泳。”宋文帝的恩泽广被万物，其盛德波及鱼鸟。《曲水诗序》云：“正体毓德于少阳，王宰宣哲于元辅。”分别写了太子和王宰。在《曲水诗》中用“帝体丽明，仪辰作贰。君彼东朝，金昭玉粹。德有润身，礼不愆器。柔中渊映，芳猷兰秘。”再写太子，另外有《皇太子释奠会作》写太子“继天接圣”，“怀仁”，“抱智”，在社会上有“庶士倾风，万流仰镜”的感召力。太子即刘劭，后来成为弑父的元凶。刘劭弑父，其因复杂，是另外一个话题，此处不拟展开论说。弑父事件发生在元嘉三十年（453 年）。在元嘉十一年（434 年）的宋文帝眼里，太子还是继承皇位的最佳人选。在《曲水诗》中，诗人用“昔在文昭，今惟武穆。于赫王宰，方旦居叔。有睟叡蕃，爰履奠牧。宁极和钧，屏京维服”来写宰相刘义康和诸王。刘义康集团当年迫害谢灵运，此后亦曾陷害颜延之。据《宋书·颜延之传》载：“（延之）见刘湛、殷景仁专当要任，意有不平……辞甚激扬，每犯权要。……湛深恨焉，言于彭城王义康，出为永嘉太守。……湛及义康以其辞旨不逊，大怒。……屏居里巷，不豫人间者七载。”然元嘉十一年三月时，双方的矛盾尚未激化。

《曲水诗序》写元嘉时期日月星辰昭明，高山大海各示其灵。中国人数众多，四方蛮夷皆来朝拜。朝廷治国依据先王之道，采用上古的礼乐制度，广泛推行儒学思想。典章制度周密，军队威猛，文官敬业。天子之德传播到了天涯海角，太平祥瑞的征兆不断出现。远方的国君或者向我们进贡，烽火连接千城，驿站沟通万里。匈奴之君南蛮之君皆俯首称臣。天下已经进入到了“异人慕响，俊民间出；警跸清夷，表里悦穆”的和谐盛世。作为宫廷文学的颜延之诗文，固然有很大的夸张成分。但元嘉年间的确是南朝最为兴盛的时期，据《宋书·良吏传序》载，“三十年间，氓庶蕃息，奉上供徭，止于岁赋。晨出暮归，自事而已”，“民有所系，吏无苟得。家给人足，即事虽难，转死沟渠，于时可免。凡百户之乡，有市之邑，歌谣舞蹈，触处成群，盖宋世之极盛也”。颜延之的歌颂也算有一定的现实依据。

值得肯定的是，颜延之庙堂文学中反映了当时的政局，涉及到了北伐战争。《曲水诗序》两次提到了北伐中原的意愿：“将徙县中宇，张乐岱郊。增类帝之宫，饬礼神之馆，途歌邑诵，以望属车之尘者久矣。”写国家将要在洛阳建立首都，在泰山举行封禅大典。中原地区的民众正在翘首以待宋文帝北上。“怅约台之未临，慨酆宫之不县。方且排凤阙以高游，开爵园而广宴。”约台在洛阳，是夏启宴会诸侯之地；酆宫在长安，是周康王会见诸侯之宫。凤阙在关中，爵园在邺中。诗人感慨不能在两京建立国都并举行宴会。于此可见，颜延之宫廷文学能够反映当时南北分裂的社会现实，在一定程度上打破了类型化的描写方式。从这里我们也能够看到宋文帝统一中原的信念和颜延之的爱国之心。

此外，他在宫廷文学中也涉及了自我检讨。其《曲水诗》云：“仰阅丰施，降惟微物。三妨储隶，五尘朝黻。途泰命屯，思充报屈。有悔可悛，滞瑕难拂。”他认为与浩荡的皇恩相比，个人微不足道。自己三次任职东宫，五次任朝官。对朝廷的器重，自已难以报答，愿意改正过悔之事，尽心为朝廷服务。如果把南朝的三月三日诗文与东晋的三月三日诗文对照，我们不难看到东晋时代兰亭诗人是以个体生命为中心的，到了南朝诗文中则以君王为中心，诗人的个性泯灭殆尽，丧失了东晋士族文学的基本特征。士族意识的进一步淡化，表明南朝士族阶层在政治领域的衰微。

其三，体裁绮密，喜用古事。

钟嵘在《诗品》中把谢灵运放在上品，将颜延之置于中品，显示出在钟嵘的审美体系中两人地位的差异。《诗品中》云：“（颜延之）其源出于陆机。尚巧似，体裁绮密，情喻渊深，动无虚散，一句一字，皆致意焉。又喜用古事，弥见拘束，虽乖秀逸，是经纶文雅才。雅才减若人，则蹈于困踬矣。汤惠休曰：‘谢诗如芙蓉出水，颜如错彩镂金。’颜终身病之。”颜延之继承了陆机文学中“举体华美”、典雅工整的传统。正如钟嵘所评他是“经纶文雅才”，即宫廷文人的杰出代表。文采绮密，典故繁富，乃是颜延之宫廷文学在艺术方面的重要特征。

与颜延之同时代的鲍照和汤惠休都给予颜诗以负面评价。除了上引汤惠休之语外，据《南史·颜延之传》载：“延之尝问鲍照，己与灵运优劣。照曰：‘谢五言如初发芙蓉，自然可爱；君诗若铺锦列绣，亦雕缋满眼。’”鲍照与汤惠休的诗风偏向于通俗文学，与颜延之的文学观念不同，写作立场不同，彼此之间的评论也有文人相轻的嫌疑。

颜延之诗歌具有不同的类型，错彩镂金、铺锦列绣只是其宫廷文学的特征。例如，其《车驾幸京口三月三日侍游曲阿后湖作》中写山水自然："山祇跸峤路，水若警沧流。"写帝王出游："神御出瑶轸，天仪降藻舟。万轴胤行卫，千翼泛飞浮。凋云丽璇盖，祥飚被彩斿。"其《应诏观北湖田收》中写冬日景色："阳陆团精气，阴谷曳寒烟。"其《车驾幸京口游蒜山作》写出游时所见："陟峰腾辇路，寻云抗瑶甍。春江壮风涛，兰野茂荑英。"凡此等等，莫不华丽绮靡。但是，颜延之诗歌也有不同的风格。沈德潜《古诗源》卷十评其《五君咏》《秋胡行》云："颜诗，惠休品为镂金错彩，然镂刻太甚，填缀求工，转伤真气。中间如《五君咏》《秋胡行》，皆清真高逸者也。"评其《秋胡行》云："无古乐府之警健，然章法细密，布置稳顺，在延之为上乘矣。"评其《北使洛》云："黍离之感，行役之悲，情旨畅越。"叶矫然《龙性堂诗话初集》评其《秋胡行》《五君咏》曰："颜擅雕镂，而《秋胡行》《五君咏》不减芙蕖出水。"刘熙载《诗概》评其《五君咏》云："延年诗长于廊庙之体，然如《五君咏》，抑何善言林下风也。"《还至梁城作》中的"故国多乔木，空城凝寒云"一联也因其高迈悲凉深受历代学者好评。可见，颜延之并非写不出清真高逸、芙蕖出水之作，大量写作错彩镂金、铺锦列绣乃是有意为之。

错彩镂金、铺锦列绣乃是宫廷文学自身的特征。正如葛立方《韵语阳秋》卷二所云："应制诗非他诗比，自是一家句法，大抵不出于典实富艳耳。"谢榛《四溟诗话》卷一云："江淹拟颜延年，致辞典缛，得应制之体，但不变句法。"应制诗应该致辞典缛是大家的共识。

除了语言绮靡之外，宫廷文学中必然要大量使用典故。林晓光等先生把王融的《三月三日曲水诗序》视为金缕玉衣式的文学是非常贴切的。他们认为："在《曲水诗序》中，用典是基本的手法，典故占据了核心性的位置。包括事典和语典的大量典故，远远超出一般文学中作为某种特殊手法应用的功能，而直接获得了分割层次、推进叙事的基本功能。"① 王融之作，固然在典故的使用上登峰造极。颜延之诗文中的典故也不在少处。很多王融使用典故的手法，在颜延之这里已经初见端倪。正如张戒《岁寒堂诗话》所云："诗以

① 林晓光、陈引驰《金缕玉衣式的文学：王融〈曲水诗序〉析读》，《华东师范大学学报》2011年第2期。

用事为博，始于颜光禄而极于杜子美。”

宫廷文学既与最高统治者的心理相符合，也与作家的歌颂心态相吻合。作为帝王，对宫廷文学有一种心理预期，要求这种文体能够再现皇室气派。作为宫廷文人，一方面要讨好皇帝，另一方面也要炫耀自己的才华。两种力量的凑泊必然形成这种辞藻华美、错彩镂金、典故繁富、对仗工稳的文体。如果作者没有较高的文学素养，就容易蹈袭前人，成为玩弄文字游戏之作，陷于“困踬”之境。这种文学是为皇帝而写作的，是为宫廷贵族阶层写作的，也正因为这样，它在宫廷官僚贵族阶层中会产生广泛的影响，但在社会中下层则难以找到知音。

综上可知，颜延之宫廷文学的特征主要表现为：崇尚周汉礼乐，力求回归《雅》《颂》传统；颂美刘宋君主，试图再现元嘉盛世；词汇铺锦列绣，典故堆砌密集。颜延之的创作在宫廷文学史上已经达到了相当的高度。

三　颜延之宫廷文学的诗史地位

宫廷文学有它发生、发展的历程，颜延之宫廷文学渊源有自，也形成了自身的特点，他的作品在当时和后世的宫廷文学中起到了一定的示范作用。

其一，颜延之宫廷文学继承了前代的宫廷文学传统。

应该说自从有了宫廷，也就相应会形成宫廷文学。在中国的第一部诗歌总集《诗经》中，就已经产生了成熟的宫廷文学。《雅》《颂》文学既是中国古代宫廷文学的源头，也是古代宫廷文学的经典之作。特别是《大雅》中描写宣王中兴的十余首诗篇，歌颂了宣王时代的文治武功。《国语·周语》说宣王中兴，“内修政事，外攘夷狄，复文武之境土”。《江汉》写宣王讨伐徐国，《常武》赞美太师南仲皇父，无不铺张扬厉，兴高采烈。

两汉时代的宫廷文学首推汉大赋。班固《两都赋序》云：“故言语侍从之臣，若司马相如、虞丘寿王、东方朔、枚皋、王褒、刘向之属，朝夕论思，日月献纳。……或以抒下情而通讽谕，或以宣上德而尽忠孝，雍容揄扬，著于后嗣，抑亦雅颂之亚也。故孝成之世，论而录之，盖奏御者千有余篇。”其实，“抒下情而通讽谕”者少，歌功颂德、粉饰太平者众。除了大赋之外，司马相如临终前留下了《封禅文》，《封禅文》颂扬“大汉之德”，主张举行封禅典礼。作者颂扬了国家的兴旺，描摹出中央王朝的声威，具有周颂之遗风。

曹魏时代，邺下诸子为曹氏父子歌功颂德。王粲《公宴诗》云："克符周公业，奕世不可追。"西晋时代，出现了带有"应诏""应令"标题的应制诗。晋武帝曾在华林园与群臣赋诗。东晋时期，门阀士族与皇权平分秋色，导致宫廷文学走向衰落。正如有学者所论："东晋门阀政治使皇权衰微，并导致代表宫廷文学的应制诗的萧条。这种萧条，显示出最高统治阶层放弃了对文学的领导和干预，东汉后期开始动摇的儒家诗教至此衰落到历史最低谷。东晋文学遂呈现自由发展的多元化格局。"①

到了刘宋时期，皇室的地位得以强化，东晋一朝皇室暗弱的局面得以扭转。皇室恢复了对文学的领导。刘宋宫廷文学以颜延之为代表，谢灵运、鲍照、谢庄等人皆有宫廷文学之作。刘宋时期的宫廷文学承上启下，在宫廷文学发展史上占有重要位置。

其二，刘宋宫廷文学是两晋士族文学的歧变。

从士族文学的发展史来看，东晋的士族文学以玄言诗为标志，到了晋宋之际，士族文学发生了歧变，一条路是玄理与山水结合，发展为谢灵运的山水诗。谢灵运的山水诗中有一部分乃是庄园山水诗，当门阀士族难以进入政治高层去施展自己的抱负，寒族和次等士族已经掌握了政治军事大权之后，门阀士族子弟或会退守到自己的庄园，利用文化上的、经济上的优势负隅顽抗，写作出带有鲜明的士族文学印记的山水文学。另外一些门阀士族子弟和次等士族精英则不得不与朝廷合作，为朝廷歌功颂德，形成了一股庙堂文学的潮流。因此，刘宋时期士族文学发生了歧变：山水文学与庙堂文学分道扬镳。山水文学较多地保留了士族文学的纯正基因，而庙堂文学则已经发生了基因变异。这两条路的代表人物就是谢灵运和颜延之。沈约《宋书·谢灵运传论》中说："爰逮宋氏，颜谢腾声。灵运之兴会摽举，延年之体裁明密，并方轨前秀，垂范后昆。"选择退缩至山水和庄园的谢灵运最终被杀，选择成为宫廷文人的颜延之则仕途通达，得以享其天年。然而，随着时光的推移，到了明清时期，谢灵运及其山水诗大放异彩；颜延之及其应制诗则趋于湮没无闻。

① 何诗海《东晋应制诗之萧条及其文学史意蕴》，《文学遗产》2011 年第 2 期，第 23 页。

其三，颜延之宫廷文学是南朝宫廷文学的典范。

从政治的视角看，表现元嘉盛世的是以应制诗为代表的宫廷文学，而不是山林文学。颜延之宫廷文学是南朝隋唐宫廷文学复兴的号角。在颜延之之后的南朝宫廷诗人无不受到了颜延之宫廷文学的影响。

与颜延之同时，谢灵运、鲍照、谢庄等人也写作了一定数量的宫廷文学。谢灵运作有《三月三日侍宴西池》《从游京口北固应诏》等应制诗。他在《劝伐河北书》中，歌颂文帝是“聪明圣哲，天下归仁”的圣主，期盼在文帝的领导下早日统一华夏，实现“太平之道”，完成“岱宗之封”。谢庄的应制诗有《和元日雪花应诏诗》《七夕夜咏牛女应制诗》《侍宴蒜山诗》《侍东耕诗》《从驾顿上诗》《八月侍宴华林园曜灵殿八关斋》《烝斋应诏诗》等。出身于寒门的鲍照，在孝武帝之世一度担任中书舍人。据《宋书·鲍照传》载：“世祖以照为中书舍人。上好为文章，自谓物莫能及，照悟其旨，为文多鄙言累句，当时咸谓照才尽，实不然也。”这与文学史上那个“孤且直”的鲍照形象并不一致。在朝廷的鲍照也写作过一些宫廷文学作品，例如《侍宴覆舟山诗》《三日游南苑诗》等。

大明泰始年间，形成了一个“祖袭颜延”的诗人集团。据钟嵘《诗品下》记载，这个集团包括以下人员：齐黄门谢超宗，齐浔阳太守邱灵鞠，齐给事中郎刘祥，齐司徒长史檀超，齐正员郎锺宪，齐诸暨令颜则，齐秀才顾则心。“檀、谢七君，并祖袭颜延，欣欣不倦，得士大夫之雅致乎！余从祖正员尝云：‘大明、泰始中，鲍、休美文，殊已动俗，惟此诸人，傅颜陆体。用固执不如，颜诸暨最荷家声。’”此时的文坛上有三种力量，一种是继承谢灵运路线的山林诗人，一种是学习鲍照的通俗诗人，一种是模仿颜延之的宫廷诗人。从“鲍、休美文，殊已动俗”来看，谢灵运诗派已经江河日下，鲍照诗派如日中天，而“檀谢七君”坚持走颜延之诗派的路线。尤其值得注意的是，谢灵运的孙子谢超宗是宫廷诗派的中间人物。

钟嵘《诗品序》曰：“颜延、谢庄，尤为繁密，于时化之。大明、泰始中，文章殆同书抄。近任昉、王元长等，辞不贵奇，竞须新事。尔来作者，寖以成俗。”萧齐时期最著名的宫廷文人有王融、谢朓等人，王融的创作以《三月三日曲水诗序》为代表。据《南齐书》卷四十七《王融传》载：

（永明）九年，上幸芳林园，禊宴朝臣，使融为《曲水诗序》，文藻富丽，当世称之。上以融才辩，十一年，使兼主客，接虏使房景高、宋弁。弁见融年少，问："主客年几?"融曰："五十之年，久逾其半。"因问："在朝闻主客作《曲水诗序》。"景高又云："在北闻主客此制，胜于颜延年，实愿一见。"融乃示之。后日，宋弁于瑶池堂谓融曰："昔观相如《封禅》，以知汉武之德。今览王生《曲水诗序》，用见齐王之盛。"融曰："皇家盛明，岂直比踪汉武？更惭鄙制，无以远匹相如。"

王融的《三月三日曲水诗序》意在超越颜延之，直追司马相如。然其主旨和结构模式明显照搬颜延之的《曲水诗序》。颜延之在南朝的巨大影响力是难以否认的。梁陈时期宫廷文学也较为兴盛，出现了沈约、刘孝绰、庾肩吾、江总等宫廷文人。在整个南朝，学习模仿颜延之的不是一个人，而是一代又一代的宫廷文人。

到了唐代，宫廷文学也迎来了一个黄金时期。沈佺期、宋之问、许敬宗是初唐的应制诗人；燕国公张说、许国公苏颋的文章形式严整，典雅宏丽，格调雄浑，气势恢弘，被称为燕许大手笔；贤相张说、张九龄部分应制诗中能够凸显出作者的独立人格。继二张之后，王维开创了应制诗的新天地，终于成为唐代应制诗的集大成者。吴乔《围炉诗话》云："应制诗，右丞胜于诸公。"他们的宫廷文学中不乏宏壮之作，为唐代诗坛中增添了一片雍容华贵的奇葩。

宫廷文学是中国文学长河中的一条重要支流。刘宋时期，颜延之是宫廷文学的巨匠。颜延之宫廷文学乃是两晋士族文学的一种变体，它确立了南朝宫廷文学的范型，规定了南朝宫廷文学的走向，在中国古代宫廷文学发展史上占有一定的位置。

（本文原刊于《文学遗产》2012 年第 2 期）

文学是艺术化的言说

吴相洲

新世纪以来，葛晓音师致力先秦至六朝诗歌体式研究，“从语言变化、节奏提炼、诗行安排、篇体结构、表现方式等多角度说明各种体式的生成途径、发展过程和创作原理”①。其实这是在揭示中国文学生成过程。而文学生成是个大问题，值得长期深入研究。笔者虽忝列葛师门墙，但资质驽钝，未能步趋，只谈些粗浅思考，以示向往之意。

一 不如人意的文学定义

谈到文学生成，必然涉及文学定义。而文学是什么？是个老问题、大问题，或许还是傻问题。也许文学理论家们早已解决，我孤陋寡闻，阅读有限，未能掌握。然而无知而无畏，所以重提这一问题。因为我有个突出感受，文学理论家通常所谓文学，无法与中国古代文学实际进行有效对接。如云：“文学是以语言文字为工具，形象化地反映社会生活的艺术，它包括诗歌、散文、小说、戏剧等。它是一种语言艺术。”一定要“形象化”“反映”或“表现”才能叫作文学吗？如裴多菲诗：“生命诚可贵，爱情价更高。若为自由故，两者皆可抛。”里面没有“形象”，是否算作文学呢？显然这样的文学定义无法解释很多文学现象。

那么古人定义又如何呢？古代有所谓“文”“文章”“文学”“文笔”等概念。但这些概念只见经常使用，不见明确阐述，涵义、范围往往不确定，

① 刘宁《探索古典文学的内在之理——葛晓音教授访谈录》，《文艺研究》2016年第1期。

在当下无法用作通行文学概念。例如《毛诗序》对诗的解释："诗者，志之所之也。在心为志，发言为诗……故正得失，动天地，感鬼神，莫近于诗。先王以是经夫妇，成孝敬，厚人伦，美教化，移风俗。"[①] 只是诗与情感关系及其社会功用，不是在给"诗"下定义。因此，根据中国文学之实际，找到一个古今皆宜，能够有效解释各种文学体裁、各种文学现象的文学定义，显得十分必要。

二　文学是艺术化的言说

《毛诗序》说："在心为志，发言为诗。"是否可以扩而大之，说"发言为文"呢？如果可以，就应该说："文学是语言表达。"但这样定义文学并不能令人满意，因为说话水平有高低，表达效果有好坏，只有"好的表达"才可能具有文学价值。所以，我给文学下了这样一个定义："文学是艺术化的言说。"这样定义文学，能有效解释文学现象，能与其他文学相关概念进行有效对接。文学概论说"文学是语言艺术"，只揭示了文学介质，没有揭示文学本质。如果稍加调整，说"文学是言语艺术"，就接近正确定义了。

何以这样定义文学？人类组成社会，需要相互交流，交流的最佳方式就是说话。而话语能力有高有低，高者说话，他人便于接受，也乐于接受，从而感到愉悦，这就是文学。有关文学起源，文学理论家做了各种阐发，其实是把一个简单问题给弄复杂了，文学就产生于人类语言交流的愉悦感。言说蕴含着生民智慧，文学其来亦远矣。

或有这样的疑问：文学是言说，为何所见文学都以文字为载体？其实这很好解释，见诸文字者是言说的文本留存。文学有多种存在方式，见诸文字只是其中一种。艺人口中之史诗、歌者口中之歌诗、说话者口中之评话，都是文学存在方式。

或有这样的疑问：文学是言说，文学何以有各种体裁？其实很好解释，艺术化言说，言有序，言成文，或云"言语有章"[②]。言有序，便于听者接

① 郑玄笺，孔颖达疏，朱杰人、李慧玲整理《毛诗注疏》，上海古籍出版社2013年版，第6～12页。

② 贾谊撰，阎振益、钟夏校注《新书校注》卷六，中华书局2000年版，第229页。

受。事物复杂多变，人接受能力有限，言说条分缕析易于被人接受，因此说者注意“言之有序”。言说有各种场合，有各种功用，场合不同，听众不同，功能不同，言说内容也不同，于是有了各种“言体”，记录下来，就有了各种“文体”。说话要讲究场合，不同场合说话要有不同特点：“言敬以和，朝廷之言也；文言有序，祭祀之言也；屏气折声，军旅之言也；言若不足，丧纪之言也。”① 应该说，言说功能各异催生了各种文体。

或有这样的疑问：文学是艺术化之言说，如何理解“艺术化”？所谓艺术化，就是“言之成文”，注意修饰，有艺术性，使人乐于接受。文之本意，就是花纹，言说之文，就是有文采，是为文学最本质的特征。《文心雕龙·原道》就是这样解释“文”的：“傍及万品，动植皆文：龙凤以藻绘呈瑞，虎豹以炳蔚凝姿；云霞雕色，有逾画工之妙；草木贲华，无待锦匠之奇。夫岂外饰，盖自然耳。至于林籁结响，调如竽瑟；泉石激韵，和若球锽：故形立则章成矣，声发则文生矣。夫以无识之物，郁然有采，有心之器，其无文欤?”② 刘勰认为，自然万物，各有其美，形之于色，就是文章，发之于声，就是文采。人发言作文，更应讲究文采。欲使言之成文，必须讲究修饰，讲究修饰，必用辞藻。他在缕述三代文学成就时说周公“剬诗缉颂，斧藻群言”③，说孔子“雕琢性情，组织辞令”④。《宗经》篇又说：“《诗》主言志，诂训同《书》，摛风裁兴，藻辞谲喻，温柔在诵，故最附深衷矣。”⑤ 所以，文学又称“辞藻”“藻思”。

三 形式本身就有意义

言说需借助语言，语言是交流符码，而作为符码，组合起来就会形成程式。久而久之，程式变成新的交流符码。后人言说使用这些程式，便会把人带入原有言说语境，使当下言说内容和过去事物发生关联。事物和情感都有

① 贾谊撰，阎振益、钟夏校注《新书校注》卷六，第227页。
② 刘勰著，詹锳义证《文心雕龙义证·原道》，上海古籍出版社1989年版，第8~10页。
③ 同上，第20页。
④ 同上，第22页。
⑤ 刘勰著，詹锳义证《文心雕龙义证·宗经》，第68页。

类型化特点，程式使用会给当下言说内容归类定位，赋予当下事物情感以更多意义，其中就包括对事物的美化。庾信在北周与王公交往所写书信就很能说明问题。庾信作为最有名文学家，到北朝很受欢迎，王公多乐于与之交往。交往中有些现象很有趣，那些王爷经常送给庾信一些东西，如一头猪、一块头巾、一些干鱼。庾信身为高官，不一定就缺这些，但王爷们偏偏要送，说明他们另有所图。所图之物大概就是庾信收到东西以后所作谢启。如《谢滕王赉猪启》云："奉教，垂赉肥豕一腔。白腹见珍，度辽东之水；赤栏为重，对襄阳之城。忽降全恩，谨充炮烙。孙弘牧于淄水，唯以求钱；卜式养于上林，岂知其味。"[①] 在现实生活中，一头猪本来没有文学意义，而庾信用了《后汉书》和《水经注》典故，尤其是说汉武帝时名臣公孙弘、卜式都曾养猪，凡近的生活琐事，一下子升华为风流故事。可见文学价值完全是言说出来的。

形式具有重大意义。同一个意思，用不同形式言说，可能产生巨大差异。近年来，网络流行作家滕叙兖所作《中文的魅力》一文，很能说明这一道理。文章把一首英文诗译成中文，其中有"普通版""文艺版""诗经版""离骚版""七言绝句版""吴语版""女汉子版""七律压轴版"，各版读来差异巨大，如果不放到一起，根本不会想到是在翻译同一首诗。其中"普通版"作："你说你爱雨，但当细雨飘洒时你却撑开了伞；你说你爱太阳，但当它当空时你却看见了阳光下的暗影；你说你爱风，但当它轻拂时你却紧紧地关上了自己的窗子；你说你也爱我，而我却为此烦忧。"而"诗经版"作："子言慕雨，启伞避之。子言好阳，寻荫拒之。子言喜风，阖户离之。子言偕老，吾所畏之。"可见以不同形式言说，会造成多大差异。再看奥巴马 2008 年竞选胜利言说白话文与文言文的差异。白话文作："如果没有一个人的坚决支持，我今晚就不会站在这里，她是我过去 16 年来最好的朋友、是我们一家人的中坚和我一生的至爱，更是我们国家的下一位第一夫人：米歇尔·奥巴马（Michelle Obama）。"文言文作："拙荆米氏，追随鄙人凡一十六年，既为爱侣，更为挚友，既为吾阖家之基石，又乃余终生之至爱。鄙人尝自忖度，倘无贤妻若此，今朝阔论高谈于此处者，不知何人矣！"读此文言文版，很难想象这

① 庾信撰，倪璠注，许逸民校点《庾子山集注》卷八，中华书局 1980 年版，第 585 页。

是美国总统的演讲。

形式承载着更多信息，是构成语境的重要因素，离开一整套形式，语境可能不复存在。“五四”时胡适在《文学改良刍议》中提出了八项文学改革具体主张，即所谓“八事”。其中第一事“不摹仿古人”、第五事“务去滥调套语”、第六事“不用典”、第七事“不讲对仗”,① 都是文言文说传统，去掉了这些，文言文无法存在。胡适提倡白话文，反对文言文，算是抓住要害了。

四 清谈是典型的艺术言说

创作文学、欣赏文学是人类的高级生活方式。因为言说水平高低决定交流质量好坏，艺术化言说不仅使思想情感交流得以顺利实现，同时也能够给人带来审美愉悦：或因细微思想情感交流成功而高兴，或因听到言说巧妙而惊喜。言说可能是文告、判词、对策、书信、诗歌等书面形式。例如诗歌，语言精妙，能直达人心，给人以美感，是典型艺术话语，创作诗歌、诵读诗歌、听唱诗歌，就是在享受文学生活。其实形诸文字以外，人与人之间直接对话也可能是在享受文学生活，只要言说有足够艺术性。

清谈是艺术化言说的典型方式，古人清谈就是在享受文学生活。谈者之间使用高水平话语进行交流，不但内容讲得清，而且用语有文采，言者妙语连珠，听者心领神会，完全沉浸在艺术享受当中。正所谓：“清谈雅论，剖玄析微，宾主往复，娱心悦耳。”② 再如《世说新语·言语》所记：“诸名士共至洛水戏。还，乐令问王夷甫曰：‘今日戏乐乎?’王曰：‘裴仆射善谈名理，混混有雅致；张茂先论《史》《汉》，靡靡可听；我与王安丰说延陵、子房，亦超超玄著。’”③ 西晋诸名士游玩洛水，王衍感到最快乐的是名士之间的谈论，谈论内容是哲学、历史，每人各有风格。

清谈确实令人着迷。人们沉浸在清谈快乐当中屡见于文献记载。如云：

---

① 胡适著《胡适文存》卷一，黄山书社 1996 年版，第 4 页。

② 王利器撰《颜氏家训集解》卷八，中华书局 1993 年版，第 187 页。

③ 刘义庆著，徐震堮校笺《世说新语校笺》，中华书局 1984 年版，第 46 页。

“清谈同日夕，情盼叙忧勤。”[①] “清论玄谈，夜分乃寐。”[②] “清谈解烦累，愁眉始得伸。”[③] “（阎）庆胤博识洽闻，善于谈论，听其言说，不觉忘疲。”[④] “（崔）赜与洛阳元善、河东柳抃、太原王劭、吴兴姚察、琅邪诸葛颍、信都刘焯、河间刘炫相善，每因休假，清谈竟日。”[⑤] 萧统《七契》对清谈情景有细致描述：“于是娱乐未终，留光将夕，飞觞引满，奋袖举白，投辖安坐，欢甚促席，以会雕虫之宾，加有清谈之客。论同炙輠，藻若陵云。戴凭不能高其说，相如不能擅其文。无玄不析，无细不分。搦简玉振，下笔兰芬。”[⑥] 有人直接把“座有清谈之客，门交好事之车”[⑦] 当作人生乐事。

唐人也尚清谈。唐人诗歌作得高明，唐人清谈同样高明。因为不论是诗歌还是清谈，都代表着唐人的语文能力。唐人清谈生活也屡见于诗人笔下。如孟浩然诗云：“法侣欣相逢，清谈晓不寐。”[⑧] 李白诗云：“良宵宜清谈，皓月未能寝。”[⑨] 杜甫诗云：“清谈慰老夫，开卷得佳句。时见文章士，欣然澹情素。”[⑩] 白居易诗云：“上客清谈何亹亹，幽人闲思自寥寥。”[⑪]

清谈水平亦如诗歌，同样代表着诗人的水平。李白是大诗人，也善于清谈。如崔宗之《赠李十二白》诗云：“李侯忽来仪，把袂苦不早。清论既抵掌，玄谈又绝倒。分明楚汉事，历历王霸道。”[⑫] 擅长清谈同样能赢得世人尊

---

① 刘桢《赠五官中郎将诗四首》其二，逯钦立辑校《先秦汉魏晋南北朝诗·魏诗》卷三，中华书局 1983 年版，第 370 页。

② 梁萧映《答晋安王书》，严可均辑《全上古三代秦汉三国六朝文·全梁文》卷二十二，中华书局 1958 年版，第 3077 页。

③ 慧晓《祖道赋诗》，逯钦立辑校《先秦汉魏晋南北朝诗·隋诗》卷十，第 2774 页。

④ 《魏书》卷七十一，中华书局 1974 年版，第 1580 页。

⑤ 《隋书》卷七十七，中华书局 1973 年版，第 1758 页。

⑥ 严可均辑《全上古三代秦汉三国六朝文·全梁文》卷二十，第 3065 页。

⑦ 李谐《述身赋》，严可均辑《全上古三代秦汉三国六朝文·全后魏文》卷三十五，第 3690 页。

⑧ 孟浩然《寻香山湛上人》，佟培基注《孟浩然集笺注》卷一，上海古籍出版社 2000 年版，第 3 页。

⑨ 李白《友人会宿》，瞿蜕园、朱金城校注《李白集校注》卷二十三，上海古籍出版社 1980 年版，第 1341 页。

⑩ 杜甫《送高司直寻封阆州》，仇兆鳌注《杜诗详注》卷二十一，中华书局 1979 年版，第 1828 ~ 1829 页。

⑪ 白居易《赠谈客》，谢思炜撰《白居易诗集校注》卷三十三，中华书局 2006 年版，第 2516 页。

⑫ 瞿蜕园、朱金城校注《李白集校注》卷十九，第 1104 页。

重。《唐才子传》载："（陆象先）常曰：'季真清谈风韵，吾一日不见，则鄙吝生矣。'当时贤达，皆倾慕之。"① 听君一席话，胜读十年书，与雅士清谈，能使自己忘却尘世烦恼。《唐才子传》载李约"坐间悉雅士，清谈终日，弹琴煮茗，心略不及尘事也"②。清谈甚至成为高雅生活的必备元素，文士雅集，必有清谈。晚唐诗人赵嘏就有《今年新先辈以遏密之际每有宴集必资清谈书此奉贺》③ 诗，李白《春夜宴从弟桃花园序》所写文士集会中也特标"高谈转清"④ 一节。

清谈亦如作诗作文，是衡量人才之尺度。如魏夏侯惠《荐刘劭》云："臣数听其清谈，览其笃论，渐渍历年，服膺弥久，实为朝廷奇其器量。"⑤《晋书·郗超传》载："沙门支遁以清谈著名于时，风流胜贵，莫不崇敬，以为造微之功，足参诸正始。"⑥ 善清谈者被称作"清谈之士"。如《晋书·范坚传》载范坚之子范启"虽经学不及坚，而以才义显于当世。于时清谈之士庾龢、韩伯、袁宏等，并相知友"。⑦《南齐书·柳世隆传》载："（柳）世隆少立功名，晚专以谈义自业。善弹琴，世称柳公双璅，为士品第一。常自云马槊第一，清谈第二，弹琴第三。"⑧ 李白推销自己时也把清谈作为一项才能。如《与韩荆州书》云："必若接之以高宴，纵之以清谈，请日试万言，倚马可待。"⑨《暮春江夏送张祖监丞之东都序》云："至于清谈浩歌，雄笔丽藻，笑饮醁酒，醉挥素琴，余实不愧于古人也。"⑩ 清谈一如诗文创作，均为衡量人才指标。

五　要重新阐发辞藻的意义

艺术言说就是对言说进行修饰，对语言进行修饰也叫"藻饰"，经过藻饰

① 傅璇琮主编《唐才子传校笺》卷三，中华书局1987年版，第453页。
② 同上卷六，第83页。
③ 《全唐诗》卷五百四十九，中华书局1960年版，第6353页。
④ 瞿蜕园、朱金城校注《李白集校注》卷二十七，第1590页。
⑤ 《三国志·魏书》卷二十一，中华书局1959年版，第619页。
⑥ 《晋书》卷六十七，中华书局1974年版，第1805页。
⑦ 同上卷七十五，第1990页。
⑧ 《南齐书》卷二十四，中华书局1972年版，第452页。
⑨ 瞿蜕园、朱金城校注《李白集校注》卷二十六，第1540页。
⑩ 同上卷二十七，第1555页。

之语言就“文”，这是文学的最初涵义。孔子特别强调修辞意义。《左传·襄公二十五年》记载孔子语云：“《志》有之：‘言以足志，文以足言。’不言，谁知其志？言之无文，行而不远。晋为伯，郑入陈，非文辞不为功。慎辞哉！”[①] 刘勰《文心雕龙·才略》总结道：“及乎春秋大夫，则修辞聘会，磊落如琅玕之圃，焜耀似缛锦之肆，薳敖择楚国之令典，随会讲晋国之礼法，赵衰以文胜从飨，国侨以修辞扞郑，子太叔美秀而文，公孙挥善于辞令，皆文名之标者也。”[②] 历史上善于修辞者都留下了“文名”。

孔子及其弟子经常谈到“文”。如云：“棘子成曰：‘君子质而已矣，何以文为？’子贡曰：‘惜乎，夫子之说，君子也，驷不及舌。文犹质也，质犹文也。虎豹之鞟犹犬羊之鞟。’”[③] 君子既要有内在修养，又要有外在表现，既要有质，也要有文。子贡这一思想也代表着孔子的思想。孔子曾说：“有德者必有言。”[④] 又说：“君子进德修业。忠信，所以进德也；修辞立其诚，所以居业也。”[⑤] 孔子主张文质彬彬：“质胜文则野，文胜质则史。文质彬彬，然后君子。”[⑥] 当学生过度讲究文采时，他主张要剪裁：“子在陈，曰：‘归与！归与！吾党之小子狂简，斐然成章，不知所以裁之。’”[⑦] 又说：“辞达而已矣。”[⑧] 孔子看到了言说与作文同质同源。《孔子家语》记载孔子说：“说者，情之导也。”[⑨] 与《毛诗序》“诗者，志之所之也。在心为志，发言为诗”意思一致。

所以孔子之后，人们往往把言说与作文相提并论。如谢朓《游后园赋》云：“藉高文兮清谈，豫含毫兮握芳。”[⑩] 梁简文帝《玄圃园讲颂（并序）》：“储君……搦管摛章，既便娟锦缛，清谈论辩，亦参差玉照……抠谈永日，讲

---

① 杨伯峻编著《春秋左传注》，中华书局1981年版，第1106页。
② 刘勰著，詹锳义证《文心雕龙·才略》，第1768页。
③ 朱熹注释《四书章句集注·论语·颜渊》，中华书局1983年版，第135页。
④ 朱熹注释《四书章句集注·论语·宪问》，第149页。
⑤ 王弼、韩康伯注，孔颖达正义《周易·乾卦·文言》，阮元校刻《十三经注疏》本，中华书局1980年版，第15页。
⑥ 朱熹注释《四书章句集注·论语·雍也》，第89页。
⑦ 朱熹注释《四书章句集注·论语·公也长》，第81页。
⑧ 朱熹注释《四书章句集注·论语·卫灵公》，第169页。
⑨ 杨朝明、宋立林主编《孔子家语通解·入官》，齐鲁书社2009年版，第255页。
⑩ 曹融南校注《谢宣城集校注》卷一，上海古籍出版社1991年版，第37页。

道终朝，宾从无声，芳香动气。”[①] 都把言说与作文相联系。唐人诗作谈到清谈时往往兼及诗歌。如贯休《宿赤松山观题道人水阁兼寄郡守》诗云：“还如华顶清谈夜，因有新诗寄郑弘。”[②]

“清谈如水玉，逸韵贯珠玑。”[③] 清谈讲究文采，清谈作文之别，只是一个形诸言语，一个形诸文字。《晋书·习凿齿传》云：“时有桑门释道安，俊辩有高才，自北至荆州，与凿齿初相见。道安曰：‘弥天释道安。’凿齿曰：‘四海习凿齿。’时人以为佳对。”[④] 二人对话因讲究对偶受到好评。桓温慨叹“木犹如此，人何以堪”[⑤]，顾悦回答晋简文帝问他为何头发早白说“蒲柳之姿，望秋而落；松柏之质，经霜弥茂”[⑥]，都是用对句。细检时人谈论名句都讲究修辞。如“庾公尝入佛图，见卧佛，曰：‘此子疲于津梁。’于时以为名言。”[⑦] 是善用比喻。“诸葛瑾，弟亮，及从弟诞，并有盛名，各在一国。于时以为‘蜀得其龙，吴得其虎，魏得其狗。’”[⑧] 是善用并列。

所以，人们常以辞藻代指文学。如《三国志·魏书·三少帝纪》：“璠撰后汉纪，虽似未成，辞藻可观。”[⑨]《文心雕龙·时序》：“逮孝武崇儒，润色鸿业，礼乐争辉，辞藻竞骛。”[⑩] 并举柏梁赋诗、司马相如作赋为例。《颜氏家训·文章》：“齐世有席毗者……嗤鄙文学，嘲刘逖云：‘君辈辞藻，譬若荣华，须臾之玩，非宏才也。’”[⑪]《文选》班固《东都赋》李善注：“杨雄、相如，辞赋之高者，故假以言焉。非唯主人好学而富乎辞藻。”[⑫] 梁王筠《寓直中庶坊赠萧洗马诗》：“之子擅文华，纵横富辞藻。”[⑬]《梁书·刘孝绰传》：“孝绰辞藻为后进所宗，世重其文，每作一篇，朝成暮遍，好事者咸讽诵传

① 严可均辑《全上古三代秦汉三国六朝文·全梁文》卷十二，第 3020 页。
② 胡大浚笺注《贯休歌诗系年笺注》卷二十五，中华书局 2011 年版，第 1045 页。
③ 刘禹锡《喜遇刘二十八偶书两韵联句》，瞿蜕园笺证《刘禹锡集笺证·外集》卷四，上海古籍出版社 1989 年版，第 1240 页。
④ 《晋书》卷八十二，第 2153 页。
⑤ 刘义庆著，徐震堮校笺《世说新语校笺·言语》，第 64 页。
⑥ 同上，第 65 页。
⑦ 同上，第 56 页。
⑧ 刘义庆著，徐震堮校笺《世说新语校笺·品藻》，第 274 页。
⑨ 《三国志·魏书》卷四，中华书局 1959 年版，第 133 页。
⑩ 刘勰著，詹锳义证《文心雕龙·时序》，第 1668 页。
⑪ 王利器撰《颜氏家训集解》卷九，第 265 页。
⑫ 萧统编，李善注《文选》卷一，上海古籍出版社 1986 年版，第 40 页。
⑬ 逯钦立辑校《先秦汉魏晋南北朝诗·梁诗》卷二十四，第 2013～2014 页。

写，流闻绝域。文集数十万言，行于世。”[①] 上述所言辞藻，都是指文学而言。

评价某人文学特点往往谓其辞藻如何。如说张华“辞藻温丽”[②]，陆机“辞藻宏丽”[③]，潘岳“辞藻绝丽”[④]，左思“辞藻壮丽”[⑤]，颜延之“文辞藻丽”[⑥]，梁简文帝“辞藻艳发”[⑦]，魏收“辞藻富逸”[⑧]。

文学创作也称“藻思”。《晋书·乐志》：“三祖纷纶，咸工篇什，声歌虽有损益，爱玩在乎雕章。是以王粲等各造新诗，抽其藻思，吟咏神灵，赞扬来飨。”[⑨]《北齐书·文苑传》：“爰逮武平，政乖时蠹，唯藻思之美，雅道犹存，履柔顺以成文，蒙大难而能正。”[⑩]《旧唐书·李百药传》：“百药以名臣之子……藻思沈郁，尤长于五言诗，虽樵童牧竖，并皆吟讽。”[⑪]《旧唐书·杨绾传》：“杨绾……尤工文辞，藻思清赡。”[⑫] 都是以“藻思”代指文学。

艺术之言说也称辞令。屈原“娴于辞令”，也善作辞赋。《史记·屈原贾生列传》云：“屈原既死之后，楚有宋玉、唐勒、景差之徒者，皆好辞而以赋见称；然皆祖屈原之从容辞令，终莫敢直谏。”[⑬] 说明“赋”乃“辞”之体现。后人学习屈原，称作“窃其华藻”[⑭]。王逸《楚辞章句·九怀》云：“褒读屈原之文，嘉其温雅，藻采敷衍。”[⑮] 可见在古人那里，讲究辞藻之言说就是文学。

---

① 《梁书》卷三十三，中华书局1973年版，第483～484页。
② 《晋书·张华传》，第1068页。
③ 《晋书·陆机传》，第1480页。
④ 《晋书·潘岳传》，第1507页。
⑤ 《晋书·左思传》，第2376页。
⑥ 《宋书》卷七十三，中华书局1974年版，第1891页。
⑦ 《南史·梁本纪下》，中华书局1975年版，第232页。
⑧ 《魏书》卷九十二，第2325页。
⑨ 《晋书》卷二十二，第676页。
⑩ 《北齐书》卷四十五，中华书局1972年版，第602页。
⑪ 《旧唐书》卷七十二，中华书局1975年版，第2577页。
⑫ 同上卷一百一十九，第3429页。
⑬ 《史记》卷八十四，中华书局1959年版，第2491页。
⑭ 洪兴祖撰《楚辞补注》，中华书局1983年版，第49页。
⑮ 同上，第269页。

大同句律形成过程及与五言诗单句韵律结构变化之关系

杜晓勤

近体诗律形成的一个前提基础，是五言诗单句的律化。但学界此前在研究五言近体诗声律体系成立问题时，主要考察的是五言诗句、联间“粘对”规则的建立，对单句律化问题关注不够。即便有所涉及，亦多从齐梁时期甚至到汉魏时期的五言诗中找寻出符合后世近体诗律的律句，然后看其在不同历史时期的发展情况。如二十世纪七十年代，启功在《诗文声律论稿》中就认为沈约《宋书·谢灵运传论》和钟嵘《诗品序》所举诗例已为律句，并以此说明“永明时代的声律学说，是诗歌方面走向律化的几项探索归纳”①。稍后，徐青的《古典诗律史》② 更是追溯到东汉五言诗，并从中找到一些律句，认为近体诗律自五言诗产生之初即已萌芽。③ 到二十世纪末，刘跃进的《门阀士族与永明文学》④ 则钩稽出永明体诗中诸多严格律句和特殊律句，认为齐梁时期大量律句的运用已非偶然现象。吴小平的《中古五言诗研究》也认为，近体律句的四种基本节奏型及十二种变格“都是从永明声律说当中产生的”⑤。最近，卢盛江在其新著《文镜秘府论研究》中，仍认为“永明时期对近体诗律就已有比较自觉的追求，尽管远没有达到初唐近体诗律的成熟程度”⑥。其实，这些著作在研究思路上都是以后世的平仄观念论永明体甚至汉

① 启功著《诗文声律论稿》，中华书局1977年版，第122页。

② 徐青著《古典诗律史》，青海人民出版社1980年版。

③ 21世纪初，徐青在其著作《唐诗格律通论》（当代中国出版社2002年版）中仍沿用此种研究思路。

④ 刘跃进著《门阀士族与永明文学》，生活·读书·新知三联书店1996年版。

⑤ 吴小平著《中古五言诗研究》，江苏古籍出版社1998年版，第210页。

⑥ 卢盛江著《文镜秘府论研究》上册，人民文学出版社2013年版，第370页。

魏诗，以近体律句的二四异声规则来分析永明句律，存在着执近体观念以绳齐梁永明体诗甚至汉魏晋宋诗的偏误。郭绍虞是较早意识到这一问题的学者，二十世纪八十年代初，他在《声律说续考》中曾经指出："后人习惯于平仄之分，于是对于这一时期的理论，也往往引入了歧途，常以后人的平仄观念去解释当时的理论。"① 因此，何伟棠的《永明体到近体》② 即抓住永明声律说中"四声分用""二五音节异声"的用声规则，归纳出永明体诗歌的四大句律格式，认为永明句律与近体句律之差异，主要在于二五音节四声相异与二四音节平仄相对之别，而且注意到了永明句律向近体句律演变的阶段性，方法可取，突破较大。③ 到二十一世纪初，施逢雨发表了《单句律化：永明声律运动走向律化的一个关键过程》④ 的专论，在对梁、陈、隋及北朝三十七个代表诗人作品的声律情况进行量化分析的基础上，初步梳理了五言诗单句律化的历程，并阐释了其发展原因，将该问题的研究又推进了一步。鉴于最近仍有学者在"执近体观念以绳永明体"，加上施逢雨文对五言诗单句律化进程的描述和阐释仍有不少可细化和深入之处，本人遂在吸收学界已有成果的基础上，对现存南北朝隋唐五言诗进行全面声律分析和数据统计⑤，再结合此一历史时期相关诗律理论资料，抓住五言诗单句律化过程中的几个主要环节和理论问题，分层面多角度地进行探讨。下面主要介绍本人对五言诗单句律化进程中的一个重要环节——大同句律形成过程及与五言诗单句韵律结构变化之关系的研究心得，敬请海内外专家不吝指正。

一　由二五异声到二四异声：五言诗单句律化进程的一个重要环节

日僧遍照金刚《文镜秘府论》西卷载有沈约"八病"之说的定义和解

① 见《古代文学理论研究》第三辑，上海古籍出版社 1981 年版，第 13 页。

② 何伟棠著《永明体到近体》，广东高等教育出版社 1994 年版。

③ 杜晓勤著《一部方法科学新见迭出的诗律史著作——何伟棠〈永明体到近体〉评介》，见《华南师范大学学报》2006 年第 6 期，第 125～128 页。

④ 见《清华学报》新第二十九卷第三期，2000 年，第 301～320 页。

⑤ 本人使用自主开发的《中国古典诗歌声律分析系统》计算器软件程序（该软件之研制曾获 2004 年度国家社会科学基金立项资助。2011 年结项，被评为"优秀"等级），对汉至初唐现存五言诗全部做了声律分析和数据统计。

释，其中与句律关系最密者当属“蜂腰”病：

> “蜂腰者，五言诗第二字不得与第五字同声。”此虽为隋刘善经《四声指归》所引时人之通行理解，后文复引沈氏云：“五言之中，分为二句，上二下三。凡至句末，并须要煞。”[①]

则表明沈约对“蜂腰”病的规定，也应是“五言诗第二字不得与第五字同声”。如此看来，永明体律句应是第二字与第五字四声相异。这样的句式共有三种十二式，其在五言诗中出现的概率，从理论上说应是75%（12/16）。只有作品中永明律句的占比明显高于这个数值，才能说明作者可能是有意遵用了永明诗律。那么，齐代五言诗中永明律句到底占多大的比例呢？与以前历代五言诗相比有无差别呢？为此，我对逯钦立编《先秦汉魏晋南北朝诗》[②]中收录的五言诗全部做了声律分析，并制成了《汉魏晋宋齐五言诗永明律句统计表》：

	西汉	东汉	曹魏	西晋	东晋	刘宋	萧齐
五言诗总数	7	110	317	301	364	474	314
总句数	42	1505	4144	4115	4344	6178	2978
永明律句数	33	1016	3070	2935	3067	4760	2534
永明律句占比	78.57%	67.51%	74.08%	71.32%	70.60%	77.05%	85.09%

从中可以看出，汉至刘宋五言诗中永明律句的占比大多没有超过其出现概率（只有西汉和刘宋两个时期五言诗中永明律句的占比稍稍高出，然尚不足以说明问题），而萧齐时期五言诗中永明律句则超出平均概率10个百分点，且一下子超过刘宋时期8个百分点。而且，永明体代表作家的五言诗中永明律句比例都普遍较高。这庶几可以说明，齐代之前五言诗中出现的永明律句，只是与永明句律“暗合”，而到齐代尤其是永明年间（483—493年）“四声八”病说兴起之后，不仅沈约、谢朓、王融等代表作家在五言诗创作中已经

① 卢盛江校考《文镜秘府论汇校汇考》西卷《文二十八种病》“蜂腰”条，中华书局2006年版，第949页。

② 采用中华书局1983年版本。

开始避忌“蜂腰”病，注重二五音节四声分用，而且在他们的影响下，其他诗人也逐渐接受永明声律说，遂使齐永明至梁初五言诗中永明律句的占比有了显著的提高。

但是，永明之后人们对五言诗单句二五音节不得同声的规定似乎并没有遵守多久。大约到梁大同年间（535—546年），一种新的单句用声习惯开始出现，且呈压倒、取代永明句律之势。《文镜秘府论》西卷《文二十八种病》“蜂腰”条中又引刘滔语云：

> 又第二字与第四字同声，亦不能善。此虽世无的目，而甚于蜂腰。如魏武帝《乐府歌》云：“冬节南食稻，春日复北翔。”

王利器认为，此之刘滔即梁之刘绍[①]。据《梁书》卷四十九《刘昭传》，知刘绍大同中曾为尚书祠部郎，其父刘昭善属文，其弟刘缓曾为湘东王记室，且居湘东王西府文学之首。则刘滔提出五言诗二、四音节不得同声之说，当在大同年间或前后不数年。[②] 虽然刘滔所云“第二字与第四字不得同声”的新规与后世近体句律“第二字与第四字不得同平仄”的规定尚有区别，但是在用声位置上已经开始向近体句律靠拢了。为了与前之永明律句及后之近体律句相区别，本文姑且将这种新的句律称为大同律，将二、四字四声相异的五言句称为大同律句。

大同年间五言诗这种用声观念的变化，也体现在现存作品句律分析数据上。高木正一曾统计宋、齐、梁、陈五个重要作家作品中二、四字同声相犯句的出现情况，并认为“永明以后第二字与第四字同声的诗句，如下表所示，呈现着锐减的现象”[③]：

---

① 参见弘法大师撰，王利器校注《文镜秘府论校注》，中国社会科学出版社1983年版，第81～82页，注3。

② 对于刘滔此论，中泽希男释云：“刘滔所提倡的二、四不同包括平上去入四个声，必须和律体二、四不同之禁指平和平、仄和仄区别开来。”参中泽希男《文镜秘府论札记续记》（《群马大学纪要人文科学篇》第四、五、六卷，1955—1957年），此据卢盛江校考《文镜秘府论汇校汇考》第961页注7引译。

③ 高木正一著《六朝唐诗论考》，东京创文社1999年版，第25页。

作家	调查句数	二四同声句数	犯规率
谢灵运	894	459	51%
沈约	1356	440	33%
庾肩吾	820	67	8%
庾信	2328	172	7%
江总	820	60	7%

其实，高木正一的说法也不全对。如果我们考察得更全面、分析得更细致的话，就会发现，五言诗中第二字与第四字同声的诗句的锐减，亦即第二字与第四字四声相异句（即大同律句）的大幅增加，实际上是在梁代，尤其是天监后期至大同年间，而非齐永明之后即已出现。由本文后附表一《齐梁陈重要作家五言诗句律统计表》可以看出，在卒于梁代中期诗人的作品中，大同律句逐渐增多，但是到主要活跃于梁大同年间的刘缓（刘绍之弟）、刘孝威、刘孝仪等人诗中，大同律句数量才超过了永明律句，这足以说明，梁大同年间五言诗单句调声规则已经由前此重二五音节四声相异，到更重二四音节四声相异，就印证了刘滔所云"第二字与第四字同声，亦不能善。此虽世无的目，而甚于蜂腰"的说法。

那么，梁大同诗人为何会对五言句二四音节异声如此重视呢？刘滔之所以能够提出大同句律且为时人所遵奉，又有哪些原因呢？

不少学者已经指出，刘滔认为五言诗句中二四音节同声其病甚于"蜂腰"，表明梁大同年间人们对五言诗音步的认识已经由"二三"变为"二二一"了①，而后者又说明人们已经将五言句第四音节也作为一个节奏点②。问题是，五言诗单句第四音节为何在此时会成为一个新的节奏点呢？我认为，这与五言诗发展过程中"二二一"句式的增加（见附表二《中古五言诗单句韵律结构分析数据统计表》），以及"二二一"句式中韵律结构与语法结构易

① 郭绍虞认为："永明体的声律只想到'音韵尽殊'，只想到'轻重悉异'……他只要求其异，重在异的配，所以不会注意到音步的问题。至于律体则吟的技巧益进，当然声调的考究也更密，于是很自然的再于五字之中分出音步，成为二二一的音节。"（《照隅室古典文学论集》上编，上海古籍出版社1983年版，第241页。）其实，不仅沈约要求规避二、五字同声的"蜂腰"病，说明他在齐永明时已经意识到"二三音步"。而且，刘滔之所以能够提出二、四字同声其病更甚，也说明他在梁大同间已经感觉到"二二一"音步。

② 何伟棠将这一现象称为五言句中第四字的"节点化"，参见何伟棠著《永明体到近体》，第199页。

于一致（见附表三《汉至梁代“二二一”句式韵律结构分析统计表》）等因素，具有密切的关系。

二　汉代五言诗单句韵律结构的常见类型及分布情况

五言诗自产生之初，就出现了语法结构各不相同的句式。而这些句式又大多可分为“二一二”句和“二二一”句两大类，其中“二二一”句式的语法结构和韵律结构之间存在着相当程度的关联性。

下面根据现存汉乐府①和《古诗十九首》，先列出汉代五言诗中与“二二一”语法结构相对应的几种常见韵律结构②：

1. “二′二′一”式。此式单句本身就是一个具有双重修饰词的名词性短语。句中后三字往往是由双音节修饰语（名词或形容词）加一个单音节名词构成黏合性强的三音节偏正名词或名词性短语，四五音节间音顿较短甚至没

---

① 本书所引唐代诗歌文本，如无特别说明，均据《全唐诗》（中华书局1960年版）。

② 本文对韵律词、韵律短语、韵律结构、韵律层级和音顿等概念的理解和使用，综合参考了冯胜利（《汉语的韵律、词法与句法》，北京大学出版社1997年版）、王洪君（《汉语的韵律词和韵律短语》，《中国语文》2000年第6期，第525～536页）、曹剑芬（《汉语韵律切分的语音学和语言学线索》，《新世纪的现代语音学——第五届全国现代语音学学术会议论文集》，清华大学出版社2001年版，第176～179页）等学者的研究成果，认为韵律词是指语法上凝固的、节律上稳定的单音节或稳固的双音节词，其内部没有音顿；而韵律词之间则有时长不等的音顿。韵律结构是指韵律词或韵律短语之间的组合形式。韵律结构又可分为若干层级，第一层级的划分依据是句中最明显的节奏点，第二层级是考虑次明显的节奏点做更细划分的韵律结构。王洪君运用句块分析模型，根据语法边界和节律边界的一致或不一致，将汉语的语法结构分为黏合、组合和等立三大类，并指出它们在节律上的表现分别为紧、松、特松。其中黏合类包括偏正和动补结构，组合类包括动宾结构，而并列结构则属于等立类。（王洪君《普通话中节律边界与节律模式、语法、语用的关联》，《语言学论丛》第二十六辑，商务印书馆2002年版，第279～300页）邓丹通过研究表明，主谓结构和动宾结构也大体可以归入到组合类中。韵律词之间的紧密程度和其所表现的句法结构有关，构成偏正和动补结构的两个双音节韵律词之间的关系比较紧密，一般不会出现停顿，而构成动宾、主谓和并列结构的两个双音节韵律词之间的关系则比较松散，可能出现短暂的停顿。（邓丹著《汉语韵律词研究》，北京大学出版社2010年版，第152页）虽然王洪君、冯胜利和邓丹等学者研究的是现代汉语韵律词的模式、语法及其与节律之关系，但我发现，这些结论与中国古典诗歌中韵律结构与语法结构之关系也比较吻合。所以本文在考虑语法结构的前提下，先将五言诗的单句分成若干韵律词，然后在韵律词的基础上划分出若干音步。本文所用五言诗单句韵律结构的切分符号主要有三种：（1）“′”，用于偏正结构韵律短语中双音节修饰词与单音节中心词之间的切分，此处音顿较短或没有音顿，此符号前一音节是不明显的节奏点或非节奏点；（2）“/”，用于各韵律词之间的切分，此处音顿较长，此符号前一音节是较明显的节奏点；（3）“//”，用于一句中两个小分句（小分句可由一个或者两个韵律词构成）之间的切分，此处音顿最长，此符号前一音节是句中最明显的节奏点。

有音顿（如三音节名词“牵牛星”“河汉女”）；前二字则为进一步修饰后三音节名词或名词性短语的双音节形容词或颜色词，且多为叠音词、双声词或叠韵词，二三音节间音顿也较短。所以这种句式，从韵律结构的第一层级看，可以勉强归入“二三”式。如：

青青'河畔'草，　平平'平去'上
郁郁'园中'柳。　入入'平平'上(《古诗十九首》其二)
迢迢'牵牛'星，　平平'平平'平
皎皎'河汉'女。　上上'平去'上(《古诗十九首》其十)

2. “二/二'一”式。此种句式多为动宾结构或省略谓语的主谓宾结构。后三字由双音节修饰语（名词或形容词）加一个单音节名词构成黏合性强的三音节偏正名词或名词性短语，四五音节间音顿较短。前二字则为双音节动词性短语作谓语，或名词性短语作主语，句中省略谓语动词，二三音节间音顿较长。从第一层级划分的话，这种句式的韵律结构是比较明显的“二三”式。如：

日出/东南'隅，　入入/平平'平
照我/秦氏'楼。　去上/平去'平(《陌上桑》)
头上/倭堕'髻，　平上/平上'去
耳中/明月'珠。　上平/平入'平(《陌上桑》)
大子/二千'石，　去上/去平'入
中子/孝廉'郎。　平上/去平'平(《长安有狭邪行》)

3. “二/二/一”式。此种句式多为主谓宾结构或者主谓结构。第五字往往为单音节动词或形容词，作谓语；或者是单音节名词作宾语。二三音节和四五音节之间音顿都比较长。从韵律结构的第一层级看，也是比较明显的“二三”式。如：

枯鱼/过河/泣。　平平/去平/入(《枯鱼过河泣》)

北风/初秋/至。 入平/平平/去(《古八变歌》)

岁暮/一何/速。 去去/入平/入(《古诗十九首》其十二)

三五/明月/满， 平上/平入/上

四五/蟾兔/阙。 去上/平去/入(《古诗十九首》其十七)

另外还有些句子虽然语法结构不尽相同，但大致也可归入上三类句式中。

就韵律结构而言，这三种句式首先都可分为“上二”“下三”两个大的音步，是“二/三”式。第二音节与第五音节是两个明显的节奏点。不过在“二'二'一”式中，由于一二、三四字都是偏正结构的修饰词，修饰词与被修饰名词之间的节律黏合性较强，二三音节、四五音节之间的音顿都不太长，尤其是第四音节后的音顿更不明显，呈现出较强的一体性，所以此式“下三”音步不太容易被进一步细分为“二一”。

在对汉乐府五言诗和《古诗十九首》进行声律分析和数据统计后，可以发现，上列三大类“二二一”句由于韵律结构的不同，在节奏点的用声方面也呈现出一定的差异性。其中，句子数量最多的是第二类“二/二'一”式，共有 74 句，这类句式中二五音节异声 61 句，占 82.43%；二四音节异声 59 句，占 79.73%。这表明此类句中第二音节确是比较明显的节奏点，且可与第五音节形成第一层级的韵律关系；而第四音节就不是明显的节奏点，与第二音节之间也未能形成韵律关系。汉人对这种句式的节奏和韵律似乎已有一些朦胧的感觉，所以句中二五异声稍稍多于二四异声。第三类“二/二/一”式 69 句，二五音节异声 44 句，占 63.77%；二四音节异声 43 句，占 62.32%。这似乎也可说明这类句式由于句中二四音节都是节奏点，第二、四、五音节形成平级韵律关系，反而削弱了整句中的韵律感，故而较难为人所感知。第一类“二'二'一”句总数最少，只有 16 句，其中二五音节异声 10 句，占 62.5%；二四音节异声 12 句，占 75%。由于样本数量较少，似乎不太能说明问题。

再整体观之，汉乐府五言诗和《古诗十九首》中共有 197 句“二二一”式，其中二五异声 125 句，只占 63.45%；二四异声 138 句，也只占 70.05%。共计 457 句“二一二”句中，二五异声 313 句，只占 68.49%；二四异声 207 句，也只占 45.30%。这两大类句式中二五异声句和二四异声句都没有超出平均概率，说明汉乐府五言诗和《古诗十九首》中还没有明显的人为调声的痕迹。其原因可能是这些作品原本多系乐府歌辞，当时都是入乐演唱的[1]，乐曲作者和现场听众比较关注这些作品所配乐曲之旋律和节奏，对辞句本身的语言韵律和声音节奏似未多加措意。

三　谢灵运诗句式分布情况及与韵律特点之关系

魏晋时期，五言诗逐渐脱离音乐，作品本身的语言韵律渐受重视。到刘宋大诗人谢灵运手上，五言诗更是写得精整宏丽。谢灵运五言诗现存 92 首 1378 句，仍以“二一二”句为主，计 1078 句，其中二五异声句与二四异声句的占比相差无几，也均未超过平均概率。这反映出，经过几百年的发展，五言诗单句的语法结构以及“二一二”句式的韵律特征均未有太明显的变化。不过，谢灵运诗中“二二一”句虽然只有 300 句，但二五异声句的数量（226 句）已经超过二四异声句（203 句），所占比例（75.33%）较汉乐府五言诗和《古诗十九首》（63.45%）高出将近 12 个百分点，这说明谢灵运可能已经朦胧感觉到此种句式中第二字作为一个节奏点的存在。如果做更细致的分类考察，还可发现，谢灵运诗中“二二一”句中韵律结构种类、各句式分布情况及所占比例，较汉代乐府五言诗和《古诗十九首》更有改变：

1. “二′二′一”式。这种句式在谢灵运诗中虽然数量较少，只有 12 句，在“二二一”大类中所占比例（4%）也低于汉五言诗，但其中二五异声句的占比却达到 83.33%，二四异声句占比则很低。如下列诸句：

寂寥′曲肱′子。 入入′入平′上(《君子有所思行》)
辛勤′风波′事。 平平′平平′去(《酬从弟惠连》其三)
嗷嗷′云中′雁。 平平′平平′去(《拟魏太子邺中集八首·应玚》)
可怜′谁家′妇。 上平′平平′上(《东阳溪中赠答诗二首》其一)

---

① 参见杜晓勤《诗歌·音乐·音乐文学史——先秦两汉诗歌史的音乐文学研究法》，《东方丛刊》2006 年第 2 辑，广西师范大学出版社 2006 年版，第 42～44 页。

均二五异声而二四同声，说明此种句式中的第二字已经开始节点化，而第四字仍未发展为一个明显的节奏点。

2. “二/二′一” 式。这种句式在谢灵运诗中最多。如：

既惭/臧孙′慨，　去平/平平′去
复愧/杨子′叹。　入去/平上′平(《长歌行》)
始信/安期′术，　上去/平平′入
得尽/养生′年。　入上/上平′平(《登江中孤屿》)

这种句式共 150 句，占“二二一” 句的 50%。而且，其中二五异声比（79.33%）也超过了二四异声（73.22%），说明谢灵运似乎感觉到此种句式的第二字是一个节奏点，而第四字仍非明显的节奏点。

3. “二/二/一” 式。这种句式在谢灵运诗中数量也不少，计 80 句，占 26.67%。如：

岁岁/层冰/合，　去去/平平/入
纷纷/霰雪/落。　平平/去入/入(《苦寒行》)
良时/不见/遗，　平平/入去/平
丑状/不成/恶。　上去/入平/入(《永初三年七月十六日之郡初发都》)
隐轸/邑里/密，　上上/入上/入
缅邈/江海/辽。　上入/平上/平(《入东道路》)

虽然其中二五异声（69 句，占 86.25%）和二四异声（65 句，占 81.25%）占比差不多，但数值都比汉代五言诗大幅提高了，说明谢灵运可能已把这种句子中的第二字和第四字视为节奏点了。

4. “二′二/一” 式。这种句式在汉乐府和《古诗十九首》中没有出现过，谢灵运诗中有 19 句。此式前二字往往是叠音、双声或叠韵的形容词，修饰后面的双音节名词或名词性短语，最后一字则为动词或形容词作谓语，全句形成主谓结构。如：

倏烁′夕星/流，　入入′入平/平
翌奕′朝露/团。　入入′平去/平(《长歌行》)
习习′和风/起，　入入′平平/上
采采′彤云/浮。　上上′平平/平(《缓歌行》)
亭亭′晓月/映，　平平′上入/去
泠泠′朝露/滴。　平平′平去/入(《夜发石关亭》)

这种句子，如果要划分韵律结构的话，第一层级应该是“四/一”，第二层级可分为“二′二/一”。因为前四个字是偏正结构的韵律短语，所以二三音节间的音顿应该较短，故第二音节不易成为节奏点；前四字与第五字间是主谓结构，所以四五音节间的音顿较长，第四音节较易成为节奏点。但是从现存作品的声律分析数据看，则不尽然，谢灵运诗中这种句式的二五异声竟然与二四异声数量相同，都是16句，均占84.21%，说明谢灵运将这种句式中的第二音节也当作了一个较明显的节奏点。

5. “二//二/一”式。这种句式是在谢灵运诗中开始成对涌现的（共14句）。此式全句实则可以视为由两个主谓结构的分句构成：前二字是一个主谓结构的韵律短语，后三字也是一个主谓结构的韵律短语，两分句之间或为并列关系，或为因果关系，或为转折关系，诗意远较其他句式丰富，诗句也更为凝练，反映了五言诗句法和表现艺术的新发展。如：

盛往//速露/坠，　去上//入去/去
衰来//疾风/飞。　平平//入平/平(《君子有所思行》)
野旷//沙岸/净，　上去//平去/去
天高//秋月/明。　平平//平入/平(《初去郡》)
春晚//绿野/秀，　平上//入上/去
岩高//白云/屯。　平平//入平/平(《入彭蠡湖口》)

由于是两个分句的分界，所以二三音节间的音顿自然很长。而三四字与第五字之间是主谓结构，所以四五音节间也应有一个较为明显的音顿。但就谢灵运诗考察，第二音节作为节奏点是极为明显的，因为二五异声比例很高，达85.71%；但第四音节好像并未被谢灵运当作节奏点，因为二四异声比例极低，只有42.85%。

谢灵运五言诗中还有一个韵律方面的变化值得注意：汉乐府和《古诗十九首》中“二二一”句多为零散单句，偶对不多，而谢灵运诗中的这些“二二一”句则绝大多数是以对偶句的形式出现的。如《登孤山》现存四句[1]均为“二二一”式：

迥旷'沙道/开，　上去'平上/平
威纡'山径/折。　平平'平去/入
波'/青密□林，　平□/平入'平
□映/丹穴□壁。　□去/平入'入

《行田登海口盘屿山》除前两句是“二一二”式，后六句均为偶对精工的“二二一”句：

莫辨/洪波'极，　入去/平平'入
谁知/大壑'东。　平平/去入'平
依稀'采菱'歌，　平平'仄平'平
仿佛'含嚬'容。　仄仄'平平'平
遨游/碧沙'渚，　平平/仄平'仄
游衍/丹山'峯。　平仄/平平'平

像六句偶对连用的还有《初往新安至桐庐口》：

不有/千里'棹，　入上/平上'去
孰申/百代'意。　入平/入去'去
远协/尚子'心，　上入/去上'平

---

① 此诗文本现存最早出处系类书《北堂书钞》，当非全篇。

遥得/许生'计。 平入/上平'去
既及/冷风/善， 去入/平平/上
又即/秋水/驶。 去入/平上/去

四句偶对连用的作品则有《从游京口北固应诏》：

事为/名教/用， 去平/平去/去
道以/神理/超。 上上/平上/平
昔闻/汾水'游， 入平/平上'平
今见/尘外'镳。 平去/平去'平

《永初三年七月十六日之郡初发都》：

生幸/休明'世， 平上/平平'去
亲蒙/英达'顾。 平平/平入'去
空班/赵氏'璧， 平平/上上'入
徒乖/魏王'瓠。 平平/去平'去

《七里濑》：

既秉/上皇'心， 去上/去平'平
岂屑/末代'诮。 上入/入去'去
目睹/严子'濑， 入上/平上'去
想属/任公'钓。 上入/平平'去

《游南亭》：

未厌/青春/好， 去入/平平/上
已观/朱明/移。 上平/平平/平
戚戚'感物'叹， 入入'上入'去

星星'白发'垂。 平平'入入'平

《登江中孤屿》：

想象/昆山'姿， 上上/平平'平
缅邈/区中'缘。 上入/平平'平
始信/安期'术， 上去/平平'入
得尽/养生'年。 入上/上平'平

《石门新营所住四面高山回溪石濑茂林修竹》：

俯濯/石下'潭， 上入/入上'平
俯看/条上'猿。 上平/平上'平
早闻/夕飙/急， 上平/入平/入
晚见/朝日/暾。 上去/平入/平

《还旧园作见颜范二中书》：

长与/欢爱/别， 平上/平去/入
永绝/平生'缘。 上入/平平'平
浮舟/千仞'壑， 平平/平去'入
总巅/万寻'巅。 上去/去平'平

《酬从弟惠连》其三：

倾想/迟嘉'音， 平上/平平'平
果枉/济江'篇。 上上/去平'平
辛勤/风波'事， 平平/平平'去
欵曲/洲渚'言。 上入/平上'平

《拟魏太子邺中集八首·刘桢》：

北渡/黎阳′津，　入去/平平′平
南登/宛郢′城。　平平/上上′平
既览/古今′事，　去上/上平′去
颇识/治乱′情。　上入/去去′平

这些诗都充分体现出谢灵运诗的铺排骈俪美和鲜明节奏感。

不过，总体看来，谢灵运诗中“二二一”句的数量及占比都远较“二一二”句为少，而且“二二一”句的二四异声数量（203句，占67.66%）少于二五异声（226句，75.33%），二者的占比，一低于平均概率，一刚好达到平均概率；这说明即使是对梵汉音韵都比较精通的谢灵运，整体上也还没有表现出太明显的人为调声的意识。因为此时汉语四声尚未被发现，更未被自觉运用到五言诗创作中，所以谢灵运即使对句中节奏点（尤其是“二//二/一”句中的第二音节，“二/二/一”“二′二/一”句的第四音节）有所感知，也未必能从声调方面进行自觉调谐。

四　永明三大诗人对单句韵律结构的不同趣尚

但是到齐永明年间，情况就发生了显著变化。沈约在周颙发现汉语平、上、去、入四声之后，撰《四声谱》，提倡在诗歌创作中运用四声调谐韵律，避忌“八病”。而沈约认为五言诗创作中应该避忌“蜂腰”病，其诗律原理实际上是五言诗一句可以分成上二、下三两个分句，两分句末的第二字和第五字都是明显的节奏点，而相邻节奏点应该异声。《文镜秘府论》西卷《文二十八种病》“蜂腰”条下引沈氏云：

五言之中，分为两句，上二下三。凡至句末，并须要煞。[1]

---

① 卢盛江校考《文镜秘府论汇校汇考》，第956页。

即其义也。另一方面，沈约要求人们在创作中尽量避免二五字同四声，与汉代直至刘宋五言诗中单句韵律结构发展趋势也是相符的。因为魏晋以后的五言诗单句基本上可以划为“二三”音步，尤其是谢灵运诗中大量存在的“二/二′一”句（150句）、“二/二/一”式（80句）、“二//二/一”式（14句），韵律结构的第一层级都是最明显的“二三”式，而且大多呈现出二五异声（所占比例分别为79.33%、86.25%、85.71%）的声律特点，对沈约提倡二五异声的句律应有一定的启发。沈约特地在编撰《宋书》时为谢灵运所作传论中提出新的诗律理论，并详加阐述，而且明确指出魏晋时期已有一些作品“以音律调韵，取高前式”，都说明前代五言诗中一些佳作，尤其是谢灵运五言诗的韵律特点，为沈约提出永明声律说积累了可贵的艺术经验，只不过他认为前人包括谢灵运在内都是“音韵天成，皆暗与理合，匪由思至”①罢了。

由于有了明确的声律规定，又有前人的佳什妙句可资借鉴，“永明三大家”——王融、谢朓、沈约在创作五言诗时，就特别注意二五字异声。在他们的现存作品中，二五异声句的比例都超过了80%。

不过，三人对五言句韵律结构的选择和偏好不尽相同。相同的是，三人诗中都以“二/二′一”“二/二/一”句为主。但王融诗中“二/二/一”式尤多，竟然占到47.5%（70/160），如：

> 井莲/当夏/吐，　上平/平去/去
> 窗桂/逐秋/开。　平去/入平/平(《临高台》)
> 璧门/凉月/举，　入平/平入/上
> 珠殿/秋风/回。　平去/平平/平(《游仙诗五首》其三)

不仅绘景如画，而且二五音节、二四音节均异声，句内两顿（二四音节均是较明显的节奏点），节奏分明。王融诗中这种句式最合永明句律，二五异声占比高达88.57%（62/70），不仅高于他自己诗中的其他种类的“二二一”式句，而且比谢朓、沈约诗中的同一句式的合律性也要高些。

沈约似乎更钟情于“二/二′一”句，数量多达222句（占“二二一”句

---

① 《宋书》卷六十七《谢灵运传》。

的 51.39%），如：

朝发/披香'殿，　平入/平平'去
夕济/汾阴'河。　入去/平平'平（《昭君辞》）
标峰/彩虹'外，　平平/上平'去
置岭/白云'间。　去上/入平'平（《早发定山》）

这些诗句语言自然清新，且二五异声。其名作《饯谢文学离夜》诗后半四句均为此式：

一望/沮漳'水，　入去/平平'上
宁思/江海'会。　平平/平上'去
以我/径寸'心，　上上/去去'平
从君/千里'外。　平平/平上'去

与前半均为“二一二”式的四句，形成截然不同的韵律结构。且前半铺排写景，后半深切抒情。全诗每句二五异声，韵律感强，是典型的永明体作品。

谢朓诗中最有特色的则是“二//二/一”句。前文已述，谢灵运诗中已经出现一些画面优美、声律谐畅的“二//二/一”式的景句，如：

野旷//沙岸/净，　上去//平去/去
天高//秋月/明。　平平//平入/平（《初去郡》）

但谢灵运更喜欢用“二一二”式句写景摹画，如：

白云/抱/幽石，　入平/上/平入
绿筱/媚/清涟。　入上/去/平平（《过始宁墅》）
池塘/生/春草，　平平/平/平上
园柳/变/鸣禽。　平上/去/平平（《登池上楼》）
密林/含/余清，　入平/平/平平

远峰/隐/半规。 上平/上/去平(《游南亭》)
云日/相/辉映， 平入/平/平去
空水/共/澄鲜。 平上/去/平平(《登江中孤屿》)

这些都是“二一二”句式。由于类似句子的大量存在，遂使此式甚至成为后人眼中大谢体句法的一个重要标志。不过，谢灵运诗中的这些诗句，虽然描写新丽生动，但过于注重句中第三字的炼饰，雕琢痕迹较明显。谢朓可能意识到了这个问题，遂减少了“二一二”式句的使用量①，转而选择谢灵运诗中运用得虽也较为成功但数量尚少的“二//二/一”句式。谢朓诗中现存28句“二//二/一”式，占5.46%，比王融（1句，占0.63%）、沈约（12句，占2.78%）都多。其中画面清新、物象并置、诗意丰富的山水妙句，是纷至沓来，如：

日起//霜戈/照， 入上//平平/去
风回//连骑/翻。 平平//平去/平(《随王鼓吹曲十首·从戎曲》)
风荡//飘莺/乱， 平上//平平/去
云行//芳树/低。 平平//平去/平(《随王鼓吹曲十首·登山曲》)
鱼戏//新荷/动， 平去//平平/上
鸟散//余花/落。 上去//平平/入(《游东田》)
日出//众鸟/散， 入入//去上/去
山暝//孤猿/吟。 平平//平平/平(《郡内高斋闲望答吕法曹》)
风振//蕉茎/裂， 平去//平入/入
霜下//梧楸/伤。 平上//平平/平(《秋夜讲解》)
草合//亭皋/远， 上入//平平/上
霞生//川路/长。 平平//平去/平(《奉和随王殿下诗十六首》其三)

所以，“二//二/一”也就成为谢朓山水诗中最有特点的写景句式。当然，由

① 谢朓诗中“二一二”句所占比例（71.62%）不仅低于谢灵运（78.23%），而且比王融（75.68%）、沈约（72.35%）也要低一些。

于此式句中“上二”“下三”是两个分句的关系，所以第二字是最为明显的节奏点，二五异声比达到82.14%也就不奇怪了。

另外，谢朓诗中“二′二/一”句的韵律特点也与谢灵运诗类似，与王融、沈约则有显著的区别。“二′二/一”句在谢灵运诗中已占一定比例（6.33%，19/300），且二五异声比较高（84.21%,16/19）。但王融和沈约对此式似乎不太感兴趣，二人诗中不仅句数较少（5，3.13%；17，3.94%），而且二五异声比（40%，58.82%）也远低于平均概率，说明他们俩在对这种句式进行调声时受到语法结构特点影响较大，以至二五异声比（40%，58.82%）远低于二四异声比（80%，82.35%）。但谢朓不然，其诗中此种句式不仅数量较多（22句），而且与谢灵运诗相似，也呈现出重视韵律结构甚过语法结构的特点。他把句中原本并不明显的节奏点——第二音节，也节点化了，因而二五异声比高达86.36%（谢灵运诗中为84.21%）。

不过总的看来，王融、谢朓、沈约三人均比较忠实地遵守了“二五异声”这一永明句律。他们诗中永明律句占比都相当高，分别达到86.78%（571/658）、86.05%（1375/1598）、86.01%（1322/1537）。与此相反，他们作品中“二四异声”句的占比则未超出平均概率多少，三人分别为76.90%（506/658）、79.72%（1274/1598）、77.49%（1191/1537）。

五 大同句律产生的创作背景

到梁代中前期，五言诗中句式的韵律结构和节奏点用声情况又发生了很大的变化，而刘滔正是在五言诗句律这一新变的历史背景下，开始提倡“第二字与第四字同声，亦不能善”的大同句律。

首先，在梁代中前期活跃诗坛的一些诗人的作品中，“二二一”句数量大增，所占比例也渐高。以前无论是在谢灵运诗中，还是在王融、谢朓、沈约等人诗中，“二二一”句从未超过30%。但是到梁代中前期活跃于诗坛的刘孝绰（481—549）、刘缓（梁大同后期或中大通中卒）、徐摛（471—551）等人诗中，比例才开始上升，分别为40.63%（256/630）、37.17%（42/113）、57.14%（16/28）。

前文已述，“二二一”句式不仅第二音节是较明显的节奏点，而且第四音节也易成为节奏点。在永明声律说出现之后，诗人们对五言诗单句的节奏点开始自觉调声，使“二二一”式中二五异声句能够保持在较高的比例，同时二四异声句的比例也得以显著提升。如在王融诗中，“二二一”句的二五异声和二四异声占比都很高，分别为83.75%（134/160）、80%（128/160）。谢朓诗中则更高，分别为84.47%（385/453）、84.33%（382/453）。[①] 而创作活跃期晚于“永明三大家”几十年的刘孝绰、刘缓、徐摛诸人，则继承并发展了王融、谢朓对“二二一”句中节奏点的调声方法，使得他们诗中的“二二一”句，在数量大增的同时，二四异声的比例也得到大幅提高，分别为93.35%（239/256）、88.10%（37/42）、87.5%（14/16），也就自然拉升了他们全部五言诗中二四异声句的比例（分别为86.19%，543/630；88.50%，100/113；91.50%，560/612）。可以说，自王融、谢朓开始，到刘孝绰、刘缓、徐摛等人，越来越将“二二一”句中的第四音节，也作为一个重要的节奏点。

刘滔约生于齐末梁初[②]，梁武帝普通、大通间疑已入仕，大同中在朝为官，同时他又是刘缓之兄，曾为徐摛同僚。他应该觉察到了梁初以来五言诗单句中节奏点的新变化，然后又顺应这种声律发展趋势，提出了“第二字与第四字同声，亦不能善”的句律新说。

其次，在五言句式“二二一”大类中，梁代中前期诗人格外青睐第二音节和第四音节之后音顿均较明显的那几种句式，如“二/二′一”“二/二/一”“二//二/一”等。刘孝绰的“二二一”句中，绝大多数是“二/二′一”式和“二/二/一”式。其中“二/二′一”式句如：

---

① 情况稍微特殊的是沈约，“蜂腰”病因为是他提出的，所以不仅其全部五言诗中，二五异声句占有极高比例（86.01%，1328/1544），而且在“二二一”句中，二五异声句占比也很高（84.47%，359/425），但是其“二二一”句中二四异声句的占比则稍高于平均概率，为77.18%（328/425）。我认为，导致沈约“二二一”句式中二四异声比例偏低的原因可能有两个：一是沈约当时重在提倡二五异声，而未及关注第四音节的用声问题；二是他诗中“二′二/一”、“二/二′一”句所占比例（5.32%，51.39%），较王融（3.75%，43.75%）、谢朓（2.53%，36.84%）均高一些，而这两种句式中的第四音节都不是明显的节奏点，沈约对之未加措意，所以就拉低了整个“二二一”大类中的二四异声比例。

② 据《梁书·刘昭传》，刘滔之父刘昭梁武帝天监初入仕，按照当时人多弱冠起家，廿岁左右结婚生子来推测，刘滔生年当在齐末梁初。

持此/阳濑′游，　平上/平去′平

复展/城隅′宴。　入上/平平′去(《三日侍安成王曲水宴》)

此日/倡家′女，　上入/平平′上

竞娇/桃李′颜。　去平/平上′平(《遥见邻舟主人投一物众姬争之有客请余为咏》)

“二/二/一”式句如：

夏叶/依窗/落，　去入/平平/入

秋花/当户/开。　平平/平上/平(《夜不得眠》)

月光/随浪/动，　入平/平去/上

山影/逐波/流。　平上/入平/平(《奉和湘东王应令诗二首·月半夜泊鹊尾诗)

二者所占比例加起来竟达98.05%（251/256）。刘缓、徐摛诗中的“二二一”句，则均为“二/二′一”式和“二/二/一”式。在生年又稍晚一些，然也与刘滔同时代的刘孝威、刘孝仪、萧纲、庾肩吾等人诗中，则在多选择“二/二′一”式和“二/二/一”式的同时，也越来越重视谢灵运发端、谢朓推广的“二//二/一”句式。如：

雷奔//石鲸/动，　平去//入平/上

水阔//牵牛/遥。　上入//平平/平(刘孝威《奉和六月壬午应令》)

雾罢//前林/见，　去上//平平/去

风息//涌川/平。　平入//上平/平(刘孝威《出新林》)

木落//雕弓/燥，　入入//平平/去

气秋//征马/肥。　去平//平上/平(刘孝仪《从军行》)

林开//前骑/骋，　平平//平去/上

径曲//羽旄/屯。　去入//上平/平(刘孝仪《和昭明太子锺山解讲》)

风急//旌旗/断，　平入//平平/去

涂长//铠马/疲。　平平//上上/平(萧纲《雁门太守行三首》其一)

云斜//花影/没，　平平//平上/入

日落//荷心/香。　入入//平平/平（萧纲《苦热行》）

棹动//芙蓉/落，　去上//平平入

船移//白鹭/飞。　平平//入去/平（萧纲《采莲曲二首》其一）

庭深//林彩/艳，　平平//平上/去

地寂//鸟声/喧。　去入//上平/平（萧纲《蒙预忏直疏》）

荷低//芝盖/出，　平平//平去/入

浪涌//燕舟/轻。　去上//去平/平（庾肩吾《山池应令》）

路静//繁葭/撤，　去上//平平/入

轮移//羽盖/飘。　平平//上去/平（庾肩吾《咏蔬圃堂》）

尘飞//远骑/没，　平平//上去/入，

日徙//半峰/寒。　入上//去平/平（庾肩吾《赛汉高庙》）

这种句式在诸人“二二一”句中的占比，分别为7.22%（13/180）、22.86%（13/35）、6.85%（53/774）、8.59%（17/198）。由于此式中第二音节是最明显的节奏点，第四音节也是很明显的节奏点，加上此时节奏点必须注意调声的观念已经深入人心，所以刘孝威等人“二//二/一”句中二四异声比也呈渐高趋势，分别为84.62%（11/13）、87.5%（7/13）、94.34%（50/53）、94.12%（16/17）。当然，他们“二/二'一”式和“二/二/一”式中二四异声比例也是呈现上升态势的，这就使得二四异声句在他们的所有“二二一”句中的比例得到同步提高，分别为91.11%（164/180）、91.43%（32/35）、91.86%（711/774）、94.95（188/198）。可以说，在这一时期的五言诗中，只要是“二二一”韵律结构的诗句，基本上都是二四异声，而且明显多于二五异声。

梁代中前期五言诗用声规则的这种发展和细化，在《梁书》卷四十九《庾肩吾传》中也有记载：

初，太宗（即后来的梁简文帝萧纲——晓勤按）在藩，雅好文章士，时（庾）肩吾与东海徐摛，吴郡陆杲，彭城刘遵、刘孝仪，仪弟孝威，同被赏接。及居东宫，又开文德省，置学士，肩吾子信、摛子陵、吴郡

> 张长公、北地傅弘、东海鲍至等充其选。齐永明中，文士王融、谢朓、沈约文章始用四声，以为新变。[1] 至是[2]转拘声韵，弥尚丽靡，复逾于往时。

可见，以徐庾父子、刘孝仪兄弟为代表的大同诗人们对五言诗声韵的讲究，比之永明诗人是有过之而无不及。当时，他们将第四音节也作为句中的重要节奏点，在二五不同声的同时，二四更不同声，正可作史书所云“转拘声韵，弥尚丽靡，复逾于往时”诸语的注脚。

六　五言诗单句律化进程与表意功能发展的关联性

通过以上的考察和分析，我们还应看到，各个时期不同作家五言诗中单句韵律结构及数量分布的变化，不只是由音律因素决定的，实际上与五言诗表情达意功能的发展，与各种句式的语法特点及诗意表现能力之间，也有一定的关系。刘滔在沈约二五异声的“蜂腰”说之后转而更重二四异声，从诗律发展角度看，标志着当时五言诗单句的声律模式，已经开始脱离永明句律，逐渐向近体句律靠拢。但他的这一句律新说所导致的当时五言诗句式的变化，也顺应了五言诗由汉魏古体到齐梁新体，再向唐代近体发展的过程中，单句表现功能日益提高这一艺术发展趋势。

比如，在汉乐府和《古诗十九首》中就已出现的“二′二′一”式（如“青青′河畔′草”），由于全句是一个名词性短语，表现主体充其量只是单一物象，句中一二字多为双音节性状修饰词，三四字或为交代第五字主体词所属、所处关系的修饰语，或者索性与第五字构成不可分隔的三音节常用名词，所以整句表达的诗意也就较为单一。这种句式出现在五言诗兴起阶段，自具一种朴素、自然之美。但随着五言诗创作的文人化，人们对五言诗单句表情达意功能要求的提高，此种句式就渐被冷落。而且由于此种句式前两个音节多为叠音、双声或叠韵词，一二音节之间已是语音特征的重复出现，自成韵律，

---

① 此处标点，中华书局校点本原作逗号，晓勤以为不妥。此据刘永济《十四朝文学要略》（黑龙江人民出版社 1984 年版，第 165 页）引文之标点。

② 当指梁大同中，而非齐永明年间。

影响了整句的节奏。所以在齐永明之后，这种句式虽然未被明文禁用，但人们或只将之作为汉魏古风的句式，运用在拟汉乐府和拟古诗中，数量极少，而在齐梁以后的新体诗和唐代近体诗中，更是几乎绝迹。所以，“二′二′一”式在五言诗发展过程中数量越来越少，不仅是其韵律结构不合五言诗发展趋势而已，也与其语义上的表意功能的先天缺陷有关。

与此情况类似的，还有“二′二/一”式句（如“习习′和风/起”）。此式在谢灵运诗中开始涌现，但亦如昙花一现，在沈约之后遽然式微。这种句式除了句中前两音节多为叠音、双声或叠韵词，修饰后面的双音节名词，构成偏正结构的名词性短语，形成五言诗中比较少见的“四一”音步，与永明之后要求二五异声和大同之后要求二四异声的句律均不易相合。而且此句所写物象多较单一，诗意不丰，不太能适应五言诗单句写景密丽化、抒情隽永化的艺术发展趋势，也应是导致其很快消失的一个不可忽视的艺术因素。

与上述两种句式恰成对比，五言诗中运用得较多且长盛不衰的句式，如“二/二′一”“二/二/一”和“二//二/一”等，则不仅在韵律方面易与五言诗“二二一”音步节奏相合，而且在表现功能上也能满足人们日益追求丰富诗意、隽永诗境的发展趋势。尤其是“二//二/一”式，在韵律结构上本来就是“二二一”音步，特别容易符合二四异四声的大同句律和二四异平仄的近体句律。另一方面，此种句式可分为上二、下三两个小句，两小句内部又自为主谓结构，或者说明两件事情，或者描写两个物象和场景，而且前后两个小句所表现的事理、物象之间，多存在着平列、因果、对比、转折或相互说明的关系，二者之间又形成一种艺术张力，更增加了诗句的表现深度，最终产生了“1+1>2”的艺术效果。所以这种句式在被谢灵运使用之后，经“永明三大家”尤其是谢朓的发展，继而被梁代宫体诗人萧纲、刘孝威兄弟、徐摛、庾肩吾等人所推广，到庾信诗中数量更多、诗意更佳。如：

笳寒//芦叶/脆，　平平//平入/去
弓冻//纻弦/鸣。　平去//上平/平(《出自蓟北门行》)
云度//弦歌/响，　平去//平平/上
星移//空殿/回。　平平//平去/平(《道士步虚词十首·其一》)
水流//浮盘/动，　上平//平去/上

山喧//双翟/飞。 平平//平入/平(《入彭城馆》)

置阵//横云/起， 去去//平平/上

开营//雁翼/张。 平平//去入/平(《从驾观讲武》)

采樵//枯树/尽， 上平//平去/上

犁田//荒隧/平。 平平//平去/平(《经陈思王墓》)

鸡鸣//楚地/尽， 平平//上去/上

鹤唳//秦军/来。 入入//平平/平(《拟咏怀诗二十七首·其二十七》)

步摇//钗梁/动， 去平//平平/上

红输//被角/斜。 平平//去入/平(《奉和赵王美人春日诗》)

冰弱//浮桥/没， 平入//平平/入

沙虚//马迹/深。 平平//上入/平(《岁晚出横门》)

林寒//木皮/厚， 平平//入平/上

沙迥//雁飞/低。 平上//去平/平(《对宴齐使》)

灰飞//重晕/阙， 平平//平去/入

蓂落//独轮/斜。 平入//入平/平(《舟中望月》)

蓂新//半壁/上， 平平//去入/去

桂满//独轮/斜。 去上//入平/平(《望月》)

浦喧//征棹/发， 上平//平去/入

亭空//送客/还。 平平//去入/平(《应令》)

黎红//大谷/晚， 平平//去入/上

桂白//小山/秋。 去入//上平/平(《寻周处士弘让》)

书成//紫微/动， 平平//上平/上

律定//凤凰/驯。 入去//去平/平(《周宗庙歌十二首·皇夏》)

气离//清浊/割， 去平//平入/入

元开//天地/分。 平平//平去/平(《燕射歌辞·周五声调曲二十四首·宫调曲五首·其一》)

这些都是“二//二/一”式。上引诸句绝大多数都是二四平仄异声，暗合近体句律，而且意象并置，事理兼备，韵味隽永。所以，“二//二/一”式句也就成为"庾信体"的标志性句式之一。到唐代后，诗人们在创作五言近体诗时，更喜欢用这种句式。如：

草枯//鹰眼/疾，上平//平上/入
雪尽//马蹄/轻。入上//上平/平(王维《观猎》)
日落//江湖/白，入入//平平/入
潮来//天地/青。平平//平去/平(王维《送邢桂州》)
风静//夜潮/满，平去//去平/上
城高//寒气/昏。平平//平去/平(王昌龄《宿京江口》)
树凉//征马/去，上平//平上/去
路暝//归人/愁。去去//平平/平(储光羲《仲夏饯魏》)
国破//山河/在，入去//平平/上
城春//草木/深。平平//上入/平(杜甫《春望》)
水静//楼阴/直，上去//平平/入
山昏//塞日/斜。平平//去入/平(杜甫《遣怀》)
花浓//春寺/静，平平//平去/去
竹细//野池/幽。入去//上平/平(杜甫《上牛头寺》)
星垂//平野/阔，平平//平上/入
月涌//大江/流。入上//去平/平(杜甫《旅夜抒怀》)
风暖//鸟声/碎，平上//上平/去
日高//花影/重。入平//平上/平(杜荀鹤〈宫词》)

蒋绍愚将这种句式归为"紧缩句"，并谓：

在唐诗中，诗人常喜欢用这些紧缩句。这不但是为了用字精练，而且是为了用紧缩句（特别是表因果的紧缩句）来表现诗人观察的敏锐、细致，以增强诗歌的艺术表现力量。①

① 蒋绍愚著《唐诗语言研究》，语文出版社2008年版，第144页。

同时，又由于这种句式的第二音节和第四音节本来就是鲜明的节奏点，极易形成平仄异声的声律格式，很符合近体诗的句律，所以就更为唐代及后世诗人所喜用了。

总之，五言诗单句韵律结构与语法结构之间存在着一定的关联性，在五言诗单句发展过程中，音步类型的变化与各种句式本身的艺术表现特点也有较大的关系。某些句式会因两方面都有缺陷而彼此牵制，在某一历史时期逐渐减少甚至最终消失。而有些句式则会因两方面均具优长，而相得益彰，在产生之后越来越受到诗人们的喜爱，遂成为五言诗的主要句式。从这个角度看，刘滔在梁大同年间提出二四同声其病甚于“蜂腰”的句律新说，既是五言诗句律由永明体走向近体的重要历史标志，又因为这一句律规定，一方面导致五言新体诗中结构简单、诗意不丰的“二′二′一”“二′二/一”等句式的剧减，反过来又促进了韵律结构和诗意表达俱优的“二/二′一”“二/二/一”和“二//二/一”等句式的增加。这就满足了当时人们希望五言诗单句韵律和意蕴兼备的新要求，顺应了五言诗艺术发展大势，因而具有了较为全面的诗史意义。

附表一

齐梁陈重要作家五言诗句律统计表①

作者及 生卒年	五言诗 总数	诗句 总数	永明律句数 及占比	大同律句数 及占比
王融（467—493）	83	658	567（86.17%）	537（81.61%）
谢朓（464—499）	141	1658	1420（85.65%）	1337（80.64%）
范云（451—503）	286	270	217（75.87%）	199（73.70%）
江淹（444—505）	104	1472	1050（71.33%）	1075（73.03%）
任昉（460—508）	20	218	195（89.45%）	172（78.90%）
沈约（441—513）	156	1544	1328（86.01%）	1202（77.85%）
虞羲（梁天监中卒）	10	116	109（93.97%）	105（90.52%）
柳恽（465—517）	21	182	141（77.47%）	157（86.26%）
江洪（?—517?）	18	124	105（84.67%）	99（79.84%）
费昶（江洪同时人）	14	150	124（82.67%）	124（82.67%）
王台卿（梁普通间 在雍州，卒年不详）	18	138	101（73.19%）	118（85.51%）
朱超（与王台卿 同时人）	16	152	121（79.61%）	134（88.16%）
戴暠（与朱超等 同时人）	9	138	119（86.23%）	122（88.41%）
何逊（472?—519?）	118	1242	1056（85.02%）	1061（85.43%）
吴均（469—520）	136	838	685（81.74%）	618（73.75%）
王僧孺（463?—521?）	39	380	340（89.47%）	292（76.84%）
张率（475—527）	12	136	101（74.26%）	107（78.68%）
萧统（501—531）	25	406	340（83.74%）	326（80.30%）
刘孝绰（481—539）	66	632	480（75.95%）	512（81.01%）

① 此表所列为现存五言诗100句以上的齐梁陈代表作家，以卒年先后排序，卒年相同再按生年排序。作家生卒年悉据曹道衡、沈玉成编撰《中国文学家大辞典·先秦汉魏晋南北朝卷》，中华书局1996年版。

续表

作者及 生卒年	五言诗 总数	诗句 总数	永明律句数 及占比	大同律句数 及占比
王筠（481—549）	42	394	345（87.56%）	308（78.17%）
刘缓（梁大同后期或中大通间卒）	12	114	84（73.68%）	100（87.72%）
刘孝威（496—549）	51	604	434（71.85%）	556（92.05%）
刘孝仪（与刘孝威同时或稍后卒）	12	104	88（84.62%）	95（91.35%）
萧纲（503—551）	250	2208	1773（80.30%）	2077（94.07%）
庾肩吾（487—551）	85	802	604（75.31%）	732（91.27%）
萧绎（508—555）	107	888	702（79.05%）	791（89.08%）
沈炯（502—560）	17	228	190（83.33%）	211（92.54%）
阴铿（陈天嘉中作诗为文帝叹赏）	34	312	238（76.28%）	298（95.51%）
萧悫（北齐武平中为太子洗马）	17	178	147（82.59%）	164（92.13%）
张正见（524、528—569、581）	90	912	732（80.26%）	844（92.54%）
王褒（511?—574?）	44	470	377（80.21%）	437（92.98%）
庾信（513—581）	266	2746	2021（73.60%）	2598（94.61%）
徐陵（507—583）	37	330	257（77.88%）	307（93.03%）
江总（519—594）	80	824	664（80.58%）	765（92.84%）
陈叔宝（553—604）	84	682	523（76.69%）	640（93.84%）

附表二

中古五言诗单句韵律结构分析数据统计表

	五言诗总数	纯“二一二”诗数量及占比	纯“二二一”诗数量及占比	总句数	二一二句			二二一句		
					句数及占比	二五异声句及占比	二四异声句及占比	句数及占比	二五异声句及占比	二四异声句及占比
汉五言诗①	45	5 11.11%	0	654	457 69.88%	313 68.49%	207 45.30%	197 30.12%	125 63.45%	138 70.05%
谢灵运	92	11 11.96%	1 1.09%	1378	1078 78.23%	803 74.49%	795 73.75%	300 21.77%	226 75.33%	203 67.66%
王融	83	22 26.51%	3 3.61%	658	498 75.68%	437 87.75%	378 75.90%	160 24.32%	134 83.75%	128 80.00%
谢朓	141	15 10.64%	1 0.70%	1598	1145 71.62%	990 86.46%	892 77.90%	453 28.35%	385 84.99%	382 84.33%
沈约	156	27 17.31%	1 0.64%	1537	1112 72.35%	963 86.60%	863 77.61%	425 27.65%	359 84.47%	328 77.18%
刘孝绰	66	7 10.61%	1 1.52%	630	374 59.37%	289 77.27%	304 81.28%	256 40.63%	208 81.25%	239 93.35%
刘缓	12	1 8.33%	1 8.33%	113	71 62.83%	51 71.83%	63 88.73%	42 59.15%	36 85.71%	37 88.10%
刘孝威	51	10 19.61%	0	612	432 70.59%	345 79.86%	396 91.67%	180 29.41%	134 74.44%	164 91.11%
徐摛	5	0	1 20.00%	28	12 42.86%	11 91.67%	12 100.00%	16 57.14%	13 81.25%	14 87.50%

① 此处分析统计的作品，为逯钦立编《先秦汉魏晋南北朝诗》一书，《汉诗》卷九《相和歌辞》、卷十《乐府古辞》中的五言诗，及卷十二中的《古诗十九首》。

续表

	五言诗总数	纯“二一二”诗数量及占比	纯“二二一”诗数量及占比	总句数	二一二句			二二一句		
					句数及占比	二五异声句及占比	二四异声句及占比	句数及占比	二五异声句及占比	二四异声句及占比
刘孝仪	12	1 8. 33%	0	104	69 66. 35%	59 85. 51%	63 91. 30%	35 33. 65%	29 82. 86%	32 91. 43%
萧纲	250	43 17. 20%	10 4. 00%	2204	1430 64. 88%	1131 79. 09%	1255 87. 76%	774 35. 12%	664 85. 79%	711 91. 86%
庾肩吾	85	19 22. 35%	3 3. 53%	805	607 75. 40%	456 75. 12%	556 91. 59%	198 24. 69%	162 81. 82%	188 94. 95%
萧绎	107	16 14. 95%	4 3. 74%	888	565 63. 63%	446 78. 94%	503 89. 03%	323 36. 37%	262 81. 11%	288 89. 16%
刘孝胜	5	0	0	90	65 72. 22%	56 86. 15%	58 89. 23%	25 27. 78%	19 76%	24 96%
刘孝先	6	0	0	56	46 82. 14%	39 84. 78%	41 73. 21%	10 17. 86%	6 60%	10 100%
萧悫	17	3 17. 65%	0	178	110 61. 80%	92 83. 64%	93 84. 55%	68 38. 20%	60 88. 24%	64 94. 12%
王褒	44	7 15. 91%	1 2. 27%	470	317 67. 45%	264 83. 28%	295 93. 06%	153 32. 55%	114 74. 51%	136 88. 89%
庾信	266	0	0	2746	1873 68. 21%	1381 73. 73%	1767 94. 36%	873 31. 79%	640 73. 71%	824 94. 39%
徐陵	37	4 10. 81%	0	330	236 71. 52%	180 76. 27%	216 91. 53%	94 28. 48%	77 81. 91%	91 96. 81%

附表三

汉至梁代“二二一”句式韵律结构分析统计表

	句数及占总句数量之比例	永明句及占比	大同句及占比	(1)二′二′一			(2)二/二′一			(3)二/二/一			(4)二′二/一			(5)二//二/一		
				总数	永明句	大同句	总数	永明句	大同句	总数	永明句	大同句	总数	永明句	大同句	总数	永明句	大同句
汉五言诗	197	125 63.45%	138 70.05%	16 8.12%	10 62.50%	12 75.00%	74 37.56%	61 82.43%	59 79.73%	69 35.03%	44 63.77%	43 62.32%						
谢灵运	300 21.77%	226 75.33%	203 67.66%	12 4.00%	10 83.33%	7 58.33%	150 50.00%	119 79.33%	109 72.67%	80 26.67%	69 86.25%	65 81.25%	19 6.33%	16 84.21%	16 84.21%	14 4.67%	12 85.71%	6 42.85%
王融	160 24.32%	134 83.75%	128 80%	6 3.75%	5 83.33%	5 83.33%	70 43.75%	62 88.57%	59 84.29%	76 47.50%	61 80.26%	64 84.21%	5 3.13%	2 40.00%	4 80.00%	1 0.63%	0	0
谢朓	453 28.35%	385 84.99%	382 84.33%	13 2.53%	11 84.62%	11 84.62%	189 36.84%	166 87.83%	154 81.48%	201 39.18%	166 82.06%	175 87.06%	22 4.29%	19 86.36%	17 77.27%	28 5.46%	23 82.14%	25 89.29%
沈约	425 27.65%	359 84.47%	328 77.18%	23 5.32%	18 78.26%	15 65.22%	222 51.39%	195 87.84%	165 74.32%	151 34.95%	127 84.11%	125 82.78%	17 3.94%	10 58.82%	14 82.35%	12 2.78%	9 75%	9 75%
刘孝绰	256 40.63%	208 81.25%	239 93.35%	1 0.39%	1 100%	1 100%	132 51.16%	113 85.61%	122 92.42%	119 46.48%	90 75.63%	111 93.28%	1 0.39%	0	1 100%	4 1.56%	4 100%	4 100%
刘缓	42 59.15%	36 85.71%	37 88.10%	0	0	0	20 47.62%	16 80%	19 95%	22 52.38%	20 90.90%	18 81.82%	0	0	0	0	0	0

（本文原刊于《岭南学报》第5辑）

晚唐咏史诗的兴盛之一：以史官观念的转变为中心

金昌庆

一 序言

诗歌作为中国文化的精髓历经几个朝代的发展在唐代时期达到了顶峰。高棅将唐代的诗歌分成了初唐、中唐和晚唐三个时期，认为“唐代诗歌历经300年的历史具备了所有的题材”①，唐诗分为山水田园诗、边塞诗、咏怀诗、咏史诗等。这些唐诗题材丰富了诗歌的内容并获得了长足的发展。

从反映社会意识的层面而言，唐诗充分再现了当时的时代特征。唐代的诗人们通过诗歌咏颂唐王朝业绩，同时也力图通过诗歌这一手段针砭时弊揭露社会的黑暗和腐朽。因此，唐代诗歌的题材伴随唐王朝的兴衰发生变化，不断形成新的诗歌流派。即唐代诗歌从整体而言并非机械的平行发展，而是应时代要求不断演绎出新的题材。

咏史诗历经魏晋时期和唐代前期的发展，在晚唐时期出现了新的面貌并形成一个重要转折点。大厦将倾，晚唐时期的各种社会矛盾对诗人们的精神世界和文学观带来了直接影响。因此，咏史诗人对历史的认识到达一个转换期。

晚唐时期的咏史诗不单纯是揭露时弊，它还包含着其他多种因素。其中

① 高棅《唐诗品汇总叙》：“有唐三百年诗，众体备矣。”（高棅编选《唐诗品汇》，上海古籍出版社1988年影印版，第8页）

作为儒学复兴运动的古文革新便是咏史诗兴盛的重要背景。它挑战魏晋六朝到初唐时期以四六骈俪文为主的华丽文风，力图恢复先秦两汉时期的文学传统。这一点不仅表现在其文章的思想内容和语言形式的改革上，同时也表现在对儒学思想复兴上。以韩愈和柳宗元为代表的古文革新对后来的杜牧、李商隐、温庭筠等晚唐史诗作家的文学思想形成产生了很大的影响，有关这方面的内容已有大量文献阐述分析，本文在此不做赘述①。

晚唐咏史诗的共同特点有反思历史、议论性诗风、相同题材等。这些共同点的形成比起与古文革新的关系以及影响，其与文人的历史观有着更大关联。鉴于此，本文将以晚唐诗人的史官观念为考察重点，分析他们的历史认识，以求有助于晚唐咏史诗兴盛的文化性因素的分析和对当时诗人创作风格的理解。

二　史官观念的传统和变化：天人观

史观是一个包含对历史的见解、解释、观念和思想等要素的囊括性的概念，其需要基于史实提出合理观点②。史观是通过担任记言、记事职务的史官记录或叙述而成，这对确定中国人的历史认识方向发挥了很大的作用。本文所说的“史官”便是担任这种职能的官员。这从正确记录历史的角度而言，与中国文人所持有的传统儒学观相一致。

由于史官的观念渗透到诗人的创作思维中，诗人当然会在诗歌与历史的关联中追求诗歌的真与善。王道政治的周朝衰退后，孔子通过创作《春秋》意图确立王道扭转乱世政局③。这体现了孔子的时代性忧患意识和救世精神。指出孔子力图通过《春秋》确立王道之人便是孟子。孟子对《诗经》与史官

---

① 此部分见拙稿《论古文革新对晚唐咏史诗人的影响》(《东北亚文化研究》第7集，2004年10月，第73~91页）中有详细分析。

② 史观有目的论史观、历史法则论史观、史学理论史观等多种类型。

③ 与此相关的内容在《论语》中经常出现。例如：《八佾》篇：“仪封人请见，曰：‘君子之至于斯也，吾未尝不得见也。’从者见之。出曰：‘二三子何患于丧乎？天下之无道也久矣，天将以夫子为木铎。’”《宪问》篇：“子路宿于石门。晨门曰：‘奚自？’子路曰：‘自孔氏。’曰：‘是知其不可而为之者与？’”《子罕》篇：“子畏于匡，曰：‘文王既没，文不在兹乎？天之将丧斯文也，后死者不得与于斯文也。天之未丧斯文也，匡人其如予何？’”《微子》篇：“天下有道，丘不与易也。”

文化关系的理解如下：

> 孟子曰：王者之迹熄而诗亡，诗亡，然后春秋作。晋之乘，楚之杌，鲁之春秋，一也。其事则齐桓、晋文，其文则史。孔子曰：其义则丘窃取之矣①。

据此，可以得知孟子认为《诗经》是王道教化的产物，王道政治崩溃导致了采诗制度的废止，认为孔子通过《春秋》延续了王道政治的文化风土②。据此可以判断《诗经》不仅具有政治文化的功能，同时具备了历史特性。除了史官的文体之外，其褒善贬恶之文体还具有春秋法度的色彩。章学诚认为只有把握《诗经》的比兴和六义的要旨才可以理解春秋③，他认为诗歌和历史的关系密不可分。中国的史官观念不仅体现了历史记录的独立性，同时它的发展始于诗歌的六义。这种思想结集集中体现于汉代的《毛诗序》中。《毛诗序》对《诗经》的解释以及古代诗歌的创作和批评提供了基础。

诗人比较关注诗的起源，但同时也离不开诗学思想中所体现的史官观念。史官观念不仅具备了对历史的理性思考，又不乏感性的形象思维，正是得益于诗歌这一媒介。

史官观念在发展过程中，最有争议的是对“天命观”的新认识。先秦、汉代儒学最关注的是，经学家们借助统治者的政治性权威，确立了天命论世界观，从有神论的角度结合天道和世俗性的人道解释了天人关系，论证了王权的神圣。因此，作为神学，经学的命运和王权的盛衰密切相关，其也因此在隋唐时期占据了国家的统治思想的地位。但是历经安史之乱之后，在社会剧烈动荡的现实环境下，从先秦传承下来的天命观在唐代后期有了新的解释。当时的神学史官们着眼于社会现实提出了对天命观的否定。

---

① 《孟子·离娄》下。

② 陈桐生著《中国史官文化与史记》，汕头大学出版社1993年版，第48页。

③ “必通六义比与之旨，而后可以讲春望正月之书。”（章学诚著，叶瑛校注《文史通义校注》卷三，中华书局1985年版，第222页）

历经安史之乱，杜佑和刘知己主张国之乱起于“人治”，和“天时”无关。[①]他们认为“天道”和“人事”自相独立不可牵强附会。柳宗元对天赋王权也持否定态度，其被贬为柳州司马后，武陵王拜访柳宗元询问“董仲舒对三代受命之符，诚然，非邪?”柳宗元回复如下：“非也。何独仲舒尔？自司马相如、刘向、扬雄、班彪、彪子固，[②] 皆沿袭嗤嗤，推古瑞物以配受命。其言类淫巫瞽史，诳乱后代，不足以知圣人立极之本，显至德，扬大功，甚失厥趣。臣为尚书郎时，尝著贞符，言唐家正德受命于生人之意，累积厚久，宜享年无极之义，本末闳阔。”[③]

柳宗元与主张王权天赋的董仲舒不同，认为王权来自民意，这一点在其《贞符》的后半部分也有提及，曰“是故受命不于天于其人”，主张君主是因其仁而得百姓爱戴，并非因天命所赋的绝对权威而存在。柳宗元还认为“彼上而玄言”，现实的天是以天地、元气、阴阳等物质为概念的。与韩愈从天的角度解释人间的功与祸相反，柳宗元认为天无意干预或主宰功与祸[④]，将天与人分为两个独立的要素予以把握，认为两者互不干涉[⑤]。

与柳宗元有书信往来的刘禹锡亦将天与人间分开来理解，认为万物的本源在于物质，主张“大凡入形器者，皆有能有不能。天，有形之大者也；人，动物之尤者也。天之能，人固不能也；人之能，天亦有所不能也。故余曰：天与人交相胜耳”[⑥]。

刘禹锡将天与人分开来认识，认为天之道在于天的规律是生养万物，它能使万物强壮，也能使万物衰弱；人之道在于法制，要明辨是非。并且，他

---

① 杜佑《通典·食货》云：“论曰：先之以师旅，因之以荐饥，凶逆承隙构兵，两京无藩篱之固，盖是人事，岂唯天时。”（杜佑撰《通典》卷十二，中华书局 1988 年版）刘知几《史通·杂说上》云：“夫论成败者，固当以人事为主，必推命而言，则其理悖矣。”“夫推命而论兴灭，委运而忘褒贬，以之垂诫，不其惑乎?”（刘知几撰，赵吕甫校注《史通》卷十六，重庆出版社 1990 年版）

② 与此相关内容详见司马相如的《封禅文》、刘向的《洪范五行传》、扬雄的《剧秦美新》、班彪的《王命论》、班固的《典引》等。

③ 《贞符》序，载于柳宗元著《柳河东集》卷一，上海人民出版社 1974 年版，第 18 页。

④ 《天说》：“天地，大果蓏也；元气，大痈痔也；阴阳，大草木也。其乌能赏功而罚祸乎？功者自功，祸者自祸，欲望其赏罚者大谬；呼而怨，欲望其哀且仁者，愈大谬矣。”（柳宗元著《柳河东集》卷十六，第 286 页）

⑤ 《答刘禹锡天论书》：“非天预乎人也”，“其事各行不相预。”（柳宗元著《柳河东集》卷三一，第 503 页）

⑥ 《天论》上，刘禹锡著《刘禹锡集》卷五，中华书局 1990 年版，第 67 页。

认为天之能在于生养万物，人之能在于治理万物，明确了两者的差异。故刘禹锡认为所谓治世、乱世乃人道的光明与黑暗非天之干预①。刘禹锡的天人二分法在其《天论》（中）论及的天与人的相互作用中也有体现②。

如此，刘禹锡把天人作为客观的实体予以把握，认为天与人各有优势，并考察了天与人之间的相互关系，主张世间之事和人之事其成败不在天命而在于人的主观能力。

中唐时期文人将天命和人的主观性相分离是儒教对佛教揭示的人性论和本体论的应对。经历韩愈，通过柳宗元和刘禹锡等人的古文运动恢复了儒教的影响力，成为为宋代儒学发展建立框架的契机。儒教的复兴为重新审视人的活动也提供了新的思考和批评的线索。

因此，天命观的客观性的认识和对人间事的新思考对唐后期知识人的史官观念的转变产生了很大的影响，由此，“圣人之意”得到削弱，与社会结构相关联的人的内同得到强化。

三　史官观念的个性化：文学和史学的结合

史官观念的变化带来了对历史认识视角的转变，其中突出的变化是文学体裁包含了史学性倾向，经历安史之乱后除正史之外很多叙述帝王的杂史类③书籍的大量涌现中可以发现这一点。当时的杂史类书籍与遗忘的杂史的著述方式不同，不仅是当时人对当时史的叙述，其数量也非常庞大。《隋唐》杂史类为七十二部，但几乎找不出有关当时史实的记录，但是，《新唐书》则不同，在一百八十余部作品中，有三分之一记录的是当时的史实，而这些书籍著成于安史之乱之后，其中《明皇杂录》《安禄山事迹》《奉天路》等书籍中

---

① 《天论》上：“天之道在生殖，其用在强弱；人之道在法制，其用在是非。…… 故曰：天之所能者，生万物也；人之所能者，治万物也。…… 余曰：天恒执其所能以临乎下，非有预乎治乱云尔；人恒执其所能以仰乎天，非有预乎寒暑云尔；生乎治者人道明，咸知其所自，故德与怨不归乎天；生乎乱者人道昧，不可知，故由人者举归乎天，非天预乎人尔！”（刘禹锡著《刘禹锡集》卷五，第68页）

② 《天论》中：“万物之所以为无穷者，交相胜而已矣，还相用而已矣。天与人，万物之尤者耳。”（刘禹锡著《刘禹锡集》卷五，第71页）

③ 《隋书·经籍志》：“博达之士，愍其废绝，各记闻见，以备遗亡。……学者多钞撮旧史，自为一书……其大抵皆帝王之事……谓之杂史。”（《隋书》卷三十三，中华书局1997年版，第962页）

唐代历史史实占了大部分[①]，而在诸多杂史类书籍中，以记录唐玄宗和安史之乱的书籍为最多[②]。

这些书籍在补充中国史遗漏部分的历史方面发挥了很大的作用，尤其是遗事、逸闻、野史等笔记体的史稿虽然与历史真实有一定的差异，但是和历史相吻合的部分也很多，并且记录了很多珍贵的史料，在历史编纂中被广泛引用。

杂史类书籍的出现成为唐代作为集部类基本的别集得以大量出现的契机。据《新唐书·艺文志》记载，唐代以前的别集为六百四十余部，唐代别集为七百三十六家七百五十余部，其中流传至今的唐代别集大概有二百余家[③]。

唐代别集类的大量涌现，起因于安史之乱之后文学观念的转变，与儒学顺应时代带来的新变化不无关系。中唐时期"文以明道"的儒家思想，此后立足于心性论，因此作为思想根据的作用渐渐褪色，解释本性即寻找"自我"的真本性取而代之；换言之，中唐时期的儒家思想是将过去圣贤企图恢复的"道"换成为恢复"性"。以李翱的"复性说"为例，他主张"成为圣人为性，扰乱本性为情，喜悦、愤怒、悲伤、恐惧、喜欢、憎恶、欲望等七种皆为情所致，情迷惑本性，掩盖本性，并非本性所致[④]，认为与圣贤的差距并非来自本性而是心之所至，以'诚'代替'情'即可恢复本性"[⑤]。这种哲学背景成为文学创作主体摆脱以往受束缚的、隶属性的文学向自由的能动性转变

---

① 参见谢保成著《隋唐五代史学》，厦门大学出版社 1995 年版，第 235 页。谢保成将此分成四类：第一，《太宗勋史》等记录太平盛世的；第二，《贞观政要》与《大唐新语》等表现出劝诫的；第三，《唐书备阙记》与《唐国史补》等补充丢失或缺失的；第四，《明皇杂录》与《安禄山事迹》等记录事实的。

② 记录唐玄宗时期历史的笔记类除了上述以外还有《次柳氏旧闻》《开天传信记》《开元天宝遗事》《开元升平源》《高力士外传》《长恨歌传》《杨太真外传》《李林甫外传》《梅妃传》等，此外还有《封氏闻见记》《酉阳杂俎》《大唐新语》《南部新书》《骊山记》等。这些虽不是专门记述唐玄宗历史的作品，但却在一定程度上反映了当时的情况。

③ 万曼的《唐集叙录》（中华书局 1979 年版）收录了转录记载的唐人别集 108 家。这里面按照作者、书名、写作年份、编辑人、出版者、收藏者等顺序详细做了介绍。此书还赋予了陈高华的《中国古代史史科学》（北京出版社 1983 年版）第五章的 80 宗唐人别集很高的学术价值。

④ 李翱《复性书上》："人之所以为圣人者性也，人之所以惑其性者情也。喜怒哀惧爱恶欲，七者皆情之所为也。情既昏，性斯匿矣。非性之过也。"（《全唐文》卷六百三十七，上海古籍出版社 1995 年版）

⑤ 李翱《复性书上》："唯天下至诚，为能尽其性。能尽其性，则能尽人之性；能尽人之性，则能尽物之性；能尽物之性，则可以赞天地之化育；可以赞天地之化育，则可以与天地参矣。"他主张万物本性无差别，只是"情"有所隐藏。如果要往善的方向发展，便要恢复"性"的根源。

的契机。

这种文风的革新使唐后期的文章向实际性、崇尚庸俗和怪异的方向发展变化。崇尚实际性在文章中再现当时的民间疾苦，讽刺社会的弊端；崇尚庸俗就是从过去的“载道”和“明道”转向描述叙述身边琐事，这一点可以成为继韩愈和柳宗元之后的中晚唐时期的新变化。再现现实问题和弊端的白居易主张去除诗歌与文章的浮靡，将实际性的时代现状与具体性的史实相结合进行创作①。白居易在其参加科举考试之前，体察当时的社会创作②的《策林》中得到了如实的体现，和白居易一起实践新乐府运动的元稹也对白居易的文学实践予以了充分的肯定，认为白居易文章的优点为“当”“实”“直”“尽”。③ 由此可以推断，中唐以后文章的创作向实际、正直的方向发展。

史官观念的转变使选择历史性对象和批评的范围扩大，超越过去限定的重要历史人物范围，对历史性重要度相对低的人物的实录予以关注，从试听发展到身边的杂记，成为向唐代小说和传奇发展的重要契机④。本文从另一个角度分析认为把当时的历史性象征纳入到分析政治状况或战乱，更符合当时的社会现状和氛围。尤其是李德裕的《次柳氏旧闻》和郑启的《开元传信记》等书籍，在笔记类中虽有小说或传奇的内容，但是符合实录的部分⑤也很多，填补了史书的空缺。

笔记体文章的最终目的在于劝诫或褒贬，在前文所述的有关唐玄宗的事

① 《旧唐书·白居易传》：“每读书史，多求理道，始知文章合为时而著，歌诗合为事而作。”（刘昫等撰《旧唐书》卷一百六十六，中华书局1975年版，第4347页）《新乐府序》：“为君、为臣、为民、为物、为事而作，不为文而作也。”（白居易撰，朱金城笺校《白居易集笺校》卷三，上海古籍出版社1988年版，第136页）

② 《策林序》：“揣摩当代之事，构成策目七十五门。”（白居易撰，朱金城笺注《白居易集笺校》卷六十二，第3436页）

③ 元稹《白氏长庆集序》：“赋赞箴戒之类长于当，碑记叙事制诰长于实，启表奏状长于直，书词策剖判长于尽。”（元稹撰，冀勤点校《元稹集》卷五十一，中华书局1982年版，第555页）

④ 唐传奇的发展过程中，以怪异之事为故事主题的创作始于中唐之后。具有代表性的作品有《玄怪录》（牛僧孺）、《续玄怪录》（李复言）、《宣室志》（张读）、《传奇》（裴铏）等。

⑤ 《次柳氏旧闻》中记录了17件事；其中虽有非“实录”内容，但唐玄宗在东宫时受到太平公主忌妒的内容，玄宗即位后信任姚崇和宋璟的内容，玄宗与诸王在花萼楼举行宴会等内容都有充分的历史价值。《开元传信记》记录了32件事，其中虽然有神怪之事，但玄宗在藩邸的生活，与诸王的友爱，登上封太山的内容，宠爱安禄山的内容等也有很好的参考价值。如此，记录唐玄宗历史的笔记类作品被专门整理、收录到上海古籍出版社出版的《开元天宝遗事十种》（王仁裕等撰，丁如明辑校，1985年版）中。

迹中，开元天宝年以后的记录基本为这种倾向，这与唐代文人对史观的认识密切相关。尤其是安史之乱以后文人借助历史反思走向衰微的唐王朝存在的各种问题，他们对史观的任务便是在历史记录中无所畏惧地进行褒贬，在柳宗元反驳韩愈的《答刘秀才论史书》一文中得到了证明，他在《与韩愈论史官书》中做了如下的叙述：

> 且退之以为纪录者有刑祸，避不肯就，尤非也。史以名为褒贬，犹且恐惧不敢为；设使退之为御史中丞大夫，其褒贬成败人愈益显，其宜恐惧尤大也，则又扬扬入台府，美食安坐，行呼唱于朝廷而已耶?[1]

柳宗元认为史官应当不怕天刑与人祸，正直履行职责，表达了其欲成为史官的意志。柳宗元虽然没能成为史官，在与韩愈的信中却表现了比韩愈更加积极的态度，柳宗元在正确把握太尉殷秀实的逸事之后，为了得到正确的评价曾与书韩愈[2]，在某种意义上警示韩愈在历史记录时要慎重。

柳宗元强烈主张史官的任务，通过逸事的形式记录了人物的事迹，其中记录的人物逸事和《史记・列传》中的“传记”十分类似。

“传记”源自记录人物的事迹，学士大夫看重忠、孝、才德事迹的价值，担心这种美德的消失，同时认为事迹虽微但其可以成为法度或警示世人之事迹，因此，他们在史官所作的“传”中加入了文学色彩传与世人[3]。“传”作为对人物的定型与道德警示为文人所沿袭，但是，中唐之后，比起定型性的人物，对非定型性人物予以了更多的关注，喜欢叙事性的“小传”的创作。由此，强调史传的实录或实录性与文学性相混合的文章也不断问世。例如，韩愈的《太学生何蕃传》（《韩昌黎文集》卷二）几乎接近实录，但是柳宗元的《童区寄传》《李赤传》（《柳河东集》卷十七）等比起实录更注重对历史

---

① 柳宗元著《柳河东集》卷三十一，第498页。

② 与此相关的内容详见《与史官韩愈致段秀实太尉逸事书》（柳宗元著《柳河东集》卷三十一，第500页）与《段太尉逸事状》（《柳河东集》卷八，第110页）。尤其是《段太尉逸事状》在《新唐书》《旧唐书》中有详细记载。

③ 吴纳著，于北山校点《文章辨体序说》的“传”条：“后世之学士大夫，或值忠孝才德之事，虑其湮没弗白；或事迹虽微而卓然可为法戒者，因焉立传，以垂于世。”（《文章辨体序说》，人民文学出版社1998年版，第49页）

人物和事实的记叙；此外，杜牧的《窦列女传》《张保皋郑年传》（《樊川文集》卷六）等和李商隐的《李贺小传》《象江太守》《齐鲁二生》《宜都内人》（《樊川文集》卷八）等基于历史史实赋以文学色彩，具有文学性和实录性相结合的特征，意味着文人在史观认识方面的自由。

随着对历史对象选择范围的扩大，文人们将“小传”视为历史和现实之间对话的通道，直面社会现实寓批判与文中。中唐以后文人的史观认识范围渐渐拓宽向个性化的方向发展，提供了诗文创作可以涉及多种题材和内容的重要契机。从这个角度而言，史官观念的个性化成为晚唐咏史诗得以兴盛的不可或缺的原因。

四　史官观念的文学化：晚唐咏史诗

咏史诗的创作作为时代的缩影反映了当时的现状，晚唐时期正是唐代走向衰微的历史时期，比起直接透露对时代的困惑和反思，文人们更加倾向于借古讽今，与文人的这种社会要求相悖，晚唐时期已深陷无法挽回的泥潭。对此，比起积极的王朝参与，诗人们坚持了反思和观察，通过“咏史”这一媒介进入了对时代的内省时期。晚唐的咏史诗是历史认识和诗歌情趣相结合的产物，咏史诗的作者将渊博的历史知识寓于诗歌这一体裁，创造了诗歌新的境界和艺术之美，咏史诗因此成为晚唐时期的代表性诗歌体裁。

寓史与诗成为诗歌的代表体裁，其基础在于诗人丰富的历史知识，因此本文在此将探讨诗人历史知识的形成及其融合于诗歌中的问题。在咏史诗方面成就最为突出的诗人当属杜牧与李商隐，李、杜二人创作的咏史诗与同时代的诗人相比，不仅仅是内容，诗歌形式也迥然不同，因此本章将对杜牧与李商隐历史观的形成及其咏史作品进行考察[①]。

---

① 晚唐咏史诗代表诗人有杜牧、李商隐、温庭筠（21 首）。此外有罗隐（27 首）、胡曾（150 首）、周芸（195 首）、孙玄晏（75 首）等。温庭筠的咏史诗在内容和形式方面逊色于杜牧和李商隐，因此本文将其除外。罗隐等在数量上胜于李、杜二人，但大部分停留于借助诗歌的形式叙述了史实，对历史的洞察不足，这些作品可以视为将历史与诗歌相结合的初级形式，没有达到将历史升华到文学的高度，因此本文亦将其除外。

1. 晚唐咏史诗人的历史认识

杜牧对历史的认识从其家风的传承中窥见一斑，《上李中丞书》中有如下记叙："某世业儒学，自高、曾至于某身，家风不坠，少小孜孜，至今不怠。"①

从文中可知其家风以儒学得以传承。杜牧之所以专注于"治乱兴亡之迹，财赋兵甲之事，地形之险易远近，古人之长短得失"② 得自于杜氏家风的。杜牧精通刑法和历法，受为《左传》加注的杜预和撰写《通典》的杜佑的影响较深，虽然在杜牧的诗作中没有提及杜预，但是，对杜佑的《通典》却有明确的涉及，二百多册的府中藏书从古代到唐代通贯古今③。这二百册书籍正是杜佑的《通典》，该书与以往的正史不同，注重与社会经济、政治和军事相关的内容，将着眼点更多地放在社会现状。杜佑的经世致用性的实用思想在李翰的《通典序》中得以体现。

以为君子致用在乎经邦，经邦在乎立事，立事在乎师古，师古在乎随时。必参今古之宜，穷始终之要，始可以度其古，终可以行于今。④

杜佑重视现实和经世致用性的实用思想使杜牧对历史和现实有了明确的认识，因此杜牧对现实的思考沿袭了杜佑的"始可以度其古，终可以行于今"的历史观，主张"仆自元和已来，以至今日，其所见闻名公才人之所论讨，典刑制度，征伐叛乱，考其当时，参于前古，能不忘失而思念，亦可以为一家事业矣"⑤。"考其当时，参于前古"，杜牧的这种历史观和杜佑一脉相承，杜牧将其视为"一家事业"。

杜牧以对历史的总体把握为基础，使历史与现实甚至将自己和历史人物或历史事件置于共同的空间，努力使两者合二为一。

李商隐的古文观可以从其对韩愈和元结古文的认识中查询。李商隐除对

---

① 杜牧撰，陈允吉点校《樊川文集》卷十二，上海古籍出版社 1984 年版，第 183 页。

② 语出《上李中丞书》。

③ 《冬至日寄小侄阿宜诗》："家集二百编，上下驰皇王。"（杜牧撰，陈允吉点校《樊川文集》卷一，第 9 页）

④ 《全唐文》卷四百三十。

⑤ 《上池州李使君书》，杜牧撰，陈允吉点校《樊川文集》卷十三，第 192 页。

孔子表现出批判态度的元结[1]之外，对创作七言古诗《韩碑》的作者韩愈的文章也给予了高度的评价。《韩碑》一文在韩愈对撰写碑文的始末中，如实地再现了《平槐西碑》的记叙方法和观点。所以，李商隐认为韩愈是古往今来最杰出的古文作家，其文章自由奔放、气势磅礴，认为韩愈的文章可与《尧典》和《舜典》相媲美，与《清庙》和《生民》相匹敌[2]，李商隐以“句奇语重”概括了韩愈的文风。最后，李商隐表示即便口舌生泡，右手出茧也要背诵使之流传后世[3]。由此可以得知，李商隐深受元结和韩愈古文观的影响。

李商隐文中之所以出现儒学思想，其原因可以从其作品从古文转向骈文的事实中寻找，这种转向与当时的文风不无关系。因为当时的官方文书——表、状、启、牒、制诰等大部分都已由四六骈俪文撰写，四六文本身独特的表达方式可以充分展现文人的才能和文学修养。使李商隐的创作转换成骈文体的另一个重要原因是因为他遇到了令狐楚与崔戎，为了取得令狐楚的欢心和忠于作为幕僚的职责，李商隐使自己向骈文体作家的方向发展[4]。李商隐的四六骈俪文代人而作，所以大部分作品无论是内容还是形式均拘泥于条条框框，即便如此，从这些文章中仍旧可以找出其借助他人之口向唐代民众传达自己的企图[5]。值得关注的是诗人创作的骈文和律诗中出现的很多典故基本源自于史书，不难看出诗人对史学的造诣。当时收录大量历史典故的《初学记》《艺文类聚》《白氏六帖》等成为唐代文人诗文创作的重要材料，因为李商隐很早就成为令狐楚的幕僚，所以接触这类书籍相对容易。因

---

① 《容州经略使元结文集后序》：“而论者徒曰次山不师孔氏为非。呜呼！孔氏于道德仁义外有何物？百千万年，圣贤相随于涂中耳。次山之书曰：三皇用真而耻圣，五帝用圣而耻明，三王用明而耻察。……孔氏固圣矣，次山安在其必师之邪。”（李商隐撰，冯浩详注，钱振伦、钱振常笺注《樊南文集》卷七，上海古籍出版社 1988 年版，第 434 页）

② 《韩碑》：“古者世称大手笔……濡染大笔何淋漓……点窜尧典舜典字，涂改清庙生民诗。”（李商隐撰，冯浩笺注《玉谿生诗集笺注》卷一，上海古籍出版社 1979 年版，第 1 页）

③ 《韩碑》：“公之斯文不示后，曷与三五相攀追。愿书万本诵万遍，口角流沫右手胝。传之七十有二代，以为封禅玉检明堂基。”

④ 《樊南甲集序》：“后联为郓相国华太守所怜，居门下时，敕定奏记，始通今体。”（李商隐撰，冯浩详注，钱振伦、钱振常笺注《樊南文集》卷七，第 426 页）《旧唐书·李商隐传》：“楚以其少俊，深礼之，令与诸子游。”（《旧唐书》卷一百九十，第 5077 页）

⑤ 《代彭阳公遗表》：“然自前年夏秋以来，贬谴者至多，诛僇者不少。伏望普加鸿造，稍霁皇威。”（李商隐撰，冯浩详注，钱振伦、钱振常笺注《樊南文集》卷一，第 31 页）此文章批评了甘露之变后唐王朝的混乱，并呼吁出台稳定局势之策。此外《为濮阳公与刘稹书》体现了作者对藩镇割据的政治立场。（《樊南文集》卷八，第 446 页）

此，在《樊南甲集序》中有“后又两为秘省房中官，恣展古集，往往咽噱于任范徐庾之间”[①] 之说，冯浩引用《通典》“秘书省虽非要剧，然好学君子亦求为之，四部图籍，粲然毕备”[②] 作了注解，从这一点来看，可知其通晓四部书籍。

李商隐集中序、书、传、碑铭等由四六骈俪文写成的文章，比起表、状、启、牒更能理解作者的思想和风格。他的《杂记》以实录为基础，类似于笔记体，他称赞白居易的墓碑铭是白氏自己的历史的写照[③]。《李贺小传》[④] 作为历史史实与文学描写相结合的书籍，在其叙事散文中最受重视。其对李贺的才能给予了高度的赞扬，认为尽管李贺具备了相当的才能和抱负，但是仍然没有得到重视，对此李商隐表达了深深的同情。李商隐的思想有古文观、儒学观、历史观的交叉存在，史学领域中的叙事性因素渗透到抒情文学之中，抒情文学逐渐向叙事性转换，可以称为是叙事文学的抒情化。

李商隐的政治观及历史认识在其诗集中全面展现（与文集中的零星出现不同），李商隐的诗作中体现的历史认识作为历史抒情文的叙事过程并非简单机械的对历史的认识，而是在全盘的历史状况中对王朝兴衰的写照。李商隐在《行次西郊作一百韵》中指出，安史之乱是唐王朝走向衰微的开始，而甘露之变是加速唐王朝衰败的原因，诗文通过农民的自述描述了长安郊区的荒废、安史之乱及甘露之变等唐开元天宝年间的社会状况。李商隐没有通过抽象的概念而是通过具体人物和具体事件描述了唐王朝的兴衰，同时从唯心史官的角度分析了这种动荡的根源，认为“一国的兴衰系于人，而非系于天”[⑤]，即诗人认为唐王朝两百多年的兴衰在于人才的贤德，因此他主张要重用人才，这既是诗人的政治观同时也是他的历史观，因此，他立足于历史与现实的相关性，将本人与农民设置于同一个空间，通过农民表达了作者自己

---

① 李商隐撰，冯浩详注，钱振伦、钱振常笺注《樊南文集》卷七，第426页。

② 《樊南甲集序》注文引《通典》：“秘书省虽非要剧，然好学君子，亦求为之，四部图籍，灿然毕备。”（李商隐撰，冯浩详注，钱振伦、钱振常笺注《樊南文集》卷七，第426页）

③ 参见《刑部尚书致仕赠尚书右仆射太原白公墓碑铭》（李商隐撰，冯浩详注，钱振伦、钱振常笺注《樊南文集》卷八，第467页），此外，李商隐文集中还有4篇碑铭，这4篇碑铭不是关于人事的，而是有关特殊特定事物的碑铭。

④ 参见李商隐撰，冯浩详注，钱振伦、钱振伦、钱振常笺注《樊南文集》卷八。

⑤ “又闻理与乱，系人不系天。”（李商隐撰，冯浩笺注《玉谿生诗集笺注》，第96页）

的政治主张。

通过咏史诗中对历史的鲜明的认识，可以充分把握晚唐时期咏史诗人的历史观。诗人将历史人物或出现的地名作为主题，通过行为或事迹所带来的社会影响，力求影射现实以触动当政者的反省。

在杜牧的咏史诗中被多次引用的人物主题大致可分为唐代前后两个阶段。唐之前的有《兰溪》《题武关》的人物主题屈原，《过骊山作》的人物主题秦始皇，《朱坡绝句》《商山富水驿》的人物主题贾谊，《泊秦淮》的人物主题陈俊生，《卞下怀古》《隋春宫》的人物主题隋炀帝等，杜牧以这些人物的行为作为主线，讽古喻今揭露了现实矛盾。唐代人物的主线主要集中于《华清宫三十韵》《过勤政楼》《过华清池绝句三首》中的唐玄宗和杨贵妃。

李商隐将很多人物作为了主线，唐之前的有《瑶池》《华岳下题西王母庙》中的西王母，《楚宫》《过楚宫》《岳阳楼》中的楚襄王，《宋玉》《楚吟》《有感》中的宋玉，《咸阳》中的秦始皇，《茂陵》《汉宫》《汉宫词》中的汉武帝，《代魏宫私赠》《代元城无令暗为答》《涉洛川》《东阿王》中的曹植和甄宓，《寿笔驿》《武侯庙古柏》中的诸葛亮，《陈后宫》《景阳井》《南朝》中的陈俊生，《隋宫》《隋宫守岁》中的隋炀帝等；唐代的基本集中于《马嵬二首》《龙池》《四贤顿》《骊山有感》《华清宫》等作品中的唐明皇和杨贵妃。

这些历史人物分为正面人物和反面人物，在“善”与“不善”的双重结构中通过正面人物和李商隐本人的一体化，展现自己的忠国意志；通过反面人物的行为比喻或直喻唐代的社会现实，不仅无余地展现了唐王朝的状况，而且力求反刍唐王朝无法挽救的现实。

从上述人物的时间距离及内容中可以看出，杜牧和李商隐立足于对历史的全盘理解，寻求本人与历史人物及其历史与现实的融合，同时在抒情为主的诗歌中加入了历史记录的叙事性，摆脱了单纯的历史记录，促进了历史的诗化。

2. 晚唐咏史诗中体现的史论

在杜牧和李商隐的咏史诗中出现的历史的诗化不单纯是对历史事件的诗化，它根植于诗人自身的历史观，与当时文人的史论有紧密的关联性。

首先，杜牧年轻时起就通读了经书和历经十三代的史书，杜牧通过这些书籍寻找国家兴亡的原因，他认为国家的建立和灭亡均起于“兵”，因此位居官职的大儒应该了解“兵”[①]，如此，杜牧对现实的认识来自于他的历史观。杜牧据史批判了当时的军国大事和藩镇割据等国家大事，他的《罪言》《元十六卫》《论战》《上李司徒相公论用兵书》《上昭义刘司徒书》《守论》等政论文是评论政治性、军事性得与失的代表性作品，在这些作品中作者直面政治局势勇敢地披露了自己的见解。《新唐书·杜牧传》中评价杜牧“刚直有奇节，不为龌龊小谨，敢论列大事，指陈利病尤切”[②]。裴延翰比起屈原、宋玉更加关注贾谊、司马迁、刘向、班固等，是因为其欲凭借君主的善政一展自己的胸襟，将君臣礼乐和赏罚教化作为主要内容之故[③]。在此，可以得知诗人的历史认识在司马迁和班固等历史学者的观点中包含了其评判是非功过和褒贬时弊的论断，成为其不随波逐流，不追随古人观点，可以写出“高绝”咏史诗的契机[④]。

其次，李商隐与杜牧都关注儒学，16 岁创作《才论》和《圣论》超越了古文[⑤]，25 岁通读经书主张从古之中寻找师表，但是，此后诗人超越儒家学说的隶属性追求思想的解放[⑥]。李商隐认为元结不尊崇孔子不对，影射元结作品中将自然作为法则的老庄思想，认为孔子是圣人，但是，元结并不一定以孔

---

① 《冬至日寄小侄阿宜诗》：“史书阅兴亡。”（杜牧撰，陈允吉点校《樊川文集》卷一，第 9 页）《注孙子序》：“及年二十，始读尚书、毛诗、左传、国语、十三代史书，见其树立其国，灭亡其国，未始不由兵也。主兵者，圣贤材能多闻博识之士，则必树立其国也；壮健击刺不学之徒，则必败亡其国也。”（《樊川文集》卷十，第 149 页）

② 欧阳修等撰《新唐书》卷一百六十六，中华书局 1975 年版，第 5097 页。

③ 裴延翰《樊川文集序》：“采古作者之论，以屈原、宋玉、贾谊、司马迁、相如、扬雄、刘向、班固为世魁杰。然骚人之辞，怨刺愤怼，虽援及君臣教化，而不能沾洽持论。相如、子云，瑰丽诡变，讽多要寡，漫羡无归，不见治乱。贾马刘班，乘时君之善否，直豁己臆，奋然以拯世扶物为任，纂绪造端，必不空言，言之所及，则君臣、礼乐、教化、赏罚，无不包焉。”（杜牧撰，陈允吉点校《樊川文集》，第 1 页）

④ 《献诗启》：“苦心为诗，本求高绝，不务奇丽，不涉习俗。不今不古，处于中间。”（杜牧撰，陈允吉点校《樊川文集》卷十六，第 242 页）

⑤ 《樊南甲集序》：“樊南生十六能著才论、圣论，以古文出诸公间。”（李商隐撰，冯浩详注，钱振伦、钱振常笺注《樊南文集》卷七，第 426 页）但是《才论》和《圣论》没有流传至今。

⑥ 《上崔华州书》：“愚生二十五年矣，五年读经书，七年弄笔砚。始闻长老言学道必求古，为文必有师法。……百经万书，异品殊流，又岂能意分出其下哉！”（李商隐撰，冯浩详注钱振伦、钱振常笺注《樊南文集》卷八，第 440 页）

子为师表[①]，暴露了李商隐对孔子的独特理解。李商隐对圣贤的态度在《才论》和《圣论》中可以得知，他认为应通过圣贤继承道统，但是，他在《断非圣人事》与《断非贤人事》[②] 中认为圣人可以断，而贤人可以让贤，对传统观点提出了质疑，同时，他反问孔子除了道德和仁义还有什么？他认为谁都可以获道，成为周王或孔子成为圣人。由此，可以看出，两篇文章没有原封沿袭以往的思想，作者喜欢标新立异。即“以是有行道不系古今，直挥笔为文，不爱攘取经史，讳忌时世”[③]，在咏史诗中充分表达了其议论化的倾向。

两位诗人并非从史学的观点褒贬历史人物和事件，作为诗人不拘泥于古今，尽情宣泄了诗人内心的主观情绪，作为文学化的历史将作者的个人史论融进了自己的咏史诗中。

五　结论

本文阐述了史官观念和晚唐咏史诗诗风之间的关系。中唐以后知识界人士应对佛教的人性论和本体论提出了儒教的天命观，经历韩愈、柳宗元和刘禹锡等人的古文运动恢复了儒教的影响力，为宋代儒学发展建立框架提供了契机。儒教的复兴为重新审视人的活动也提供了新的思考和批评的线索。因此，天命观的客观性的认识和对人间事的新思考对唐后期知识人的史官观念的转变产生了很大的影响。

对与社会结构相关的人事的思考，使选择人物对象的范围得以扩大，文人们将“小传”视为历史和现实之间对话的通道，直面社会现实将批判寓于文中。由此，中唐以后文人的史观认识范围渐渐拓宽向个性化的方向发展，成为诗文创作可以涉及多种题材和内容的重要契机。从这个角度而言，史官观念的个性化成为晚唐咏史诗兴盛不可或缺的原因。

在杜牧和李商隐的咏史诗中出现的历史的诗化根植于诗人自身的历史观，

---

① 《容州经略使元结文集后序》：“而论者徒曰次山不师孔氏为非。呜呼！孔氏于道德仁义外有何物？百千万年，圣贤相随于涂中耳。次山之书曰：三皇用真而耻圣，五帝用圣而耻明，三王用明而耻察。……孔氏固圣矣，次山安在其必师之邪。”（李商隐撰，冯浩详注，钱振伦、钱振常笺注《樊南文集》卷七，第431页）

② 这两篇文章收录于《樊南文集》卷八《杂记》中。

③ 参见《上崔华州书》。

与当时文人的史论有紧密的关联性。杜牧和李商隐立足于对历史的全盘理解，寻求本人与历史人物及其历史与现实的融合，他们将古文观、儒学观和历史观相融合，使历史的叙事性和文学嫁接，同时在以抒情为主的诗歌中加入了历史记录的叙事性，摆脱了单纯的历史记录，促进了历史的诗化。

（本文原刊于韩国《中国语文论丛》第29辑）

初唐文学士族迁徙与文学风貌关系的考察

赵志强

唐初文学士族的迁徙是一种复杂的社会现象，受到当时社会经济、政治、环境等诸多因素的影响。作为一个特殊的掌握文化资源的群体，唐初文学士族的迁徙对当时的文化生态、文学面貌，以及文学风格的变化与发展，都有深刻的影响。

一　初唐文学士族迁徙类型与原因

（一）向心型

一般而言，一国之政治、经济、文化中心，由于其资源聚集会产生强大的吸引力。向心型迁徙就是由于此种吸引力，致使文学士族出于科举、仕宦、求学等目的，由边缘地区向中心城市聚集的过程。它深刻地影响、改变着一地、一国的文学地理风貌，而文学士族也在迁徙的过程中重塑自己。由于主观动机的差异，向心型迁徙又可以分为主动型迁徙与被动型迁徙。二者对文学风貌的影响也有差异，兹举数例予以分析。

1．主动型迁徙

主动型迁徙的文学士族或因科举、或因为官、或因求学，而向中心城市发生地域变动，但皆属主动而为。与被动迁徙型相比，这些主动迁徙型文学士族对功名渴望更甚，在心态和行为上更趋保守。这些因素对其文学创作产生了直接影响，其表现是诗歌内容上的浮泛空洞，诗歌感情上的虚弱苍白，诗歌形式上的整饬，诗歌语言上的华美绮靡，以及这些诗歌要素之间的分离状态。如初唐文坛翘楚许敬宗、上官仪、沈佺期、宋之问等。

许敬宗的向心型迁徙有两次，第一次是因科举求仕。他“幼善属文”，隋炀帝大业中科举中第。虽然隋炀帝将都城由长安迁到了洛阳，但这并不影响许敬宗完成了自己的第一次向心型迁徙。后来他“调淮阳书佐，俄直谒者台，奏通事舍人事”①，仕途一帆风顺。但隋末乱起，他的父亲“为宇文化及所杀”，许敬宗本人“去依李密为记室”，从江都（今扬州）到了瓦岗（今河南滑县），后来李密降唐，许敬宗就跟着到了长安，完成了自己的第二次向心型迁徙。从以上简单的过程考察可以发现，许敬宗的迁徙都是主动的（虽然第二次也有部分被动的成分），都是为仕途功名。这样的迁徙自然改变并加强着其心态向保守方向的变化，这也反映在他对待唐高宗立武则天为后一事的态度上：

> 帝将立武昭仪，大臣切谏，而敬宗阴揣帝私，即妄言曰：“田舍子剩获十斛麦，尚欲更故妇。天子富有四海，立一后，谓之不可，何哉？”帝意遂定。②

许敬宗曲言逢迎，皆为博取人主欢心，为博取功名，他也确实得到了。“诏敬宗待诏武德殿西闼。顷拜侍中，监修国史，爵郡公”，原因是“帝得所欲”。③

又如上官仪，其迁徙路径也是由边缘地区向中心城市，尤其是政治、文化中心的都市的指向，即由江都（今扬州）向长安、洛阳迁徙。上官仪的迁徙也属于主动型，但作为一个类型的代表，他与许敬宗那个类型有明显的差别。

上官仪的迁徙是主动的，其迁徙目的也是出于对功名的向往，但有他自己的特点，即更慕虚荣。如唐高宗时，雍州司士参军韦绚入朝为殿中侍御史，有人认为这是“非迁”，不划算，因为“殿中侍御史六人……掌殿廷供奉之仪式”④，其官位品级是从七品下。而司士参军“掌河津及营造桥梁、廨宇等

① 《新唐书》卷二百二十三上《奸臣上》，中华书局1975年版，第20册，第6335页。
② 同上，第6336页。
③ 同上，第6336页。
④ 《旧唐书》卷四十四《职官三》，中华书局1975年版，第1863页。

事”[1]，其官位品级是七品。但上官仪不这样看，他认为这种观点是“野人语”，理由是“御史供奉赤墀下，接武夔龙，簉羽鹓鹭，岂雍州判佐比乎？”[2]

宁愿官职低一些，也要做更光鲜的京官，即使“殿中侍御史与监察御史（正八品下）均不得坐”[3]，也心甘情愿。所以，上官仪诗歌风格“绮错婉媚”，从他自身的迁徙以及他对待同僚迁徙的态度，我们可以看到其部分内在原因。

2. 被动型迁徙

唐承隋末，大乱初定，文学士族迁徙呈现一种新的面貌。隋文帝为削弱地方世家大族的势力，废除九品中正制，实行科举纳士。唐承隋制，继续用科举制延揽人才。一时天下英才，麇集京师，呈现一种巨大的“向心型”迁徙面貌，即唐太宗所谓“天下英雄，入吾彀中”。但细究其情，则可发现，这些文学士族的向心迁徙，其情形非常复杂。有主动型，也有被动型，甚至主动与被动交替、交叉。如虞世南，由陈入隋，由隋入唐，都是在权力中心，总体态势是向心型，但都是被动的迁徙：隋文帝“召为建安王法曹参军”；李世民“引为府参军”。而虞世南则是“屡乞骸骨”[4]，要求离开京师：主动要求进入离散型状态而不可得。虞世南和许敬宗形成了鲜明对比，就以依附窦建德为例，许敬宗是主动投靠，虞世南是“从（宇文化及）至聊城，为窦建德所获”[5]。对功名的态度，他们截然不同。对生死的态度，他们也对比鲜明：“昔吾（封德彝）见世基死，世南匍匐请代；善心死，敬宗蹈舞求生。”[6] 这样不同的心态，自然影响到他们的诗文创作的面貌。

在迁徙的“被动”方面，主动型迁徙的诗人中也有交叉现象，如前述沈佺期及下文的宋之问。在向心型和离散型方面的情形也是如此。面对这些交叉现象，我们只能做大致总括的归类。

（二）离散型

离散型迁徙基本都属于被动型，原因大部分是被贬谪；当然，其中也有

---

① 《旧唐书》卷四十四《职官三》，第 1864 页。
② 《新唐书》卷一百零五《上官仪》，第 4035 页。
③ 《旧唐书》卷四十四《职官三》，第 1864 页。
④ 《新唐书》卷一百零二《虞世南》，第 3971 页。
⑤ 同上。
⑥ 同上卷二百二十三上《奸臣上》，第 6338 页。

部分主动型的，目的基本都是为全身避祸。被动离散迁徙的文学士族典型者是“初唐四杰”和陈子昂。

“初唐四杰”的迁徙也都包含了向心和离散两个方面，但总体态势是离散的类型。王勃的迁徙是由向心趋向离散，而总体上属于离散型。他的迁徙路径是：边缘—中心—边缘，具体为绛州龙门（今山西河津）、长安、巴蜀、虢州，最后在赴交趾探亲的路上渡海溺水，惊悸而死。其迁徙意愿则是由主动趋向被动。王勃未成年即被司刑太常伯刘祥道以神童向朝廷表荐，并对策高第，也含有一些被动的成分，因为他毕竟是被举荐。而乾封初，王勃因戏为《檄英王鸡》文，被高宗怒逐出府，被迫出游巴蜀，则又含有一定的主动成分。试想，作为沛王王府侍读，却写出檄文，名义是“檄鸡”，骨子里则有主动挑战王权、平交王侯的意味，宜乎其为最高统治者驱逐。

杨炯的迁徙总体上也是由向心型趋向离散型。他的迁徙路径是边缘—中心—边缘—再中心—再边缘，具体为弘农华阴（今陕西华阴）、长安、梓州、洛阳、盈川（今浙江龙游县）。他年仅11岁就被举为神童，虽然很早就应制举授校书郎进入朝廷，但他始终没有得到最高统治者的赏识。个中缘由，自然是他保持自身的独立，不肯阿谀奉迎所致。例如他的应制诗《奉和上元酺宴应诏》，居然有这样的句子：“赤县空无主，苍生欲问天。”[①] 对比于他同时在洛阳供职的宋之问，高下立判。

卢照邻的迁徙基本属于离散型，其迁徙路径是幽州范阳、扬州江都、长安、益州新都，在新都县尉任上秩满去官，然后基本就是因恶疾而归隐了。他虽在京师10年，但只是一个小小的邓王府典签，主要职责是处理文书，最后也只做到县尉的小吏。

骆宾王的迁徙路径虽然也是边缘—中心—边缘，但他的迁徙类型基本属于离散型的。考察骆宾王的迁徙之路可以发现，虽然他少负才名，但仕途却一直不顺利：22岁第一次赴长安赶考，失意而归，第一次隐居兖州；42岁才在河南入豫州刺史道王李元庆幕府，46岁第二次隐居兖州；48岁才中举，授奉礼郎；51岁即被罢官，然后离开京城，随薛仁贵出征西域；674年随军入滇，参加平叛；旋奉使入蜀，在四川的军中服役；675年授武功县主簿，679

① 《全唐诗》卷五十，中华书局1999年版，第613页。

年任侍御史，随即被罢，贬放临海县丞；684年从徐敬业起兵，最后兵败不知所终。从时间段上可以明显地看出，骆宾王的迁徙多数是在向外迁徙的路途上，在京城的时间短，官位低，“离散”是其基本特点。

作为影响甚巨的文学士族，陈子昂也是仕途蹭蹬。其迁徙也是典型的短期向心、长期离散型，其迁徙路径是梓州射洪、长安、远征契丹、辞官归乡，最后冤死狱中。他虽然也算年少得志，在唐睿宗文明元年（684年）二十四岁中进士，为武则天所赏识，被升为右拾遗，并且也曾经在武则天称帝后，“上《周受命颂》以媚悦后”，但他本质上是“褊躁”之人，也就是急切敢言，失去了武则天的欢心，“奏闻辄罢”①。

离散型文学士族一个共同的特点就是敢言，他们也追求功名，希望成就事业。但他们的功名心远没压倒羞耻心，他们更希望通过自己的远见卓识，为君王出谋划策（如陈子昂），而不是成为文学弄臣，甚至希望能够平交王侯（如王勃）。而这在封建集权的时代是不可能的，也就注定了他们从权力中心被边缘化的命运。但这对文学却是福音。

二　初唐文学士族迁徙与文学创作

（一）文学士族迁徙与文学风貌

初唐文学士族的迁徙类型虽然表面上相似，都有向心、离散兼有或交叉的情况，但仔细分析，则可以发现其同中之异：早期以向心型为主，后期以离散型为主。详细情形见下表：

初唐部分文学士族迁徙情形对照表

分期	诗人	在京时间（年）	在外时间（年）	备注
前期	虞世南	20		
	许敬宗	52	2	
	上官仪	38		19岁进士
	沈佺期	40	2	19岁中举
	宋之问	31	6	19岁中举

① 《新唐书》卷一百零七《陈子昂》，第4070页。

续表

分期	诗人	在京时间（年）	在外时间（年）	备注
后期	王勃	2	8	16岁中举
	杨炯	26	8	26岁中举
	卢照邻	10	23	在京为邓王府典签
	骆宾王	4	13	入仕已48岁
	陈子昂	2	18	24岁中进士

以上我们选取了几个有重要影响的、有代表性的文学士族，对他们的迁徙时间进行对比可以发现：前期文学士族在京时间平均为36.2年，最长者达52年，最短者也有20年；而后期文学士族在京时间平均为8.8年，最长者仅26年，最短者仅2年，其中骆宾王第二次入京仅半年即被逐，可以说是不旋踵而离京。

这样的文学士族迁徙态势，对当时文坛的文学风格及文学风貌有很大影响。初唐前期，由于国家初建，统治者需要大批人才，所以对文学士族比较宽容、尊崇，如唐太宗对上官仪的荣宠："太宗每属文，遣仪视藁，宴私未尝不预。"① 武则天游洛南龙门，诏从臣赋诗，对宋之问"夺袍以赐"的佳话，都深深刺激、鼓舞着文学士族们攀附龙门的雄心。加之最高统治者本人对文学的爱好，所以初唐前期文学士族的待遇比较优渥，甚至可以位极人臣。但一心向上爬的欲望也扭曲了文学士族的心态，朝廷的高位也局限了文学士族的创作。最典型的如领袖文坛的宋之问及其身边的一批文学士族对武则天的宠臣张易之的态度及行为：

> 之问与阎朝隐、沈佺期、刘允济倾心媚附，易之所赋诸篇，尽之问、朝隐所为，至为易之奉溺器。②

可以想象这样一批被抽取了筋骨的文学士族，他们主导的文坛，除了歌功颂德，堆砌辞藻，不会是别的什么样的面貌。

---

① 《新唐书》卷一百零五《上官仪》，第4035页。
② 同上卷二百零二《文艺中》，第5750页。

因此，初唐的文学士族迁徙过程及环境的巨大变化，对文学士族自身的思想与心态产生了巨大的冲击。反映在文学创作上，则直接导致初唐前期与后期文风的显著差异，即前期以空洞而绮靡为主流，后期以刚健而清新为特色。就文学士族个人而言，则有前期与后期的显著转变，有时甚至判若云泥。如宋之问，在京城权力中心，其应制诗虽语言辞藻丰富，典雅华丽，但歌功颂德，内容空洞；但被贬岭南，进入“离散型”状态，则有语言清新、情感真挚的“魂随南翥鸟，泪尽北枝花”①，而一旦进入“向心型”迁徙，回到京师，马上旧态复萌。在这里我们十分典型地看到了权力是如何侵蚀文学的。迁徙是现象，文学心态才是根本。

（二）文学士族迁徙与文学心态及风格

对不同迁徙类型的比较我们可以发现，貌似积极的向心型迁徙，带来的是文学士族创作心态的保守退缩；而似乎消极的离散型迁徙，反而能够解放诗人的心灵，推动诗歌文风的革新与发展。

最典型的如宋之问，家世低微的他对进入朝廷亲近权贵既感荣耀，又感激涕零，战战兢兢。他在《奉敕从太平公主游九龙潭寻宴安平王别序》中说“下官少怀微尚，早事灵丘，践畴昔之桃源，留不能去；攀君王之桂树，情可何之”②，就典型地表明了他的这种心态。在诗歌创作上，他们则是一片谄媚之声。如武后宠臣张昌宗得势，“时无检轻薄者又谄言昌宗乃王子晋后身，后使被羽裳、吹箫、乘寓鹤，裴回庭中，如仙去状，词臣争为赋诗以媚后”③。沈佺期“既侍宴，帝诏学士等舞《回波》，佺期为弄辞悦帝，还赐牙、绯”④。

这里我们看到的是这类文学士族对权力的“媚”“悦”心态。

宋之问们本意是追求积极进取的“向心—主动型”迁徙，却因为对官位过于“进取”而蜕变为谄媚；其仕途顺利位居高位，却在皇家的威权压抑下变成了心灵的侏儒。这表现在诗歌创作中，则是歌功颂德，无病呻吟，只能在典故和文辞上下功夫。而无奈的看似是走下坡路的“离散—被动型”迁徙，却因为少了威权压抑，没有必要谄媚，而使文学士族的心灵得到了解放，表

① 《全唐诗》卷五十二《度大庾岭》，第643页。

② 《全唐文》卷二百四十一，中华书局1983年版，第2435页。

③ 《新唐书》卷一百零四《张行成》，第4014页。

④ 同上卷二百零二《文艺中》，第5750页。

现在诗歌上则是有感而发，内容充实，感情真挚，语言清新。如宋之问被贬越州时写的《祭禹庙文》，反映了这种思想情感上的转变。又如宋之问被贬泷州参军时写的《题大庾岭北驿》《度大庾岭》等诗，不只格律谨严，对仗工整，而且感情凄楚悲凉，真挚感人。他逃归洛阳途中写的《渡汉江》，更是写尽了落魄之人思念亲人的微妙心态。这里没有了“属对精密”，没有了“锦绣成文”，却更能直达心灵。

初唐早期诗人这种“宫廷化心态”的特点，就是外在的“向上心态”与实际的“向下心态”的结合：追求光明，却走向了黑暗；追求圣洁，却身陷泥污。唐代文学士族的迁徙及其心态导致的社会心态、文学心态，以及最终导致的文学现象，值得深思。

另一方面是以“初唐四杰”为代表的初唐晚期诗人的“江山塞漠心态”，他们看透了君王的把戏，看透了功名富贵的云烟本质：“昔时金阶白玉堂，即今惟见青松在。”[①] 他们要平交王侯（王勃），他们“宁为百夫长，胜作一书生”[②]，所以他们才能够写出清新、刚健之作。

王勃的迁徙过程对其诗歌创作有显著影响。首先，他以文才、神童被荐举并对策高第，来到京师，进入朝廷（授朝散郎），少年得志，意气风发，进一步激发了其“拾青紫于俯仰，取公卿于朝夕”的勃勃雄心。反映在诗歌创作中，就是要扫荡初唐以来的绮靡空洞文风，“思革其弊，用光志业”，主张“骨气”“刚健”的文风，以“开辟翰苑，扫荡文场”[③] 为己任。而随后的贬谪打击，更使他认清了统治者的面目，诗文更有气概，如他在遭遇贬谪赴交趾省亲途中所作《滕王阁序》：“冯唐易老，李广难封。屈贾谊于长沙，非无圣主；窜梁鸿于海曲，岂乏明时？”[④] “屈、窜”贤臣，何来圣主？何来明时？这分明是王勃对当今的控诉。对功名事业也看得开，更达观，如“阁中帝子今何在？槛外长江空自流”。一切都是虚幻的，只有宇宙是永恒的。有了这样豁达的人生态度，王勃的诗歌才如此内气充盈。王勃的贬谪迁徙使他失去了官位，却释放了诗情，收获了佳品。

---

① 《全唐诗》卷四十一《长安古意》，第522页。

② 同上卷五十《从军行》，第615页。

③ 《全唐文》卷一百八十一《山亭思友人序》，第1837页。

④ 同上卷一百八十一《秋日登洪府滕王阁饯别序》，第1847页。

杨炯总结了王勃的文风，其实也是他自己的主张和诗风的写照。说王勃志在扫荡初唐绮靡文风，这其实也是杨炯的“志”。他的《从军行》，明白地说出了自己的心声——“心中自不平”，他的“不平”自然是对时政的不平，他不愿像宋之问那样，以文字谄媚邀宠。他的边塞诗，均表现出了雄健风格，很有气魄。

骆宾王的迁徙对其诗歌的影响主要体现在对诗歌题材的开拓和诗歌境界的提升上。在唐代诗人中，写作边塞诗者众多，但真正到过边塞的不多。骆宾王是较早随军的文学士族，虽然他也有被迫的成分，但却促使他把诗歌的题材从台阁移到了江山与塞漠，开边塞诗先声。

卢照邻则在《咏史四首》中，赞颂“处身孤且直”“唯唯何足荣”① 的季布，“诸侯不得友，天子不得臣”的郭泰，“愿得斩马剑，先断佞臣头”的朱云，激昂之气，溢于言表，是“初唐四杰”诗歌内在风骨的心理根源。

三　结论

初唐文学士族的迁徙主要有三个大的类型：向心型迁徙、离散型迁徙和综合型迁徙，每种大的类型又可以细分为主动型迁徙与被动型迁徙，甚至主动与被动交替、交叉。迁徙的原因：“向心—主动型”基本是出于科举、仕宦、求学等目的；“离散—被动型”大部分是被贬谪及全身避祸。

不同的迁徙类型以及不同的迁徙原因，导致不同的创作心态。其中，向心型迁徙导致了“宫廷化心态”，其特点是外在的“向上心态”与实际的“向下心态”的结合，其实质是“媚上”，是繁缛整饬的纤秾文风的内因。离散型导致了“江山塞漠心态”，其实质是自我的觉醒，是刚健文风的内因。

（本文原刊于《学术交流》2013 年第 2 期）

① 《全唐诗》卷四十一《长安古意》，第 522 页。

“师其人”与“明其理”：韩柳古文取法前代艺术的方式

刘　宁

韩愈和柳宗元的古文创作，皆善于融会百家，自铸伟辞，但二人取法前人的侧重，有所不同。韩愈对于前代作者，常能深得其家法，在“师其人”的过程中，入而能出，自成面目；其文章常可见出前代作家个性化风格与表现手法的影响。柳宗元则更善于把握前代文章长期形成的艺术传统，究明文理，在此基础上，发挥个人创造；其作品虽广泛继承前代艺术成就，却难以鲜明地看到前代作家个性化的影响印记。韩、柳对“师其人”与“明其理”的不同偏重，为其古文创作带来颇为不同的风貌。古人为文，极重师古创新，韩、柳各具特色的师古之道，对于深入认识中国文章学的复古理想与实践，很有启发意义。

一

要理解韩愈以“师其人”为特色的师古之道，不妨先看一看欧阳修对韩愈的取法方式。欧阳修对于韩愈，精神上衷心景仰，艺术上也认真追摹。他前期的诗作，不少都带有明显的学韩特色，而在古文写作中，其《送杨寘序》学习韩愈《送王含秀才序》之结构笔法，《梅圣俞诗集序》取法韩愈《送孟东野序》的命意布局，《释秘演诗集序》《释惟俨文集序》亦深得韩愈《送浮屠文畅师序》之文势。[①] 如此师古，倘深陷前人藩篱，自然就会落入抄袭模

① 本文所引欧阳修诗文，皆据洪本健校笺《欧阳修诗文集校笺》，上海古籍出版社2009年版。

仿，但如果入而能出，学习就不是创新的羁绊，而是滋养。欧阳修即在师韩中自成一家。林纾尝云："欧之学韩，神骨皆类，而风貌不类。但观惟俨、秘演诗文集二序，推远浮屠之意与韩同能不为险语，而风神自远，则学韩真不类韩矣。"①

专心地学习前代作家以至于"神骨皆类"，并在此基础上入而能出，形成自家面目，这是"师其人"的师古之道的精要所在。对此，欧阳修固然是极典型的范例，而作为欧阳修所取法的韩愈，其对前代艺术的学习，也在很大程度上具有"师其人"的特点。韩愈为文追求"词必己出"，但这种艺术创新不是凭空臆造，而是在师法前人，与前代作者深入交流的过程中形成。

韩文气势涵泓、"抑遏蔽掩，不使自露"。② 粗看之下，似乎很难指明其师承之迹，然仔细观察其为文之道，并结合其同时之人与后世论者的分析，还是可以看到他对某些前代作家的深入追摹，其中司马迁与扬雄二人的影响，最可注意。

韩愈本人自道为文之旨，称"非三代两汉之书不敢观"③，而对于两汉作家，最常称道的则有司马迁、司马相如、刘向、杨雄等四人，其《送孟东野序》云："汉之时，司马迁、相如、杨雄，最其善鸣者也。"④ 其《答刘岩夫书》云："汉朝人莫不能为文，独司马相如、太史公、刘向、杨雄为之最。"⑤论及古来最能"自树立，不因循"的作家，亦云："夫君子之于文，岂异于是乎？今后进之为文，能深探而力取之，以古圣贤人为法者，虽未必皆是，要若有司马相如、太史公、刘向、杨雄之徒出，必自于此，不于循常之徒也。"⑥

这四人中，司马迁和扬雄对于韩愈的影响又最为深入，作为韩愈的文章知音，柳宗元就特别指明："退之所敬者，司马迁、扬雄。"⑦ 后人亦屡屡呼

① 林纾《春觉斋论文》，王水照主编《历代文话》，复旦大学出版社2007年版，第6384页。

② 苏洵著，曾枣庄、金成礼笺注《嘉祐集》卷十二《上欧阳内翰第一书》，上海古籍出版社2001年版，第328页。

③ 刘真伦、岳珍校注《韩愈文集汇校笺注》卷六《答李翊书》，中华书局2010年版，第700页。

④ 同上卷九，第983页。

⑤ 同上卷八，第865页。

⑥ 同上卷八，第866页。

⑦ 尹占华、韩文奇校注《柳宗元集校注》卷三十四《答韦珩示韩愈相推以文墨事书》，中华书局2013年版，第2204页。

应柳宗元的看法，指出韩愈最有得于迁、雄二人，《旧唐书》韩愈本传，亦称卓越自立的韩文，是有得于“迁、雄之气格”，所谓：“（愈）常以为自魏、晋已还，为文者多拘偶对，而经诰之指归，迁、雄之气格，不复振起矣。故愈所为，文，务反近体；抒意立言，自成一家新语。后学之士，取为师法。当时作者甚众，无以过之，故世称‘韩文’焉。”[1]《新唐书》韩愈本传，也有类似的记载：“愈之才，自视司马迁、扬雄，至班固以下不论也。”[2] 这里明确点出，韩愈以迁、雄自视，东汉班固以下的作者，皆不措意。

韩愈对司马迁、扬雄的推重，并不仅仅停留在崇敬之情的一般表达，更深刻地渗透在创作的心追口摹之中。他从“气格”的角度取法二家，而所谓“气格”包含独特的精神气局以及相应的表现形式。从精神的层面讲，韩愈为文的“感激怨怼”，与司马迁的“发愤著书”多有呼应；而他的抗俗自立，与扬雄的寂寞著书，也有精神上的投契。但更值得关注的是，这种精神上的相知，被韩愈落实到具体创作的学习取法之中，对迁、雄独特的表现手法和艺术风格，都能“得其神骨”。

韩愈早年辗转世路时所写的许多书信，特别是向友人表达坎懔屈抑之苦的那些作品，都深得司马迁《报任少卿书》之神情气息，司马迁在《报任少卿书》中，将自己最屈辱无助的一面，呈露给友人：“仆以口语遇遭此祸，重为乡党戮笑，以污辱先人，亦何面目复上父母之丘墓乎？虽累百世，垢弥甚耳！是以肠一日而九回，居则忽忽若有所亡，出则不知所如往。每念斯耻，汗未尝不发背沾衣也。身直为闺阁之臣，宁得自引深藏于岩穴邪！故且从俗浮沉，与时俯仰，以通其狂惑。”[3] 司马迁以知己倾诉之语，书写了发愤著书最为沉痛，同时也是最为激越的篇章。韩愈早年的许多书信，也都以这种知己血泪倾诉的笔墨而给人留下深刻印象，例如《与李翱书》自述穷愁无奈屈辱之状，字字血泪中深藏愤郁：

仆在京城八九年，无所取资，日求于人，以度时月。当时行之不觉也，今而思之，如痛定之人思当痛之时，不知何能自处也。……嗟乎！

---

① 《旧唐书》卷一百六十，列传卷一百一十，中华书局2002年版，第4203～4204页。

② 《新唐书》卷一百七十六，列传卷一百零一，中华书局1975年版，第5269页。

③ 《汉书》卷六十二，中华书局1975年版，第2736页。

子之责我诚是也，爱我诚多也，今天下之人有如子者乎？自尧舜以来，士有不遇者乎？无也？子独能使我洁清不污，而处其所可乐哉？非不愿为子之所云者，力不足，势不便故也。仆于此岂以为大相知乎？累累随行，役役逐队，饥而食，饱而嬉者也。其所以止而不去者，以其心诚有爱于仆也。然所爱于我者少，不知我者犹多，吾岂乐于此乎哉？将亦有所病而求息于此也。

嗟乎！子诚爱我矣，子之所责于我者诚是矣，然恐子有时不暇责我而悲我，不暇悲我而自责，且自悲也。及之而后知，履之而后难耳。昔者孔子称颜回："一箪食、一瓢饮，在陋巷，人不堪其忧，回也不改其乐。"彼人者，有圣者为之依归，而又有箪食瓢饮足以不死，其不忧而乐也，岂不易哉！若仆无所依归，无箪食，无瓢饮，无所取资则饿而死，其不亦难乎？[1]

文中以层层反问、跌宕起伏的句式，抒写内心的沉痛和愤郁，以"若仆无所依归，无箪食，无瓢饮，无所取资，则饿而死，其不亦难乎"这样决绝的笔墨，写自己绝望到极点的处境，都可以看到与《报任少卿书》类似的神情气质。类似这样的作品还有《与崔群书》《与孟东野书》等，至于其回应张籍的两封书信：《答张籍书》《重答张籍书》，也坦陈自己对世事的无奈、前途的茫然，但即便如此，仍然不放弃传承先圣之道的使命。全文起伏跌宕，可以看到类似司马迁对自己种种屈辱不堪无所回避，以及在屈辱中要完成《史记》这一名山事业的坚忍志向。

在"唐宋八大家"中，韩愈的叙事成就极为突出，而在不同的叙事文体中，碑文又是他极为擅长的。刘勰称碑文之作"标叙盛德，必见清风之华；昭纪鸿懿，必见峻伟之烈"[2]。要展现"盛德鸿懿"，就需要在叙事上具有总揽全局、观其大体的笔力。《史记》的叙事笔法常有如此气魄，韩愈的碑文亦笔力开阔，例如《南海神庙碑》之开篇："海于天地间为物最巨，自三代圣王，莫不祀事。考于传记，而南海神次最贵，在北东西三神河伯之上，号为

---

① 刘真伦、岳珍校注《韩愈文集汇校笺注》卷六，第738~739页。

② 刘勰著，范文澜注《文心雕龙注》卷三，人民文学出版社1962年版，第214页。

祝融。天宝中，天子以为古爵莫贵于公侯，故海岳之祀，牺币之数，放而依之，所以致崇极于大神。今王亦爵也，而礼海岳尚循公侯之事，虚王仪而不用，非致崇极之意也。由是册尊南海为广利王，祝号祭式，与次俱升。因其故庙，易而新之，在今广州治之东南，海道八十里，扶胥之口，黄木之湾。常以立夏气至，命广州刺史行事祠下，事讫驿闻。"[①] 如此"高揭祀典，郑重王仪"其叙事之宏括紧健，与《史记》八书及十表之表序，神气颇为近似。八书及十表之表序，叙述古今典制之变，能于纷乱中剖析源流，宏纤备举，这样的大气魄、大眼光，被韩愈所取法，并融会在碑文的创作中。钱基博称"此文前路叙典制，鲜明紧健，学太史公"[②]，正揭示了韩文胎息《史记》之处。《平淮西碑》叙述头绪纷繁的战争过程，亦要言不烦而得其大体："颜、胤、武合攻其北，大战十六，得栅、城、县二十三，降人卒四万。道古攻其东南，八战，降万三千，再入申，破其外城。文通战其东，十余遇，降万二千。愬入其西，得贼将辄释不杀，用其策，战比有功。"[③] 这一段运用较长的排比句式，既以全局在胸的眼光清晰勾画战争的主要脉络，又传达出官军勇猛进军的气势。清人刘熙载云："太史公文，韩得其雄。"[④] 所谓"雄"，主要是指《史记》行文之雄奇，而这与司马迁在叙事中所体现的大气魄、大眼光密切相关。韩愈碑文的叙事笔力，颇有得于此。

《史记》文风之"雄"，还常体现在陡健的文势、突兀的发端，[⑤] 例如《西南夷列传》之开篇："西南夷君长以什数，夜郎最大；其西靡莫之属以什数，滇最大；自滇以北君长以什数，邛都最大；……自嶲以东北，君长以什数，徙、筰都最大；自筰以东北，君长以什数，冉駹最大。……自冉駹以东北，君长以什数，白马最大，皆氐类也。"[⑥] 李景星称此开篇"如青山霹雳，如平地奇峰，突兀得势；入后步步照应，有破竹之妙"[⑦]。韩愈之《送廖道士

---

① 刘真伦、岳珍校注《韩愈文集汇校笺注》卷二十一，第2245页。

② 傅宏星主编，傅宏星校订《钱基博集·韩愈志·韩愈文选》，华中科技大学出版社2012年版，第115页。

③ 刘真伦、岳珍校注《韩愈文集汇校笺注》卷二十，第2187页。

④ 刘熙载著《艺概》卷一，上海古籍出版社1978年版，第13页。

⑤ 参见俞樟华著《史记艺术论》，华文出版社2002年版，第242~243页。

⑥ 《史记·西南类列传》卷一百一十六，中华书局1975年版，第2991页

⑦ 李景星著，韩兆琦、俞樟华校点《四史评议》，岳麓书社1986年版，第108页。

序》开篇之句法承此而来："五岳于中州，衡山最远。南方之山巍然高而大者以百数，独衡为宗。"[①] 值得注意的是，柳宗元《游黄溪记》其构思亦类此："北之晋，西适豳，东极吴，南至楚越之交，其间名山水而州者以百数，永最善。环永之治百里，北至于浯溪，西至于湘之源，南至于泷泉，东至于黄溪东屯，其间名山水而村者以百数，黄溪最善。"[②] 但比较而言，柳文较为舒缓，而韩文句式短促、气势劲健，更接近《史记》。韩文亦多有发端突兀者，如《送温造处士赴河阳军序》之开篇："伯乐一过冀北之野，而马群遂空。"[③]《师说》开篇之"古之学者必有师"[④]，《送孟东野序》开篇之"大凡物不得其平则鸣"[⑤]，皆奇崛高迥，文风陡健。

《史记》之"雄"，又是与"奇"紧密地结合在一起。扬雄尝云："子长多爱，爱奇也。"[⑥] 鲁迅亦称司马迁"传畸人于千秋"[⑦]。对于卓异特立的历史人物，表现了极大的关注。韩愈的《毛颖传》不仅在写法上严格遵循史传体裁，对毛颖的刻画也渗透了浓厚的"奇"趣。毛颖之身世、才学，处处关合毛笔之特点，又呈现出奇才卓荦的人物特性，篇末一段"太史公曰"，亦是为奇才志士鸣不平，对《史记》之取法，可谓形神皆肖。

在深入《史记》"雄奇"之境的同时，韩愈也对《史记》独特的议论风格、构思方式、语言特色，表现出多方面的继承。性情淋漓的议论，是《史记》的一大特色，这些议论常常融会司马迁本人的所见所闻与所思所感，例如《伯夷列传》，不仅直接抒发议论，司马迁还提到自己"登箕山，其上盖有许由冢云"[⑧] 的经历。《孟子荀卿列传》以"太史公曰"开篇："余读孟子书，至梁惠王问'何以利吾国'，未尝不废书而叹也。曰：嗟乎，利诚乱之始也！夫子罕言利者，常防其原也。故曰'放于利而行，多怨'。自天子至于庶人，

---

① 刘真伦、岳珍校注《韩愈文集汇校笺注》卷十，第1095页。

② 尹占华、韩文奇校注《柳宗元集校注》卷二十九，第1879页。

③ 刘真伦、岳珍校注《韩愈文集汇校笺注》卷十一，第1198页。

④ 同上卷二，第139页。

⑤ 同上卷九，第982页。

⑥ 扬雄著，汪荣宝义疏，陈仲夫点校《法言》卷十八，中华书局1987年版，第507页。

⑦《汉文学史纲》第十章，鲁迅著《鲁迅全集》第九卷，人民文学出版社1981年版，第435页。

⑧《史记》卷六十一，列传卷一，第2121页。

好利之弊何以异哉!”[①] 这一段“太史公曰”，由司马迁本人阅读孟子书的经历感触，领起传文的叙述。类似这种与叙事紧密结合而又非常个性化的议论，在韩文中也多有呈现。《张中丞传后序》通过自叙与张籍阅李翰《张巡传》，对其疏漏感到不满，引出对张巡、许远以及雷万春事迹的补叙，行文中亦夹叙夹议，以对诋诬之词的大段驳斥，凸显了张、许的英雄形象。

韩文一些著名的议论篇章，亦可看到《史记》“太史公曰”的风神，例如《送董邵南序》，篇短小的文字，唱叹淋漓，开阖曲折，而仔细体会其间的运思结构，则很可见出《史记》的影响。全篇以“古”“今”对照，通过燕赵古今风俗之移易，寄寓对董生的劝阻。文中希望董邵南“观于其市”来了解风俗之变化，如此构思，与《史记·樊郦滕灌列传》之“太史公曰”，不无联系：“太史公曰：吾适丰沛，问其遗老，观故萧、曹、樊哙、滕公之家，及其素，异哉所闻！方其鼓刀屠狗卖缯之时，岂自知附骥之尾，垂名汉廷，德流子孙哉？余与他广通，为言高祖功臣之兴时若此云。”[②] 类似的笔墨，还可见于《史记·孟尝君列传》：“太史公曰：吾尝过薛，其俗闾里率多暴桀子弟，与邹、鲁殊。问其故，曰：‘孟尝君招致天下任侠，奸人入薛中盖六万馀家矣。’世之传孟尝君好客自喜，名不虚矣。”[③] 至于《送董邵南序》行文之曲折委婉，感慨深长，也与《史记》太史公曰的语言风格颇为近似。

对于《史记》的语言特色，韩愈也多有取法，脱胎点化、效其声口，例如《获麟解》“角者，吾知其为牛；鬣者，吾知其为马。犬豕豺狼麋鹿，吾知其为犬豕豺狼麋鹿，惟麟也不可知。”[④] 此句式取法《史记·老子韩非列传》：“孔子去，谓弟子曰：‘鸟，吾知其能飞；鱼，吾知其能游；兽，吾知其能走。走者可以为罔，游者可以为纶，飞者可以为矰。至於龙，吾不能知其乘风云而上天。’”[⑤] 刘壎《隐居通议》卷十八，特别指出韩文语言取法《史记》之处：“《史记》云‘胜不敢复相士’云云，‘胜不敢复相士’；韩碑云‘汝何敢反’云云，‘汝何敢反’。《史记·荆轲传》云：‘轲其倾危之士哉’。韩《毛

---

① 《史记》卷七十四，列传卷十四，第2343页。
② 同上卷九十五，列传卷三十五，第2673页。
③ 同上卷七十五，列传卷十五，第2363页。
④ 刘真伦、岳珍校注《韩愈文集汇校笺注》卷二，第135页。
⑤ 《史记》卷六十三，列传卷三，第2140页。此例宋人吴子良曾指出，见所著《荆溪林下偶谈》卷一，《影印文渊阁四库全书》，台湾商务印书馆1937年版，第1481册，第489页。

颖传》云：‘秦真少恩哉’……若此者，殆不胜纪。然则世之工作文者，固不得舍《史》《汉》而他求也。”[①]

可见，韩愈对于司马迁，不仅呼应其奇节卓荦、志士感愤之情，而且在艺术表现的方方面面，心追口摹。这种全方位的学习，对韩文艺术的成熟发挥了极大的影响。如果是一位精神世界单薄、艺术才力不足的作家，这样的学习方式，或许会令其失却自家面目而沦为优孟衣冠，但韩愈以丰沛的精神和绝大的才力，入而能出，卓然有以自立。

在司马迁之外，扬雄是韩愈深入取法的又一典范。虽然在《原道》中，韩愈认为扬雄对于儒道“择焉而不精，语焉而不详”，但扬雄的宗经明道还是受到韩愈的高度肯定。在《重答张籍书》中，韩愈明确说：“己之道乃夫子、孟轲、杨雄所传之道也。”[②] 认为自己的弘扬儒道，攘斥佛老，即是上承孟子、扬雄：“愈不助释氏而排之者，其亦有说。孟子有云：‘今天下不之杨，则之墨。’杨墨交乱，而圣贤之道不明。圣贤之道不明，则三纲沦而九法斁，礼乐崩而夷狄横，几何其不为禽兽也！故曰：‘能言拒杨墨者，皆圣人之徒也。’杨子云曰：‘古者杨墨塞路，孟子辞而辟之，廓如也。’”（《与孟尚书书》）[③]

扬雄在人生态度上，选择寂寞著书、“知玄守默”，不追求建功立业、富贵显达，这固然有时命之悲的无奈，但更多地体现了继承儒家为己之学的精神骨力。韩愈也深受儒家为己之学的影响，其不顾流俗、志存古道的追求中，就体现了儒家为己之学道德内励的精神。韩愈“五原”中的《原毁》，热情赞扬了“其责己也重以周，其待人也轻以约”[④] 的古君子之风，对与此相反，专以诋毁、“不乐成人之善”为能事的小人之举，予以深刻的揭露和辛辣的讽刺。韩愈与友朋后进论及学行的修养，常以志存古道，无须在意时俗相砥砺，其《答陈生师锡书》云：“盖君子病乎在己而顺乎在天，待己以信而事亲以诚。所谓病乎在己者，仁义存乎内，彼圣贤能推而广之，而我蠢然为众人。

---

① 《隐居通议》卷十八，《丛书集成初编》，商务印书馆1937年版，第190页。此处“轲真倾危之士哉”之语，不见于《史记》，当是《史记·张仪苏秦列传》之“太史公曰”误记于此，其文云：“此两人真倾危之士哉。”

② 刘真伦、岳珍校注《韩愈文集汇校笺注》卷四，第562页。

③ 同上卷八，第887页。

④ 同上卷一，第58页。

所谓顺乎在天者，贵贱穷通之来，平吾心而随顺之，不以累于其初。”① 他称赞齐皞虽被屈落第而不怨：“齐生之兄为时名相，出藩于南，朝之硕臣皆其旧交。齐生举进士，有司用是连枉齐生。齐生不以云，乃曰：‘我之未至也，有司岂枉我哉？我将利吾器而俟其时耳。’抱负其业，东归于家，吾观于人，有不得志则非其上者众矣，亦莫计其身之短长也。若齐生者，既不得志矣，而曰：‘我未至也’，不以闵于有司，其不亦鲜乎哉！吾用是知齐生后日诚良有司也。”②

韩愈所以引扬雄为自己的异代知音，也主要是基于对为己之学的共同追求。在《与冯宿论文书》中，韩愈谈到作文当志存高远，而不要以时俗为意，并标举扬雄：“昔杨子云著太玄，人皆笑之。子云之言曰：‘世不我知，无害也；后世复有扬子云，必好之矣。’……以此而言，作者不祈人之知也明矣，直百世以俟圣人而不惑，质诸鬼神而不疑耳，足下岂不谓然乎？”③ 扬雄之寂寞著述，应和了韩愈抗流俗而为文的追求。

在精神相契的同时，韩愈之为文，亦多有得于扬雄，其同道张籍曾云：“执事聪明，文章与孟轲、扬雄相若。”④ 韩愈对扬雄的取法，首先使人想到的便是二人都用力于“造语”，前人多次指出韩文的一些用语，承扬雄而来，例如《曹成王碑》用语精强怪奇，“造语法子云也。”⑤ 又如《南海神庙碑》，其中描写海怪纷至的奇谲之笔，也与扬雄多有胎息之迹。刘大櫆称此文：“《子虚》《上林》《甘泉》《羽猎》之体奔赴腕下，富丽雄奇。”⑥ 具体来讲，扬雄与韩愈，在“造语”的丰富性上十分近似。扬雄之《法言》，模拟《论语》，用语以仿古为主，而《扬雄集》中的篇章，则兼容雅丽之词，甚至流行之语，创造出不少富有生命力的新词汇。韩愈之“造语”，同样兼取经史、故训以及当时之口语，自铸伟辞。扬雄创造了许多新成语，例如“金科玉条”

---

① 刘真伦、岳珍校注《韩愈文集汇校笺注》卷六，第731页。

② 同上卷九《送齐皞下第序》，第1019页。

③ 同上卷七，第817页。

④ 张籍著，徐礼节、余恕诚校《张籍集系年校注》卷十《与韩愈书》，中华书局2011年版，第994页。

⑤ 韩愈著，马其昶校注，马茂元整理《韩昌黎文集校注》卷六，中华书局1986年版，第423页。

⑥ 王文濡校注《古文辞类纂评注》卷四十，台湾中华书局1967年版，第7页。

“云谲波诡”“势不得已”“参差不齐”等等，而韩愈集中同样富于这样脍炙人口的新成语，例如“业精于勤”“蝇营狗苟”“焚膏继晷”“细大不捐”等等。韩愈在语言上的独特创造，是形塑其独特文风最重要的艺术要素之一，扬雄对此的深刻影响，也从一个角度反映出扬雄对韩文的重要意义。至于《进学解》《送穷文》等作品，直接模仿扬雄《解嘲》《逐贫赋》的命意、格局，在对扬雄的“亦步亦趋”中翻出新意，自铸伟辞，这自然是韩愈追摹扬雄之文最直接的体现。

值得注意的是，扬雄的许多重要作品，都是与古圣贤争奇逐胜的产物，《汉书》本传言其“以为经莫大于《易》，故作《太玄》；传莫大于《论语》，作《法言》；史篇莫善于《仓颉》，作《训纂》；箴莫善于《虞箴》，作《州箴》；赋莫深于《离骚》，反而广之；辞莫丽于相如，作四赋；皆斟酌其本，相与放依而驰骋云。用心于内，不求于外，于时人皆忽之；唯刘歆及范逡敬焉，而桓谭以为绝伦”①。扬雄守默绝俗，心追古人，其《太玄》《法言》《训纂》《反离骚》等，皆在模拟师古中创新，而韩愈以“师其人”为核心的师古之道，与扬雄的做法多有神似。韩愈《进学解》《送穷文》之于扬雄《解嘲》与《逐贫赋》，亦未尝不可以看作扬雄与古圣贤争胜之意气的延续。

韩愈对迁、雄二人，从精神气象到为文之法，入之深而不落藩篱，柳宗元曾比较韩愈与迁、雄的异同：“迁于退之，固相上下。若雄者，如《太玄》《法言》及《四愁赋》，退之独未作耳，决作之，加恢奇，至他文过扬雄远甚。雄之遣言措意，颇短局滞涩，不若退之猖狂恣睢、肆意有所作。”② 在柳宗元看来，韩愈学司马迁而能与之颉颃，学扬雄而后来居上。韩愈自道为文“师古圣人”，并且“师其意，不师其辞”。③ 从他与司马迁、扬雄的关系来看，他所达到的艺术创新，并非对前人之“辞”全然不以为意的凭空臆造，而是在全面涵泳前人之“辞”“意”基础上的自成面目。虽然韩愈所取法的前代作家，远不止迁、雄二人，但作为最受关注的两位作家，他们之于韩愈的影响，对于认识韩愈所偏重的“师其人”的师古创新之道，显然有着最为

① 《汉书》卷八十七下，列传卷五十七下，中华书局 1975 年版，第 3583 页。

② 尹占华、韩文奇校注《柳宗元集校注》卷三十四《答韦珩示韩愈相推以文墨事书》，第 2204 页。

③ 刘真伦、岳珍校注《韩愈文集汇校笺注》卷八《答刘岩夫书》，第 865 页。

重要的意义。

二

与韩愈相比，柳宗元虽亦主兼取百家，但后人很难看出他对哪一位前代作家全力沉潜。柳宗元更善于立足文体、文类的表现传统成一家之文，这在他取得突出成就的骚体文、论体文、山水游记等的创作中，都有鲜明的体现。

柳宗元对于屈骚传统有深入的继承，但柳文之深于骚，并非立足于对屈原、宋玉、贾谊等具体楚辞作者的心追口摹，而是通过提炼骚之理，把握屈骚文学特有的创作传统来创作。

《新唐书》柳宗元本传称其在贬谪中，"仿《离骚》数十篇"①，今天已经很难确认这"数十篇"的篇目，但今传柳集中"古赋"类的《佩韦赋》《惩咎赋》《闵生赋》《梦归赋》《囚生赋》，是"感士不遇赋"传统的变化，而《吊苌弘文》《吊屈原文》《吊乐毅文》，则是贾谊《吊屈原赋》的绍续。这是汉赋发扬楚辞精神的两个主要表现传统，围绕这两个传统，前代许多作家进行了创作，每个人既遵循传统的基本艺术格局，又有自己个性化的发挥。柳宗元创作这类作品，并不刻意追摹某个前代作者的个性风格，而着眼于上述两个表现传统的基本艺术之理，并在此基础上形成自己个性化的风格。

柳宗元继承屈骚传统，还有十分新颖的创造。今传柳宗元文集，基本都是四十五卷本，其中一卷为"骚"类文，共收作品十篇：《乞巧文》《骂尸虫文》《斩曲几文》《宥蝮蛇文》《憎王孙文》《逐毕方文》《辨伏神文》《愬螭文》《哀溺文》《招海贾文》。这十篇作品，除《招海贾文》在形式上明显模仿《招魂》外，其余九篇在文体形式上都十分独特，最能见出柳宗元对骚体文学的创变。孙梅《四六丛话》云："柳子厚作楚词，卓诡谲怪，韩退之不能及。"② 这组"骚"类十文，正是最"卓诡谲怪"者。晁补之以楚辞的比兴托讽来阐释其构思，认为："《离骚》以虬龙鸾凤托君子，以恶禽臭物指谗佞。王孙、尸虫、蝮蛇、小人谗佞之类也。其憎之也，骂之也，投畀有北之意也。

---

① 《新唐书》卷一百六十八，列传卷九十三，第5132页。

② 孙梅著，李金松校点《四六丛话》卷三，人民文学出版社2010年版，第58页。

其宥之也，以远小人不恶而严之意也。盖《离骚》备此义，而宗元放之焉。”①

晁补之的阐释，在后世产生很大影响，但它虽能揭示柳文嫉邪恶谗的怨愤基调，却难以完全呈现这组文章在独特的构思之下所蕴含的情感结构。柳宗元这组文章，构思命意非常接近，许多都带有祝祷、诅咒的意味，而且反复以类似的命意来创作，这本身就是不同寻常的现象。前人或将这类文字，溯源于扬雄之《逐贫赋》、韩愈之《送穷文》，但从写作的形式上看，这类文字，和民间方术中的厌劾妖祥和祝由术多有联系。睡虎地秦简《诘》篇，列有刺鬼、丘鬼等71种鬼怪妖祥，详述其特点和厌劾之法。此外，还有以咒禁治病的祝由术，也以攘除鬼怪妖祥为目的。

厌劾中的祈祷之词，包含告神与禁止妖祥两部分内容，例如《诘》篇的第一段云：“诘咎，鬼害民（罔）妄行，为民不羊（祥），告如诘之，召，道（导）令民毋丽凶央（殃）。”李零指出，这里的“诘咎”“告如诘之”，其中“告”是告神之意，“诘”是禁止之意，“咎”指祸殃不祥，“诘咎”是禁止凶咎的意思，“告如诘之”是告神以除凶的意思。② 如此的结构，在柳宗元《骂尸虫文》《逐毕方文》《憎王孙文》《憩螭文》中都有很鲜明的呈现，例如《骂尸虫文》上告天帝，诅咒尸虫，其结尾云：“祝曰：尸虫逐，祸无所伏，下民百禄，惟帝之功，以受景福。尸虫诛，祸无所庐，下民其苏，惟帝之德，万福来符。臣拜稽首，敢告于玄都。”③ 正是很典型的告神逐邪之语。又如《逐毕方文》，斥责毕方为祟，使“皇斯震怒兮殄绝汝类”④，文章以严厉的措辞，驱逐毕方远走他方以保其生，所谓“海之南兮天之裔，汝优游兮可卒岁。皇不怒兮永汝世，日之良兮今速逝。急急如律令”⑤。

可见，柳宗元这类文章的写作，在基本结构上暗含了方术中厌劾之法的祈祷诅咒之意，其情感的表达，是依托在对神灵的祈祷中展开，这无疑暗含了对神灵可以为祸福，而且只有依靠神灵才可以驱邪逐恶的信任，其《憩螭

① 尹占华、韩文奇校注《柳宗元集校注》卷十八，第1255页。
② 参见李零著《中国方术考》，东方出版社2000年4月版，第71—84页，330—342页。
③ 尹占华、韩文奇校注《柳宗元集校注》卷十八，第1236页。
④ 同上卷十八，第1265页。
⑤ 同上。

文》"匪神之愬，将安期兮"正表达了这样的含义。这类以对神灵严肃祝祷来驱逐鬼怪的篇章，是柳宗元非常独特的创造，其新颖的形式带有很强的自我作古的意味，罕有先导，少见来者；但从精神内涵上看，又与以原始宗教为背景的屈骚神人关系有某种内在的继承关系，是作者以新颖独创的形式发挥骚之"理"的艺术创造。①

柳宗元善于著论，其《封建论》《四维论》《断刑论》《天爵论》《时令论》《六逆论》《守道论》等，都是脍炙人口的作品。前代作者，多有善于著论者，如嵇康、陆机等，但柳宗元并没有表现出对哪一位前代作者特别的偏好，其著论也是在深察论之"理"的基础上，驰骋锋芒。"论"体文的核心要素是辨正群言，柳宗元著论即注重在辨析成俗旧说的基础上，提出对问题的理解。例如，《四维论》对管子以"礼义廉耻"并立为"四维"之说的否定，在此基础上提出对"礼义"的认识；《六逆论》则在驳斥《左传》"贱妨贵""远间亲""新间旧"为六逆的基础上，提出任人唯贤之理。他特别指出，言论纷纭，正是使圣人之道汩没不明的原因，所谓："建一言，立一辞，则䑕䑗而不安，谓之是可也，谓之非亦可也，混然而已，教于后世，莫知其所以去就。明者慨然将定其是非，则拘儒瞽生相与群而咻之，以为狂为怪，而欲世之多有知者，可乎？夫中人可以及化者，天下为不少矣，然而罕有知圣人之道，则固为书者之罪也。"② 柳宗元所创作的"论"，体现出鲜明的辨正成说的特点。其《封建论》能区分封建、郡县等问题的不同层面来进行讨论，不再笼统分析二者之优劣，形成了层次丰富、逻辑井然的论述体制。③ 这些作品，接续论之神理，但在具体的论辩风格上，并不模仿前代论家的个性特色，而是充分展现柳宗元独特的风格神情，如此的师古之道，与其骚体文深得骚之"理"的创作方式颇为近似。

柳宗元最为世人传诵的山水游记，同样体现了类似的师古之道。东晋以来山水文学的发展，取得了辉煌的成就，形成了重要的艺术表现传统，柳宗

① 参见拙文《柳集"骚"类文与柳宗元的天人观》，载于王水照主编《中国古代文章学论集》，复旦大学出版社 2015 年版。

② 尹占华、韩文奇校注《柳宗元集校注》卷三《六逆论》，第 273 页。

③ 参见拙文《"论"体文与中国思想的阐述形式》，《北京大学学报》2010 年第 1 期；拙著《汉语思想的文体形式》，华东师范大学出版社 2012 年版，第 56～78，101～111 页。

元的山水文学成就受到后人高度肯定，他与谢灵运、陶渊明、王维、孟浩然、韦应物被并称为山水田园文学最重要的代表作家。虽然有谢灵运、王维这些成就卓越的作家在前，但柳宗元并没有用韩愈取法迁、雄的态度来学习他们，而同样是在深得山水之“理”的基础上，形成自己的独特文风。其《永州八记》中所呈现的幽独空寂之趣，正是山水文学重要的表现传统。东晋山水文学意识所追求的“澄怀观道”，经佛理禅心的深刻浸润，形成幽独空寂的表现意趣，在王维、孟浩然、韦应物等人的山水之作中都多有呈现，各人在表现中又带有各自的风格特点。柳宗元刻画小石潭的“凄神寒骨，悄怆幽邃”[①]，可以使人联想到王维辋川之作中的《竹里馆》《鹿柴》，其幽独空寂之神情相通，但彼此又有明显的风格差异。又如《袁家渴记》描写山间景色：“其中重洲小溪，澄潭浅渚，间厕曲折，平者深黑，峻者沸白。舟行若穷，忽又无际。有小山出水中，山皆美石，上生青丛，冬夏常蔚然。其旁多岩洞，其下多白砾，其树多枫柟石楠，楩槠樟柚，草则兰芷。又有异卉，类合欢而蔓生，轇轕水石。每风自四山而下，振动大木，掩苒众草，纷红骇绿，蓊葧香气，冲涛旋濑，退贮溪谷，摇扬葳蕤，与时推移。其大都如此，余无以穷其状。”[②]文中对山间景物色彩的描绘，亦承袭了南朝山水诗写景着色的独特传统。谢灵运山水诗在澄澈的状态下观察山水景象，其色彩清澈、对比鲜明，常形成强烈的视觉印象，由此形成山水诗表现景物色彩的独特传统。这一传统亦被融会在柳宗元的山水文学中。

总的来看，柳宗元的师古，更重“明其理”，在遵循文体、文类的表现传统的基础上创新。如果说韩愈“师其人”的师古之法，在创作中要避免优孟衣冠而落入僵硬模仿，柳宗元在“明其理”基础上的创新，则要避免被文章程式所束缚。柳宗元虽明乎规矩，但不落窠臼，正如韩愈虽“师其人”而能自成面目一样，体现出极高的艺术创造力。

三

韩柳文章师古的不同方式，与其儒道思想的差异有深刻联系。韩愈弘扬

① 尹占华、韩文奇校注《柳宗元集校注》卷二十九，第1912页。

② 同上，第1918页。

儒道，但并不偏好或擅长对“道”做精确的思理辨析，这也是宋人批评韩愈论道不精的原因所在。他更愿意通过标举有得于“道”的先圣、先贤这些人格榜样，来阐发对“道”的理解。在他看来，儒道的内涵由圣贤之人确立，因师法圣贤，继承儒道之人的存在而得以传承。

韩愈弘扬儒道的纲领性文章《原道》，虽然开篇对仁义道德做出辨析和论定，但全篇对此并无更深入的理论阐发，而是详细列举一位位先王、先圣典范，列举其具体的为政之道。在他看来，“道”就包含在先王、先圣其人其行之中。韩愈自称为文“约六经之旨而成文”[①]，但“六经之旨”究竟是什么？他并不做理论化的深入表述，而是不遗余力地标举三代两汉的伟大作者，这些文道合一之人才是“六经之旨”最充分的体现。在《送孟东野序》中，他把这些人称为“善鸣者”，并把穷愁的孟郊放到了“善鸣者”之列，以此表达对他的高度肯定与深切期许。

韩愈继承儒家思孟学派的传统，注重“人能弘道”，强调积极能动的士君子个体是弘道的基础，而士君子要通过师法圣贤才能实现传道的使命，这是他大力提倡师道的思想依据。儒家所倡导的师道，即以学为成人为目标。老师之于学生，不是简单地传授知识，而是要培养和塑造可以弘道的人格，学生之于老师，也不是单纯学习知识技能，掌握原理教条，而是要全面取法老师这样的榜样，亦即通过对老师的“师其人”，以造就自身的完善人格。在韩愈眼中，师道不是一套抽象的理论，他提倡师道，并没有对“师”的意义做理论化的深入说明，而是反复强调从师之重要，其著名的《师说》虽然提出“师者，所以传道、受业、解惑也”，但这其实是一个不无笼统的论述，其下文对“师”的内涵、意义，亦无进一步阐发，而是将论述的重点转向“从师”之迫切、之必要。

通过师法先圣、先贤的人格典范、学为成人的方式来弘扬儒道，是韩愈儒道追求的重要特点，其古文创作以“师其人”为特色的师古之道，正与其儒学追求有着内在的一致性。通过师法古人、养成人格来弘扬儒道，不像掌握一些理论原理那样简单，必然需要从容涵养，韩愈的古文学习也正经历了这样一个长期沉潜的过程：

---

① 刘真伦、岳珍校注《韩愈文集汇校笺注》卷六《上宰相书》，第646页。

“抑不知生之志：蕲胜于人而取于人邪？将蕲至于古之立言者邪？蕲胜于人而取于人，则固胜于人而可取于人矣！……愈之所为，不自知其至犹未也；虽然，学之二十余年矣。始者，非三代两汉之书不敢观，非圣人之志不敢存。处若忘，行若遗，俨乎其若思，茫乎其若迷。当其取于心而注于手也，惟陈言之务去，戛戛乎其难哉！其观于人也，不知其非笑之为非笑也。如是者亦有年，犹不改。然后识古书之正伪，与虽正而不至焉者，昭昭然白黑分矣，而务去之，乃徐有得也。当其取于心而注于手也，汩汩然来矣。其观于人也，笑之则以为喜，誉之则以为忧，以其犹有人之说者存也。如是者亦有年，然后浩乎其沛然矣。吾又惧其杂也，迎而距之，平心而察之，其皆醇也，然后肆焉。”①

由于韩愈是通过对一个个具体的先圣、先贤的学习取法，进入古书，这些前代人物身上，既有典范的一面，也必然有粗疏之处，如何在取法先贤中去粗取精，辨其正伪，显然不是一蹴而就之事，因此这一学习的过程就不无漫长和艰苦。其古文创作在“师其人”的过程中寻求自家面目，其间的艰苦也正在于此。

柳宗元虽然是韩愈提倡古文的同道，但他对儒道的理解，显然更加理性化。韩愈在《原道》中所阐述的儒“道”，并非一系列抽象的概念，而是一整套“先王之教”，柳宗元则反复以“大中”与“大公”这种抽象的理念来阐发儒道。在对圣人的理解上，柳宗元也比韩愈更加理性化与常情化，他强烈反对对圣人做神秘化的理解，其《非国语上·料民》云：“吾尝言：圣人之道不穷异以为神，不引天以为高，故孔子不语怪与神。”② 他认为圣人与人同，“庸人小童皆可积学以入圣人之道”。③ 在《天爵论》中，圣人与常人的差别，在于天赋的“明”与“志”有所不同，“圣贤之异愚也，职此而已”，这种自然气禀的差异，在柳宗元看来，并非神秘的天命，而是一种自然的差别，故其文曰：“或曰：‘子所谓天付之者，若开府库焉，量而与之耶？’曰：‘否，其各合乎气者也。庄周言天曰自然，吾取之。’”④ 这种“自然”的解释，在今人

① 刘真伦、岳珍校注《韩愈文集汇校笺注》卷六，第700页。

② 尹占华、韩文奇校注《柳宗元集校注》卷四十四，第3143页。

③ 同上。

④ 同上，卷三，第236页。

看来，仍有虚玄的色彩，但与神秘的天命论相比，则体现了理性化的倾向。

对儒道理解颇为理性化的柳宗元，在讨论“文”“道”关系时，也更有理性的色彩，他提出“文以明道”，认为“文”最重要的价值在于发明“道”，掌握“圣人之文”，就是要“之道”。他说：“始吾幼且少，为文章，以辞为工。及长，乃知文者以明道，是固不苟为炳炳烺烺，务采色，夸声音而以为能也。”① 又说：“圣人之言，期以明道，学者务求诸道而遗其辞。辞之传于世者，必由于书。道假辞而明，辞假书而传，要之，之道而已耳。”② 从这种理性化的观点来看，“圣人之文”的核心是“圣人之道”，得其“道”，则“文”不必拘泥。显然，柳宗元重视从普遍性的角度把握儒家之理，认为“理”可以超越历史之具体与人物之特殊，这种对普遍之“理”的追求，无疑也直接影响到他的为文师古之道，是以“明其理”为核心。

韩、柳两种师古之道本身并无高下之别，从两人的整体创作来看，他们也不会只拘守一途。韩愈古文亦明乎文理，其叙事、议论，皆能继承不同文体长期形成的艺术传统。而柳宗元也关注前代作家的不同特点，但是，对于任何一位前代作家，他都没有达到像韩愈那样全力追摹的程度。他与司马迁的关系，尤其可以反映这一特点。韩愈称赞柳宗元的文章“雄深雅健，似司马子长”。这个评价得到了刘禹锡、皇甫湜的认可。③ 这说明柳宗元于太史公文亦深有所得。只是，从柳宗元自身对司马迁的认识，以及柳文所呈现出来的面貌，可以看出他对司马迁的取法还是很理性的，与韩愈的师法方式多有不同。

柳宗元所欣赏于《史记》者，在于“峻洁”，其《报袁君陈秀才避师名书》云：“大都文以行为本，在先诚其中。其外者当先读六经，次《论语》、孟轲书，皆经言。《左氏》、《国语》、庄周、屈原之辞，稍采取之。谷梁子、太史公甚峻洁，可以出入。”④他在《答韦中立论师道书》中谈到自己能清晰地认识前代之文的不同优点，并兼收并蓄，其中特别谈到对司马迁要“参之

① 尹占华、韩文奇校注《柳宗元集校注》卷三十四《答韦中立论师道书》，第2178页。

② 同上卷三十四《报崔黯秀才论为文书》，第2214页。

③ 刘禹锡著，瞿蜕园笺证《刘禹锡集笺证》卷十九《唐故尚书礼部员外郎柳君集纪》，上海古籍出版社2014年版，第514页。

④ 尹占华、韩文奇校注《柳宗元集校注》卷三十四，第2200页。

太史以著其洁”，可见他非常看重的，仍是一个“洁”字。这个“洁”的含义，要联系柳宗元的思想意趣做综合的分析，他推重西汉文风，以其合于文章之中道，所谓“殷、周之前，其文简而野，魏、晋以降，则荡而靡，得其中者汉氏”[①]。《春秋》三传中，《左传》文辞丰赡，《公羊传》语多奇辞，唯《谷梁传》平实，柳宗元以《谷梁传》为“峻洁”，这是他反迷信、疾虚妄的理性精神，以及追求文章之中道的反映。因此，他对《史记》的推重，是重在事核文直，以及文风合乎中道。

从具体的创作来看，柳文在精神内涵和行文特点上都与《史记》有较大差别。柳宗元在贬谪中愤郁苦痛，其困厄压抑之处很容易与司马迁怅望相感，而其《与李翰林建书》《寄许京兆孟容书》《与杨京兆评书》等书信，备述贬谪中的呜咽苦痛，茅坤认为是自司马迁《报任少卿书》中来。然而更多论者不赞同茅坤的意见。方苞认为茅氏之见“是未察其形，并未辨其貌”。[②] 姚鼐亦认为柳之于太史公“诚为不逮远甚”。[③] 比较而言，柳书更多对自身遭遇的无奈与反省，因而郁结凄恻，而《报任少卿书》则更多不屈不甘，因而慷慨感愤。显然，韩愈更能呼应太史公的精神旋律。至于在文章的表现手法上，柳宗元对《史记》也不像韩愈那样广泛而深入地学习取法。

可见，韩、柳之于“师其人”“明其理”虽无截然划分，但各自有比较明显的偏重；厘清两者的差异，还是很有助于理解韩、柳文章之风貌何以如此不同，有助于从创作机制上理解风貌差异的成因。这对于理解后世文章学的师古之论，理解古文创作的内在机制，也有极可关注的启发意义。

（本文原刊于《杭州师范大学学报》2016年第4期）

① 尹占华、韩文奇校注《柳宗元集校注》卷二十一《柳宗直西汉文类序》，第1455页。
② 王水照主编《历代文话》，第3970页。
③ 王文濡校注《古文辞类纂评注》卷二十九，第6页。

谢灵运的南徙及其影响

陈桥生

谢灵运的徙付广州，于他本人，就是一场悲剧，是走向刑场的穷途末路，是人生最后的数月时光。一如谢灵运的山水诗，一度被诟病为拖着一条玄言的尾巴，谢灵运的南徙岁月，亦一度被视为不光彩的尾巴而被忽视。本文拟对其徙付广州被杀的成因、时间及其方式略作梳理，探讨他的南徙生涯对于其家族命运的影响，并进而对宋末齐初文坛所产生的影响轨迹。

一

《宋书》卷六十七《谢灵运传》记载，谢灵运于宋元嘉五年（428 年）再度东归故乡会稽始宁之后，“因父祖之资，生业甚厚，奴僮既众，义故门生数百。凿山浚湖，功役无已，寻山陟岭，必造幽峻，岩嶂千重，莫不备尽。登蹑常著木履，上山则去前齿，下山去其后齿，尝自始宁南山伐木开径，直至临海，从者数百人。临海太守王琇惊骇，谓为山贼，徐知是灵运，乃安”[①]。

始宁山居为谢灵运的祖父谢玄晚年开始经营。《水经注》卷四十《渐江水注》对此有过较详尽的描述。及灵运辞职还乡后，又在北山修筑扩建，“修营别业，傍山带江，尽幽居之美”[②]，对此，其《山居赋》及自注以赋体惯常的手段和注特有的引申发挥，做了纵横捭阖、铺张扬厉的叙述。而谢灵运山水诗中，有一二十首都是直接描写其始宁墅风景的。

① 《宋书》卷六十七，中华书局 1974 年版，第 1775 页。

② 同上，第 1754 页。

"自始宁南山伐木开径，直至临海。"所谓的伐木开径，其实就是南朝士族们对田园山泽的开发占夺，是谢灵运对始宁山居的经营开拓。据《宋书》卷三十五《州郡志》，始宁置于会稽条下，"去京都水一千三百五十五"①；临海，本会稽东部，"去京都水二千一十九"②。约莫估算，自始宁至临海，则大致有七百里之距。"从者数百人"，近千里的伐木开径，其声势之大，不可谓不嚣张，也难怪要让临海太守惊骇，谓为山贼。

谢灵运的伐木开径，可以说达到了肆无忌惮的程度。这也表现在他对待两地太守的傲慢态度上。谢灵运甚至要求"惊骇"之后的临海太守王琇加入到自己的行进队伍中。"又要琇更进，琇不肯。灵运赠琇诗曰'邦君难地崄，旅客易山行'。"③从"不肯"的字眼中，甚至依稀可以看出灵运"要"之反复，未果之后，还要讽之以赠诗。

王琇没有与谢灵运计较，但会稽太守孟顗却无法忍受。"在会稽亦多从众，惊动县邑。太守孟顗事佛精恳，而为灵运所轻，尝谓顗曰'得道应须慧业文人，生天当在灵运前，成佛必在灵运后。'顗深恨此言。"④

孟顗不可能不"深恨此言"。孟顗事佛之精恳，其来有自。据《高僧传》卷二"佛驮跋陀罗"曰："先是沙门支法领，于于阗得华严前分三万六千偈，未有宣译。至义熙十四年（418 年）吴郡内史孟顗，右卫将军褚叔度，即请贤为译匠。乃手执梵文，共沙门法业、慧严等百有余人，于道场译出。诠定文旨，会通华戎，妙得经意。"⑤ 在人家的地盘上，本来理应稍微客气点，但谢灵运从骨子里是看不起他们的，并且常常一逞口舌之快，从而结下了致命的梁子。

《宋书》卷六十七《谢灵运传》："会稽东郭有回踵湖，灵运求决以为田，太祖令州郡履行。此湖去郭近，水物所出，百姓惜之，顗坚执不与。灵运既不得回踵，又求始宁岯崲湖为田，顗又固执。灵运谓顗非存利民，正虑决湖多害生命，言论毁伤之，与顗遂构仇隙。因灵运横恣，百姓惊扰，乃表其异

① 《宋书》卷三十五，第 1030 页。
② 《宋书》卷三十五，第 1036 页。
③ 同上卷六十七，第 1775 页。
④ 同上，第 1776 页。
⑤ 释慧皎撰，汤用彤校注《高僧传》卷二，中华书局 1992 年版，第 73 页。

志，发兵自防，露板上言。”这里的“百姓”绝非一般人民，因为贫弱百姓决不能和豪家争夺。这里的“百姓惜之”“百姓惊扰”，指的应是下层地主对传统士族的占山护泽的不满与恐惧，因此，谢灵运两次欲决湖为田，宋文帝都已经同意，会稽太守孟顗却坚执不与。从中我们可以看到，传统士族的占山护泽，因为严重挤占侵害了庶族官僚们的利益而受到他们越来越多的限制和排斥，这种矛盾，加之以谢灵运的倨傲性格，更达到难以调和的地步，乃至“表其异志，发兵自防”①。

谢灵运没辙，也只有“驰出京都，诣阙上表”，向宋文帝自辩。宋文帝明白其中的因由，不加之以罪，但也不让他东归，而以为临川内史。对宋文帝而言，这是一次妥协平衡，明知为“诬”，却并不追究诬告之人；于谢灵运，则无疑是一次沉重的打击。本指望皇上会为自己主持公道，结果却大失所望。

不仅不欲使谢灵运东归，安排给他的临川内史，也只是个五品官，而之前他曾担任过的秘书监、侍中，都已是官居三品，不升反降。虽然在薪俸上看似有所增加，刘宋制，侍中，秩比二千石，如今“赐秩中二千石”，但与故郡的“生业甚厚”相比，这点小小的所谓“恩赐”，不过是一个遮人耳目的政治伎俩而已。

谢灵运于元嘉八年（431 年）季冬离京师赴临川。其《孝感赋》即作于途中，有云：“于时月孟节季，岁亦告暨。”表明出发的时间在冬十二月初。②

谢灵运心中的愤懑可想而知，所以他到任临川后，“在郡游放，不异永嘉”③。而当在京任司徒的刘义康派人要对谢灵运采取措施时，积压在他心头的对孟顗的怨恨，包括对朝廷的失望，便瞬间爆发了，所以，这回他不再是“驰出京都，诣阙上表”，而是率部众反将来者“执录”，不惜撕破了脸皮，遂走上了一条不归路。

就此而言，说谢灵运“遂有逆志”，未必是空穴来风。为诗曰：“韩亡子房奋，秦帝鲁连耻。本自江海人，忠义感君子。”④ 立志报仇的张良，倾其家财收买刺客欲做致命一击，其心态与此时的谢灵运何其相似。为难自己的人

① 《宋书》卷六十七，第 1776 页。

② 参见顾绍柏著《谢灵运集校注》，中州古籍出版社 1987 年版，第 369 页。

③ 《宋书》卷六十七，第 1777 页。

④ 同上。

是刘义康，庶族地主代表的皇室对士族的打压已是必然，“帝秦之害”已经显现。今人郝昺衡以为此诗乃刘宋当权者的伪造，但至少从诗意来分析，认定它出之于谢灵运之手，也还是合乎其情理的。谢灵运不会真是要推翻皇族的统治，他压制不住的是心中的愤懑与失望，以及其鲁莽和冲动。

“罪衅累仍”的谢灵运，在刘义康的坚持之下，最终被“徙付广州”。

二

谢灵运徙付广州，时在宋元嘉十年（433 年），是没有疑义的。但具体什么时间，因缺乏确切记载，而一直不甚明了。

据《宋书·谢灵运传》记载，其后，秦郡府将宗齐受到涂口（今江苏六合县瓜埠口），到达附近桃墟村时，看见七个形迹可疑的人，觉得他们并不像一般人，于是立即报告上司；上司派遣士兵随同宗齐受追赶，最终七人被拿下。经审问，其中一个来自山阳县名叫赵钦的人说：“同村薛道双先与谢康乐共事，以去九月初，道双因同村成国报。即使钦云：‘先作临川郡、犯事徙送广州谢，给钱令买弓箭刀楯等物，使道双要合乡里健儿，于三江口篡取谢。若得志，如意之后，功劳是同。’遂合部党要谢，不及。既还，饥馑，缘路为劫盗。”①

对这一事件，学界多有怀疑，认为这应是刘义康们为陷害谢灵运而设下的陷阱。姑不论事件的真伪，这里所透露的“去九月初”的时间，理应是经得起推敲的。

“去九月初”里的“去”，意思就是刚过去的一月。如谢灵运《自理表》：“忽以去月二十八日得会稽太守臣顗二十七日云”② 里的“去月”就是指的上月。这里说“去九月初”，透露的至少有两层意思：一是谢灵运犯事徙送广州，最迟应在九月初；一是谢灵运为“有司又奏依法收治”的时间，应在是年十月至十一月间了。《宋书》及《南史》在连接这两件事情时，用的过渡

① 《宋书》卷六十七，第 1777 页。

② 顾绍柏著《谢灵运集校注》，第 366 页。

词是“其后”“后”，《资治通鉴》用的是“久之”，这个时间段在一个多月左右。[①]

这回，宋太祖刘义隆也未再能保住他了，乃“诏于广州行弃市刑”。

“弃市刑”，注家们多以为是斩首之刑。而据沈家本《历代刑法考·刑法分考四》“弃市”条引《汉书·景纪》注：师古曰：“弃市，杀之于市也。谓之弃市者，取刑人于市，与众弃之也”。秦汉时弃市乃斩首之刑，魏、晋以下，弃市为绞刑。而该书“绞”条引晋《刑法志》：斩刑者罪之大，弃市者罪之下。南朝宋、齐、梁、陈，北朝魏并有弃市之名，皆谓绞刑。[②]

由此可知，谢灵运所受的应是绞刑，而非斩刑，绞刑之罪稍次于斩刑，难道这算是刘义隆的一点点恻隐之心吗？谢灵运死时年仅四十九岁。一代文豪犹如一颗流星，在历史的天空划过一道短暂而耀眼的光芒，倏然而逝。

谢灵运的具体受刑时间也不能确定。但《资治通鉴》卷一百二十二系之于宋元嘉十年（433 年）十二月的倒数第二条，应已是十二月中下旬了。结合其《临终》诗中“凄凄凌霜叶，网网冲风菌”的句意，以及收治之后的下诏并执行都需要一定的时间来看，这应该是合情理的。[③]

如此算来，谢灵运自踏上岭南的时间，至多也就是三个月左右。而即便是这三个月左右，他大多时候也是不得自由的。所以，岭南的风物并没有太多地进入到诗人的创作中，流传至今能考的作品，也就不外乎《岭表》《岭表赋》《临终》三首残缺篇章。即便是他此前曾无限向往的罗浮山，并感梦而作有《罗浮山赋》，这回自己“南通罗浮”，却也明白是无缘践梦的了。

岭南于谢灵运的一生而言，只是一个行刑的时间。中国山水诗的代表诗人来到了岭南，但岭南的无限山水却没能带给诗人永嘉山水般的愉悦与慰藉，也就无法留下诗人的激情与感发，这是令人无法释怀的遗憾。

但即便如此，以诗人当时“江左独振”的才名，他带给岭南的影响却是久远深长的。谢灵运徙付广州，是举家南下的。《南史》卷十九曰：“灵运子凤，坐灵运徙岭南，早卒。凤子超宗，随父凤岭南，元嘉末得还。”儿子谢

① 分别见：《宋书》卷六十七，第 1777 页；《南史》卷十九，中华书局 1975 年版，第 541 页；《资治通鉴》卷一百二十二。

② 沈家本撰《历代刑法考·刑法分考四》，中华书局 2006 年版，第 135 ~ 139 页。

③ 参见李雁著《谢灵运研究》，人民文学出版社 2005 年版，第 77 页。

凤、孙子谢超宗也随同流徙，谢超宗当时不过两三岁。谢灵运在广州被杀，谢凤没几年也年纪轻轻病死岭南，谢超宗随母亲在岭南度过了近二十年的光阴，才得允回到建康。

谢灵运徙付广州，及其后人近二十年的居所位于何处已无从确考。但今天珠江南岸的中山大学校址所在地名为康乐园，旁有康乐村，一直被认为即康乐公曾经活动居住的所在，不然如何解释这个名字偏偏集中出现于此地呢？其实，无论康乐公的身影是否在这里徘徊吟咏过，其后人近二十年时间是否都在这里度过，谢康乐的声名确已沉淀于此，留待一代又一代的人们去思索、追寻。

谢灵运留下了一首《临终》诗，表达了“恨我君子志，不获岩上泯”的志愿。同时，又把他的一副美髯捐献给了寺庙里的维摩诘像。据《太平广记》《谢灵运须》：“晋谢灵运须美，临刑，施于南海祇洹寺，为维摩诘须。寺人宝惜，初不亏损。中宗乐安公主，五月斗百草，欲广其物色，令驰取之。又恐他人所得，因剪弃其余。今遂绝。”[①] 即使只是一副须髯，也终逃不过厄运，沦为唐代公主们斗草使性的玩具而已。地下有知，谢公恐怕又不免要生出一番“恨”意来。

三

谢灵运死后，孙儿谢超宗及其母亲等在广州生活了近二十年后，于元嘉末得允还建康。谢超宗的童年、青少年都是在岭南度过的，人格学识的培养，显然也是在岭南完成的。岭南的文化滋养，及谢氏家族的家风传承，共同造就了谢超宗。

谢超宗回到京城，一出手就不同凡响。《南史》第十九卷记载，他为殷淑妃作诔，赢得孝武帝大相嗟赏：“超宗殊有凤毛，恐灵运复出。”一代文宗谢灵运带着他的绝妙文辞，远遁于岭南，而就是短短的二十年时间，从岭南又走出了一个文采风流的谢超宗，能不令人生起“灵运复出”之叹吗？

谢超宗的文学成就，当然是远不能与其祖父谢灵运同日而语的，但在当

---

① 李昉等编《太平广记》卷四百五十，中华书局2013年版，第3268页。

时的文坛也是佼佼者了。谢超宗与谢庄同时作《殷淑妃诔》，同受到孝武帝刘骏的称许，这对于一直远处岭南的他来说，何其不易！可以想象，在岭南的近二十年时光，他在文学方面的训练并没有被太多耽误，或者说，陈郡谢氏在文义才能上的优良家风，在这位被远弃的士族子弟的身上依然被较好地承续了下来。又或者说，谢氏家族这个当时的头等高门士族，陡然间被远徙到岭南后，还是与当地文化达成了某种交流与平衡，共生互补。

一方面，自谢灵运始，大量的高门士族在南朝时来到了岭南，为岭南的开发起着推动作用。另一方面，岭南文化对中原文化的反哺，也在不断地加强，有迹可循。

谢超宗回到了京城，作为曾经名动江左的谢灵运的嫡孙，流徙岭南近二十年后终于又回来了，他首先要做的当然是要在京城的文坛上有所表现、站稳脚跟，不辜负乃祖的昔日荣光。

对于谢氏家族来说，乌衣巷中的谢安宅就是他们精神的根，“乌衣之游”是谢氏子弟永远的记忆与传说。可惜，风流总被雨打风吹去，一棵棵“芝兰玉树”，在时代的动荡中命途多舛。他们或从文，或随武，或干进，或疏狂，希望重振风流，不过，最后不负谢混“风流由尔振”期望的，却是平生唯谨慎的谢弘微一支。刘宋以后谢氏家族的历史，主要是谢弘微子孙的历史[①]。

在刘宋朝后期，谢氏家族当时叱咤政坛、文坛的人物，非谢庄莫属。谢庄就是谢弘微的儿子。谢庄集万千宠爱于一身，不仅有过人的才华，而且有标致的风仪，难怪太祖见而异之说“蓝田出玉，岂虚也哉”，谢氏家族这样的“蓝田”，才能生产出谢庄这样的美玉啊。[②]

宋元嘉二十九年（452 年），谢庄 32 岁时，南平王刘铄献赤鹦鹉，群臣为赋，谢庄作《赤鹦鹉赋应诏》，深为“文冠当时”的袁粲激赏：“江东如没有我，你便独秀天下。若是没有你，我亦是一时之杰。”[③] 遂隐去自己的同题赋不传。而且，谢庄不仅名满江南，声名还远播北方。他是当时的风流领袖。

论辈分，谢庄是谢超宗的族叔。而且，宋元嘉十年（433 年），谢庄的父亲谢弘微是与谢超宗的祖父谢灵运，以及谢惠连三兄弟同年去世的，这对于

---

① 参见萧华荣著《华丽家族》，三联书店 1995 年版，第 169 页。

② 《宋书》卷八十五，第 2167 页。

③ 同上。

谢氏家族的打击是无比沉重的。但这无形中也会增强后代子弟间惺惺相惜的特殊情感。于是，当谢超宗终于辗转从岭南回到了京城，官居高位、文坛翘楚的族叔谢庄就当仁不让地成为他的荫护者与引路人。

大明六年（462 年）四月，宋孝武帝刘骏的宠妃殷淑仪卒。殷淑仪是刘骏叔父南郡王刘义宣的女儿，娶叔女为妃，纵情败礼若此！殷淑仪姿颜美丽，宠冠后庭，其子刘子鸾以母嬖亦爱冠诸子，孝武割吴郡属之，甚至欲改立其为太子。殷淑仪死后，刘骏精神涣散，痛不欲生，不理政事。每晚睡前，都要在她灵前倒酒对饮，之后痛哭流涕到难以自拔。刘骏又下令给殷淑仪盖一座庙，庙成后以淑仪长子刘子鸾的封号，称为新安寺。难怪前废帝刘子业即位后，为报此前殷淑仪得宠试图夺嫡之仇，将她所生子女全部杀死，毁了新安寺，掘殷妃墓，这是后话。[①]

孝武帝最钟情的宠妃死了，为她作诔赋哀就成了臣子们表忠的最好机会。《南史·后妃传》载：“谢庄作哀策文奏之，帝卧览读，起坐流涕曰：‘不谓当今复有此才。’都下传写纸墨为之贵。”时为吏部尚书、领国子博士的谢庄，当然是不能不努力表示的。谢庄当然更明白这是侄子谢超宗表忠的绝佳时机。由于岭南的这段曲折，谢超宗的出仕已经很迟，正是孝武帝刘骏时期，还有什么比写这篇诔文更能讨皇上的欢心呢？事实正不出所料，刘骏赞赏谢庄文是“不谓当今复有此才”，赞赏谢超宗文是“灵运复出”，一方面可能是文章确实哀婉动人，比如流传下来的谢庄之诔文，不但将殷贵妃之美写得无与伦比，还特别将这位帝王之爱写到人间的极致地步。但其实，更可能的是刘骏非常需要有这样的文章为他的宠妃颂赞。所以，他不但需要这些诔文的颂美，他甚至还论哭行赏。他对一个名叫刘德愿的大臣说：“卿哭贵妃若悲，当加厚赏。”刘德愿“应声便号恸，抚膺擗踊，涕泗交流”，当场就升他做豫州刺史。接着，刘骏又让羊志哭殷贵妃，羊志随即“亦呜咽极悲”[②]。

谢超宗的诔文终未能流传下来，其水平应该不可能超过谢庄的那篇，但因为这篇诔文，他受到了刘骏的“大嗟赏”。刘骏“灵运复出”的嗟赏是当着谢庄的面说的，完全可以推测，谢超宗的这篇诔文，很可能是族叔谢庄有

---

① 《宋书》卷八十，第 2063 ~ 2065 页。

② 同上卷四十五，第 1376 页。

意提携安排的，以此作为谢超宗晋见刘骏的见面礼。谢超宗因此而获晋升，“转新安王抚军行参军”[①] 尚属小事，在皇上面前承续上乃祖谢灵运的血脉与风华，这才是关键，也是谢庄维持谢氏家族门第、风流的使命与责任所在。

受族叔的提携，谢超宗的诗风基本上是延续了谢庄的风格。

梁裴子野《雕虫论》曰：“宋初迄于元嘉，多为经史。”[②] 整个社会所形成的以博学多通、善好文义相尚的风习，影响于文学中，就形成了以博学为诗、以技巧相竞的典正雅重的元嘉体诗歌。钟嵘《诗品序》：“谢客为元嘉之雄，颜延年为辅。”[③] 他们的创作比较典型地反映了元嘉时代“文多经史”的风尚，故有颜、谢之称，后世又将此二人与鲍照并称为“元嘉三大家”。

元嘉诗坛，除颜延之、谢灵运诗以及鲍照的徒诗外，影响所及，还有谢庄、江淹（其主要创作都是在“才尽”之前的宋齐之交）、王俭等。钟嵘《诗品序》：“颜延、谢庄，尤为繁密，于时化之。”[④]《诗品下》“齐黄门谢超宗、齐浔阳太守丘灵鞠、齐给事中郎刘祥、齐司徒长史檀超、齐正员郎钟宪、齐诸暨令颜测、齐秀才顾则心”条云：“檀、谢七君，并祖袭颜延，欣欣不倦，得士大夫之雅致乎！余从祖正员常云：‘大明、泰始中，鲍休美文，殊已动俗。唯此诸人，传颜、陆体，用固执不移。颜诸暨最荷家声。’”[⑤] 永明初年，齐武帝萧赜曾问王俭，当今谁的五言诗最好，王俭答以谢朏和江淹二人。谢朏诗今均已散佚，但王俭说，谢朏诗的长处是“得父（谢庄）膏腴”[⑥]；至于江淹的诗，亦以拟古见长。王俭的看法代表了当时相当一部分高门士族的见解，也可见元嘉诗风在宋齐之交还有着相当的影响。

大体说来，刘宋六十年可以元嘉为界分为前后两期，钱仲联先生以为，前三十四年为苟安，后二十六年为内乱，无论政治与军事，均是每况愈下。[⑦] 于文学言，同样可以此为界分为前后两期，一般认为，可以孝武帝孝建三年（456 年）颜延之的死作为标志，标志着以博学为诗、典正雅重的元嘉时代文

---

① 《南齐书》卷三十六，中华书局 1996 年版，第 635 页。

② 严可均辑《全梁文》卷五十三，商务印书馆 1999 年版，第 576 页。

③ 钟嵘著，曹旭笺注《诗品笺注》，人民文学出版社 2009 年版，第 19 页。

④ 同上，第 101 页。

⑤ 同上，第 273 页。

⑥ 《南齐书》卷四十三，第 764 页。

⑦ 钱仲联《读〈宋书〉札记》，见钱仲联著《梦苕盦论集》，中华书局 1993 年版，第 21 页。

风的结束。但这种结束，并非戛然而止，只是其大一统局面的结束。事实上，在此后相当长一段时间内，这种诗风依然在延续，还有着不小的影响，甚至可以说，还是诗坛的主流。钟嵘《诗品序》曰："大明泰始中，文章殆同书抄。"①

谢超宗与谢朏的诗，都是得谢庄"膏腴"，而他们二人的诗均不传于后世，其原因或许有很多，但他们活在谢庄的阴影下，终不能超越于他，而这种诗风又正在淡出历史舞台，应该也是一个重要的原因吧。

直至宋末，谢超宗大约五十岁前的文字无一流传至今。谢超宗最得意的时光，都是与萧道成联结在一起的。《南齐书·谢超宗传》记载了三件事。一是"太祖为领军，数与超宗共属文，爱其才翰"。二是"升明二年，坐公事免。诣东府门自通，其日风寒，高帝谓四座曰：'此客至，使人不衣自暖矣。'超宗既坐，饮酒数杯，辞气横出，太祖对之甚欢"。三是"及齐受禅，为黄门郎。有司奏撰郊庙歌，上敕司徒褚彦回、侍中谢朏、散骑侍郎孔珪、太学博士王咺之、总明学士刘融、何法图、何昙秀作者凡十人，超宗辞独见用"②。

从上可见，萧道成对谢超宗之才翰可谓推崇备至。然而，今天我们只见"爱其才翰"的美誉在，却不见任何才翰之作品，不免让人感慨历史淘洗的残酷与公正。唯一留存下来的是他于南齐建元、永明年间所创制的"辞独见用"的雅乐歌辞，计有《南郊乐章》十三首、《北郊乐歌》六首、《明堂乐歌》十五首、《太庙乐歌》十六首。即便是这些歌辞，也是"一依谢庄"③。

《南齐书·乐志三》："建元二年，有司奏，郊庙雅乐歌辞旧使学士博士撰，搜简采用，请敕外，凡义学者普令制立。参议：'太庙登歌宜用司徒褚渊，余悉用黄门郎谢超宗辞。'超宗所撰，多删颜延之、谢庄辞以为新曲，备改乐名。"④ 其中，《齐南郊乐章》十三首中，有四首为增删颜辞而成，一首用谢庄辞；《齐明堂乐歌》十五首中，有七首用宋殷淡辞，八首用谢庄辞。

以前郊庙雅乐歌辞都是学士博士所撰，如今凡有辞义学术者普令制立，于是谢超宗有了机会，而谢超宗所撰，多删颜延之、谢庄辞以为新曲。许文

① 钟嵘著，曹旭笺注《诗品笺注》，第101页。
② 《南齐书》卷三十六，第636页。
③ 同上卷十一，第172页。
④ 同上，第167页。

雨《讲疏》："《齐书·文学传论》，以颜、谢与休、鲍对举，知颜、谢虽各擅奇，不愧同调。超宗素有灵运复出之誉，其《齐南郊乐章》十三首，《齐北郊乐歌》六首、《齐明堂乐歌》十五首、《齐太庙乐歌》十六首，皆《南齐书·乐志》所谓多删颜延之、谢庄辞者，亦异代之同调矣。"

比较颜延之所撰，谢超宗删去的多是一些相对繁复的颂辞，以及冗长的具体过程的描写，如谢超宗的《文德宣烈之乐》较颜删了二十二句，所删内容就是"祭礼供"的敷陈，包括牲、盛、器、容、形、歌等①。

营泰畤。定天衷。思心睿。谋筮从。建表蕝。设郊宫。田烛置。爟火通。历元旬。律首吉。饰紫坛。坎列室。中星兆。六宗秩。乾宇晏。地区谧。大孝昭。祭礼供。牲日展。盛自躬。具陈器。备礼容。形舞缀。被歌钟。望帝阍。耸神跸。灵之来。辰光溢。洁粢酌。娱太一。明辉夜。华晢日。祼既始。献又终。烟芗皀。报清穹。飨宋德。祚王功。休命永。福履充。——颜延之《飨神歌》

营泰畤，定天衷。思心绪，谋筮从。（此下除二句。）田烛置，权火通。大孝昭，国礼融。　（此一句改，余皆颜辞，此下又除二十二句。）——谢超宗《文德宣烈之乐》

同时，却将流程等做了更多的细化梳理。如同是《夕牲歌》，在谢超宗那里已分成了三组：群臣出入奏肃咸之歌、牲出入奏引牲之歌、荐豆呈毛血奏嘉荐之乐。又如谢超宗将迎送神歌，详细分为迎神、皇帝入坛东门、帝升坛、帝初献、次奏、高帝配飨、饮福酒、送神、帝就燎位、帝还便殿十个阶段，每个阶段配一首乐辞，一目了然。

"删《诗》《书》，制礼乐"是古代最强烈的文化追求。南朝初期，高门士族在武人政权中遭受全面打压，唯其文化上的优势地位一时尚难以撼动，也为皇室庶族深为仰慕。故刘裕在杀害谢混之后犹自感慨："登坛日恨不得谢益寿奉玺绂……使后生不得见其风流。"② 结果仍以谢安的另一个孙子谢澹

① 《南齐书》卷十一，第169页。

② 《晋书》卷七十九，中华书局1996年版，第2079页。

"持节奉册禅宋"[①]。禅代登基大典，自然需要高门士族助其文化威仪，而谢氏子弟也正是通过职掌"奉玺绂"等礼典来炫耀与维护其虚荣的门第风流。所以，谢庄、谢超宗、谢朓接连为宋、齐王朝制作雅乐歌辞，且"造辞，一依谢庄"就是不难理解的了。

更有学者注意到，谢庄制作《宋明堂歌》中的五帝歌时，不依汉郊祀五帝歌四言旧制，转依"木、火、土、金、水"五行数立言，即：《歌青帝词》，三言，依木数；《歌赤帝辞》，七言，依火数；《歌黄帝辞》，五言，依土数；《歌白帝辞》，九言，依金数；《歌黑帝辞》，六言，依水数。如此形成了一套有别于汉郊祀五帝歌四言旧制的新文体，正反映出陈郡谢氏的礼乐学养及谢庄独特的文化创新心态，从而在传统诗文类型中也出现了文体新变[②]。

四

元嘉末年，因承平日久，文帝渐渐好大喜功。内兴土木，外动干戈，元嘉之治，开始走下坡路。特别是元嘉二十七年（450 年），宋文帝下令北伐，以王玄谟为宁朔将军，前锋入河。当时皇太子刘劭、太子步兵校尉沈庆之等都明确反对率然动兵，但宋文帝不听劝谏，仓促动武，结果惨败，大伤元气。《宋书》卷九十二《良吏传叙》载："自兹至于孝建，兵连不息，以区区之江东，地方不至数千里，户不盈百万，荐之以师旅，因之以凶荒，宋氏之盛，自此衰矣。"[③] 三年以后，皇太子刘劭之所以敢于叛逆弑父，与宋文帝末年政治昏乱不无关系。元嘉三十年（453 年），刘骏起兵讨伐刘劭，即位为孝武帝。

与此政坛的变替相应，此时诗风也经历着一场递嬗。当时的文坛上，谢灵运已经早逝（433 年），鲍照和谢庄等则刚开始崭露头角，故颜延之得以长时间独领元嘉文坛。

如果说 456 年颜延之的死标志着元嘉诗风时代的结束，富有象征意味的

① 《晋书》卷七十九，第 2077 页。

② 参见李晓红《南朝雅乐歌辞文体新变论析——以五帝歌为中心》，《文学遗产》2014 年第 5 期，第 44～54 页。

③ 《宋书》卷九十二，第 2261 页。

是，也就是在这一年，“世祖（即孝武帝）以照为中书舍人”[①]，这是出身寒士的鲍照第一次也是唯一一次进入中央朝廷任职，且中书舍人一职在当时也有着不小的权力。据钱仲联《鲍参军集注》附录“鲍照年表”，此后七八年间，特别是鲍照在荆州期间，正是鲍照的又一个创作高峰期。可见，继颜延之之后，一直活跃于诗坛的鲍照逐渐成为诗坛冠冕，打破了此前文学一直为士族文人所垄断的状况，在宋齐之交诗歌雅俗沿革之际占有突出的地位。

大明、泰始中，一方面是“文章殆同书抄”，一方面是“鲍休美文，殊已动俗”。两股诗风一时并存着、激荡着，而时代的天平已经在慢慢向鲍、休“俗体”倾斜了。故王夫之《古诗评选》曰：“元嘉之末，雅俗沿革之际。”[②]

这种雅俗沿革也同样体现在谢超宗身上。一是他“与慧休道人来往，好学，有文辞，盛得名誉”；一是他倡导“患以恒文弗奇”的主张。[③]

慧休，即惠休，也就是“鲍休美文”中的“休上人”。唐释怀信《释门自镜录》卷上《俗学无禅录·宋彭城寺慧琳毁法被流目盲事（慧休附）》中记载：“慧休，字茂远，俗姓汤，住长干寺。流宕倜傥，嗜酒好色，轻释侣，慕俗意。秉笔造牍，文辞斐然，非直黑衣吞音，亦是世上杜口。于是名誉顿上，才锋挺出，清艳之美，有逾古歌，流转入东，皆良咏纸贵，赏叹绝伦。自以微贱，不欲罢道。当时有清贤胜流，皆共赏爱之。至宋世祖孝武，始敕令还俗，补扬州文学从事。意气既高，甚有惭愧。会出补勾容令，不得意而卒。出沈约《宋书》。”[④] 今本《宋书》并无此内容，但这段文字记载慧休生平、作品甚详。“当时有清贤胜流，皆共赏爱之”，这其中就包括谢庄、谢超宗。[⑤]

钟嵘《诗品》卷下“宋朝请吴迈远”条曰：“吴（迈远）善于风人答赠……汤休谓远云：‘吾诗可为汝诗父。’以访谢光禄，云：‘不然尔，汤可为庶兄。’”所谓“风人”，即指风人体乐府民歌，这正是吴迈远的长处所在。不管汤惠休诗为吴诗的“父亲”也好，“庶兄”也好，显然他那种“委巷间

---

① 《宋书》卷五十一，第1480页。

② 王夫之著《古诗评选》卷一，文化艺术出版社，第44页。

③ 《南齐书》卷三十六，第635页。

④ 释怀信著《释门自镜录》，台湾德山寺1995年版，第32页。

⑤ 参见王树平、包得义《诗僧惠休的诗歌创作及其影响》，《山东社会科学》2014年1期，第173～177页

歌谣”的诗风在吴迈远的作品中得到了很好的承传。吴迈远“好自夸而蚩鄙他人，每作诗得称意语，辄掷地呼曰：‘曹子建何足数哉’。”[1]两人请出谢庄来裁判，可见，他们对于谢庄是敬重有加的，而谢庄对于惠休诗也是欣赏的。

《南齐书》本传中更明确记载，谢超宗“与慧休道人来往，好学，有文辞，盛得名誉”。谢超宗与佛教的关系，应该从乃祖谢灵运来到广州时就已开始的。谢灵运临终将美髯施给寺庙，这段善缘在谢超宗其后近二十年的岭南生活中一定是有延续发展的。据《高僧传》卷八《道盛传》《道慧传》可知，谢超宗敬重道盛、道慧，且道慧卒后“谢超宗为造碑文”，颇有谢灵运的遗风。可见，谢超宗的礼敬慧休绝非无因之果。[2]

慧休的诗风，“清艳之美，有逾古歌”。在宋代，人们之所以把汤惠休和鲍照相提并论，也正是从其诗歌与鲍诗相似的内容、风格着眼的。《宋书》卷七十一《徐湛之传》曰：“时有沙门释惠休，善属文，辞采绮艳。湛之与之甚厚，世祖命使还俗，本姓汤，位至扬州从事史。”汤惠休能诗善文，据《隋书·经籍志》载，“宋宛朐令汤惠休集三卷”，注曰“梁四卷”，足见他的作品为数不少，可惜流传至今的只有十一首。[3] 钟嵘《诗品》卷下评曰：“惠休淫靡，情过其才，世遂匹之鲍照，恐商周矣。羊曜璠云：‘是颜公忌照之文，故立休鲍之论。’”[4] 所谓“情过其才”，所指多言男女之情。从现存汤诗看，除《赠鲍侍郎》一诗外，其余十首都是拟乐府，其所抒写均为男女相思相悦之情，很明显地体现出吴声、西曲那种委婉、妩媚的韵致，风格绮靡轻艳。如汤惠休《怨诗行》：

明月照高楼，念君千里光。巷中情思满，断绝孤妾肠。悲风荡帷帐，瑶翠坐自伤。妾心依天末，思与浮云长。啸歌视秋草，幽叶岂再扬！暮兰不待岁，离华能几芳？愿作张女引，流悲绕君堂。君堂严且秘，绝调徒飞扬。[5]

---

① 钟嵘著，曹旭笺注《诗品笺注》，第278页。

② 释慧皎撰，汤用彤校注《高僧传》卷八，第305~307页。

③ 《隋书》卷三十五，中华书局1997年版，第1035页。

④ 钟嵘著，曹旭笺注《诗品笺注》，第265页。

⑤ 逯钦立辑校《先秦汉魏晋南北朝诗·宋诗》卷六，中华书局1983年版，第1243页。

《怨诗行》属乐府楚调，此曲原以战国卞和献璞玉而不见察的故事为本，曲调哀婉悱恻，自汉班婕妤作《怨诗行》抒发失宠之悲后，后人多用以吟咏断肠之思。惠休此诗模仿曹植同名之作痕迹颇重，写的也是“孤妾”的满腹悲思，而显得更加柔婉轻靡，纤巧流丽。其他作品，如《白纻歌》三首，细腻地刻画出舞者不胜娇羞的舞态神情及舞后的刻骨相思；《杨花曲》三首，与吴歌几无二致：“葳蕤华结情，宛转风含思。掩涕守春心，折兰还自遗。”洋溢着一般的风流媚趣。

注重典雅、华丽诗风的颜延之们，之所以“立休鲍之论”抨击之，应该不是一般的文人相轻，更主要的还是其诗风的差异，应当以宋诗的变化趋向为背景，抓住他们诗歌风格的各自特点去理解。而且，不管是在钟嵘等南朝人的眼中，还是以今天的眼光来看，汤惠休的诗歌都是远不能与鲍照相匹的。平心而论，“鲍、休”并称，应在于他们的乐府诗都代表了当时趋于俗化的新变倾向，开启了齐梁文学的先风。[①] 直到唐代的杜甫，其《留别公安太易沙门》诗还说：“隐居欲就庐山远，丽藻初逢休上人。”[②]

谢超宗与惠休的密切交往，不可能不受到惠休绮靡轻艳诗风的影响。事实上，谢超宗在岭南近二十年的生活，不也正是如惠休一般浸染于“委巷中歌谣”吗？甚至，他们“流宕倜傥，嗜酒好色”与“恃才使酒，多所陵忽”的个性、为人，恐怕也与这样的生活难脱干系。

《南齐书·谢超宗传》：“（泰始）三年，都令史骆宰议策秀才考格，五问并得为上，四、三为中，二为下，一不合与第。超宗议以为‘片辞折狱，寸言挫众，鲁史褒贬，孔《论》兴替，皆无俟繁而后秉裁。夫表事之渊，析理之会，岂必委牍方切治道。非患对不尽问，患以恒文弗奇。必使一通峻正，宁劣五通而常。与其俱奇，必使一亦宜采’，诏从宰议。”[③]

谢超宗提出的理念是“患以恒文弗奇”，拒绝平庸，倡导新奇。结果是诏不从其议，新奇让位于平庸，他的理想主张并不被认可、接纳。但谢超宗的这种主张并非空穴来风。

一方面他“祖袭颜延，欣欣不倦”，一方面他倡导“患以恒文弗奇”，这

① 刘师培《中国中古文学史》中认为惠休的这些轻艳之作实即梁代宫体诗的前奏。

② 杜甫著，杨伦笺注《杜诗镜铨》卷十九，上海古籍出版社1981年版，第947页。

③ 《南齐书》卷三十六，第635页。

正是当时政坛、文坛思潮激烈冲突与新旧交替的表征之一。一人身上呈现所谓“雅俗沿革之际”。而这种沿革，几乎在当时每一位文人身上都有所体现，包括代表诗人鲍照。一方面，他的诗歌，尤其是其五言徒诗，大多保持着元嘉诗风的特色，典型地体现出元嘉诗风用事繁密、典正雅重的特色；另一方面，他更多地从民间文学中汲取养分，以其大量的秀逸艳丽的乐府诗，启大明、泰始诗风。①

历史有时出奇地巧合。宋泰始二年（466年），鲍照在荆州被杀，时年五十三岁。同年，谢庄病逝，年四十六岁。两位当时最具代表性的诗人的离去，留给了历史一个巨大的空白期。失去了谢庄的遮蔽，在萧道成的器重下，谢超宗步入了他的人生得意期。

于此宋齐之际，诗坛仍以古体占主导地位。元徽末以来辅政的萧道成，其艺术趣味在当时是偏于保守的。他写信给他的儿子萧晔，叫他作诗要学陆机、潘岳和颜延之，不大赞成学谢灵运。《南齐书》卷四十三载萧道成之子武帝萧赜问王俭“当今谁能为五言诗”，王俭答曰：“谢朏得父（谢庄）膏腴；江淹有意”，谢庄的诗，《诗品》把他和颜延之并提，以典雅古奥见长；江淹的诗也以拟古称善。江淹虽历仕宋、齐、梁三代，但他早在二十岁左右即宋大明年间就开始了创作生涯，其现存的诗作大多都作于宋末齐初，而且可以见出他在当时获得了很高的文名，他的集子就编定在这一时期。而比江淹大三岁的沈约，也是历仕三代、两人的创作，年龄也大体相当，但此时沈约的文名显然还不如江淹，所以王俭的回答也未提及沈约。萧道成执政时，也是重用江淹而未多关注沈约的。要等到萧道成身后的永明年间，沈约才开始声名鹊起，南齐一代的文风也才开始出现根本的变化。

谢超宗的命运转折，也正是出现在萧道成的后期。《南齐书》本传记载：

为人仗才使酒，多所陵忽。在省直常醉，上召见，语及北方事，超宗曰：“虏动来二十年矣，佛出亦无如何！”以失仪出为南郡王中军司马。超宗怨望，谓人曰：“我今日政应为司驴。”为省司所奏，以怨望免官，禁锢十年。

---

① 参见曹道衡、刘跃进著《南北朝文学编年史》，人民文学出版社2000年版，第173页。

若为“属文”，一介文士，大可以辞气横出，使人不衣自暖，对之甚欢；可一旦涉及政事，谢超宗就显出其疏狂失仪。

他的这份疏狂失仪，同样体现在他遴选儿女亲家一事上。

> 武帝即位，使掌国史。除竟陵王征北谘议，领记室，愈不得志。超宗为子娶张敬儿女为妇，帝甚疑之。及敬儿诛，超宗谓丹阳尹李安人曰：“往年杀韩信，今年杀彭越，君欲何计？”安人具启之。上积怀超宗轻慢，使兼中丞袁彖奏超宗，请付廷尉。[①]

众所周知，六朝时期门第高低的标志就是婚、宦。在婚姻形式上讲究的是严格的门当户对，不仅士庶不婚，就是士族之间也有严格限定。

不可否认，自刘宋开始，这道藩篱不断被突破。如许嵩《建康实录》卷十三“宋孝武帝大明五年”中记载：“是岁，始坏士族杂婚者补将吏，于是民多逃亡。”[②]《魏书》卷九十七《刘裕传》亦记曰：“是岁，凡诸郡士族婚宦玷杂者悉黜为将吏，而人情惊恐，并不服役，逃窜山湖，多为寇盗。”[③] 从“民多逃亡”“逃窜山湖”的描述中，我们可以想见当时士庶通婚的状况已相当严重，决非个别现象。沈约《奏弹王源表》：“自宋氏失御，礼教雕衰，衣冠之族，日失其序，姻娅沦杂，罔计厮庶，贩鬻祖曾，以为贾道。”[④] 明确指出刘宋时期“衣冠之族”已是“姻娅沦杂”。

至萧齐，其情形自然江河日下。但是否至于“下”到谢超宗要为自己的儿子娶出身寒贱的张敬儿之女为妻呢？恐怕未必。至少武帝萧赜不这样认为，所以对谢超宗此举“上甚疑之”，不免要怀疑他是别有用心了。

《南齐书》本传评谢超宗“为人仗才使酒，多所陵忽”，这与《资治通鉴》里论及谢灵运时说“灵运恃才放逸，多所陵忽，故及于祸”几乎如出一辙。最后，谢超宗被流徙越州（今四川西昌），行至豫章，又赐其自尽。殊途而同归，一句“灵运复出”，实在也是一语成谶般地道出了谢超宗一生的命运。

---

① 《南齐书》卷三十六，第636页。

② 许嵩撰、张忱石点校《建康实录》卷十三，中华书局1986年版，第483页。

③ 《魏书》卷九十七，中华书局1997年版，第2144页。

④ 沈约撰，陈庆元校笺《沈约集校笺》卷三，浙江古籍出版社1995年版，第99页。

齐梁诗会文化和诗风

姜必任

中国文学史上齐梁诗歌题材范围狭窄，思想内容平庸，缺乏深意真情，追求的仅是艺术形式上的美学价值，语言和声律上的精致华丽。因此，齐梁诗风这个称号就有一定的贬义，被评价为“绮丽不足珍”①。对此原因，有很多研究者将时代和社会联系起来进行分析。如沈玉成、曹道衡著《南北朝文学史》认为：第一，南朝偏安江左，统治集团急于追求一时的升平，很少有远大的治国方针；第二，大多数的作家都出身于门阀士族，他们既缺乏积极进取的理想，又缺少人生悲欢离合的经验，但求享受政治经济上的特权和富裕的生活条件；第三，宋、齐两代，由于朝廷内部不断发生残酷的政治斗争，文人频频遭受灾殃，因此文人不能再创作出表现自己悲愤不平、积极进取的作品，所创作的大多是描写风花雪月，缺乏真情实感和作家的个性。②总之，说齐梁诗歌是因为当时的人很少有远大的理想和高尚的意志，其作品就缺乏深意真情，思想平庸。

文学创作反映其时代文化，上述的齐梁时代特征也一定对齐梁诗风起很大作用。但是仅凭这些来说明齐梁诗风“绮丽不足珍’的原因，我想还有不明确的地方；这是因为虽然初唐诗歌也在诗歌内容和诗歌艺术上都是齐梁诗风的延续，但其时代状况与南朝截然不同。唐朝开国之初，统治阶级都制定远大的治国方针，也没有像宋、齐、梁、陈一样经历残酷的争权夺利。齐梁诗歌“绮丽不足珍”却是跟当时文人实际创作环境有关，这时候诗会开得很频

① 李白《古风》其一，《李太白全集》，中华书局1977年版，第87页。

② 沈玉成、曹道衡著《南北朝文学史》，人民文学出版社1998年版，第16~17页。

繁，很多创作都在集团性、公开性、竞争性诗会环境下进行，其作品风格必然受这些创作环境的影响。本文对齐梁诗歌风格之所以“绮丽不足珍”，将跟诗会的创作环境和诗会文化联系起来进行分析。

一　诗会的定义与诞生背景

（一）诗会的定义

《洛阳伽蓝记》卷四“法云寺”条，很仔细地描写出北魏临淮王元彧召集文人饮酒歌舞并进行诗会的场景。

> （法云寺）寺北有侍中尚书令临淮王彧宅。彧博通典籍，辨慧清悟。风仪详审，容止可观。…… 彧性爱林泉，又重宾客。至于春风扇扬，花树如锦，晨食南馆，夜游后园。僚寀成群，俊民满席，丝桐发响，羽觞流行，诗赋并陈，清言乍起。莫不饮其玄奥，忘其褊恡焉。是以入彧室者谓登仙也。荆州秀才张裴裳为五言，有清拔之句云：“异秋花共色，别树鸟同声。”彧以蛟龙锦赐之，亦有得绯紬绯绫者。唯河东裴子明为诗不工，罚酒一石。子明饮八斗而醉眠，时人譬之山涛。①

临淮王元彧在春风和煦、繁华似锦的日子，召集有才之士欢度到日暮，聚会进入高潮时，在座的文人都作五言诗，对于作诗作得好的人加以称赞并会赏给他珍贵的丝绸，相反如果没有作出好诗的人也会被罚酒。从此可以看到魏晋南北朝时期诗会的氛围和文化。

“诗会”是以诗歌创作为主要活动，是文人之间聚集在一起进行交流的一种活动。在诗会上文人们不仅进行诗歌创作还对它进行点评，切磋揣摩诗歌技巧。文人们通过这个活动交流文学作品并沟通思想感情，也会形成诗人的声

① 杨衒之著，范祥雍校注《洛阳伽蓝记校注》卷四“法云寺”条，上海古籍出版社，第201页。

誉。诗会有在接待外交使节、释尊祭、帝王的经典讲义等朝廷和官方的仪式活动中进行的，也有文人之间为了交流和聚会而举办的。这种活动可以不用事先打招呼即兴当场作诗，举办一次性活动，也可以连续多次举办。在诗会上除了创作新的作品以外，还可以一起欣赏当时流行的作品。相对来说，明清时期的诗社以诗歌创作为中心这一点上虽与诗会较相似，但不同的是它的规模较大于诗会，并具有组织性和固定成员。

（二）诗会文化的诞生

诗会是以诗歌为媒介的文人交流活动。对诗会的诞生，有很多传统观念和文化发挥了作用。在古代，文人聚会的历史很早已经开始了。“君子以文会友，以友辅仁”①，说明在春秋时期，“文”已是知识阶级的表象，文人以“文”为媒介聚会。这些观念为了后来的诗会交流开启了大门。还有“可以兴，可以观，可以群，可以怨”②，这是说诗歌不仅表现出个人的感情和思想，在君臣间、文人间的交流时还能加强集团的凝聚力和共性。赋诗言志的传统观念也是其重要因素，在《国语》《战国策》等书里能看到在朝廷宴会或外交性的场所，大臣们用《诗经》中的诗句来赋诗言志。在这些传统观念下，诗歌吟咏文化逐渐扩大，在雅会上诗歌创作逐渐成为必需的活动，同时也成为重要的交流行为。

真正的文人雅会是在建安时期以曹丕为中心的西园雅会，之后还有西晋的石崇为中心，陆机、潘岳等三十几名文人聚会的金谷雅会，东晋的王羲之组织、谢安等四十一名文人聚集的兰亭雅会，卢山白莲社诗会等。其中，兰亭雅会不是根据政治权力召集的，是非政治性、相对平等的聚会，创作活动上也摆脱了名利和功名等政治色彩，具有主体意识借用兰亭周围的山水风景来释放情怀的特点，表现了作者的意愿和感情。因此，兰亭雅会可以说是诗会的正式开始，从兰亭雅会开始的诗会文化逐渐成为文人之间的知识性游戏，也逐渐成为文人们普遍的生活文化以及交流文化。诗会的诞生和发展有汉魏之际政治的、社会的、思想的背景。简单的整理如下：

第一，关于文学价值认识的变化。建安文人认为“死而不朽，谓太上有立

---

① 《论语·颜渊》，杨伯峻译注《论语译注》，中华书局1980年版，第132页。

② 《论语·阳货》，杨伯峻译注《论语译注》，第185页。

德，其次有立功，其次有立言。其身殆矣，其道犹存，故谓之不朽”①，就是认识到文学所具有的伟大价值。有这样的文学价值观念的变化，曹魏文人就不像汉代文人，而是及时行乐，热衷于文学创作，石崇在他开展的金谷雅会上，“感性命之不永，惧凋落之无期。故具列时人官号姓名年纪，又写诗著后”②。在兰亭雅会也写诗并写上序文说“列叙时人，录其所述。虽世殊事异，所以兴怀，其致一也。候之览者，亦将有感于斯文”③。这都是他们认识到文学价值的表现。

第二，魏晋文人们标榜脱俗和风流，表现超越现实、不受局限的任意行动，或隐居于山林与风流客闲游。这样的行为是高门士族和文人学士确认自身排他性的地位和文化优势的一种手段。他们脱俗、隐居的同时喜爱清谈和人物品评，也就是说他们一边追求无拘无束的精神自由，另一边又作为一个社会人来存在于文人之间的人际关系，跟他们分享清谈，进行品评。在人物品评上，人品、德行、气质、行动方式等是其要点，即不被世俗价值所左右、不受任何限制追求奔放的脱俗和隐逸的生活方式被进行了品评，通过清谈而发现的他们的才气和教养、自由精神也是品评的重要标准。这样的人物品评逐渐被认为是对人物的人格、个性、品行通过文学、绘画等艺术形式表现出来，因此，人物品评的标准也从风流或有才气的言语逐渐换成文学艺术，文人就开始通过文学作品来表现自己所追求的个性和气质。这种人物品评氛围还带来了对诗文品评的流行，诗文的风格和人物的风格会被认为是一样的。“潘文烂若披锦，无处不善。陆文若排沙简金，往往见宝。”④孙绰这一评价就是一个例子。夏侯湛作完周诗给潘岳看，潘岳说“此非徒温雅，乃别见孝悌之性”，“潘因此遂作家风诗”⑤。这是将文人的气质和文学创作这两者同等看待。文人通过诗歌来表达自身内面和人格理想，这表明风流会、性雅会开始转换成文人诗会。

第三，因受到以文学才能为重要标准的人物品评风气的影响，诗会逐渐

① 徐干《中论》卷下《夭寿》，《汉魏丛书》本。
② 石崇《金谷诗序》，严可均辑《全晋文》卷三十三。
③ 王羲之《兰亭集序》，严可均辑《全晋文》卷二十六。
④ 刘义庆著，徐震堮校笺《世说新语校笺》，中华书局1984年版，第143页。
⑤ 同上，第138页。

成为人才选拔的重要途径，这在一定程度上影响了诗会的发展。诗会文化的发展，虽然有皇室或亲王、文坛领袖的积极参与作为它的背景，但独占官职的门阀士族逐渐衰落、像科举制度一般提拔人才的制度尚未形成等与时代环境有密切的关系。门阀士族的衰落主要是因为刘裕、萧道成等寒门出身统治者开始压迫门阀士族，但其根本原因还在于门阀士族自身。即魏晋以后门阀士族一直掌控官职和文化，享受着政治的、经济的安定，这样的环境却招来了士族们的自然淘汰。高门士族们丧失了进取的风气，沉浸在安逸的现实中，变成了就连操纵政务能力也缺乏的白面书生。因此在社会上渐渐形成比起高门、寒门等的出身更重视文人才能的文化，于是诗会就成了向人们展示自己的文学才能或者提拔人才的主要通道。当然，在诗会上参与文人之间的竞争更难以避免。

第四，诗会是一种在现场创作作品的文化，像纸张一样简便的书写工具也是重要的物质条件。建安时期前后，纸张代替帛书和简牍的速度加快，直到三四世纪书已经是用纸制成的了。西晋张华称赞左思的《三都赋》，说“豪贵之家竞相传写，洛阳为之纸贵”①。这虽是说明《三都赋》在当时多么受欢迎的修饰语，但也告诉我们纸张已经是学习时的必需品并广为使用。纸张与传统简册相比确实具有相对的长处。西晋初傅咸在《纸赋》中说明了纸的好处。

> 盖世有质文则治，有损益故礼随时变，而器与事易。既作契以代绳兮，又造纸以当策。夫其为物，阙美可珍，廉方有则，体洁性真，含章蕴藻，实好斯文，取彼之淑，以为此新，揽之则舒，舍之则卷，可屈可伸，能幽能显。若乃六亲乖方，离群索居，鳞鸿附便，授笔飞书，写情于万里，精思于一隅。②

纸张这种新兴的传播媒体，在文字记录和传播上带来了相当大的自由。文人们不受空间的限制能表达感情和记录志向，进一步促进了文人相互间的文学

① 《晋书》卷六十二《左思传》，中华书局1974年版，第2377页。

② 严可均辑《全晋文》卷五十一。

交流和文化传播，更促进了像文人雅会一样的当场创作。在建安时期有西园雅会、文人间的书信往来频繁、赠答诗创作盛行等现象也是跟这样的社会的物质背景有直接的关联。

梁代钟嵘在《诗品序》中说“嘉会寄诗以亲，离群托诗以怨”，表明魏晋南北朝时期的文人们聚集时通过诗歌来建立友情，在离别时也借诗歌来表达离情。刘勰也说：“傲雅觞豆之前，雍容衽席之上，洒笔以成酣歌，和墨以籍谈笑。”[①] 由此可以知道魏晋南北朝的很多文人雅会就是诗会，现传的许多赠答诗、公宴诗、同题诗等作品也是那种诗会的结晶。

二 齐梁诗会的创作文化

（一）创作的展示方式

唐代文人在诗会的酬唱一般是以照唱诗的内容和形式来进行和韵或次韵唱和，但是魏晋南北朝时还没有确立和韵唱和传统。在齐梁诗会上创作主要由主办方出题，由参加者们进行创作。所谓出题就是由地位较高的人或主办方提示题目和形式等创作条件，使得参加人进行创作。诗会主宰者能提示元旦、上巳日、释尊祭等跟当时的仪式活动或节日有关的题目，也可以提示曲调名、乐器名、物名、古诗句等题目，可以使得参加的文人都用相同的题目作诗，也可以选用不同的题目作诗。

如果说出题创作是个别性的创作活动的话，应酬唱和便是相互性创作活动。现传的许多赠答诗、唱和诗、奉和诗等作品就是后者的产物。特别是随着诗会的频繁举行，赠答诗与唱和诗都得到了发展。赠答诗集中创作在魏晋时期，唱和诗主要在东晋前后开始发展。在当场创作的唱和诗，是评价文人实际创作能力的好方法。奉和诗也是有“侍奉和答”意义的、应酬唱和的诗体。

除了出题创作和应酬唱和以外，还有一个联合创作方式。在诗会上，文人们也可以相互联合起来作一个作品，联句就是其代表形式。联句按照特定的情况和主题，在受限的时间内文人们按顺序一人一句或每人四句创作出一个作品，各句、各联必须注明作者。联句虽说是几个人共同合作但不是集团创

① 周振甫著《文心雕龙今译》，中华书局1995年版，第399页。

作，是在诗会中最能发挥出成员之间集体性、共性、竞争性的一种形式。而且，联句虽然是以游戏为目的的创作，但要创作起来需要一定的随机应变能力，加上在难度和挑战性方面也要文人们相当高的创作训练。因此，联句逐渐发展成为在诗会里常用的诗体。

（二）竞争和评价

诗会是集团性、公开性的聚会，在诗会的创作也跟一个人单独在自己房间里作诗不同，是在集团性、公开性聚会环境下进行的，因此，对诗会创作作品，参与者自然会展开比较和评价，促使参加的文人默默地竞争，这是个必然。即使是不以竞争和评价为目的，只是为了诗歌酬唱进行创作，文人们的潜在意识中也存在自己的能力被承认的要求，所以在诗会这个创作环境里很难避免竞争。诗会主宰者又会以这种心理为基础积极诱导竞争。

限制创作时间就是一种诱导竞争的方式，一般是以香或蜡烛快要燃到一定的程度之前或乐器演奏结束之前等方式来限制时间。

> 竟陵王子良尝夜集学士，刻烛为诗。四韵者则刻一寸，以此为率。文琰曰："顿烧一寸烛，而成四韵诗，何难之有！"乃与令楷江洪等共打铜钵立韵，响灭则诗成，皆可观览。①

诗会主持者通过限制创作时间来引导文人之间的竞争，这样不仅会使诗会的娱乐性扩大，也会带来相互切磋琢磨的积极效果。在限制的时间内作出诗歌是第一目的，进一步在规定时间内比别人更快并作出好作品是在竞争中取胜的关键所在。文人们要运用精致的典故和语言来一口气写完诗歌。要注意的是，在争分夺秒的竞争上，诗的长短也是重要的前提，只有诗的长短一样竞争才会公平，当时普遍使用四韵八句形式。在限制的时间内如果没有作出诗歌不仅会被嘲笑，还要被罚酒。

在诗会里，不仅是竞争，评价也是文人们不可避免的过程。齐武帝让诸王创作短句诗，昭王萧晔模拟谢灵运诗体进行创作。齐武帝对他的作品评价为："见汝二十字，诸儿作中最为优者。但康乐放荡，作体不辩有首尾。安仁

---

① 《南史》卷五十九《王僧孺传》，中华书局 1975 年版，第 1463 页。

士衡深可宗尚，颜延之抑其次也。”[①]这个时期通过文学创作来评价诸王的学问、思想、文才的深度，在这样的情况下被皇帝评价为学到的是“放荡”的诗人，这可以说是一种斥责。如此，在诗会上的评价难免受评价者思想和嗜好的影响，尤其是身处于政治的上下层关系时会是更敏感的问题。因此，在魏晋南北朝诗会里所创作的诗歌内容一定要按诗会主宰者即高官或者文坛领袖等的要求来创作。

不仅是诗会主办者的公开、非公开的评价，诗会参会者的目光也是一种默默的“社会性评价”。胡僧佑曾参与公卿们主宰的宴会作诗歌，“文辞鄙俚，多被嘲谑”[②]。这可以说是一种社会性评价。因此，文人们很自然地有竞争意识，通过学习和创作训练，努力提高自己的创作能力。如此，文人主动地切磋琢磨就是诗会的积极效果。

诗会的评价标准一般是速作和精巧的语言，如果创作能满足这两个标准就会得到好评价。如梁萧介与二十多名文人们一起作诗时，“介染翰便成，文无加点”[③]。刘儒“受诏便成，文不加点，高祖甚称赏之”[④]。到沆把二百字的文章“三刻使成。沆于坐立奏，其文甚美”[⑤]。谢征也“时魏中山王元略还北，高祖饯于武德殿，赋诗三十韵，限三刻成。征二刻便就，其辞甚美，高祖再览焉”[⑥]。这些例子都说明当时诗会的评价标准是速作和文辞之美。一般来说，评价作品时，对诗歌内容的评价易于带有主观性，反而对语言技巧的评价更容易确保一定的客观性。齐梁时期对作品的评价较之诗歌内容更重视诗歌文辞之美，从而在诗会上的创作也不得不追求典故、对偶、声律等诗歌艺术美。因此，齐梁诗歌缺乏深意真情，思想内容平庸，偏重于诗歌艺术的发展，终究被评价为“绮丽不足珍”。

在诗会上能创作出出色的作品，有时会得到升官的荣誉或赏金。如梁武帝开宴会“诏（到）洽及沆、萧琛、任昉侍燕，赋二十韵诗，以洽辞为工，

---

① 《南齐书》四十六卷三十五《高祖十二王传》，中华书局1972年版，第625页。
② 《梁书》卷四十六《胡僧佑传》，中华书局1973年版，第639页。
③ 《南史》卷十八《萧介传》，第502页。
④ 《梁书》卷四十一《刘儒传》，第591页。
⑤ 同上卷四十九《到沆传》，第686页。
⑥ 同上卷五十《谢征传》，第718页。

赐绢二十匹”[①]。在另一个宴会上“刘孝绰亦见引，于坐为诗七首，高祖览其文，篇篇嗟赏，由是朝野改观焉”[②]。梁武帝中大通五年（533 年）在乐游苑召开的宴会上“别诏（褚）翔与王训为二十韵诗，限三刻成。翔于坐立奏，高祖异焉，即日转宣城王文学，俄迁为友”[③]。如此，齐梁诗会给文人提供了展示自己才能的空间，同时也给有权者或者文坛领袖等主宰者提供了评价文人、选拔人才的空间。隋唐代诗赋取士的科举制度可以说是受魏晋南北朝时期在诗会中评价文人诗才文化的影响而形成的。

三　齐梁诗会文化和诗风的相关性

（一）为艺术的文学

“为人生的文学”和“为艺术的文学”，这是关系到把文学的最终价值观放在哪儿的重要命题，文学创作上很难找出其平衡点。在诗会上的创作也是把人生和艺术相融合，要在现实和美学之间找出完美的平衡点是很不容易的事。因为诗会本身就是暂时卸下繁重的现实生活的时间和空间，故诗言志意向浓厚的创作以及讽刺性强的创作都是在诗会上难以实现的。诗会本身是追求艺术性、娱乐性的聚会，这些特征自然而然对诗歌创作起影响，在诗会的创作也追求艺术性和审美性。

由于诗会偏重于艺术性的原因，在齐梁诗会上，文人们多创作了宫体诗、咏物诗和赋得体等诗体。宫体诗主要描写舞姬歌伎的妖艳姿态，作者所关心的重点是女性的情态美本身，不是表现感情。例如萧纲的《美人晨妆诗》："北窗向朝镜，锦帐复斜萦。娇羞不肯出，犹言妆未成。散黛随眉广，胭脂逐脸生。试将持出众，定得可怜名。”重点描写了女人早上打扮及她的羞涩，没有表现出作者对她的任何感情，男女之间的感情也早已排除在外，只有客观观察而已。诗歌的内容单薄，感情也不深。

咏物诗是以托物言志为传统。但齐梁咏物诗与其说是主要用身边琐碎的事物为咏物的主题来表达个人的情绪思想，不如说是把创作的重点放在细致地

① 《梁书》卷二十七《到洽传》，第 404 页。

② 同上卷三十三《刘孝绰传》，第 480 页。

③ 同上卷四十一《褚翔传》，第 586 页。

描写特定物象上。例如萧纲《浮云诗》："可怜片云生，暂重复还轻。欲使襄王梦，应过白帝城。"其中看不到作者的感伤、述怀等，可以说是为了创作而创作。如此齐梁咏物诗也是跟宫体诗一样，主要对于事物进行仔细观察和细致描写，并没强调"托物言志"的功能，缺乏思想感情。赋得体诗也在齐梁诗会上作出了很多，但这些与其说是都描写个人情绪的诗体，倒不如说是把重点放在诗会上发挥文学技巧的诗体。齐梁咏物诗创作都集中在齐永明年间和梁中大通年间，这个时期就是由帝王主办的文学集团活动繁荣昌盛的时期。从而可知，咏物诗是齐梁诗会的主要诗体。

"诗穷而后工"，在这里所说的"穷"是如失意和挫折一样精神价值之意。以这种标准来看，仍以诸王或高官贵族为中心的齐梁诗会上，创作的作品与其说反映人生和社会的作品，倒不如说是主要偏重于艺术本身的创作，其结果是文学背离了现实和人生，但是诗歌的题材和风格却有所多样化了。

（二）创作题材的限制

如果说诗会是在日常领域之外所举办的活动，那么这种诗会环境直接对诗歌内容起到影响。齐梁诗会大多跟朝廷侍宴、诸王主办的酒宴、高门贵族的山水游览、饮酒歌舞等活动一起举办。谢朓在《游后园赋》描写后园的环境和他们的娱乐场景，说"陈象设兮以玉瑱，披兰籍兮咀桂浆。仰微尘兮美无度，奉英轨兮式如璋。藉高文兮清谈，预含毫兮握芳"。人们在如此的御苑里侍帝王的宴会时所创作的作品，是很难表现出人生疾苦之悲，描写重重的社会问题，反映社会下层阶级的艰难生活，讽刺和批判统治者的。不仅如此，齐梁文人政治抱负比较薄弱，更不像建安诗人那样强烈讴歌时代理想，表现怀才不遇，述怀言志。因此，在他们的作品里所表现的或是对周边环境进行高雅的艺术形象描写，或是写出日常的杂事，或是描写风花雪月及歌伎舞姬之情态，或是吟咏闲居山水的情趣。齐梁诗歌里常见的感情就是"春庭落景，转蕙承风。秋雨且晴，檐梧初下。浮云生野，明月入楼"[①] 时的闲情逸致。女性的情态也是主要内容。"高楼怀怨，结眉表色，长门下泣，破粉成痕，复有影里细腰，令与真类，镜中好面，还将画等"，当时文人认这些内容为"此皆

① 萧纲《答张缵谢示集书》，严可均辑《全梁文》卷十一。

性情卓绝，新致英奇”。[1]

齐梁诗人将这些内容用咏物诗、宫体诗、唱和诗等形式来进行创作，“清辞巧制，止乎衽席之间，雕琢蔓藻，思极闺闱之内”[2]。其内容题材都未能脱离自己狭窄的生活范围，只能表现出贵族情绪，缺乏文学的社会功用性，力求的只是修辞和声律等诗歌艺术之美，趋向于过于唯美的倾向，是很典型的贵族文学。齐梁以皇室和高门贵族为中心的诗会环境就直接对诗歌内容起到影响。

中唐之后，诗会的主要形式是唱和诗，比起“和意”更追求“和韵”，即比起内容形式更优先，这也说明诗会比起人生和现实更追求艺术性。诗会创作之所以追求艺术性是因为诗会就是文人们脱离现实所追求的另一种风流。

（三）追求普遍感性

文学创作是将由于特定的事物或事件所触发的感情用文学性语言来表现出来的活动。但是，在齐梁诗会上的创作与其说是创作者的感情，不如说是按诗会主持者的偶然感想决定的。即诗会上的创作不是参加者自然地来了兴致而创作的，而是为了作诗编造感情而创作的。一般来说，在诗会里创作的题目、题材、形式、限制时间等条件，根据主持者即兴来决定，题出好了，任何参与者都要在一定的条件下创作出来，还要把那个描写或感受与诗会参与者共享，使得参与者受感动。这也就是说，在诗会的创作情感不是自然抒发而来的，而是为了创作编出来的，真实感情得不到充分的抒发，很容易就停止在一般的情绪上。加上诗会环境还有公开性的、集团性的特征，创作时不得不在意别人的情绪和评价，作者自身的情绪和意识很难如实地表达出来。比起抒发个人情绪和述怀来，更有意附会于诗会气氛，“怜风月，狎池苑，叙酣宴，述恩荣”[3]。齐梁的很多作品是符合于集团性娱乐或社交性应酬的作品。如此，齐梁诗会的文人们在很多场合上处在很难表达真实情感的创作环境中，因此在诗会上创作的作品，大多数只好得到“性情渐隐，声色大开”[4] 和“绮丽不足珍”的评价。

---

① 萧纲《答新渝侯和诗书》，严可均辑《全梁文》卷十一。

② 《隋书》卷三十五《经籍志》，中华书局1973年版，第1090页。

③ 周振甫著《文心雕龙今译》，中华书局1995年版，第60页。

④ 沈德潜著《说诗晬语》卷上，《清诗话》本，艺文印书馆1976年版，第652页。

（四）随声附和的创作和“新变”

诗会的目的是通过文学创作来使文人们相互交流并确认共性和团结，不过也同样以文学创作及其切磋琢磨为主要目的。但是由于竞争比较激烈的原因，诗会上稍有一点新内容或在技巧、词汇、章法等有所创新，文人们就会互相模仿，结果又会马上出现腻烦心理了。由于如此的艺术性模仿和雷同的创作风气，诗会频繁举办的齐梁时期，诗歌意境和风格比较相似。这是齐梁诗歌虽有诗歌艺术水平在一定程度上呈现上升趋势但没有培养出大诗人的原因所在。

不仅如此，齐梁时期的诗会逐渐发展成文学集团，如果文人们同属于一个文学集团时，创作风格、艺术技巧、审美意识、文学主张等方面类似的可能性非常高，而且在同一个诗会环境中用同一题目作的作品很难避免风格相似。加上以政治身份从属于诗会主持者的文人，与其说是表达自身的个性，不如说是按主持者的文学主张或思绪、嗜好随声附和地进行创作。

如此，诗会上的竞争所引起的诗歌艺术的模仿和随声附和的创作，就引发了诗歌水平的平均化现象，因此齐梁文人们迫切地感到要有新的变化，齐梁文人追求的所谓“新变”就会是在这样的创作环境下所引起的。根据《南齐书》卷五十二《文学传论》，当时的文学是“五言之制，独秀众品。习玩为理，事久则渎，在乎文章，弥患凡旧。若无新变，不能代雄”①。“若无新变，不能代雄”就是意味着新的变化难以避免。于是，文人们都追求具有自己个性的独创性，并开始以这种独创性为标准评价作品。张融“文辞诡激，独与众异”②。陆阙“少有风概，好属文，五言诗体甚新变”③。徐摛“属文好为新变，不拘旧体”④。齐永明年间王融、谢朓、沈约等“文章始用四声，以为新变”⑤。

如上所说，南朝文人们所追求的“新变”是在诗会上附和性创作和诗歌水平的均等化所引起的不得已的要求。咏物诗和宫体诗就是适合于“新变”

---

① 《南齐书》卷五十二《文学传论》，第908页。
② 同上卷四十一《张融传》，第725页。
③ 同上卷五十二《陆阙传》，第897页。
④ 《梁书》卷三十《徐摛传》，第446页。
⑤ 同上卷四十九《庾肩吾传》，第690页。

的体裁，永明体诗律和典故等都是“新变”的结果。人们都有要求被认同的欲望，在诗会上也会不断产生这种欲望，这促使他们不断地去追求“新变”，结果是带动了中国诗歌艺术的发展。

（五）诗歌吟咏和永明体

文人雅会在时间上有限制，也有时进行速作竞争，这样的创作环境下作篇幅较长的赋体文学不太适合；与其相反，诗歌因为能在几个短句内浓缩多种诗律和思想感情，比赋体更适合发挥文人们的文学才能，故很适合于雅会创作。随着齐梁诗会文化的扩大，诗歌发展成文坛的中心形式，赋体文学出现了低潮。

在诗会上，文人们不仅是创作者，又是吟咏表演者和欣赏者。文人们在诗会上对创作作品进行相互学习和评价，因此对各自的作品公开和比较是必需的。这时可以用眼睛阅读作品，也可以用“吟咏”方式来公开作品，不过“吟咏”方式更方便。因此，文人们在诗歌创作时就要考虑诗歌吟咏时的声律美，诗歌的声律就这样很自然地受到重视，并促进永明体诗律的发展。

朱光潜在《诗论》中说，由于中国诗是从音乐中作出来的，不管变到什么程度，它与音乐不能完全脱轨。这就是提出文人诗即使不能唱歌，也要能吟咏。他还提出吟咏是使语言的旋律和音调稍微带有形式化的音乐旋律和音调，因此不得不努力使歌辞的文字自身上带有音乐性。按他的说法，在永明体上四声运用是追求有汉字的语言的旋律和音调，来维持诗歌的诵读功能。还有沈括《梦溪笔谈·艺文》中谈到了以下的话：

> 古人文章，自应律度，未以音韵为主。自沈约增崇韵学，其论文则曰：欲使宫羽相变，低昂殊节。若前有浮声，则后须切响。一简之内，音韵尺殊。两名之中，轻重悉异。妙达此旨，始可言文。自后浮巧之语，体制渐多。①

上文也说沈约为了诗歌吟咏就运用了文字本身的和声。沈约还主张“文章三

---

① 沈括著，李文泽译《梦溪笔谈全译》，巴蜀书社 1996 年版，第 206 页。

易论”：“文章当从三易，易见事，一也。易识字，二也。易读诵，三也。”①他主张诗歌运用四声和“易读诵”，是诗歌要易吟咏和好记忆。诗歌声律论是在要公开吟诗的诗会上能够积极实践并得到广泛流行。实际上，在声律的发展上贡献最大的沈约、谢朓、王融等“竟陵八友”是参加过很多诗会的人物。钟嵘对齐梁的声律学习风气进行了如下的描写：

> 王元长创其首，谢朓沈约扬其波。三贤咸贵公子孙，幼有文辩，于是士流景慕，务为精密。襞织细微，专相凌架。②

他描写了文人们争相学习和模仿声律。当然，当时文人们视诗歌声律为“新变”之一。为诗歌吟咏而探求声律美，这可以说是像“什么是诗歌”一样，是对诗歌本质性特征深感苦恼而提出来的。诗歌最初是吟咏和可歌唱的对象，为了维持这样的诗歌本质性特征，就引进了声律。诗会是吟咏必要性非常大的创作文化。

（六）用事和修辞

诗会这个创作环境给诗歌创作带来了典故热。文学创作中运用典故是喜爱隶事的社交文化的反映。隶事又称作策事，是南朝文人们聚在一起玩的一种高级智力游戏，由王俭第一次提倡的，“尝集才学之士，总校虚实，类物隶之。谓之隶事，自此始也”③。隶事是由地位或名望高的人来定题目，提出和它有关联的典故，以谁提的多谁就得胜的方式，由口头或笔记来进行。由于王俭是当时文坛的领袖，很多文人们以幕僚和宾客的身份围在他的周围，隶事也自然地被广泛传播了，齐梁之交，此风特盛。隶事游戏是一种炫耀博学的文化。

隶事不是要特别的能力，而是要博学强记、随机应变的能力。学习方法是“终日恬静，唯以书记为乐，于坟籍无所不睹。每有制述，多用新奇，人所未见，咸重富博”④。颜之推关于当时学问风潮说：“空守章句，但诵师言，

---

① 王利器撰《颜氏家训集解》，中华书局1993年版，第272页。
② 钟嵘著，曹旭集注《诗品序》，上海古籍出版社，第340页。
③ 《南史》卷四十九《王摛传》，第1213页。
④ 《陈书》卷二十七《姚察传》，中华书局1972年版，第353页。

施之世务，殆无一可。故士大夫子弟，皆以博涉为贵，不肯专儒。”[①]这虽是批评当时学习风气的话语，但在另一方面可以看到当时社会要求什么样的“人才”，文人们比起学儒学和实用性知识，只是要背章句。

隶事文化很自然地影响于诗歌创作，在诗歌上典故运用也逐渐多了。典故也能显示文人的文才和博学，也是为精巧的诗歌语言和速作所必需的要素。依钟嵘所说，宋大明之后“至乎吟咏情性，亦何贵于用事。…… 故大明泰始中，文章殆同书抄。近任昉王元长等，词不贵奇，竞须新事，尔来作者浸以成俗，遂乃句无虚语，语无虚字，拘挛补衲，蠹文已甚”[②]。这说明当时文人们过度地使用典故。在这种创作环境下，文人们事先要做好创作准备。诗会的评价标准是速作和精致的语言，文人们事前要做准备，这包括了典故在内的华丽、精巧的词汇。结果，齐梁诗歌当然是技巧性比较强，俗套的词汇或表现也同样比较突出。

总而言之，齐梁诗歌题材狭窄，内容平庸，缺乏真情，被评价为“绮丽不足珍”，但齐梁时期在诗会上酝酿起来的各种诗歌艺术，经过其后长时间的演练就形成了中国古典诗歌的艺术性。古代文人、士大夫们摆脱政治性关系而通过诗会积极进行文学交流，这是因为文人阶级在诗会上通过艺术创造行为，能享受高雅智慧性的艺术趣味，确立新时代的审美价值，还可以共享一定的思想和世界观来成为具有排他性和优越性的文化阶层，并获得文化权力。因此，诗会可以说是以文化艺术的生产和消费、交流和传播、学习和创造的时间和空间，对文化史、文学史起到很大的影响。

[本文部分内容原刊于韩国《中语中文学》第56、59辑，以及《诗会的诞生》(韩国 Hangilsa 出版社 2016 年版)]

① 王利器撰《颜氏家训集解》，第176页。

② 钟嵘著，曹旭集注《诗品序》，第174页。

齐梁咏物诗审美情趣的渊源和表现艺术的发展

徐 盛

齐梁时期在咏物诗的发展中成为第一次高潮，表现在多个方面上。一方面是咏物诗的题材非常多样，不仅增添新的题材，还有吟咏有关天象、季节等“准咏物诗”不断增加。诗人们突然对更多的事物产生了兴趣，诗歌中出现了许多以前诗歌作品里没有吟咏过的题材。另一方面是这个时期的咏物诗里借物寄托的成分大大减少，取而代之的是赋体为主的咏物诗，因此这时赋体咏物诗在咏物类诗中占大多数。还得注意的是这个时期的咏物诗里表现的审美情趣问题。齐梁诗人以咏物诗高潮来到达的美学取向是什么？齐梁咏物诗与当时发展中的写景诗和山水诗有什么关系？追求新变的思想在咏物诗方面如何表现？他们开掘新的题材找到新鲜的感觉有何处？句法上有没有固定的格式？对事物的情感态度和思想上出现的时代特点是什么？本文要力图解答这些问题。

一　咏物诗与写景诗的关系和其审美情趣的渊源

齐梁咏物诗中较强烈地表达出个人情志的作品很少，大多数作品是注重于描写事物外表的赋体咏物诗。赋体咏物诗一般少有寄托，齐梁咏物诗也是这样。现存的很多齐梁诗是赖于《艺文类聚》而保存下来的，其中相当多的诗没有全篇编入，只摘录了其中几句，这样很难判断一首诗歌的整体性质。但是从一些保存完好的诗篇来看，纯粹描写事物外貌的作品和稍有情感寄托的作品各占据一半的数量。我认为这些稍带有情感寄托的作品由于没有强烈的寄托言志，所以与魏晋比体咏物诗不同。如果说这些诗里有寄托成分，那么，与其说是寄托，不如说是一种情致。诗人们写诗，并不是为了表现这种寄托而写，而是为了表现情致而写。本来这种诗中的风格接近于南朝士人追求的闲情，只不过齐梁文人把生活中的感情更多地融入到诗歌里而已。我认为晋宋士人追求闲情就是齐梁咏物诗审美情趣的渊源，从《世说新语》中可得知一些东晋士人的好尚：

王子猷尝暂寄人空宅住，便令种竹。或问："暂住何烦尔?"王啸咏良久，直指竹曰："何可一日无此君?"

支公好鹤，住剡东峁山。有人遗其双鹤。少时翅长欲飞，支意惜之，乃铩其翮。鹤轩翥不复能飞，乃反顾翅，垂头。视之，如有懊丧意。林曰："既有凌霄之姿，何肯为人作耳目近玩?"养令翮成，置使飞去。

或以方谢仁祖不乃重者。桓大司马曰："诸君莫轻道，仁祖企脚北窗下弹琵琶。故自有天际真人想。"

从这几段引文中我们不难看出他们的举止风度和审美情致。王徽之酷爱竹子，不一定因竹子代表节操而喜欢它，可能只是一种简单地对竹子的喜爱。只是显示一种风雅。① 支道林好鹤也与当时养鹤的时尚有关②，他的爱鹤主要反映他的嗜好。谢尚好弹琵琶，其目的当然不是为了给桓温仙风道骨的印象，只是他平时的一种爱好而已。这里王徽之、支道林、谢尚都通过对事物的爱好表现了清高的风度。竹、鹤、琵琶等事物本身已经具备了士大夫所向往的精神特质，表现出清高、洒脱、闲逸等品质。《世说新语》里随处可以找到他们向往的清风朗月的气质、飘如游云的才情、玉山孤松的风貌。由此可见，受到士大夫从玄学中追求的精神理想和生活中表现的审美情趣的影响，当时文学上自会出现"清新""清丽"的文风。

本来这种文风最适宜表现在山水诗方面。但是对齐梁咏物诗来说，影响

---

① 《世说新语·简傲》里也有一则王徽之喜爱竹子的故事："王子猷尝行过吴中，见一士大夫家极有好竹。主已知子猷当往，乃洒扫施设，在听事坐相待。王肩与径造竹下，讽啸良久。主已失望，犹冀还当通，遂直欲出门。主人大不堪，便令左右闭门不听出。王更以此赏主人，乃留坐，尽欢而去。"

② 《世说新语·排调》中也有有关羊祜养鹤的故事。

其审美情趣的渊源可以追溯到晋宋诗里的写景诗或者说庭园山水诗。东晋淡乎寡味的玄言诗风靡一时以后，到了晋宋之际出现可视为“诗运转关”的谢灵运山水诗和陶渊明的田园诗。这个时期之前，谢混和殷中文活动开始改革玄言诗风，“殷中文始革孙许之风，叔源（谢混）大变太元之气”①。刘勰也说：“宋初文咏，体有因革……俪采百字之偶，争价一句之奇，情必极貌以写物，辞必穷力而追新，此近世之所竞也。”② 这是晋宋之际文风的概貌。一般认为，山水诗在这个时候从玄言诗中开始分离出来。这是肯定的。但我认为山水诗出现的时候，开始向两个方向发展：一个是全景式山水诗，另一个是庭园山水诗。庭园山水诗中咏物和写景相结合的形式常常出现。不仅诗歌是这样，赋作也是这样，在谢灵运的《山居赋》中已有这种特点。谢灵运叙述始宁谢氏庄园的“北山二园，南山三苑”的规模和胜景的同时也对花草竹木、鸟兽虫鱼一个个罗列而赋咏，如他描写竹子的一段：“既修竦而便娟，亦萧森而蓊蔚。露夕沾而凄阴，风朝振而清气。捎玄云以拂杪，临碧潭而挺翠。”不难看出写景和咏物已混融在一起。谢灵运也尝试过《维摩经十譬赞》的说理咏物作品。③ 本来有的咏物诗难免会有对环境的描写，或者说有的事物从描绘环境中衬托出来，这是很自然的。但是，刘宋时期咏物诗从写景诗中分化出来的时候这种现象尤其明显。在这里要注意的是，与咏物诗有密切关系的写景诗一般是描写庭园风景的。咏物诗的吟咏对象一般是庭园中的草木鸟虫，很少能在险峻峥嵘的大自然中找到对象。宋末江淹在吴兴令任，山中无事，或以诗赋自娱，《草木颂》十五首也是在庭园环境中写的。④ 他以四言八句颂赞体描写自己庭园中的树木，其中的《相思》：“竦枝碧涧，卧根石林。日月断色，雾雨恒阴。绿秀八炤，丹实四临。公子不至，山客徒寻。”⑤ 虽然是颂体，但也有咏物意识。有时他们游玩的庄园规模相当大，但都是人工创造的，

---

① 《宋书·谢灵运传论》。

② 刘勰著《文心雕龙·明诗》。

③ 谢灵运《维摩经十譬赞》现存八首：聚沫泡合、焰、芭蕉、幻、梦、影响合、浮云、电。参见顾绍柏著《谢灵运集校注》，中州古籍出版社 1987 年版。

④ 曹道衡《江淹作品写作年代考》系于元徽三年（475 年）。载于《汉魏六朝文学论文集》，广西师范大学出版社 1999 年版。

⑤ 《草木颂》十五首是吟咏金荆、相思、豫章、栟榈、杉、柽、杨梅、山桃、石榴、木莲、石上菖蒲、黄连、薯蓣、杜若、藿香。

基本上与小庭园没有大的差别，如萧子良的《游后园》：“托性本禽鱼，栖情闲物外。萝径转连绵，松轩方杳蔼。丘壑每淹留，风云多赏会。”如果说，初唐诗人吟咏廊庙朝廷、四杰把题材扩大到市井和沙塞的话，那么齐梁诗人的取材则是局限于庭园之内。庭园中的自然环境和建筑器物以及歌舞美女是齐梁三大主要诗类的描写对象，即写景诗、咏物诗、宫体诗。其实宫体诗描写的范围也是庭园空间的外延而已。所以，齐梁时期发展的三种诗类的审美情趣有共同点是很自然的。

咏物诗与写景诗有互补的关系。咏物诗的题材可分为自然物和人工物两大类，其中草木虫鸟等自然物所在的环境是写景诗的对象。如果有的诗人在写景中比较集中刻画某一个事物的话就成为咏物诗了。两种诗类的互补使得诗人不仅全观山水而且可以观察细小的事物。谢朓的《同赋杂曲名》的两首诗表现了这样的关系：

> 便娟绮窗北，结根未参差。从风既袅袅，映日颇离离。欲求枣下吹，别有江南枝。但能凌白雪，贞心荫曲池。（《秋竹曲》）
>
> 缓步遵莓渚，披襟待蕙风。芙蕖舞轻带，苞笋出芳丛。浮云自西北，江海思无穷。鸟去能传响，见我绿琴中。（《曲池之水》）

前一首是咏物诗，而后一首是写景诗。写景诗中的曲池是咏物诗中的背景，咏物诗中的主要对象是写景诗的构成要素。曲池和竹子在园林中是不可分割的整体，“池北树如浮，竹外山犹影”①，只是按照诗人注重点的不同把两首诗区分开来。当然写景诗和咏物诗的混合作品也是常见的，如庾信的《咏园花》：“暂往春园傍，聊过看果行。枝繁类金谷，花杂映河阳。自红无假染，真白不须妆。燕送归菱井，蜂衔上蜜房。非是金炉气，何关柏殿香。裛衣偏定好，应持奉魏王。”咏物诗与写景诗的互补关系不仅发生在自然物上，在日常器物中也有发生，即想起事物的由来，联想到其原来的自然环境。当然，写景诗和咏物诗有不同之处。从诗人的角度看，山水田园诗发展的初期，谢

---

① 谢朓著，曹融南校注《谢宣城校注》卷四《新治北窗和何从事诗》，上海古籍出版社 1991 年版。

灵运和陶渊明很少写咏物诗，这说明写景诗和咏物诗之间有根本上的界限。尤其，咏物诗可以日常器物为吟咏对象，而写景诗则不然。写作使用拟人法在咏物诗中较常见，而在写景诗中则很罕见。写景诗或山水诗的思想渊源是目击道存、回归自然的思想，而咏物诗的重要的思想根源之一是表现士大夫的闲情逸致。其诗类渊源是不同的，所以其不同的发展方向也是可以预测的。

影响齐梁咏物诗审美情趣的又一个渊源是晋宋吟咏季节天象的诗。玄言诗一般是以思辨性的玄理为特点的诗歌，这种诗在东晋风靡一时的时候，清新自然的诗歌也时时出现。谢道韫、谢混、谢瞻等谢家诗人的现存作品里没有玄言，其中很多诗人以《秋夜长》《春可乐》《咏冬》《七月七夕咏织女》等新的乐府题或题材来表达个人的情怀。这种吟咏季节、描写天象的作品在晋宋时代逐渐消失玄理成分，代之以表现淡淡的哀愁，有的诗题已被固定，而后继续发展下来。钟嵘的《诗品》中“谢朓”条云“其源出于谢混”，谢混到谢朓的中间有两个重要的作家即谢惠连和谢庄。谢惠连的《雪赋》《捣衣诗》和谢庄的《月赋》都是继承两晋审美意识的代表作品。他们描写的对象本身带着一种与情绪相关的成分。雪、月、捣衣和同时出现的白纻舞等题材，其洁白的颜色和空阔的风景以及似有若无的音乐等，都显示对象本身有不能用一两句话来概括的性质。这些题材最易唤起无边的情感，最能表现他们的审美情趣。从咏物诗的角度看，这些作品也是以写景和咏物相结合的形式构成。咏物和写景的关系，在某些题材的表现上有非常密切的关系。咏物诗题材中有的对象没有明确的外表，比如风、雨也是天象，但与云、雪比起来很难表达出来，只有借助风景才能呈现出事物的形态。其实云和雪也是借助风景然后被更好地描绘出来的。晋宋文人通过这些新的题材，可以摒弃重视观念和凝重结构的写作方法，而吟咏生活中的直接感受。宋代开始流行的七夕、捣衣、听妓等题材都具有这种特点。其作品的大体风格接近于清雅秀逸、轻淡新丽的特点。到永明年间写景、咏物、季节等诗类结合在一起出现了，如王俭的《春诗》：“兰生已匝苑，萍开欲半池。轻风摇杂藹，细雨乱叶枝。”《春夕》：“露华方照岁，云彩复经春。虚闺稍叠草，幽帐日凝尘。”齐梁咏物诗出现之际，具有这种特点的作品是常见的。

二　永明诗人的咏物意识和审美情趣

咏物诗发展史上，南齐永明时期是第一次的高潮。其标志是多方面的：同咏咏物诗明显增加；题材上不仅吟咏草木禽兽，也从日常器物中取材；文体上不仅有诗作，也有赋作。永明年间竟陵王萧子良开西邸，招才隽之士，除范云、萧琛、任昉、王融、萧衍、谢朓、沈约、陆倕八友以外，柳恽、王僧孺、江革、范缜、孔休源、刘绘、张融、周颙也参加了，一时成为学术艺术活动的中心。文人之中沈约、范云、任昉等早在宋末就已结识，友情甚笃，但多数才士结集于一处主要是由于王公大臣热心推进文化活动的缘故。现存一些同咏的咏物诗赋就是在永明年间这种文化背景中产生的。《谢宣城集》所载同咏事物的作品有永明年间四人参加各赋一物的《同咏坐上所见一物》；三人各赋一个乐器的《同咏乐器》；谢朓与沈约两人作的《同咏坐上玩器》以及《咏竹火笼》。除此之外，沈约和刘绘同咏的《咏博山香炉》，王融和刘绘唱和的《池上梨花》，还有七人作的《阻雪连句遥赠和》。不仅诗作是这样，也有同题赋作：萧子良、王融、沈约三人作的《桐赋》；王俭、沈约、谢朓三人各写《和竟陵王子良高松赋》；王融、沈约、谢朓三人的《拟风赋》。这说明永明诗人无论在诗体或赋体上都有意识地进行过咏物写作。永明诗人的咏物意识最明显地表现在这些同咏作品中，如《同咏坐上所见一物》：

得与珠缀，幂历君之楹。月映不辞卷，风来辄自轻。每聚金炉气，时驻玉琴声。但愿置樽酒，兰釭当夜明。(王融《咏幔》)

青轩明月时，紫殿秋风日。曈昽引光辉，晻暖映容质。清露依檐垂，蛸丝当户密。褰开谁共临？掩晦独如失。(虞炎《咏帘》)

照日汀洲际，摇风绿潭侧。虽无独茧丝，幸有青袍色。罗袖少轻尘，象床多丽饰。愿君兰夜饮，佳人时宴息。(柳恽《咏席》)

本生潮夕池，落景照参差。汀洲蔽杜若，幽渚夺江蓠。遇君时采撷，玉座奉金卮。但愿罗衣拂，无使素尘弥。(谢朓《咏席》)

在咏物诗发展史上，南齐时期这些同咏之作的大量出现值得注意。一是选题上日常器物的大量出现。这些日常器物题材在以往的诗题和赋题里都是罕见的，对当时的文人来说算是很新的对象。齐梁诗人除了以传统咏物题目来写作以外，还不断地增添新的诗题。在追求新变思想的推动下，永明诗人敢于从日常器物中选题，新的题材逐渐增加，一直到陈代。齐梁时期特别关心日常生活，很少涉及到慷慨激昂、避世高蹈的高唱，以送别、闺怨、写景为主题的作品中以个人的感受为胜，咏物诗也如此。他们的选题一般倾向于很具体的事物，从题目上看，同样是竹子，有“见江边竹”“望廨前水竹”“檐前竹”“枯叶竹”“斋前竹”“秋竹”“绿竹”等。有时哪怕题目作得笼统，但实际写的是具体情景中的事物。这说明他们吟咏事物的时候很少根据抽象的观念去写作，一般都拿具体的时间和环境中的事物来写。二是诗中有赋的影响即赋的诗化问题。尽管他们选题上趋向于追求新鲜，但写法上还没完全摆脱传统作赋的技法，可以说是赋的诗化的一个例证。上面四首诗都把所咏的对象放在来历和环境之中，诗人以此来描写对象的整体面貌。看谢朓的作品，每两句诗依次描写“来历—成长—功用—抒情”，五言八句浓缩了一篇赋的形式。南齐诗人与梁中期以后诗人比起来较讲究稳定的章法，其作品也以白描为主描写事物的整体面貌。齐梁咏物诗中很少有警策之作，其原因也在于这种没有起伏的按排。三是句法问题。以各首诗最后两句带着轻淡的希愿，我认为这不能说是寄托言志，而是一种句法上的按排。由于这不是作诗的目的，所以其在诗中只不过起结束诗篇的作用。用“但愿”“愿君”和疑问句来结束诗篇的方式在古诗中很常见。永明诗人写的《同咏乐器》和《咏竹火笼》也是这样的。在齐梁咏物诗里这种习惯性句法较为有效，但越来越少了。四是审美情趣和感情主调是以内向为主的。这是与句法问题有关的。诗人借室内事物的口吻来抒发事物的愿望，这是一种拟人的方法，更准确地说是诗人借诗中话者来抒发自己的感情。这里日常器物对主人的服从性极其突出，诗人把主人和事物的关系变成为封建社会的男性和女性的关系，也暗示着君臣关系。本来汉魏赋中颂赞事物的功用和德行是作品的主要组成部分之一。由于写诗歌与写赋不同，不好作铺陈排比，需要简单而且有效的手法。这里以男女关系做比喻就是很恰当的方法：诗人给事物女性属性，然后让事物扮演女性的角色来等待主人的观照和爱情。四首诗中三首都采用女性的口吻来结束，配合诗歌的主旨和风格。更重要的是诗人吟唱自然对象与吟咏日常器物的表现方式没有太大的差别。由于咏物诗中的自然对象主要是庭园中的草木鸟虫，所以无论是室内的器物还是庭园中的自然物都在女性化的庭园空间之内，富有女性的样态和感性。可以说，“事物的女性化”是南齐咏物诗的重要特点之一。

永明体诗人的咏物诗以沈约、谢朓为代表，大体说是结构严正、语言工致、风格华美而不失朴素：

白水满春塘，旅雁每回翔。唼流牵弱藻，敛翮带余霜。群浮动轻浪，单泛逐孤光。悬飞竟不下，乱起未成行。刷羽同摇漾，一举还故乡。（沈约《咏湖中雁》）

庭雪乱如花，井冰粲成玉。因炎入貂袖，怀温奉芳褥。体密用宜通，文邪性非曲。本自江南墟，便娟修且绿。暂承君玉指，请谢阳春旭。（谢朓《咏竹火笼》）

翻阶没细草，集水间疏萍。芳春照流雪，深夕映繁星。（王融《咏池上梨花》）

南齐诗人中沈约写诗较多，现存他的咏物诗也相当多。《文选》里所选的《咏湖中雁》，通过体物的方法刻画出春湖中的雁的种种情态。谭元春说：“‘群浮’、‘单泛’、‘悬飞’、‘乱起’，尽湖雁多寡、上下、迟疾、斜整之状，可作一湖雁图。”[①] 何绰、陈祚明等诗评家也赞赏这首诗，但我认为不免有平淡之感。谢朓的咏物作品二十首里面很少有上乘之作，一般都不如他的山水和送别诗。《咏竹火笼》通过比较细腻的笔触描绘出其事物的特点，同时表现诗人的情绪。他的多数咏物诗借女性的口吻涂抹了淡淡的伤感，这里或许也反映了自己的处境。这里并没有美刺讽谕的含意，只有女性化的主人公的淡淡的哀愁或愿望。诗人的感情通过事物来表达很有表现力，但他的咏物诗并不能称为上乘之作，其原因在于诗里很少有真实的情感，而且作者对事物的认识和感受也不够深刻。永明体诗人中王融有别开生面的咏物之作。他的《咏池上梨花》诗与其他诗人的作品的不同之处在于他能够突破常见的咏物模式，

① 钟惺、谭元春选评《古诗归》卷十三。

以灵活的笔触刻画出春天梨花的神韵。本来谢朓擅长以小诗的形式来写《玉阶怨》《同王主簿有所思》等情韵深长的闺怨诗，但在咏物诗里没有达到这种境界。王融在咏物诗方面的成功在于能虚实结合。

从写作技巧上看，齐梁之际的咏物诗大多数是以刻画事物的外貌和习性为主的赋体咏物诗。诗人中尽管也有以写比体咏物诗为主的吴均等人，但他也有“萦空如雾转，凝阶似花积”的佳句。批评当时文人“深心主卉木，远致极风云”的裴子野，现存三首诗中两首是咏雪诗，可见当时写咏物诗的普遍性。齐梁赋体咏物诗的精华所在，一般不在于最后两句的抒情部分，而在于着力描绘事物的诗句，如上面引用的诗中虚实兼备的“月映不辞卷，风来辄自轻”（《咏幔》），有比喻细巧的“清露依檐垂，蛸丝当户密”（《咏帘》）等诗句。《诗经》的以物比物的用例和魏晋赋的体物方法在这里复苏，很多诗虽然“无篇”，但是“有句”：“对风悬清冰，垂龙挂明月”（谢朓《镜台》）；“抽茎类仙掌，衔光似烛龙”（谢朓《杂咏三首·灯》）；“空濛如薄雾，散漫似轻埃”（谢朓《观朝雨》）；“清露依檐垂，蛸丝当户密”（虞炎《咏帘》）；“萦藁似乱蝶，拂烛状联蛾”（刘绘《和池上梨花》）；“散葩似浮玉，飞英若总素。东序皆白珩，西雍尽翔鹭”（任昉《同谢朏花雪》）；“倏忽银台构，俄顷玉树生”（丘迟《望雪》）等。以后庾信写的“白沙如湿粉，莲花类洗杯”[①] 也是这种比喻的延续。描写事物的技法中直接比喻是较有表现力的方法之一。一般五言句中第三字多用“如”“似”“若”等字，以鲜明明快为特长。这种鲜明的比喻，意味着对事物的明了感觉和认识，以后成为咏物诗的一个特点。

对事物的描写中，小动静一般在一句之内运用“复”“且”“已”等字来表现：“垂杨低复举，新萍合且离”（谢朓《咏风》）；“月光疏已密，风来起复垂”（谢朓《咏竹》）；“夜雪合且离，晓风惊复息”（沈约《咏雪应令》）；“平织方以文，穹成圆且密”（沈约《咏竹槟榔盘》）；“因风结复解，沾露柔且长”（沈约《玩庭柳》）；“逢河散复卷，经风合且开”（吴均《咏云》）；“下听长而短，时闻绝复寻”（刘孝绰《咏百舌》），等等。一般说齐梁咏物诗讲究事物的细腻描写，其根源之一基于这种句法。咏物诗中常见的这种描写方

① 庾信撰，倪璠注《庾子山集注》卷四《奉和赵王喜雨》，中华书局1980年版。

法在写景诗中也适用："燕陵平而远，易河清且驶"（沈约《豫章行》）；"寒苔卷复舒，冬泉断方续"（沈约《伤春》）；"远山隐且见，平沙断还绪"（范云《饯谢文学离夜》）等。反复出现的这些技巧说明当时咏物诗写作中有一些固定的方法。

还有诗人不仅注意到事物本身的样态，也以环境的描写来衬托事物，这种方法也是常见的："青扈飞不碍，黄口得相窥"（谢朓《咏竹》）；"巧随浪开合，能逐水低平"（刘绘《咏萍》）；"轻蜂掇浮颖，弱鸟隐深枝"（丘迟《芳树》）；"杂叶半藏蜻，丛花未隐雀"（丘迟《玉阶春草》）；"泠泠玉潭水，映见蛾眉月"（虞骞《视月》）；"落晖散长足，细雨织斜文"（虞骞《拟雨》）；"锷边霜凛凛，匣上风凄凄"（吴均《咏宝剑》）；"叶密形易扬，风回响难住"（沈约《听蝉鸣应诏》）；"不摇香已乱，无风花自飞"（柳恽《咏蔷薇》）；"风声动密竹，水影漾长桥"（何逊《夕望江桥示萧谘议杨建康江主簿》）等。以间接侧面的描写来联想事物的样态或习性，这在咏物诗发展中是很重要的，上面引用的王融的"芳春照流雪，深夕映繁星"是最典型的。这种方法能够避免单调的句式，为感受事物留下更多的余地。

构句中表现因果关系的句子也特别多，其中沈约的《听蝉鸣应诏》中"叶密形易扬，风回响难住"，影响初唐骆宾王的《在狱咏蝉》。前后两句之间的关系也有很多新尝试，即远和近、疏和密、景和情等等。"非对不发"的对偶风气在咏物诗中也常见。这些与咏物意识有关的技法都逐渐完善，以后在初、盛唐时期探讨归纳诗作原理时成为很好的借鉴。

三　梁陈咏物诗的新趋向和其意义

一般文学史上以轻绮华美的文风形容南齐和梁代文学，其沿用的说法颇久。初唐史臣总结南北朝文学的时候，把南齐和梁中期区分开来，严厉批判梁大同以后的文学。能够鉴赏南北文学各长的魏徵也指出："梁自大同之后，雅道沦缺，渐乖典则，争驰新巧。简文、湘东，启其淫放，徐陵、庾信分路扬镳。其意浅而繁，其文匿而彩，词尚轻险，情多哀思。格以延陵之听，盖亦亡国之音乎！"[①]魏徵以政评文，他的观点不免有文学和政治的含混之嫌，但梁大同以后文学以"简文、湘东"兄弟为代表"争驰新巧"的倾向，这说法是可取的。七岁有"诗癖"的萧纲，周围逐渐延揽庾肩吾、庾信父子，徐摛、徐陵父子，刘孝仪、刘孝威、刘遵兄弟，及陆杲、傅弘等文人，形成了文学集团。主张文学作品应该"情灵摇荡"的萧绎，周围有刘孝胜、刘孝先兄弟，及萧子云、刘孺、刘缓、张缵等人，在荆州形成了文学集团。他们在永明体的基础上更倾向于"新变""新巧"，其结果产生了"宫体"文风。历代诗评家指责他们的文学过于轻艳，有时国破家亡也归咎于他们的浮靡文学。皇家的成员一般生活在寻求刺激欲望的环境中，很难避免华丽淫艳的生活，聚集于君王周围的士大夫也有沉浸在这种生活中的。萧氏父子以道德行为来掩盖欲望是皇家的一贯作风，他们与别的朝代皇家不同的是他们在文学艺术方面宣扬"放荡"，极力写作而且留下了大量宫体作品。我认为这是他们对文学的热心程度问题，也是在封建社会里对宫阙内外发生的事情掌握分寸的问题。因此，从文学的内容来批判他们的生活是不太公允的。梁陈时期没出现像"永嘉三大家"这样的诗人也不能归咎于宫体文风。我们应该尽量排除感情上对待他们文学艺术的态度，要看他们创造出来的文学在文学发展和人的情感生活中有多大的意义。

宫体诗主要包括艳情和咏物两大诗类。这些作品主要有以下三个特点：

第一，对事物的观察和描写趋向于更加纤细，注重刻画事物的生动形态。下面以梁代咏物诗的代表萧纲的作品来说明这个现象：

细雨阶前入，洒砌复沾帷。渍花枝觉重，湿鸟羽飞迟。傥令斜日照，并欲似游丝。（《赋得入阶雨》）

本将秋草并，今与夕风轻。腾空类星陨，拂树若花生。屏疑神火照，帘似夜珠明。逢君拾光彩，不恡此身倾。（《咏萤》）

衔苔入浅水，刷羽向沙洲。孤飞本欲去，得影更淹留。（《咏单凫》）

燕来枝益软，风飘花转光。氤氲不肯去，还来阶层香。（《咏蔷薇》）

---

① 《隋书·文学传序》，中华书局1982年版。

萧纲在选题上很具体琐小，《赋得入阶雨》描写洒在阶石的细雨，其表现非常入微细致。他的眼光还放在庭园的雨中花鸟，并想象斜日中的雨丝。第三句写花枝上的雨水的重感及第四句中淋湿的鸟羽的湿气描写都很逼真，使人产生站在檐下望雨的感觉。他通过对萤、单凫、蔷薇等小的动物或植物的观察和描写，赋予它们可爱的生命。《咏萤》突出表现夜里明灭的萤火，《咏单凫》以单凫流连的样子描写它的习性，不是以物比人，而是以人比物，《咏蔷薇》连蔷薇的“软”的感觉都传达了出来。在咏物诗的发展史上，萧纲可以算是划时代的人物，从同时代的同类作品中可以看出他的影响，如：

风轻不动叶，雨细未沾衣。入楼如雾上，拂马似尘飞。（萧绎《咏细雨》）

远度时依幕，斜来如畏窗。向月光还尽，临池影更双。（纪少瑜《月中飞萤》）

排帘动轻幔，泛水拂垂杨。本持飘落蕊，翻送舞衣香。（贺文标《咏春风》）

委翠似知节，含芳如有情。全由履迹少，并欲上阶生。（庾肩吾《咏长信宫中草》）

这里我们可以看到梁中期以后的咏物诗已经减少了永明咏物诗里残留的一些单调之感。萧绎与萧纲一样会捕捉细雨的样态，末句给人感觉“拂马”时手上触摸到的雨水。纪少瑜笔触中的飞萤也体现了人的特点，句句都是表现乍现乍隐的萤火虫的形象。一句写一种情景来表现事物的飘忽，在《咏春风》诗里是常见的手法，贺文标的写作也有这种特点，另外以舞衣的熏香来传达春天的气息也不同凡响。萧纲的师父庾肩吾，把“知节”和“有情”等人的特点赋予宫中的草，长满于阶上的样子也带着迷恋亲近宫内人的味道。如果说，南齐诗人给没有生命的日常器物女性化的性格，那么，梁代诗人则给小生命的自然物以亲切可爱的人情。在选题上的偏爱和表现上的技巧一定程度上联系在一起，决定了这个时期咏物诗的风格。

在选题中出现的又一个明显的特点是梁代咏物诗人经常选择微妙的对象。比如，水中楼影、江中月影、池中烛影等似有似无的情景。看庾肩吾《三日侍宴咏曲水中烛影》："重焰垂花比芳树，风吹水动俱难住。春枝拂岸影上来，还杯绕客光中度。"他不仅写出了水中的倒影，也传达出宴中的气氛。类似的作品有萧纲的《水中楼影》，王台卿的《和简文咏水中楼影》，萧绎的《咏池中烛影》《望江中月影》，刘孝威的《禊饮嘉乐殿咏曲水中烛影》等。还有，萧纲的《开霁》中的"水纹城上动，城楼水中出"，刘孝威的《和帘里烛》中的"浮光烛绮带，凝滴汙垂花"等句也表现对这方面的嗜好。对微妙的事物的嗜好和文字上的表现，在刘宋时期已有开端，到了梁代发展到有意地追求。但是他们的作品与唐代孟浩然的"气蒸云梦泽，波撼岳阳城"① 比起来，还是局限于庭园的围墙之内，缺乏气势，行文也没有起伏。这就表现出梁陈诗人对事物的认识、审美感受的局限性。

选题上更加具体和对微妙的事物有兴趣，抓住情景的特点、赋予事物人的情绪性格等特征表明梁代的咏物诗已有相当大的进步。诗人的咏物意识中最引人注目的是对事物的亲切感。我们最初在汉代班婕妤《怨诗》中看到的这种写作方法，在这个时期的咏物诗中普遍运用。这是对事物的新的感受，所谓感性认识的一个标本。

第二，描写事物的技巧上特别讲究"五感"的表现，善于诉之于人的具体感觉。多数诗人注重于感觉的表现，其中视觉、听觉、嗅觉、触觉等都是很真切的。齐梁时期注重于人的具体感觉的享受，萧绎说"苟取成章，贵在悦目"，② 这种趋向与追求辞藻上的秾丽、声律上的和谐、情感上的放荡等文学思潮有关系。

人的感觉中视觉冲击最强烈，也成为文学作品中最普遍的表现方面。除上面列举的鲜明的明喻以外，梁代诗人尝试过多种视觉的描写。色彩的渲染方面有"露沾疑染绿，叶小未障空"（萧绎《绿柳》），"轻苔染珠履。微淀拂罗衣"（鲍子卿《咏玉阶》）等鲜丽的表现。但他们最多下功夫的地方，在于借助错觉来呈现出事物的新面貌。如沈约把领边的绣花看成实际的花朵说"不声如动吹，无风自袅枝"；刘孝威把剪纸当成实际的花儿说"叶舒非渐大，花发是初开"；刘孝绰的三妹刘令娴以镜中出现雕楹的错视来描写早晨庭园的

---

① 孟浩然著，佟培基笺注《孟浩然诗集笺注》卷上《岳阳楼》，上海古籍出版社 2000 年版。

② 萧绎《金缕子·立言》，见郭绍虞主编《中国历代文论选第一册》节录，上海古籍出版社 1990 年版。

新鲜风景——“庭树旦新晴，临镜出雕楹”；萧绎描绘随波荡漾的月影——“澄江涵皓月，水影若浮天。风来如可泛，流急不成圆”；庾信将现实中的春天与屏风中的树下美人图交织在一起说“昨夜鸟声春，惊鸣动四邻。今朝梅树下，定有咏花人”；萧悫看到池水中的倒影和山中的实景同时互映——“山头望水云，水底看山树”；庾信在《咏画屏风》组诗里充分发挥这种错视引起的新鲜效果，如“遥望芙蓉影，只言水底燃”，“路高山里树，云低马上人”，“沙城疑海气，石岸似江楼”，等等。以这种错视来表达事物的新鲜感不仅在咏物诗中出现，在宫体诗里也很常见。有名的萧纲的《咏美人看画》可以最好地说明这种表现的特点。“可怜俱是画，谁能辨伪真”的感叹中得到“长有好精神”的精神愉悦。再看刘缓的《看美人摘蔷薇》把“佳丽”和“新花”交错一起表现，庾信的《镜诗》把女人与镜中女人交映在一起说“光如一片水，影照两边人”等等，由以上的例子可以看出咏物诗和宫体诗的诗类边缘已经相当混融。

以听觉而言，听到音乐来描写乐器的来历或音乐引人进入的境界，这种写法在汉魏赋中已有相当丰富的经验，在赋的诗化过程中齐梁咏物诗里沿用了一些汉魏赋的题目，还有宋代以来产生的“捣衣”“听妓”等题材也多起来，而且增加了生活中的题材，如“石塘濑听猿”“听百舌”“听蝉”“听雁”等。听觉的视觉化表现已相当多，这里举三则例子：“潺湲石溜写，绵蛮山雨闻”（王融《移席琴室应司徒教》）；“听猿方忖岫，闻濑始知川”（伏挺《行舟值早雾》）；“弦随流水急，调杂秋风清。”（萧悫《听琴》）有关嗅觉的表现，首先有吟咏“香炉”“竹火笼”和“赋得香出衣”等作品，但不专描写香气，香炉主要描写器物外表和精美的雕刻，竹火笼也以描写形貌和功能为主。作品里常见的香气有迷迭、七香、苏合、百和、茱萸、郁金、木兰、兰烟等字眼，更多的是被竹笼熏入的衣香，如“笑态千金动，衣香十里传”（王训《应令咏舞》）；“管声惊百鸟，人衣香一园”（庾信《咏画屏风·逍遥游桂苑》）；“衣香知步近，钏动觉行迟”（萧绎《登颜园故阁》）；“人来间花影，衣渡得荷香”（祖孙登《赋得涉江辨芙蓉》）。当然，香气最易引起人的官感，这在艳情诗中表现得更有效。还有有关其他感官的描写，如谢朓的《秋夜》里“何知白露下，坐视阶前湿”和萧纲的《雪朝》里“已观池影乱，复视帘珠湿”，有湿气的感觉；庾仲容的《咏柿》里“风生树影移，露重新枝弱”，带着“弱”的重量感；萧纲的《咏镜》里“如冰不见水，似扇长含晖”和庾信的《梅花》——“树动悬冰落，枝高出手寒”，都表现出冰凉的感觉。

这些“五感”的表现中两种以上的感觉一起表现也不少。如萧纶的《和湘东王后园回文》，当中的“烛华临静夜，香气入重帏。曲度闻歌远，繁弦觉舞迟”，嗅觉、听觉、视觉的交错中描绘出后园的歌舞情景。庾信《咏画屏风·玉柙珠帘卷》的“荷香薰水殿，阁影入池莲”，嗅觉和视觉同时表现；《咏画屏风·今朝好风日》的“竹动蝉争散，莲摇鱼暂飞。面红新著酒，风晚细吹衣”，视觉和酒后面热的触觉的同时表现。在这里，庾信把按照平常的描写“蝉争飞”“鱼暂散”两句，动词对换，得到更生动的样态。还有表现幻觉的作品，如徐防的《赋得蝶依草应令》：“秋园花落尽，芳菊數来归。那知不梦作，眠觉也恒飞。”把秋天庭园里的蝴蝶的模样和观察者的心态都刻画出来。在咏物诗中运用的这些具体感觉的表现，意味着梁陈诗人对事物认识的更深刻化。

第三，“事物的女性化”到梁陈时期有进一步的发展。永明诗人在咏物诗上表现的“事物的女性化”，随着梁中期宫体诗的兴盛而更加扩展。他们不仅热衷于描绘女性的容貌、姿态、服食、歌舞等外貌，而且极力体现女性的心态。以咏物的题材来写宫体也多起来：

> 捩迟初挑吹，弄急时催舞。钏响逐弦鸣，衫回半障柱。欲知心不平，君看黛眉聚。（萧纲《赋乐器名得箜篌》）
>
> 楼上试朝妆，风花下砌傍。入镜先飘粉，翻衫好染香。度舞飞长袖，传歌共绕梁。欲因吹少女，还持拂大王。（萧绎《咏风》）
>
> 可怜不自识，终尔因镜中。分眉一等翠，对面两边红。转身先见动，含笑逆相同。犹嫌镜里促，看人未好通。（王孝礼《咏镜》）

其实从宋代开始发展的很多题材都是与女人有关的，如“雪”“月”“捣衣”等经常表现思妇，“乐器”“扇”“镜”等本身是女人的物品，“白纻舞”“听妓”主要描写女人的歌舞。比如谢朓《镜》中“照粉拂红妆，插花理云发”和何逊《咏照镜》中“对影独含笑，看花时转侧”，都涉及到女人。齐梁之际江淹的赋作和何逊的诗作多取材于女人，但还是较含蓄的。“伤于轻艳”的萧纲把多种题材转换为宫体诗，有时暗示色情。他写的《赋乐器名得箜篌》描绘了演奏箜篌的女人，但诗人注意的却是“欲知心不平，君看黛眉聚”的演奏女人眉间露出的不平之气。所以，这首诗不属于单纯写乐器或女人的诗，而是表示诗人和女人之间的心理关系的作品。萧绎的《咏风》里面的风，吹在闺阁里面的女人身上，风中浮游着浓厚的脂粉之气。这首诗虽然借咏物诗的形式，其咏物的对象——风只不过是女人各种活动的媒介物。如果，这首诗强调女人的粉香和歌舞本身具有这种飘摇不定的风的属性，那么，这里的风已经不是一般的风了。咏物诗中的主要对象尽管不是风，但是女人装扮和歌舞的环境借着风得以更深刻地表现。王孝礼的《咏镜》也不单纯地吟咏镜子的模样和功能，在这首诗里它作为媒介物反映了女人的美貌和心理。在这里也有当时流行的错视描写，如“分眉一等翠，对面两边红”，但这首诗独有的是女人对镜中的花容月态迷惑得判辨不出现实和虚拟的空间。女人所具有的美貌也通过镜子的作用带着似有似无的幻觉和夸张。这里的镜子已不是一般的镜子，而是心理化了的镜子。从某种意义上说，诗人对镜子的认识比以前更深化了。

从这些咏物诗来看，“女性化了的事物”以及“心理化了的事物”，意味着文学创作的一个新的发展。魏晋时期咏物诗主要在托物言志的方面发展，这是“诗言志”思想的长期延续的表现。就心和物的关系来说，言志重视个人的“心”。在文学创作过程中，心和物的互相作用反复进行着。但是对某个事物的认识总是联系着特定的概念，比如松树比喻人的节操，“心”的作用自然就片面了。人心“感于物而后动”[①] 的传统观念，注重个人情感对外界事物的接受方面。如果把问题扩大到时代或同咏的团体，面对一个事物每个人的情志作用和写作角度不同，其原因当然归结于人心作用的不同。随着文学遗产的积累，排列同一个事物的吟咏作品，就发现同一题目下面各种不同的人心的表现。这在咏物诗里看得最清楚。考虑到文学创作的根源，心和物的互相作用当然重要，再考虑到文学作品的众多表现，心的表现方法更重要。客观事物的存在和主观人心的交互作用中，齐梁文人更注重人心作用，刘勰

① 《礼记·乐记》，郑玄注，孔颖达疏《礼记正义》卷三十七，中华书局1991年版《十三经注疏》本。

在《文心雕龙·神思》中也说："登山则情满于山，观海则意溢于海，我才之多少，将与风云而并驱矣。"梁陈文人在肯定性灵的前提下，将"立意"和"能文"区分开来，认定文学的独立性，主张"朱蓝共妍，不相祖述"，"若无新变，不能代雄"，都抓住人心的主动性。就齐梁咏物诗而言，大体上是赋体咏物诗，但不仅限于体物，有时强调个人的情趣，有时带着心理的表现，都反映着对事物的认识上不同于往常的态度。到了这个时期，事物的表现不再像以前那样单纯了，文人为表现他们复杂而且深刻的感受需要更多样的方法。

试论古诗的诗意跳跃性与连续性

李鹏飞

所谓诗歌的跳跃性是指，每一诗句内部或诗句之间在省略或缺失一些必要连接成分的情况下进行诗意的转换或推进，这可以发生于诗句内部、诗句之间、诗联之间、诗章之间。这种跳跃性一般被认为是诗与散文等其他文体之间的一个重要区别。不过，在古诗的写作实践中，跳跃性与连续性往往是并存的，没有连续性，即无所谓跳跃性。诗的跳跃性不光是与散文的连续性相对而言的，而且在古诗的不同类型与不同发展时期，跳跃性也各有其特征，并经历了一些发展演变。对这一演变历程及其特征加以考察，并弄清彼此之间的关系，或许有助于我们更好地认识古诗的艺术特点。

追溯古诗的跳跃性首先必须对以《诗经》为代表的早期四言体诗歌加以讨论。《诗经》四言体在体式上的最重要特征乃是分章咏唱，分章在很多情况下自然会造成诗意的跳跃，在跳跃中全诗的诗意逐渐转换、推进，如《周南·葛覃》《邶风·柏舟》《小雅·伐木》《小雅·出车》等皆如此，例证甚多，无烦备举。这类诗歌除了每章开头的比兴句式比较相似之外，每章的诗意在相承中都有较大变化。但分章体式有时则并不会造成诗意的明显跳跃，这是因为各章之间除了极个别字词略微变动之外，从辞句到诗意都大致相近，基本上是同义反复，因此只能算形式上的跳跃，而很难说是诗意的跳跃。《诗经》四言体的分章体制在后代诗歌中基本不再沿用，因此这一类跳跃性不具备典型意义。当然，也许存在一些特殊情况：比如后代的某些长诗可能将《诗经》四言体的这种分章形式加以融化运用，也会造成很强的跳跃性，比如晋代乐府民歌《西洲曲》，沈德潜的《古诗源》认为“似绝句数首，攒簇而成，乐府中又生一体。初唐张若虚、刘希夷七言古，发源于此”[1]。我们也可以认为后代凡是转韵的长诗都是由若干诗节融合而成的。

《诗经》四言体每一诗节内部的跳跃性则主要由比兴的手法造成。比兴的具体种类及其含义自古以来即众说纷纭，这里不拟进行讨论。至于比兴的运用所造成的诗意跳跃则无论是在《诗经》还是后代的民歌与文人诗中都是很普遍的。这一跳跃性主要体现在作为比兴的起句与随后的应句之间的意义关联往往很隐蔽，甚至无法明言。比如《召南·行露》《小雅·鹤鸣》就是极为典型的例子。虽然曾有学者提出《诗经》运用比兴的初衷绝不是使诗意变得隐晦，而是恰恰相反[2]，但客观上比兴手法确实造成了前后诗句之间意义上的跳跃。至少从汉代开始，人们就已经难以直接显豁地理解一些比兴句与相应诗句之间的意义联系了。另外，《诗经》的比兴手法还造成另一类跳跃：即多章连接的四言比兴体可以因每章比兴取象的不同而引起各种复杂的情绪，各章之间不一定有清晰顺畅的思理联系，从而形成四言长篇断续无迹的章法[3]。

虽然分章体制与比兴手法造成《诗经》四言诗的跳跃性，但从整体上来说，《诗经》的大部分篇目仍然表现出明显的诗意连续性。这是因为这些诗的诗句基本上都采用正常的语法结构，来进行连续描述。比如著名长篇叙事诗《豳风·七月》中的这样的段落：“女执懿筐，遵彼微行，爰求柔桑。春日迟迟，采蘩祁祁。女心伤悲，殆及公子同归……五月斯螽动股，六月莎鸡振羽，七月在野，八月在宇，九月在户，十月蟋蟀入我床下……”便都是用最正常的语句进行很连贯的描述。同时，《诗经》又广泛采用由两个半句构成一个完整诗句的形式[4]，比如“关关雎鸠，在河之洲”，“所谓伊人，在水一方”，“彼美人兮，西方之人兮”，等等，这也使诗句之间的意义具备很强的连续性。此外，《诗经》的有些作品也会采用顶真等修辞手法使前后章节之间形成紧密勾连，以取消章节分割所造成的跳跃性，如《大雅·文王》一篇就是最著名的

---

① 沈德潜选《古诗源》卷十二，中华书局 1963 年版，第 290 页。

② 扬之水著《诗经名物新证》，北京古籍出版社 2002 年版，第 28 页。

③ 参见葛晓音《论〈诗经〉比兴的联想方式及其与四言体式的关系》，《文学评论》2004 年第 3 期。

④ 《读诗三札记》云“四言诗往往两句始表一意”。此书内容乃黄节 1929 年在清华大学授课时讲述，由萧涤非整理。作家出版社 1957 年版，第 20 页。

例子。

《诗经》的文体与表现艺术对后代诗歌的影响极为深刻。如果单就诗歌跳跃性这一端而言，则《诗经》之比兴被后代诗歌广泛继承发展，形成各类跳跃性。比如到战国时代屈原所创作的《楚辞》中，比兴手法一方面演变成复杂的象喻系统，一方面仍然作为纯粹的比兴，进入独立的且篇幅较长的诗歌，不再如《诗经》那样主要将比兴语句置于每章的开头，这就使独立长诗的内部出现了诗意的跳跃。这里只以跳跃性最强的《九歌》“湘君”为例进行简略分析。这首诗一共三十八句，其中比较明显的两组比兴句分别是“采薜荔兮水中，搴芙蓉兮木末”，“鸟次兮屋上，水周兮堂下”，此外还有“桂櫂兮兰枻，斲冰兮积雪”，“石濑兮浅浅，飞龙兮翩翩”两组句子也可以被视为比兴句。这四组句子夹杂在全诗之中，造成明显的跳跃，甚至造成前后的诗意连接断裂，以至于形成理解障碍。这种情况在《湘夫人》一诗中也同样出现了。比兴句散处于诗歌内部的情形在《诗经》中也偶有所见（比如《卫风·氓》），其实，如果我们取消《诗经》四言诗分章的形式，则大量比兴句就都成为诗歌内部的句子了。这不禁使人推测《楚辞》在诗歌内部夹杂比兴句法的形式仍然是来源于《诗经》的启示。而在《楚辞》之后数百年才逐渐形成的汉魏五言古诗则已比较普遍地在诗歌内部运用比兴句，可以被认为更多地受到《楚辞》的影响。

比兴的运用并不是造成《湘君》《湘夫人》等作品跳跃性的最重要因素。最重要的因素很可能还在于这些诗歌作为祭神乐歌，必须与特定的祭祀演唱形式相配合，从而形成独特的诗歌结构与诗意转换。对于《湘君》《湘夫人》二诗的解释自东汉王逸，宋代洪兴祖、朱熹，清初王夫之一直到今人马茂元、汤炳正诸人，实可谓歧见纷出，莫衷一是。比如，关于《湘君》中的“驾飞龙兮北征，邅吾道兮洞庭。薜荔柏兮蕙绸，荪桡兮兰旌。望涔阳兮极浦，横大江兮扬灵”，这六句究竟是在写谁？对此问题，至少就有屈原、湘君和湘夫人三种迥然不同的答案。至于两首诗歌的结尾，被祭祀的神灵究竟有没有降临则又有截然相反的两种意见。对于全诗内部的诗意如何交替变换：即哪几句是写湘君？哪几句是写湘夫人？哪几句是写巫觋的歌唱？则分歧更大，难以达成共识。造成这些巨大理解分歧的根源主要在于后人对于当时具体的祭祀演唱形式已经不甚了然，其次则在于诗句之间的跳跃性太大，令人难以从诗意窥测其演唱形式。而且，对于后代只能完全面对其文本本身的读者而言，《湘君》《湘夫人》等诗篇所体现的内在跳跃性更成为一个极其明显而重要的特征，会对后代诗歌的形式发生影响。现代著名学者黄节即曾指出：

> 魏晋六朝诗多从《楚辞》变化而来，其转折处，几如无缝天衣，不似唐宋有一定方法者可比。如《咏怀》其二“千载不相忘”以下，实另成一段，然不细玩便易忽略；又如其三十“但愿适中情”以下，分明是两段，若不相连属者，然意实贯通。[①]

黄节在这里所举出的正是阮籍《咏怀诗》八十二首中跳跃性比较大的两首，尤其是“其三十”这一首[②]：此诗的前六句是说诗人欲远行以离弃身外的虚名而获得内心的安适，其次四句是说谗言使亲近者之间交情疏远，其后八句则说美貌难恃、欢情不永。全诗明显分割成三个诗意段落。而且中间四句与后八句内部还运用比兴手法，更加强化了诗意的跳跃性。黄节先生说“若不相联属者，然意实贯通”，大概是指这三个段落分别写到虚名、交情、欢爱都不能持久，诗人找不到稳定的精神依托，故欲远行。笔者反复吟味，也终觉难以找到更自然的意脉以贯通全诗。因此无论如何，这首诗都以其跳跃性带来了较大的理解困难。这一类诗歌体式跟《小雅·鹤鸣》颇为不同，而跟《湘君》《湘夫人》等篇比较相似。黄节先生指出其渊源在于《楚辞》确实是独具慧眼的。不过，他说这些诗歌“其转折处，几如无缝天衣”，笔者却无法完全认同，因为这些诗的诗意跳跃性还是极其明显的。只不过在外在形式上（如用韵）看不出太多的痕迹罢了。

但是在汉魏乐府五言诗与文人五言诗中，像阮籍这两首诗所呈现的跳跃性并不多见[③]。汉魏诗歌整体上表现出极强烈的诗意连续性，从而使其获得

---

① 《读诗三札记》，同前，第19页。

② 驱车出门去，意欲远征行。征行安所如，背弃夸与名。夸名不在己，但愿适中情。单帷蔽皎日，高榭隔微声。谗邪使交疏，浮云令昼冥。嬿婉同衣裳，一顾倾人城。从容在一时，繁华不再荣。晨朝奄复暮，不见所欢形。黄鸟东南飞，寄言谢友生。

③ 汉代乐府古辞《鸡鸣》是一首跳跃性很强的歌辞，全诗意义颇难解明。故冯惟讷《古诗纪》云其前后辞不相属，盖采诗入乐合而成章邪？抑有错简紊乱邪？参见逯钦立辑校《先秦汉魏晋南北朝诗》，载于中华书局1983年版，上册第257页。

“浑然天成，绝无痕迹”的艺术效果①。对此，前人有过十分准确的论述，如南宋严羽认为“汉魏古诗，气象混沌，难以句摘”②，明人胡应麟指出“汉人诗不可句摘者，章法浑成，句意连属”③，清人庞垲则说“汉五言诗去三百篇最近，以直抒胸怀，一意始终，而字圆句稳，相生相续成章”④。葛晓音先生则进一步指出，汉诗句意的连属相生来自于场景表现的单一性与连贯性。在集中表现一个场景的时候，由于是顺序叙述，句意自然前后紧密承接，不会刻意突出篇中的佳句⑤。汉诗从雏形走向成熟的过程就是寻找并获得流畅的节奏与连贯意脉的过程，为了获得这两种重要艺术特质，汉人广泛采取叠字、对偶、顶真、排比等修辞手法的重叠，并努力使前后诗句与前后叙述片段之间发生紧密的意义勾连⑥。所有这些学者的论述都指向一个共同的事实，那就是，汉诗具备很强的诗意连续性，或者在努力获取这一诗意连续性。在笔者看来，汉诗的诗意连续性还可以从其他方面加以论定。首先，汉代五言诗基本都是由具备完整语法结构的自然语句构成，跟散文句式非常接近，比如“日出东南隅，照我秦氏楼。秦氏有好女，自名为罗敷”，“行行重行行，与君生别离。相去万余里，各在天一涯”，“涉江采芙蓉，兰泽多芳草。采之欲遗谁，所思在远道”，等等。从这些代表性诗句可以看出，不仅每句诗都接近自然语言，而且前后诗句的意思也紧密承接，似乎就是散文的形式（当然并不等同于散文，因为至少这些诗句形式整齐、押韵，且节奏感很强）。其次，汉代诗人还通过一些特殊修辞手法（比如顶真、排比）来强化原本就已经很强的诗意连续性，汉诗中这类例子很多，最著名的莫过于蔡邕的《饮马长城窟行》（“青青河边草，绵绵思远道”）：此诗除了中间“枯桑知天风，海水知天

① 胡应麟撰《诗薮》内编卷二云：“汉人诗，质中有文，文中有质，浑然天成，绝无痕迹，所以冠绝古今。”上海古籍出版社1958年版，第22页。在此胡应麟虽然是评论汉诗，但未尝不可用以评论魏诗。

② 参见严羽《沧浪诗话》“诗评”，载于何文焕辑《历代诗话》，中华书局1981年版，第696页。

③ 参见胡应麟撰《诗薮》内编卷二，第32页。

④ 参见庞垲《诗义固说》，载于郭绍虞编选，富寿荪校点《清诗话续编》，上海古籍出版社1983年版，第731页。

⑤ 参见葛晓音《论汉魏五言的“古意”》，《北京大学学报》2009年第2期，第15页。

⑥ 参见葛晓音《论早期五言体的生成途径及其对汉诗艺术的影响》，《文学遗产》2006年第6期，第22、24、27页。

寒。入门各自媚，谁肯相为言”四句造成一些诗意跳跃外，其他各句之间意义均很连贯，但作者还要密集地使用顶真修辞，以更强化这一连贯性。在汉诗里，对诗意的连续性会造成一些破坏的主要可能还在于比兴手法的运用与场景的转换，比兴手法如蔡邕这首诗中的“枯桑知天风，海水知天寒”，《古诗十九首》之“行行重行行”一诗中的“胡马依北风，越鸟巢南枝”等，均造成一定跳跃，但对理解诗意所造成的障碍不如《诗经》和《楚辞》中的比兴大。魏诗中的大部分比兴也与汉诗类似，很可能汉魏诗人在选择比兴时有意采用意义较为显豁的形象，以防止诗意发生断裂，这与他们对连贯性的追求是一致的。至于场景转换在汉魏诗中对诗意的连续性造成的影响一般而言都很微弱，比如《陌上桑》与《孔雀东南飞》这样的长篇叙事诗，包含比较复杂的情节，自然会有较多的场景转换，但因为被一个统一的故事所涵摄，因此场景转换基本不会破坏叙述的连续性。

在诗歌史上，汉、魏往往并称，这自然是因为这两个时代的诗歌艺术风貌很接近。从诗歌的连续性与跳跃性角度而言，笔者以为汉、魏、晋诗歌都是属于以连续性为主的诗歌类型。不过，汉、魏并称这样的说法在明代就遭到过胡应麟的反对[①]，他指出曹丕、曹植二人“努力前规，章法句意，顿自悬殊，平调颇多，丽语错出”[②]，他在论及西晋诗人陆机、潘岳时又说：“士衡、安仁一变，而俳偶愈工，淳朴愈散，汉道尽矣。”[③] 胡应麟所提到的“丽语”当然主要是指华丽的辞藻，但应该也包括“俳偶”在内。在胡应麟看来，包含“丽语”与“俳偶”的诗句跟汉诗开始发生疏离，并最终导致汉诗淳朴风格的丧失。这一看法可谓极其敏锐。因为从魏诗开始而逐步增多并日趋工丽的对偶句式实际上对诗意的连续性是一个很大的冲击，不过这一冲击不应被绝对化，而必须进行具体的分析。对偶句从其形式而言，并非自然的表达句式。在汉代诗中对偶句也时有所见，不过其形式比较朴拙，往往两句中还会出现重复的字。对偶句因句式的特殊性，在整首诗中一般会显得有些突兀甚至独立，这对汉、魏诗歌强烈的诗意连续性多少会造成一些影响。对偶句如果是后来所谓的合掌对或者流水对，那么所造成的影响就会比较小，但如果

① 胡应麟撰《诗薮》内编卷二云：“严氏往往汉、魏并称，非笃论也。”同前，第32页。

② 《诗薮》内编卷二，同前，第32页。

③ 《诗薮》外编卷二，同前，第143页。

不是这两类对偶，则造成的影响就会比较强。而如果一首诗中连续大量使用对偶句，那么其诗意跳跃性就会明显加强，比如曹植的《美女篇》《名都篇》《白马篇》《赠白马王彪诗》等长篇五言诗就包含大量对偶句，其诗意连续性就比汉诗大大减弱了。自魏迄晋，对偶更趋工丽。进入宋、齐两代，山水诗大兴，谢灵运、谢朓大量以对偶句式罗列自然景物，自然景物的罗列与汉魏五言诗的叙事、抒情有重大差别：叙事、抒情有其本身的内在意义逻辑，容易保持诗意的连贯性，而自然景物的罗列则缺乏这种明显的意义逻辑，仅靠诗人游踪来连接繁复琐碎的景物，很难让读者获得景物之间的相对位置关系，从而难以构成连续的、完整的空间印象，因此大、小谢的一些山水诗已经丧失诗意连续性，而主要表现为跳跃性。比谢灵运稍晚的刘宋著名诗人鲍照，则在其他题材的诗中大量运用对偶句，造成很大的跳跃性（最典型的例子如《代出自蓟北门行》）。对偶句的运用发展到北周著名诗人庾信诗中而臻于极致，他的不少诗歌通篇采用对偶句（如《奉和赵王隐士诗》《奉报穷秋寄隐士诗》《乌夜啼》《游山诗》等），很多诗歌则大量使用对偶句，仅有少数散句置于篇首，诗中无论叙事、抒情、写景、用典，一律以对偶句式出之，故庾信诗的跳跃性也极强。南北朝其他诗人的诗歌也多少具备这一特点，但不如庾信这么典型。到唐代以后的诗中，对偶句式仍然是造成诗意跳跃的重要因素，这里就不再多谈了。

与对偶句式增多相伴随、而且会加大诗意跳跃性的一个重要手法乃是诗歌句法的变化，具体而言就是省略句（包括“名词语”与凝缩句）与非自然搭配句法的逐渐出现。前文已经述及，汉、魏诗歌的主要句法是语法成分完整的自然语句，其实两晋南北朝时期的诗歌从整体上来说，这种自然句法一直占主要地位。但从谢灵运诗开始，诗歌句法开始发生明显变化。比如，“时竟夕澄霁，云归日西驰。密林含余清，远峰隐半规”（《游南亭》），“近涧涓密石，远山映疏木。空翠难强名，渔钓易为曲”（《过白岸亭》），“出谷日尚早，入舟阳已微。林壑敛暝色，云霞收夕霏”（《石壁精舍还湖中作》），“春晚绿野秀，岩高白云屯。千念集日夜，万感盈朝昏”（《入彭蠡湖口》），“云日相辉映，空水共澄鲜”（《登江中孤屿》），等等。这些诗句至少体现出三个重要变化趋势。首先，是一句中出现连动式句法，也就是出现连续动态内容的描述，如“时竟夕澄霁，云归日西驰”，“出谷日尚早，入舟阳已微”，“春晚绿野秀，岩高白云屯”这三组诗句就具备这一特征，这种句法在汉魏诗中极少。西晋陆机等人的诗中这类句法开始增加，从谢灵运诗以后就越来越普遍了。这种句法在带来诗意密集化的同时也隐含着诗意跳跃的可能性，同一句中两个动作之间的意义关联容易变得不确定而发生或强或弱的跳跃，如“时竟夕澄霁，云归日西驰”，“春晚绿野秀，岩高白云屯”这四句，每一句前二字与后三字之间的意义联系已经不太容易确定，可以导致不太相同的多种理解。其次，在“云日相辉映，空水共澄鲜”，“空翠难强名，渔钓易为曲”这些诗句中出现了“云日”“空水”“澄鲜”“空翠”这类结构密实的词组，将不同的事物与意义压缩到不太自然、非口语化的语言结构之中，在汉魏诗中是很难看到这类表达方式的。这一句法使古诗语言走向凝练的同时也必然带来诗意的跳跃，如“空水共澄鲜”这一句所包含的意义，在汉魏诗中一般会用两句诗分别进行描写（即对天空和江水分别进行描写），谢灵运诗则采用压缩形式，略去一些连接性、辅助性意义因素，在带来全新感受的同时也带来想象的飞跃。最后，谢灵运诗开始采用非常规的语辞组合，比如“千念集日夜，万感盈朝昏”这两句诗表现诗人胸头百感交集，“千念”与“万感”自然是“集”与“盈”于诗人胸中，但此处在这两个动词后面接表示时间的“日夜”与“朝昏”，那么这一结构内部的诗意联系就发生跳跃，变得复杂了。以上这三个变化归根结底乃是诗句句法结构变得更加浓缩凝练，这一变化在谢灵运这里可能已经是比较自觉的尝试，此后的鲍照、谢朓也有过一些类似的尝试，到庾信诗里就完全成为极自觉且很普遍的表达手段了。比较典型的例子如“鹤毛飘乱雪，车毂转飞蓬”（《上益州上柱国赵王诗二首》），“露泣连珠下，萤飘碎火流”（《拟咏怀诗二十七首》），“野鸟繁弦啭，山花焰火然”（《奉和赵王隐士诗》），等等。其中第一例又最为典型：“鹤毛”跟“乱雪”、“车毂”跟“飞蓬”两组事物之间通过一个动词连接，但又无法使之成为具备单一明确意义的诗句，因为句中出现了明显跳跃，我们甚至无法通过简单的调整语序或添加连接成分等方法来串释其意义。这就从根本上改变了古代诗歌的理解方式，要求读者更充分地调动生活经验与想象力去填充、扩展并领会诗意。因此，这一新的句法在造成跳跃性的同时也表达出更丰富的含义：“鹤毛”跟“乱雪”、“车毂”跟“飞蓬”两组事物无论是在形态还是动态方面都极为相似，我们首先想到的乃是寒冬时节乱雪飞舞，如鹤毛乱飘，断蓬随风旋转，如飞转的车轮；但这首诗后面写到了出猎，又不免让人想到这是在描写打猎时鹤毛飞舞和车轮飞转的情景，这就成为两个事物之间的相互比喻。而如果再把这两个方面的诗意加以融合，则又会感到这诗句乃是在描写寒冬狂风飞雪中的驰骋畋猎了①。

南北朝时期还有一类促使诗意趋向凝练浓缩的句法变化是“名词语”的出现，这是古诗句法发展中的一个重要现象，对此笔者曾有专文论述②，此处只简要撮述大意。“名词语”是指省略谓语和连接词，完全由名词构成的诗句，这一句法的形成经过了一个漫长的历程。在古代诗歌发展的早期阶段，纯粹的名词性诗句基本上都采用固定的形式，即由一个叠词性形容词加上一个被它修饰的名词，构成一个诗句。这类诗句一般都是成对出现，并且大多具备比兴功能，比如《诗经》中的《草虫》（“喓喓草虫，趯趯阜螽”）、《子衿》（“青青子衿，悠悠我心”）、《斯干》（“秩秩斯干，悠悠南山”）等篇中就包含这种句式。这一句式在汉魏六朝以至唐代的五言诗中一直都被广泛使用，比如《古诗十九首》中的“青青河畔草，郁郁园中柳”，“青青陵上柏，磊磊涧中石”，“迢迢牵牛星，皎皎河汉女”等，其余类此者极多，无烦赘举。在谢朓、庾信出现以前，六朝诗中的名词句大都采取这一形式。但自谢朓、庾信出现以后，这一局面即开始发生变化。首先，出现了其他形式的名词句，比如像“清风动帘夜，孤月照窗时”（谢朓《怀故人诗》），“洞庭风雨干，龙门生死枝”（谢朓《同咏乐器·琴》），“长虹双瀑布，圆阙两芙蓉”（庾信《陪驾幸终南山和宇文内史诗》），“北堂细腰杵，南市女郎砧”（庾信《夜听捣衣诗》）这样的新句式；其次，则是名词句的数量开始大大增加，在庾信诗中可以找到将近二十个此类用例（在谢朓诗中只有六例）。这一情况充分说明名词句的运用到庾信这里已成为一个明显自觉的追求。但庾信之后的南北朝诗人只有少数人偶尔使用名词句。进入唐代以后，名词语的使用才日趋普遍。名词语在诗歌中的运用容易造成极大的跳跃感，也能表达更丰富复杂的诗意，但有时也会导致诗意晦涩。这一句法的运用使诗歌的语言跟散文的语言真正

① 对这一问题的详细论述请参见拙文《“求之六朝岂易得，去矣千秋不足论”——论庾信诗文的艺术创新》，《文史知识》2010年第7期。

② 参见拙文《“名词语”句法的形成及其诗学意义》，《云南大学学报》2010年第1期。

脱离了关系[1]。

在前文曾经论及的以《楚辞》《咏怀诗》为代表的那一类诗意段落之间的跳跃性在两晋南北朝时期的诗歌中也有进一步的发展。这类大幅度的诗意跳跃虽然并非古代诗歌跳跃性的主流，但因为很多著名诗人的名篇都在这方面做过有益的探索，因此仍有加以讨论的必要。首先应该论及的是晋代的乐府民歌《西洲曲》，在前文也曾提到，这首诗类似八首五言绝句组合而成，诗意的跳跃性自然极大，现当代的很多著名学者都对这首诗的结构与内涵进行过探讨，但很难达成一致认识[2]。不过这首诗纵然跳跃性极大，但其基本主题还是比较明显的，只不过无法将每四句之间的诗意联系梳理出一个连贯的合乎通常思路的脉络来，但这一点却反而使这首诗呈现出摇曳生姿、断续无端、味之无尽的艺术特质，深受历代读者喜爱。这说明其诗意跳跃性仍然处于读者理解力所能接受的范围之内。其次，刘宋诗人鲍照的边塞诗名作《代出自蓟北门行》则在几乎全篇运用对偶句的形式中又出现了诗意段落之间的跳跃[3]：此诗开头四句与最后四句都是具备连贯意义的诗意段落，而中间六组诗句（十二句）彼此之间的意义联系与先后次序就不那么明显了，几乎可以打乱之后再重组，而不会给其诗意造成混乱，因为其各组之间原本就相对独立，无紧密联系，处于一种松散的并置关系之中。不过，这并不意味着这首诗无法理解，我们自然可以懂得鲍照是在描写边塞战争的一些重要场景，但其诗意已不再是浑然天成、一意贯穿的了。这种诗意段落的跳跃到庾信诗中有更深入的运用，并且在较大程度上导致了诗意的晦涩难懂。其最具代表性的作品有《乌夜啼》《燕歌行》《杨柳歌》与《夜听捣衣诗》，这些诗都频繁使用对偶句、典故、比兴，其中后三者还多次转韵，此外又有诗意段落的数次转换跳跃，因此可想而知这些诗的含义不是轻易可以弄懂的。这里仅以《杨柳

---

① 对这一问题的详细论述请参见拙文《“名词语”句法的形成及其诗学意义》，《云南大学学报》2010 年第 1 期。

② 笔者曾撰文谈对此诗的看法，其中提到前人对此诗的理解分歧。参见《再谈〈西洲曲〉》，《文史知识》2007 年第 9 期。

③ 羽檄起边亭，烽火入咸阳。征师屯广武，分兵救朔方。严秋筋竿劲，虏阵精且强。天子按剑怒，使者遥相望。雁行缘石径，鱼贯度飞梁。箫鼓流汉思，旌甲被胡霜。疾风冲塞起，沙砾自飘扬。马毛缩如猬，角弓不可张。时危见臣节，世乱识忠良。投躯报明主，身死为国殇。

歌》为例略做分析[①]：

此诗开头四句以根株动摇的巨大杨柳比拟国势衰亡的梁朝或后梁，并兴起下文对自己当年在故国的各种经历的追忆。接下去两句“可怜巢里凤凰儿，无故当年生别离”仍承上用比兴，或者指梁朝王室成员，或者指庾信自己跟家人在战乱中离散。此后二句“流槎一去上天池，织女支机当见随”采用局部改变其原始内容的方式使用典故，用典而兼含比兴，其意颇难具体指实，大概暗示庾信或梁皇室成员在“侯景之乱”中从建业西走江陵，后来庾信又因出使而羁留西魏，也可能暗示梁朝的王室成员或庾信的亲人在战乱中死去。“织女支机当见随”一句也改变原始典故，但其具体所指难明。从“谁言从来荫数国，直用东南一小枝”两句开始向具体的回忆过渡，且着重流离前的经历，仍以杨柳起兴，指向位于西魏东南方向的梁朝。“昔日公子出南皮，何处相寻玄武陂”两句以曹丕当年在邺下跟文人交游的历史跟萧统或萧纲类比，因庾信早年曾担任过太子萧统、萧纲的文学侍从。此后六句应该是写庾信当年追随的那位太子的日常生活。庾信曾长期追随梁太子出入宫禁，对这段生活留有刻骨铭心的记忆，故一再述及。这数句之间存在较大的跳跃性，且又直接以典故的字面形式出之，其意几经曲折，难得确诂。其后“君言丈夫无意气，试问燕山那得碑”等数句亦颇隐晦，因典故及跳跃均太多了，大概从这句开始追忆自己当年的功绩。“凤凰新管箫史吹，朱鸟春窗玉女窥。衔云酒杯赤玛瑙，照日食螺紫琉璃”这四句很难懂，大概写庾信自己当年建功立业，受到重用，以及所过的绮靡豪奢的生活，但也有可能仍然在写宫廷生活的奢侈淫靡。“百年霜露奄离披”这一句乃比兴，云历经百年的霜露侵蚀，杨柳枝叶凋萎散乱，既跟开头形成呼应，又紧紧围绕杨柳来构成比兴。“一旦功名不可为”指国运衰微，功名无望。其后两句指出这衰微的原因——“定是怀王作计误，无事翻复用张仪”，是用典故暗示当年梁武帝不听劝告，接纳侯景叛

---

① 河边杨柳百丈枝，别有长条踠地垂。河水冲激根株危，倏忽河中风浪吹。可怜巢里凤凰儿，无故当年生别离。流槎一去上天池，织女支机当见随。谁言从来荫数国，直用东南一小枝。昔日公子出南皮，何处相寻玄武陂。骏马翩翩西北驰，左右弯弧仰月支。连钱障泥渡水骑，白玉手板落盘螭。君言丈夫无意气，试问燕山那得碑。凤凰新管箫史吹，朱鸟春窗玉女窥。衔云酒杯赤玛瑙，照日食螺紫琉璃。百年霜露奄离披，一旦功名不可为。定是怀王作计误，无事翻复用张仪。不如饮酒高阳池，日暮归时倒接离。武昌城下谁见移，官渡营前那可知。独忆飞絮鹅毛下，非复青丝马尾垂。欲与梅花留一曲，共将长笛管中吹。

军，导致跟东魏交恶；后来双方关系恢复，侯景又叛乱，导致梁朝衰亡。国事既如此，则“不如饮酒高阳池，日暮归时倒接离”，此乃诗人失望至极的愤激语。此后四句转入感伤追怀：表达世事变迁、物异人非之感，又跟篇首照应，章法缜密。最后两句语含哀挽，但表意含蓄——“欲与梅花留一曲，共将长笛管中吹”，云欲将杨柳衰残跟梅花凋零之状一起谱写入曲，令人可以聆听追忆。从以上粗略分析可以看到，庾信此诗所用比兴物主要为杨柳、凤凰、河水、风浪等四种，因诗题为杨柳，故比兴与用典皆围绕杨柳而安排，使其成为全诗的意脉与黏合剂，这就使这首内部跳跃性极强的长诗成为严密整体，并且其情感基调尚不难被我们把握[①]。

像《杨柳歌》所运用的这种诗意跳跃性已经达到跳跃的极致，从而导致诗意的隐晦（当然这不仅仅是由于跳跃所致）。而其所运用的这些具体手法在前代的诗歌中都已经出现过了，庾信只是加以综合运用，达到十分复杂的程度。这些手法也被后代的诗歌所继承，如唐代骆宾王的长篇歌行、清代吴伟业的“梅村体”便都留有这些手法的痕迹。

一般说来，凝缩结构、名词语、诗意段落的转换必然会造成诗意的跳跃。南北朝以后，古代诗歌发生诗意跳跃的基本途径不出乎以上这数种。这数种诗歌技巧的使用在唐代逐渐变得很普遍，也有丰富的具体表现，对此本文不再讨论。

对古诗诗意跳跃性发展历程的考察充分说明：跳跃性不应该被视为诗歌的必要条件与本质特征，因此也不能将其视为诗歌与散文的区别标志。古诗在相当长的时间里乃是以诗意的连续性作为其主要特征的，而且诗人往往还通过各种手段去强化这种连续性，让连续性也成为构成古诗艺术特质的重要因素。诗意的跳跃性则在古诗的发展史上一直或多或少以不同的形式存在着，从魏、晋开始，导致跳跃性增强的新因素开始日渐增多，跳跃性逐步成为相当一部分诗歌的重要特点。跳跃性的加强会给诗歌带来复杂的表意效果，有积极的，也有消极的，对各种效果进行细致分析，总结其得失，对于理解古诗的创作艺术，对于当代诗歌的创作实践或许都会有重要的借鉴意义。

（本文原刊于《中国诗学》第16辑）

---

① 关于此诗的详细分析请参看拙文《惚兮恍兮，其中有象——析庾信的〈杨柳歌〉》，刊于《文史知识》2011年第9期。

论卢照邻诗文中的“时”“才”“命”

郭朝凤

卢照邻现存的作品中，经常出现“时”“才”“命”等字眼。如“委命卷舒，随时荣悴”（《双槿树赋》[①]），“岂赋命之理，得之自然”（《病梨树赋》[②]），“处身孤且直，遭时坦而平”（《咏史四首》[③]），“时来命不遂，脱身归山东”（《咏史四首》[④]），“途遥日向夕，时晚鬓将秋”（《晚渡渭桥寄示京邑游好》[⑤]），“昔日含红复含紫，当时留雾亦留烟”（《行路难》[⑥]），“伊才智之为患，故贤哲之所婴”（《悲才难》[⑦]），“遭遇殊时，故才高而位下”（《悲才难》[⑧]），“多智也命之斧斤，多才也身之桎梏”（《释疾文·命曰》[⑨]），等等。不难发现，这三个字眼的含义并不一致，但卢照邻以之寄寓感慨的倾向则是贯穿始终的。他使用这些字眼具体有何表现？出于何种原因和背景？如何理解其意义？本文拟对上述问题做粗浅讨论。

---

① 卢照邻著，李云逸校注《卢照邻集校注》，中华书局1998年版，第12页。本文引用的卢照邻作品均出自这一版本。

② 同上，第22页。

③ 同上，第35页。

④ 同上，第35页。

⑤ 同上，第140页。

⑥ 同上，第73页。

⑦ 同上，第184页。

⑧ 同上，第190页。

⑨ 同上，第293页。

一　时命感慨

卢照邻的一生非常坎坷，正如张燮《幽忧子集题词》所指出的："古今文士奇穷，未有如卢升之之甚者。夫其仕宦不达，则亦已耳，沉疴永痼，无复聊赖。"① 在因风疾而告别仕途之前，卢照邻的痛苦主要是仕宦失意，时常抒发怀才不遇的牢骚，并把怀才不遇的原因归结为时代的制约。他的《对蜀父老问》② 集中反映了他的这种感慨和思考。学者一致认为该文是卢照邻于唐高宗总章二年（669 年）奉命出使益州时所作。那时，卢照邻已经在官场上蹉跎了二十余年但仍默默无闻。文章洋溢着无奈和愤激的情绪，以"生不逢时"来自我安慰，用夸张的笔法强调了时代对士人穷达贵贱的制约。首先，卢照邻指出"智者不背时而徼幸，明者不违道以干非"③，主观的努力只有适应客观的形势才能成功，否则徒劳无益，即"行苏张之辩于娲燧之年，则迂矣；用韩彭之术于尧舜之朝，则舛矣；守夷之节于汤武之时，则孤矣；抱申商之法于成康之日，则愚矣"④。其次，卢照邻极述大唐之完美，以说明自己所处的时代没有英雄用武之地。他说：

> 大唐之有天下也，出入三代，五十余载。月窟来庭，风丘款塞，华旌已偃，羽檄已平；虽有廉、白之将，孙、吴之兵，百胜无遗策，千里不留行，无所用也。社首既禅，介丘既封，创明堂，立辟雍；虽有阙里之圣，淹中之儒，叔孙通之蕝，公玉带之图，将焉设也？⑤
>
> 干戈已戢，礼乐已兴，刑罚已措，梁父已升，公卿常伯，庶政其凝；虽有鸿才大略，丽句丰词，发言盈乎百代，濡翰周乎四时，略无益于今日，而适足以怫之。是故天子恭己，群臣演成，攘袂而陵稷、卨，抚掌

① 《幽忧子集题词》。《四部丛刊》初编集部《幽忧子集》卷首，上海商务印书馆 1936 年影印本。

② 卢照邻著，李云逸校注《卢照邻集校注》，第 366 页。

③ 同上，第 369 页。

④ 同上，第 370 页。

⑤ 同上，第 374 页。

而笑阿衡，无为而万物皆遂，不言而品汇咸亨。莫不称赞鸿烈，揄扬颂声。言殊者招累，行危者相倾；效智者辍谈于草泽，出奇者裹足于山楹。许由去而尧仁不少，善卷逃而舜德不轻。[①]

如此完美的时代，没有任何“效智”、“出奇”的余地。卢照邻借此解释自己年纪老大但仍然“爵不登上造，位不至中涓，藜羹不厌，裋褐不全”（《对蜀父老问》）[②] 的命运。最后，卢照邻还用一种道家顺应自然的套话作为排遣。他说：

夫周冕虽华，猿猴不之好也；夏屋虽崇，骐骥不之处也。载鼷以车马，不如放之于薮穴也；乐鹦以钟鼓，不如栖之以深林也。此数物者，岂恶荣而好辱哉？盖不失其天真也。[③]

表明自己愿意任天真，优游于圣明之世，快意自得，“随时上下，与俗推迁”[④]，“虽吾道之穷矣，夫何妨乎浩然？”[⑤] 当然，初唐何曾完美得不需要人才；他卢照邻也不是真正淡泊名利的人，否则这番宏论就不必发了。透过夸张的言辞，我们可以发现卢照邻对自己的时代既热爱而又无奈的感情。“时”的流转非人力所能左右，“来不可违，类鸿雁之随阳；去不可留，同白驹之过隙”[⑥]，人只能顺应“时”而无力扭转它，穷通贵贱取决于是否生逢其时，即“当其时也，袭珩珮之锵锵；失其时也，委沟渠而喀喀”[⑦]。他显然认为自己有幸躬逢盛世，因此“每兢兢于暗室，恒翊翊于明时”（《五悲·悲穷通》）[⑧]，是美好的时代给了他希望；但这时代又多么无情地摧残了他积极用世的理想。他一面忘情地欢呼“人歌小岁酒，花舞大唐春。草色迷三径，风光动四邻。

① 卢照邻著，李云逸校注，第 375 页。
② 同上，第 366 页。
③ 同上，第 381 页。
④ 同上，第 381 页。
⑤ 同上，第 381 页。
⑥ 同上，第 370 页。
⑦ 同上，第 369 页。
⑧ 同上，第 203 页。

愿得长如此，年年物候新”（《元日述怀》）[1]，一面又不得不悲叹“怨复怨兮，坎坷乎今之代；愁莫愁兮，侘傺乎斯之时”（《释疾文·粤若》）[2]。这里表达的是一种明世失志之感。

由于风疾沉笃，卢照邻不得不离群索居，枯卧山中，直至自杀。如果他前期的痛苦根源于“盛世失志”，绝症便加深了这种痛苦，使得他积极用世的理想更加难以实现。他被迫承受病痛的折磨，面对死亡来思考人生和命运的问题。极度痛苦无聊之际，卢照邻不得不用天命来解释自己的遭遇。若“时”是人有所作为的前提，人和时代需求龃龉是不能成功的，比如他自己，“先朝好史，予方学于孔、墨；今上好法，予晚受乎老、庄”（《释疾文·粤若》）[3]，“文臣鼠窜，猛士鹰扬”（《释疾文·粤若》）[4]，这样的时代没有自己的用武之地，倒也罢了；但后来天子“方欲访高议于云台，考奇文于石室，销兵车兮为农器，休牛马兮崇儒术”（《释疾文·粤若》）[5]，自己已枯卧山岩，无力报君。除了命运，卢照邻还能为自己坎坷的人生找到什么更好的解释呢？所以，他悲叹：“有才无时，亦命也；有时无命，亦命也！”（《释疾文·粤若》）[6]“赋命如此，几何可凭？”（《释疾文·序》）[7]“时”和“命”操纵一切，它们毫无理由地强加于人们的头上，“时也命也，自前代而痛诸！道之乖也，则贤人君子伏斧锧而不暇；时之来也，则屠夫饿隶作王侯而有余”（《释疾文·粤若》）[8]，世道常常显得荒唐无理。即便明白人生受到很多不可知的因素制约着，卢照邻仍然对自己的“命运”感到愤慨，他只好把痛苦向天诉说，质问上苍之荒唐。他无比珍爱自己的生命和才华，不禁诘责天地对自己无情：

> 皇穹何亲兮，诞而生之？后土何私兮，鞠而育之？何故邀余以好学？何故假余以多辞？何余庆之不终兮，当中路而废之？彼有初而鲜克兮，

---

① 卢照邻著，李云逸校注，第112页。
② 同上，第258页。
③ 同上，第250页。
④ 同上，第250页。
⑤ 同上，第251页。
⑥ 同上，第251页。
⑦ 同上，第239页。
⑧ 同上，第254页。

> 贤者其犹不欺；况陶钧之匠物，胡不贞而谅之？（《释疾文·粤若》）[①]

他终于看到了天地虚无，生死无主：

> 天道何从，自古多邛；为臧兮匪祐，匪仁兮覆庸。……我视于天兮，亦孔之痒……（《释疾文·粤若》）[②]
>
> 乾不穆兮，一为戌一为辰；坤不恒兮，三成田三成水。何斯柱之危脆，一夫触之而云折，东南眇其既倾，西北豁其中裂。有杞者国，竟未掬其乌蟾；有历其都，奄以成其鱼鳖。共何壮兮而损其盈？娲何神欤而补其阙？天且不能自固，地且不能自持，安得而有万物？安得而运四时？彼山川与象纬，其孰为之主司？生也既无其主，死也云告其谁？（《释疾文·命曰》）[③]

天道乖刺，善恶不分，“亦孔之痒”。天地也都不是永恒的，它们自己也在迅速地变化盈亏。山川星辰都是自生自长的，没有主宰；人的生死又哪里有主宰呢？卢照邻怀疑和批判天地，也就是否定了“命运”，生命不过是一场没有任何主宰的混沌之旅罢了。他虽然说“何必拘拘而踽踽，可浩然而顺之”（《释疾文·命曰》）[④]，似乎能够顺应自然，获得解脱；而在如此坎坷的遭遇面前，除了无奈地妥协还有什么办法？卢照邻的达观之语更让人觉得悲怆。

卢照邻对时代和命运的感慨和前代众多士人的思索是一脉相承的，他的作品是传统怀才不遇文学主题的延续，并由于独特的坎坷经历而带上了个人的色彩。由“贤人明君”的政治理念所决定，中国古代士人的穷达系于“遇”与“不遇”。自视甚高的才子把成功的希望寄托于得到明君的眷顾。但事实上，总是“不遇”者多，“遇”者少；穷者多，达者少。所以，从屈原发端，因“怀才不遇”并“发愤以抒情”者代不乏人，才子的哀鸣不绝于耳。不同时代士人的命运本来受到诸多历史条件的制约，但“生不逢时”往

---

① 卢照邻著，李云逸校注《卢照邻集注》，第258页。
② 同上，第276页。
③ 同上，第281页。
④ 同上，第281页。

往是他们感慨“不遇”的习惯思路。从屈原开始，直到贾谊、董仲舒、司马迁、赵壹、左思、陶渊明、鲍照等，他们感慨“士不遇”，侧重在批判社会之不合理，如“鸾凤伏窜兮，鸱枭翱翔。阘茸尊显兮，谄谀得志；贤圣逆曳兮，方正倒植”（贾谊《吊屈原赋》）①，“彼寔繁之有徒兮，指其白以为黑。目信嫮而言眇兮，口信辩而言讷。鬼神不能正人事之变戾兮，圣贤亦不能开愚夫之违惑”（董仲舒《士不遇赋》）②，“势家多所宜，欬吐自成珠。被褐怀金玉，兰蕙化为刍。贤者虽独悟，所困在群愚”（赵壹《刺世疾邪赋》）③，“何世无奇才，遗之在草泽”（左思《咏史》）④，“自真风告逝，大伪斯兴，闾阎懈廉退之节，市朝驱易进之心。怀正志道之士，或潜玉于当年；洁己清操之人，或没世以徒勤”（陶渊明《感士不遇赋》）⑤。他们发出了怀才不遇文学传统中最慷慨的声音。汉代的东方朔到扬雄对“生不逢时”加以新的解释，不是因为时代恶浊，而是因为时代太完美，所以得不到英雄用武之地。如东方朔说：“彼一时也，此一时也……传曰：‘天下无害，虽有圣人无所施才；上下和同，虽有贤者无所立功。’故曰时异事异。”（《答客难》）⑥ 扬雄说：“今大汉左东海，右渠搜，前番禺，后椒涂，东南一尉，西北一侯。徽以纠墨，制以锁鈇，散以礼乐，风以诗书。旷以岁月，结以倚庐。天下之士，雷动云合，鱼鳞杂袭，咸营于八区。家家自以为稷、契，人人自以为咎繇。戴縰垂缨而谈者，皆拟于阿衡，五尺童子，羞比晏婴与夷吾。当涂者升青云，失路者委沟渠。旦握权则为卿相，夕失势则为匹夫。”（《解嘲》）⑦ 他们从汉代一统结束了诸侯纷争的局面同时也堵塞了士人的出路的角度分析士人穷通贵贱的原因，实际上抓住了制约汉代士人总体命运的关键因素，比屈原式的愤世嫉俗更具理性色彩，但显然夸张的赞美中也透着另一种愤世嫉俗。囿于历史的原因，这些感慨“士不遇”的才子很难摆脱贤人明君的理想模式，不能理解个人命运受制于时代和社会的真正原因。他们的感慨的价值在于以文学的形式传达真

① 费振刚、胡双宝、宗明华辑校《全汉赋》，北京大学出版社1993年版，第8页。
② 同上，第112页。
③ 同上，第555页。
④ 逯钦立辑校《先秦汉魏晋南北朝诗》（上），中华书局1983年版，第734页。
⑤ 陶潜著，龚斌校笺《陶渊明集校笺》，上海古籍出版社1996年版，第365页。
⑥ 费振刚、胡双宝、宗明华辑校《全汉赋》，第135页。
⑦ 同上，第220页。

切感人的人生意绪，而不在于阐述深刻的思想。

从卢照邻《对蜀父老问》和东方朔《答客难》及扬雄《解嘲》在行文上的相似，我们可以发现卢照邻早年在思考个人命运与时代关系的时候借鉴了他们的思路。和诸多前辈才子的时命感慨相比，他的见解并不新鲜，也不是最深刻的。但后期由于疾病的折磨，卢照邻对人生的苦难有了更深的体会，对社会、历史和宇宙有了更深的思索，造就了他凄美动人的文学，《旧唐书·卢照邻传》称卢照邻"著《释疾文》《五悲》等诵，颇有骚人之风"[①]，就肯定了卢照邻对屈原文学精神的继承。在江左文学平庸乏弱的品格的衬托下，卢照邻带着失志寒士的痛苦，慷慨悲歌，冲击了充满颂美之声的初唐文坛，让我们重睹久违了的发愤抒情的文学精神。在逐步革新齐梁文风、努力造就风骨与文采兼备的盛唐文学的过程中，卢照邻迈出了可贵的第一步。

二　生命情调

在"时光"和"生命"这层含义下，卢照邻还大量使用"时"和"命"表达他对宇宙和生命的思索。他把目光从一己的穷通悲欢，转向人世盛衰和宇宙沧桑，赋予作品以动人的生命情绪和宇宙意识，在作品中展开另一个阔大的艺术境界，这是卢照邻使用"时""命"字眼的另一个独特成就。

《长安古意》是历来传诵的名篇，闻一多先生曾以充满诗意的笔触写道："在窒息的阴霾中，四面是细弱的虫吟，虚空而疲倦，忽然一声霹雳，接着的是狂风暴雨！虫吟听不见了，这样便是卢照邻《长安古意》的出现。这首诗在当时的成功不是偶然的。"（《宫体诗的自赎》）[②] 其充沛淋漓的气势、艳丽凄迷的沧桑感和生命情调，征服了古往今来的无数读者：

长安大道连狭斜，青牛白马七香车。玉辇纵横过主第，金鞭络绎向侯家。龙衔宝盖承朝日，凤吐流苏带晚霞。百丈游丝争绕树，一群娇鸟共啼花。啼花戏蝶千门侧，碧树银台万种色。复道交窗作合欢，双阙连

① 《旧唐书·卢照邻传》卷一百九十，中华书局1975年版，第5000页。

② 闻一多撰，傅璇琮导读《唐诗杂论》，上海古籍出版社1998年版，第12页。

甍垂凤翼。梁家画阁天中起，汉帝金茎云外直。楼前相望不相知，陌上相逢讵相识？借问吹箫向紫烟，曾经学舞度芳年。得成比目何辞死？愿作鸳鸯不羡仙。比目鸳鸯真可羡，双去双来君不见？生憎帐额绣孤鸾，好取门帘贴双燕。双燕双飞绕画梁，罗帏翠被郁金香。片片行云著蝉鬓，纤纤初月上鸦黄。鸦黄粉白车中出，含娇含态情非一。妖童宝马铁连钱，娼妇盘龙金屈膝。御史府中乌夜啼，廷尉门前雀欲栖。隐隐朱城临玉道，遥遥翠幰没金堤。挟弹飞鹰杜陵北，探丸借客渭桥西。俱邀侠客芙蓉剑，共宿娼家桃李蹊。娼家日暮紫罗裙，清歌一啭口氛氲。北堂夜夜人如月，南陌朝朝骑似云。南陌北堂连北里，五剧三条控三市。弱柳青槐拂地垂，佳气红尘暗天起。汉代金吾千骑来，翡翠屠苏鹦鹉杯。罗襦宝带为君解，燕歌赵舞为君开。别有豪华称将相，转日回天不相让。意气由来排灌夫，专权判不容萧相。专权意气本豪雄，青虬紫燕坐春风。自言歌舞长千载，自谓骄奢凌五公。节物风光不相待，桑田碧海须臾改。昔时金阶白玉堂，即今唯见青松在。寂寂寥寥扬子居，年年岁岁一床书。独有南山桂花发，飞来飞去袭人裾。①

卢照邻以流荡的笔触和情思及华丽的辞藻，描写尘世的繁华，透着膨胀的欲望和快意的满足，铺叙形形色色的生之快乐，却以死亡和沉寂来了结这一切。“节物风光不相待，桑田碧海须臾改。昔时金阶白玉堂，即今唯见青松在”，使满篇的喧嚣、飞扬、流动戛然而止，那纷扰繁华的尘世瞬间破灭。一下子，卢照邻成为冷眼的旁观者；而读者也从喧嚣的场景中被惊醒，被提拔到空阔高旷的宇宙中。卢照邻的《行路难》依然蕴含这种情调：“君不见，长安城北渭桥边，枯木横槎卧古田。昔日含红复含紫，当时留雾亦留烟。春景春风花似雪，香车玉辇恒阗咽。若箇游人不竞攀，若箇娼家不来折。娼家宝袜蛟龙帔，公子银鞍千万骑。黄莺一一向花娇，青鸟双双将子戏。千尺长条百尺枝，月桂星榆相蔽亏。珊瑚叶上鸳鸯鸟，凤凰巢里雏鹓儿。”② 这一派繁华热闹比起《长安古意》来也不逊色。然而又是瞬间的破灭：“巢倾枝折凤归

① 卢照邻著，李云逸校注《卢照邻集校注》，第78~84页。

② 同上，第73页。

去，条枯叶落任风吹。一朝憔悴无人问，万古摧残君讵知!”[①] 时光如流水，“谁家能驻西山日？谁家能堰东流水?”[②] 自然，生命是脆弱、短促的，“不见朱唇将白貌，唯闻青棘与黄泉。”[③] 作品表达了人们亘古不变的生命情绪，非常动人。

文学从滥觞以来就承载了先民面对死亡和人生而兴发的诸多感慨，或是对肉体脆弱、人生短暂的恐惧，或是对生命欢乐的留恋，或是对人生意义的追寻和思考，或是对人生困境的审视，等等，文学中的生命主题是源远流长的。钱志熙先生在《唐前生命观和文学生命主题》一书中指出：“自汉末以来，文人群体长久地沉浸于浓厚的生命情绪之中，其间道家生死观及玄学本体论等虽也起到一些解脱作用，但都没有真正消释它。只有佛教的非理性生命思想全面地被阐发出来并被文人群体普遍接受之后，魏晋式的生命情结才被解开……”[④] “到了齐梁时代，传统式的生命主题终于走向消沉。”[⑤] 文学生命主题在齐梁的消沉是具有复杂成因的文学现象，与佛教兴盛、佛教生死观念流行等社会思潮有密切的关系。不论怎样，它充分体现了齐梁文学情感贫弱的性格。以卢照邻为代表的一批初唐作家，以别开生面的、富于生命情绪的作品，有力地冲击了这种平弱的齐梁文风。感叹宇宙沧桑、历史兴衰是初唐文学中的普遍现象，略举数例如下：王勃《滕王阁》诗曰“闲云潭影日悠悠，物换星移几度秋。阁中帝子今何在，槛外长江空自流”[⑥]；刘希夷《代悲白头翁》曰“洛阳女儿好颜色，坐见落花长叹息。今年花落颜色改，明年花开复谁在。已见松柏摧为薪，更闻桑田变成海。古人无复洛城东，今人还对落花风。年年岁岁花相似，岁岁年年人不同”[⑦]；张若虚《春江花月夜》曰“江月何年初照人，江畔何人初见月。人生代代无穷已，江月年年只相似”[⑧]，

---

① 卢照邻著，李云逸校注《卢照邻集校注》，第 73 页。
② 同上，第 75 页。
③ 同上，第 75 ~ 76 页。
④ 钱志熙著《唐前生命观和文学生命主题》，东方出版社 1997 年版，第 340 ~ 341 页。
⑤ 同上，第 321 页。
⑥ 王勃著，蒋清翊注《王子安集注》，上海古籍出版社 1995 年版，第 76 ~ 77 页。
⑦ 《全唐诗》，中华书局 1960 年版，第 885 ~ 886 页。
⑧ 《全唐诗》，第 1183 ~ 1184 页。闻一多在《宫体诗的自赎》（上海古籍出版社 1998 年版，第 9 ~ 19 页）一文中对于从卢照邻、骆宾王到刘希夷、张若虚的初唐诗歌中的历史沧桑感和宇宙意识有精辟的分析，可以参见。

等等。可以发现，这种浓郁的沧桑感和宇宙意识是初唐一代文学的特点，在江左文学传统之外开辟了更加开阔的气象和高远的境界①，对于初唐文学摆脱齐梁窠臼、初步形成新的风貌，具有重大意义。可以认为，齐梁文学中久已消歇的感慨生命困境、反思人生的文学生命主题在初唐重新勃兴了。不过，和前代的忧生之嗟、迁逝之叹等悲怆忧伤的感情相比，初唐文学以超越现实、摆落尘滓、开旷寥廓的宇宙意识为特色，是前代文学生命感慨的升华，预示了盛唐气象的来临。其中，卢照邻的开辟之功是毋庸置疑的。

三 儒雅才子

卢照邻和骆宾王、王勃、杨炯在初唐都是时人公认的才子②。卢照邻也自视甚高，在作品中屡屡陈述自我的怀抱和才华，感慨自己“有才无时”“有时无命”，对仕宦之坎坷和疾病之纠缠感到悲愤，并为古往今来和他一样不幸的才子大放悲歌，在对古人的凭吊中寄托对自我的伤悼。卢照邻最推崇自己什么样的才华呢？他的自我期许中什么是最根本的内容呢？他的才子标准说明了什么问题呢？弄清楚这些问题，也会有助于我们加深对卢照邻的了解。

考察卢照邻的作品可以发现，儒家道德和诗书礼乐的修养是卢照邻自我描述的核心内容，相关字眼出现很频繁。如：

---

① 参见葛晓音《江左文学传统在初盛唐的沿革》一文。文中指出，“初唐易学与史学的沟通及其政治化、简易化的倾向，促使初唐文人对‘天人之际’的思考，很少着眼于探索天象自身的奥秘，而是处处落实到历史和人生的变化规律上。四杰诗里往往充溢着盈虚有数、盛年不再的感触，也与这种思维惯性有关……同是宇宙永恒、人生短暂的主题，表现在东晋诗里的是深奥玄妙的哲理，结果使诗混同于‘柱下之旨归’和‘漆园之义疏’。表现在初唐诗里，简化了的玄学思辨反而使诗意升华，令人在轻烟淡雾般的惆怅意绪中得到新鲜的启示。这种到处流露的人事沧桑之感中蕴含的哲理意味，正是初唐诗最动人的地方。”（《诗国高潮与盛唐文化》，北京大学出版社 1998 年版，第 268 页。）另外葛晓音在《初唐四杰与齐梁文风》一文中也表达了类似的观点（《诗国高潮与盛唐文化》，第 1～14 页）。

② 《旧唐书·杨炯传》曰：“炯与王勃、卢照邻、骆宾王以文词齐名，海内称为王、杨、卢、骆，亦号为‘四杰’。”（中华书局 1975 年版，卷一百九十上，第 5003 页）。《旧唐书·卢照邻传》曰：“年十余岁，就曹宪、王义方授《苍》《雅》及经史，博学善属文。初授邓王府典签，王甚爱重之，曾谓群官曰：‘此即寡人相如也’。”（中华书局 1975 年版，第 5000 页）。又张鷟《朝野佥载》卷六载卢照邻“弱冠拜邓王府典签，王府书记，一以委之。王有书十二车，照邻总披览，略能记忆”（中华书局 1979 年版，第 141 页）。

饰仁义以干时乎？怀诗书以邀名乎？（《对蜀父老问》）[①]

立身则淹中不足言其礼，挥翰则江左莫敢论其诗。（《五悲·悲穷通》）[②]

思欲为龟为镜，立德立言，成天下之亹亹，定古今之谆谆。（《五悲·悲穷通》）[③]

余幼服此殊惠兮，遂阅礼而闻诗。（《释疾文·粤若》）[④]

他以仁义之徒自许，强调自己的诗书礼乐修养，以“为龟为镜，立德立言”为理想，渴望实现生命的不朽，所以在思想深处完全是儒生本色。他不止一次提到孔子最赞赏的弟子颜渊，以颜子自比[⑤]，以纯粹的儒德自我期许。魏晋以来，儒学衰微，士流多以浮诞不务世事相高，先秦儒家所推崇的“进德修业以及时”的君子人格理想已经严重失落了。而卢照邻这样汲汲于标榜自己的儒家道德和诗书礼乐的修养，乃真正反映了唐初士风转变的消息。卢照邻还非常推崇屈原，以表明自己忠贞高洁的品质。

卢照邻十分强调自己的儒生本色；不过，他的自我描述还有其他方面的特点。比如，他并不局限于儒术，而是推崇博学，兼收百家。如《释疾文》中说自己早年曾“学于孔墨”而“晚受乎老庄”。道家思想尤其庄子哲学在卢照邻的作品中有明显的体现。另外，卢照邻曾向初唐名道士孙思邈拜师学道，也曾炼丹服药，算得上道教中人了；晚年又转向佛教，对佛理有所研讨。总之，卢照邻深受时代思潮的影响，有丰富而复杂的经历，远非纯粹的儒生。不止于此，卢照邻还以“文士”和“文章之徒”自许，非常推崇自己的文才，视之为进身和成名的资本。如他在《释疾文·粤若》中夸耀自己非凡的文采，曰：“屠龙适就，刻鹄初成，下笔则烟飞云动，落纸则鸾迴凤惊。通李膺而窃价，造张华而假成。郭林宗闻而心服，王夷甫见而神倾。”[⑥] 他论同时

---

① 卢照邻著，李云逸校注《卢照邻集校注》，第366页。

② 同上，第203页。

③ 同上，第210页。

④ 同上，第246页。

⑤ 《中和乐》九章之《总歌》曰：“颜子更生兮徒皇皇”（卢照邻著，李云逸校注《卢照邻集校注》，第180页）。又《五悲·悲才难》曰：“颜子兰摧。”（《卢照邻集校注》，第184页）

⑥ 卢照邻著，李云逸校注《卢照邻集校注》，第246页。

代的才子也是如此，突出博学和文采，如：

> 近有魏郡王君曰方，华阴杨氏曰亨，咸能博达奇伟，覃思研精；征孔门之礼乐，吞鬼谷之纵横；乐秀泉澄，如川如陵；高谈则龙腾豹变，下笔则烟飞雾凝。《五悲·悲才难》[①]

> 杲之为人也，风流儒雅，为一代之和玉；昂之为人也，文章卓荦，为四海之随珠。并兰馨兮桂馥，俱龙驹兮凤雏。生于战国，则管、乐之器；长于阙里，则游、夏之徒。《五悲·悲才难》[②]

其称述当代的王君和杨君，把“吞鬼谷之纵横”与“征孔门之礼乐”并举；称述自己的兄弟，也突出“风流儒雅”、“文章卓荦”，与他描述自我的才华没有根本的差别。

卢照邻描述自我的才能，是为了伤悼“怀才不遇”，显然，他认为上述种种才艺和修养就是从政能力的体现。他的观念是时代思潮的反映，也基本上与唐初取士用人的标准相一致。经过魏晋南北朝长期的冲突、斗争与交融，儒、释、道三家在唐初继续着合流的趋势。尤其大唐初建，百废待兴，无暇偃武修文，礼乐制度都不成规模，唐太宗虽然重视儒学，但优容佛教，尊崇道教，儒学未为兴盛。卢照邻早年的教育在这种相对自由开放的风气中进行，他不独尊儒术，博涉杂学，是时代教育风气造成的。葛晓音师指出：“初唐士人多不习儒的重要原因是当时学术风气以易学和史学为先。”[③] 据杜晓勤统计，“卢照邻虽未明言其学《易》事，然其集中援引、化用《周易》经传文句达31处之多，则是其学易之明证”[④]。卢照邻也提倡诗书礼乐，但同时也推崇佛

① 卢照邻著，李云逸校注《卢照邻集校注》，第188页。

② 同上，第190页。

③ 见《盛唐“文儒”的形成和复古思潮的滥觞》。载于《诗国高潮与盛唐文化》，第275页。

④ 杜晓勤著《齐梁诗歌向盛唐诗歌的嬗变》，商鼎出版社1996年版，第182页。

老杂学[①]，还时常夸耀自己的文学才能，说明他并不以儒家思想为独尊，也不用儒学正统的文学观念来约束自己，反映了唐初相对自由的学术空气和儒学未盛的局面。卢照邻推崇自己的文采，也是与国家取士用人的风气相适应的。葛晓音师指出："与'儒'的衰落不同，'文'在唐前期一直很兴盛。齐梁以后，社会上本来就存在着重文轻儒的倾向。隋唐之交，战乱造成文化隳废的局面。唐初君臣为吸取兴亡教训，虽然对梁陈淫靡文风有所批判，但更重视全面继承前代文学的成就以复兴文化。到武则天时，重文轻儒的风气愈益严重。"[②] 前人已经论述过，以诗赋取士并不是促成唐代文学兴盛的根本原因[③]，不过重视文采的政治风气无疑会大大刺激文人追求文学才能的自觉性。卢照邻一再推崇自己文采卓荦，自称"文章之徒""大唐之文士"，便显然是力图迎合当时的政治标准的。王勃却对这种标准大为不满，他在《上吏部裴侍郎启》中说："伏见铨擢之次，每以诗赋为先，诚恐君侯器人于翰墨之间，求材于简牍之际，果未足以采取英秀，斟酌高贤者也。"[④] 这既是王勃一贯以儒生自任的思想的反映，更从反面体现了当时的用人风气。卢照邻和王勃不一样，他从来不批评这种风气，而是积极地去适应，力求被认可和肯定。但政治和文学毕竟是不同的领域，二者的沟通也是有局限的，尽管有崇尚文华、以诗赋取士的风气，士人的穷通仍受诸多因素的制约，所以不论是王勃以儒生自任，还是卢照邻以文才自诩，都被裴行俭讥为"华而不实"[⑤]。"四杰"都在坎坷中结束了生命。无怪乎卢照邻感到进退失据、和时代格格不入了，只是

---

① 《五悲·悲人生》曰："有超然之大圣，历旷劫以为期。戒定慧解非因人，慈悲喜舍非见思。闻儒道之高论，乃撞钟而应之，曰：'止止善男子，观向时之华说，乃天下之辩士。请弄宜僚之丸，以合两家之美。"卢照邻这里有意用佛学来批判儒道。他这里所谓的"道"偏重于神仙养生之道教；对于老庄的道家哲学，他则是很服膺的，作品中时常引用。

② 《盛唐"文儒"的形成和复古思潮的滥觞》，载于《诗国高潮与盛唐文化》，第280页。

③ 参见林庚先生《略谈唐诗高潮中的一些标志》一文。载于《唐诗综论》，人民文学出版社1987年版。

④ 王勃著，蒋清翊注《王子安集注》，上海古籍出版社1995年版，第131页。

⑤ 张说《赠太尉裴公神道碑》曰："（裴行俭）在选曹见骆宾王、卢照邻、王勃、杨炯，评曰：'炯虽有才名，不过令长。其余华而不实，鲜克全终。'"（《全唐文》卷二百二十八，中华书局1983年版，第2306页）又王溥撰《唐会要》卷七十五载："裴行俭为吏部侍郎，时李敬玄盛称王勃、杨炯、卢照邻、骆宾王等，为之延誉，引以示裴行俭。行俭曰：'才名有之，爵禄盖寡。杨应至令长，余并鲜能令终。'"（中华书局1955年版，第1356页）两条材料大同小异，说明四杰从出仕之初已注定了坎坷不幸的宦途。裴行俭未必如此神通，可以推测"四杰"的命运，但他不幸道中了。也许，他更洞晓文学与政治的差异吧。

格格不入的真实原因非常复杂，并不像他自己所说的“先朝好史，予方学于孔墨；今上好法，予晚受乎老庄。彼圆凿而方枘，吾知龃龉而无当”这样简单。

结语

据粗略统计可知，在卢照邻的作品中，“时”主要有两种含义：其一，“时代”，强调个体生存空间的历史感；其二，“时间”，即以万物流动不居为表征的宇宙元素。“命”主要指“命运”，即冥冥中不可抗拒的左右个体荣枯贵贱的力量；有时指“生命”。“才”即才智。“时代”和“命运”是卢照邻思考个人穷通遭际时使用最多的概念；因为这种感慨通常建立在对个人才能充分自信的基础上，所以往往“时”“才”“命”并提（在这层意义下，卢照邻还使用“辰”“代”“年”等与“时”含义相近的字眼），表达了关于命运、时代和人生的思考，以寒士失志的哀鸣冲击了初唐文坛，在创作中恢复了慷慨抒情的文学传统；另外，在“时间”“生命”含义下，卢照邻感叹人世沧桑和历史盛衰，使作品充满生命情调和宇宙意识，赋予其作品更加开阔的气象和高远的境界，具有独特价值；最后，卢照邻珍惜自我的才华，他对才了品质的描述表明了他思想深处的儒生本色，体现了初唐的独特士风。他对个人遭际的感慨，对宇宙生命的关注和思考，赋予其作品更真切的感情和更高远的气象，因此别开生面，为初唐文坛带来了革新的气息。卢照邻的作品在初唐甚至整个古代文学史上的地位的确立，与他大量使用“时”“才”“命”字眼确实有重要的关系。

盛世中的穷者之音

——论《箧中集》诗人的复古与涩调

邓　芳

《箧中集》由唐代诗人元结于乾元三年（760 年）编成，仅选入七位“名位不显”的诗人的二十四首五言古体诗，可谓一部颇具特色的唐人选唐诗集。在以声律兼备和兴象玲珑为特色的盛唐诗中，“其诗皆淳古淡泊，绝去雕饰”的《箧中集》是一个“与当时作者，门径迥殊”[①] 的特殊存在。《箧中集》诗人们提倡复古，极力效仿汉末魏晋的五言古诗，却终因精神上的差异而未能得汉魏之风骨；相反，他们的“褊性”和穷愁带给诗歌新的涩调，开创了中唐奇苦一派之先声。

一　盛世穷者：盛唐独特的诗人群体

《箧中集》选入的七位诗人为沈千运、王季友、孟云卿、于逖、张彪、赵微明和元季川，在才人辈出的唐代诗坛他们是“名位不显”且“不见称颂”的诗人。但元结称他们是“独挺于流俗之中，强攘于已溺之后”，并能“凡所为文，皆与时异”的复古者，又是“皆以正直而无禄位，皆以忠信而久贫贱，皆以仁让而至丧亡”[②] 的穷者，揭示了这一群体的特殊性。《箧中集》七位诗

---

① 《四库全书总目》卷一百八十六《集部·总集类一》之《箧中集》，中华书局 1965 年版，第 1688 页。

② 以上引文皆出自《全唐文》卷三百八十一《箧中集序》，中华书局 1983 年版，第 3873 页。

人的生平资料较少，根据学界研究成果①及笔者考证大致可知，沈千运与李白、王维年岁相近而比杜甫早②，于逖年长于李白③，孟云卿比元结小六七岁，生于开元十二年（724 年）左右④。张彪、赵微明生卒年不详，但从其作品可知二人均经历安史之乱。且张彪是孟云卿的姻亲⑤，二人当年辈相仿。元季川为元结的从弟。王季友和杜甫相善⑥，或稍年长于杜甫⑦。由此可知这批诗人的生活时代大体在盛唐到中唐前期。而《箧中集》中选入的作品，根据元结在《箧中集序》⑧ 中所说的"天下兵兴，于今六岁"以及"已长逝者，遗文散失；方阻绝者，不见近作"这两处文字来看，元结"箧中所有"的诗作均为战乱前或战乱之初的作品，也就是说《箧中集》所收诗歌基本上可以判定为盛唐时期的诗作。

在盛唐这个"圣代无隐者，英灵尽来归"⑨ 的时代，"久贫贱"和"无禄位"的七位诗人感受到的却是"圣朝优贤良，草泽无遗匿。人生各有命，在余胡不淑"（沈千运《濮中言怀》）。七位诗人均白首短褐并终生困顿，沈千运"一生但区区，五十无寸禄"（《濮中言怀》），据孙望先生考证沈千运在唐

---

① 本文关于《箧中集》诗人的研究情况，主要参考以下资料：余嘉锡《四库提要辨证》卷二十四；孙望《箧中集作者事辑》；傅璇琮《唐才子传校笺》相关部分；罗宗强、郝世峰主编《隋唐五代文学史》中卷之第一章《元结和箧中集诗人》；王运熙《元结箧中集和唐代中期诗歌的复古潮流》，载于《汉魏六朝唐代文学论丛（增补本）》，复旦大学出版社 2002 年版；吴相洲《论元结诗的特点及其影响——兼论〈箧中集〉诸家的诗》，载于《唐诗十三论》，学苑出版社 2002 年版；以及许总的论文《论元结及箧中集诗人的人生态度、文学思想与创作倾向》，《徐州师范学院学报》1996 年第 1 期，等等。

② 详见孙望先生《箧中集作者事辑》，收入《蜗叟杂稿》，上海古籍出版社 1982 年版。南京师范大学出版社 2002 年 10 月出版的《孙望选集》中也收入此文。

③ 李白诗有《留别于十一兄逖裴十三游塞垣》，标题可参考。另有具体考证，参见罗宗强、郝世峰主编《隋唐五代文学史》中卷之第一章《元结和箧中集诗人》，高等教育出版社 1994 年版，第 7 页。

④ 根据元结《送孟校书往南海》诗序中所言"云卿少次山六七"可知。

⑤ 张彪诗《北游还酬孟云卿》中说到"与君宿姻亲，深见中外怀"可证。

⑥ 杜甫著，仇兆鳌注《杜诗详注》卷二十一《可叹》，中华书局 1979 年版，第 1831 页。

⑦ 杜甫著《可叹》以"王生"称呼王季友，唐人的"生"这一称呼比较宽泛，未必有年龄高下之分，但杜甫的《不见》一诗中称李白为"李生"，说"不见李生久，佯狂真可哀"，而李白是年长于杜甫的。而韩愈年少于孟郊，韩愈作《孟生诗》，诗中也称孟郊为"孟生江海士"。从这些诗歌可知"生"这一称呼在唐代诗人那里有用来指年长于自己的人的情况。杜甫称王季友为"王生"，则王季友也有年长于杜甫的可能。

⑧ 元结《箧中集序》，《全唐文》卷三百八十一，第 3873 页。

⑨ 王维《送綦毋潜落第还乡》，《全唐诗》卷一百二十五。

肃宗即位后曾被肃宗备礼征召[1]，但沈千运推辞不赴，其《山中作》云“栖隐非别事，所愿离风尘。不辞城邑游，礼乐拘束人。……如何巢与由，天子不知臣”，厌恶官场、宁守寂寞的心志可显见。于逖《野外行》称“幸以朽钝姿，野外老风霜”，可知其自甘白首终老。孟云卿自称“二十学已成，三十名不彰”（《伤怀赠故人》），可推知他至少在安史之乱前期尚未及第扬名。从元结《送孟校书往南海》诗序可知孟云卿曾为“校书”一职，但仕途颇不得意，并已动归隐之心。赵微明和元季川资料缺乏，据“有赵微明、于逖、蒋涣、元季川，俱山颠水涯，苦学贞士”[2]知其久在山水乡野。元季川《登云中》有“白鸥与我心，不厌此中游”，也可见其林泉之志。至于王季友，从杜甫《可叹》诗后半“王生早曾拜颜色”“王也论道阻江湖”等叙述大致可见王季友早年为处士，后来为官，胸怀大志但怀才不遇，最终阻于江湖的经历。殷璠《河岳英灵集》也提到王“白首短褐，良可悲夫”[3]，可为其布衣白首之证。由此看出，《箧中集》这七位诗人一方面确实仕途不顺、不遇于时，另一方面他们又甘愿远遁尘嚣，崇尚林泉之乐，返璞归真。他们厌恶官场，即使曾短暂入仕如王季友、孟云卿者也最终还是选择了独善而终穷的道路。他们仿佛是时代的弃儿，没有“幸逢明君多招引，高山大泽征求尽”[4]，“群才属休明，乘运共跃鳞”[5]的踊跃和庆幸，只侥幸自己被弃于时代——“余以不材寿，非智免斧斤”（王季友《寄韦子春》），他们叹穷嗟卑，但又自甘落寞。他们或主动或被迫地选择了远离盛世光环的黯淡困穷的人生，落落寡合、孤介耿直，自卑而又自傲，成为盛唐诗人中的一群特殊存在。

对于这样一种时代观和人生观的形成，单从《箧中集》七位诗人的诗作里很难看出原因。但是参考《箧中集》的编选者元结的诗文，不难理解这样一个穷者群体在盛唐出现的必然性。盛唐后期，开元二十四年（736年）以

---

① 虽然根据《唐才子传》所云“肃宗备礼征致，会卒而罢”，但张籍《沈千运旧居》一诗中提到“君辞天子书，放意任礼躬”，可见肃宗礼征应该在沈千运生前。详见孙望先生《箧中集作者事辑》，收入《蜗叟杂稿》，上海古籍出版社1982年版。南京师范大学出版社2002年10月出版的《孙望选集》中也收入此文。

② 《唐才子传》卷三“张众甫”条，《丛书集成初编》本，中华书局1991年版，第31页。

③ 傅璇琮、李珍华撰《河岳英灵集研究》卷上，中华书局1992年版，第163页。

④ 高适《留别郑三韦九兼寄洛下诸公》，《全唐诗》卷二百一十三，中华书局1960年版。

⑤ 李白《古风》其一，《全唐诗》卷一百六十一，第1670页。

来李林甫大权独揽，用人制度改变，清明的政治体系逐渐瓦解，进入天宝之后，社会矛盾激化、文儒地位进一步下降等，对儒士心态的影响尤其巨大[1]。出身于儒学之家的元结，在天宝六年（747 年）经历了李林甫“野无遗贤”[2]的闹剧以后，关于“时”和“命”的讨论已经不同于主旋律的盛世赞歌。他在《自述》一文中也承认自己生逢太平盛世：“四十余年，天下太平，礼乐化于戎夷，慈惠及于草木”，但自己在这个盛世中却是“日觉抵塞厌于无用，乃以因慕古人”，认为当世政治已经背离了古道，自己亦不合于时。他又在《叹命》中说，在这样的社会状况中“圣贤者兢兢然，犹伤命性”，不如认命忘情，“若夭若寿，若贵若贱，乌可强哉？不可强也。不可强也，不如忘情，忘情当学草木”。元结认为自己所处的时代已是一个不可救治的“后王”时代，自己唯有隐居山林，逃世忘情。元结自称：“吾岂隐者邪？愚者也。穷而然尔。”[3] 盛唐是“圣代无隐者，英灵尽来归”的时代，而《论语·泰伯》云“天下有道则见，无道则隐。邦有道，贫且贱焉，耻也；邦无道，富且贵焉，耻也”，因此元结并未直接批评时代的“无道”以“隐者”自居，只说自己是不合于时、不能变心以从俗的“愚者”，在现实中找不到出路，却仍要坚守自己认定的大道。“穷而然尔”，正是元结和《箧中集》七位诗人共同的命运。他们和绝大多数盛唐诗人不同，对时代持否定与批判的态度，又有“乃以因慕古人”的复古倾向，于是在诗歌创作中也呈现出“凡所为文，皆与时异”的特色。

二　复古魏晋：形式上的效仿和精神上的差距

《箧中集》诗人“与当时作者门径迥殊”[4] 的独特性，表现在他们诗歌的复古特色上。元结在《箧中集序》中说，在“风雅不兴，几及千岁”的文坛，唯有这些复古的诗人能“独挺于流俗之中，强攘于已溺之后”，因为他们

---

① 参看拙文《“致君尧舜上，再使风俗淳”——论盛唐后期到中唐前期的文儒思想及其文学影响》，《北京大学学报》（哲学社会科学版）2009 年第 2 期。

② 史载天宝六年玄宗皇帝欲求天下之士，开制举科考试，但因为李林甫专权无一人当选，李林甫还向玄宗表贺“野无遗贤”。关于此事元结《喻友》一文有详述。

③ 以上引文均出《全唐文》卷三百八十三，第 3895 ~ 3897 页。

④ 《四库全书总目》卷一百八十六《集部·总集类一》之《箧中集》，第 1688 页。

的诗歌截然不同于“近世作者，更相沿袭，拘限声病，喜尚形似，且以流易为辞，不知丧于雅正”的风气。“近世”在唐人的概念中一般是指齐梁到陈隋这段时期，元结认为其具体问题有三。一是“拘限声病”。声病说源于南朝齐时沈约等人的提倡[①]，汉魏晋的诗歌不存在“声病”的概念，批评声病就是反对齐梁以来诗歌的近体化。二是“喜尚形似”。“形似”概念运用在诗歌批评中也是在汉魏以后，《文心雕龙》物色篇云“自近代以来，文贵形似”[②]，钟嵘《诗品》对张协、谢灵运、颜延之和鲍照都有关于“形似”和“巧似”的评语[③]，这些评价基本上是正面的[④]，且称五言诗“指事造形，穷情写物，最为详切”，认为“形似”是五言诗的特长。元结鄙视“喜尚形似”，正因为汉魏诗重比兴，比较质朴，不尚具体描摹。三是“以流易为辞”。南朝齐梁时的诗人谢朓曾经要求“好诗圆美流转如弹丸”[⑤]，而沈约则提出了“三易”说[⑥]，“流易”包含了声律、节奏、用字用典等各方面的要求，元结反对“流易”，是因为汉魏的诗歌之骨气辞采大多有古直浑然的特色，语言也苍劲质拙，并不以“流易”为美。综上可见，元结在《箧中集序》里反对的是齐梁以来诗歌逐渐近体化、律化和巧似化的倾向，而齐梁以前的汉魏五言古诗就是诗歌的最高标准。虽然元结提倡“风雅”，但从形式上说《诗经》风雅的四言体式到魏晋以后就已经后继无力，不再是一种有活力的诗体，唯有五言古诗，在诗歌逐渐被律化的道路上依然保持着自己的独特地位，加上唐代陈

---

① 《南史·陆厥传》云：“永明末，盛为文章。吴兴沈约、陈郡谢朓、琅琊王融，以气类相推毂。汝南周颙善识声韵，约等文皆用宫商，将平上去入为四声。以此制韵，有平头、上尾、蜂腰、鹤膝。五字之中音韵悉异，两句之内角徵不同，不可增减。世呼为永明体。”《南史·庾肩吾传》也说到：“齐永明中，王融、谢朓、沈约文章，始用四声，以为新变，至是转拘声韵，弥为丽靡。”

② 刘勰《文心雕龙》物色篇，范文澜《文心雕龙注》“物色”第四十六，人民文学出版社1958年版，第694页。《文心雕龙》中“形似”是作为好的艺术表现而言的：“窥情风景之上，钻貌草木之中。吟咏所发，志惟深远，体物为妙，功在密附。故巧言切状，如印之印泥，不加雕削，而曲写毫芥。故能瞻言而见貌，即字而知时也。”

③ 钟嵘的《诗品》评张协云“文体华净，少病累，又巧构形似之言”，评谢灵运为“故尚巧似，而逸荡过之，颇以繁芜为累”，评颜延之也为“尚巧似，体裁绮密，情喻渊深，动无虚散，一句一字，皆致意焉”，评鲍照为“然贵尚巧似，不避危仄，颇伤清雅之调。”

④ 钟嵘的《诗品》列举的这些“尚巧似”的诗人中，张协、谢灵运被列为上品，颜延之和鲍照列为中品，评价都不低。

⑤ 《南史》卷二十二“王昙首传”附“王筠传”，中华书局1975年版，第609页。

⑥ 《颜氏家训·文章篇》载：“沈隐侯曰：文章当从三易：易见事，一也；易识字，二也；易读诵，三也。”参见《诸子集成》第八册《颜氏家训》，上海书店1986年版，第21页。

子昂、张九龄、李白等人都大力提倡，使得这些以复古为追求的诗人们在诗体上一般都容易选择五言古体。

前人对《箧中集》诗人的评价多有“古”“古调”“高古”之语，如评沈千运“工旧体诗，气格高古”[①]，评孟云卿“平生好古”[②]，评张彪“工古调诗”[③]等，正如王运熙先生指出，唐人所谓“古调”一体一般就是专指五言古诗[④]。《箧中集》所收的七位作者的二十四首诗都是五言古体。根据《全唐诗》及《补遗》，这些诗人的作品除了《箧中集》里所收以外，另存有二十二首[⑤]，其中沈千运、王季友、张彪等六人的所有作品均为古体诗[⑥]，唯有孟云卿现存十八首诗作（包括残句）[⑦]中有五言律诗二首和七言绝句一首为近体[⑧]，但古体仍占绝对比重。且孟云卿以古调出色这一点，时人已有定评[⑨]，称“当今古调，无出其右者”[⑩]，可见《箧中集》的七位诗人都致力创作古体诗并以“古调”为特色，而“五言腾涌”[⑪]的汉末魏晋就是《箧中集》效仿

---

① 《唐才子传》卷二评沈千运，《丛书集成初编》本，中华书局1991年版，第26页。

② 《中兴间气集》评孟云卿，见傅璇琮编撰《唐人选唐诗新编》，陕西人民教育出版社1996年版，第518页。

③ 《唐才子传》卷三评张彪，《丛书集成初编》本，第31页。

④ 王运熙《元结箧中集和唐代中期诗歌的复古潮流》，载于《汉魏六朝唐代文学论丛（增补本）》，复旦大学出版社2002年版。

⑤ 根据《全唐诗》和《全唐诗补编》，各人存作如下：孟云卿18首，沈千运5首，王季友9首，张彪5首，于逖2首，赵微明3首，元季川4首。《全唐诗》本来录王季友诗11首，但《玉壶冰》和《古塞曲》本非王季友所作，详情参见孙望先生考证和王运熙、杨明《隋唐五代文学批评史》相关部分，上海古籍出版社1994年版，第307页。除去选入《箧中集》的作品外尚存22首。

⑥ 具体如下，沈千运增出五言古绝1首，王季友增出五古3首、七古4首，《全唐诗》补遗部分增出张彪五古1首，于逖等三人作品与《箧中集》完全相同。

⑦ 根据《全唐诗》第五册卷一百五十七（中华书局1960年版，第1606～1610页）所录为十九首，但是其中仅存两句残句的《感怀》“群物归大化，六龙颓西荒”并不是孟云卿的作品，孟郊的《感怀》其二是一首完整的五言古体诗，其中有“群物归大化，六龙颓西荒”两句和孟云卿此残句完全相同，据佟培基的《全唐诗重出误收考》，这两句诗是张为从孟郊诗集里截下来的，《全唐诗》误收为孟云卿诗。

⑧ 孟云卿的十八首作品中有五言古诗8首（包括残句一首），五言律诗2首，七言绝句1首，旧乐府诗7首，这些旧乐府题的古体诗有6首均为五言，仅《行路难》一首为歌行体。按照广义的古诗把乐府题也包括在内的分法，孟云卿现存18首诗作中五言古诗有14首，歌行1首，近体诗3首，五言古诗还是占绝大多数。

⑨ 如杜甫称颂孟的诗歌“李陵苏武是吾师，孟子论文更不疑。一饭未曾留俗客，数篇今见古人诗”（《解闷十二首》其五），强调的就是其“古”。《中兴间气集》《唐才子传》等也称道其“古”。

⑩ 《中兴间气集》，见傅璇琮编撰《唐人选唐诗新编》，陕西人民教育出版社1996年版，第518页。《唐才子传》也有大致相仿的论述。

⑪ 范文澜注《文心雕龙注·明诗》，人民文学出版社1998年版，第66页。

的目标。

《箧中集》诗人不仅在诗歌体式上致力古体，而且在语言和内容上也力追汉魏。在语言上，他们多用魏晋词汇和构句方式，如于逖《忆舍弟》“安知汝与我，乖隔同胡秦”句，和苏李诗“昔者长相近，邈若胡与秦”用词类似。汉魏古诗常使用的叠字如“青青河畔草，郁郁园中柳”，“青青陵上柏，磊磊涧中石”，“冉冉孤生竹，结根泰山阿”，“回车驾言迈，悠悠涉长道”，等等，《箧中集》中也有如孟云卿《悲哉行》“飘飘万余里，贫贱多是非”，“可闻不可说，去去无期别”，《今别离》“渺渺大海途，悠悠吴江岛”，沈千运《感怀弟妹》“冥冥无再期，哀哀望松柏”，王季友《寄韦子春》“依依北舍松”及《杂诗》“翳翳青桐枝”，等等，叠词之多可类古诗。还有修辞手法方面如顶真格的使用，孟云卿《今别离》“但恐不出门，出门无远道。远道行既难，家贫衣复单”，于逖《忆兄弟》“衰门少兄弟，兄弟唯两人”，等等，和汉乐府《饮马长城窟行》的“青青河畔草，绵绵思远道。远道不可思，宿昔梦见之。梦见在我傍，忽觉在他乡。他乡各异县，展转不相见”的顶真格不仅相同，连“远道”这样的用语也如出一辙。在句式上，汉魏古诗和乐府中常用的上下对应的句式，如古诗中“相去日已远，衣带日已缓”，“去者日以疏，生者日已亲”，“上言长相思，下言久离别”等，《箧中集》里也有出现，孟云卿《悲哉行》的“朝亦常苦饥，暮亦常苦饥”就是同样的句法。后来孟郊《百忧》有“朝思除国仇，暮思除国仇”，显然一脉相承。《箧中集》诗人不单在遣词用语上大量借用汉魏古诗，更力图在整体上接近汉魏古诗的氛围，他们所用的兴象、比兴手法，乃至于情绪和思维方式都俨然汉魏。比如赵微明《挽歌词》：“寒日蒿上明，凄凄郭东路。素车谁家子，丹旐引将去。原下荆棘丛，丛边有新墓。人间痛伤别，此是长别处。旷野多萧条，青松白杨树。”一二句“寒日蒿上明，凄凄郭东路”和阮籍《咏怀》七十一“白日颓林中，翩翩零路侧”的兴象和氛围相近；第三句“谁家子”这种用语也是魏晋诗常见语言[①]；而第五句里“荆棘丛”这个意象更在汉魏晋诗歌中常见，且都用来表示荒凉场景，如曹植《送应氏》“垣墙皆顿擗，荆棘上参天”，阮籍《咏怀》“荆棘被原野，群鸟飞翩翩”（其二十六），等等。最后四句“人间痛伤别，此是长别处。旷野多萧条，青松白杨树”，颇似《古诗十九首》中的“驱车上东门，遥望郭北墓。白杨何萧萧，松柏夹广路”以及“古墓犁为田，松柏摧为薪。白杨多悲风，萧萧愁杀人”等，从语言上和氛围情绪的营造上对魏晋诗歌的学习十分明显。

比起语言句法和兴象构造上的学习来，更值得注意的是《箧中集》诗人模仿汉魏诗人思考天地、社会、人生的方式，力图表现汉魏诗的哲思和玄言色彩。比如上引赵微明《挽歌词》一诗，将人生放在一个悠远的时间和荒阔的空间中思考，以永恒的时空对照人生的渺小脆弱，这正是典型的汉魏诗歌的思维方式。汉魏诗的哲思，在孟云卿的《放歌行》中也有明显继承：“吾观天地图，世界亦可小。落落大海中，飘浮数洲岛。贤愚与蚁虱，一种同草草。地脉日夜流，天衣有时扫。东山谒居士，了我生死道。目见难噬脐，心通可亲脑。轩皇竟磨灭，周孔亦衰老。永谢当时人，吾将宝非宝。”诗人通过“天地图”看到了“落落大海中，飘浮数洲岛”，连陆地和江海竟都如此微渺，人世则更渺小不堪。这种仿佛“天眼”的视点和对天地空间的巨大想象力并非首创，西晋诗人郭璞的《游仙》其八“东海犹蹄涔，昆仑蝼蚁堆”和其十二“四渎流如泪，五岳罗若垤”等就是同样的发想，不过郭璞诗的艺术想象多于写实，而孟诗写实性增强，但其发想正源于魏晋。后来李贺《梦天》“遥望齐州九点烟，一泓海水杯中泻”的神奇的想象应该是来自这种魏晋以来逐渐积累起来的“天眼”的视点和俯瞰天地的观照。在这样的天地观照中孟云卿不由得和魏晋诗人一样产生“贤愚与蚁虱，一种同草草”的齐同生死贤愚的超越感。阮籍《咏怀》其五十二有“逝者岂长生，亦去荆与杞。千载犹崇朝，一餐聊自已。是非得失间，焉足相讥理。计利知术穷，哀情遽能止”，将“一

① 曹植、阮籍等人的诗作里“某某子”的用法极多，特别是阮籍《咏怀》组诗，如“如何当路子，磬折忘所归”（《咏怀》其八，以下举例皆出自《咏怀》组诗），“轻薄闲游子，俯仰乍浮沉”（其十），“昔日繁华子，安陵与龙阳”（其十二），“如何夸毗子，作色怀骄阳”（其五十三），“婉娈佞邪子，随利来相欺。……焉知倾侧士，一旦不可持”（其五十六），“岂效缤纷子，良马骋轻舆”（其五十九），“路端便娟子，但恐日月倾”（其七十五），等等。

朝”与“千载”等量齐观，是非得失也就不足道，连生死的悲哀都可由此消除。孟云卿此诗也说“东山谒居士，了我生死道。日见难噬脐，心通可亲脑”，眼中所见均为虚幻，心灵才能领悟世界的本真——那是一个超越生死、没有差别的齐同世界。既然连生死贤愚的界限区别都不复存在，那么生命个体也就没有了所谓“轩皇”“周孔”之别，自然更不屑于和“当时人”为伍，拘泥于蝇营狗苟的争竞追逐。此诗结尾“永谢当时人，吾将宝非宝”亦颇有玄言的意味，它以魏晋玄学的齐同生死之境为旨归，以魏晋诗人观照天地人生的渊放遥深的方式，在齐同中暂时化解了眼前的人生矛盾。

对于《箧中集》诗歌近似汉魏古诗的现象，与其说是《箧中集》诗人们模仿汉魏古诗的技术高超，还不如说是汉魏，也包括晋代的一部分诗歌能够在《箧中集》诗人的心目中引起共鸣。汉魏时期由于战乱、瘟疫、政权更迭、高压统治等，文人们处于“名士少有全者”的恶劣环境中，“忧生之嗟”成为了从汉末古诗以来的汉魏诗歌中的重要主题。汉魏诗人们习惯用悲观的冷眼观察社会人生，从繁华中看到消逝，从盛开中看到零落，从一切短暂的美好中看到死亡和消逝。现实的丑陋使他们冷静而悲观，他们立于茫茫天地之间感受生命无依、转瞬即逝的巨大孤独。他们有感于“生年不永”的矛盾而不断地探问人生的意义，虽然他们也曾以“建功”或者“立言”为人生出路，但是在对人生之永恒的追问中，他们是一群在不断否定又不断寻找的悲剧人物。所以即使最昂扬的建安风骨里也不可避免地带上了时代的悲壮慷慨之气，而魏晋诗歌则更多看透世事后的冷眼与哲思。《箧中集》诗人这样一群境遇坎坷、生活困顿的文人，更容易看到盛唐的繁华昌盛的背后那暗淡衰败的一面。他们是盛唐之音中不和谐的一群，反倒是在汉魏古体诗的否定和悲凉中找到了精神的共鸣。不同的是，汉魏诗人虽然在现实人生中找不到出路，却具有一种超越的品格，在从曹植、阮籍到左思、张协、郭璞、陶渊明的诗歌中，或是仙人，或是贫士，或是大人先生，都以其理想人格傲立于天地；而他们诗歌里的飞翔形象、求仙形象、弹琴独啸的孤独者形象、傲视权贵的贫士形象、清风明月下的沉思者形象、“猛志固常在”的抗争者形象，等等，都具有超越现实束缚的自由品格，这使得他们的人生喟叹高贵而超然，充满了理想之光。他们的人生难题主要不是物质的，而是精神的，他们终究能以独立之精神和自由之境界抗争现实人生的悲哀绝望[1]。而《箧中集》诗人正是在这方面和汉魏晋的诗人们有着明显的差距。他们没有魏晋诗人那样强大的哲学思考力，缺乏魏晋诗人的理想主义色彩，尤其是缺少魏晋那种超出日常生活局限的精神力量。他们的人生关怀里物质的成分多于精神的成分，大多局限在自己的小天地里，为穷愁困顿等种种现实忧患烦恼不已，他们过于日常生活化，过于家常，在世俗中陷入太深而又愤世嫉俗太切，这使得他们的人生喟叹从表面上看虽然有似于魏晋之悲慨，骨子里却缺乏魏晋诗歌的风骨神采。因而他们的《箧中集》必将把诗歌引向“俗”和“怪”的一面。

欢寡愁杀：俗白和涩调

毛晋在《汲古阁本〈箧中集〉跋》中评论《箧中集》“皆欢寡愁杀语”，可以说是一语中的。《箧中集》诗人尽管在语言、风格、氛围和思索方式上学习汉魏诗人，但由于他们对人生现实的苦难过于执着，对生活中凡俗琐细的困顿过于在意，对日常生活和亲情、人情过于关注，使得他们的诗歌缺乏汉魏晋古诗的那一份超逸玄远之气，而多了不少生活化、世俗化和细节化的气息，诗风也因此而呈现出一些新变的倾向。

《箧中集》所选的诗歌几乎都是悲感身世、怨别伤离的题材，关心的主要是自己周围的那个穷迫局促的小天地，抒发的主要是个人的人生多艰和困顿失意的穷愁。《箧中集》诗人眼中的世界和同时代的诗人们比起来显得格外狭小，而他们的人生旅途也因此显得特别的坎坷不平。那在大多数盛唐诗人们看来都可以大有作为的广阔天地，对《箧中集》诗人来说却是“但恐不出门，出门无远道”（孟云卿《今别离》）和“但见万里天，不见万里道”（孟云卿《古别离》）。他们在广阔的天地间找不到属于自己的出路，前途对他们来说只意味着别离和苦旅：“今日照离别，前途白发生。”（王季友《别李季友》）行旅的艰难和人生的艰难在他们的诗歌里显得那么突出：“远道行既难，家贫衣复单。严风吹积雪，晨起鼻何酸。”（孟云卿《今别离》）“朝亦常苦饥，暮亦常苦饥。飘飘万余里，贫贱多是非。少年莫远游，远游多不归。”（孟云卿《悲哉行》）而正是这种对行旅和前途的忧患，使得他们对衰老、疾病和别离

① 本节关于汉末魏晋诗歌的论述，可参看笔者硕士学位论文《魏晋时期五言咏怀组诗研究》，2002 年 6 月完成，获 2001—2002 年度北京大学台湾中流与喜马拉雅基金会优秀学位论文奖。可通过北京大学图书馆学位论文综合检索阅读电子版。

格外在意，“出门万里心，谁不伤别离。纵远当白发，岁月悲今时。何况异形容，安须与尔悲”（元季川《古远行》）。“出门”是困苦而感伤的，“归家”也万分艰难：“行行无定心，坷坎难归来。慈母忧疾疹，至家念栖哀。”（张彪《北游还酬孟云卿》于是他们只好“出门先踌躇，入户亦彷徨”（孟云卿《伤情》）。他们将自己的失意归于社会不公，他们的困穷，是因为“儒生未遇时，衣食不自如”（张彪《杂诗》）；而他们的不遇，则是由于“事将公道背，尘绕马蹄生”（孟云卿《途中寄友人》）。固守道德而不遇于时，使得这批穷者诗人们显得狷介而偏执，“君子有褊性，矧乃寻常徒”（张彪《杂诗》），于是他们的诗歌也显示出这种“褊性”的一面。我们所熟悉的盛唐气象和少年精神等盛唐诗最为闪光的精神风貌在《箧中集》诗中几乎无处可寻，他们躲在自己窄小逼仄的世界里，将主观感受极端放大而走向了夸张和奇崛，这些带有“褊性”的个人化的歌唱，一变开朗昂扬的盛唐之音，开始呈现出苦涩奇险的端倪。

首先《箧中集》诗歌的“变”表现在题材内容上，是对日常生活的苦涩感受和描写大量进入了诗歌。盛唐人即使是写日常生活和人情家常也通常是审美化的，经过了艺术提炼和审美的取舍。比如王维的兄弟情化在“遍插茱萸”这个艺术化的场景中，故乡情化于“寒梅著花未”的风雅的询问里；而李白的乡愁也是以“床前明月光，疑是地上霜”这样诗意的场景来表现的。盛唐人因为感情的宽广和纯厚，诗歌里表达的也往往都是一些共通的、带有广泛共鸣的人类感情，思乡怀人这样的愁思经过他们艺术提炼后也成为具有审美性的情感。但《箧中集》诗人们笔下的日常生活却少有审美提炼和升华，他们执着于现实生活最琐细、最真实的困苦，毫不修饰地在诗歌中写衰老、贫穷、分离、疾病，强调这些日常感情中让人颓丧的那一面。且对于这些感情，他们不仅不加以艺术的美化和提炼，反而常常以尖刻极端、触目惊心的方式来表达。比如“近世多夭伤，喜见鬓发白”（沈千运《感怀弟妹》），平白如话，但对于白发用一个“喜”字却显得格外刺目而苦涩；比如“一生但区区，五十无寸禄”（沈千运《濮中言怀》）以及“二十学已成，三十名不彰”（孟云卿《伤怀赠故人》），都是口语化的常见词，连用字都是一些笔画特别少的字，而越是语言的这种平白和简化，越能够凸显出他们的人生除了失意还是失意，仿佛是赤裸裸的苦涩不平，没有任何装饰和附丽；比如“畴昔皆少年，别来鬓如丝。不道旧姓名，相逢知是谁”（沈千运《赠史修文》），全都是浅显直白的散句，但表达的是因为衰老而以至于容颜大改、久别重逢时需要靠旧名才能彼此相认的这一极端的苦况。后来中唐诗人李益的《喜见外弟又言别》中有“问姓惊初见，称名忆旧容”，司空曙的《云阳馆与韩绅宿别》中有“乍见翻疑梦，相悲各问年”，和此二句异曲同工，但沈千运以“相逢知是谁”的反问表达这种旧交因久别而被时光磨成路人的沧桑变故却似乎更为冷酷苦涩。再如“老病无乐事，岁秋悲更长。穷郊日萧索，生意已苍黄。小弟发亦白，两男俱不强。有才且未达，况我非贤良”（于逖《野外行》），萧索苍凉、困顿失意的百无聊赖的心态，使得他们笔下的人生脱尽了理想的底色，后来孟郊的《秋怀十五首》中因为老病而在秋季无限悲感的情绪和此诗非常接近①。他们写亲情，是“衰门少兄弟，兄弟唯两人。饥寒各流浪，感念伤我神”（于逖《忆舍弟》）的飘零落魄；或“此生一何苦，前事安可忘。兄弟先我没，孤幼盈我傍”（孟云卿《伤情》）的惨苦哀凄；或“兄弟可存半，空为亡者惜。冥冥无再期，哀哀望松柏。骨肉能几人，年大自疏隔”（沈千运《感怀弟妹》）的零落夭伤。他们写子女，是“小弟发亦白，两男俱不强”（于逖《野外行》），以及“童儿新学稼，少女未能织。顾此烦知己，终日求衣食”（沈千运《濮中言怀》）；俗白的语言写尽人生无奈和惨痛。后来孟郊有很多表现亲情的诗歌，如“负我十年恩，欠尔千行泪”（《悼幼子》），“无子抄文字，老吟多飘零。有时吐向床，枕席不解听”（《老恨》），等等，都是以朴实家常之语道出最凄凉的人生苦况。总之，《箧中集》诗人笔下的日常生活是脱尽了理想光辉的真实困顿的生活，而这种对日常生活琐细的细节描写、不加升华和掩饰的现实人生的诸般困苦，正是中唐奇险一派，特别是“郊寒岛瘦”的寒苦一派的诗歌的重要题材。

题材上的苦涩自然也会带来艺术表现上的变化。从艺术手法上看，《箧中集》诗人对“穷”和对“苦”的夸张非常突出，他们喜欢用尖刻惨苦的词汇、意象和想象，把自己的穷苦说到极端处。比如他们形容自己的“穷”，用到“雀鼠昼夜无，知我厨廪贫”（王季友《寄韦子春》），连鸟雀和老鼠都因

---

① 参看拙文《孟郊〈秋怀〉十五首的“变”》，《文史知识》2004年第3期，中华书局2004年3月。

为诗人的穷苦而不到诗人的厨房中来；以及“秋成不廉俭，岁余多馁饥。顾视仓廪间，有粮不成炊”（孟云卿《田园观雨兼晴后作》），在收成的秋季仓库里的粮食却少到不够做饭，将“穷”的程度说得如此惨苦尖刻。后来孟郊形容自家的“穷”，用到“借车载家具，家具少于车”（《借车》）；形容自己冬天的寒苦，当朋友送来的炭火时也“吹霞弄日光不定，暖得曲身成直身”（《答友人赠炭》），惨痛刻薄的思路相同，但其刻意和夸张的程度又进了一步。《箧中集》诗人对“苦”的夸张，则有“人生早罹苦，寿命恐不长”（孟云卿《伤怀赠故人》），“临穴频抚棺，至哀反无泪”（孟云卿《古挽歌》），都是平白如俚语的尖锐直接。他们对穷苦的这种不加掩饰、不含蓄、不节制的大白话的写法，使得诗歌在通俗浅白中有一种格外苦涩的况味，让读者直接感触到他们苦涩、逼仄、忧郁的世界。

《箧中集》诗人开始刻意用语感上的拙涩表现他们内心的苦涩，所以他们的诗句大多能够以质朴浅显的语言而自成涩调。这种“涩调”首先表现在《箧中集》诗歌中仄声字的大量使用上。比如沈千运《感怀弟妹》的前面八句“今日春气暖，东风杏花拆。筋力久不如，却羡涧中石。神仙杳难准，中寿稀满百。近世多夭伤，喜见鬓发白”，押的都是仄声韵，而且作为韵脚的“拆”“石”“百”和“白”等全都是入声字，给人古拗生硬之感。这首诗从诗意上看并不平顺，比如“东风杏花拆”这句，“拆”字非常生硬戳眼，这种用法在唐诗中较为少见。再比如沈千运《濮中言怀》中有“壮年失宜尽，老大无筋力”，从字词上看也是平白如话、浅白质朴的，但这两句中仄声字很多，十个字里面有六个字是仄声，形成拙涩、倔硬的音韵效果。

其次，这种“涩调”的形成在于诗人们刻意使用不平顺的散句形式的口语，破坏诗歌本身的音乐性和流畅美，在诗句中形成艰涩不平的语感，于是口语化的常见词句却能自成涩调。比如“夫子保药命，外身得无咎。日月不能老，化肠为筋否”（王季友《滑中赠崔高士瑾》）这四句诗从字词上看本来并没有什么难解处，但是白话和文言相杂，俗字和书面语相混，就显得相当的断续、拗涩，明明是口语，但读起来不上口，缺乏节奏感。再比如“神仙可学无，百岁名大约”（张彪《神仙》）这两句诗，用字都很简单，也没有什么典故，但句式却非常拗涩不顺。“百岁名大约”和上面所举的“壮年失宜尽”两句，都不合一般词语搭配的习惯，以致令句意似通非通。在《箧中集》

的七位诗人中，诗歌语言节奏最有特色的，笔者认为当属王季友。殷璠《河岳英灵集》中提到“季友诗，爱险务奇，远出常情之外”①，可见其“奇险”特色。王季友诗喜用歌行式的重叠复沓，本来在汉魏古诗和歌行中，如果用字重复和回环复沓，一般来说都是为了在语言上造成一种流畅回环的语言效果。但王季友的诗虽有重叠，读起来却让人感到如绕口令一样艰涩拗口。如“出山秋云曙，山木已再春”（《寄韦子春》），上下句中虽然有“山”重复出现，但它们的语法结构是不对称的。如果变成“出山秋云曙，入山木再春”的句法就要显得平易顺畅得多，而王季友似乎是为了避免这种平易顺畅的语感而刻意改变了上下句的对称。再比如“出山不见家，还山见家在。山门是门前，此去长樵采”（《还山留别长安知己》），前两句虽有“山、见、家”三个字完全相同，却并不朗朗上口，由于这三个重复字在前后两句中位置的变化，反而有如绕口令般的不顺。而“山门是门前”这一句就更加生涩，由于五言诗内在的“半逗律”的节奏感，如果第一个字和第四个字重复，或者第二个字和第五个字重复，一般来说会有一种平衡的音韵之美，比如“忧道不忧贫”这样的句子是很上口的。但是这句“山门是门前”却是第二个字和第四个字的重复，也就是在语法结构本来不对称的地方进行了重复，反而让诗歌本身应有的内在节奏遭到了破坏。再比如“采山仍采隐，在山不在深”（《杂诗》）这两句，它们确实是第一个字和第四个字的重复，但是第二个字和第五个字的词性不相对。“采山仍采隐，在山不在深”中“山”和“隐”“深”本身不是同类词，用来对应显得突兀。另外“采山”“采隐”“在山”“在深”都是不自然的搭配，而在这个基础上，上下句的“山”又是重复的，这种上下句的重复又破坏了一句诗内部的重复。本来从诗歌的语感而言，如果只是上下句用词重复，比如李白“在山泉水清，出山泉水浊”，是可以形成一种歌行式的有效的回环复沓、达到语言的流转平易的效果的。但王季友的诗歌却因为单句内部的重复和上下句对句的重复相互牵制，而破坏了对应感和平衡感，使得“回环”没有很好地形成一个圆润的“环”，“复沓”也没能达到一个有效的“沓”。加上诗歌语汇搭配本身的不顺，再加上“采山仍采隐，在山不在深”的两个动词“采”和“在”读音相近，有如绕口令中特意

① 傅璇琮、李珍华撰《河岳英灵集研究》卷上，卷163页。

为增加难度而用的相近音，于是反而变得格外怪异拗口、硌涩突兀。

最后，这种“涩调”的形成还可以从字音和字形上分析。比如“翳翳青桐枝，樵爨日所侵”（王季友《杂诗》），这两句中的“翳翳”因为笔画繁多，再加上“樵爨”的笔画也多，在视觉上容易给人以一种阴郁和压抑感。再比如孟云卿的《伤怀赠故人》中的“稍稍晨鸟翔，淅淅草上霜。人生早罹苦，寿命恐不长”，“稍稍”和“淅淅”从现代汉语读音的发音的成阻方式上看这两个声母都属于擦音系统，也就是说，它们的发音里都有一个摩擦的过程，存在一个稍显刺耳的摩擦音。所以，当“稍稍”和“淅淅”同时用在上下句的诗歌中，就会在声音上带给人一种略显涩滞的、刺耳尖厉的不平感，让人感到涩拗不顺。

总之，读《箧中集》诗人的作品，我们往往感到不太上口，很多诗句都让人无法获得语感上的平顺。而这种语感上的不平、不顺正是来自于诗人们自己内心的不平和不顺，所以语感上的涩调，正好能够恰到好处地反映这批诗人们苦涩的内心世界。应该说，他们这种对语感的追求是一种艺术上的自觉，他们在怎样恰如其分地表达内心感受这一点上，在艺术上做出了有意义的探索。后来经过萧颖士、顾况和孟郊、韩愈、李贺等几代诗人们的继承和发展，使得俗白苦涩、矫激怪奇的诗风成为中唐诗歌的一大流派，并深刻影响了晚唐和宋代。

（本文原刊于《北方论丛》2010 年第 1 期）

杜甫和他的兄弟们

李　俊

杜甫生性淳朴，人伦敦厚。对父祖先人，他缅怀祖德，继承家学，恪守慎终追远之道；对妻子儿女，他含辛茹苦，提携呴濡，恪尽夫道父教；对弟妹，他牵挂忧思，扶助不弃，恪尽长兄情怀。尤其是战乱以来，手足离散，杜甫饱受漂泊旅居之苦，但在感时伤怀之际，他常常思念诸弟，鹡鸰之义，感人肺腑。有时，他甚至为自己未能照料诸弟心怀愧疚，不能自已。清代邵长蘅云："诸怀弟诗，情事至切，总有一片真气，流注其间，便觉首首都绝。"[①] 本文立足于杜甫的诗作，结合他的生平轨迹，钩稽他们兄弟之间离合聚散之梗概，以期深入理解杜甫的长兄情怀。

一

杜甫有兄弟四人，依次为杜颖、杜观、杜丰、杜占。赵次公注《乾元中寓居同谷县作歌七首》其三"有弟有弟在远方"云："公四弟，曰颖，曰观，曰丰，曰占。"[②] 似乎略有次第，但仇兆鳌《杜诗详注》卷首列"杜氏世系"，云："甫弟有颖、观、丰、占，未知行列，故不序。"闻一多在《少陵先生年谱会笺》中考就其行第，略加考证云："公弟四人，颖、观、丰、占。公行二。集有寄丰诗，称第五弟，疑丰为闲弟四子。又有《远怀舍弟颖、观等》

① 杨伦笺注《杜诗镜铨》卷十五，上海古籍出版社 1998 年版，第 749 页。
② 林继中辑校《杜诗赵次公先后解辑校》乙帙卷之九，上海古籍出版社 2012 年版，第 371 页。

诗，颖次观前，观当系闲第三子。”[①] 其说甚是[②]。

诸弟之中，杜颖为长，可考知的情况也较多。杜甫有《临邑舍弟书至苦雨黄河泛溢堤防之患，簿领所忧，因寄此诗，用宽其意》，朱鹤龄注曰：“公弟有四，临邑弟未知为谁。《集》有《送弟颖赴齐州》诗，或颖尝官临邑。”[③] 后人基本信从这一推测，仇注云：“颖为临邑主簿。”根据此诗的系年，可以推知杜颖出仕的时间。

此诗记载了黄河山东段在玄宗时期的一次泛滥，注家排比史料，将其系于开元二十九年（741 年）秋。黄鹤曰：“按《唐·五行志》：‘开元二十九年秋，河南河北二十四郡水。’齐其一也，当是其年作。”应该说，这个立论的依据是十分薄弱的，后人对此不能不有所怀疑。张綖云：“此诗诸家皆编在开元二十九年，公是时年甫三十，而诗中有‘吾衰同泛梗’之句，是岂其少作耶。徒以唐史比年有伊、洛及支川皆溢，河南北二十四郡水，遂为编附。然黄河水溢，常常有之，岂独是年哉？”[④] 其说有理。洪业先生对此，别有考索。“从《高常侍集》可以得知，高适在 744 年（引者注：天宝三载）晚秋前往南方，次年秋天回到北方，746 年（引者注：天宝五载）秋天，在从济郡前往鲁郡的途中，经过东平旁边的黄河时，遇到了洪水。因为东平离济南（临邑就属于其辖区）很近，所以高适遇到的洪水也很可能就是杜甫从弟弟那里听说的这次洪水。”[⑤] 如果按照这个意见，此诗可以编入天宝五年（746 年）秋，当时，杜甫三十五岁，与“吾衰同泛梗”一句的矛盾稍趋缓和。

其实，这里仍有问题。《送舍弟颖赴齐州三首》作于成都，黄鹤系于广德二年（764 年），可从。也就是说，至少在广德二年，杜颖仍在临邑主簿任上。如果从开元二十九年（741 年）算起，杜颖担任此职近乎二十三年，如

---

① 闻一多撰，傅璇琮导读《唐诗杂论》，上海古籍出版社 2006 年版，第 44 页。

② 洪业先生对此曾有异议，认为杜占可能是杜甫的堂弟，与颖、观、丰三人不同。“对我来说，最好的解决困难的办法就是将杜占视为杜甫的堂弟（杜甫通常将堂弟也写作弟弟），杜甫某个叔叔的儿子，762 年他突然出现在成都，和杜甫待在一起一年多。”洪业著，曾祥波译《杜甫：中国最伟大的诗人》第十章“何地置老夫”，上海古籍出版社 2011 年版，第 182 页。其说新奇，但终似不妥，杜诗题目明确称杜占为“舍弟”，与称杜颖、杜观为“舍弟”同，如杜占为堂弟，则以称“从弟”为宜。首句说自己“久客”，次句说舍弟“相随”，既非偶遇，亦非暂从，而是相随已久。

③ 朱鹤龄辑注《杜工部诗集辑注》，河北大学出版社 2009 年版，第 8 页。

④ 杜甫著，仇兆鳌注《杜诗详注》卷一，中华书局 1995 年版，第 23 页。

⑤ 洪业著，曾祥波译《杜甫：中国最伟大的诗人》第三章“骑驴三四载”，第 54 页。

果从天宝五载（746 年）算起，则近乎十八年。在主簿的职位上迁延如此之久，这比老杜年甫三十而自叹“吾衰”更难理解。况且，开元二十九年时，杜甫尚在壮游，天宝五载时，杜甫初到长安求职，而比他年幼的杜颖却已跻身仕途，也令人难以理解。洪业先生推测，杜颖担任此职，乃是“通过杜甫让给他的荫补机会而得到的”①，亦无明证。根据有关材料，我觉得此诗的作年，可能晚在天宝十三载（754 年）。

两《唐书》没有关于天宝十三载黄河山东段泛滥的记载。但有直接证据可以表明，是年黄河水溢，导致与临邑所属的济南郡毗邻的济阳郡被大水陷没，因此济阳郡废，并入东平郡。《元和郡县图志》对这个事件有明确的记载。该书卷十云：“阳穀县……取东阿县界阳穀亭为名也，属济州，天宝十三年，济州为河所陷没，以县属郓州，黄河在县北十二里。”又云：“济州理高敖城……本秦东郡之茌平地，其城西临黄河，晋末为河水所毁，移理河北博州界。……后魏略得河南，置镇守，泰常八年，于此置济州，至天宝十三载，州为河所陷，废。”又云：“平阴县，属济州，天宝十三载，州废，县割隶属郓州，黄河去县十里。”② 据此可知，济阳郡所管诸县，与黄河毗邻③，天宝十三载，此段河流发生泛滥，导致大片土地陷没，朝廷不得已废除本郡，将其归入东平。

本年黄河泛滥的原因，乃是由于上游久雨成灾，支流涨满，下游浪高水溢，陷没济州。《旧唐书·玄宗本纪》天宝十三载云：“秋八月丁亥，以久雨，左相、许国公陈希烈为太子太师，罢知政事。……是秋，霖雨积六十余日，京城垣屋颓坏殆尽，物价暴贵，人多乏食。出太仓米一百万石，开十场贱粜以济贫民。东都、瀍、洛暴涨，漂没一十九坊。”④ 关中诸水，皆通渭河，而渭河流入黄河，东都伊、洛、瀍等河水，北流黄河。所以，史书所记载的六十余日霖雨，导致黄河水位上升，在河北山东界内造成水患。唯前文所引《旧唐书·玄宗本纪》，记载济阳郡废于六月初，《旧唐书·地理志》据此将

---

① 洪业著，曾祥波译《杜甫：中国最伟大的诗人》第二章“快意八九年”，第 37 页。

② 李吉甫撰《元和郡县图志》卷十，中华书局 2013 年版，第 259 ~ 262 页。

③ 王维《被出济州》一诗，有“闾阎河润上，井邑海云深”的句子。意谓济州在河水侵润之地，海云弥漫之乡，前句写其近河，后句写其临海。亦可以为证。

④ 《旧唐书》卷九，第 228 页。

此事系在六月一日[1]，并为《唐会要》所沿袭[2]，而雨季到来在秋季，废郡在先，而洪水在后。或许史料记载的时间有误，抑或济阳郡在本年春夏间已经陷没，不能尽知。

再者，这首诗歌反映的情景和济阳郡之灾的情景最为相近。题目中明言“黄河泛滥”，说明已经溃堤，造成大灾，但又云“堤防之患，簿领所忧”，又说明堤防尚能抵御大水，只是要小心严防而已。这其中的矛盾之处，可能恰恰说明，黄河在济阳郡泛滥，淹没良田城邑，而临邑所属的济南郡，虽然与济阳接壤，但尚未成灾，还有防患未然的机会。所以，济南郡临河各县，职司所在，日夜巡防，不得安息。从诗歌中看，“二仪”数句，意谓黄河上游霖雨，百川灌河，黄河已然决口。以下数句，立足于杜颖在齐州大堤上远眺所见，描写了河水陷没郡县的情况。“燕南吹畎亩，济上没蓬蒿。螺蚌满近郭，蛟螭乘九皋。徐关深水府，碣石小秋毫。白屋留孤树，青天失万艘”。“燕南”不知何指？但“济上”句非泛指，乃是实指济州，济州是济阳郡的古称，仇注：“济上，今山东济南、兖州等地。”此说笼统，似不确。王维曾官济州，有《济上四贤咏》，即以“济上”指济州。济州已被大水陷没，“螺蚌满近郭”一句，就反映了闾阎人境，沦为水乡的境况。

杜甫大概在天宝十载（751 年），即他四十岁以后，就在诗中屡屡自叹衰老。当时，他向朝廷献赋，诏试集贤院，得参列选序，取得了授官的资格。但知道天宝十四载（755 年）冬，他才获得右率府胄曹参军的职位。此诗作于天宝十三载（754 年），杜甫四十三岁，年纪老大，仕途落拓，再加上本年秋雨成灾，他带着全家人旅食京华，生活困顿，苦不堪言，这种情景和“吾衰同泛梗”极为接近[3]。因此，在诗歌的结尾，他发出了要浮游于海，倚天钓鳌的戏论。这个论调，在他天宝十三载游玩渼陂时赠给岑参的诗歌中就有反映，可以同看：“知归俗所忌，取适事莫并。身退岂待官，老来苦便静。况资菱芡足，庶结茅茨迥。从此具扁舟，弥年逐清景。”[4] 从这些情况来看，将此

① 《旧唐书》卷三十八《地理志》，第 1444 页。

② 王溥撰《唐会要》卷七十“州县改置上”条云：“天宝十三载六月一日，州废，所领五县改属郓。”上海古籍出版社 2006 年版，第 1486 页。

③ 可参看陈贻焮著《杜甫评传》第七章“续旅食京华”之四“移居下杜，寄寓奉先”。北京大学出版社 2011 年版，第 186 ~ 199 页。

④ 杜甫著，仇兆鳌注《杜诗详注》之《渼陂西南台》，第 184 页。

诗系年于天宝十三载，有一定的道理。

如果这个结论成立，那么，杜颖出任临邑主簿一职，当在天宝十三载（754 年）前。与此同时，作为兄长，杜甫也取得了入仕的资格，正在长安等待授官。杜颖初涉仕途，游宦齐州，兄弟二人，东西分隔。这是杜甫兄弟政治生涯的重要关口。从天宝十三载算起，到广德二年（764 年），杜颖在临邑主簿的职位上，迁延十年左右，似乎稍近常情。

杜甫早年有一首《暂如临邑至鹊山湖亭奉怀李员外率尔成兴》一诗，作于天宝四载（745 年）。前代注家认为杜颖在开元末为临邑主簿，就自然认为杜甫在本诗中所说的“暂如临邑”，就是去探望舍弟。如本文所考，杜颖任职临邑及黄河泛滥事发生在天宝十三载（754 年），则杜甫天宝四载暂如临邑，可能别有他故，而与杜颖无关，而且杜甫诗中的确没有提及“暂如临邑”和“舍弟”有关。

二

杜甫和杜颖在外游宦以后，留在家中的诸弟，当以杜观为长。杜甫在天宝十二载（753 年）前后，将妻子儿女从洛阳接来长安，天宝十三载（754 年）前后，杜颖任职山东，直到广德年间，犹在此地。父亲杜闲在天宝末恐怕早已过世，那么，支应门户的重任就必然落在杜观的肩上。安史之乱的爆发，对他们兄弟无异于一场严峻的考验，他们分在三处，彼此牵挂，成为那个时代无数离乱家庭的一个缩影。

天宝十四载（755 年）冬十月，安禄山起兵，十二月渡河，连下陈留、荥阳、东都、陕州，而临汝、弘农、济阴、濮阳等地不战而下，唯有东平太守嗣吴王李祗、济南太守李随起兵平叛，郡县不从贼者，皆倚吴王为名[①]。当洛阳沦陷之时，杜甫一家的故居必然有覆巢之忧，而山东济南、东平（济阳郡所属五县已归东平），尚为唐军所有，成为当时东线防御的重镇。此时，杜颖正在济南，形势比洛阳稍安。也可能由于这个原因，留守在洛阳故宅的杜观，带领家中人口到阴平避难。阴平本属济阳郡，河陷济阳后，阴平归东平。

① 参看《资治通鉴》卷二百一十七，中华书局 1956 年版，第 6940 页。

但其地与济南略近，杜观及洛阳家人到此避难，可能也有与杜颖相接应的意思。

战乱来临，杜甫的处境极为仓皇，担心寄居异县的妻小，又挂念远方的诸弟。杜集中有《得舍弟消息二首》，注家对这首诗的系年有不同的说法。黄鹤说在天宝十五载（756 年）。朱注、仇注把它系于至德二载（757 年）。天宝十五载到至德二载，安禄山在洛阳自立，江淮之间，三川之地，战伐正紧，人心惶惶。从史料来看，当时的东西交通，需要绕道南行，甚为不便，杜甫兄弟，分处于山东和关中间，意欲互通消息，恐怕也难以实现。杜甫《对雪》中云："数州消息断，愁坐正书空。"可知当时传递消息之不易。《遣兴》中有"鹿门携不遂，雁足系难期"的句子，说他和鄜州的家人失去联系。《述怀》又云："去年潼关破，妻子隔绝久……寄书问三川，不知家在否……自寄一封书，今已十月后，反畏消息来，寸心亦何有。"以杜甫当时的处境，即使想得到鄜州妻小的消息，且不能得，何况千里之外的诸弟。所以，将这两首诗系于天宝十五载、至德二载，都有不妥。

此外，杜甫还有一首《得舍弟消息》（风吹紫荆树）。王嗣奭《杜臆》将其列在乾元元年（758 年）春间，朱注、仇注从之，有理。《得舍弟消息二首》和《得舍弟消息》题目相同，表现他在战乱之际，初闻舍弟消息的心情，当是同时之作。具体的时间，以乾元元年（758 年）春季为当。因为只有到至德二载（757 年）岁末时，战争局势才发生了改变，朝廷收复了两京，安庆绪退守河北。乾元元年时，黄河以南地区基本平定，东西道路，逐渐恢复，才有可能传来远方的消息。而且，因为河南一带恢复了秩序，杜甫才说到回家和会面的事情。

重要的是，这里的"舍弟"指的是谁？旧注对此多未明言，《杜甫全集校注》云："前已知在临邑齐州之弟为杜颖，本诗云：'近有平阴信，遥怜舍弟存。'后《忆弟》诗又有'丧乱闻吾弟，饥寒傍济州'之语，因知此饥寒寄食平阴济州之弟当为杜观。"① 此说有理。本诗其一云："近有平阴信，遥怜舍弟存。侧身千里道，寄食一家村。烽举新酣战，啼垂旧血痕。不知临老日，

① 萧涤非主编《杜甫全集校注》卷四，人民文学出版社 2014 年版，第 783 页。

招得几时魂。”仇注云：“首章，初得消息。”[1] 甚确。联系《忆弟》中“丧乱闻吾弟，饥寒傍济州。人稀书不到，兵在见何由”的句子，又有“断绝人烟久，东西消息稀”的句子，可知丧乱以来一直未有杜观的消息，书信难通。直到此时，方有书信传来，得知洛阳故园家人，逃难在济州平阴。正因为得知了确切的消息，知道了舍弟的行止和栖身之处，他的诗才题为“忆弟”。赵汸说“侧身千里道，寄食一家村”二句，“正述所传之信”[2]，真是善于体会诗意。此二句描绘了杜观从洛阳逃难潜行的狼狈情景。从洛阳东行至郓州，道路正好有一千里之遥[3]，因此，这里所说的舍弟，只能是此前留守洛阳故居的杜观，而不可能是游宦齐州的杜颖，因为从临邑逃至平阴只有二百多里。

另外，第二首诗云：“两京三十口，虽在命如丝。”张远注云：“两京，公在西京，弟在东京也。三十口，合公与弟家属而言，公《赴奉先诗》‘老妻寄异县，十口隔风雪’，止言十口，可明征矣。”[4] 甚是。这里，杜甫把自己所携家口和洛阳故宅家口合计三十余人[5]，说明杜观传来的消息，不仅关乎他自己，而且关乎故家所有人众，也就把杜观当时肩负的重责点明了。而杜颖在临邑任职，未必能偕同如此众多的家口。

随着乾元元年（758 年）战争局势的变化，杜甫不但期待和舍弟的重逢，而且还期待对洛阳故园的重访。《遣兴三首》其二，有“客子念故宅，三年门巷空……生涯能几何，常在羁旅中”的句子，“客子”为谁？值得考辨。杜甫最后一次离开洛阳，当是天宝十二载（753 年）前后移家长安时，如此算来，他离家不止三年。所以，这里的“三年门巷空”，并不是说他自己离家三年，而是说战乱爆发以来，历时三年，家中无人，反过来，说明三年前洛阳故园是有人居住的。那么，留居于此的应该是谁呢？排除了杜甫、杜颖之后，这里的“客子”指称杜观的可能性最大。

---

① 杜甫著，仇兆鳌注《杜诗详注》卷四，第 321 页。

② 转引自《杜诗详注》卷四，第 321 页。

③ 《元和郡县图志》记载，郓州“西南至东都九百六十五里”，“平阴西南至州一百二十里”，两厢合计，从平阴到东都，大体在一千零八十多里。杜甫家在巩县，巩县在东都东一百四十里。如此算来，杜观等从巩县播迁至平阴，道路奔波正在千里左右。

④ 转引自杜甫著，仇兆鳌注《杜诗详注》卷四，第 322 页。

⑤ 杜甫在《唐故范阳太君卢氏墓志铭》中说，为祖母卢氏服丧的家人，男女诸孙通计有三十余口，这就大致显示了杜甫故家当时的规模，婚丧嫁娶之后，到战乱爆发时，人口数量约略如昔。

大历二年（767年），杜甫有《舍弟观归蓝田迎新妇》诗，闻一多先生假设本年杜观二十岁，始有娶妇之事，如果据此推测，他可能生于天宝七载（748年）前后。但这个假设只能是杜观年龄的下限，杜甫成家大概在三十岁左右，如果以此为例，假设杜观娶妇也在三十岁前后，那么，他当出生于开元二十六年（738年）。到战乱爆发时，他正值弱冠，未及壮年。所以，杜甫在《得舍弟消息二首》中云："汝懦归无计，吾衰往未期。""汝懦"二字，既是关切，又是实情。从这个迹象看，杜观虽然年纪小，但身上的责任十分重大，所以杜甫对他格外关注。

到乾元初时，弟兄们离开故园已经三年。故园的情况如何呢？杜甫不得而知。正是在这种心理的驱使下，杜甫在乾元元年（758年）岁末，返回洛阳探视故园。《忆弟二首》诗下原注："时归在洛阳陆浑庄。"[①] 第二首表达了希望杜观能乘便归来的愿望。其中云："且喜河南定，不问邺城围。百战今谁在，三年望汝归。故园花自发，春日鸟还飞。"说河南已经安定了，故园花发春来，虽然有些冷落，但那是"断绝人烟久"的缘故，总体条件还比较稳便，所以杜甫希望他能带着故家的亲人归来。

同一时期，杜甫还有一首《得舍弟消息》："乱后谁归得，他乡胜故乡。直为心厄苦，久念与存亡。汝书犹在壁，汝妾已辞房。旧犬知愁恨，垂头傍我床。"这首诗中的"舍弟"应该是杜颖，因为杜观此时尚未婚配，"汝妾"的句子不可能是为他而发。浦起龙云："通首俱若不劝其归者，其悲更甚。"[②] 比较一下，杜甫一面希望杜观能返回洛阳，而另一面又不太鼓励杜颖返回洛阳，这个差异耐人寻味。大抵杜颖薄宦于山东，其家留在洛阳，战乱之际，他的家庭未能保全。再加上杜颖在山东游历已久，或许已经萌生了久留山东的愿望，所以杜甫在这首诗中写了"他乡胜故乡"的句子，没有力劝他回归洛阳，而是对他愿意留居他乡的想法表示同意。而杜观则不同，他所避难的平阴并不是个安稳的地方，且无依靠，又有故家人众拖累，除了在战乱稍定之后返回故土，是别无选择的。

从其他作品反映的情况来考察，杜观后来的确离开了平阴，但并没有返

---

① 杜甫著，仇兆鳌注《杜诗详注》卷六，第508页。

② 浦起龙著《读杜心解》卷三之一，中华书局1961年版，第380页。

回洛阳，而是来到了关中的蓝田生活。大历二年（767 年），杜甫有《得舍弟观书，自中都已达江陵，今兹暮春月末，行李合到夔州，悲喜相兼，团圆可待，赋诗即事，情见乎词》一首，由题目可知，杜观此前在关中生活，且与杜甫多年未曾团聚。《喜观即到，复题短篇二首》，中有“巫峡千山暗，终南万里春。病中吾见弟，书到汝为人。意答儿童问，来经战伐新。泊船悲喜后，款款话归秦”的句子，说的也全是从关中到峡中的路线。本年秋，杜观辞归，杜甫有《舍弟观归蓝田迎新妇送示二首》，点出了杜观这些年在关中的居住地——蓝田，而且，他在那里成了家。那么，杜观是什么时候迁居关中蓝田的呢？《喜观即到，复题短篇二首》次章有“应论十年事，燃绝始星星”的句子，说明他们十年未见。由大历二年上推十年，当是乾元元年（758 年），但乾元元年杜甫和杜观并没有机会谋面，他们兄弟在关中见面，应该在乾元二年（759 年）春夏之间，也就是杜甫从洛阳探望归来后的事情，也正是九节度兵败而中原复乱时的事情。

根据史料看，九节度兵败相州，是在乾元二年（759 年）三月，而史思明派遣人马分四路渡河南侵，是九月间事。杜观带领家人离开平阴，辗转到关中，最有可能的时机就在这数月间。从乾元二年到大历二年（767 年），将近十年，杜观一直生活在关中，和杜甫分隔两地。十年后他们在峡中重逢的时候，杜观已过而立之年了，杨伦解释“燃绝始星星”一句说“想弟年已近老矣”[①]，和占人所说的始生二毛的年龄是一致的。乾元元年（758 年）重阳节时，杜甫有一次蓝田之行[②]。我怀疑杜观能在蓝田久居，恐怕也是杜甫离开关中前的安排。要不然，以杜观的能力和资历，恐怕很难移家蓝田。而且，杜观到关中来，也只能是依附杜甫而来，否则他不会携家带口贸然到京县谋食。

三

如果杜观一行来到蓝田，全由杜甫照应安置，那么，杜甫的经济恐怕就

① 杨伦笺注《杜诗镜铨》卷十五，第 750 页。

② 细读《崔氏东山草堂》一诗，让人怀疑杜甫乾元元年去蓝田，并非游山玩水，也非一般访友，恐怕有卜居的意思。

面临极限。乾元二年（759 年）秋，他移家秦州，就是计划带着部分家人，到西土谋食。也许在这个时期，第五弟杜丰和少弟杜占，都追随杜观从阴平来到关中，而杜占从此追随杜甫，西行入川，漂泊西南。

浪迹东川时，杜甫有《舍弟占归草堂检校聊示此诗》：“久客应吾道，相随独尔来。熟知江路近，频为草堂回。鹅鸭宜长数，柴荆莫浪开。东林竹影薄，腊月更需栽。”从首句可知杜占长期追随杜甫。既是“熟知”，则必是久住，那么，杜占“在江村的草堂和他在一起”，便是确信的。所以，才把检视草堂、鹅鸭、柴荆、竹林等许多细事，交代给他。当杜甫带领家人在东川一带盘桓时，让他常常回归成都草堂，料理家务，故曰“频为”。但又对他叮咛许多细节，如何照看门户，如何点检家禽，尤其告诫在腊月前多栽些竹子在东林。说明杜占此次回归草堂，是在广德元年（763 年）冬季腊月前。此时他已经长大，可堪托付，但还不太稳练，照此看来，也许在二十岁左右。据此推测，他应该出生于天宝三年（744 年）。比他年龄稍长的杜丰，或许出生于开元末、天宝初。相对于杜观来说，杜丰、杜占在天宝末年战乱爆发时还不能料理家事，只能依附于人。“两京三十口”中，应该就包括他们在内。

那么，杜占是什么时候开始追随杜甫的，学者有不同的揣测。“杜甫在《乾元中寓居同谷县作歌七首》其三中说他有三个弟弟，都不在身边：注家赵子栎认为杜甫想到的是四个弟弟中的三个，而最小的一个即杜占，正在同谷和他在一起。艾斯柯不但让杜占在成都和同谷都一直陪伴着杜甫，甚至还加上了 756 年的奉先。”① 从杜甫的经历来看，辞官华州到西行秦州，再到南行成都，的确没有机会去接应杜占，那么，按常理来推测，杜占在这个过程中一直追随在杜甫身边，是可以理解的。这也就是赵注的理由。外籍学者艾斯柯也许就是按照这个道理，将杜占依附杜甫的时间进一步上溯。因为，杜甫在天宝末年把妻小从洛阳前来长安后，活动的范围也就集中在关中，如果忽略乾元元年（758 年）冬到乾元二年（759 年）春他到洛阳的短期旅行，那么，杜甫的确没有和杜占谋面的可能，让人怀疑他在战乱之前已经依附在杜甫左右。

天宝末年时，杜占和杜甫不在一处，那么他就只能在洛阳故宅。战乱爆

---

① 洪业著，曾祥波译《杜甫：中国最伟大的诗人》第十章“何地置老夫”，第 182 页。

发时，也就只能追随杜观到平阴避难，最后又在乾元二年（759年）间追随杜观来到关中求食，这就有机会和杜甫相遇，并随杜甫到陇右巴蜀。从这时算起，到广德元年（763年）冬赴成都检校草堂，他跟随杜甫已有四五年之久，和“久客应吾道，相随独尔来”就比较一致了。杜占在杜甫左右，杜甫对他用不着牵挂，再加上他和杜甫的年龄差距很大，杜甫也很少向他吐露心声。因此，在杜甫西行之后所写的关于诸弟的诗歌中，杜占的存在似乎被忽略了。因此，有的学者对此提出了疑问。施鸿保《读杜诗说》中云：“入蜀后诗，并及妻孥婢仆，占如从来，何无一诗及之？又《月夜忆舍弟》诗、《得舍弟消息》诗，及《七歌》云‘有弟有弟在远方’，《遣兴》云‘诸弟各异方’，明无一人从入蜀者。占盖此时放来，诗云‘尔独来’，亦可见。”① 其实，这是容易理解的，因为那些分散在他乡的兄弟，更让杜甫牵挂，所以，他在诗歌中屡屡说到对他们的思念，而近在身边的杜占，在他的怀抱中，不在他的思念中。

而且，当杜甫说到诸弟的分散时，更大程度上是立足于洛阳故宅，因为洛阳故宅是他们共同的家园。从乾元二年（759年）杜甫回乡探望以后，杜颖留在了临邑，杜观移居关中，兄弟们都没有返回洛阳居住，那里实际上已经成了废宅，他们都成了游子，无家可归，团圆无望。从秦州时开始，“无家”的痛苦心情，在他的诗歌中变得十分常见。《月夜忆舍弟》便是这方面的一首代表作②。“戍鼓断人行，边秋一雁声。露从今夜白，月是故乡明。有弟皆分散，无家问死生。寄书长不达，况乃未休兵。”这里容易引起误解的是“有弟皆分散，无家问死生”，似乎这时杜甫还没有得到诸弟的消息，不知道他们的死活。其实不然，从“得舍弟消息”一类诗歌看，诸弟的情况，杜甫还是有些了解的，所以才肯定地说“有弟皆分散”。“无家问死生”一句，重在说“无家”，与“故乡”相应，因为“故乡”已经“无家”，所以兄弟们不能同居一处，不能互相照料，他对诸弟的生死安危，长存忧虑。

移居同谷之后，杜甫的生活更加困顿，这使他担心自己将死于冻饿，而与诸弟永无见面之期。《乾元中寓居同谷县作歌七首》其三中，也有回应。诗

---

① 洪业先生也有这样的观点，可参看。

② 前代的注家，理解这首诗歌时，常常引证乾元二年史思明再陷河南的史实为背景，其实是不妥当的。诗中写到白露，这是农历八月的一个节气，而史思明出兵在九月。

云："有弟有弟在远方，三人各瘦何人强？生别辗转不相见，胡尘暗天道路长。东飞鴐鹅后鹙鸧，安得送我置汝傍。呜呼三歌兮歌三发，汝归何处收兄姑。"其中"有弟有弟在远方"，就是"有弟皆分散"。"三人各瘦何人强"一句，用东汉赵孝、赵礼的典故，典故涉及的是兄弟二人，而杜甫在诗中明言"三人"，这是他根据自己的情况，对典故做了有意识的改造，说明此"三人"是确有所指的。旧注认为是指"颖、观、丰"，不算杜占在内，甚是。因为杜占不是"在远方"的。从这些地方看，杜颖、杜观、杜丰三人，身在何处，杜甫似乎是知道的。但他自己将要到哪里去谋生，他却无法肯定。

入蜀之后，他的生活虽然暂时安稳了下来，但他身体已然衰病不堪，更令他放心不下的是，中原的战况不断发生变化，他担心弟妹是不是又遭遇了祸难，逃离到了别的地方。所以，《遣兴》一诗起手就是"干戈犹未定，弟妹各何之"的句子。《遣愁》则为弟妹不能到蜀中避难而遗憾："渐惜容颜老，无由弟妹来。干戈与人事，回首一悲哀。"干戈不息，使他日夜牵挂弟妹，牵挂弟妹，让他渐渐陷入衰老。《云山》一诗，别具意味。其中前四句云："京洛云山外，音书静不来。神交作赋客，力尽望乡台。衰疾江边卧，亲朋日暮回。白鸥原水宿，何事有余哀。"写他对"京洛"的思念。"京洛"指长安和洛阳，但这里偏重长安。因为第三句的"作赋客"指司马相如。司马相如是蜀人，但官于长安；杜甫来自长安，流落剑外，但人在蜀地，心向长安，所以与司马相如"神交"。因此，他常登望乡台望乡，"力尽"于此。从"音书静不来"一句看，他是在等待"京洛"的"书信"。但那会是谁的信呢？我怀疑他等的是在蓝田居住的杜观来信。因为东都洛阳的故宅已经无人居住了，在关中长安居住的弟妹，除了杜观之外，便没有任何别的可能了。

四

持续八年的安史之乱，终于在广德元年（763 年），随着史朝义自缢和河北诸将降唐而终结，杜甫也在广德二年（764 年）春季从东川回到成都，并在秋季进入好友严武的幕府为参谋。中原的战乱结束了，分隔在异地的兄弟们有了见面的机会。于是，谋求会面和团聚，便成为杜甫和他的兄弟们最关切的事情。

就在杜甫刚刚返回成都不久，杜颖便千里迢迢从齐州赶来探望，这是多么令人欣慰的事情啊。结合当时的时局变化来看，杜颖来得太及时了，这说明他也时刻惦记着兄长，所以一有机会就长途跋涉来看望。到他辞归的时候，杜甫写了《送舍弟颖赴齐州三首》。第一首侧重于送行，写了兄弟去后，他孤独衰老的可怜境况；第二首侧重于表达他对兄弟再来相会的奢望，以及他时时寄意东北的心情。杜甫此年五十三岁，杜颖也将近四十、五十之间。从诗中“时危暂相见，衰白意都迷”和“兄弟分离苦，形容老病催”的句子来看，不但杜甫垂垂老矣，杜颖也已见老。自天宝末年二人游宦东西之后，到杜甫离开人世，十数年间，这大概是二人唯一的一次会面。

第三首诗涉及杜甫的其他兄弟，十分重要，但又颇费解。“诸姑今海畔，两地亦山东。去傍干戈觅，来看道路通。短衣防战地，匹马逐秋风。莫作俱流落，长瞻碣石鸿”。“两弟亦山东”一句中的“两弟”指的是谁呢？旧注认为是“杜观和杜丰”，因为旧注认为诗中有杜甫建议杜颖去寻访“两弟“的意思，那么，这个“两弟”只能是排除杜甫、杜颖和杜占之外的两个兄弟，即非杜观和杜丰莫属。也就是说，前人认为杜甫在这首诗中寄托了一种愿望，让杜颖去寻访流落山东的“两弟”和流落海畔的“诸姑”，然后等待时局安稳、道路畅通时，带着他们来和自己在蜀中会面。按照旧注的考察，这里的“诸姑”主要是指嫁给会稽贺撝的那个小姑姑。可是，杜颖返回齐州，并不会绕道会稽，也不可能将她老人家带到蜀中面见一位侄子。从“干戈觅”“防战地”这样的句子看，杜颖此行来去都是要冒险的，那么，在这么艰难的时局里，杜甫怎么会给杜颖提出这样繁难的要求呢？再说，前文考知，乾元二年（759 年）至大历二年（767 年），杜观可能生活在关中，那么这里的“两弟”就不可能包括杜观。我认为“两弟”是指“杜颖和杜丰”。

在这首诗歌里，杜甫只是暗示了杜丰的存在。后来，他专门写了《第五弟丰独在江左，近三四载，寂无消息，觅使寄此二首》，明确提到杜丰的行止。此诗仇注系于大历元年（766 年），根据的是黄鹤的说法，“诗云‘十年朝夕泪’，自天宝十五载避乱与诸弟相别，至大历元年，为十年。”[①] 杨伦将

---

① 杜甫著，仇兆鳌注《杜诗详注》卷十七，第 1478 页。

其系于大历二年秋，应当别有所居[1]，可能又根据“明年下春水，东尽白云求”一句进行推定。因为杜甫是大历三年（768 年）春离开夔州的，那么作诗的时间当在二年。相比之下，杨说为是。如果从大历二年上推十年，则杜甫和杜丰的最后一面，当在乾元元年（758 年）前后。杜甫在这里说“十年朝夕泪”，和他在得知杜观从关中来夔州时所写“应论十年事”的意思一致。说明杜甫和杜观、杜丰是同时分手的，即在乾元二年（759 年）他从关中西迁秦州前。

根据前文考索得知，当杜甫、杜颖在外游宦时，可能是杜观在洛阳照顾故家，杜丰、杜占二人应当就在杜观身边。战乱袭来，杜观带着家人东行避难，乾元二年，他又带领家人寄食关中，杜丰、杜占二人也应该追随在他的身边。自从最小的弟弟杜占追随杜甫西行之后，杜观带着第五弟杜丰便留在了关中，照顾其余的家人。屈指算来，他们和杜甫已经分别十年。从题目看，分手后的前六七年，杜甫还能常常得到杜丰的消息，近来三四年，他却音信全无。其中的原因是，杜丰自己去了江左一带，和兄弟们失去了联系。由此上推，他去江左，当在广德二年（764 年），也就是杜颖到成都探视杜甫前后。

那么，杜丰为什么去江左呢？我怀疑他是去寻访、投靠江左的“诸姑”去了。这个消息从杜甫送别杜颖时所作第三首诗歌中透露出来。本诗前四句的意思应该是：现在有一个姑姑，生活在江左海畔（也就是赠给杜丰的诗中提到的“杭州定越州”）；同时，有两个弟弟（疑为杜颖和杜丰），生活在山东，其中一个（疑指杜丰）去江左寻觅“诸姑”，另一个（即杜颖）来蜀中看望兄长。广德元年（763 年）时，江左浙东一带刚刚平息了袁晁的起义[2]，川中刚刚结束了诸将的混战。因此，杜丰去江左寻亲，杜颖来蜀中看望，都是在干戈过后道路稍通的背景下进行的，所以，杜甫诗中说“去傍干戈觅，来看道路通”，是就他们二人的行止所发，“短衣”二句承此，写道路之艰危。

---

① 朱鹤龄亦将其编在大历二年。

② 《资治通鉴》记载，宝应元年八月，“台州贼帅袁晁攻陷浙东诸州，改元宝胜。民疲于赋敛者多归之。李光弼遣兵击晁于衢州，破之。九月，晁陷信州，冬十月，袁晁陷温州、明州。唐代宗广德元年夏四月，李光弼奏平袁晁，浙东皆平。时晁聚众近二十万，转攻州县，李光弼使部将张伯仪将兵讨平之。”

“莫作俱流落，长瞻碣石鸿”中下以“俱”字，将“两弟”绾结，希望二人都能顺利返回，而不要淹留他乡。“碣石鸿”既有兄弟雁行之意，又有“知归”之意。以前的解说认为杜甫在为杜颖送行时，不但想到了其他的弟弟，而且还想到了“诸姑”，不免心生感慨，如王嗣奭云：“添出诸姑，则已与弟又多出一条心事。”① 杨伦说：“不觉一一想到。”② 其实，他在这里提到“诸姑”是十分突兀的，他的其他作品中都未提及“诸姑”。本诗本以写“舍弟”为主意，添出“诸姑”，是因为“诸姑”和“两弟”有关，否则文意就难以圆通了。按照这个解说推算，杜丰自从广德二年（764 年）去江左寻访诸姑，至大历二年（767 年），已经“三四载寂无消息”。

这样看来，“三四载”以前，第五弟杜丰在某个时候离开了关中，与杜观分手，前往山东临邑，与杜颖相聚。结合当时河南、关中一带的战争情况，杜丰从关中去齐州，最有可能的时间，应该是广德元年（763 年）。这一年，史朝义的余部向唐军投降，河南、河北逐渐恢复，山东一带的军事压力得到缓解，东西道路渐渐畅通。而吐蕃军队在这一年的冬季入寇长安，唐代宗出狩陕州，关中震荡。在郭子仪的主持和部署之下，蓝田一带成为唐军进击吐蕃的前线和要冲。这必然对留居于此的杜观、杜丰兄弟及其家人的生活造成严重影响。这一点不仅是杜丰到山东去依附杜颖的原因，也很可能是杜观辗转到夔州来寻访杜甫的原因。

五

大历二年（767 年），滞留夔州的杜甫，和杜观的联络是十分密切的，针对杜观的行止，杜甫先后写了不少诗作。联系这些作品，我认为杜甫和杜观在这一时期的往来，是在料理一件大事，那就是为他们兄弟寻访一个可靠的安置。最终，他们商定去荆襄会面，并在那里卜居。

这年春间，杜甫得知杜观来访的消息。当时，杜观已经到达江陵。这一点他在诗题中交代得十分明白：“得舍弟观书，自中都已达江陵，今兹暮春月

① 王嗣奭撰《杜臆》卷六，中华书局 1963 年版，第 205 页。
② 杨伦笺注《杜诗镜铨》卷十一，第 543 页。

末，行李合到夔州。”在杜甫的心目中，杜丰、杜占可能太小了，而杜观是值得托付的。所以，他写了“老身须付托，白骨更何忧”的句子。说到死亡，是丧气的话，说到回家，那是温馨的，杜观是从蓝田来的，那里应该有一个可以寄居的场所，“泊船悲喜后，款款话归秦”，杜甫心中也燃起了回归关中的希望。

然而，令人疑惑的是，到这年秋季，杜观回蓝田时，杜甫在诗中再也不说“归秦”的话了，反而“蓝田莫滞留”。意谓他盼望杜观再来，再来时还要把妻子家人带来。诗题“舍弟观归蓝田迎新妇”，把杜观此行的目的交代得比较明白。而且，他离开蓝田，再次南来，目的地也不是夔州，而是荆襄。与此同时，杜甫也积极筹备，打算离开夔州，和杜观在荆襄会面，并卜居于此。“卜居期静处，会有故人杯”，仇注云：“荆州有故人可依，故欲卜居其地。”[①] 甚确。第二首诗歌中，“满峡重江水，开帆八月舟。此时同一醉，应在仲宣楼”。这是约定见面的时间和地点，时间在八月，地点在荆州。

本来打算“归秦”，后来却安排迁居荆州，说明在杜观滞留夔州的这几个月中，兄弟二人商量了“卜居”的事，最终做出了这样的决定。其实，这也让人进一步怀疑杜观这次来峡中的用意，恐怕除了看望杜甫之外，正是要和杜甫一起寻求卜居之计。在杜甫后来写给杜观的另一首诗歌中，有“他乡就我生春色”的句子，说得明白。杜观是“就我”来了，也就是投奔他来了。当杜观给杜甫捎信，说他要来夔州看望杜甫时，杜甫并不知道杜观的来意，所以计划“款款话归秦”。当杜观见到杜甫后，才说明了“蓝田”已经不可久居的事情，以杜甫当时的情况看，夔州也不可久留，兄弟们必须再次迁居他处，杜观把蓝田的家人带出关中，杜甫把自己的家人带出峡中，到荆州回合。对杜观来说，带着家人迁居荆襄，是一件大事，他需要寻求长兄的帮助，和长兄商量。如果杜观早先迁居蓝田，是出于杜甫的关照，那么，他现在要放弃蓝田居所，恐怕更要和杜甫商量办理了。总之，杜甫和杜观的这次峡中之会，是他们兄弟命运转变的另一个重要关口。

后来，杜观如约把家人带到了荆州，而杜甫却没有实现愿望。当他得知杜观的消息后，写了三首诗，题为“舍弟观赴蓝田取妻子到江陵喜寄三首”。

---

① 杜甫著，仇兆鳌注《杜诗详注》卷十九，第1678页。

从诗中写到“雪深”“苦寒”“寒江”和“梅花”等意象来看，此诗应该写在冬末。第一首说他计划开春以后出发，第三首诗嘱托杜观先在江陵寻访合适的宅地。“庾信罗含俱有宅，春来秋去作谁家。短墙若在从残草，乔木如存可假花。卜居应同蒋诩径，为园须似邵平瓜。比年病酒开涓滴，弟劝兄酬何怨嗟。”从荆州的名人故居切入，为自己卜居做铺垫，蒋诩径，说居所要幽静，邵平瓜，说及营生之计。最后两句，预想兄弟二人浅斟对酌的惬意。“何怨嗟”三字，说明未聚首之时，常常“怨嗟”，用的是反衬之法。元日后，杜甫又得到杜观的来信，催他赶紧出峡。杜甫有《续得观书，迎将当阳居止，正月中旬，定出三峡》一诗。结合“自汝到荆府，书来数唤吾。颂椒添讽咏，禁火卜欢愉”等句子来看，杜观已经在荆州的当阳县觅得住所，等待杜甫一家到来。《旧唐书·地理志》云：“自至德后，中原多故，襄、邓百姓，两京衣冠，尽投江湘，故荆南井邑，十倍其初。”① 可知当时的荆州，为中原人士南行避难的重要场所，杜甫兄弟居止于此，亦是当时风气所致。

兄弟重逢合居，就在眼前，这是杜甫这一年新春最大的喜事。于是，在元日这一天，他写了《元日示宗武》一诗。看到儿子长大成人，他感到高兴，但不能举家欢聚在故园，他又感到伤心。据宗懔《岁时记》：“正月一日，进椒柏酒，凡饮，次第从小起。”可知岁时饮酒，是要按排行进行的。他们兄弟五人，分在各处，所以杜甫面对年节的礼俗，别有感触。《远怀舍弟颖、观等》一诗，专门为此而发：“阳翟空知处，荆南近得书。积年仍远别，多难不安居。江汉春风起，冰霜昨夜除。云天犹错莫，花萼尚萧疏。对酒多疑梦，吟诗正忆渠。旧时元日会，乡党羡吾庐。”首句切杜颖，次句切杜观。几年前，杜甫和杜颖见过一面，那时，杜颖尚在临邑。自那以后，兄弟常有音信往来，所以，杜甫知道杜颖现已转移到了阳翟。不过，杜甫似乎对阳翟有些陌生，所以说“阳翟空知处”。相对来说，杜观人在江陵，前几日尚有书信到来，不久即可见面，所以杜甫感到真切。面对眼前的椒柏酒，他陷入了深深的沉思之中，想起了当年在洛阳故家的生活。那时，父子兄弟，合居一处，岁时阖家团聚，别家都羡慕杜甫兄弟。如今，兄弟分散，纵有佳节，纵有美酒，已非往昔滋味了。杜占在杜甫眼前，不必挂怀，杜颖、杜观人在遐远，

① 《旧唐书》卷三十九，第1552页。

但尚有音信可通，唯有“近三四载”失去联系的“第五弟”杜丰，让他最为牵挂。于是，他在诗中特意写道：“不见江东弟，高歌泪数行。”诗中自注云：“第五弟漂泊江左，近无消息。”此前，他曾托人到江左寻访杜丰的下落，看来，尚无结果。

大历三年（768年）春，杜甫如约从夔州开船，前往荆州。和杜观会合以后，杜甫应该将家人安置在了当阳，然后回到江陵，参与了官场的迎来送往和文期酒会，也留下了不少诗章。当然，杜甫在官场结交各种关系，乃是和谋食密切相关的。《水宿遣兴奉呈群公》一诗云：“归路非关北，行舟却向西。暮年漂泊恨，今昔乱离啼。童稚频书札，盘飧讵糁藜。”杨伦云：“公在江陵时，妻子或留当阳，故家人以困乏来告。”[①] 此说甚是。正因为家中饮食告急，所以杜甫才水行西去，到异县求贷。杜甫此时，不仅要照顾自己的妻小，还要关照杜观及其家人，负担自然更重。《秋日荆南述怀三十韵》云：“秋水漫湘竹，阴风过岭梅。苦摇求食尾，常曝报恩腮……饥藉家家米，愁征处处杯。休为贫士叹，任受众人咍。”总结在荆州数月的生活，可谓艰辛备至。秋季时，杜甫又带着自己的妻小，移居到公安去求食。《舟出江陵南浦奉寄郑少尹审》中有“更欲投何处，飘然去此都”的句子，满口失路之悲。“栖托难高卧，饥寒迫向隅”二句，将个中原因说得很明白，乃是“饥寒”所迫。

杜甫一家在公安的生活，主要是借居临时住所，暂度时光。《移居公安山馆》和《移居公安敬赠卫大郎》，便是频频移居的证明，《暮归》一诗云：“霜黄碧梧白鹤栖，城上击柝复乌啼。客子入门月皎皎，谁家捣练风凄凄。南渡桂水缺舟楫，北归秦川多鼓鼙。”注家将此诗系在公安时期，三、四两句写出了客居的落拓之况，五、六两句写出他南下、北上的矛盾。《晓发公安》一诗原注云：“数月栖息此县。”可知杜甫在公安盘桓数月之久。这样算下来，从春到秋，杜甫和杜观相聚的时间也只有数月而已。经过十多年的离别，总以为移居江陵之后，兄弟们可以在一起好好过日子了，谁料又要分首。这一次，又是杜甫承担了最重大的责任，是他以偌大年纪重返漂泊之路，向别处求食，而杜观可能仍留在当阳一带作为杜甫一家的接应。

入冬以后，杜甫又南行岳阳，稍作滞留，并于次年春季，过洞庭而入湘

---

① 杨伦笺注《杜诗镜铨》卷十九，第922页。

潭。《上水遣怀》中云："驱驰四海内，童稚日糊口。"《次空灵岸》云："可使营吾居，终焉托长啸。"看得出他"糊口""营居"的压力甚大。大历五年（770年）春，他大概在长沙找到了合适的居所，暂时安定了下来。于是，他又想到远方的诸弟，这在《清明》一诗中有反映。谁料，湖南随即发生了军乱，杜甫一家的处境又陷入了狼狈的状态。《入衡州》诗详细叙述了他们的经历，其中有"远归儿侍侧，犹乳女在旁"的句子。王嗣奭云："逃难而兼携妻孥，尤见其苦。"[①]《逃难》又有"乾坤万里内，莫见容身畔。妻孥复随我，回首共悲叹"的句子。这一年秋季，杜甫从湖南北归，想到在湖南短暂的留居，他写到"春宅弃汝去，秋帆催客归。庭蔬尚在眼，浦浪已吹衣"。他春季入住田宅时，在庭中种了菜蔬，还没有一尝滋味，秋时便又北去，写出"不遑启处"的仓皇状态。"北归"的目的地，当是江汉一带。他在《登舟将适汉阳》《会棹》诗中对此反复致意。那里毕竟比乱后的湖南要安定得多，官场还有朋友可以访求，离两京也稍近。更重要的是，舍弟杜观还在当阳一带。杜甫以前在诗中谈到"舍弟"杜观时，说他是将来为自己收敛遗骨的人，回到荆襄去和杜观会面，也许和杜甫此诗病体日渐不支的忧虞有关。就在北归途中，苦命的诗人结束了自己艰难困厄的一生。临死，也没有见到他内心牵挂的"舍弟"们。

杜甫的灵柩暂时安放在湖南，四十年后方得归葬祖茔。那位被杜甫寄予厚望，又屡屡得到杜甫照顾的舍弟杜观，自然就成为杜甫遗属唯一可能依靠的人，而他也有责任对长兄的寡嫂和遗孤加以照料。据元稹《唐检校工部员外郎杜君墓志铭》所记，杜甫的夫人杨氏，卒年四十九岁，大抵在杜甫逝世之后，也不久于人世。而杜甫之子宗武、孙嗣业，"家贫，无以给丧，收拾乞丐，焦劳昼夜"。可知失去了杜甫的照料，他的家人也困乏不能自振。从杜嗣业请求在江陵任职的元稹为乃祖杜甫撰写墓志铭一事来看，杜甫的子孙最后的盘桓之所，大抵仍在江汉一带，也就是杜甫和杜观谋求会面和"居止"的地方。

① 引自杜甫著，仇兆鳌注《杜诗详注》卷二十三，第2069页。

唐宋“古文运动”概念及其相关问题

冯志弘

一般认为：“古文运动”一词由胡适在20世纪20年代提出①；30年代，迅即为胡云翼《新著中国文学史》（1932年）②、郑振铎《插图本中国文学史》（1932年）③ 等著作广泛采用，一直流行至今。目前，学术界主要从A.“古文运动”概念的前设，以及B.“古文运动”概念是否成立两方面做探索。例如朱刚从学术史角度，析论古文运动概念与20世纪“白话文学史”“文学进步论”“骈古文优劣论”观念的联系④；罗联添认为“古文运动”概念未尽准确，但不反对继续使用这个术语⑤；小野四平、东英寿、莫道才从不同角度

---

① 胡适致顾颉刚函（1923年2月24日），《小说月报》第14卷第4期（1923年4月）“通讯”栏，第8页。又，胡适《国语文学史》（1927年）分别有“韩、柳的古文运动”和“北宋的古文运动”用语。此书根据作者编写于1921年11月至次年1月间的教材底稿修订而成；则“古文运动”一词也有可能早于1923年以前已见于胡适的教材。《国语文学史》，引文见《胡适全集》第11卷，安徽教育出版社2007年重印版，第78、114页。并参赵鲲《胡适的“古文运动”观及其意义》，《文艺争鸣》2012年第9期，第52～58页。赵鲲认为古文运动的好些主张与胡适的“八事”相类，此说可参。由于研究焦点不同，赵鲲尚未说明胡适“古文运动”的“革命观”和“时间指涉”问题；本文针对这两点做讨论。

② 胡云翼著《新著中国文学史》第十一章唐代的文学运动：“古文运动有韩柳二氏的努力而达于最高的发展。”第十六章宋代的文学运动：“一代的文宗欧阳修出来做古文运动的盟主。”北新书局1932年初版、1933年5版，第111、169页。

③ 郑振铎著《插图本中国文学史》第二十八章古文运动、第三十七章古文运动的第二幕，册2及3，朴社出版部1932年版，第478～491、682～689页。

④ 朱刚《“古文运动”复议——研究史和问题点》，载于朱刚著《唐宋“古文运动”与士大夫文学》，复旦大学出版社2013年版，第1～27页。

⑤ 罗联添《论唐代古文运动》，载于罗联添著《唐代文学论集》上册，台湾学生书局1989年版，第3～31页。原题《论于唐代古文运动的几个问题》，韩国《中国学报》（25辑，1985），第43～57页。

否定“唐代古文运动”或“唐宋古文运动”之说[1]；陈弱水、李丹、朱刚则认为“古文运动”概念尚可成立[2]。另一方面，虽然学术界已较详细回顾了20世纪唐宋古文的研究史和“古文运动”概念的名实问题；但主要针对概念本身涵义立论；至于“古文运动”概念的实际应用、时间指涉、关联词汇等课题，仍然有待深究。主要问题包括：

一、除“古文运动”外，学界还有“古文革新运动”“古文复兴运动”“诗文复古运动”“诗文复兴运动”等术语，这些概念在实际使用上有何异同？由此呈现了论者对“古文运动”概念认识的哪些特征？二、“古文运动”固然以八大家为核心人物，可是在学术研究中，间或出现隋唐、初唐、南宋古文运动等说法；这些用语，反映了论者对“古文运动”概念怎样的理解？三、20世纪80年代迄今关于“古文运动”概念的争议，一方面反映了运用“现代概念”诠释古代文史可能出现的隔阂，却也印证了现代研究的范式，确实有别于传统文学研究，因而引申出诸如“怎样才是对唐宋古文正确的研究方法和恰当描述”的种种思考。本文目的并不在于论断“古文运动”概念恰当与否，而是通过进一步梳理相关讨论，尽可能廓清缠绕这个概念的问题，并针对学科畛域和学术范式的问题做出回应。

一

“古文运动”一词最早公开见于1923年4月《小说月报》，胡适致顾颉刚函。胡适在信中指出，研读文学史要见出其“大运动”和“大倾向”：“大运动是有意的；如穆修、尹洙、石介、欧阳修的古文运动，是对于杨亿派的一

① 小野四平著《韩愈と柳宗元：唐代古文研究序说》，汲古书院（东京）1995年版，第15～19、23～65页；东英寿《欧阳修の科挙改革と古文の复兴について》（《欧阳修的科举改革与古文复兴》），原载鹿儿岛大学法文学部纪要《人文学科论集》2000年第51号，第1～17页，译文见东英寿著，王振宇等译《复古与创新——欧阳修散文与古文复兴》，上海古籍出版社2005年版，第107～124页；莫道才《唐代“古文运动”概念平质》，《福州大学学报》2010年第5期，第55～57、78页。

② 陈弱水《论中唐古文运动的一个社会文化背景》，载于《唐代文士与中国思想的转型》，广西师范大学出版社2009年版，第212～245页；李丹著《唐代前古文运动研究》第一章第一节“古文运动概念溯源”，中国社会科学出版社2012年版，第19～35页；朱刚《“古文运动”复议——研究史和问题点》，载于《唐宋“古文运动”与士大夫文学》，第23页。

种有意的革命，大倾向是无意的，是自然的，当从民间文学白话文学里去观察。”[①] 除“运动”一词，胡适又以“有意的革命”来形容欧阳修等倡作古文。《国语文学史》几次重申这个观点：“比起那骈俪对偶的‘选体’文来，韩、柳的古文运动真是‘起八代之衰’的一种革命了”，“古文运动是反对骈文的，是要革骈文命的。”或说：“北宋古文对骈文的革命成功的时期……”[②] 在胡适文学史的语境里，“革命”一词指的是什么？《白话文学史》引子说：“这几年来的‘文学革命’，所以当得起‘革命’二字，正因为这是一种有意的主张，是一种人力的促进。”在描述元和、长庆文学发展时，胡适说：“中国文学史上……只有这一个时代可算是有意的、自觉的文学革新时代。这个文学革新运动的领袖是白居易与元稹……与同时的韩愈、柳宗元都是散文改革的同志。”[③] 这两段文字中“运动”“革命”“革新”与“革新运动”，均指有意识的文学更革；这是“古文运动”概念刚出现时非常重要的内涵。

另外也要注意：胡适描述“古文运动”，虽也说韩、柳古文“比起那禅宗的白话来……自然不能不算是保守的文派”[④]，但胡适未曾以“复古”观念分析唐宋古文的更变。原因是：胡适笔下的“复古”往往带有贬义，如说：“只有复古的风气太深的时代，或作伪的习惯太盛的时代……才有佶屈聱牙的诰敕诏令。”[⑤] 他抨击“元以后之古文家，则居心在于复古”，说“吾辈所攻击者，亦仅限于此一种‘生于今之世反古之道’之真正‘古文家’耳！”由于否定“复古”，胡适把论述韩、柳的焦点放在他们文章的语言——而不是“古文运动”的思想上，并据此认为韩、柳“在当时皆为文学革命之人……韩柳之文在当日皆为‘新文学’”[⑥]。又如胡适说梅尧臣诗“与其说是复古，不如说是恢复自然”[⑦]。这些文字反映了胡适刻意强调韩柳、梅尧臣诗文近于白话，却回避讨论其思想渊源的叙述方式。这一点，也为胡云翼《新著中国文学史》所继承，他说：“唐代的文学运动，不但不是复古运动，而且是实际的革新运

① 胡适致顾颉刚函（1923年2月24日），《小说月报》第14卷第4期（1923年4月），第8页。
② 胡适《国语文学史》，《胡适全集》第11卷，第78、114、115页。
③ 胡适《白话文学史》，《胡适全集》第11卷，第218～219、555页。
④ 胡适《国语文学史》，《胡适全集》第11卷，第78页。
⑤ 胡适《白话文学史》，《胡适全集》第11卷，第245页。
⑥ 胡适《历史的文学观念论》，《胡适全集》第1卷，第33、32页。
⑦ 胡适《国语文学史》，《胡适全集》第1卷，第118页。

动呢。”[1] 这些讨论，标志着“古文运动”概念出现之初，即以韩、柳、欧阳修为代表人物，以及被视为更革文体的“运动”。换句话说，“古文运动”一开始主要被视为文学和文体“运动”。

对于古文运动何时发生的时间指涉问题，《国语文学史》写的是：“到了盛唐、中唐时代，元结、陆贽、独孤及等都是走古文的路的。到了韩愈、柳宗元的古文出来，这条支路丁（指古文）就成为散文的正路。”[2] 似乎把元结等视为古文先导，以韩、柳为古文正途。考虑到这段文字载于《国语文学史》“中唐的白话散文”一节，胡适所说唐代古文运动较可能专指中唐。在1923年致顾颉刚信中，胡适举出的古文运动人物都是宋人，排第一的是穆修，未曾提及宋初柳开。《国语文学史》则说：“宋朝提倡古文最早的，有一个柳开。”但胡适没明言柳开参与古文运动，他说的是：“柳开之后，有穆修、尹洙、石介，都是这个古文运动的健将。”这句话究竟是指：1. 柳开和之后的穆修等同属古文运动人物，还是2. 柳开以后，出现了古文运动，穆修等属其中人物？单凭此句，尚无法判断。最后他说：“古文的‘八大家’之中，六大家都出在这一个时代。古文运动从此成功。”[3] 这里“古文运动”成于宋六家的观点十分明确。当然，胡适也没说古文运动“完成”于宋六家。

胡适“古文运动”概念的深远影响在于：他把唐宋古文发展统摄在“文学史”领域，以及“运动”这个概念之内，突出了文学思潮、文人群体、文学趋势等不同涵义，也强调了从大格局、跨时代以及文体发展角度审视“文学”的意义。胡适把文章和书写风格的更替视为“文学革命”，这些看法在较长时间影响了后人对唐宋古文的印象。另一方面，“运动”一词的涵义毕竟相当宽阔，胡适把“白话文运动”“五四运动”等现代“运动”观念移植至古代文史研究中，加上胡适对古文运动的时间指涉虽然有倾向性——即中唐和北宋中期——但未曾就古文运动提出明确时间断限；这些因素，使得“古文运动”研究的基本框架，例如“古文运动”何时开始，何时终结，甚至“古文运动”是否必然是个“文学运动”，也成为问题。

---

① 胡云翼著《新著中国文学史》，第113页。

② 胡适《国语文学史》，《胡适全集》第1卷，第76页。

③ 同上，第114～115页。

二

胡适以后“古文运动”概念基本被确定。有些文学史著，例如刘大杰《中国文学发展史》修订了胡适片面强调“古文运动”文体变化的一面，兼及思想视角，如说“韩愈的散文运动，实包含着尊儒排佛的思想内容”，并认为柳开、穆修、石介、尹洙“鼓吹着复古运动主张文道合一的思想”。[①] 无论如何，古文运动可被视为“文学”运动的这一认识，在20世纪80年代以前基本是学界共识。此外，胡适强调“古文运动”的“更革”，这个观念也为学者继承。这见于在许多著述中，“古文运动”和“古文革新运动”，往往是二而一的概念。例如游国恩等的《中国文学史》第八章《古文运动和韩愈、柳宗元的古文》，既以韩愈为贞元时期“复古思潮”代表，同时说韩愈为了更好地宣传政治，“自然地需要开展一个文体革新运动”；书中又把北宋对韩、柳文风的继续称为“北宋诗文革新运动”。[②] 这两个引例，反映古文运动“复古”与“革新”观念兼容于80年代以前的文学史著。80年代以后，大量研究唐宋古文的学者，均采用“革新运动”概念描述唐宋古文发展。如：曾枣庄《苏洵与北宋古文革新运动》[③]；葛晓音指出“宋仁宗嘉祐二年（1057年）欧阳修知贡举……这是他所领导的北宋诗文革新运动中的一件大事”[④]；刘国盈说“所谓古文运动，就是以儒道为指导思想……的一场文学革新运动”[⑤]；程千帆、吴新雷《两宋文学史》谓“北宋的诗文革新运动在仁宗朝趋于成熟”，“欧阳修领导并完成的第二次古文运动……”[⑥]；孙望、常国勇主编的《宋代文学史》说“古文运动取得了重大胜利……（欧阳修）使散文革新运动走上健康发展的道路”[⑦]。这些例子中，“古文运动”和“散文革新运动”

---

① 刘大杰著《中国文学发展史》中卷，古典文学出版社1958年版，第13、202页。

② 游国恩等主编《中国文学史》册二，人民文学出版社1963年版，页471；册三，第584～602页。

③ 曾枣庄《苏洵与北宋古文革新运动》，《四川师院学报》1981年第1期，第70～75页。

④ 葛晓音《欧阳修排抑“太学体”新探》，《北京大学学报》1983年第5期，第62页。

⑤ 刘国盈著《唐代古文运动论稿》，陕西人民出版社1984年版，第177页。

⑥ 程千帆、吴新雷著《两宋文学史》，上海古籍出版社1991年版，第31页。

⑦ 孙望、常国勇主编《宋代文学史》上，人民文学出版社1996年版，第17页。

是同义词。其余例子尚有：王水照主编的《宋代文学通论》——“欧阳修主盟文坛，发起了宋代古文革新运动”[①]；聂石樵《唐代文学史》——“（韩柳的文章）在唐代文学革新运动中都发挥了重要作用”[②]，等等。

上述著作采用“革新运动”一语的学者，不一定都认同胡适的“文学革命”观，但他们均认为古文家有意革新文体。另外，许多学者注意到：仅就“一新文体”这一点研究古文运动，未能赅括唐宋古文发展的全部意义。尤其是古文家在思想上强调尊崇古道、复兴斯文，这些观念很难通过“革新”一词马上呈现。于是在某些特定语境（通常是说明古文运动的思想特色），又有“古文复兴运动”的说法。例如：陈子展《古文运动之复兴——论宋代古文》说，在柳开的时候，“古文复兴运动已经开始了”[③]；韩国磐《隋唐五代史纲》“古文复兴运动”一节说苏绰、李谔“对于唐代的古文复兴运动，却也开辟了道路”[④]；章培恒、骆玉明主编的《中国文学史》“韩愈与古文运动”一节说韩愈“投入古文复兴运动……以复兴儒学为核心宗旨的基本立场上，他确是继承了前人”，同时书中认为韩愈的文论和创作迭出新意[⑤]。

另一个情况是把唐宋的“复古思潮”对应当时的诗文发展，合称“诗文复古运动”或“文学复古运动”。如陈伯海指出“注重于文艺的社会功能”，这一思想“贯穿于唐代文学历史过程中的诗文复古运动”。[⑥] 葛晓音既强调北宋诗文“革新”，同时也说北宋诗文的这些变革，是“直接继承中唐新乐府和古文运动精神的一次大规模的文学复古运动”。[⑦] 另外，前引孙望、常国勇主编的《宋代文学史》以及王水照主编的《宋代文学通论》，都可找到“诗文复古运动”或“文学复古运动”的称谓[⑧]；这反映了在这两部著作中，“革新”“复古”概念并存不悖，却有不同焦点。一般来说，“革新运动”更容易

---

① 王水照主编《宋代文学通论》，河南大学出版社 1997 年版，第 503 页。

② 聂石樵编著《唐代文学史》北京师范大学出版社 2002 年版，第 517 页。

③ 陈子展《古文运动之复兴——论宋代古文》，《青年界》1933 年第 4 卷第 4 期，第 17 页。

④ 韩国磐著《隋唐五代史纲》，生活·读书·新知三联书店 1961 年版，第 376 ~ 378 页。

⑤ 章培恒、骆玉明主编《中国文学史》中卷，复旦大学出版社 1996 年版，第 189 页。

⑥ 陈伯海著《唐诗学引论》，知识出版社 1988 年版，第 64 页。

⑦ 葛晓音《北宋诗文革新的曲折历程》，《中国社会科学》1989 年第 2 期，第 101 页。

⑧ 孙望、常国勇主编《宋代文学史》上：“宋代文学复古运动的首倡者柳开提出了他的道统、文统合一观。”第 7 页；王水照主编《宋代文学通论》：“宋代文学独特风貌的形成是以北宋前期儒学复兴背景下的诗文复古运动为起点的。”第 245 页。

突出“文体”变化，“复古运动”强调思想（包括学术和文学思想）的承传。有的学者干脆把“复古”和“革新”两个词汇连接起来，合称“复古革新运动”。如：郭绍虞说隋唐五代的“复古革新运动成为弧形的进展”①；葛晓音认为韩柳、刘禹锡、白居易“发起了诗歌散文的复古革新运动，反对士族的艺术趣味”②；高克勤说韩、柳倡导的古文运动是“文学上的一场复古和革新运动”③；程杰认为“从韩愈以来的文学复古革新运动”，就诗歌而言，主要体现为古体的创获④。但是，也有学者，例如朱刚，认为“革新”一词是现代人对古文运动成效的概括，不符合当事者用语，就欧阳修等人的自觉追求来说，“若称为‘诗文复古运动’可能更为恰当”。这个说法比较委婉。他另一段话更直接：“欧阳修是把他们创作的诗文称为‘古诗文’的，所以应该改称‘诗文复古运动’才较合适。”⑤ 朱刚认为与欧苏倡作诗文的对应概念，应以贴合古人原意为准则。和朱刚取径刚好相反，程千帆、吴新雷《两宋文学史》从运动的实际表现立论，认为宋代第二次古文运动“名为‘复古’，实际上是针对晚唐、五代文弊和西昆体的流行而进行的‘革新’”⑥。

在“古文运动”中加插“革新”“复兴”等用语，作用是什么？上述论者的共同之处是采用“运动”概括唐宋古文发展，由此突出了韩、欧一脉诗文发展的联系，这种“整体性”是运动之为运动的基本意义。但由于“运动”属中性词，字面上无法呈现价值观念和褒贬义；所以，当学者希望突出古文运动具有“更革”文体的特征时（无论更革的对象是时文、骈文、绮靡空洞之文、太学体）——单纯采用“古文运动”四字，就不足以迅速反映“革新”之意。与此相类，在“运动”前加上“复古”“复兴”，可更明晰地表达了兴复斯文的意义，让人一目了然地把握“古文运动”借尚古以否定“俗下文字”，以及否定偏离圣人之道的思想。这说明，“古文运动”一词在实际使用上有时候需要延展（或突出）其概念，以配合各种论述需要。也可

① 郭绍虞著《中国古典文学理论批评史》上册，人民文学出版社1959年版，第143页。

② 葛晓音《诗人之诗到学者之诗——论韩诗之变的社会原因和历史地位》，《学术月刊》1982年第4期，第75页。

③ 高克勤《北宋散文简论》，《苏州大学学报》1996年第4期，第81页。

④ 程杰著《北宋诗文革新研究》，文津出版社（台北）1996年版，第229页。

⑤ 朱刚著《唐宋“古文运动”与士大夫文学》，第401、418页。

⑥ 程千帆、吴新雷著《两宋文学史》，第32页。

以说，上述“革新”“复古”“复兴”运动等不同词语组合，以及论者对“革新”用语的否定等，反映了学界对“古文运动是什么”以及“应当怎样描述古文运动”这两个最根本的问题，没有一致共识。

三

关于“古文运动”的时间指涉问题，同样言人人殊。罗根泽《隋唐文学批评史》把李谔、王通视为隋和初唐古文运动参与者，认为“隋唐的古文运动”旨在取法周秦两汉，打倒魏晋六朝文。① 韦政通从思想史角度，把“隋唐的古文运动”视之为儒家与佛道之争，由此指出“古文运动者”有一个不变心愿，即“希望儒家的仁义，作为支配文学的灵魂”。② 罗、韦二人都把古文运动上溯至隋。问题是：就隋和唐开国初年来说，很难认为已经形成了写作古文的潮流。这样，罗根泽和韦政通主要是把隋唐提倡古文的论者都连成一线，并通过这些人物构筑“古文运动”的实体，因而得出“隋古文运动”的认识。与此不同，聂石樵认为像傅奕、吕才虽可视为“唐初古文运动之端绪”，但毕竟并非有意提倡古文，要到了陈子昂才真正提倡古文，因此“陈子昂是古文的创始人”③。孙昌武也认为应当把陈子昂“当做‘古文运动’发轫的里程碑”。④

到了盛唐，由于有萧颖士、李华、独孤及、元结等人物，一些学者把盛唐也纳入古文运动的时间域之内。如于景祥说梁肃是“连接盛唐古文运动和中唐古文运动的桥梁式人物”⑤；李道英《唐宋古文研究》有“盛唐——古文运动的发展期”一节⑥。但也有学者描述古文运动时，只以中唐为起点，如钱冬父把唐代韩、柳以前视为古文运动“准备时期”，说古文运动“发生在八世纪至十一世纪唐、宋时代”⑦；刘国盈说“古文运动……发生在唐代的贞元、

① 罗根泽著《隋唐文学批评史》，商务印书馆1947年版，第131页。
② 韦政通著《儒家与现代化》，水牛出版社（台北）1978年版，第93页。
③ 聂石樵编著《唐代文学史》，第439页。
④ 孙昌武著《唐代古文运动通论》，百花文艺出版社1984年版，第39页。
⑤ 于景祥著《陆贽研究》，辽宁人民出版社1998年版，第116页。
⑥ 李道英编著《唐宋古文研究》，北京师范大学出版社2005年版，第37页。
⑦ 钱冬父著《唐宋古文运动》，上海古籍出版社1962年版，第1、5页。

元和年间，而不发生在唐初，不发生在隋代”[①]；葛晓音也只说“唐代古文运动是发生在唐德宗贞元到唐宪宗元和（785—820年）这二三十年间的一次文体革命”[②]，间接排除了初、盛唐的古文发展可纳入古文运动。

中唐韩、柳倡作古文的时候属于“古文运动”时期，这对于采纳“古文运动”概念的研究者来说殆无疑问。至于晚唐，即使有学者使用“晚唐古文运动”一语，但也普遍认为晚唐古文运动走向衰歇或低潮，如姜书阁说“在晚唐古文运动衰歇的时期，也还有其他一些进步作家写出不少讽刺小品”[③]；郭预衡主编《中国历代散文精品》也有类似说法[④]。至于五代，刘国盈说的是“古文运动便完全销声匿迹”[⑤]；刘德清说“古文运动几乎销声匿迹”[⑥]，反映了论者对“古文运动是否在五代中断”立场各异。采用“古文运动”概念的论者一般把“宋初”纳入古文运动时期，这是由于柳开，特别是王禹偁确能凝聚若干古文同道，形成声势。陈植锷《略论宋初古文运动的两种倾向》是采用这一概念的名篇[⑦]；郭预衡主编的《中国古代文学史》认为欧阳修等借鉴了“唐代及宋初古文运动”的成败经验[⑧]；朱刚说柳开、王禹偁等是“被我们称为‘宋初古文运动’代表的那些作家”[⑨]。

比较学者使用“隋唐”“初唐”和“宋初”古文运动三个概念，前二者较罕见，分歧也大一些；“宋初古文运动”概念则俯拾皆是，属学界主流说法。此外也有“两宋古文运动”“南宋古文运动”之说。如严佐之说“两宋古文运动得以推广前行，科举是一条主要途径”[⑩]。周勋初在回答余历雄关于“南宋古文运动”的提问时，先说“所谓‘宋代古文运动’，一般是指北宋古

---

① 刘国盈著《唐代古文运动论稿》，第1页。

② 葛晓音著《唐宋散文》，上海古籍出版社1990年版，第15页。

③ 姜书阁著《中国文学史四十讲》，湖南人民出版社1982年版，第237页。

④ 郭预衡主编《中国历史散文精品》下：“（孙樵）是晚唐古文运动进入低潮时期的代表作家之一。”（时代文艺出版社1995年版），第170页。

⑤ 刘国盈著《唐代古文运动论稿》，第321页。

⑥ 刘德清著《欧阳修论稿》，北京师范大学出版社1991年版，第279页。

⑦ 陈植锷：《略论宋初古文运动的两种倾向》，载于邓广铭、郦家驹等主编《宋史研究论文集（1982年年会编刊）》，河南人民出版社1984年版，第431～451页。

⑧ 郭预衡主编《中国古代文学史》册3，上海古籍出版社1998年版，第62页。

⑨ 朱刚著《唐宋“古文运动”与士大夫文学》，第416页。

⑩ 严佐之《干淳熙间朱吕往复信札的文学解读与历史解读》，载于朱杰人、严文儒主编《〈朱子全书〉与朱子学：2003年国际学术讨论会论文集》，华东师范大学出版社2005年版，第71页。

文运动，南宋古文运动的情况较为复杂”；接着指出“南宋古文运动”不止于文学意义，而与选本、科举的变化关系密切。[①] 与此不同，王运熙、顾易生主编的《中国文学批评史》直接说：“比及南宋，古文运动已成过去。”[②] 这又反映：无论对于古文运动的开始抑或结束，学界都没有明确定义。当然问题也可以是：“古文运动是否必然需要开始和结束？”学界未曾严肃议论这个问题，是否正反映了针对实质的研究来说，古文运动明确的时间定义其实无关宏旨，因而，即使不处理这个问题，也无妨论者对唐宋古文继续深刻讨论？

除唐宋“古文运动”概念外，尚有明、清古文运动之说。金兆梓发表于1935年的《归姚以来的古文运动究竟该给以怎样的评价》，以下一段话颇可细味：

> 古文运动……自韩退之，历宋、元、明、清四朝，一千年来，都时时有这种运动起伏着……时时有时文，便时时有古文，这就是古文运动所以会经一千年而其名不绝的原因。[③]

这个观点从最宏阔的视野，把韩愈以后的古文发展都称为古文运动。古文运动以“异乎时文”的文体而被认识，这种描述，一方面能启发后学对不同文体互动关系的研究，但也使“历代古文运动”的本色和共性显得相当含混。

通过上述从应用角度回顾“古文运动”概念的内涵，应当看到什么？第一，自胡适开始，“古文运动”就不是先验的概念。论者不是首先对“古文运动是什么”的问题有了共识，然后顺着这个共识作讨论；反之，“古文运动是什么”这一问题随着研究焦点各有不同，而不停被重塑，赋予新的意义。这

---

① 周勋初、余历雄著《师门问学录》，凤凰出版社2004年版，第32~33页。

② 王运熙、顾易生主编《中国文学批评史》中册，上海古籍出版社2002年版，第5页。

③ 金兆梓《归姚以来的古文运动究竟该给以怎样的评价》，载于傅东华编《文学百题》，生活书店1935年版，第419、425页。又，钱冬父《唐宋古文运动》说：“明、清两代所发生的几次新古文运动……也是唐、宋古文运动的继续，但斗争对象和具体情况已经不同。”第6页；台湾黄春贵先后出版《唐代古文运动探究》[八德教育文化出版社（台北）1987年]、《宋代古文运动探究》[八德教育文化出版社（台北）1987年版]，他在后一部著作说：“明清两代古文运动尚有待我去挖掘、整理。”第2页。

个概念的相应内涵具有相当的弹性和延伸性。第二，在这种弹性中，始终不变的内容是“唐宋八大家”。但这个骨干并非胡适所建立，而是北宋中期以后，历代文评对唐宋古文发展概念整合的结果[①]，胡适不过是使用了“古文运动”一词，把他对古文运动的认识连接到这个传统而已。这正是为什么在20世纪20年代“古文运动”概念刚提出，即能迅速流行，并且在当时几乎未受质疑的原因——因为“唐宋古文运动”和“唐宋古文发展”，在许多著作里，不过是名异实同的写法。第三，也由于“古文运动”概念具有弹性，因此当论者尝试追溯古文运动观念的源头，或说明古文运动如何发展时，才有可能把这个概念向上下延展，而无妨对于古文运动核心内容（中唐、北宋中期）的理解。即如金兆梓所认为：与古文运动概念相对的，不是中唐以前，或北宋以后的古文发展，而是“时文”或“今文”。同时也可以看到：这种追溯和延展主要是线性的。也就是，我们很少听到像“江西古文运动”“四川古文运动”等说法——这不是韩、欧等析论古文发展的主要方式，也不是现代学者常用的概念。[②] 第四，胡适把“古文运动”概念放置在文学史的领域里论述，突出了古文运动属于“文体”更革。至于“诗文革新运动”的称谓把诗、文并举，就更凸显了诗、文作为文学体式的意思。可是“革新”一词，较难反映韩、欧等主张“复古”或“复古以革新”的特色；于是又有“古文复兴运动”“诗文复古运动”概念，以之与“革新运动”的名目互相补充。这也间接反映了“古文运动”概念虽然扼要灵活，但无法迅即突出“运动”的焦点（革新）和思想特色（复古）。

四

和“古文运动”概念相比较，在八九十年代关于“新乐府运动”的辩论中，论者很少质疑“运动”这个现代语词是否恰当。当时讨论的焦点是元、

① 参见冯志弘著《北宋古文运动的形成》第一章《历代文评对唐宋古文运动的整合》，上海古籍出版社2009年版，第16～46页。

② 地域因素与古文运动关系的研究例如：程杰著《北宋诗文革新研究》第十一章《北宋诗文革新的地域因素》，第290～321页；冯志弘著《北宋古文运动的形成》第八章、第九章，讨论江西文风概念和四川仕风的部分，第220～248页。笔者曾通过学术搜寻机器，尝试寻找“江西古文运动”“四川古文运动”的语例，尚无发现。这可能是笔者疏漏，但似乎也反映这些说法比较罕见。

白等的新乐府写作是否构成具规模的“运动”；或讨论怎样定义“新乐府运动”概念。如罗宗强认为元、白既未能坚持创作新乐府，当时响应他们的人也不多，“很难说是有意发展这样一个‘运动’……很难说存在过作为一个文学运动通常所必然表现出来的文学思潮”[①]；这段话间接说明“文学运动”须符合具发展意识，以及形成风气这两个标准。王运熙认为中唐只有元、白、李绅三人自觉地互相唱和，“始终没有形成一个人数众多，声势强大的创作流派，像古文运动那样”[②]。句中把唐代新乐府写作和韩、柳等倡作古文做比较，通过这一对照，王运熙尤其认为后者才是名副其实的“运动”。葛晓音主张把“新乐府”定义为对杜甫以来新题乐府歌行的全面总结和提高，按这种理解，“新乐府运动”概念尚可成立，“如果一时找不到更合适的名称，也不妨仍借用‘运动’一词”[③]。

与此不同，八九十年代中国台湾学界、日本学界，却对唐代或唐宋“古文运动”概念提出了一些质疑。罗联添《论唐代古文运动的几个问题》首先界定何谓“运动”：“所谓运动，必有一个团体作有计划的种种活动，如文字、口头宣传等。”然后据这一解释，认为“唐代古文家对古文只是个别倡导而已，顶多有若干人响应附和，实在不成为什么运动。”但罗联添没有因此避用“古文运动”概念来概括唐代古文发展。在他的同一篇文章中，即有“古文运动与排佛”的分题。[④] 小野四平并不否定“古文运动”概念，却认为韩、柳倡作古文尚不足以匹配“运动”的规模，他主张与“古文运动”相呼应的文体变革要到欧阳修才出现。[⑤] 东英寿明确排除“古文运动”概念，他的论点是：1.“古文运动”概念暧昧不明，过去，这个词汇被不加分析地搬来考察文学史；2. 虽然能看出韩愈和北宋文人的联系，但这只是古文写作上的影响，

---

① 罗宗强《“新乐府运动”种种》，原载《光明日报》1985年11月19日《文学遗产》，载于罗宗强著《因缘集：罗宗强自选集》，南开大学出版社2004年版，第186~190页。

② 王运熙《讽谕诗和新乐府的关系和区别》，《复旦学报》1991年第6期，第81页。

③ 葛晓音《新乐府的缘起和界定》，《中国社会科学》1995年第3期，第161、173页。

④ 罗联添《论唐代古文运动的几个问题》，《唐代文学论集》上册，第16页；“古文运动与排佛”分题见第19~22页。

⑤ 小野四平认为唐代文体变革“只是来自于少数人，其偶然性的因素很高……源流有多种形式”，“从骈文到古文的文体变革的这一局面，作为‘古文运动’来说，其与此称呼相符的实际内容，恐怕是到了欧阳修以后才获得的。”《序章・唐代古文研究への视角》，《韩愈と柳宗元：唐代古文研究序说》，日文第15页，中文摘要第24~25页。

不能称为“运动”；3. 仅指出古文的文学特色，无法解释“古文运动”与社会的影响，及其导入社会的过程。①

相对于罗联添和小野四平只针对“唐代古文运动”概念立论，东英寿把否定对象延伸至“北宋古文运动”。而且，他不仅认为“古文运动”概念不准确，更指这个概念把学者的研究引入误区，因为“古文运动”概念让人纯粹用现代的文学（艺文）观来析述“古文复兴”内涵——而东英寿认为这种认识偏离事实。另外，近年大陆学者莫道才也提出“唐代古文运动”概念语义并不准确，并且有夸大韩、柳等倡作古文影响之嫌。他主张：“作为一个学术概念必须（有）严格的内涵和恰当的外延。”②

上述学者对“古文运动”概念提出异议，但和“新乐府运动”用语比较，目前对“古文运动”概念的否定，似乎尚不足以扭转学界采用“运动”以描述唐宋古文革新或古文复兴的习惯。前文提到罗联添 20 世纪 80 年代以后著作，仍然不避采用“古文运动”称谓。与罗联添同属中国台大中文系的何寄澎在 1992 年出版了题为《北宋的古文运动》的专书。柯庆明在这部著作序文说：“每个时代的主盟文坛的人物，或大或小都在从事‘文学运动’。文学史重要工作之一，正在叙述探究这些大大小小的‘文学运动’。”③ 柯庆明的说法进一步扩充了“运动”一词的应用范畴，即只要是文坛领军人物，有意识地推广自己的文论或文风，不论大小，都可视为“运动”。又如中国台湾陈弱水认为从韩、柳与中唐古文家的联系，以及他们共同构成的潮流这两点，可以印证“唐代古文运动”概念当可成立。④ 李丹认为“天宝之风尚党”的

---

① 东英寿《欧阳修の科挙改革と古文の复兴について》，第 1 ~ 17 页；按：东英寿在 1993 年已经提出：“仅在文学史的土壤中考察古文运动是很不够的……仅把古文运动看作是纯粹的文学运动也是极其错误。”见东英寿《行巻よりみた北宋初期古文运动について：王禹偁を手がかりとして》，《中国文学论集》（第 22 号，1993），第 46 页；但在 1998 年以前，东英寿仍采用“古文运动”一词概括北宋的古文复兴。例如他在 1998—2000 年度鹿儿岛大学的一项研究课题，立项名称仍是《北宋古文运动と科挙制度に关する研究》（研究课题番号：10610445）；在 1999 年的文章中他再次重申：“毫无批判地用（古文运动）这个词语来分析一千多年前的文学情势，是无助于弄清当时的真实情况的。”见东英寿《北宋初期における古文家と行巻——科挙の事前运动より见た古文复兴の展开について》，《日本中国学会报》（第 51 集，1999），第 47 页；正文归纳文字，以及注中两段中译见东英寿著，王振宇译《复古与创新：欧阳修散文与古文复兴》，第 107 ~ 111、20 ~ 21、23 页。

② 莫道才《唐代“古文运动”概念平质》，《福州大学学报》2010 年第 5 期，第 55 ~ 57、78 页。

③ 柯庆明序，见何寄澎著《北宋的古文运动》，幼狮文化事业公司 1992 年版，第（1）页。

④ 陈弱水《论中唐古文运动的一个社会文化背景》，《唐代文士与中国思想的转型》第 214 页。

判语可证唐代文人群体关系密切，此外古文家们一起交流讨论纲领、统一思想，藉科举影响文风，凡此种种都具有“运动”的特点和情状。[①] 朱刚指出，“运动”二字颇能反映唐宋古文转变的人为性、不自然性，“‘古文运动’之说，毕竟概括了一个实际存在的历史现象”[②]。在汉学界中，专研唐宋思想和文学的包弼德（Peter K. Bol）、艾朗诺（Ronald C. Egan），在他们不同时期的著作，都曾使用“古文运动”一词。[③]

五

总之，过去二三十年对“古文运动”概念的反思主要围绕：1. 唐宋古文发展的特色和规模，是否匹配称为“运动”；2.“古文运动”概念，会不会（或是否已经）干扰了学界对唐宋古文发展的准确把握。有了上文的讨论，就比较好回应这两个问题。

如前说，本文主张“古文运动”不是先验的概念，它适切与否，是“应用问题”，而不是“理论问题”。它当然是现代人的说法，所以我们无法诉诸唐宋古文家的原话来论证它合理与否。它也不像诗歌体式和声律，可以有明确尺度衡量对错。有的学者检视“运动”一词在辞典中的意义，这固然值得参考，但从前文引述的不同用例可见：怎样的规模和影响才算得上“运动”，往往只能通过实际的语境来判断。[④] 这样说，论者对于“古文运动”概念的

---

① 李丹著《唐代前古文运动研究》，第 19 ~ 35 页。

② 朱刚著《唐宋“古文运动”与士大夫文学》，第 23 页。

③ 例如包弼德认为：“古文‘运动’（ku - wen “movement”）是一个文学—思想运动（literary - intellectual movement）。”原文见 Peter K. Bol，“*This culture of ours*”：*intellectual transitions in T' ang and Sung China*，（Stanford，Calif.：Stanford University Press，1992），p. 23，中译见包弼德著、刘宁译《斯文：唐宋思想的转型》，江苏人民出版社 2001 年版，第 25 页；Peter K. Bol，“On the Problem of Contextualizing Ideas：Reflections on Yu Yingshi' s Approach to the Study of Song Daoxue”. *Journal of Song Yuan Studies*，34（2004），p. 73. 艾朗诺分别在他 1984、1994、2006 年出版的专著中使用“古文运动”一语（1984：ku - wen movement / 1994，guwen movement / 2006：ancient style prose movement）。例参 *The literary works of Ou - yang Hsiu (1007 - 1072)*，（Cambridge：Cambridge University Press，1984），p. 23；*Word*，*image*，*and deed in the life of Su Shi*，（Cambridge，Mass.：Council on East Asian Studies，Harvard University，1994），p. 458；*The problem of beauty*：*aesthetic thought and pursuits in Northern Song dynasty China*，（Cambridge，Mass.：Harvard University Asia Center：Distributed by Harvard University Press，2006），p. 275.

④ 如柯庆明说“大大小小的文学运动”，这句话不见得有违“运动”的语义。

争议，与其说是源于这个概念本身的对错，倒不如说是由于不满足于近百年来对“古文运动”——这个被拓展的观念——的认识，不符合他们对唐宋古文的认知。若干学者认为排除“古文运动”概念，有助解拆人们对唐宋古文内涵及其发展“纯文学”的认识；也有学者觉得这个概念现已没有这样的干扰，只要实事求是地把唐宋古文发展的内涵讲清楚，“这个词语还是具有让人快速指认特定历史现象的功用”[1]。

事实是，无论是否采用“古文运动”概念，学术界已经注意到唐宋古文家所说的“文”，和现代意义的“文学”（艺文）并不完全对应。艾朗诺、包弼德、东英寿分别对欧阳修、苏轼笔下“文”的概念做过细致分析。艾朗诺认为，苏轼的“文”可指文化、文艺、散文（prose），但不包括词（宋词）；此外他指出苏轼最欣赏的近代“文人”不是杜甫、王维或韩愈，而是陆贽。[2]近年出版专研唐宋古文的专著，例如冯志弘、苏勇强、朱刚的著作，也已经愈来愈注意到除“文学”（艺文）以外，影响古文发展的外缘因素。[3] 可是问题尚未解决：明白了唐宋的“文”与现代的“文学”观念有别，确可让我们更有意识地不要把今人的观念硬套在古文研究之上，但“古文运动”概念之所以能流行近百年，其中原因，是否应能给我们更大启发？或者说，当我们认为研究唐宋古文必须注意诸般外缘因素——这样，就“唐宋古文运动”而言，“文学内部”的研究，意味什么？

1. “唐宋古文运动”不是纯粹的文体更革，它也不是纯美学的问题。但如果撇除“形式”和“美”来讨论复古、革新思想，却也同样无法理解古文家何以亟欲用“文”的方式来体现“道”。这正好印证：在唐宋政治、思想中，无处不是“文学”和“美”的踪迹。这样，当我们讨论唐宋古文的文学特色时，其实不应只把文学、政治、社会的关系并列出来；却是，须同时探

---

① 陈弱水《论中唐古文运动的一个社会文化背景》，《唐代文士与中国思想的转型》，第 215 页。

② Ronald C. Egan, *Word, image, and deed in the life of Su Shi*, p. 369-374; Peter K. Bol, “Su Shi and Culture”, in Kidder Smith, Jr. , Peter K. Bol, Joseph A. Adler, and Don J. Wyatt. , *Sung Dynasty Uses of the I Ching*, (Princeton, N. J. : Princeton University Press, 1990), p. 57—64; 东英寿著《欧阳修古文研究》，汲古书院 2003 年版，第 173 ~ 185 页。

③ 例如冯志弘《北宋古文运动的形成》，论天圣“申戒浮文”诏、庆历“兴隆礼乐”观念与古文观念的联系，第 148 ~ 164、183 ~ 219 页；苏勇强《北宋书籍刊刻与古文运动》（浙江大学出版社 2010 年版），论印本传播与古文运动之关系，第 230 ~ 293 页；朱刚《唐宋“古文运动”与士大夫》，论古文运动与新儒学的发展，第 43 ~ 123 页。

讨那些“在文学里面”，即那些必须“通过文学形式才能表现出来”的“文学性政治”和“文学性社会”——有何特征。2.“古文运动”通常被描述为一个线性，即顺时叙述的运动，它突出了“史”的性质。这里我想特别提出，最近钱穆弟子叶龙编辑其师1955年文学史讲稿的一段话：“吾人如要讲文学之变化，须先明白文学的本质；文学史讲文学的演绎，即须由史的观点转回来讲文学的观点……如唐代韩（愈）柳（宗元）之古文运动，则单讲政治背景便不够。”① 钱穆以史学知名当世，同时他以大学者的眼光注意到文学有其特质，无法用文学以外的方式说明。研究古文运动，必须把这种文学内部的特质说清楚。3. 承接第2点，中国古代、现代文学观念虽然不尽相同，但也有所交迭。这些交迭包括：对美、感染力、语言节奏、风格与个性、联想力、作品新意的追求。为什么相隔千年的古人、今人，始终认为同一篇唐代或宋代古文是好文章？他们何以拥有相近的审美眼光？通过研究这些古今文学追求的共性，当有助我们更好地掌握汉语言（或汉字）文学的特质，及其一脉相承的文学和美学观念。②

这样换一个角度，或者也可以说：胡适“古文运动”概念之所以意义重大，正由于他从现代的学术视域冲击了传统中国文史研究的方法，使得后来学者无论顺应其说抑或质疑，其实都是从不同角度丰富了后人对于唐宋古文发展的思考。当然我们也应当看到：围绕“古文运动”概念所出现的千差万别的认识，和现代对于“文学”观念认识的转变，也是并行发展的。“古文运动”这个富有弹性的概念，使得论者可以按自己对唐宋古文发展的认识来充实其内涵——它提供了一个讨论平台，让我们把近百年来的“唐宋古文研究”黏附其上，这种高度概括性，是迄今“古文运动”概念始终未被取代的原因。

---

① 叶龙编录《钱穆讲中国文学史》，商务印书馆（香港）2015年版，第1~2页。

② 林语堂在《苏东坡传》的这段话，时刻发人深省：“杰作之所以成为杰作，就因为历代的读者都认为‘好作品’就是那个样子。归根结底来说，文学上万古不朽的美名，还是在于文学所给予读者的快乐上，但谁又能说究竟怎样才可以取悦读者呢？使文学作品有别于一般作品，就在于在精神上取悦于人的声韵、感情、风格而已。杰作之能使历代人人爱读，而不为短暂的文学风尚所掩没，甚至历久而弥新，必然具有一种我们称之为发乎肺腑的‘真纯’，就犹如宝石之不怕试验，真金之不怕火炼。”林语堂著，张振玉译《苏东坡传》，东方出版社2009年版，第11页。

张九龄文学思想初探

陈先明

探讨张九龄思想的文章不少，研究张九龄文学的论述更多，但似乎还没有人专门研究张九龄的文学思想。笔者以为，《曲江集》中，固然没有张九龄对文学问题的专章谈论，也没有自成体系的文学思想，这是来自他的文学思想较少受到关注的根本原因。但是通过细读有关文献，我们发现，张九龄对文学有明确的、独特的、带有时代特点的非常成熟的看法，而且他的这些看法形散神聚，共同组成了张九龄的文学思想；尤其难得的是，张九龄还身体力行，把自己的文学观念和思想落实到了文学创作当中，成为一个引人注目的、言行一致的文学大家。

概括起来，张九龄的文学思想主要有三点：强调有感而发、真情实感的自然流露；注重朴实的文风诗风；以倡导雅颂之声为核心的系统看法。其中，尤以第三点最为重要，这三个方面又是紧密结合在一起的。

一　以有感而作与真情实感的自然流露为主导的创作动因说

张九龄的诗歌大量使用“感”“情”和“兴”，许多诗句明确表达了“诗贵自然”的观点。《和吏部李侍郎……因命仆继作》（《曲江集》卷二，以下所引《曲江集》诗文只注明卷数）：“清秋发高兴……情因水镜摇”，表明诗人的感情受到了外界景物的激发，诗兴得以产生，这是毫不含糊的“有感而作”；《酬通事舍人寓值见示，篇中兼起居舍人景献》中“兴因膏泽洒，情与惠风吹”进一步描述了诗人创作的根由：正是皇帝的“膏泽”和“惠风”使诗人起“兴”生“情”，产生作诗的冲动；《和许给事值夜简诸公》（卷二）：“逸兴乘高阁，雄飞在禁林，宁思窃忭者，情发为知音。”张九龄一方面赞美许给事由于“逸兴”，在宫禁里写出了好文章[①]，一方面认为自己的有感而发也是因为有了“知音”，即是说，外在的景和人触发了创作者的灵感，优美的诗歌得以产生；《和苏侍郎小园夕霁寄诸弟》（卷二）：“兴属蒹葭变，文因棠棣飞。”虽然使用了《诗经》的典故习语，但是作者的对于创作意图的表述也是相当明确清晰的：因为想到了兄弟之情才会有怀人之思，才得以产生有“兴”之“文”。

此外，《曲江集》还有很多地方谈到诗歌创作与感情密切关联，如《南阳道中作》（卷四）：“事去物无象，感来心不怿。怀古对穷秋，兴言伤远客。”《道逢北使题赠京邑旧知》（卷四）：“路绕南登岸，情摇北上旗。”《初发江陵有怀》（卷四）：“我行多胜寄，浩思独氛氲。”《春江晚景》（卷四）：“情来只自得，佳处莫能传。”《晚霁登王六东阁》（卷三）：“彼美要殊观，萧条见远情。情来不可及，日暮水流清。”这些诗句虽然不似上面所举例子那样明确指出和强调真情实感的重要作用，但是，作者这方面的意识依然是十分明显的，诗作必须有感而发，诗兴需要因情而起。值得指出的是，这些诗句大都写得非常优美，其他诗人读到这类诗句时所受到的感触和潜移默化的影响更大。这也就在无形之中推动了张九龄这方面诗论主张的影响。在张九龄的众多“序”文里，他也谈到了有感而发的种种情形。如《岁除陪王司马登薛公逍遥台（并序）》（卷十七）：“司马公又以为岘山故事，感羊祜以兴言；湘水遗风，怀屈原而可作。况登高能赋，得无述焉?”《陪王司马宴王少府东阁序》（卷十七）：“物色起殊乡之感，谁则无情？而道术得异人之资，吾方有适。于是旨酒时献，清谈间发，歌沧浪以放言，咏蟋蟀而伤简，盖古之作者，岂异于斯？盖赋诗以扬其美。”《饯宋司马序》（卷十七）：“他日清风，自当玄度之夕；兹晨零雨，得无子荆之咏？遂相与援翰，赋诗赠行。”等等。

张九龄在这些诗文中明确提出、展示甚至直接强调了有感而发，强调了“兴”和“情”的根本作用，反映了张九龄作诗要有真情实感、不著空文的

① 刘斯翰注解：“‘逸兴’二句：意谓许给事的诗兴升于高阁之上，在禁林回旋飞翔。”（见刘斯翰校注《曲江集》，广东人民出版社 1986 年版，第 130 页）

自觉观念。这种观念并不新鲜，但是，考虑到因情而作文和为文而造情是一对很多作家都难以完全解决的矛盾，考虑到初、盛唐之交诗风文风中应酬和敷衍的盛行而倡导真情的诗人极少，考虑到《曲江集》有大量感情真挚、情景交融的佳作，张九龄对“感”“情”和“兴”的自觉意识和大力提倡便具有很强的现实针对性和指导意义。事实也是，盛唐气象的出现离不开诗歌的真情实感。张九龄用明确的呼吁和自己饱蘸感情的创作，去倡导、推重和发扬诗文中的真情，这在唐代是有重大意义的。

二　不重雕饰、以朴实无华为美的审美风格论

《答陈拾遗赠竹簪》（卷二）即言：“幽素宜相重，雕华岂所任。”这句看似赞美竹子，实则表现出诗人对于清高淡雅、朴实无华的人品的推重。古人强调文如其人、诗如其人，所以，把它看作张九龄对朴实文风的推重也不无道理；《林亭咏》（卷三）径言“穿筑非求丽，幽闲欲寄情”。这就更进了一步：从林亭的幽素之美上升到了称赞感情的“幽闲”，流露的还是诗人对于这种不加雕饰的审美取向的认可和追求；《荔枝赋并序》（卷一）表达了同样的文学审美思想：“不丰其华，但甘其实。”《集贤殿书院奉敕送学士张说，上赐燕序》（卷十六）说得再明白不过：“去华务实。”《景龙观山亭集送密县高赞府序》（卷十七）也说“抑华而务实”。应该说，张九龄对“幽素”和“朴实”的珍视由来已久，这和他个人对自己高洁品行的自觉砥砺是分不开的，张九龄青史留名的一个重要原因就是忠诚正直，张九龄的诗歌作于初、盛唐之交，当时整个诗坛依然受到风格偏于绮丽柔靡的南朝诗风的影响，但是，《曲江集》里很难看到绮丽繁缛或者细碎精巧的诗作，这和诗人对幽素诗风、高洁人品的看重是一脉相承的。张九龄这种文学思想可说一直是非常明确：《故安南副都护毕公墓志铭（并序）》（卷十八）再次说道：“文非务华，学皆为己。”这是对“毕公”的赞赏，也是自己追求“非务华”之“文”和“为己”之“学”思想的真实流露。因为，张九龄的这类作品几乎总是借纪念逝者来表达自己的见解和理想追求，其自况或自我砥砺的意思非常明显。简言之，张九龄确实在作品中明确提出过重视朴实真挚、言之有物而不重雕饰的文学思想，而且他用自己大量的厚重典雅的、有感而发的创作直接推动了诗

歌和其他文学在这方面的健康发展。

三　以倡导雅颂之声为核心的创作观

前人早已指出张九龄诗文“体兼雅颂”① 的特点，这是一个了不起的看法。但是对于这一特点的形成原因及其表现一直缺乏分析，而且很少有人注意到张九龄对雅颂之声自觉和大声的呼吁。本文认为，张九龄是盛唐最早极力倡导和推动“雅颂之音”的诗人。他的诗文多处明确且强烈呼吁必须创造盛唐的大雅和颂声，围绕这一核心主张，张九龄提出三个形散而神聚、共成一体的创作观点：博览群籍、高谈王霸和浩瀚为文，形成一个接近完整的文学理论体系，他对雅颂的推动深刻影响了盛唐的几个大诗人如王维、李白和杜甫，这是张九龄在文学思想方面最大的历史贡献。

张九龄在诗文中多次直接提出盛世需有新的大雅和颂声。《故开府仪同三司行尚书右丞相燕国公赠太师张公墓志铭（并序）》（卷十八，下文简称《张燕公墓志》）就已经明确指出：“风雅陵替，已数百年矣。”张说死后，更是“斯文岂丧？而今也亡！”他在《龙池圣德颂》（卷一）里极力鼓吹“天之为大，虽莫能名。文王之镐，岂无颂声”。应该说，这是典型的以古喻今、古为今用的文学手法：唐玄宗发家的“龙池”就是文王所在的西周都城镐京，盛唐就是古人千年以来追慕不已的黄金时代。对这样一个千载难逢的历史时代，文人当然应该热情讴歌。前文所举《集贤殿书院奉敕送学士张说，上赐燕序》并不只是奉承张说：“中书令燕国公，外弼庶绩，以奉沃心之谋；内讲六经，以成润色之业。”更加不是粉饰太平：“或禹、稷大贤，或渊、云诸彦。文王多士，周室以宁；武帝得人，汉家为盛。而高视前古，独不在于今乎！咸可赋诗，以光鸿烈。”作者对时代的强烈的自豪感和作为文人的崇高的使命感溢于言表。张九龄用大雅之声来“润色鸿业”的追求可见是非常自觉和鲜明的。《开元纪功德颂（并序）》（卷一）说得更加明确：“不彰美于吾君，得无臣子之罪？不表圣于帝载，曷称文武之时？……故不废于颂述。”张九龄对唐玄宗寄予了极大之希望，开元国力的蒸蒸日上和整个社会的欣欣向荣也让他深刻

---

① 李光地撰，陈祖武点校《榕村语录》卷三十，中华书局1995年版，第535页。

感受到一个辉煌的“文治武功”时代的悄然来临。从偏远岭南的孤门寒族出身到位高权重，终于有机会为国家一展才华，这一奇迹般的、甚至是前人不可想象的经历①使张九龄比谁都更早，也更加深刻感觉盛世为士人提供了开阔的出路和发展前途，士人因此更应该为国效力，他“不废颂述”的主张发自内心，而且因为出于自然的切身体会，所以特别真诚感人。这一主张在他的其他作品中也有反复的强调。如《大唐故光禄大夫右散骑常侍集贤院学士赠太子少保东海徐文公神道碑（并序）》（卷十九，以下简称《徐坚神道碑》）称赞开元文学重臣徐坚“升堂入室，探微睹奥，动有礼乐之运，言有雅颂之声，是惟无作，作则万物和而八音备矣”。徐坚是盛唐文儒首脑、文坛和政坛领袖张说的重要伙伴，张九龄更是张说和整个文儒集团事业的接班人，是百僚仰望的高洁人品和盛世文章的典型体现②，他对徐坚的这段赞美堪称是一种绝好的自况。前面提到的《陪王司马宴王少府东阁序》也表达了建立新时代的大雅之声的雄心壮志：“古之君子推其分，养其和，仲尼得之以弦歌，傅说因之以版筑。至若《诗》有怨刺之作，《骚》有愁思之文，求之微言，匪云大雅。”连《诗经》和《离骚》这两个文学典范都因为有“怨刺”和“愁思”而够不上大雅，更加说明盛唐时代才是一个千年不遇真正伟大的时代，这样一个辉煌盛世倘若没有自己的、超越古人的大雅和颂声是不够完美的，也是不能想象的。

大雅和颂声固然是非作不可了，那怎样才能创作出处无愧于时代的“体兼雅颂”之作呢？张九龄提出了三个观点。

第一，广泛阅读古代典籍，得其精髓。《叙怀二首》（卷五）就说他自己：“弱岁读群史，抗迹追古人。”《徐坚神道碑》称赞徐坚为学“升堂入室，探微睹奥”，“尝注《史记》、修《晋书》、续《文选》《太隐传》，及有文集三十卷，皆资于故实，博于遗训。古今通变，河汉共高”。《故果州长史李公碑铭并序》（卷二十）称扬李公“以学则探其奥旨，见圣人之心”。《故瀛州司马参军李府君碑铭并序》（卷二十）赞扬李府君“好学不倦，而坟典必

① 张九龄是名副其实的“岭南第一人”。在他之前，由于地理位置、文化发展、封建门阀制度等的制约，岭南地区很少有人在全国产生影响，像张九龄那样出身低微的岭南名人更加是凤毛麟角。

② 徐浩所撰《唐尚书右丞相中书令张公神道碑》（下简称《徐碑》）已经指出张九龄“后之作者，所宗仰焉”。（见《全唐文》卷四百四十，中华书局1983年版，第4489页）

精”。张九龄自身博学多才[①]，他多次在诗文中大力提倡对古籍深入和广泛的学习，这也是他的“有感而发”，因为大雅、颂声和一般的谈风月、叙别离的文学不大一样，没有对古代典籍的深入领悟是很难创作出来的。张九龄这方面的观点在《张燕公墓志》一文中得到了最明确的表达。他相信张说的博学就是为了拯救衰落已久的风雅之道，并且对此极力加以赞美：“及夫先圣微旨，稽古未传，缺文必补，坠礼咸甄。与经籍为笙篁，于朝廷为粉泽，固不可详而载也。始公之从事，实以懿文，而风雅陵替，已数百年矣。”张九龄正是通过张说这样的典范来强调学通经籍、探得“先圣微旨”对于创造大雅颂声的重要作用。从创作实践来看，张九龄的诗歌随处可见精美雅致、浑厚贴切的出自古代典籍的用典范例，这正是他“学究经术”以后“文参微旨”的表现。实在来讲，对古代典籍没有一定的学养的人读起这些用典丰富、艺术水平极高的诗歌来是比较吃力的，因此，把张九龄称作“学者诗人”毫不为过。

第二，高谈王霸之道。张九龄认为，盛世需要雅颂，高谈王霸正是体现风雅之道的重要途径，因此应该成为文人的自觉追求。早在中宗景龙三年（709年）所作的《南阳道中作》（卷四）一诗中[②]，“霸图纷在昔”一语已经流露出张九龄对东汉光武帝功业的感慨；其开元五年（717年）所作的《酬王履震游园林见贻》（卷二）已经理直气壮高呼“中览王霸说，上邀明主恩”。《经江宁览旧迹至玄武湖》（卷四）同样高谈“霸功谁与修”，其积极进取、以天下为己任的心情跃然纸上；张说去世以后，张九龄《祭张燕公文》（卷十七）把张说的全部事业概括成为“道因虑于文武，业维永于王霸”。其实质仍是继承张说，把文儒集团的王霸事业继续推行下去。在那篇著名的《张燕公墓志》里，张九龄甚至讥讽能吏派不识时务，“乃不知宗匠所作，王霸尽在”。我们知道，开元时代的文人敏感地觉察到了自己身处一个千载难逢

① 《徐碑》称赞张九龄“学究精义，文参微旨”，“学究经术，文高宗匠。”张九龄同时代以及后世之人对张九龄的为学和为文多有评论，只是，本文研究张九龄的文学主张，因此一般不涉及后世评说。

② 何格恩在《张曲江诗文事迹编年考》中认为作于开元十四年（见广东文物展览会编辑《广东文物》中册，中国文化协进会1941年版，第472页），刘斯翰认为作于景龙三年（见刘斯翰校注《曲江集》，第19页）；顾建国认为作于开元八年（见顾建国著《张九龄年谱》，中国社会科学出版社2005年版，第95页）。本文认同刘说。

的、有众多建功立业、扬名后世机会的盛世，完全有希望通过自身文学、吏治和其他方面的能力实现人生抱负。这种士人之间普遍存在的高昂的士气和锐意进取的风气正是盛唐气象的标志。张说、张九龄是文儒的代表和领袖人物，张说一直致力于盛唐礼乐典章制度的建设，较少像张九龄那样明确通过高谈王霸的诗文创作来体现盛世之音，在文学领域里倡导、宣扬大雅和颂声的意识和实践，张说事实上是相对缺乏的。张九龄提倡雅颂，创作出大量“体兼雅颂”的诗文，这与他自觉的王霸意识是分不开的，而张九龄的呼吁是盛唐之音的先导，他在这方面的文学思想和创作实践对盛唐的以王维、李杜为核心的众多大诗人的文学观念和诗风都产生了深远的影响[①]。

第三，建立在博览群籍、高谈王霸基础上的浩瀚为文。《四库提要·曲江集提要》称“（张九龄）《感遇》诸作，神味超轶，可与陈子昂方驾。文笔宏博典实，有垂绅正笏之象，亦具见大雅之遗”[②]。我们认为，张九龄的诗歌确有相当多的大气磅礴之作。如《感遇》（卷三）、《望月怀远》（卷五）、《江上使风呈裴宣州》（卷四）、《江上遇疾风》（卷四）、《湖口望庐山瀑布》（卷四）和大部分的应制诗，等等，而且，张九龄气势不凡的文风更多体现在他的文里。对于浩瀚为文，他是有明确的提倡意识的。《征文玉井》记载：“张曲江语人曰：‘学者常想胸次吞云梦泽，笔头涌若耶溪。量既并包，文亦浩瀚。’”[③] 前引《徐坚神道碑》也称赞徐坚所作之文“皆资于故实，博于遗训。古今通变，河汉共高”，“是惟无作，作则万物和而八音备矣”。这其实也反映了张九龄对典雅博大文风的推崇。前引《初发江陵有怀》“我行多胜寄，浩思独氛氲”，《和许给事值夜简诸公》（卷二）“逸兴乘高阁，雄飞在禁林”，流露的正是对“浩瀚”文风的赞赏和追求。一句话，张九龄对最能体现雅颂之音的文风的偏爱远多于对气势较小的“铮铮细响”[④]，他的相关议论和诗文作品都证明了这点。

---

① 笔者对这种影响另有专文探讨，此处不赘。

② 纪昀总纂《四库全书总目提要》卷一百四十九，河北人民出版社 2000 年版，第 3848 页。

③ 冯贽引《征文玉井》语，见冯贽《云仙杂记》卷一，《丛书集成初编》，商务印书馆 1939 年版，第 8 页。

④ 刘勰著，范文澜注《文心雕龙注》卷一，人民文学出版社 1962 年版，第 21 页。

小结：张九龄以诗文相业垂名青史，他的文学思想不算丰富和深刻，也不够严密和系统，但是，由于它们切实针对并且很大程度上解决了初、盛唐之交诗歌、文学发展面临的一些关键问题，反映和指导了张九龄所在的那个时代，最早呼唤和体现了盛世之音，加上植根于丰富的创作实践和作者不懈的身体力行，它们对盛唐的诗人、士人心态都产生了积极和深刻的影响，因此，张九龄的文学思想是值得珍视的。

附：本文写作得到业师葛晓音教授的悉心指导，谨致以诚挚谢意。

（本文原刊于《广东广播电视大学学报》2008 年第 1 期）

曹魏缪袭作鼓吹曲辞新论

梁海燕

缪袭是曹魏时期著名文学家，本有集五卷，散佚不传。今存诗作唯有《魏鼓吹曲》十二篇、《挽歌》一首。[①] 其中《挽歌》多被视为缪袭代表作，具有开启文人拟挽歌诗创作传统的意义。《魏鼓吹曲》十二篇，因歌颂曹魏开国历史，被视为庙堂雅音，长期以来不受关注。21 世纪以来，随着乐府文学研究的深入，围绕缪袭作鼓吹曲的本事依据、创作时间以及《魏鼓吹曲》的体式特征等始有专题论文。[②] 但如何将缪袭这组乐府诗纳入文学史的序列当中，对其诗学史意义进行定位，还有待进一步研究。

一

缪袭生于东汉中平三年（186 年），卒于曹魏正始六年（245 年），一生历事魏四主，《魏鼓吹曲》系其何时所作，史无明文。《晋书·乐志》曰："及魏受命，改其十二曲，使缪袭为词，述以功德代汉。"[③] 萧涤非据此言"魏受命为建安二十五年（220 年）"[④]，其意缪袭作鼓吹曲在曹丕代汉称帝时。

---

① 另有文十四篇，见严可均辑《全上古三代秦汉三国六朝文·全三国文》卷三十八，中华书局 1958 年版。

② 相关成果参见向回《历朝纪受命功德鼓吹曲的本事分析——兼谈缪袭改制汉鼓吹在乐府发展史上的意义》，《乐府学》第二辑，学苑出版社 2007 年版；王淑梅《魏晋乐府诗研究》第三章，社会科学文献出版社 2013 年版；张梅《曹魏缪袭鼓吹曲辞系年的三重考论及意义》，《广西师范大学学报》2015 年第 5 期。

③ 《晋书》卷二十三，中华书局 1974 年版，第 701 页。郭茂倩编《乐府诗集》卷十八载《魏鼓吹曲》时，引《晋书·乐志》曰："魏武帝使缪袭造鼓吹十二曲以代汉曲。"实为误引，不足凭信。

④ 萧涤非著《汉魏六朝乐府文学史》，人民文学出版社 1984 年版，第 162 页。

但《魏鼓吹曲》最后一篇《太和》有“惟太和元年（227 年）”句，显然，缪袭作鼓吹必然在魏明帝改元太和后。魏明帝在位用过太和、青龙、景初三个年号，《魏鼓吹曲》究竟作于哪一时期？对此学界有两种看法：一为太和初，一为景初元年（237 年）。[①] 笔者认同景初元年说。下面围绕魏明帝景初元年改正朔、制礼乐，结合缪袭的参与情况，进一步了解《魏鼓吹曲》的创制背景。

1. 魏明帝即位初期有意改正朔，但因缪袭等人反对而搁置。直到景初元年（237 年），始诏令天下改正朔、易服色。《三国志・魏书・明帝纪》载：“景初元年春正月壬辰，山茌县言黄龙见。于是有司奏，以为魏得地统，宜以建丑之月为正。三月，定历改年为孟夏四月。服色尚黄，牺牲用白，戎事乘黑首白马，建大赤之旂，朝会建大白之旗。改太和历曰景初历。”[②] 该段文字后，裴松之注引王沈《魏书》曰：

> 初，文皇帝即位，以受禅于汉，因循汉正朔弗改。帝在东宫著论，以为五帝三王虽同气共祖，礼不相袭，正朔自宜改变，以明受命之运。及即位，优游者久之，史官复著言宜改……议者或不同。（青龙五年）帝据古典，甲子诏曰：“……改青龙五年三月为景初元年四月。”

《宋书・礼志》载其事更详，曰：

> 明帝即位，便有改正朔之意，朝议多异同，故持疑不决。久乃下诏曰：“……自五帝、三王以下……未有不改正朔，用服色，表明文物，以章受命之符也。由此言之，何必以不改为是邪！”
>
> 于是公卿以下博议。侍中高堂隆……以为宜改；侍中缪袭……以为不宜改。

---

① 陆侃如将此事系于太和初（《中古文学系年》，人民文学出版社 1985 年版，第 475 页）。王淑梅《曹魏缪袭鼓吹曲辞创作时间考辨》（《河北师范大学学报》2007 年第 5 期）、刘全波《曹魏东海缪袭生平著述辑考》（《齐鲁文化研究》第十二辑，2013 年）均认为缪袭作鼓吹曲在魏明帝即位之初。张梅《曹魏缪袭鼓吹曲辞系年的三重考论及意义》认为魏鼓吹曲应作于景初元年。

② 《三国志・魏书・明帝纪》，中华书局 1959 年版，第 108 页。

青龙五年（237 年），山茌县言黄龙见。帝乃诏三公曰：……改青龙五年春三月为景初元年孟夏四月。[①]

可见，魏明帝即位初期的改正朔想法，终因群下异议纷然而搁置。时任侍中之职的缪袭并不赞同改正朔。直到青龙五年（237 年），因山茌县言有黄龙出现，以此符瑞事件为契机，明帝再次下诏改正朔、易服色，并改元景初。改正朔即改历法，汉以来实行十三月正，今改为十二月正，故当年之青龙五年春三月就成了景初元年（237 年）孟夏四月。至此，魏明帝以其皇权的至上威力为自文帝以来的改正朔纷议画上了句号。曹魏开始施行新历法。这时，缪袭等人即使仍不赞同改正朔，也只能保留意见。随后，在由改正朔引发的一系列议牲色、制乐舞、改乐名事项中，缪袭都积极建言献策，这也正是其为朝廷新制鼓吹乐章的政治及礼乐背景。

2. 景初元年（237 年），缪袭参与议牺牲颜色。《南齐书·礼志》记载王俭关于齐初郊祀祭礼的一段奏议，兹节引于下：

魏文帝黄初二年正月，郊天地明堂，明帝太和元年正月，以武皇帝配天，文皇帝配上帝，然则黄初中南郊、明堂，皆无配也。

又郊日及牲色，异议纷然。……缪袭据《祭法》，云天地骍牷，周家所尚，魏以建丑为正，牲宜尚白。《白虎通》云，三王祭天，一用夏正，所以然者，夏正得天之数也。魏用异朔，故牲色不同。[②]

王俭这段话概述曹魏郊祀礼施行情况，涉及两项内容：一是郊祀、明堂是否有先祖配祭，按其意，文帝时无配，明帝时有配；二是郊祀时日及所用牺牲颜色。关于牺牲颜色，魏文帝、魏明帝时朝廷都有过热烈讨论。魏文帝受汉禅让，定魏为土德，本应随之改正朔、易服色，但他又“以夏数为得天”[③]，固循汉历不变。又拟折中其事，欲“每四时之季月，服黄十八日，腊以丑，

---

① 《宋书》卷十四，中华书局 1974 年版，第 328 ~ 331 页。

② 《南齐书》卷九，中华书局 1972 年版，第 120 页。

③ 夏数，指以寅为正的夏历。得天，得天地之正理，即寅正符合时令。汉武帝太初元年五月改历，以建寅之月为岁首。

牲用白，其饰节旄，自当赤，但节幡黄耳”①。但尚书令桓阶等人认为改正朔、易服色为一体事，“若从汉十三月正，则牺牲不得独改”②。最终魏文帝接受其议，未改服色及牲色。魏明帝青龙五年改正朔时，对牺牲颜色又有讨论。据青龙五年改正朔诏，“服色尚黄，牺牲用白”。裴松之注曰：“魏为土行，故服色尚黄。行殷之时，以建丑为正，故牺牲旂旗一用殷礼。”③ 但不久，明帝对前诏“服尚黄”而“牺牲用白”之颜色不统一又生疑惑，遂再次下令议服色，群臣各有引据，明帝最终形成诏令：“祭皇皇帝天、皇皇后帝、天地郊、明堂、宗庙，皆宜用白。其别祭五郊，各随方色，祭日月星辰之类用骍，社稷山川之属用玄，此则尊卑方色，阴阳众义畅矣。”④ 根据魏文帝、明帝时期对祭祀所用牺牲颜色的讨论，显然王俭所谓“异议纷然”并不是承上“明帝太和元年正月”说的。王俭后引缪袭“天地骍犊，周家所尚，魏以建丑为正，牲宜尚白”的议论，当是配合景初改历时朝廷议牺牲颜色时的建言。此次讨论是在朝廷已经确定采用“建丑为正”的新历法这一大前提下进行的。

3. 景初元年（237 年），缪袭参与议祀圆丘方泽乐舞。《宋书·乐志》载：

散骑常侍王肃议曰：“王者各以其礼制事天地……今祀圆丘方泽，宜以天子制，设宫县之乐，八佾之舞。”卫臻、缪袭、左延年等咸同肃议。奏可。⑤

缪袭对王肃的奏议表示认同。实际上，缪袭等人并不是简单附和王肃提议，而是另有奏议以论其事。据《通典》卷一百四十记载：

侍中缪袭议：周存六代之乐，故各有所用。今乐制既亡，唯承汉氏《韶》《武》。魏承舜，又周为二王之统，故《文始》《大武》《武德》

① 《宋书》卷十四，第 328 页。
② 同上。
③ 《三国志·魏书·明帝纪》，第 108 页。
④ 《宋书》卷十四，第 332 页。
⑤ 同上卷十九，第 537 页。

> 《武始》《大钧》可以备四代之乐。奏黄钟，舞《文始》，以礼天地；奏太蔟，舞《大武》，以祀五郊、明堂；奏姑洗，舞《武德》，巡狩以祭四望山川；奏蕤宾，舞《武始》《大钧》，以祀宗庙；及二至祀丘泽，于祭可兼舞四代。又汉有《云翘》《育命》之舞，不知所出，旧以祀天。今可以兼《云翘》祀圆丘，以《育命》祀方泽。祀天地宜宫悬，如延年议。[①]

缪袭在议祀宗庙乐舞的奏议中提到《武始》《大钧》两舞。今按景初元年制宗庙乐舞，定魏太祖曹操庙乐用《武始》，魏高祖曹丕庙乐用《咸熙》，上明帝曹睿庙号为烈祖，制《章斌》之舞以颂之。三舞又合称《大钧》之乐。故缪袭参与议祀圆丘方泽乐舞至少应在景初元年议定三大舞之后，朝廷正式举行圆丘、方泽祭祀之前。据《三国志·魏书·明帝纪》载："（景初元年）乙卯，营洛阳南委粟山为圆丘。十二月壬子冬至，始祀。"[②] 据此，可以肯定缪袭议祀圆丘方泽乐舞之事在景初元年（237 年）无疑。

4. 景初元年（237 年），缪袭参与议文昭皇后庙乐。文昭皇后寝庙，于太和元年（227 年）二月立于邺地。同年夏四月，朝廷开始在洛阳营造魏氏宗庙。太和三年（229 年），洛阳魏氏宗庙建成，遂迎高皇帝、太皇帝、武帝、文帝神主于邺，奉安神主于洛阳宗庙。此时文昭皇后庙仍在邺地。直到"（景初元年）己未，有司奏文昭皇后立庙京都。"[③] 缪袭等人议文昭皇后庙乐，当由京都立文昭庙引起。另据《宋书·乐志》记载：

> （缪）袭又奏曰："文昭皇后庙，置四县之乐，当铭显其均奏次第，依太祖庙之名，号曰昭庙之具乐。"……奏可。
>
> 肃又议曰："……高皇帝、太皇帝、太祖、高祖、文昭庙，皆宜兼用先代及《武始》《大钧》之舞。"有司奏："宜如肃议。"奏可。[④]

---

① 杜佑撰《通典》卷一百四十，中华书局 1988 年版，第 3743 页。

② 《三国志·魏书·明帝纪》，第 110 页。

③ 同上。

④ 《宋书》卷十九，第 537～538 页。

缪袭提议文昭皇后庙当置四县之乐，且要仿太祖庙之制，各方乐要清楚铭示均奏次第，有具体名称。则其议必然在太祖庙乐制完成之后。王肃将文昭庙与高皇帝、太皇帝、太祖、高祖并提，议其乐舞之制，可见都是景初元年定宗庙乐时的奏议。

5. 缪袭议改《安世乐》名当同为景初元年（237 年）事。《安世乐》即汉《汉世房中歌》，性质为宗庙祀乐，《汉书·礼乐志》称为《房中祠乐》。缪袭议改其乐名，当与明帝改历后制作宗庙祀乐有关。《宋书·乐志》记载：

> 侍中缪袭又奏："《安世哥》本汉时哥名。今诗哥非往诗之文，则宜变改。……自魏国初建，故侍中王粲所作登哥《安世诗》，专以思咏神灵及说神灵鉴享之意。袭后又依哥省读汉《安世哥》咏，亦说'高张四县，神来燕享，嘉荐令仪，永受厥福'。无有《二南》后妃风化天下之言。今思惟往者谓《房中》为后妃之哥者，恐失其意。方祭祀娱神，登堂哥先祖功德，下堂哥咏燕享，无事哥后妃之化也。自宜依其事以名其乐哥，改《安世哥》曰《享神哥》。"奏可。[1]

在缪袭看来，无论是汉《安世歌》，还是王粲的登歌《安世诗》，内容都无外乎"登堂哥先祖功德，下堂哥咏燕享"，实为郊庙祀乐的组成部分，故宜改其乐名为《享神歌》。这一奏议被朝廷采纳。今按《宋书·乐志》虽载魏明帝太和初诏令群下"其议定（武皇帝）庙乐及舞，舞者所执，缀兆之制，声哥之诗，务令详备"，然据《三国志·魏书·明帝纪》，其议定之时已晚至景初元年（237 年）。《宋书·乐志》在载录上述缪袭改《安世乐》名称的奏议之前，所记载的公卿奏议宗庙三大舞（《武始》《咸熙》《章斌》）之舞名、舞制，皆为景初元年事。缪袭议改《安世乐》名称的奏议紧承其下，当为同时之事。

据上所考，魏明帝景初元年因改正朔之举，引发了一系列礼乐改革活动，在议牺牲颜色、议祀圆丘方泽乐舞、议文昭皇后庙乐、议改《安世乐》名称等事项中，缪袭均有不同程度参与。至于缪袭在太和年间所参与的议文昭皇

① 《宋书》卷十九，第 536～537 页。

后母丧仪（太和元年，227年）、议追谥之礼（太和三年，229年）事，其重要性、影响力及礼乐意义，均无法与景初元年的礼乐制作相提并论。鼓吹乐属朝廷大型礼仪用乐，重要性仅次于郊庙乐，如果没有官方兴制礼乐的背景，很难想象缪袭有改制鼓吹新曲的主动行为。而与缪袭同样在景初制礼乐活动中有积极表现的王肃，就在奏议宗庙乐时“私造宗庙诗颂十二篇”①。缪袭《魏鼓吹曲》十二篇，应该也是这一大政治及礼乐背景下的产物。缪袭改《安世乐》名时提出“自宜依其事以名其乐哥”的主张，在某种程度上，也可以看作其改制汉鼓吹曲的指导思想。

二

关于缪袭“改汉曲”，前人多认为是“依前曲作新歌”，即完全袭用汉铙歌曲调，仅歌辞内容改为歌颂曹魏。这一概括其实在很大程度上遮蔽了缪袭新制鼓吹曲的意义，也影响到对《魏鼓吹曲》主题内涵、结构布局的理解与把握。

汉魏文人“依前曲作新歌”的乐府创作可举两例。一是王粲作《俞儿舞歌》。汉有《巴渝舞》，“舞曲有《矛渝本歌曲》《弩渝本歌曲》《安台本歌曲》《行辞本歌曲》，总四篇。其辞既古，莫能晓其句度。魏初，乃使军谋祭酒王粲改创其词。粲问巴渝帅李管、种玉歌曲意，试使歌，听之，以考校歌曲，而为之改为《矛渝新福歌曲》《弩渝新福歌曲》《安台新福歌曲》《行辞新福歌曲》，行辞以述魏德”②。可知王粲“改创其词”时，不仅考释了汉歌曲意，也试图寻找歌辞与乐曲之间的关系。故王粲新歌虽以“述魏德”为主旨，但歌辞与沿用汉曲所得曲名内涵基本一致。如《弩渝新福歌曲》曰“材官选士，剑弩错陈。应桴蹈节，俯仰若神”，可知表演时有舞者持剑弩舞蹈的场面。我们推测，王粲之创新辞，因袭用汉曲曲名及曲调，故在表演形式与乐辞风格上与汉曲差别不会很大。二是曹植作《鼙舞歌》。曹植《鼙舞歌序》曰：“汉灵帝西园鼓吹有李坚者，能鞞舞，遭乱西随段煨。先帝闻其旧有伎，

① 《宋书》卷十九，第538页。
② 《晋书》卷二十二，第693~694页。

召之。坚既中废，兼古曲多谬误，异代之文，未必相袭，故依前曲，改作新歌五篇。”[①] 汉《鼙舞歌》本有五篇：一曰《关东有贤女》，二曰《章和二年中》，三曰《乐久长》，四曰《四方皇》，五曰《殿前生桂树》，并汉章帝时所造，今不传。魏明帝也造《鼙舞歌》五篇，以代汉曲，歌辞并佚。据日本学者柳川顺子研究，曹植“依前曲，改作新歌”的五篇“忠实地继承了本辞，尤其是《圣皇篇》确实再现了本辞《章和二年中》的内容和表现”[②]。东汉章和二年（88 年）二月，章帝驾崩。三月，章帝下葬后，其兄弟们开始前往封地。题目为《章和二年中》的汉代鼙舞歌描述的就是这一年诸王无奈前往封地的故事。曹植《圣皇篇》同样写曹丕称帝后，诸王离京前往封地的场面。曹植依托旧曲辞作新歌，有借以讽刺时事的用意。另外，对比其他汉《鼙舞》曲名与曹植的“新歌”歌词，也能发现二者之间的关联。通过这两个例子可以看出，在“依前曲作新歌”的情况下，新辞在表现内容及表演形式上，受旧辞的影响会比较大。

而缪袭所制魏鼓吹曲辞，并非有意挑选了汉曲的某些乐章，而是径取汉鼓吹前十二曲依次改制，使新十二曲整体性地替代了汉旧曲的位置。《宋书·乐志》载录汉鼓吹铙歌十八曲，第一《朱鹭曲》……第十《君马黄歌》，第十一《芳树曲》，第十二《有所思曲》……第十五《上邪曲》……第十八《石留曲》。《魏鼓吹曲》前九篇及第十一篇，与汉鼓吹铙歌前九曲及第十一曲一一对应，唯第十曲《应帝期》改自汉第十二曲《有所思》，第十二曲《太和》改自汉第十五曲《上邪》。萧涤非解释缪袭此举“系以意选择”[③]，认为缪袭根据内容表达需要特意挑选了汉曲的曲调。然而，《宋书·乐志》接下来著录魏鼓吹曲时，又说：“汉第十曲《有所思》，今第十曲《应帝期》”，“汉第十二曲《上邪》，今第十二曲《太和》。”则《有所思》在汉鼓吹曲中本就居第十，《上邪》本居第十二？我们再看《宋书·乐志》记载吴鼓吹曲：“《从历数》者……汉曲有《有所思》，此篇当之。第十。”“《玄化》者……汉曲有《上邪》，此篇当之。第十二。”载傅玄所制晋鼓吹曲，第十曲“《惟庸

① 曹植著，赵幼文校注《曹植集校注》，人民文学出版社 1984 年版，第 323 页。

② 柳川顺子《〈汉代鼙舞歌辞考究〉——以曹植〈鼙舞歌〉为线索》，《乐府学》第十二辑，社会科学文献出版社 2015 年版。

③ 萧涤非著《汉魏六朝乐府文学史》，第 164 页。

蜀》，古《有所思行》”，第十二曲“《大晋承运期》，古《上邪行》”。就连刘宋时期何承天私制之《宋鼓吹铙歌》十五篇（不改汉曲名），《有所思》也居第十，《上邪》居第十二。如此看来，魏、晋、刘宋时期所传汉鼓吹铙歌的排列次序，与《宋书·乐志》所载十八曲的次序本有区别。缪袭所参考的汉鼓吹铙歌蓝本中，《有所思》本就是第十曲，《上邪》本为第十二曲。那么缪袭是径取汉曲之前十二曲依次改作，是以新十二曲整体性地取代了旧十二曲的位置。

魏鼓吹曲仍保留汉鼓吹二十二曲的规模，缪袭所制《魏鼓吹十二曲》在全部魏鼓吹曲中构成意义完整的独立单元，具有特殊性质。《晋书·乐志》言魏鼓吹：“及魏受命，改其十二曲，使缪袭为词，述以功德代汉。……其余并同旧名。”言吴鼓吹：“是时吴亦使韦昭制十二曲名……其余亦用旧名不改。”那么“同汉旧名”者有多少呢？汉鼓吹铙歌本有二十二曲，因四曲歌辞不传，所以《宋书·乐志》载录歌辞时名曰“汉鼓吹铙歌十八曲”。然而西晋傅玄改制鼓吹曲时，沿用二十二曲的规模。郭茂倩《乐府诗集·鼓吹曲辞》题解曰：“汉有《朱鹭》等二十二曲，列于鼓吹，谓之铙歌。及魏受命，使缪袭改其十二曲，而《君马黄》《雉子斑》《圣人出》《临高台》《远如期》《石留》《务成》《玄云》《黄爵》《钓竿》十曲，并仍旧名。是时吴亦使韦昭改制十二曲，其十曲亦因之。而魏、吴歌辞，存者唯十二曲，余皆不传。”[①] 也就是说，在魏鼓吹二十二曲中，前十二曲是经缪袭新制曲辞的，后十曲仍然沿用汉曲的名字。而“同汉旧名”是完全用汉曲不改呢，还是用其名，但可能改易其歌辞？从郭茂倩的叙述看，恐怕后一种情况更近史实。推测郭茂倩“而魏、吴歌辞，存者唯十二曲，余皆不传”的话，缪袭未改曲名的那十曲，歌辞并未完全沿用汉辞。因为至少汉铙歌《君马黄》《雉子斑》《圣人出》《临高台》《远如期》《石留》等六曲，是有歌辞传世的。如果魏歌辞用汉辞的话，郭茂倩就不会说“存者唯十二曲，余皆不传”了。这一点前人似均未留意。不改曲名，即不改曲调，但并不意味着不用新歌辞。前述王粲《俞儿舞歌》就是用汉曲而“改创其辞”。晋傅玄鼓吹曲《玄云》《钓竿》两篇也是用汉旧曲名，而改制新辞。何承天《宋鼓吹十五篇》同样是用汉旧名而制新辞。《宋

---

① 郭茂倩编《乐府诗集》卷十六，中华书局1979年版，第224页。

书·乐志》所载“今鼓吹铙歌词”中的《上邪曲》，虽不可释读，仍可断言其与汉曲同名异词。当然，不改曲名的这十曲，歌辞不一定由缪袭来创作，很可能会根据具体应用场合灵活填制。两汉时期，鼓吹乐的用途是多方面的，内容驳杂，或用为军乐，或赏赐功臣，或道路出行，或用于宴乐。曹魏鼓吹当也承之。根据韩宁对三国鼓吹使用情况的统计，魏文帝黄初年间用鼓吹四次，一次赏赐降将，二次用于征战，一次用于葬仪。吴蜀地区也有给赐或出行时用鼓吹的记载①。魏明帝时用鼓吹情况史书无载，应该也不出上述几种用途。回过头，再看《晋书·乐志》说魏吴鼓吹“改其十二曲”“制十二曲名”，其与后十曲“用汉旧名”的区别，其改与不改，很可能都是就乐曲说的，并不单单针对歌辞。前十二曲之改制，很可能包括曲名、曲辞、曲调及表演形式的重新创制。后十曲则更有可能存在“依前曲作新歌”的情况。

缪袭《魏鼓吹曲》不同于其他鼓吹单曲，是具有特殊意义功能的组章歌诗。经缪袭改制后，魏鼓吹总体上虽然保留了与汉曲相同的规模（二十二曲），但却改变了汉鼓吹之前十二曲在主题、内容及功能上的无序状态。兹据《宋书·乐志》将缪袭《魏鼓吹曲》各篇主旨与所对应的汉曲辞一一对照②，列表于下：

汉鼓吹铙歌	篇旨	魏鼓吹曲	篇旨
1. 朱鹭	刺谏者不能尽言	1. 初之平	总言曹操建魏之文治武功
2. 思悲翁	不幸老人及其家庭离散	2. 战荥阳	曹操荥阳之战
3. 艾如张	言治国刑法	3. 获吕布	曹操东围临淮，生擒吕布
4. 上之回	歌颂汉武帝行幸回中	4. 克官渡	曹操与袁绍官渡之战
5. 翁离	不可晓解	5. 旧邦	曹操率军还谯，收藏死亡士卒，抚慰生人

① 参见韩宁著《鼓吹横吹曲辞研究》所列《三国鼓吹使用情况一览表》，北京大学出版社2009年版，第241页。

② 表中所列汉铙歌各篇篇旨，参考了赵敏俐《〈汉鼓吹铙歌〉十八曲研究》，该文收入作者《周汉诗歌综论》，学苑出版社2002年版。

续表

汉鼓吹铙歌	篇旨	魏鼓吹曲	篇旨
6. 战城南	哀悼战死者	6. 定武功	曹操初破邺，始定武功
7. 巫山高	游子思乡	7. 屠柳城	曹操越北塞，历白檀，破三郡乌桓于柳城
8. 上陵	以祥瑞颂美宣帝	8. 平南荆	曹操南平荆州
9. 将进酒	宴会上饮酒放言为歌	9. 平关中	曹操征马超，定关中
11. 芳树	不可晓解	11. 邕熙	魏氏临其国，君臣邕穆，庶绩咸熙也
12. 有所思	女子对负心男子的决绝之词	10. 应帝期	文帝以圣德受命，应运期也
15. 上邪	女子相爱之誓言	12. 太和	明帝继体承统，太和改元，德泽流布

通过上表可以更明显地看出，《魏鼓吹曲》各篇的篇旨与所对应的汉曲区别相当大。我们很难想象，缪袭在沿用汉铙歌曲调及演奏形式的前提下，能取得旧曲与新歌的谐和效果。表中汉曲第六《战城南》的礼乐功能，与魏曲第五《旧邦》是非常接近的。如果缪袭有意选择功能接近的汉曲来填制新辞的话，则《战城南》无疑是非常适合用以表达曹操还谯收藏死亡士卒这一史实内容的，但缪袭却未采用。再次表明，缪袭对于汉曲的改制，是在确立新的乐章主题前提下，以新制歌辞的形式，强化了新鼓吹乐以歌颂魏三世主功德、强调大魏应天受命代汉之合理性的内容及精神导向。《魏鼓吹曲》虽有汉曲鼓吹在先，有参考蓝本，但其性质更近于新制乐章。

我们将景初元年（237 年）制定的魏宗庙三舞的内涵，与缪袭鼓吹曲辞对魏三世主的功德定位做一比较，发现两者高度一致。据《三国志·魏书·明帝纪》载，景初元年六月有司奏：

> 武皇帝拨乱反正，为魏太祖，乐用《武始之舞》。文皇帝应天受命，为魏高祖，乐用《咸熙之舞》。帝制作兴治，为魏烈祖，乐用《章斌之舞》。三祖之庙，万世不毁。[1]

---

① 《三国志·魏书·明帝纪》，第 109 页。

《宋书·乐志》所记更详：

> 公卿奏曰："今太祖武皇帝乐，宜曰《武始之乐》。武，神武也；武，又迹也。言神武之始，又王迹所起也。高祖文皇帝乐，宜曰《咸熙之舞》。咸，皆也；熙，兴也。言应受命之运，天下由之皆兴也。至于群臣述德论功，建定烈祖之称，而未制乐舞，非所以昭德纪功。夫哥以咏德，舞以象事。于文，文武为斌，兼秉文武，圣德所以章明也。臣等谨制乐舞名《章斌之舞》。……今有事于天地宗庙，则此三舞宜并以为荐享；及临朝大享，亦宜舞之。……三舞宜有总名，可名《大钧之乐》。钧，平也。言大魏三世同功，以至隆平也。于名为美，于义为当。"尚书奏："宜如所上。"帝初不许制《章斌之乐》；三请，乃许之。①

魏宗庙三大舞的内涵为：武皇帝拨乱反正，王迹因武而起，故乐名《武始》。文皇帝应天受命，天下皆兴，故乐名《咸熙》。明帝制礼作乐，以致太平，故乐名《章斌》。其总名《大钧》，"言大魏三世同功，以至隆平也"。《章斌》舞的制作，急于定位明帝在创魏功业中的位置，受到后世史学家批评。通过宗庙三大舞，魏三世主分别被赋予了不同历史使命：武帝为创业之主，文帝为受命之主，明帝乃太平之主。缪袭《魏鼓吹曲》以"述以功德代汉"为主题，对魏三世主各自功德的内涵确定与宗庙三舞完全一致。《魏鼓吹曲》前九篇叙述曹操在汉末大乱的时代背景下以武功平定天下，仅观其篇名即可一目了然。唯《旧邦》外，其他篇名都直接标示征战主题。第十、十一两篇，言文帝应天受命、德化天下。第十一篇《邕熙》乐名，"言魏氏临其国，君臣邕穆，庶积咸熙也"，与魏臣所定文帝庙乐《咸熙》的内涵（"咸，皆也；熙，兴也。言应受命之运，天下由之皆兴也。"）完全一致。末篇《太和》，歌颂明帝践阼后，德泽流布，有太平之象。列举灾蝗绝息、雨露时下、五谷丰登、四民安顺、事务澄清等一系列太平气象，末句总赞"元首明，魏家如此，那得不太平"。总观缪袭《魏鼓吹曲》十二篇，同样建构了魏经三世，由武帝拨乱反正，经文帝应天受命，致明帝有太平盛世，这一在汉运衰竭、天命移易

① 《宋书》卷十九，第535页。

的情势下，大魏代汉的合理性与必然性。《魏鼓吹曲》对魏三世主的功德定位（创业—受命—太平），与魏宗庙三舞所体现的“大魏三世同功，以至隆平”内涵完全对应。至此，我们将缪袭《魏鼓吹曲》的创作置于景初元年明帝改正朔、革制度、兴礼乐的背景下，对其主题内涵及结构布局都将有更深入的认识。

三

缪袭《魏鼓吹曲》的体式极为特殊，每篇都有固定句数，并且详细标注篇内所用各类句式的数量，这在现存汉魏乐府诗中是极为特殊的现象。葛晓音先生在《论汉魏三言体的发展及其与七言的关系》《先唐杂言诗的节奏特征和发展趋向》等文章中①，都论及曹魏时期文人进行诗歌体式的探索。而《魏鼓吹曲》体式多样，既有全篇三言的，也有基本用五言的，更多是杂言型的。从后来吴、晋鼓吹曲辞对《魏鼓吹曲》体式的模仿情况看，缪袭的创作显然取得了成功效应。由于外部音乐形式的消失，我们不能完全落实这种体式建构与音乐表演之间的联系，但《魏鼓吹曲》各篇本事明晰，歌辞文本也不同于汉铙歌的声辞杂糅，因此从不同句体的意义功能与节奏组合角度探讨缪袭的体式理念，当是较可取的研究思路。

1. 充分发挥三言节奏感强，叙事简洁有力的功效，以及与其他句式结合灵活自由的优长。

《魏鼓吹曲》中全篇三言的有第一曲《初之平》，第九曲《平关中》。第二曲《战荥阳》虽有两个四言句（“戎士愤怒”“赖我武皇”），但“戎士”“武皇”是表人名词，对节奏影响不大。其余诗篇中三言也占较大比例，如第三曲《获吕布》共六句，有三句三言。第四曲《克官渡》凡十八句，有八句三言。第五曲《旧邦》凡十二句，有六句三言。通过这些作品，略可窥见曹魏时期文人对于民间三言体入乐府歌辞的积极尝试。以《初之平》为例：

初之平，义兵征。神武奋，金鼓鸣。迈武德，扬洪名。汉室微，社

① 收入葛晓音著《先秦汉魏六朝诗歌体式研究》，北京大学出版社2012年版。

稷倾。皇道失，桓与灵。阉宦炽，群雄争。边韩起，乱金城。中国扰，无纪经。赫武皇，起旗旌。麾天下，天下平。济九州，九州宁。创武功，武功成。越五帝，邈三王。兴礼乐，定纪纲。普日月，齐晖光。①

右《初之平曲》凡三十句，句三字。

此篇凡三十句，句用三言。但这样的三言，完全是用于叙述的，与郊庙歌中脱去声辞的三言不同，明显不是源自楚辞体。《初之平》兼有序曲性质，因此对武功、德治都要有所表现。从“初之平”到“武功成”二十四句，除首两句外，均隔句押韵，不换韵。叙述曹操在平定汉末统治阶级内部离乱及镇压各地起义过程中的赫赫武功，节奏紧促，气势喧昂，与文本内容取得一致唱颂效果。作者为了突出曹操乃时势所待之英雄，“麾天下”至“武功成”六句虽然仍用三言，但因情感变化的需要，采用顶真勾连手法，使强调的部分在声节上得以延长。而“越五帝”以下六句，宣扬文治精神，仍隔句押韵，但改换押阳韵，以歌咏礼乐盛事。显然，缪袭有意利用三言体节奏感强、叙事简洁有力的功效来叙述汉末离乱及曹操战功，并随情感变化及内容转移或巧妙移入其他修辞手法，或积极改换韵脚，以便达到颂唱效果的多层次、多风格。

2. 利用五言既可单句叙述，又能偶句铺陈，易于建构长篇诗行的特性，在同一乐章中将叙事、歌赞融为一体。《魏鼓吹曲》中以五言为主的篇章有第八曲《平南荆》、第十曲《应帝期》。《平南荆》凡二十四句，十七句五言，四句三言，三句四言，是以五言为主体句式的杂言体。然细读其诗可以发现，作者对于五言与杂言的功能分配是非常清楚的。其辞曰：

南荆何辽辽，江汉浊不清。菁茅久不贡，王师赫南征。刘琮据襄阳，贼备屯樊城。六军庐新野，金鼓震天庭。刘子面缚至，武皇许其成。许与其成，抚其民。陶陶江汉间，普为大魏臣。大魏臣，向风思自新。思自新，齐功古人。在昔虞与唐，大魏得与均。多选忠义士，为喉唇。天下一定，万世无风尘。

---

① 本文所引缪袭《魏鼓曲吹》均据《宋书》卷二十二《乐志四》，中华书局1974年标点本。

右《平南荆曲》凡二十四句，其十七句句五字，四句句三字，三句句四字。

前十句为整齐五言句，隔句押韵。后十四句，五言兼杂言，基本隔句押韵。五言句后再接其他句时，常重复取用前句个别字词，形成节奏的勾连效果。如“许与其成”“大魏臣”“思自新”等处。通观全篇，五言主要用来叙事，交代曹操平定南荆的经过及结果；杂言则用于抒情渲染，去掉这些杂言句，基本不影响对曹操平南荆战事因果的交代。如以“武皇许其成”直接接“陶陶江汉间，普为大魏臣”，叙事仍然通畅。也就是说，这些杂言所表述的内容，类似于主辞的和声，是为五言建构的叙述平南荆事件的主辞服务的。再看第十曲《应帝期》：

应帝期，于昭我文皇，历数承天序，龙飞自许昌。聪明昭四表，恩德动遐方。星辰为垂耀，日月为重光。河、洛吐符瑞，草木挺嘉祥。麒麟步郊野，黄龙游津梁。白虎依山林，凤皇鸣高冈。考图定篇籍，功配上古羲皇。羲皇无遗文，仁圣相因循。期运三千岁，一生圣明君。尧授舜万国，万国皆附亲。四门为穆穆，教化常如神。大魏兴盛，与之为邻。

右《应帝期曲》凡二十六句，其一句三字，二句四字，二十二句句五字，一句六字。

此曲凡二十六句，五言占二十二句。自“聪明昭四表”以下十句，连用五对偶句，先称颂曹丕天赋其质，有圣君之德，再历数种种自然祥瑞之表现，使人不得不相信此乃天有所命也。《三国志·魏书·文帝纪》裴松之注引《献帝传》对禅代前各种符瑞有大量记载，与此歌内容基本相合。本篇唯一的三言句，出现在篇头，当是为了强调主题，与第十一曲篇首“邕熙”一样。唯一的四言句，出现在篇尾，“大魏兴盛，与之为邻”。可能是有意识地进行节奏的调配，减弱抒情性，加强节奏感，作收束全篇之用。中间的六言句，也是因为出现人名“羲皇”，并且有换韵需求。总之，本篇以五言为主，适当点缀三言、四言、六言句，在以浓郁抒情为基调的主体氛围中，追求音节的曲折多变。

3. 继承汉铙歌多杂言的体式特征，但也有意识地追求杂言节奏的有序化，或在齐言、杂言交替使用时，赋予各自不同表现功能。汉铙歌体式多杂言，但因声辞杂糅，现存歌辞句式并不能完全代表其本来状态。若以传世文本来标示其句式，严格来说并不可行。但《魏鼓吹曲》完全是实义性质的歌辞文本，杂言句体的广泛应用显然是作者缪袭有意识创作的结果。第三曲《获吕布》、第四曲《克官渡》、第五曲《旧邦》、第六曲《定武功》、第七曲《屠柳城》、第十一曲《邕熙》、第十二曲《太和》，体式都为杂言型。这些作品不仅句式多样，用韵也较以三言或五言建构的齐言诗行复杂，换韵更灵活。从个别篇章中，仍能发现缪袭力求在杂言型歌诗中使其节奏或句体的意义功能最大化。

以第三曲《获吕布》、第五曲《旧邦》为例，虽为杂言体，但节奏有序。《获吕布》辞曰："获吕布，戮陈宫。芟夷鲸鲵，驱骋群雄。囊括天下，运掌中。"此曲精短，有一组三三句，一组四四句，句义各自为偶，最后以一组四三收束全篇。本篇的实际句体当为：三言 + 四言 + 七言，以逐渐加长的句式，一韵到底不换韵，形成节奏上的递进效果。此曲篇幅短小，节奏有序，具有民间歌谣风味，当是作者有意识追求的结果。第五曲《旧邦》辞曰：

> 旧邦萧条，心伤悲。孤魂翩翩，当何依。游士恋故，涕如摧。兵起事大，令愿违。传求亲戚，在者谁。立庙置后，魂来归。
>
> 右《旧邦曲》凡十二句，其六句句三字，六句句四字。

全篇采用六个四三句组合，这种四三节奏的句子，无疑来自楚辞体。该篇本事为曹操在官渡战胜袁绍后，于建安七年（202 年）还军谯郡，收藏死亡士卒，抚慰生者。《三国志·魏书·武帝纪》载曹操当时所下令："吾起义兵，为天下除暴乱。旧土人民，死丧略尽，国中终日行，不见所识，使吾凄怆伤怀。其举义兵已来，将士绝无后者，求其亲戚以后之，授土田，官给耕牛，置学师以教之。为存者立庙，使祀其先人，魂而有灵，吾百年之后何恨哉！"[①] 缪袭几乎是直接将曹操用散文体写作的《军谯令》诗歌化，重复运用骚体四

---

① 《三国志·魏书·武帝纪》，第 22～23 页。

三节奏的独特抒情效果，将令文表达的“凄怆伤怀”情绪发挥得淋漓尽致。《魏鼓吹曲》其他篇章中的四三节奏，往往都可理解为七言，如《屠柳城》“越度陇塞，路漫漫”，《邕熙》“君臣念德，天下治”，《太和》“皇帝践阼，圣且仁”，鲜明地体现了缪袭对各类诗歌体式与其意义功能关系的理解。再如第四曲《克官渡》，是直接描写著名的官渡之战。此次战争场面宏大，双方均伤亡惨重，缪袭此篇歌诗也充溢着悲慨之情。以兵力言，曹弱袁强，两军相持时，敌我力量悬殊，起初“转战不利，士卒伤”，曹军一度陷入绝境。后来“卒胜大捷，震冀方”，转败为胜，实属不易。故在体式上，全篇采用六个四三节奏的句体，中间参以一组五四句，一组三三句，最后用一组四四句收束全篇。与全篇用三言的一气如注、流畅叙说不同，然更能揭示官渡之战的真实历程。本篇用韵也值得注意，前六句叙战争不利，隔句押鱼韵。后面改押阳韵，较昂扬奋发，换韵时首两句句句押，后面隔句押。无疑，作者是有意根据内容、情感变化而调整句式与韵脚的。

从新制乐章的角度重新审视《魏鼓吹曲》，则缪袭对各篇句体、句式的关注，既要照顾新主题内容的表达，又需兼顾其付诸乐章的效果，即在歌辞、体式上追求文学性与音乐性的统一。即使是句体无序的杂言型歌诗，缪袭也在努力追求句体、句式与意义功能的最佳结合状态。从上述分析来看，缪袭在创作《魏鼓吹曲》十二章时，对于不同句式建构的诗歌体式的意义功能有着充分的理解。

再从后来吴（韦昭作）、晋（傅玄作）鼓吹曲辞对《魏鼓吹曲》体式的模仿情况看，缪袭的创作显然取得了成功效应。《宋书·乐一》载：“韦昭孙休世上《鼓吹铙歌十二曲表》曰：‘当付乐官善哥者习哥。’”① 可知韦昭作吴鼓吹当在孙休登基之永安元年之后，也有鼓吹中兴的用意，然其事已在缪袭制鼓吹二十年之后。韦昭之模拟《魏鼓吹曲》可谓亦步亦趋，萧涤非先生因之视为“填词之初祖”。韦昭之放弃汉鼓吹转而模拟魏鼓吹，足以表明缪袭在歌辞创作方面获得显著成功，故能垂范世人。

结语：本文重新考察了魏明帝时期因改正朔而引发的一系列礼乐制作活

---

① 《宋书》卷十九，第541页。

动，结合缪袭在这些活动中的参与情况，确定《魏鼓吹曲》的创作时间为景初元年（237 年）。缪袭“改汉曲”而来的十二新曲，在全部魏鼓吹曲中地位特殊，前人虽目为“依前曲作新歌”，但从主题内涵、结构布局看，其性质更近于新制乐章。《魏鼓吹曲》十二篇集中代表了曹魏时期文人对各类诗歌体式表现功能的探索。作为曹魏时期“颇有才学”的文学家，缪袭综合运用其对于各种诗歌体式的理解，以新制乐章的形式，将当时文人对诗歌体式的思考与理解运用到乐府歌辞领域，成为沟通乐章歌辞与文人诗学的一次有意义的尝试。

“以古为律”与杜甫七律艺术的革新

刘占召

律诗起源于永明体，自齐梁至初唐，经过四声二元化、对式律过渡到粘式律等阶段，在沈、宋等初唐诸学士的手中定型。殷璠《河岳英灵集》的序言称“开元十五年以后，声律、风骨始备矣”。① 殷璠此处的意思，是指开元后期的诗歌有些长于声律，有些长于风骨。那么，新兴的唐代律诗如何剥离浮靡繁缛的齐梁诗风的影响？如何融风骨于格律之中，达到格律精严又风骨清俊的境界？其中，借鉴古诗的修辞技巧、篇章结构、表现功能、审美趣味和创作精神来写作律诗，是一个重要的渠道。这种现象，本文称之为“以古为律”。②

古诗是律诗定型之后，相对于律诗而产生的一个概念，《文镜秘府论》南卷云：“风雅泯绝，八病双枯，载发文蠹，遂有古、律之别。”并注云：“古诗三等：正，偏，俗；律诗三等：古，正，俗。”③ 律诗定型之后，近体和古体不仅有了明确的区分，而且有了优劣之别，尊古轻律的诗学观念也随即产生，上述《文镜秘府论》注释律诗以“古”为第一等，就体现了这一观念。受尊

---

① 傅璇琮编撰《唐人选唐诗新编》，陕西人民教育出版社 1996 年版，第 107 页。

② “以古为律”是唐代出现的诗学观念，元稹称之为“律讽”，严羽称之为“古律诗”，许学夷称之为“以古入律”“歌行入律”，胡震亨称之为“以《诗》为诗”，王夫之称之为“以古诗作律”，还有评论家称之为“以古为律”“化古于律”“律中带古”“以古行律”“运古入律”等，“以古为律”体现了尊古轻律的思想。当然唐代也存在重视律诗这种新诗体的思想，如令狐楚《御览诗》只选择近体诗，《四库全书总目·唐御览诗提要》云：“其诗惟取近体，无一古体。即《巫山高》等之用乐府题者，亦皆律诗。盖中唐以后，世务以声病谐婉相尚，其奋起而追古调者，不过韩愈等数人。楚亦限于风气，不能自异也。”这两种诗学思想在唐代都存在。

③ 弘法大师撰，王利器校注《文镜秘府论》南卷《论文意》，中国社会科学出版社 1983 年版，第 314 页。

古轻律诗学观念的影响，唐代诗人依据古诗的标准，批评律诗所存在的弊病。首先是批评律诗格式过于拘忌，失于自然，风格过于俗巧。《文镜秘府论》南卷云："律家之流，拘而多忌，失于自然，吾常所病也。必不得已，则削其俗巧，与其一体。"[①] 律诗因为格律谨严，不能像古诗那样自由抒写，达到浑成自然的境界。另一方面，唐人还批评律诗在创作精神上丧失了汉魏以来的比兴精神，缺乏风骨。殷璠《河岳英灵集》序批评律诗："都无比兴，但贵轻艳。"[②] 元结的《箧中集》序认为："近以流易为辞，不知丧于雅正然哉！彼则指咏时物，会谐丝竹，与歌儿舞女生污惑之声于私室可矣。"[③] 律诗法度森严而失于自然，内容丧于雅正，并且坠失了古体诗的风骨和兴寄的精神。

元稹的《进诗状》对古、律体的区别总结得更为系统而清晰，其云："凡所为文，多因感激，故自古风诗至古今乐府，稍近兴寄，颇近讴谣，虽无作者之风，粗中遒人之采。自律诗百韵至于两韵七言，或因朋友戏投，或以悲欢自遣，既无六义，皆出一时。"[④] 在元稹看来，古诗和律诗所表现的内容和功能不同，古诗表现"寄兴"，能够关怀现实，讽谕政治，而律诗则用以消遣和交际。从上述古、律体的差异及其对律诗弊病的批评中，我们可以看出，律诗写作可以从下列两个方向做到"以古为律"：一是律诗学习古诗的创作经验、修辞技巧、篇章结构，从而突破严格的声律、对仗等方面的束缚，达到古诗那样自由抒写，自然混成的境界；二是律诗在表现内容上继承古诗表现兴寄的创作精神，从而让这种源自齐梁的诗体能继承《诗经》以来的比兴精神而关怀现实，讽谕政治。

杜甫七律是融风骨于格律的典范。七律定型后，盛唐诗人王维、李颀、岑参诸人均有尝试。但是，七律在格律上比四言、五言更为谨严，更难以表达"兴寄深微"的内容，晚唐孟棨《本事诗・高逸》称："兴寄深微，五言不如四言，七言又其靡也，况使束于声调俳优哉？"[⑤] 王世贞《艺苑卮言》卷一："五言律差易得雄浑，加以二字，便觉费力，虽曼声可听，而古色渐

---

① 弘法大师撰，王利器校注《文镜秘府论》南卷《论文意》，第 317 页。

② 傅璇琮编撰《唐人选唐诗新编》，第 107 页。

③ 同上，第 299 页。

④ 元稹撰，冀勤点校《元稹集》卷三十五，中华书局 1982 年版，第 406 页。

⑤ 丁福保辑《历代诗话续编》，中华书局 1983 年版，第 14 页。

稀。”[①] 杜甫今存七律诗一百五十余首，他是第一位大力创作七律的诗人，七律在杜甫的手中达到了炉火纯青的巅峰境界，钱良择《唐音审体》“少陵崛起，集汉、魏、六朝之大成而融为今体，实千古律诗之极则。”[②] 那么，杜甫如何通过“以古为律”，使得七律这种新兴的诗体能融会汉魏、六朝的诗歌传统和创作经验而推陈出新，达到风骨声律兼备的艺术境界？这一问题前人尚未系统论述。本文结合历代学者的评论，对此加以论述。

一　以古调入诗：传统律诗声律规则的扬弃

学术界讨论“以古为律”，常从声律论的角度来立论，认为杜甫七律中的拗律是借鉴古诗的音节。这种思想，源自于宋代以来学者关于杜甫拗律声律美学特征的研究。

从格律修辞角度来看，杜甫对盛唐七律的艺术革新，主要体现在对传统律诗声律规范的破弃上，北宋学者胡仔对此就有精彩的论述，他说：“古诗不拘声律，自唐至今诗人皆然，初不待破弃声律。老杜自有此体……七言如《题省中院壁》、《望岳》、《江雨有怀郑典设》、《昼梦》、《愁》（强戏为吴体）、《十二月一日三首》……老杜自我作古。”[③] “律诗之作，用字平侧，世固有定体，众共守之。然不若时用变体，如兵之出奇，变化无穷，以惊世骇目。”[④]胡仔认为破弃声律是律诗的变体，是律诗艺术的一种标新立异的创新。杜甫在大历二年（767 年）创作了《愁》这首诗，并自注云“强戏为吴体”，什么是“吴体”？历代的学者有很多的讨论，有学者称之为吴地的俗体，有学者称之为声律失粘的“齐梁体”。[⑤]这首诗八句都不合七律的平仄规则，宋人方回称之为“拗字诗”，此后凡是破弃声律的律诗便都被称之为“拗律”。

方回认为声律用拗可以增强律诗的骨力，并有助于情感的表达，其《瀛

① 丁福保辑《历代诗话续编》，第 961 页。

② 丁福保辑《清诗话》，上海古籍出版社 1978 年版，第 783 页。

③ 胡仔编撰《苕溪渔隐丛话》前集卷四十七，人民出版社 1962 年版，第 319 ~ 320 页。

④ 同上前集卷七，第 42 ~ 43 页。

⑤ 曾枣庄《说“吴体”》，《古典文学知识》2012 年第 2 期。

奎律髓汇评》卷二十五称："拗字诗在老杜集七言律诗中谓之'吴体'，老杜七言律一百五十九首，而此体凡十九出。不止句中拗一字，往往神出鬼没。虽拗字甚多，而骨格愈峻峭。"① 这种观点得到明清学者的响应，如清王应奎《柳南随笔》卷六评价杜甫的这类作品云："盖律诗而骨骼峻峭，不离古诗气脉，故谓之古律诗也。"②王应奎认为律诗用拗字，打破了律诗的格律规范，使得律诗"骨骼峻峭"，并且具备了古诗的气脉，这种诗歌就是"古律诗"。试看杜甫拗律的代表作《白帝城最高楼》，这首诗创作于唐代宗大历元年（766年），诗人站在白帝城的城楼之上，背负峭壁，前临大江，感叹世事，末句云"杖藜叹世者谁子，泣血迸空回白头"，其情绪之勃郁和诗歌声调的拗怒互相配合，明末清初的学者李因笃评价云："浑古之极，不可名言。律不难于工，而难于宕。律中古意，不难于宕而难于劲，此首次句着一'之'字，其力万钧。"③ 李因笃的评论，着重强调这首诗通过平仄颠倒、错落以造成音节的高低起伏和时强时弱，他认为这是"劲"、是"其力万钧"的重要因素，这和方回、王应奎所论的"骨骼峻峭"是同一含义。的确，此诗的音节故意造成一种佶屈聱牙的效果，显得诗句开阖排奡，气势不凡，有利于抒发深藏于胸臆的郁气。正如明王嗣奭《管天笔记外编》卷下"文学"："少陵七言律在盛唐诸公中为最多，能以规矩绳墨中错以古调，如生龙活虎，不可把捉，自可雄视百代，即太白不能及也。"④

自顾炎武《音学五书》问世以后，从声律角度辨别古、律诗更成为清代学者流行一时的学术热点，这种研究思潮也推进了对杜甫拗律美学特征的认识。王士禛《分甘余话》卷三认为唐人拗体律诗有二种：一种以杜甫《白帝城最高楼》为代表，这种诗歌用拗带有很强的随意性，其音节具备"苍莽历落"之感，是对传统律调的突破；而晚唐赵嘏、许浑的拗律则有固定的拗救规则，而且用拗必救，读起来"抑扬抗坠""一片宫商"，并没有破弃传统律诗的声律之美。⑤ 王士禛的理论，使杜甫七律用拗的独创性特征和诗学史意义

① 方回选评，李庆甲集评点校《瀛奎律髓汇评》，上海古籍出版社2005年版，第1107页。
② 王应奎撰《柳南随笔》卷六，中华书局1984年版，第113页。
③ 刘浚编撰《杜诗集评》卷十一，清嘉庆九年（1804年），刘氏藜照堂刻本。
④ 《续四库全书·集部》第1307册。
⑤ 王士禛撰《分甘余话》，中华书局1989年版，第68页。

得到了进一步的揭示。赵执信的《声调谱》进一步发挥了王士禛的理论。据李重华《贞一斋诗说》记载，赵执信曾从声调的角度将古体、近体诗歌每一诗体又分出古、近两种不同的风格：“古近二体，每体各分为二。盖古体有古中之古、古中之近，近体有近中之古、近中之近，截然判析。”① 那么，就拗律一体中，哪些是声调偏古体的拗律？哪些是风格偏近体的拗律呢？李重华《贞一斋诗说》认为：“拗体律诗亦有古近之别，如老杜‘玉山草堂’一派，黄山谷纯用此体，竟是古体音节，但式样仍是律耳。如义山‘二月二日’等类，许丁卯（许浑）最善此种，每首有一定章法，每句有一定字法，乃拗体中另自成律，不许凌乱下笔。”② 李重华认为杜甫拗体七律属于拗体中的“古体音节”；而晚唐以许浑“丁卯句法”为代表的拗律，属于拗体中声调偏于近体的那种诗体。清许印芳用平调、拗调、古调等概念对杜甫的拗律的声调进行了更为细致的辨析，如其分析《十二月一日三首》云：“第二首‘寒轻市上’云云，前三联皆平起，通首做拗体，而首句参用平调，六句及尾句参用古调，与前二诗不同。第一首‘今朝腊月’云云，四联皆平起，重沓甚矣。而句法参用平调、拗调、古调，便不嫌重沓。”③ 从诗歌史的角度来看，以王维、李颀为代表的盛唐七律，在声律上讲究对称回环、流丽和谐，这种声律适合表达澄怀观道、物我两忘的欣喜，不适合表达郁勃怒张的情绪。杜甫晚年七律在对称、回环的语音结构中掺入若干不对称、不和谐的音节，使得诗歌音调拗峭劲健，很好地配合了诗中抑塞不平的情感内蕴，这就是杜甫律诗声调“以古为律”的意义。

除了声律，学者们还从对仗、用词等角度辨别杜甫七律“以古为律”的问题。严羽《沧浪诗话·诗体》指出律诗“有古律，有今律”，并注释“古律”云：“陈子昂及盛唐诸公多此体。”④ 陈子昂、高适、王维、孟浩然、李白等人所创作的律诗（主要是五律）有失粘、对仗不工稳或者不合平仄等现象，比严守格律、对仗的律诗形式显得更加自由，给人以浑成古朴之感，严羽的“古律”主要指这类诗歌。杜甫入蜀之后的七律，追求用字的质朴古拙

① 丁福保辑《清诗话》，第938页。
② 同上，第929页。
③ 方回选评，方回选评，李庆甲集评校点《瀛奎律髓汇评》，第1115页。
④ 严羽撰，郭绍虞校释《沧浪诗话》，人民文学出版社1961年版，第74页。

和对仗的随意轻松，这是律诗借鉴古诗创作技法的一个表现。王敬美云：“杜诗有深句，有雄句，有老句，有秀句，有丽句，有拙句，有累句，累、拙不能为掩瑕也。抑知拙、累正所以为古气哉?”① 杜甫创作于大历三年（768 年）的《暮归》，语言不施丹彩，对仗似对非对，声律也较为散漫，申涵光评价云：“有疏斜之致，不衫不履”，“律中带古，倾欹错落，尤为入化。”② 这首诗歌打破了盛唐七律在语言、结构方面的整饬、匀称和精致，呈现出朴老疏野、自由散漫之美。总之，杜甫的七律用词拙朴、对仗似对非对，尤其是喜用拗律，其七律呈现出朴拙疏野的古诗气貌，和盛唐七律和谐婉畅的声律特征大异其趣，正如王世贞所论：“子美晚年诗，信口冲出，啼笑雅俗，皆中音律，更不宜以清空流丽、风韵姿态求之。”③

二　老去诗篇浑漫与：杜甫七律的浑成结构与朴老趣味

清代学者冯班称：“古诗之视律体，非直声律相诡也，其筋骨气格，文字作用，亦迥然不同。然亦人人自有法，无定体也。”④ 古律诗的区别，并非只有声律、用词、对仗等修辞技巧的差别，还有章法结构、表现功能等整体风貌的不同。

叶嘉莹先生认为：“汉魏之诗多以直接叙写情事为主，其感发之力量往往得之于情意与章法之结构及叙写之口吻。盛唐之诗则颇重景物之点染，其感发之力量往往得之于情景相生之一种触引。”⑤ 叶先生这段评论揭示出汉魏古诗和唐代律诗表现功能的区别，汉魏古诗多通过叙写人物事件或人生百态以抒发感情，其情感类型多为人生事态的感慨和人生况味的咏叹，故而感情浓烈而炽热，表达方式以直抒胸臆为主；律诗则继承南朝刘宋以来的山水诗歌

---

① 潘德舆《养一斋李杜诗话》卷二，张忠纲编注《杜甫诗话六种校注》，齐鲁书社 2002 年版，第 300 页。

② 杜甫注，杨伦笺注《杜诗镜铨》卷十九，上海古籍出版社 1980 年版，第 934 页。

③ 杜甫著，仇兆鳌注《杜诗详注》附编“诸家论杜”，中华书局 1979 年版，第 2325～2326 页。

④ 吴乔《围炉诗话》卷二引郭绍虞编选，富寿荪校点《清诗话续编》，上海古籍出版社 1983 年版，第 545 页。

⑤ 缪钺、叶嘉莹合撰《灵溪词说》，上海古籍出版社 1987 年版，第 135 页。

的创作传统，注重景物的描写和意象、意境的熔铸，其情感多为澄怀观道后的淡淡喜悦，主体情思含蓄、灵妙、余味深长。盛唐七律主要通过营造玲珑精美的兴象来抒情，杜甫不满足于这种抒情方式，他尝试寻求对社会人生的更为具体真切的表现方式。正如邹进先先生所说的，盛唐诗歌是“比兴—意象”这一“虚做”的诗歌形态，而杜甫则是“赋—事态”这一“实做”的诗歌形态。[①]

杜甫七律以直抒胸臆的方式叙写人生百态和五味杂陈的人生况味，和王维等人的七律表现出明显的差异，明人称之为“以歌行为律”。王世贞认为杜甫七律诗“以歌行入律，亦是变风，不宜多作，作则伤境”。对此，许学夷《诗源辨体》卷十九反驳说：“子美七言以歌行入律，虽是变风，然豪旷磊落，乃才大而失之于放，盖过而非不及也。”许学夷还引用冯云成对杜甫七律艺术特征的评价云：“如促柱急弦，雷轰石飞，落落感慨，令人兴怀不浅。”[②] 这种艺术特征，正是歌行体淋漓尽致抒情方式的生动比喻。“歌行入律”既指杜甫七律采用歌行句法、声律用拗等修辞特征，也指其抒情慷慨淋漓，浩荡纵横的特点。如作于大历元年（766 年）秋的《白帝》，首联以歌行复沓句法写峡江风云翻腾的奇险景象，高江、急峡、古木、苍藤、雷霆、日月六个意象，以急管繁弦之势，有声有色地传达出狂风暴雨的急骤。五六句的“戎马”“归马”和“千家”“百家”也是复沓回环的句法，表现了民生凋敝、哀鸿遍野的社会现实。仇兆鳌《杜诗详注》评价云：（杜甫）“有律体似歌行者，如‘白帝城中云出门，白帝城下雨翻盆’是也，然起四句一气滚出，律中带古何碍？”[③]

杜甫的七律在章法上善于打破律诗各联之间的壁垒，使得整首诗歌一气呵成、神完气足，正如刘熙载所称赞的：“少陵以前律诗，枝枝节节为之，气断意促，前后或不相管摄，实由于古体未深耳。少陵深于古体，运古于律，所以开阖变化，施无不宜。”[④] 在律诗整饬板滞的形式中表现情感的动荡起伏，

---

① 邹进先《从意象营造到事态叙写——论杜诗叙事的审美形态与诗学意义》，《文学遗产》2006 年 5 期。

② 许学夷著，杜维沫校点《诗源辨体》，人民文学出版社 1987 年版，第 219 页。

③ 杜甫著，仇兆鳌注《杜诗详注》卷十五，第 1351 页。

④ 刘熙载撰《艺概·诗概》，上海古籍出版社 1978 年版，第 60 页。

的确是杜甫七律的重要创获。如作于广德元年（763 年）春的《闻官军收河南河北》被称为杜甫“生平第一首快诗”，诗歌描写初闻唐军战场捷报的欣喜，诗人忽而涕泗横流，忽而看见妻子愁颜已改，忽而漫卷诗书，忽而想象纵酒放歌、儿女做伴还乡。此诗地名六次出现，情感抒发大开大阖，不加雕饰。梁启超先生认为此诗的抒情方式和古诗《公无渡河》类似：“那种手舞足蹈的情形，从心坎上奔迸而出，我说它和古乐府《公无渡河》是同一笔法，彼是写忽然剧变的悲情，此诗写忽然剧变的喜情，都是用快光镜照相照得的。”[①] 李因笃评此诗说：“律中当带古意，乃致神境。然崔颢《黄鹤》以散为古，公此篇以整为古，较崔作更难。”[②] 的确，像崔颢《黄鹤楼》那样的七律，作于七律调式尚未成形之时，平仄不甚讲究，对仗不甚工，带有“古意”是情理中事。可是杜甫的这首七律不但通首合律，而且尾联也对仗工稳，如此严整的形式竟然丝毫没有束缚其跳动的情思，读起来毫无律体的束缚之感，节奏、气势如行云流水，绝无雕饰妆点，真可谓情至文生，朴质真淳。

杜甫的七律善于从战乱时代的普通平凡的现实生活中，提炼满含着世俗情味的人生事态，如作于大历二年（767 年）的《又呈吴郎》，诗人劝说吴郎不要阻止贫妇打枣这件小事，并由这位孤苦贫困的老妇担忧那些因连年战乱和政府的横征暴敛而流离失所的百姓的生活，体现了诗人仁民爱物、心忧天下的博大胸怀。整首诗叙述了一个故事，体现了诗人对汉魏古诗“感于哀乐、缘事而发”的叙事手法的继承，其动人之处得益于生活细节的真实刻画和诗人情感的真诚流露，诗人在絮絮如话中曲尽人情，正如卢世㴶所言：“杜诗温柔敦厚，其慈祥恺悌之衷，往往溢于言表。如此章，极煦育邻妇，又出脱邻妇；欲开导吴郎，又回护吴郎。八句中百种千层，莫非仁音，所谓仁义之人其言蔼如也。”[③] 杜甫七律对于人生事态的叙写，冲淡甚至取代了盛唐那些通过意象的熔铸、叠加而造成的精美境界，通过人生百态的体味来表现浓烈、醇厚、沉郁的诗情，正如梁启超先生在《情圣杜甫》中所论，这些“极琐碎的断片详密刻画……杜工部用的最多而最妙。从前古乐府里头虽然有些，但

---

① 梁启超《情圣杜甫》，载于《杜甫研究论文集》第一辑，中华书局 1962 年版，第 8 页。

② 刘浚编撰《杜诗集评》卷三引，清嘉庆九年（1804 年），刘氏藜照堂刻本。

③ 杜甫著，仇兆鳌注《杜诗详注》卷二十，第 1763 页。

不如工部之描写入微。这类事的好处在：真事写得愈详，真情发得愈透。”[①] 胡适先生也认为：“老杜作律诗的特别长处在于力求自然，在于用说话的自然神气来作律诗，在于从不自然中求自然。”[②] 其《卜居》《堂成》《狂夫》《南邻》《客至》《进艇》《江村》等体现天伦之乐、朋友宴饮的篇章，也都是以抒写自然、情感真淳见长。

杜甫的七律不拘于一景一情，一实一虚，起承转合的刻板格式，积极吸纳汉魏古诗描写人生事态、自由抒情的创作技巧，其七律有着古诗般的曲折顿挫、奔放纵逸，表达也更为自由酣畅。民国学者夏敬观《说杜》（续）：“律诗亦有章法，章法从何而来，自古体得来也。故欲作律诗，必先精研古体，古体得有门径，而后能知律体章法。杜诗律体皆不离古体气脉，章法变幻虽不多，亦有其变幻处。”[③] 杜甫的七律能在严整形式内让思绪、意脉纵横自如地飞动，杜甫对格律技巧的应用已经达到得心应手、出神入化的境界。如作于上元（760—761 年）初年的《和裴迪登蜀州东亭送客逢早梅相忆见寄》，全诗借吟咏梅花表达对朋友的思念和身世漂泊的感慨。上四句做呼体，下四句做应体，两个问答打破了联与联之间的相对独立，将本来平凡无奇的情感表达的腾挪跌宕、曲折有致。浦起龙《读杜心解》卷四分析说：“官亭梅放，诗兴遄飞，高怀不减古人矣。尔时对景见忆者，当客别春回，旅怀怅触，其亦情不自禁乎？然以予迟暮羁栖，亦幸未蒙折赠耳。倘一枝触目，未免转益乡愁，即看此地江花早发，殊悲催老客途也。然则君而不念我也，君念我而寄我，不更使我徘徊难遣哉！意绪千端，衷肠百结，何图于五十六字曲曲传之！”[④] 杜甫对人生事态的描写和人生况味的抒发，的确能入木三分，清赵翼《瓯北诗话》卷二云：“他人不过说到七八分者，少陵必说到十分，甚至有十二三分者。”[⑤]

总之，杜甫七律善于借鉴歌行、古诗的篇章结构和抒情技巧，以描写人生事态和涵泳人生况味，改变唐代律诗以虚实相生之法描写情景的常规路数，

---

① 《杜甫研究论文集》第一辑，第 8 页。

② 胡适著《白话文学史》，东方出版社 1996 年版，第 254 页。

③ 夏敬观（以玄修为名发表）《说杜》（续），《同声月刊》第一卷第八号。

④ 浦起龙著《读杜心解》卷四，中华书局 1961 年版，第 619 页。

⑤ 郭绍虞编选，富寿荪校点《清诗话续编》，第 1151 页。

正如柴绍炳所称：“（唐初七律）取其声调稳叶、气色鲜华。……篇多应制，金粉习胜，台阁气多，体则袭而少变，响亦凝而未流。……（杜甫）大抵谢肤泽而敦骨力，厌俳俪而尚矜奇，势取矫厉，意主朴真，沉着有余，流丽不足。”① 这是对杜甫七律艺术变革的中肯评论。杜甫以情感的盘旋起伏打破了律诗严谨的格式束缚，叙事抒情曲折尽意，一气贯注。胡应麟《诗薮》卷五：“唐七言律自杜审言、沈佺期首创工密。至崔颢、李白时出古意，一变也。高岑王李风格大备，又一变也。杜陵雄深浩荡，超忽纵横，又一变也。”② “雄深浩荡、超忽纵横”，正是杜甫吸纳古诗、歌行叙事、抒情技巧的体现。杜甫的律诗在严整的格式之中，蕴含着苍茫的兴会，真诚的风骨和殉道者般的苍生襟怀，这类诗歌不论是低吟浅唱，还是高声放歌，都一气呵成、神完气足，迸发着动人的力量！

三　唐人“以古为律”的思想与杜甫“以古之比兴就今之声律”

“以古为律”的思想最早出现在中唐，这点前人尚未注意。唐人的“以古为律”不是着眼于篇章结构、声律对仗，或者语言修辞，而更多的是着眼于古诗、律诗表现内容的差异，他们所关心的是律诗这种体裁如何表现古诗的“比兴精神”和“兴寄”传统，这和宋代以后的学者有着很大的差别。中唐前期的杜確在《岑嘉州集序》中称：“自古文体变易多矣，梁简文帝及庾肩吾之属，始为轻浮绮靡之词，名曰宫体。自后沿袭，务于妖艳，谓之摛锦布绣焉。其有敦尚风格，颇存规正者，不复为当时所重，讽谏比兴由是废缺。物极则变，理之常也。圣唐受命，斫雕为朴，开元之际，王纲复举，浅薄之风，兹焉渐革。其时作者，凡十数辈，颇能以雅参丽，以古杂今，彬彬然，粲粲然，近建安之遗范矣。”③ 杜確认为齐梁宫体诗歌形式华美，但是丧失了《诗经》以来的“讽谏比兴”、“颇存规正”的传统。盛唐开元时期的诗人能够做

---

① 柴绍炳《杜工部七言律说》，《柴省轩文抄》卷四，《四库全书存目丛书》第210册，第219页。

② 胡应麟撰《诗薮》，中华书局1962年版，第84页。

③ 岑参撰，陈铁民、侯忠义校注《岑参集校注》，上海古籍出版社1981年版，第463页。

到二者的结合，“以雅参丽，以古杂今”，将充实的内容和华美的形式相互融合，这实际是一种“以古为律”的思想。独孤及《唐故左补阙安定皇甫公集序》称赞皇甫冉“其诗大略以古之比兴，就今之声律”①，认为皇甫冉的诗歌融合了古诗的“比兴”和律诗的“声律”，这是对“以古为律”更为清晰的理论概括。

唐代“以古为律”的诗学思想表达得最为明确的是白居易和元稹，他们提出的“律讽”这种诗体，这是在“以古为律”观念的指导下创作出来的一种新诗体。元和五年（810 年），元稹被贬为江陵士曹参军，写了五首《放言》诗抒发愤懑之情。元和十年（815 年），白居易被贬为江州司马时也创作五首《放言》以唱和。白居易《放言五首》诗序云：

> 元九在江陵时，有《放言》长句诗五首，韵高而体律，意古而词新。予每咏之，甚觉有味，虽前辈深于诗者，未有此作。唯李颀有云：“济水自清河自浊，周公大圣接舆狂。”予出佐浔阳，未届所任，舟中多暇，江水独吟，因缀五篇，以续其意耳。②

白居易评价元稹的《放言》五首“韵味高妙但遵守格律体式，意味虽古但却遵守新的体制”，这是诗体上的一大创造，和李颀的古体诗《杂兴》“济水自清河自浊，周公大圣接舆狂”一样有古意。白居易对这种综合古诗高古的韵味和律诗严格的格律规则而创作出来的新诗体，非常感兴趣，于是也和作五首。诗题“放言”，就是无所顾忌，畅所欲言之意。这组诗虽然合乎律诗对仗、声律、粘对等原则，在格律上是标准的七律，但是和初盛唐以来盛行的模山范水、宴饮酬唱、应制颂圣的七律不同，这组诗歌以议论为主，集中探讨了人生的真伪、祸福、贵贱、贫富、生死等问题，阐述了老庄福祸无常、避世养生的思想。这就是元白所标榜的兼擅古、律二体之长的新诗体。

同年，元稹在《叙诗寄乐天书》中对各种古、近诗体进行了细致的辨析，并用“律讽”来称呼元、白二人的《放言》组诗，其云：

---

① 《全唐文》卷三百八十八，中华书局 1983 年影印本，第 3940 页。

② 白居易撰，顾学颉校点《白居易集》卷十五，中华书局 1979 年版，第 318 页。

其中有旨意可观，而词近古往者，为古讽；意亦可观，而流在乐府者，为乐讽；词虽近古，而止于吟写性情者，为古体；词实乐流，而止于模象物色者，为新题乐府；声势沿顺、属对稳切者，为律诗，仍以七言、五言为两体；其中有稍存寄兴、与讽为流者，为律讽。①

元稹在这段话中将古近体诗歌分为古讽、乐讽、古体、新题乐府、律诗和律讽六种，前四种属于古体，后两种属于律诗。其分体的依据是讽谕功能、音乐和格律，其中古讽、乐讽、律讽都具备讽谕功能，乐讽、新题乐府都和音乐有关，古体和律体的区别在于是否讲究格律。用元稹的话来说，古体、近体诗的区别主要是“意”和“词”的差别：“意”，是思想内容纯正，有寄兴，具备讽谏功能；“词”，并不仅指文词，也包括对仗、声律、用韵等诗歌体制方面的要求。“律讽”，是一种介于古体、律体之间的新诗体，这种诗体既有“古讽”诗体的“寄兴”，具有讽谏功能，可以“与讽为流”；同时又有律诗“声势沿顺，属对稳切”的格律体制。可以说，“律讽”是兼容古、律二体之长的新诗体，或者说是用“古讽”诗体来改造律体的结果。

总之，不论杜確、独孤及，还是元稹、白居易，唐人注重从比兴、兴寄的角度来辨析古诗和律诗的区别，他们“以古为律”思想最主要的内涵是，律诗如何接续《诗经》所开创的比兴精神和关怀现实、讽谕政治的创作传统。杜甫的一百五十余首七律诗歌创作，用丰硕的创作实绩圆满地回答了这一诗学命题，是“以古之比兴就今之声律”的典范。

“比兴”是杜甫诗学的一个非常重要的概念。在杜甫看来，比兴既是一种借物寓怀的表现手法，更是指源自《诗经》的关怀现实、讽谕政治的创作精神。大历元年（766 年），杜甫在《同元使君〈舂陵行〉》的序中称赞元结的《舂陵行》和《贼退后示官吏作》是“比兴体制，微婉顿挫之词”。其实，元结这两首诗并没有采用比兴手法，用的是直写情事的赋体。杜甫“着重肯定它们继承《诗经》美刺比兴和主文而谲谏（《毛诗序》）的传统，注意运用诗

① 元稹撰，冀勤点校《元稹集》卷三十，第 351 页。

歌对统治者进行讽谕，产生有益于政治教化的作用”①。比兴体制和微婉顿挫之词互文见义，均是强调美刺比兴的精神和作品寓有的讽谕之意。早在天宝后期，杜甫便以极大的热情汲取《诗经》和汉魏古诗关怀现实的比兴精神，创作了以“三吏”“三别”为代表的即事名篇、感时伤世的诗歌。此时，杜甫还和许多热衷于创作古体诗的诗人交往，如苏源明、郑虔，和杜甫同游慈恩寺且共同唱和的储光羲、薛据、高适、岑参，以及以创作古体诗著名的《箧中集》诗人孟云卿、张彪、王季友，可能还有《箧中集》的编选者元结等，他们形成了一股继承《诗经》传统、关怀现实、创作古体诗歌的创作风气。② 杜甫在大历年间以“比兴体制”称赞元结，这也是他终生追求的诗学思想。总之，以新乐府为代表的早期创作中，诗歌如何继承《诗经》以来的比兴传统，杜甫不论是从创作精神还是从艺术技巧，都已经积累了丰富的经验。这为杜甫晚年以七律继承《诗经》以来的创作传统奠定了基础。

杜甫用七律接续《诗经》的创作传统，这种做法，明人胡震亨称之为“以《诗》为诗”，他说：“少陵七律与诸家异者有五：篇制多，一也；一题数首不尽，二也；好作拗律，三也；诗料无所不入，四也；好自标榜，即以《诗》入诗，五也，此皆诸家所无。”③ 七律体式自初唐确立之后，虽然声律、对仗日趋精严，但内容主要表现宫廷、贵族生活的应制、颂圣之作，沿袭着齐梁以来的繁缛浮靡诗风。杜甫力图将这种新诗体接续《诗经》以来的关怀现实的比兴传统，这正如胡震亨所言的“好自标榜”。杜甫的七律表现“比兴”内容，主要是入蜀以后的作品。这些七律以抒写漂泊支离的身世之感和忧国忧民的情怀，完成了为七律题材开拓新天地的使命。胡应麟《诗薮》称“以时事入诗自少陵始”。④ 这种开拓在七律的发展史上有划时代的意义，七律因为注入了丰富而深刻的政治内涵，彻底跳出了宫廷和贵族生活的小圈子，

---

① 王运熙、顾易生主编《隋唐五代文学批评史》，上海古籍出版社1994年版，第262～263页。

② 刘占召《杜甫安史之乱前后杜甫的交游对杜诗创作的影响》，《南京师范大文学院学报》2013年第1期。

③ 胡震亨撰《唐音癸签》卷十《评汇六》，上海古典文学出版社1957年版，第80页。关于“以《诗》为诗”，杜甫还学习《诗经》的制题之法，五律如《洞房》《宿昔》《能画》《斗鸡》《历历》《洛阳》《骊山》《提封》等，七律如《野老》《白帝》《腊月》《秋尽》《黄草》《吹笛》等篇，均以首二字为题目，王嗣奭《杜臆》卷八在评价《洞房》云：“每首先成诗，而撮首二字为篇名，乃三百篇遗法。”

④ 胡震亨撰《唐音癸签》卷二十六《谈丛二》，第226页。

从而成为能够表现社会、时代等广阔内容的新手段。[①] 杜甫以时事入律诗，根源于他诗学观念中的“比兴”思想，他试图用《诗经》以来关怀现实的比兴精神来改造七律，让七律体做到“声律、风骨兼备”。下面，我们以杜甫七律最负盛名的《秋兴》八首谈谈杜甫“以《诗》入诗”的创获。

首先，《秋兴八首》汲取《诗经》常用的比兴手法。《秋兴》八首创作于大历元年（766年），当时杜甫旅居夔州。持续八年的安史之乱刚刚结束，而吐蕃、回纥乘虚而入，藩镇割据，战乱时起。此时的杜甫体衰多病，漂泊异乡。这首诗歌借秋景起兴，凡怀乡恋阙之情，慨往伤今之意，与夫戎寇交侵，小人病国，风俗之非旧，盛衰之相寻，种种不忍明言也不能尽言的感慨，再三致意。吴渭云：“诗有六义，兴居其一，凡阴阳寒暑、草木鸟兽、山川风景，得于适然之感而为诗者，皆兴也。风雅多起兴，而楚骚多赋比。汉魏至唐，杰然如老杜《秋兴》八首，深诣诗人阃奥，兴之入律者宗焉。”[②] 其次，《秋兴八首》继承了《诗经》以来的复沓手法。诗人身在夔州而联想长安，由眼前满目萧条的景色而回忆长安盛世的繁华，感慨漂泊异域的孤独处境，抒发国运由盛而衰、今昔对比的哀愁。八首诗歌不论是夔州写到长安，还是从追忆长安而归结到夔州，总是夔州—长安、长安—夔州的循环往复。全诗没有重复之感，还赋予了诗歌以无比深沉的感人力量。复沓是《诗经》常用的手法，但《诗经》的复沓是民歌的重复歌唱，各章节之间联系比较松散。杜甫这八首却巧于布置，各章紧密连接如同一首诗歌的八个组成部分，正如王嗣奭《杜臆》所评：“《秋兴》八章，以第一起兴，而各章俱发隐衷，或启下，或承上，或互发，或遥应，总是一篇文字。”[③] 杜甫围绕抚今追昔这个中心，充分挖掘其思想感情的起伏变化，逐层展开，反复倾诉，一篇之中三致意焉。正如冯钟芸先生所论：“杜甫恰当地、熟练地继承了古人已有的循环往

---

① 程千帆、张宏生《七言律诗中的政治内涵》，《文艺理论研究》1988年第2期。

② 杜甫著，仇兆鳌注《杜诗详注》卷十七，第1498页。杜甫七律对《诗经》的比兴手法有多次借鉴，如广德二年（764年）作于草堂的《题桃树》，以桃树寄托一生怀抱。范廷谋《杜诗直解》（七律）卷一评价道：“此《诗》之兴体，偶借桃树以起兴，于小题中抒写大胸襟、大道理。通首八句，因桃树而念及贫人，因贫人而念及禽兽，而遂及寡妻群盗，仁民爱物之心一时俱到。”再如《燕子来舟中作》，首句叙事，其余七句咏燕。仇兆鳌注《杜诗详注》卷二十三引卢世㴶评价云：“七言律诗以此收卷，五十六字内比物连类，似复似繁，茫茫有身世无穷之感，却又一字不说出，读之但觉满眼是泪。”比兴手法，增添了杜甫七律婉而多讽、委婉含蓄的特色。

③ 王嗣奭撰《杜臆》卷八，上海古籍出版社1983年版，第277页。

复的表现手法，八首诗用强烈的对比，无数次的循环往复，把读者引入诗歌的境界中去。”[①] 最后，《秋兴》八首很好地继承了《诗经·采薇》篇“昔我往矣，杨柳依依”以“乐景写哀情”的表现手法。按照通常的写法，表现感时伤世、漂泊孤寂的情感，应该堆砌愁苦之词，但杜甫偏用绚烂华丽的字句，如“蓬莱宫阙”“云移雉尾”“日绕龙鳞”“珠帘绣柱”“锦缆牙樯”“武帝旌旗”“织女机丝”“石鲸鳞甲”“佳人拾翠”“仙侣共舟”，甚至“香稻”“鹦鹉”“碧梧”“凤凰”等，这些词汇焕发出绚丽的光彩，引人入美丽的遐想，更能衬托诗人寂寞荒凉的情怀。在繁华与冷落、远与近、理想与现实的诸多对比中，表现了诗人事与愿违的悲剧人生。正如吴农祥云：“本言《黍离》《麦秀》之悲，乃反拟秦中富盛，立言最有含蓄。”[②]

《秋兴》八首吸纳了大开大阖、波澜起伏的古诗章法，能够通过意象的分解组合和错综叠加，在一联中展现阔大的时空和深厚的情感，如“江间波浪兼天涌，塞上风云接地阴”（其一），上句从地写到天，下句从天写到地；“王侯第宅皆新主，文武衣冠异昔时”（其四），上句从昔写到今，下句从今写到昔等，展现了句法结构的开阖自如和转折多姿。《秋兴》八首的每首诗歌，都极其工整华美，然而在整饬工丽的语言外壳下是流动、跳荡的意脉。正如王夫之对第五首诗歌的评价所云：“无起无转，无叙无收，平点生色，八风自从律而不奸，真以古诗作律。后人不审此制，半为皎然老髡所误。”[③] 王夫之认为，这首诗歌没有律诗起承转合的章法，却有着古诗般的乘兴而往，水到渠成，是“以古诗作律”。从整体上看，这八首诗之间相互配合，宛然一章。诗人以飞动的思绪纵横于上下千年、南北万里之间，那种强烈的爱国热情和负荷时代的苦难，让这深邃整饬的结构变得开阖错综、飞动跌宕，整幅作品呈现出云山苍茫、恍如隔世的历史感和波澜老成、格老气苍的恢弘气象，达到了人生境界和艺术境界的完美融合。胡应麟《诗薮》内编卷二称：“少陵不效四言，不仿《离骚》，不用乐府旧题，是此老胸中壁立处，然风骚、乐府遗意，杜往往得之。”[④] 可以说，《秋兴》八首的艺术魅力便来源于杜甫对

---

① 冯钟芸《杜甫〈秋兴〉八首的艺术特点》，《北京大学学报》1962 年第 3 期。

② 刘濬编撰《唐诗集评》卷十一，清嘉庆九年（1804 年），刘氏藜照堂刻本。

③ 王夫之撰，王学太校点《唐诗评选》，文化艺术出版社 1997 年版，第 180 页。

④ 胡应麟撰《诗薮》，第 38 页。

《诗经》以来诗学传统和创作经验的深刻汲取，七律在吐故纳新、兼收并蓄中焕发出新质，提高到了新的境界。

综上所述，杜甫七律之所以成为典范，一个重要的原因是他以精深的古体诗造诣为基础，是“以古为律”的结果。杜甫的诗歌先后出现过两次创作的高潮：安史之乱前后，他广泛汲取《诗经》《楚辞》和汉魏古诗的创作经验，创作了以“三吏”“三别”为代表的五言古体和新乐府诗歌，这为此后的“以古为律”奠定了基础；杜甫的第二次创作高潮以夔州七律为代表，他把七律这种源自于齐梁应制、颂圣的新诗体纳入到《诗经》以来的比兴传统中，依据古诗的创作经验对七律的表现内容、章法结构、表现功能、修辞技巧等都进行了多方面的开拓，胡应麟《诗薮》内编卷五称：“（七言）近体，盛唐至矣，充实辉光，种种备美，所少者曰大、曰化耳，故能事必老杜而后极。杜公诸作，真所谓正中有变，大而能化者。”[①] 杜甫以七律议论时政，给七律带来了严肃、正大、深刻的内容，故曰得其“大”；杜甫七律对格律规则千锤百炼而又游刃有余，叙事、抒情、议论出神入化，七律写作达到高度的自由而浑化无迹，故曰得其“化”。而其“大”者，“化”者，均得力于此前他深厚的古体诗歌的艺术造诣。杜甫七律“以古为律”成功地将古诗和律诗这两种诗歌艺术融会贯通，使得七律这种源自齐梁的新诗体得以接续《诗经》以来关怀现实的创作传统，出色地完成了唐代诗学“风骨、声律兼备”的历史使命。这不仅是他个人创作生涯的重要创获，也是唐诗发展进程中意义重大的一件大事。

（本文原刊于《安徽大学学报》2014 年第 1 期）

① 胡应麟撰《诗薮》，第 90 页。

浅探宋代士人通儒文化人格与印刷术发展之关系

康建强

北宋以范仲淹、欧阳修、王安石、苏轼等为代表的士大夫追求实现一种通儒式的文化人格。对于这种通儒式的文化人格在先秦时代就有荀子做了初步的构想①。到了汉代应劭正式提出“通儒”这一概念，他说：“居则习圣哲之辞，动则行典籍之道，稽先王之制，立当时之事，纲纪国体，原本要化，此通儒也。”② 应劭指出应当将学、行结合，将立言和立功结合，将儒家的圣哲之道和治理国家、移风易俗相结合。应劭提出的这一理想在汉及魏晋南北朝时期并没有被士大夫接纳，当然更不必说践行了。到了中唐，一批士大夫担负起了重振唐王朝的雄风的历史使命，他们开始探索什么样的人才、什么样的人格才能更好、更全面地适应这种使命。于是他们将“通儒”锁定为他们的理想。贾至、陆挚、萧复、姜公辅、杜佑、李吉甫等人都在追求这种人

① 《荀子·不苟》中提出：有通士者，有公士者，有直士者，有悫士者，有小人者。上则能尊君，下则能爱民，物至而应，事起而辨，若是，则可谓通士矣。不下比以闇上，不上同以疾下，分争于中，不以私害之，若是，则可谓公士矣。身之说长，上虽不知，不以悖君，身之所短，上虽不知，不以取赏，长短不饰，以情自竭，若是，则可谓直士矣。庸言必信之，庸行必慎之，畏法流俗而不敢以其所独是，若是，则可谓悫士矣。言无常信，行无常贞，唯利所在，无所不倾，若是，则可谓小人矣。这里的“通士”就是“通儒”观念的雏形，“上则能尊君，下则能爱民，物至而应，事起而辨”，强调的是士人的“外王”之能，这与荀子在《非十二子》中所说的“一天下，财万物，长养人民，兼利天下”观念是一致的。然而荀子又说“闻修身，未尝闻为国也”，虽然重“外王”之功，但又明确指出“内圣”之养是“外王”之功的前提，这样就在逻辑上把“内圣外王”统一起来。也就是说荀子所设想的“通士”“大儒”的人格理想必须是兼具内圣与外王的。可以毫不夸张地说，这种内圣外王的理想人格成为以后三千年中国主流知识分子所追求的人生目标。

② 应劭《风俗通义》佚文，王利器校注《风俗通义校注》，中华书局1981年版，下册，第619页。

格理想，并且他们也确实在很大程度上实现了这种人格理想。著名的文学家韩愈、柳宗元、白居易、元稹、刘禹锡等人也同样在这条路上进行了探索和追求，他们的一生也同样是在践行这种通儒式的文化人格。中唐之后，这种理想人格失落了。直到宋初，士大夫的这一理想才又被重新唤起，以范仲淹、欧阳修、王安石、苏轼等为代表的士大夫对“通儒”人格的实践更是孜孜不倦。这种通儒文化人格在北宋的形成除了和宋代的政治现实紧密相关以外，还得益于宋代以印刷术广泛应用为标志的传媒业的发展，本文即尝试从宋代传媒大发展这一角度来考察宋代士大夫通儒文化人格之生成的部分缘由。

一 通儒文化人格的内涵

先秦时的荀子和汉代的应劭都曾对“通儒”文化人格的内涵进行概括性的描述，简言之，就是要把立言和立功结合，把王道与现实结合。中唐的柳宗元、刘禹锡进一步对“通儒”的内涵加以完善。柳宗元在《上大理崔大卿应制举不敏启》中表达了对崔儆的敬意：“德足以仪世，才足以辅圣，文足以当宗师之位，学足以冠儒术之首。”[①] 在此，他将“通儒”人格概括为四方面的内容，即德、才、文、学兼备：不但要是道德的榜样（“仪世”），同时还要有实际的政治才干（“辅圣”）；不但要诗文领一时风气，同时学术还要成“儒术之首”。这种近乎苛刻的要求，就是他们对自己理想人格的设计。而柳宗元的一生就是向着这个理想努力的，在他去世之后，他的挚友刘禹锡这样评价他：“孔子四科，罕能相备。惟公特立秀出，几于全器。”[②] 由此可见，柳宗元确实是按着“通儒”的理想来塑造自己的人格的。

通儒文化人格应该包含四方面的内容：其一，砥砺名节，修身立德；其二，通于王道（儒家的仁政学说），才堪治世；其三，诗文兼擅，独领风骚；其四，学而不辍，著书立说。这四方面的内容非常完善地表达出了中国传统士大夫的人格理想。

宋代的士大夫，尤其是北宋的以范仲淹、欧阳修、王安石、苏轼等为领

① 《上大理崔大卿应制不敏启》，《柳宗元集》卷三十六，中华书局 1979 年版，第 912 页。
② 《为鄂州李大夫祭柳员外文》，《刘禹锡集》卷四十，中华书局 1990 年版，第 603 页。

袖的士大夫就是沿着以韩、柳、元、白为代表的中唐士人对“通儒”人格的追求这条路一直发展的。在这些人身上韩、柳所追寻的理想人格得到了进一步的实现。在这种人格模式中强调的是士阶层角色的多元化，他们既鄙视皓首穷经章句儒，也看不起以诗文为专事的普通文人，他们追求的是将儒家“三不朽”结合的生命价值观。他们的通儒文化人格和中唐时代韩柳所追求的人格相比，又有了新的内容，表现在两方面。

其一，是宋代士人经学著作的大量产生。在经学研究领域一向有汉学、宋学之分。由这种提法也可看出宋代经学之繁荣。北宋经学各派的共同特征就是不再拘泥于汉儒的章句训诂之法，而是勇于“疑古”，“变古”，以义理解经，直探诸经大义，努力将儒家经典所蕴藏的治世之道发掘出来以与现实的社会政治相结合。宋人说经、解经之书收入清《四库全书》中的约有一百八十五部。而唐代士人的同类著作就少得多。被誉为宋代文学之父的欧阳修，他的贡献就远不止于文学领域，他还有经学著作《易童子问》三卷、《诗》本义十四卷，而且这些著作在经学研究领域具有开风气之先的功劳。《四库全书总目》在欧阳修所著《毛诗本义》提要中这样评价：“修文章名一世，而经术亦复湛深……唐以来说诗者莫敢议毛、郑，虽老师宿儒亦谨守小序。至宋而新义日增，旧说几废。推原所始，实发于修。”[①] 当时的名臣范仲淹也是在经学方面颇有造诣，史载“仲淹泛通《六经》，长于《易》，学者多从质问，为执经讲解，亡所倦”[②]。此外苏轼、苏辙、王安石、司马光等北宋著名的文人也都有经学著作传世。中唐的韩、柳、元、白也对儒家经典有他们独特的见解，但他们一般不形之于专门的著作。

其二，是宋代士人思维方式的转变。这种思维方式的转变体现在对待儒家经典的认识、对历史的思考以及对当时社会问题的思考。宋人对待儒家经典不像汉唐之儒那样严守家法、固守章句，他们也尊经，但是并不迷信经典，他们会根据人情物理及思维逻辑去直寻经典的本义。如上文所举欧阳修的《毛诗本义》就指出毛《传》、郑《笺》中约一百多篇谬误；对《毛诗序》也提出怀疑和批评。欧阳修的这些见解受到了清儒的肯定：“修作是书，本出于

---

① 《四库全书总目》卷十五，中华书局影印1965年版，第121页。

② 《宋史·范仲淹传》，《宋史》卷三百一十四，中华书局1977年版，第10267页。

和气平心，以意逆志，故其立论，未尝轻议二家，而亦不曲徇二家。其所训释，往往得诗人之本志。”[①] 由此可以看出，欧阳修对经典的怀疑和探讨，首先是立足于对前代学者继承，然后才是“以意逆志”，根据日常的人情物理和基本的思维逻辑来直接还原诗人的本志。苏轼所著《东坡易传》也同样体现了这种直探经典本义的精神，“至其推阐理势、言简意明，往往足以达难显之情，而深得曲譬之旨……轼之说多切人事，其文辞博辨，足资启发”[②]。“多切人事”，就是指苏轼在解《易》时，多联系现实生活和人情事理。王安石奉旨编订的《三经新义》，其现实政治目的就更为突出了。王安石作《诗》《书》《周礼》之注的目的本就不是做纯学术的探讨，而是旨在利用儒家经典为他的变法提供理论依据，这一点清儒看得很清楚：“然《周礼》之不可行于后世，微特人知之，安石亦未尝不知也。安石之意，本以宋当积弱之后而欲济之以富强，又惧富强之说必为儒者所排击。于是附会经义以钳儒者之口，实非真信《周礼》为可行。”[③] 这些事实说明宋代文人对儒家经典的认识已经不再只是被动地接受，而是以一种更为理性的态度和怀疑的精神去解读。除此之外，宋人读史的方法和目的也迥异于唐代文人。唐代多数文人读史目的主要是服务于文学创作中用典的需要，有唐一代主要以诗赋取士，因而在诗文中显示才学就成了士子们的一个重要的追求目标，当然这种现象到了中唐发生了巨大的改变，像陆挚、杜佑、韩愈、柳宗元等人读史就是为了寻找复兴唐王朝的治世之道的。北宋文人很好地继承了这一传统，他们看重的也是从历史的变迁、王朝的兴衰中寻找到富国、强兵的治道和治术。欧阳修、王安石、苏轼、苏洵、苏辙等都写过很多史论性文章，来探讨治国、富民、强兵的方略。当然更为著名的就是司马光所编撰的大型历史著作《资治通鉴》。在《进书表》中司马光明确地说明编写此书的目的：“臣常不自揆，欲删削冗长，举撮机要，专取关国家盛衰，系生民休戚，善可为法，恶可为戒者，为编年一书，使先后有伦，粗精不杂。”[④] 不论是对儒家经典还是史学著作，他们都是抱着经世致用的态度去学习的，因而在通于王道、才堪治世、学而不

---

① 《四库全书总目》卷十五，第121页。
② 同上卷二，第6页。
③ 同上卷十九，第150页。
④ 《资治通鉴·进书表》，中华书局1956年版，第9607页。

缀、著书立说方面就表现得较为突出。

北宋士大夫通儒文化人格的生成是社会发展诸多合力作用的结果，它既和当时宋朝廷采取的取士政策有直接的关系，同时也和中国传统士大夫对于自身理想人格的探索有关。除此之外，宋代日益繁荣的传媒业也为这一历史现象的出现提供了技术层面的支持。如果缺失了宋代发达的印刷业这一环，那么社会上也很难出现如此众多的博学多识、淹通经史的通儒。

二　宋代传媒的发展与宋代通儒文化人格的形成

其实在宋之前的后唐明宗时著名的四朝宰相冯道就曾进行过一次较大规模的印经，“时以诸经舛缪，与同列李愚委学官田敏等，取西京郑覃所刊石经，雕为印版，流布天下，后进赖之”①。至于这次的雕版印经行为是否惠及宋代的士人，那就不得而知了。但到了宋代，情况就发生了重大改变，雕版印刷术得到了广泛的应用，刻书已经产业化。因此宋代号称是“雕版印刷的黄金时代”②。当时官刻、家刻、坊刻三足鼎立的产业格局基本形成，并且平行发展，互为补充。刻书范围涵盖了佛经、儒家经典、史书、别集、农书、医书等各种领域。其中尤以儒家经典和史书的刻印最为盛行。

经史著作的大量刊刻为宋代通儒深厚学养的形成提供了便利的物质条件。宋代大量雕版印刷发行儒家经典著作是服务于其政治目的的。一方面是为了达到统一思想意识形态的目的，另一方面是要适应右文崇儒的政策和大规模兴学的需要。担负这个重要职责的部门就是国子监，国子监“掌印经史群书，以备朝廷宣索赐予之用，及出鬻而收其值，以上于官”③。国子监不但为全社会提供最权威的经典版本，同时还可以为宋朝廷增加财政收入。北宋自太宗起开始大规模刊刻儒家经典，到宋真宗时，国子监所刻印的经书有所谓《三经》《五经正义》《七经正义》《九经》《十二经传注》等。真宗咸平四年（1001 年）诏郡县有学校聚徒讲诵之所，赐《九经》一部。元祐中宋朝廷又

---

① 《旧五代史》卷一百二十六，中华书局 1976 年版，第 1658 页。

② 见张秀民所著《中国印刷史》第一章“雕版印刷术的发明与发展”，浙江古籍出版社 2006 年版。

③ 《宋史》卷一百六十五《职官志》，第 3909 页。

把《孟子》也列在经部，于是有“十三经”之名。史载景德二年（1005 年）宋真宗幸国子监，阅库书，问邢昺经版几何，昺答曰：“国初不及四千，今十余万，经传正义皆具，今版本大备，士庶家皆有之，斯乃儒者逢辰之幸也。”① 从雍熙二年（985 年）国子监初刊《五经正义》到景德二年的“版本大备”，只经过了二十年时间，可见当时刻书业发展之迅速，同时也可以说明在此期间社会上对儒家经典的需求量之大。

除儒家经典的大量刊行之外，正史中《十七史》都有刻本流行。叶梦得云：“淳化中以《史记》前、后《汉书》付有司摹印，自是书籍刊镂者益多。”② 淳化五年（994 年）选官分校《史记》，前、后《汉书》，在杭州镂版。在众多的史籍中，《史记》《汉书》的版本最多。除十七史之外，当时刊刻的历史书籍还有古史《国语》二十一卷、杜佑《通典》二百卷。③ 经史著作的大量刊刻为宋代士人读书创造了良好的条件，而这些条件在宋前是不具备的。

在当时除了官方的国子监刻本之外，民间私刻作坊也很多。清代学者叶德辉在《书林清话》中早就指出了这点：“宋时国子监版本，例许士人纳纸墨钱自印。”④ 就是说这些民间私刻作坊有的是经过授权的，即花钱购买了版权的，而有的则完全是盗刻的。这些私刻作坊有“书肆”“书坊”“书林”“经籍铺”“文字铺”等名称，大多为刻印与销售一体的坊店，这些书坊的大量出现加速了书籍的流通。著名的书坊如开封相国寺荣六郎书铺、杭州陈宅书籍铺、浙江金华双桂堂、婺州蒋宅崇知斋、四川眉山程舍、西蜀崔氏书舍、建阳麻氏书坊、麻沙刘氏宅、建安余氏万卷堂等。因为国子监所印的版本更多是在汴京及附近的城市流通，而边远地方的士子要想更快获取最新的朝廷颁布的经典注疏就有赖于各地兴起的私家书坊了。以上所列的著名书坊几乎就涵盖了当时宋代文化繁荣的几个重要地区，如杭州、金华、江西婺州、四川眉州、福建建阳等，宋代很多著名的文人学者就来自这些地区。

这些经史著作的大量刊刻和发行就为宋初士人学习提供了巨大的方便。

---

① 《宋史》卷四百三十一《邢昺传》，第 12798 页。

② 叶梦得撰，宇文绍奕考异《石林燕语》，中华书局 1984 年版，第 112 页。

③ 相关论述参见张秀民所著《中国印刷史》第一章“雕版印刷术的发明与发展”。

④ 叶德辉撰《书林清话》，上海古籍出版社 2008 年版，第 109 页。

苏轼就说："予犹及见老儒先生，言其少时《史记》《汉书》皆自手书，日夜诵读，唯恐不及。近岁市人转相摹刻，诸子百家之书日传万纸，学者之于书多且易致。"[①] 从苏轼的这段话看来，在当时经史诸子百家的著作都算得上是畅销书了，正因为畅销所以才会有"市人转相摹刻"的现象发生。

雕版印刷术被广泛应用于经史著作的刻印大大方便了社会上普通士子对于书籍的需求，官刻、私刻的并行发展、互相补充，使书籍的流通速度更快，流通范围更广，这些都在客观上为宋代士人养成深厚的学养提供了物质保障。

其次，印刷术的应用加速了普通士人对朝廷取士政策的回应。到宋仁宗即位之初，印刷术正式应用于政府文告的印制。宋仁宗天圣二年（1024 年）十月，判刑部燕肃上奏说："每赦书德音，即本部差书吏三百人誊写，多是差错，致外州错认刑名，失行恩赏。乞自今宣讫，勒楷书写本，详断官勘读，匠人雕版印造发递。"[②] 这个奏疏得到了当时垂帘听政的刘太后的同意："自今赦书，令刑部摹印颁行。"[③] 印刷术应用于政府的各类文告后，朝廷的重大政策都可以在全国范围内得到宣传，这样就大大提高了政府的行政办事效率。普通百姓能够非常迅速地了解宋王朝取士政策的变化，各地的士子们，不论是在通都大邑还是在穷乡僻壤，就都能尽快获得关于科举考试的信息，从而能够积极响应朝廷取士政策的转变，"变声律为议论，变墨义为大义"[④]，在平时的学习中自觉地将文学创作和经史研究相结合。也就是说，印刷术的使用在朝廷政策与民间回应两者之间起到了桥梁作用，它促进了社会上下间信息的交流，为社会上普通士子能够朝着朝廷提倡的方向发展提供了快捷的信息。

最后，刻书产业的繁荣为宋代教育、文化的相对普及提供了物质方面的帮助。宋代教育的相对普及又可归因于两种力量的办学。一种是官方所设的学校，另一种是民间书院的兴起。而这两者的兴盛都始终离不开刻书产业的繁荣。宋代自宋仁宗起除了在京师汴京设国子学、太学、四门学外，诏令各

---

① 《苏轼文集》卷十一《李氏山房藏书记》，中华书局 1986 年版，第 359 页。

② 李焘编撰《续资治通鉴长编》卷一百零二，"天圣二年十月辛巳"所引王皞《百一编》，中华书局 1980 年版，第 2107 页。

③ 同上。

④ 相关详细论述见马端临编撰《文献通考》卷三十一《选举四》。

地州县都要设立学校。当时社会上有各种层次的学校，州学、府学、军学、郡学、郡庠、县学、县庠、学宫、学舍等。这些规模大小不一学校的存在首先有赖于政府的支持，但同时更离不开大量的作为教材的经史典籍。这些典籍，或者购之于书坊，或者由政府赠送，有的甚至是它们自己刻印的。在上述的各类学校中，以州郡一级的官学刻书数量最多，它们一般都有较为雄厚的财力支持，而且可以征调本地的地方官员、官学师生、硕学名儒等参与校勘，因此它们所刻印的书籍质量也普遍较高。除了官办学校之外，书院的兴起也为宋代文化的普及做出了巨大贡献。而书院的兴起也同样受惠于书籍的大量刊印。宋代教育的相对普及为宋代士大夫的学者化提供了一个良好的教育环境，而印刷术的广泛应用则积极参与了这种文化、教育环境的生成。

宋代士大夫“通儒”文化人格的形成是中国“士”文化发展史中一个重要的现象，而学养深厚又是这批通儒非常显著的一个特征。形成这一历史现象的原因是多方面、多层次的，在关注经济、政治以及思想史发展背景等原因的同时，也应当看到以印刷术的广泛应用为标志的宋代传媒业为这一历史现象的形成提供了技术上的支持。

谢朓作品中的隐逸思想

简汉乾

一　引言

出处进退是中国古代文士常常触及的人生抉择，同时也是文学创作上历久不衰的主题。[①] 在文学史中，为隐逸观念带来较大影响，在仕隐对立之中找到调和点，另辟吏隐一途的谢朓，[②] 在出处之间做过深刻的思考。谢朓隐逸观念的发展，与外在环境有密不可分的关系，学界早已指出，谢朓诗的隐逸思想与当时政治环境息息相关，[③] 再加上诗人本身的禀赋，在徘徊去就之间反复挣扎，最终找到一个折中方案，[④] 为自己带来片刻的静谧。综观谢朓现存作品共一百三十七篇，当中涉及隐逸思想的约占三分之一，数量颇多，所占比例，较诸同时代的沈约、范云、萧衍为高；[⑤] 而且谢朓在他的作品中，始终反复提及谦和冲退的隐逸思想，在不同的人生阶段，有不同的变化，纵向跨度大，

---

① 王立《中国古代文学中的出处主题》，《中国古代文学十大主题——原型与流变》，文史哲出版社 1994 年版，第 85 页。

② 蒋寅："只有谢朓，对功名爵禄的留恋和对闲适生活的向往构成尖锐的心灵冲突，并最终借吏隐而得以调和，从而实现'既欢怀禄情，复协沧洲趣'的生活理想。"《古典诗歌中的"吏隐"》，《苏州大学学报》（哲学社会科学版）2004 年 3 月，第 54 页。

③ 洪顺隆："隐遁思想在他的作品中，如云出岫般涌起，在时间的计量上，我可以说，这种隐遁思想也是'危惧感'的化身。"《谢朓作品所表现的"危惧感"》，《六朝诗论》，文津出版社 1978 年版，第 205 页。魏耕原："而意拙与归隐退守的表白，只能是出于求得安全的目的。忧祸惧难惊惕顾忌的心理，使他要急于处在退避位置。"《谢朓诗论》，中国社会科学出版社 2004 年版，第 44 页。

④ 霍建波《吏隐诗的嬗变》，《唐都学刊》2007 年 1 月，第 125 页。

⑤ 洪顺隆《谢朓作品所表现的"危惧感"》，第 210 页。

萦绕诗人一生，值得注意。

谢朓诗作屡屡提及归隐，却又始终没有付诸实践，引起了后人对其归隐想法的质疑，如清人方东树评谢朓："观玄晖自言，见其胸中殊无决志，非徒智及而仁不能守，安在其能战胜哉！此岂足与陶公同岁而语？'恩甚恋闺闱'，饕荣之饰词耳。"[①] 对于谢朓的隐逸，学界基本上早有定论，认为只是"摆设了一个未来的空的计划"，都只是"空头支票"。[②] 若从用意与目的而论，这些评价无疑是准确的；然而，若对谢朓的生平加以考察，则发现他的隐逸思想，是长期的思想挣扎，并成为其诗文中一个终生不断开掘、探索的主题。如循此方向做梳理，大抵有助于对谢朓及其作品的进一步了解。

二　归乡与归隐的糅合

陈郡谢氏为南朝显赫世家，其影响力虽随着寒门崛起而每况愈下，但始终在南朝各政权之中占一席之地。当中谢安、谢灵运、谢朓，都在出处与隐逸之间徘徊踌躇，对作品中的山水隐逸主题有所影响。[③] 谢朓绍承家族的传统，热衷于仕进，早期的作品，并无仕隐之间的矛盾，而是流露积极入世、建功立业的思想。

谢朓早期诗作如《答王世子》[④] 中"有酒招亲朋，思与清颜会。熊席惟尔安，羔裘岂吾带。公子不垂堂，谁肯怜萧艾"，向王世子萧子廉主动申明希获垂顾之情。永明八年（490 年）作《奉和竟陵王同沈右率过刘先生墓》[⑤]，谢朓对刘瓛"学优未仕，迹迩心遐"（萧子良《登山望雷居士精舍同沈右卫过刘先生墓下作·序》的评语）的隐逸行径感到惋惜，末二句"不有至言扬，终滞西山老"反用伯夷、叔齐二典，认为如至言不能获得表扬，最终只会沉

---

① 方东树著，汪绍楹点校《昭昧詹言》卷七，人民文学出版社 1984 年版，第 193 页。

② 王瑶《论希企隐逸之风》，《中古文学史论》，北京大学出版社 1998 年版，第 208～209 页。

③ 李昌舒《出处与山水：从谢安到谢朓》，《南京师范大学学报》（社会科学版），2013 年第 5 期，第 137 页。

④ 葛晓音《谢朓生平考略》系此诗于齐武帝永明二年（484 年），《汉唐文学的嬗变》，北京大学出版社 1990 年版，第 340 页。

⑤ 陈庆元《谢朓诗歌系年》，《文史》1983 年第 21 辑，第 194 页。

滞不显。以及赴荆州前与沈约等聚会同赋乐府《芳树》[①]："霜下桂枝销，怨与飞蓬折。不厕玉盘滋，谁怜终萎绝。"借桂枝消亡表达不为世用，湮没无闻的慨叹，均流露积极仕进的想法。

永明九年（491 年）春，谢朓随萧子隆西行荆州，居荆两年。[②] 此时期的诗作，多流露思归望乡的心情，如《将发石头上烽火楼》是临行前抒发对故乡的不舍之情："徘徊恋京邑"，"荆吴阻山岫，江海含澜波。归飞无羽翼，其如离别何！"[③] 又如写于居荆一年春的《和王长史卧病》[④] ——"日与岁眇邈，归恨积蹉跎。愿缉吴山杜，宁袂楚池荷"，离乡日远，归心日炽，欲东归而不愿久留荆楚。这时的诗作，边郊思归乃常见的主题。[⑤]

然而，谢朓于居荆期间，除了上述纯粹的思归望乡的作品外，有些诗作所表现的归思较为复杂，在思归之中往往糅合归隐的愿望，并且表现为对将来的憧憬。如写于永明十年（492 年）冬的《冬绪羁怀示萧咨议虞田曹刘江二常侍》[⑥]，便是一个极好的例子，把归乡与归隐合写的诗作。谢朓以变化多端的句构与运典表现复杂的思想内容，以下将对此诗做较详细的分析：

> 去国怀丘园，入远滞城阙。寒灯耿宵梦，清镜悲晓发。风草不留霜，冰池共如月。寂寞此闲帷，琴樽任所对。客念坐婵媛，年华稍庵薆。夙慕云泽游，共奉荆台绩。一听春莺喧，再视秋虹没。疲骖良易返，恩波不可越。谁慕临淄鼎，常希茂陵渴。依隐幸自从，求心果芜昧。方轸归欤愿，故山芝未歇。[⑦]

首联破题即把思归复思隐的心情借对句对比表现：去国入远令诗人生起思归之情，而久滞城阙更加深了对丘园之思的怀念。"丘园"固可指家园，也

---

① 曹融南《谢朓事迹诗文系年》，《谢宣城集校注》附录四，上海古籍出版社 2001 年版，第 454 页。

② 葛晓音《谢朓生平考略》，见《汉唐文学的嬗变》，第 338 页。

③ 曹融南注解《谢宣城集校注》卷三，第 199 页。

④ 陈庆元《谢朓诗歌系年》，《文史》1983 年第 21 辑，第 197 页。

⑤ 魏耕原"谢朓视金陵为故里，他的恋京情结，每以思乡出之。"《谢朓诗论》，第 181 页。

⑥ 葛晓音《谢朓生平考略》，《汉唐文学的嬗变》，第 338 页。

⑦ 曹融南注解《谢宣城集校注》卷三，第 269 页。

是隐逸的同义词，起句一语双关，把归思由思乡延伸向归隐，令“归宿是怀”有更深刻的含义。[①] 首部分六句，先用上两联二一二结构，紧接一联二二一结构。首四句第三字的诗眼“怀、滞、耿、悲”，正带出诗人因怀归滞留，而生耿悲之情；二一二结构经四次连缀后，悲伤的感情满溢诗篇，接以“风草不留霜，冰池共如月”的疏散句式带出秋天萧瑟的气氛。这两句二二一句式，固以“霜、月”令人印象深刻，但句中“不留”“共如”的结构，用了“不”“共”两个副词，造成一正一反的效果，而出句的“霜”又跟对句的“冰”形成一种义同字异的呼应，虽非顶真格，却有类近的作用，极尽周密的心思。

第二部分“寂寞此闲帷，琴樽任所对。客念坐婵媛，年华稍庵薆”。转用去声韵，全用二一二的句式。二一二句式句法羁束，令感情紧凑，此四句表达客旅荆州的寂寞，再加上年事渐长的无奈，呼应诗首四句的感情，中间嵌以表示范围与程度的副词“此、任、坐、稍”，有助于加深感情的表达。第三部分共六句全用二二一的句式，“夙慕云泽游……恩波不可越”，表达对随郡王萧子隆恩泽的感激。二二一句式句末的独立音节是构句的关键所在，谢朓的处理往往是别具匠心的。[②] 二二一句式前四字一路而下，到末字才聚焦，形成一种句意疏散的效果。[③] 其中“疲骖良易返，恩波不可越”二句含蓄地表明了谢恩与归返的心思，并顺势带出诗歌最后一部分，即诗旨所在。

末六句要表现的，正是谢朓诗作末篇常表达的隐逸之思。谢朓表明自己并非恋栈禄位，故用主父偃“且丈夫生不五鼎食，死即五鼎烹耳”的豪言，对比司马相如称疾闲居，不慕官爵的澹泊，以二典表明心迹。[④] 然而，诗人对仕隐的取向却较复杂，由于个人性向所限，再加上受制于客观环境，使他的归隐心愿难付诸实践，在挣扎、思忖的过程中，走出一条吏隐的路子来。“依隐幸自从，求心果芜昧”，以东方朔依违朝隐入典，正有深意所在，《汉书·

① 陈祚明评谢朓诗：“夫宣辙言情，旨投思遁，赋诗见志，固应归宿是怀”，把谢诗的思遁与怀归点出关系，值得注意。见陈祚明著，李金松校点《采菽堂古诗选》卷二十。

② 蔡瑜《永明诗学的另一面向——“文”的形构》，《汉学研究》2015 年第 33 卷第 2 期，第 254 页。

③ 元兢《诗脑髓》指出二二一句式连用，不做变换，病在“散”，为长解镫病；而二一二句式连用则病在“束”，乃长撷腰病。由此可见，两种五言句式在构句上予人疏散与羁束的感觉。张伯伟撰《全唐五代诗格汇考》，江苏古籍出版社 2002 年版，第 123 页。

④ 曹融南注解《谢宣城集校注》卷三，第 271 页。

东方朔传赞》云“依隐玩世”，强调的是依违朝隐，并非完全远离庙堂；而这种隐逸的方式，诗人在自省的过程中，求之于心，则每感芜秽昧暗，依违之间，每每有心理的挣扎。但无奈碍于“恩波”，不可轻言“归去”，故诗末再用孔子在陈有“归与归与”之叹，以示思归欲去的愿望；而归去之处，并非徒指归返故乡京邑，[①] 而是有更深一层的涵义。在谢朓居荆州时期，所流露倦旅思归的作品，归去之处往往是多义的，固可指故乡所在，但也可指心之所归——隐逸，可谓把归乡与归隐之情并抒。（如：《奉和随王殿下》其六：“神心遗魏阙，冲想顾汾阳。肃景怀辰豫，捐玦翦山杨。……塘春多迭驾，言从伊与商。衮职眷英览，独善伊何忘。愿辍东都远，弘道侍云梁。”“汾阳”“捐玦”“伊与商”均指归隐，而“东都”则指荆州之东的齐都建康。此可作另一诗例，说明归乡与归隐的合写。）末句再用四皓采紫芝疗肌避世一典融进诗中，故乡山中芝草尚未枯竭，如能动身归去，尚且及时。在两组句式相同的对句之后，“谁慕临淄鼎，常希茂陵渴”（二二一句式），“依隐幸自从，求心果芜昧”（二一二句式），继以“方轸归欤愿”（二二一句式），“故山芝未歇”（二一二句式）的两个散句收结，在平稳中见变化，尤能表现及时归去而时机尚在的乐观心情。

谢朓于居荆后期，归乡与归隐合一的愿望，除了上引诗外，也见于《春思》。[②] 诗歌后半“边郊阻游衍，故人盈契阔。梦寐藉假簧，思归赖倚瑟。幽念渐郁陶，山楹永为室”[③]，故人难叙，故乡难归，忧思渐深，难以释怀，只好借管弦纾忧，此刻的忧念不能消减，但仍抱有希望，寄望将来，与故人一同归去，携手筑室而隐。[④] 同样借怀念京都故友寄托隐思的，还有另一名作

---

① 曹融南“《文选》朓《游东田》诗李善注：‘朓有庄在钟山。’或为旧业。是朓当生于建康或其附近。故其《和别沈右率诸君》诗曰：‘叹息东流水，何如故乡陌！’《京路夜发》诗曰：‘故乡邈以敻。’诗文中以建康为故乡如此类者不一而足。”曹融南《谢朓事迹诗文系年》，《谢宣城集校注》，附录四，第449页。

② 曹融南系此诗于永明十年（492年）或永明十一年（493年）春，《谢宣城集校注》，第455页。

③ 曹融南注解《谢宣城集校注》卷三，第266页。

④ 洪顺隆：“春思者，春日思归也。首联点出春字，下四句写春景，‘边郊’以下二句，言与故友别，‘梦寐’以下二句，引入思字，后二句，以思归隐作结。”《谢宣城集校注》卷三，台湾中华书局1969年版，第301页。

《和宋记室省中》。此诗写于荆州任上，遥和任职京中的友人。[①] “落日飞鸟还，忧来不可极。……怀归欲乘电，瞻言思解翼。……无叹阻琴樽，相从伊水侧。”[②] 诗中“解翼”与“飞鸟”呼应，而“怀归”之心如“飞鸟还”一样急切。诗人究竟欲还何方？末二句就是“怀归”以“还”之归宿。诗末用《列仙传》浮丘公、王子乔相偕遁世的典故，表达了乐观的愿望——虽分隔两地，各为外物限阻，但仍有信心抛除羁绊，携手遁隐山林。

永明十一年（493 年）秋，谢朓因谗返京，“长史王秀之以朓年少相动，密以启闻”（《南齐书》本传），齐武帝萧赜敕令还都。随后一年，南齐朝廷宗室倾轧，三换帝位。（494 年 7 月前为郁林王隆昌元年；郁林王 7 月废，立海陵王，为延兴元年；10 月萧鸾登帝位，建号建武。）处身乱流之中的谢朓，忧惧感明显增加，并反映于他的归隐诗里，字里行间弥漫萧瑟、忧愁的情绪。此时诗人虽重返出生地建康，但仍每每强调怀归，而且不欲淹留，只想从速归去（归隐）。如《始出尚书省》写于萧鸾辅政前后：“迁新安王中军记室……寻以本官兼尚书殿中郎……高宗辅政，以朓为骠骑咨议，领记室，掌霸府文笔。”（《南齐书》本传）谢朓虽受重用，但在政治旋涡的中心，常感疑虑。诗作前半对时政评议，赞颂萧鸾，后半隐晦流露复杂情绪：“邑里向疎芜，寒流自清泚。衰柳尚沉沉，凝露方泥泥。零落悲友朋，欢娱宴兄弟。既秉丹石心，宁流素丝涕。因此得萧散，垂竿深涧底。”[③] 谢朓于诗末迂回表达思归退隐的念头，一方面从久别故里，友朋零落，抒发对故园之思；另一方面则感戴萧鸾恩泽沾濡，忠贞之节如丹石不移，从未有素丝随染之虑，以表明心迹。[④] 此八句诗，每两句一组，穿梭编织怀归与效忠两层意思，最后两句以望求得萧散之志，归隐岩涧收结，回肠几转，确堪揣摩。

谢朓在京师任官一年多，常思忖出处进退之理，引起思绪的波澜。这期间的诗作，可说是诗人隐逸观念的分水岭，“归”较明确地与“隐”连接，

---

① 方东树引姚姜坞，认为宋为宗之误，宗记室即宗夬。方东树著，汪绍楹标点《昭昧詹言》卷七，第 194 页。陈庆元考证宗夬于永明十一年仍在京任东宫记室，时朓尚在随王府，故为遥和之作。陈庆元《谢朓诗歌系年》，《文史》1983 年第 21 辑，第 198 ~ 199 页。

② 曹融南注解《谢宣城集校注》卷四，第 346 页。

③ 同上卷三，第 209 页。

④ 《六臣注文选》刘良注：“既执忠赤坚贞之心，安能为素丝之变而流涕泪也。”萧统编，李善等注《六臣注文选》卷三十，中华书局 1987 年版，第 567 页。

不像居荆时的朦胧。此前作品涉及隐逸，仍较迷蒙，未有具体打算，往往只于最后两句寄寓隐逸之思；但此时面对京师的凶险，隐逸的思想便明确道出，铺排也更见细腻。建武元年（494 年）冬于中书省作《观朝雨》,[①] 诗歌首六句写朝雨之貌，继十句即从“观”字发挥，是诗旨所在。[②] 谢朓等待上朝，看到朝雨扑洒而至，暂享清静无扰之际，却生起盛衰荣枯之感[③]：“耳目暂无扰，怀古信悠哉。戢翼希骧首，乘流畏曝鳃。动息无兼遂，歧路多徘徊。方同战胜者，去翦北山莱。”[④] 谢朓用鱼跃龙门的典故，从正反两面对比，比喻自己进退之间的踌躇。出处之道，向来不可两兼，经过几番内心挣扎，顷刻闪过一念，选择归隐一途，内心暂得安宁。

《直中书省》作于建武二年（495 年）春。[⑤] 中书虽为显贵之职，但诗人并未因得此职而高兴，反充满忧惧。全诗分两部分，首八句写省中景致，深沉阴晦，“紫殿肃阴阴”，“深沈映朱网”，笼罩黯然的气氛。后八句“兹言翔凤池，鸣佩多清响。信美非吾室，中园思偃仰。朋情以郁陶，春物方骀荡。安得凌风翰，聊恣山泉赏”[⑥]。表达虽入中书省，得人羡慕，却有终非吾室之叹，每生俯仰中园，恣情山水泉源之念。可见心中的结尚未解开，反反复复，缠绕心间。

建武二年（495 年）夏天之前，谢朓出为宣城太守。在宣城任内，诗人的归隐念头并无休止，但明白隐于陵薮的不可能，“安得扫蓬径，销吾愁与疾”（《高斋视事》），因而寻找归隐方法的另一出路。面对宣城的佳山美水，诗人对出处的挣扎，终于找到另一蹊径，在与同仁共作的联句诗《纪功曹中园》里，可看到消息：“兰庭仰远风，芳林接云崿。倾叶顺清飙，修茎伫高鹤。何从事连绵夕云归，晻暧日将落。寸阴不可留，兰墀岂停酌。吴郎丹樱犹照树，绿筠方解箨。求志能两忘，即赏谢丘壑。府君”[⑦] 在这首描写纪晏中园的联句诗

---

① 陈庆元《谢朓诗歌系年》,《文史》1983 年第 21 辑，第 200 页。

② 方东树:“起十句朝雨。‘平明’以下十句，皆‘观’字内意。”方东树著，汪绍楹点校《昭昧詹言》卷七，第 196 页。

③ 见萧统编，李善等注《六臣注文选》卷三十，第 568 页，吕向曰:“思古人荣衰之理。”

④ 曹融南注解《谢宣城集校注》卷三，第 215 页。

⑤ 陈庆元《谢朓诗歌系年》,《文史》1983 年第 21 辑，第 201 页。

⑥ 曹融南注解《谢宣城集校注》卷三，第 213 页。

⑦ 曹融南注解《谢宣城集标注》卷五，第 412 页。

里，谢朓承何、吴两人，连缀主题，除了描写中园的景致外，更在诗末带出极深刻的立意——即目为欣，足以赏怡，未必丘壑，方能归隐。在宴饮聚会间所作的联句诗里，寄寓隐于中园的想法。谢朓在宣城对隐逸的思考，有新的体会。

谢朓宣城之作，不少作品均流露了亦官亦隐，视郡斋园林为丘壑的想法。学界指出，谢朓宣城的山水诗，多从郡斋远眺的角度描写山水，并寄寓归心和乡思。[①] 这时期的诗作，多直接表现“兼得”之趣，如《之宣城郡出新林浦向板桥》“既欢怀禄情，复协沧洲趣”，《始之宣城郡》“江海虽未从，山林于此始”，《游敬亭山》“我行虽纡组，兼得寻幽蹊”，《在郡卧病呈沈尚书》“况复南山曲，何异幽栖时”，主调往往是欣悦的，节奏较明快，写景较开阔。这种仕隐“兼得”，二者合一的想法，已然成为其后期作品隐逸观念的主调；在后来行役湘州，重返京师的作品中[②]，如《将游湘水寻句溪》中的“鱼鸟余方玩，缨緌君自縻”，仍然寄寓了仕隐兼得的理想。

三　由归隐转入游仙

谢朓在宣城后期的诗作，隐逸观念的发展更趋“内化”的现象——由仕隐兼得进而追求神仙隐逸。隐逸诗对山林的向往，高蹈独善的超俗精神，与游仙诗中所表现的境界接近，两者有很深的血缘关系。[③] 如作于建武三年的《游敬亭山》[④]，便把隐逸与游仙相提并论：

> 兹山亘百里，合沓与云齐。隐沦既已托，灵异居然栖。上干蔽白日，下属带回溪。交藤荒且蔓，樛枝耸复低。独鹤方朝唳，饥鼯此夜啼。泄

① 葛晓音：“谢朓继大谢之后，更明确地提出了‘既欢怀禄情，复协沧洲趣’的吏隐观念，并丰富了郡斋诗的内容和表现。……从斋中远眺的角度，描写平野苍莽的景色，山水观赏中又可见郊野田园之趣。……在清幽孤寂之中流露出归心和乡思，这类主题后来成为唐代郡斋诗的主要内容。”葛晓音《中晚唐的郡斋诗和“沧洲吏”》，《北京大学学报》2013 年 1 月，第 89 页。

② 葛晓音：“建武四年，三十四岁。春离宣城返京师，以选复为中书郎，随即行役湘州，同年夏回京师。又出为晋安王镇北咨议、(南) 东海太守、行南徐州事。”葛晓音著《汉唐文字的嬗变》，第 342 页。

③ 洪顺隆《论六朝隐逸诗》，《由隐逸到宫体》，文史哲出版社 1984 年版，第 21 页。

④ 葛晓音《汉唐文字的嬗变》，第 342 页。

云已漫漫，夕雨亦凄凄。我行虽纡组，兼得寻幽蹊。缘源殊未极，归径窅如迷。要欲追奇趣，即此陵丹梯。皇恩竟已矣，兹理庶无睽。[①]

此诗表现了诗人极浓的隐逸之念。“隐沦既已托，灵异居然栖”，谢朓巧妙地把隐沦之念与神仙传说结合，是要表达一种特别的看法——“我行虽纡组，兼得寻幽蹊”，自己虽身系官位，但仍希望兼得寻幽蹊之趣，二者得兼，就是诗人的理想。然而，此隐沦的念头，其实不着边际，与神仙之说相去不远，“缘源殊未极，归径窅如迷”，诗人明白，二者得兼的理想，是非常难以达到的。“归径”——归隐之路，窅深难测，再加上际遇上不顺心，[②] 此刻诗人只好以“寻幽蹊”“追奇趣”的想法为主导思想，登山寻仙，隐沦山间。

建武三年（496年）秋，谢朓以病解官，卸任宣城太守之职，还归建康钟山庄园[③]，作《移病还园示亲属》：

疲策倦人世，敛性就幽蓬。停琴伫凉月，灭烛听归鸿。凉薰乘暮晰，秋华临夜空。叶低知露密，崖断识云重。折荷葺寒袂，开镜眄衰容。海暮腾清气，河关秘栖冲。烟衡时未歇，芝涧去相从。[④]

此诗句句骈对，在结构上极尽用心，为配合隐逸之念，对周遭景物描写，格外脱俗出尘。开首两句，交代因“倦”于人世而择“幽蓬”而居。于幽隐之处，“停”琴“灭”烛，停止一切人为活动，“伫”看凉月，静“听”归鸿。夜凉如水，秋月下静心细察，借着明月当空，于晚暮中，四周景致仍清晰可辨：秋花秋叶，密露重云，远近景色，尽收眼底。诗前半写景，一气呵成，绵密不断。下半部分，以“折荷葺寒袂”做转折，表现了高洁之意，末四句从移书言病带到隐遁之念，使用采芝、垂钓等典故，令人联想到归隐，而“海暮腾清气，河关秘栖冲”两句，更营造了游仙出世的气氛，令幽居的庄园

① 曹融南注解《谢宣城集校注》卷三，第240页。

② 见萧统编，李善等注《六臣注文选》卷二十七，第505页。张铣曰：“若天子之恩于我，终竟止矣，此登山之理无乖也。”

③ 陈庆元《谢朓诗歌系年》，《文史》1983年第21辑，第205页。

④ 曹融南注解《谢宣城集校注》卷三，第257页。

更添仙家气息。[1]

谢朓于宣城任后返回京师，建武四年（497 年），再行役湘州，作《将游湘水寻句溪》。[2] 全诗云：

> 既从陵阳钓，挂鳞骖赤螭。方寻桂水源，谒帝苍山垂。辰哉且未会，乘景弄清漪。瑟汩泻长淀，潺湲赴两歧。轻苹上靡靡，杂石下离离。寒草分花映，戏鲔乘空移。兴以暮秋月，清霜落素枝。鱼鸟余方玩，缨緌君自縻。及兹畅怀抱，山川长若斯。[3]

诗人游湘水寻句溪，是有计划寻幽探胜的。寻访苍梧之野、沅湘之间，意欲仙隐，可惜时机不合，目的未遂，且做此游。开首四句，谢朓选取游仙的故事，巧妙地把地理行踪与仙家典故糅合：陵阳山在宣城郡，有陵阳子明乘龙而去的故事；而桂水、苍山均在湘州，是此行南岳祀典之地。继而以“辰哉且未会”一句顿住，引出下文的游趣[4]，趁日光明媚，而有“弄清漪”之游。以下八句从不同角度写兹游之盛，均出“弄清漪”。末四句为全诗旨趣所在，言仙隐之不可企及，当乘即目之景，乐此清漪之游，徜徉山水。此游令诗人悟到赏游山水与縻系缨緌，并无抵触。末两句表明山川长在，回应开首，人如非仙隐又何能历久不衰，但仙隐往往“辰哉且未会”，反而更应“及兹畅怀抱”，及时“乘景弄清漪”，为既玩鱼鸟，又縻缨緌找到理论上的支持。[5]

谢朓才华横溢，但性格畏缩，不幸生于混乱之世，卷入政治倾轧，死于非命。作于建武五年（498 年）的《酬德赋》，乃其一生经历的叙述，以酬德为题，表现了欲得知音，避祸全身的想法。赋文最后一段，最能带出谢朓晚

---

① 洪顺隆引袁粲《妙德传》：“气地深虚，栖冲业简”解此句，云：“栖止而冲举。谓修道术也。”不无道理。参洪顺隆注解《谢宣城集校注》卷三，注释六，第 291 页。

② 郝立权：“按《南齐书》本传未言朓于役湘州，本集载《忝役湘州与宣城吏民别》及此诗，是朓尝一旅湘土也。此诗曰‘方寻桂水原，谒帝苍山垂’，《与宣城吏民别》曰‘洎徂奉南岳，兼秩典邦号’，疑当为南岳祀典而行，确否待证。”《谢宣城诗注》卷三，艺文印书馆 1971 年版，第 101 页。

③ 曹融南《谢宣城集校注》，卷三，第 250 页。

④ 方东树：“‘辰哉’二句，承上脱卸，束住入题。”方东树著，汪绍楹点校《昭昧詹言》卷七，第 190 页。

⑤ 陈祚明：“忽发远想，言遂拟高蹈。时偶未能，且作兹游也。命意超超。……‘缨緌君自縻’，语亦有致，与起意相合。”陈祚明著，李金松校点《采菽堂古诗选》卷二十，第 646 页。

期隐逸与游仙相结合的想法：

> 闻夫君之东守，地隐蓄而怀仙；登金华以问道，得石室之名篇。悟寰中之迫胁，欲轻举而舍旃；离宠辱于毁誉，去夭伐于腥膻。忽携手以上征，跻中皇之修迥。巾帝车之广轼，棹河舟之轻艇；历星术之熠耀，浮天潢之瀴溟。机九转于玉浆，练七明于神鼎；吹万化而不喧，度千春之可并。齐天地于倏忽，安事人间之纡婞哉！①

“悟寰中之迫胁，欲轻举而舍旃；离宠辱于毁誉，去夭伐于腥膻”，可见谢朓的隐逸之念，与政治环境有莫大关系，最后更大篇幅叙述登仙之情，以求避世。② 本篇为谢朓绝命之笔，当中的隐逸之思，结合游仙思想，正说明了现实上践行隐逸，逃避遁世，似乎没有可能。

齐梁时期，隐逸是一种时尚。在谢朓现存诗文中，属应酬、奉和之作而又涉及隐逸的诗文，所在不少，这与当时风尚不无关系。③ 谢朓借当时流行的话题述说自身的休戚所在，我们在探讨谢朓作品的隐逸思想时，不宜忽略其中深意。此外，谢朓虽然终身出仕，归隐只停留在思想上的怀归，并未真正实践，但其诗歌中抒发的仕隐挣扎，却较坦荡、率真，应该是诗人情绪的直接流露。④

四 结语

谢朓的隐逸思想，历时既久，贯彻一生，是一种念兹在兹的心态。若从中推敲，更能发现不同时期，诗人心中隐逸之念的不同发展。钟嵘评谢朓

---

① 曹融南注解《谢宣城集校注》卷一，第3页。

② 葛成民、郑明璋《谢朓〈酬德赋〉考析》，《聊城师范学院学报》（哲学与社会科学版）1998年第3期，第85页。

③ 孙兰：“归隐成为一种时尚，但同时也意味着对社会责任的放弃。儒道对归隐都有着自己的合理解释，这一文化心理的积淀由来已久。因而对谢朓来说，标榜山水之趣是一种高雅，这是一种无意识文化积淀。”孙兰著《谢朓研究》，齐鲁书社2014年版，第38~39页。

④ 李鹏、魏耕原《论谢朓对陶渊明的接受》，《咸阳师范学院学报》2004年第19卷，第75页。

“末篇多踬”，是指谢诗末篇的隐逸思想，絮絮叨叨，破坏全诗的结构。[①]然而，这正好从侧面证明隐逸之念在谢朓诗文中的重要性，可视为谢诗的独特主题，是了解其人其文的重要蹊径。[②]

① 陈庆元指出“它（谢朓诗的结句）也有严重缺点，即在于多数诗篇都以怀归（归隐或归乡）作结，这样就不可能如发端或其他情景交融的警句那样多变和生动。”陈庆元《谢朓诗艺三题》，《安庆师范学院学报》1985 年第 2 期，第 116 页。

② 有学者指出，谢朓诗作末篇多言及隐逸之念，与谢灵运诗末好以玄言收结相同，成为一种体式，启发后世的同类诗作。查正贤《论谢朓的隐逸及其诗体范式意义》，《浙江社会科学》2006 年第 5 期，第 183 页。

孙公赋与中国山水美感话语之开启

吉 凌

引 言

中国的山水审美早于西方近千年。东晋，个人与集体的山水审美活动已经颇具规模。天台山位于中国浙江省境内[①]。与泰山等其他名山不同，天台山以山水神秀的姿态首次进入世人的视野。“话语”一词来自于福柯的《知识的考掘》：“每一个社会或文化都有驾驭其成员思维、行动和组织的规范或条例。”[②] 福柯称“这些规范或条例所铸成的无形或有形的结构为话语（discourse），以取其表明传达讯息之意”；“话语一词指谈话时，说话者（speaker）将其理念或讯息以一种可以辨识而又组织完整的方式传送给听者（listener）的过程。但福柯扩大其定义，泛指人类社会中，所有知识讯息之有形或无形的传递现象，皆为话语”[③]。由古至今，天台山以各种方式，积累了大量的可以辨识、组织完整的讯息。这些讯息包括诗文、绘画、园林等多种表现形式。所有这些，均肇端自孙绰的《游天台山赋》。

孙绰的《游天台山赋》是目前所见最早的、最完整的天台山文学作品。该文不仅标志着一个新的时代风尚的形成，而且对后世产生深远影响。孙绰站在自己所处的时代，比后人更加清楚地看到：此作与前代山水书写迥然

① 繁体亦作“台”，并非“臺”，读音 tāi，阴平。由于汉字简化，全国叫作“天台”的山共十九座，本文研究对象仅为浙江省天台县境内的之天台山。

② 米歇·福柯著，王德威译《知识的考掘》，麦田 1993 年版，第 19 页。

③ 同上，第 29 页。

不同：

> （孙绰）尝作《天台山赋》，辞致甚工。初成，以示友人范荣期，云："卿试掷地，当作金石声也。"荣期曰："恐此金石非中宫商"；然每至佳句，辄云："应是我辈语。"①

这是《游天台山赋》在创作当世（东晋）的评价，极具洞见。孙绰如此自信，至少证明，《游天台山赋》相较于前代作品，具备不可替代的独特之处。此言包括以下三个问题：第一，孙绰的"掷地有金石之声"究竟是指什么？范荣期所谓的"非中宫商"，又是指什么？第二，范荣期所谓"我辈"指何人，"我辈语"又是何语？第三，赋成之时，孙绰急不可耐地示诸友人，并出言自夸，自信从何而来？只有厘清上述问题，孙公赋在山水审美及其话语脉络中的意义才能凸显。

孙绰何以如此自信？"辞致甚工"或可为一端，这是后人对孙公赋的评价，却非孙绰自己的论断。前世岂乏"辞致甚工"之作？相比汉代数量众多、篇幅巨大的宫殿、都邑、园囿之作，孙公赋何以在文辞工丽一端获得立足之地？"辞致甚工"四字远不足以揭示《游天台山赋》的价值。然今之视昔，乃知孙公并非妄言。相比于前代作品，《游天台山赋》几乎开启了中国山水美感话语的大门，确实堪当金石之誉。

孙公赋与前人作品最明显的区别在于标题中的"游"字。"游"带来的感官经验和精神状态扭转了人与山水的关系，开辟出全新的人与山水的相处方式。

一 "游"天台山赋

孙公赋收录于萧统《文选》卷十一，标题为"游天台山赋"，明确归入游览类。孙绰究竟是否亲登天台山，后世论断不一，本文暂付阙如。不过，既然孙绰将"游"字引入标题，此文就必须对"游"字负责。无论孙绰是否

① 《晋书》卷五十六《孙绰传》，中华书局1974年版，第1544页。

亲到天台山，孙公作赋的对象不再是单纯的天台山，而是“游天台山”的经历。然而，孙绰之“游”与前人大不相同。汉末魏晋有一种言不由衷的出行：

回车驾言迈，悠悠涉长道。

驱车上东门，遥望郭北墓。

去者日以疏，生者日已亲。出郭门直视，但见丘与坟。古墓犁为田，松柏摧为薪。白杨多悲风，萧萧愁杀人！思还故里闾，欲归道无因。[①]

从古诗十九首开始，“严（言）驾”出行成为诗歌中一个常见的开端。之后曹植的《杂诗七首》之五《仆夫早严驾》[②]，阮籍的《咏怀》之三十《驱车出门去》、三十一《驾言发魏都》[③]，陆机的《驾言出北阙行》《君子有所思行》[④] 等都以驾车出行为思绪发端，引起诗人对生命存在的思考。坟墓、松柏、白杨这些与死亡紧密联系的景象，明显地被意念化了，整个游历过程象征高度概括的人生之路，死亡则是这段旅途的最终归宿。出游，似乎并未带来多少感官或是精神的愉悦。

与此同时，刘桢的《黎阳山赋》与潘岳的《登虎牢山赋》记录行役途中所见，或可看作一种行游：“云兴风起，萧瑟清冷。延首南望，顾瞻旧乡。桑梓增敬，惨切怀伤”[⑤]；“彼登山而临水，固先哲之所哀。矧去乡而离家，邈长辞而远乖。望归云以叹息，肠一日而九回，良劳者之咏事，爰寄言以表怀”[⑥]。刘、潘二文抒发愁肠百结的羁旅愁思，与“严驾”之诗一样，皆导向

---

① 《古诗十九首》之十一、十三、十四，见萧统编，李善注《文选》第二册，中华书局 1977 年版，第 411 页。

② 曹植《杂诗七首》之五：“仆夫早严驾，吾行将远游。”曹植著，黄节注《曹子建诗注》，人民文学出版社 1957 年版，第 14 页。

③ 阮籍《咏怀》之三十：“驱车出门去，意欲远征行。”三十一：“驾言发魏都，南向望吹台。”阮籍《阮籍集》，中华书局 1987 年版，第 306 ~ 308 页。

④ 陆机《陆机集》，中华书局 1982 年版，第 67、88 页。

⑤ 刘桢《黎阳山赋》，见欧阳询等编《艺文类聚》上册，上海古籍出版社 1965 年版，第 125 页。

⑥ 潘岳《登虎牢山赋》，见欧阳询等编《艺文类聚》上册，第 125 ~ 126 页。

沉痛的哀伤和恐慌。阮籍的《首阳山赋》于大将军府眺望首阳山而作，寄托孤傲不群的高远趣旨。张协《登北邙赋》，慨叹人生危浅，世路多蹇：“何天地之难穷，悼人生之危浅。叹白日之西颓兮，哀世路之多蹇。”① 上述作者行经、观望山水，出行带来的是忧伤、激愤、恐惧。

魏晋时代的另一种“游”乃是游仙：

临源挹清波，陵岗掇丹荑；

翡翠戏兰苕，容色更相鲜。绿萝结高林，蒙笼盖一山。②

暮春濯清汜。游鳞泳一壑。高泉吐东岑。洄澜自净荥。临川叠曲流。丰林映绿薄。轻舟沈飞觞。鼓枻观鱼跃……③

游仙诗中，山水被诗人做了一般化的处理，清波丹荑、兰苕绿萝、高泉丰林，山水被抽去了具体的外在参指，可能出现在任何时空。

以上这些，都不是孙绰之“游”。然则何者为“游”？《说文》：“游，旌旗之旒也。”段注：“又引申为出游，嬉游；俗作‘游’。”④ 《玉篇》：“游，遨游也，与‘游’同。”⑤ “游……又玩物适情之意，《礼·少仪》：‘士依于德，游于艺’；又闲旷也，《礼·王制》：‘无游民’；又自适貌，《诗·小雅》：‘慎尔优游’；又枝叶扶疏貌，《诗·郑风》：‘隰有游龙’，《传》：‘龙，红草也’，《笺》：‘游，犹放纵也，言红草放纵枝叶于隰中’”⑥。徐复观解释：“旌旗所垂之旒，随风飘荡而无所拘束，故引申为游戏之游。”⑦ 龚鹏程认为“旅游二字，本来就都和宗教有关”，含有超越、解脱意。⑧ “游”本身，并不

① 欧阳询等编《艺文类聚》，第137页。

② 郭璞《游仙诗》其一、其三，见萧统编，李善注《文选》第一册，第306页。

③ 庾阐《三月三日临曲水》，见逯钦立辑校《先秦汉魏晋南北朝诗》，中华书局1983年版，第873页。

④ 许慎著，段玉裁注《说文解字注》，上海古籍出版社1981年版，第311页。

⑤ 顾野王《大广益会玉篇》［东京：东京大学东洋文化研究所仓石文库藏，清康熙四十三年（1704年）序，张氏泽存堂刊本］卷十，走部第一百二十七，无页码。

⑥ 张玉书等编《康熙字典》，世纪出版集团、汉语大词典出版社2002年版，第582~583页。

⑦ 徐复观著《中国艺术精神》，商务印书馆2010年版，第68页。

⑧ 龚鹏程著《游的精神文化史论》，河北教育出版社2001年版，第152页。

仅仅是一个单纯的行为动作，而且是一种心理状态。

首先，“游”如旌旗乘风，顺乎自然，不受拘束。庄子反复向世人展示“游”的精神状态：“乘天地之正，而御六气之辨，以游无穷”；“乘云气，骑日月，而游乎四海之外”；“游心于淡，合气于漠，顺物自然而无容私焉”；“吾游心于物之初”。[1] 纵浪大化，超越羁累；庄子以逍遥之心态引导精神之遨游，从而获得无所束缚的自在适足。据此，阮籍、陆机严驾出郭，潘岳、张协公务出行，皆为世事牵绊，其情绪状态显然不符合“游”的含义。其次，“游”是“嬉游”“玩物”的过程。子曰：“志于道、居于德、依于仁、游于艺。”与向往大道、坚守品德、追求仁义并列，君子游弋六艺，需要反复浸濡而不能脱离其中。“游”是入乎其中的探究，而非徘徊域外的观望。郭璞、庾阐与游仙之作中的陵冈东岑，乃是浅薄的泛泛之交，并非深入的交流牵念。他们“游”的，是意念化的仙境而非实地的山水。最后，“游”导向“适情”“闲旷”“自适”，宋玉剧烈的恐惧[2]或是刘桢沉重的忧愁，都不是“游”的情绪状态。

孙绰首次用“游”来处理人与“山”的关系。“游”字的出现，表明此文不再是单纯的描写铺陈天台山。在“游”的精神状态下，孙绰进入山中，调动视觉、听觉、触觉、味觉等感官，领会与妙悟山水。

“天台山者，盖山岳之神秀者也。涉海则有方丈、蓬莱，登陆则有四明、天台”。[3] 孙绰登山，非为祭祀、隐逸、求仙、行役。涉海登陆，乃在山岳神秀。孙绰以极大的热情期待天台之游：“夫其峻极之状、嘉祥之美，穷山海之瑰富，尽人情之壮丽矣。”首先被关注的，乃是令人愉悦的山水。孙绰并未如郭璞、庾阐一般，反复强调高蹈轻举、服食采药。他相信：“苟台岭之可攀，亦何羡于层城？”如若台山可以一游，又何必羡慕昆仑仙山的层城九重？兴公游台山如同旌旗乘长风，皆是无所羁累的顺势而为。抛弃对修行服食的执着，孙绰将对昆仑仙境的渴望，转化对为山水境界的向往，进而制定了更加切合

---

① 陈鼓应著《庄子今注今译》，中华书局1983年版，第18、90、235、576页。

② 宋玉《高唐赋》：“股战胁息，安敢妄挚”；“感心动耳，回肠伤气。孤子寡妇，寒心酸鼻。长吏隳官，贤士失志。愁思无已，叹息垂泪。登高远望，使人心瘁。”萧统编，李善注《文选》第一册，第265、266页。巫峡山水壮则壮矣，却令观者心惊胆战，寒心酸鼻，愁思无限。

③ 孙绰《游天台山赋》，萧统编，李善注《文选》第一册，第163页。下文引用之孙公赋全部出自此处，不再一一注释。

实际的游览目的："释域中之常恋，畅超然之高情。"享受山水美感，摆脱世俗羁绊，畅享超脱情怀。孙绰的天台之游与庄子的逍遥之游一样，最终导向自在适足。

二　金石之声——游山

孙绰详细记录了攀登游玩的感官经验，这一段投身山水的游览经历与汉人决然不同。汉代经典之作《子虚赋》，司马相如大肆铺陈云梦泽之后，楚王的游览几乎就与云梦泽无甚关系了：

> 于是乎乃使专诸之伦，手格此兽。楚王乃驾驯驳之驷，乘雕玉之舆……于是楚王乃弭节裴徘徊，翱翔容与，览乎阴林，观壮士之暴怒，与猛兽之恐惧，徼受诎，殚睹众物之变态。
>
> 于是郑女曼姬，被阿緆揄纻缟，杂纤罗，垂雾縠；襞积褰绉，纡徐委曲，郁桡溪谷，衯衯裶裶，扬袘恤削，蜚襳垂髾，扶舆猗靡，翕呷萃蔡，下靡兰蕙，上拂羽盖，错翡翠之威蕤，缪绕玉绥；缥乎忽忽，若神仙之仿佛。
>
> 于是乃相与獠于蕙圃，媻姗勃窣，上金堤，掩翡翠，射鵕鸃，微矰出，孅缴施，弋白鹄，连駕鹅，双鸧下，玄鹤加。怠而后发，游于清池；浮文鹢，扬旌枻，张翠帷，建羽盖，罔玳瑁，钩紫贝；摐金鼓，吹鸣籁，榜人歌……（《全上古三代秦汉六朝文·全汉文》）

观看羽猎、欣赏舞蹈、聆听音乐，楚王在山水中游乐，而非游览山水。雄壮的山水仅仅是楚王世俗游乐的背景。如果将这一切移至上林苑、甘泉宫，同样可行。楚王并未真正与云梦山水交流。以云梦泽为代表，秦汉以来，包容山水湖泊的皇家园囿是人们接近山水的媒介之一。但是，大型园囿往往是羽猎的场所，对自然山水的欣赏并不是游园的主要目的。

同样是登山过程，东汉马第伯《封禅仪记》中的记录与孙公赋也不尽相同：

是朝，上山骑行，往往道峻峭，下骑，步牵马，乍骑，且相半，至中观留马，去平地二十里。南向极望无不睹。仰望无关，如从谷底仰观抗峰，其为高也，如视浮云：其峻也，石壁窅窱，如无道径。遥望其人，端如行朽兀，或以为小白石，或以为冰雪。久之，白者移过树，乃知是人也。殊不可上，四布僵卧石上，有顷复苏，亦赖苏赍酒脯。处处有泉水，目辄为之明，复勉强将行。到天关，自以已至也，问道中人，言尚十余里。其道旁山胁，大者广八九尺，狭者五六尺。仰视岩石松树，郁郁苍苍，若在云中。俯视溪谷，碌碌不可见丈尺。遂至天门之下，仰视天门，窔辽如从穴中视天。直上七里，赖其羊肠逶迤，名曰环道，往往有絙索可得而登也。两从者扶掖，前人相牵，后人见前人履底，前人见后人顶，如画重累人矣。所谓磨胸捏石扪天之难也。(《全上古三代秦汉六朝文·全后汉文》)

马第伯的沿途见闻和登山经过确实详细周到：骑马徒步，十里二十里，行行复行行。这是在完成一次艰苦的公务出行，而不是兴致勃勃的山水游览：山体陡峭故而攀登艰险，天气寒冷全靠酒脯取暖。整个过程由于封禅的主题而显得严肃甚至冷漠。读者几乎无法从这段记录中窥探到作者的情绪状态和精神导向。

魏晋作品或偶有提及登山经历，但是这些文句大多非常简短。潘岳《登虎牢山赋》："步玉趾以升降，凌汜水而登虎牢。"张协《登北邙赋》："陟峦丘之嶇陀，升逶迤之修阪。回余车于峻岭，聊送目于四远。"仅凭升降凌水、回车送目；潘岳张协究竟如何登山涉水，如何乘车游目，沿途所见所闻，皆不得而知。与上述文本不同，孙公赋详细记录攀登经历、游玩方式和心理过程，相比前代作品，更加实在、确凿：

忽乎，吾之将行……被毛褐之森森，振金策之铃铃。披荒榛之蒙茏，陟峭崿之峥嵘。济猷溪而直进，落五界而迅征。跨穹窿之悬磴，临万丈之绝冥。践莓苔之滑石，搏壁立之翠屏。揽樛木之长萝，援葛之飞茎。虽一冒于垂堂，乃永存乎长生。必契诚于幽昧，履重险而逾平。既克济于九折，路威夷而修通。恣心目之寥朗，任缓步之从容。苏萋萋之纤草，

荫落落之长松。窥翔鸾之裔裔，听鸣凤之邕邕。过灵溪而一濯，疏烦不想于心胸。（《游天台山赋》）

“忽乎”二字，泄露出即将出发的兴奋心情；“吾之将行”表明孙绰对天台之游满怀期待。这与马第伯的公事出差完全不同。天台山荒僻幽远，云遮雾罩，故需身披毛褐（遮雨或是阻挡湿气）；山势陡峭，逼仄难行，故需依持金策；跨过穹隆悬磴，临万丈绝冥而立。小心翼翼踩过布满莓苔的石块，用力地攀住附着于岩壁的翠屏，以防止滑倒。握紧缠绕于柏木的丝萝，抓住恣肆生长的藤葛，努力向上攀登。整个登山过程困难重重又惊险刺激。这一路的小心、紧张，都展露无遗。攀登过后，到达平缓之地，此时可以放松紧绷的心情，开始丰富多样的游玩：恣目远眺，缓步慢行，坐卧于芳草之上，休憩在松荫之下，看空中之鸟掠过，听林中之鸟啼鸣。用灵溪之水荡涤身心，洗去凡尘俗扰，从而获得与上古先贤一样的平和心境。孙公赋记录了从艰苦攀爬到放松游玩再到身心安逸的全部过程，既呈现了沿途见闻、游赏经历，同时传达出情绪变化、精神享受。这与潘、张笼统的行路过程相比翔实细腻，仿若金石掷地之回响，铿锵扎实，余韵无穷，却又不受拘束，明朗活泼。

“峭崿峥嵘”“穹窿悬磴”“万丈绝冥”与《子虚赋》中的“磐石振崖，嵚岩倚倾，嵯峨磼嶫，刻削峥嵘”何其相似。“萋萋之纤草”“落落之长松”与《首阳山赋》中的“长松落落，卉木蒙蒙”几乎雷同。然而，“披”“陟”“跨”“临”“苏”“荫”这些字，使文句的性质为之一变。《子虚赋》和《首阳山赋》的文句只是通过观察，对山水卉木的外部形貌进行描述。孙公赋中，在细腻的动词牵引下，文句转变为生机盎然的动作过程。孙公赋跳出了过去山水书写窠臼，并未如咏物赋一般把山水当作一个孤立的对象，极尽铺陈之能事。孙绰用一系列相互的接触，将人与山水紧密联系在一起。其注意力全部投注在自然山水上，主动地去探索、开发天台山的山川花木；尝试各种游玩方式，而非被动接受天台山。借由攀爬、触摸、聆听、探看和领悟，自然山水，直接给孙绰带来了美感享受。不需要借助壮士搏兽、郑女轻歌、羽盖飞扬，山水本身成为另一种声色之乐。

通过与山水的肢体交接、情感交流，人与山水的关系发生了质变。游览者与山水并非截然二分，孙绰积极主动地探寻天台山的不同面向，天台山能潜移默化地影响孙绰的行为和心情。如同梅洛-庞蒂所言，“每一种外部知觉直接就是我的身体的某种知觉，我的身体的每一种知觉都能用外部知觉的语言来解释”；“因为我有各种感觉功能，有一个视觉、听觉、触觉场，所以我已经与也被当作心理物理主体的其他人建立了联系”。[①] 孙绰将身体抛入山水之中，调动全方位的感官，与山水亲密无间的相互“触摸”[②]，由此建立起人与山水的联系。孙绰用“游”来定义这种新的人与山水的关系。在“游”的精神状态下，天台山成为可以进入、交流，令人兴奋，充满吸引力的山水。

三 非中宫商——赏景

汉魏以来对山水的观望已不能满足孙绰的要求，孙绰更加彻底地沉浸于天台山中；同时，向天台山索求更多愉悦身心的游玩经验。孙绰积极的探索，注定了他笔下的山水独具特色。司马氏如此描述云梦泽：

> 云梦者，方九百里，其中有山焉。其山则盘纡岪郁，隆崇嵂崒；岑崟参差，日月蔽亏；交错纠纷，上干青云；罢池陂陀，下属江河。其土则丹青赭垩，雌黄白坿，锡碧金银，众色炫耀，照烂龙鳞。其石则赤玉玫瑰，琳珉琨吾，瑊玏玄厉，碝石碔玞。其东则有蕙圃衡兰，芷若射干，穹䓖菖蒲，江蓠蘪芜，诸柘巴且。其南则有平原广泽，登降陁靡，案衍坛曼，缘以大江，限以巫山。其高燥则生葴菥苞荔，薛莎青薠。其卑湿则生藏莨蒹葭，东蔷雕胡，莲藕觚芦，奄闾轩于，众物居之，不可胜图。其西则有涌泉清池，激水推移；外发芙蓉菱华，内隐钜石白沙。其中则有神龟蛟鼍，玳瑁鳖鼋。其北则有阴林其树，楩楠豫章，桂椒木兰，檗离朱杨，樝梨梬栗，橘柚芬芳。其上则有赤猿蠷蝚，鹓雏孔鸾，腾远射干。其下则有白虎玄豹，蟃蜒貙豻，兕象野犀，穷奇獌狿。（司马相如《子虚赋》）

① 莫里斯·梅洛-庞蒂著，姜志辉译《知觉现象学》，商务印书馆2001年版，第265、445页。

② 雷诺巴尔巴拉拉（Renaud Barbaras）著，张尧君译《梅洛-庞蒂：意识与身体》，《同济大学学报》（社会科学版）2009年2月，第3页。

司马相如喋喋不休地向读者介绍云梦泽的景观、物产。空间的呈现按照一定的顺序，从中央向东南西北四个方位扩散，具体方位上则按照上下内外的顺序描述。自然景观按照人类社会规定的方位顺序逐一呈现。云梦泽及其周边的山水草木全部纳入了严格的规定布局之中。规则背后，能明确感受到作者对景观强大的控制力量。《子虚赋》中，景观并非自然自在地铺展开来，而是被精心安排在一个被划分过的空间之内。直到张协的《登北邙赋》仍然不能摆脱这种铺陈模式，只是这个中心，换成了作者自己："前瞻狼山，却窥大岯，东眺虎牢，西睨熊耳，邪亘天际，旁极万里。"① 工整规矩的汉赋书写如同节奏规律，结构固定的黄钟大吕，一板一眼，一宫一商，早已精心安排，不容更改。这是一套为时人共同接受的话语规则，破坏规则即为脱板走调；而一旦掌握规则，几乎可以毫无悬念地预测全文的结构内容，因为一切都在规则范围内展开。

孙绰试图打破陈规。他仅仅择取了琼台双阙一带的景观进行细致描摹，并没有巨细无遗地呈现天台山的全部景观：

> 双阙云竦以夹路，琼台中天而悬居。朱阁玲珑于林间，玉堂阴映于高隅。彤云斐玉以翼棂，皎日炯晃于绮疏。八桂森挺以凌霜，五芝含秀而晨敷。惠风伫芳于阳林，醴泉涌溜于阴渠。建木火景于千寻，琪树璀璨而垂珠。王乔控鹤以冲天，应真飞锡以蹑虚。驰神辔之挥霍，忽出有而入无。（《游天台山赋》）

此文只是针对该次游览经历作赋，而不是针对全部天台山作赋，故不必对天台山的全部信息负责。② 孙绰既没有像汉大赋一样不厌其烦地铺陈植被景观，也没有强行将它们安置在某个规定的方位：其东如何、其西如何……琼台双阙的这段描述中，并没有明确的中心，也没有方位提示语。山水获得了自主的生命力而活泼灵动地在读者眼前展开：八桂五芝、惠风醴泉、建木琪树，各种景观错落有致地存在于天台山中。它们或高或下，或明或暗，实实在在

① 欧阳询等编《艺文类聚》，第137页。

② 根据"赤城霞起而见标，瀑飞流以界道"两句，显然孙绰知道天台山的其他景观。

地作为天台山的必要部分成为孙绰关注的焦点。作者放弃控制、安排自然的欲念。自然跳出了人力的安排而真正成为其自身：山水只是山水，草木只是草木；它们不是城市宫阙的附庸，不是行猎歌舞的场地，也不需要背负道德取向或价值观念[①]。

时间上，司马相如并没有明确提示；从罗列的植物来看，四季皆有。汉末到西晋的诗人笔下则常常出现极具悲情感染意味的秋天傍晚。与孙绰同时的顾恺之（348—409）在其云台山之作中，则按照故事发展的时间先后顺序，将云台山的几个山水场景拼接起来[②]。孙绰与上述诸人皆不相同：他既没有像汉大赋那样，试图将天台山一年四季的全部景观展现在读者眼前，也没有根据自己的情绪状况选择一个最适宜抒情的时令，比如汉末古诗中常见的秋夜。孙绰"游于变化之途，放于日新之流"[③]；他将时间点果断地截取在秋天的清晨，却又没有留下刻意的痕迹。微日、凌霜、晨敷、垂珠等景观，透露出旭日初升、朝露未晞的短暂时刻。孙绰只对自己的"这一次"游览负责，在奔腾不止的时间长河中只截取了旅途所见的一个瞬间。此中一切，与孙绰切身的感官经验密不可分。这一瞬间，乃是孙绰与天台山"在存在论意义上的相互交缠所发生的当场'开显'"[④] ——露珠悬而未落，折射出熹微晨光，刹那芳华，经由孙绰亲在此地的"游"得以见证和保存。孙绰截取了山水中短暂一刻的"出神态"[⑤]。秋日清晨的琼台双阙——此时此地，而非那些没有名称或是随处可见的山水景观。他先用丹霞地貌（赤城霞起）将游览地点——天台山高亮标出，再以独特的山水形貌——琼台、双阙，将游览对象锁定。孙绰描写的只能是天台山，挪用到其他山水，就不再合适。这个从纵目远眺到凝眸眼前之间的时空节点，是对山水景观极度专注的结果：

---

① 如前文已提到的古墓松柏、白杨悲风。

② 米泽嘉圃撰，宋红译《顾恺之的〈画云台山记〉》中关于复合构图法，即"把情节发展中时间相异的两个场景绘于一图"的论断。见《美术论集》第三辑，人民美术出版社1984年版，第250页。

③ 郭庆藩著，王孝鱼点校《庄子集释》，中华书局1961年版，第111页。

④ 张祥龙著《从现象学到孔夫子》，商务印书馆2001年版，第74页。

⑤ 张祥龙："我们称将来，过去和现在这些已被刻画了的现象为时间的出神态。时间并不首先是一由自身而成的先于这些出神态的存在者。相反，它的本性就是这些出神态的统一中达到的时机化。"《从现象学到孔夫子》，第74页。

……况入神之制，与造化合符。（注）孙绰子曰：艺妙者以入神。[1]

孙兴公为庾公参军，共游白石山。卫君长在坐。孙曰：此子神情不关山水，而能作文?[2]

孙兴公与山水色授魂与，进而以神入妙；“作文”即是将凝神注目的当下时空记录下来。截断时间洪流的片刻，因孙绰心无旁骛的关切而透着永恒的意味——“过去、现在、未来有着一种根本的相互纠缠，叠加和牵挂的相互境域关系”[3]。千百年来，天台山的秋日清晨便是如此：阳光总是斜斜地洒在窗户上，造成明暗不同的光影。琪树上总有那么一滴露珠，在摇摇欲坠的瞬间折射着朝阳的光彩。一切只是自给自足地存在于此，不因人类社会的兴衰而改变。高度凝神让孙绰的目光聚焦于某一些特殊地点上：赤城、琼台、双阙、石梁。孙绰向后人展示其独特的山水审美方式——对一个具体景观的全情关注而非对整个天台山全面覆盖。相对于人事变幻，朝代更迭，这些景观从无转移，世代相传。同时，出现在孙公赋中的景观体现出孙绰拣选山水的眼光。相对于整个天台山区域而言，被高亮标出的地点乃是孙绰认可的，能够带来美感的所在。孙公赋为天台山水，而且仅仅为天台山水之美奠定了坚实的形象基础；并且，为后人的山水审美做出了示范——如何看以及看什么。

天台山的山水景观挣脱了人力的安排，自然而然地展现在读者眼前。相比于按照固定篇章结构展开的汉赋山水，孙公赋更像铿锵有力的金石掷地之声，不受控制、跳脱自如、随性而发、转瞬即逝。短小的篇幅、随性的节奏；对于章节安排固定、内容巨细弥遗的前代作品而言，无疑是极大的冲击。孙绰兴之所至的攀登玩耍、目之所遇的自然景观、耳之所闻的山水清音，充满当下一刻的偶然性，并无章法可循。读者永远无法预测下一刻出现在作者视野中的景观。范荣期“非中宫商”之论，当是就此而发。

孙绰率先在文字层面呈现出时人追逐的山水色相；同时，他收获的情绪经验和精神状态也一再回应标题中的“游”字。

---

① 陆倕《新刻漏铭》注，见萧统编，李善注《文选》，第777页。

② 刘义庆著，徐震堮校笺《世说新语校笺》，中华书局1999年版，第261页。

③ 张祥龙著《从现象学到孔夫子》，第74页。

四　我辈之语——悟道

孙公赋的的结尾，与前代山水类赋作完全不同：

荡遗尘于旋流，发五盖于游蒙，追羲农之绝轨，蹑二老之玄踪。于是游览既周，体静心闲。害马已去，世事都捐。投刃皆虚，目牛无全。凝思幽岩，朗咏长川。尔乃羲和亭午，游气高褰。法鼓琅以振响，众香馥以扬烟，肆觐天宗，爰集通仙。挹以玄玉之膏，嗽以华池之泉，散以象外之说，畅以无生之篇，悟遣有之不尽，觉涉无之有间。泯色空以合迹，忽即有而得玄，释二名之同出，消一无于三幡。恣语乐以终日，等寂默于不言，浑万象以冥观，兀同体于自然。（《游天台山赋》）

“荡遗尘”之说，承接前文的游山经历，或可为形体上的临流玩水，或可为精神上的游目清心。后三句将天台山原本单纯的山水空间同时开放给了三种不同的精神状态：佛教徒拔除五盖之障；士大夫钦慕陶唐之世；隐居者追随首阳之志。与前面的形体游玩相对，这是孙绰的精神遨游。天台山水空间是有限的，孙绰的生命存在同样是有限的；但是山水激发孙绰突破自身的局限，引导孙绰进入自在遨游的精神巡礼。孙兴公同时经验清静佛子、上古生民、山林隐士的生活状态；进而畅幽思，舒朗咏，听法鼓，观扬烟，挹膏嗽泉乃至冥合山水，融入自然。

美姬、丝竹、羽猎、决斗销声匿迹，取而代之的是幽岩长川和法鼓香烟；孙绰的乐趣全部来自天台山。但是，孙绰并没有再次赞叹天台山的煊赫伟大，或者是寄托一段意味明确的幽思。他仅仅是呈现了自己游览山水的心境，既无哀伤，亦无狂喜。这看似简单的三句话——体静心闲、世事都捐、目牛无全，实际上经历了漫长的思想过程：

面对山水，汉人要么顶礼膜拜，要么敬而远之。班固的《终南山赋》在作品结尾对终南山发出再一次的赞叹，并以虔诚的祭拜祈求福祉：“唯至德之为美，我皇应福以来臻。埽神坛以告诚，荐珍馨以祈仙。嗟兹介福，永钟亿万年。”（《全上古三代秦汉魏晋六朝文·后汉文》）淮安小山的招隐士，则明确认为山林是不适合居住的荒蛮之地。汉人相信，都邑、宫殿或是人力管辖之下的园囿，是更加值得托付身心的所在。然而，汉代的覆亡使得原本井井有条的社会分崩离析。原来，那个由人类苦心经营的文明世界并非永恒的存在。汉末以来，人们开始寻求新的安顿之所：一次又一次的言驾出游，城郊的景观并没有给诗人带来审美享受。相反，那些反复出现的意象：柏木、青松、坟冢、废墟，不断提醒诗人：生命不可持久——“人生非金石，岂能长寿考”；繁华不可持久——“从容在一时，繁华不再荣”①；霸业不可持久——“军败华阳下，身竟为土灰”②；姿容不可持久——“人生诚行迈。容华随年落”③；名声不可持久——“良无磐石固，虚名复何益”④；友情不可持久——“昔我同门友，高举振六翮。不念携手好，弃我如遗迹”⑤；服食不可延年——“服食求神仙，多为药所误”⑥；仙境不可攀登——“求仙鲜克仙，太虚不可凌”⑦。那个“陵天地而与浮明遨游”的大人先生，却是一去“天下莫知其所终极”⑧。寻寻觅觅中，诗人始终找不到可以托付生命的永久存在或是永恒价值。

左思试图效仿隐士，将身心托付山林。但是，这其中不乏无奈的情绪：“爵服无常玩，好恶有屈伸。结绶生缠牵，弹冠去埃尘。惠连非吾屈，首阳非吾仁。”⑨ 山林作为世俗的对立面，成为诗人壮志难酬、迫不得已的选择；或者说，山林仅仅是左思逃脱现实的避难所，却不是期待探寻的极乐园。郭璞和庾阐笔下的山水，披上了一层绚丽夺目的玄幻色彩，住进了一众高深莫测的神人仙士，生长了一山延年益寿的奇珍异草。相比之下，天台山的神仙色彩并不浓重。孙绰略微提及了王乔和二老。与庾阐、郭璞笔下那些金碧辉煌、神仙往来的灵境相比，孙绰知觉中的佛道世界要朴素得多。而且，一旦游仙不成，郭璞的悲哀是毫无疑问的：

---

① 《阮籍集》，第306页。
② 同上，第308页。
③ 《陆机集》，第67页。
④ 萧统编，李善注《文选》第二册，第411页。
⑤ 同上。
⑥ 同上。
⑦ 《陆机集》，第88页。
⑧ 《阮籍集》，第192页。
⑨ 萧统编，李善注《文选》第二册，第309~310页。

虽欲腾丹溪，云螭非我驾……临川哀年迈，抚心独悲咤。

潜颖怨清阳，陵苕哀素秋。悲来恻丹心，零泪缘缨流。[1]

如孙绰这般，并无愤世嫉俗，也不访仙求药，仅仅抱着轻松的心情进入山林，纯粹以访幽探胜为目的的游山玩水，要到东晋以后才出现。

东晋以来，风景不殊的南渡之叹抑或是克复神州的慷慨之声都没有持续太久。很快，南方的山水吸引了北人的目光。王谢诸人或是深入山林，采药服食：

（王）羲之雅好服食养性，不乐在京师，初渡浙江，便有终焉之志。会稽有佳山水，名士多居之。未仕时亦居焉。谢安、李充、许询、支遁等，皆以文义冠世，并筑室东土，与同好。[2]

羲之既去官，与东土人士尽山水之游弋钓为娱，又与道士许迈共修服食，采药石不远千里，遍游东中诸郡，穷诸名山，泛沧海。[3]

（许迈）父母既终，乃遣妇孙氏还家，遂携其同志，遍游名山焉。初采药于桐庐县之桓山……永和二年移入临安西山，登巖茹芝，眇尔自得，有终焉之志。乃改名玄，字远游……羲之造之未尝不弥日忘归，相与为世外之交。[4]

高阳许询，字玄度。丹阳许玄，字远游。并清高不仕。询有才藻，能清言。玄山居服食，志求仙道。游会稽临海山，誓不归家，乃与妇书令改适，后入深山，莫知所止。或以为升仙。[5]

或是耽于林泉，游弋山水：

---

① 萧统编，李善注《文选》第二册，第307页。

② 《晋书》，第2098～2099页。

③ 同上，第2101页。

④ 同上，第2197页。

⑤ 李昉等编《太平御览》卷五百三十，中华书局1960年版，第2299页。

（谢安）寓居会稽，与王羲之及高阳许询，桑门支遁游处，出则渔弋山水，入则言咏属文，无处世意。[1]

许掾好遊山水而体便登陟。[2]

（孙统）家于会稽，性好山水，乃求为鄞令，转在吴宁，居职不留心碎务，纵意游肆，名山胜川，靡不穷究。[3]

（孙绰）少与高阳许询俱有高尚之志，居于会稽，游放山水十有余年。[4]

上述文献中，几个人的名字反复出现：谢安、羲之、支遁、许询、孙绰。虽然年岁参差，但是这些“性好山水”的名士，以王羲之、孙绰、支遁等人为中心，形成了一个交游圈子。在永和九年（354 年），这一群“同志”终于举行了最大规模的一次山水游赏活动——兰亭雅集。孙公赋成之时，急不可耐地示诸范荣期。与范荣期（范启）有所交往的郗超的叔父、舅父及表兄、庾龢的族兄弟均出席了兰亭雅集，分别为郗昙、王羲之及其子侄、庾友和庾蕴。而庾龢的族叔庾亮又恰是提携孙绰为章安令[5]之人。所以，范荣期本人与兰亭诗人有着密切的关系。他所谓“我辈”应该为“性好山水”的这一批名士。“我辈语”最集中的体现，莫过于兰亭诗。很显然，孙绰总结其游览经历的最后一段，与兰亭诗呈现出惊人的相似。孙绰在天台山获得安宁、洒脱、自由的精神状态：“游览既周，体静心闲。害马既去，世事多捐。投刃皆虚，目牛无全。”这与王肃之的“今我斯游，神怡心静”[6]、王蕴之的“散豁情志畅，尘缨忽已捐”[7]、庾友的“驰心城表，寥寥远迈”[8] 何其相似。但是，孙绰与兰亭诸人并不满足于此。一面，孙绰清楚地意识到自身的存在；一面，将自身放回山水之中，作为自然的一部分，努力地去领悟与天地冥合无二的

① 《晋书》，第 2072 页。
② 刘义庆著，徐震堮校笺《世说新语校笺》，第 361 页。
③ 《晋书》，第 1543 页。
④ 同上，第 1544 页。
⑤ 彼时天台属章安境内。
⑥ 逯钦立辑校《先秦汉魏晋南北朝诗》，第 913 页。
⑦ 同上，第 915 页。
⑧ 同上，第 908 页。

存在状态："悟遗有之不尽，觉涉无之有间；泯色空以合迹，忽即有而得玄；释二名之同出，消一无于三幡……浑万象以冥观，兀同体于自然。"这与一众兰亭诗人在会稽山阴的煦日和风中获得的领悟几乎无二："茫茫大造，万化齐轨"[①]，"归目寄欢，心冥二奇"[②]，"大矣造化功，万殊莫不均"[③]，"万殊混一理，安复觉彭殇"[④]，"理感则一。冥然玄会"[⑤]。孙绰和兰亭诸人一再申明自己与自然冥合，与万物同一。这一体悟安顿了原本短暂的生命，令他们感到平静适意和满足。"我辈语"，既是孙公赋，亦是兰亭诗。

孙公赋乃是一篇顺应时代潮流的文章。孙绰相信，他的那一辈人——谢安、王羲之、支遁、许询、范荣期等人，一定能理解他的作品。也只有他的那一辈人，才能理解他的作品。因为，他们共同属于那个"性好山水"的"我辈"，他们彼此言说的，是互相可以理解的"我辈语"；而自己这一辈人对于自然山水的态度，是与前人绝不相同的。面对庞大而强劲的传统，孙绰亟待同辈人的肯定和支持。范荣期在一抑一扬之间，完美地充当了这个支持者。他既道出了孙公赋与前代作品的区别——"非中宫商"，又点明了孙公赋与当下潮流的联系——"我辈语"。

孙绰及其同辈究竟要说什么？他们想表达体悟到自身与山水同在，恬淡而又欣喜的满足感。孙绰不断地尝试进入一种情绪状态——"入神"，即与万物的冥合。不同于汉人将世俗娱乐塞进山水，或是将自身置于自然对面，进行对象化的铺陈，孙绰等人一再强调山水清音已经取代了丝竹管弦，"非中宫商"却娱人心性："虽无丝与竹。玄泉有清声"[⑥]，"清响拟丝竹。班荆对绮疏"[⑦]。冥合山水也不是古诗十九首那样的感物伤时。面对湍流不息的时间、必将终结的生命，郭象认为应该将自身从"守迹""逐迹""执成迹"，乃至

① 逯钦立辑校《先秦汉魏晋南北朝诗》，第907页。
② 同上，第914页。
③ 同上，第895页。
④ 同上，第906页。
⑤ 同上，第908页。
⑥ 同上，第896页。
⑦ 同上，第916页。

"尚无为之迹"的桎梏中解脱出来，"以自然为履"，"捐迹反一"，游外而冥内①。故而，郭象以后的王谢诸人，并不强求某种物理时空中的永恒。他们秉承易、孔、老、庄的原发生命精神，回到活生生在场的当下一刻②。孙兴公洞明："往复推移，新故相换，今日之迹，明复陈矣。"③ 王羲之慨叹："向之所欣，俯仰之间，已为陈迹。"④ 孙兴公与王羲之没有徒劳地否认生命短暂或是试图改变这一事实，也没有大肆渲染由此引起的悲哀和绝望。他们抛弃对过往陈"迹"的执着，"冥然与时世为一"。孙绰清楚地意识到自身的存在，并且明白这种存在的短暂易逝足以引起悲哀和绝望；他以及同辈之人选择"借山水以化其郁结"，努力将自身融入万物，感受与自然万物无区分的共同存在，体验与天地宇宙的无差别的生命律动："恣语乐以终日，等寂默于不言，浑万象以冥观，兀同体于自然。"（《游天台山赋》）天台山中，孙绰获得与万物同在的欣喜和适意："席芳草，镜清流，览卉木，观鱼鸟，具物同荣，资生咸畅。"这是存有回归到本来境域中的安顿，亦即郭象所谓的玄冥之境，而不是个体对立于身外之物的迷失。秋日清晨之琼台双阙，孙绰凝神于欲坠而未坠的垂露，此时此刻，"当所遇而安之，忘先后之所接"。孙绰既不悲伤也不狂喜，他只是挣脱了个人得失，平静而愉悦。如同陶渊明所谓的"纵浪大化中，不喜亦不惧"，或后人所谓"不以物喜，不以己悲"。王谢诸人对生命、对山水皆抱有一段深情。他们并不执着于自我主体，自怨自艾；反而向外在世界探出敏锐的触角，积极探索自然。同时，亦不为外物羁绊，美感发生于人和山水相互触碰、相互回应的刹那瞬间⑤，而非对山水空间的独家占有。"人之受命、成性，皆被置于宇宙的流衍存有之中，时时在在的'清明昼气'之中，诗人遂应向光明的苍昊，向天地山川、光风霁月敞开心、目，以情与景之间的往来亲证天人性命的授受"⑥。抛弃个人遭际引发的喜忧，单纯地为

① 郭象《大宗师》注：夫理有至极，外内相冥。未有极游外之致，而不冥乎内者也。未有能冥于内，而不游乎外者也。故圣人常游外以宏内，无心以顺有。故虽终日挥形，而神气无变，俯仰万机，而淡然自若。郭庆藩著，王孝鱼点校《庄子集释》，第268页。

② 详见萧驰著《玄智与诗兴》，联经出版社2011年版，第248页。

③ 孙绰《三月三日兰亭诗序》，见《全上古三代秦汉六朝文·全晋文》。

④ 同上。

⑤ 详见张淑香《抒情传统的本体意识——从"理论"的演出解释"兰亭集序"》，《中国抒情传统的再发现》，台大出版中心2009年版，第713页。

⑥ 萧驰著《圣道与诗心》，联经出版社2011年版，第270页。

存在而欢欣，乃是兰亭之辈为后人开辟的山水美感境界——“应物而不累于物”[1]。

孙绰及其同辈坚信，他们对存有本身的赞美和安顿具有超越自身的永恒意味：不仅“我辈”可以相互理解，而且后辈能够代代相传。谢安的“相与欣佳节”、王羲之的“逍遥良辰会”、王肃之的“嘉会欣时游”，兰亭诸人相逢相会，相与相知，欢欣适足。“咏彼舞雩。异世同流”[2]，“古人咏舞雩。今也同斯欢”[3]，“冥心真寄，千载同归”[4]，正所谓“虽世殊事异，所以兴怀，其致一也”。孔子仅仅表达了乐山乐水的愿望，直至孙绰诸人才真正进入山水世界，实现了孔子期盼的畅快、喜悦和满足。孔子“浴乎沂，风乎舞雩，咏而归”的理想、嵇康“放棹投竿，优游卒岁”[5]的祈愿，郭象“死生宛转，与化为一”的了悟，被兰亭诸人共同肯认并且实现；孙绰一辈人相信，沂水之乐乃是异世同流，千载同归的旨趣，必将传承延续，绵绵不绝。后人追随他们，也会像他们追随孔子一样，在山水中找到自身存在的依托。

五　奋藻散怀——赋成

如果孙绰仅仅是跟上了时代的潮流，不足为奇，孙绰没有必要向时人炫耀。关键在于，孙公赋不仅超过前人，而且超过时人：

> 绰与询一时名流，或爱询高迈，则鄙于绰，或爱绰才藻，而无取于询。沙门支遁试问绰：“君何如许？”答曰：“高情远致，弟子早已伏膺；然一咏一吟，许将北面矣。”[6]

兰亭雅集不乏高迈之人、不缺远致之作；只有孙绰，及时地在文字层面，

---

① 《三国志》，中华书局1959年版，第795页。
② 逯钦立辑校《先秦汉魏晋南北朝诗》，第895页。
③ 同上，第911页。
④ 同上，第912页。
⑤ 同上，第484页。
⑥ 《晋书》，第1544页。

将时人付诸实践的登山涉水、访幽探胜，详尽地呈现出来。那些在兰亭诗和兰亭序中不暇敷演的游览过程、山水景观，在天台山赋中细细展开。《游天台山赋》乃是孙绰的“才藻”、孙绰的“一咏一吟”，是他骄傲的资本和信心。

该作既跳出了前人铺陈山水的窠臼，又对时人的“性好山水”做出了最好的诠释。“性好”不是“凡我仰希。期山期水”[①] 这样简单的宣言；“山水”也不是“青松凝素髓。秋菊落芳英”[②] 这样单调的形色。“性”者，“天命之谓性，率性之谓道”[③]。之于孙绰，则是：“不任吟想之至，聊奋藻以散怀。”（《游天台山赋》）该文乃是不胜吟想之下，情不自禁，顺乎自然的个人散怀之作，无须承担任何道德的、政治的责任，甚至，连兰亭雅集那样赋诗不成便要罚酒的小小压力都没有。一切，乃是兴之所至。“好”者：“爱而不释也。”[④] 所以孙绰“驰神运思，昼咏宵兴，俯仰之间，若已再升者也。”孙兴公心思神往，故而昼夜吟咏，以致仿若反复游赏。孙绰之于天台，恰是爱而不释于口，爱而不释于心。“性好”二字，即“适情”“玩物”，浸濡其中也，即“游”也。

孙绰游山，非为采药服食，无关求神访仙，而是单纯的对山水色相的欢欣向往。反观登山游览一段，虽然山路险僻，但是那些汉魏诗人晏驾出游时屡屡遭遇的“白杨”“秋草”“松柏”“浮云”等景观从无出现；虽然攀爬艰险，但是孙绰并没有像前人一样，因为担心“失路”“迷津”而产生“忧”“惧”“惊”“悲”等情绪。怀抱着对胜景的热切期待，孙绰努力向上攀爬而不作他想。同样，回顾琼台双阙一段，那些曾经在被反复灌注在景物之前的“寒”“枯”“衰”“孤”等字眼，全不见了踪影。这是一个全新的、由孙绰及其同辈人共同开掘出来的山水世界。孙公此文，则是天台山水世界在文字层面上的第一次展现；在时人眼中，无疑闪耀着鲜亮而惊艳的色泽。或许范荣期的那句“非中宫商”可以理解为带着少许忌妒的惊叹：原来，山水之文可以这样不同寻常！我辈所行之事、所观之山、所悟之道，正当如此！山水，真正成为了孙绰等人所好、所游的“山水”。孙公赋开启了天台山，乃至浙东

---

① 逯钦立辑校《先秦汉魏晋南北朝诗》，第907页。
② 同上，第894页。
③ 朱熹注释《四书章句集注》，中华书局1983年版，第17页。
④ 黄生撰《字诂》，安徽丛书编印处，民国二十三年（1934年）版，第三册，第23页。

诸山风景的历史；同时代表王谢诸人宣告，文学史中那些惧山水、祭山水、敬山水的作品渐渐淡出，“人于山水如好美色，山水于人如惊知己”[1] 的时代已然悄悄开启。

① 钱锺书著《管锥篇》，中华书局 1979 年版，第 1038 页。

“文笔说”之“笔”义辨

唐梓彬

一 引言

“文笔之辨”既是六朝重要的学术课题，又是一个不易解释的棘手问题，学界对此虽已有很多研究，但多年来还是争论不休。[①] 学界目前对“文”的特征讨论较多，而对“笔”则涉及较少，似忽略了“笔”所体现的丰富内涵。笔者认为探讨“笔”的内涵是必需的，因为这有助于我们全面而深入地理解“文笔之辨”的发展过程，可谓是把握六朝“文笔说”的关键。[②] 齐梁人既将沈约的诗和任昉的笔作为“文笔之分”的代表人物，有“沈诗任笔”之语，那么“笔”的内涵和特征究竟是什么呢？“笔”的内涵又是否有着转变的过程呢？基于这些疑问，下文将以此为线索，推流溯源，以历史发展的脉络为主线，对各个时期的“文笔说”加以阐释，以期对“笔”做更深入的认识。

---

① 有关前人对“文笔之辨”的研究可参考冯源《20世纪文笔说研究述评》，《南都学坛》（人文社会科学学报）2005年第3期，第60~66页。

② 将六朝文笔说划分时期、阶段，前人已有说在先。如刘师培、黄侃、罗根泽、郭绍虞、张少康等学者均认为文笔说有前后期之分；而逯钦立则以宋初为界，在后期又划分出传统与革新两派；王运熙、杨明《魏晋南北朝文学批评史》却以为文笔说“也无所谓前期后期，传统革新之别”，认为文笔之分只在有韵无韵。凡此论述皆构成本文的理论背景。可参考冯源《20世纪文笔说研究述评》中“文笔说演变研究”一节。

二　第一阶段：“笔”与“文”无异

“笔”原意是书写工具，后来才引申为文章制作的代名。在汉代，“笔”一般指公文，即应用文，如《汉书·萧何曹参传》“皆起秦刀笔吏”[①]，《汉书·楼护传》“谷子云笔札，楼君卿唇舌”[②]，王充《论衡·超奇》“长生死后，州郡遭忧，无举奏之吏，以故事结不解，征诣相属。文轨不尊，笔疏不续也。岂无忧上之吏哉?”[③] 皆用此义，指奏疏之类的公文。

到魏晋时期，“文”和“笔”的内涵大致上无差别，同样是泛指文章制作。例如，在有“清谈总汇”[④] 之称的《世说新语》中，“文”和“笔”便是互相混用的，“文”和“笔”只是一个与“言”相对立的概念，可以说除清谈以外一切形诸纸墨的文字，包括诗、赋、颂、表、议、史传、论等所有文体，不分骈散，也可算“文”或“笔”，具有广义“文学”的含义。[⑤] 由此可见，魏晋时“文笔之辨”的命题尚未正式展开，其重点仅在于区分“言”和“文笔”之别，即明确分别“清谈”和“文学”之间的关系。换言之，在魏晋时期，“文”“笔”并无差异，“文”可该“笔”[⑥]，“笔”亦可该“文”。

魏晋时，“笔”大体上虽与“文”同义，但又上承汉代对“笔”的理解，以指应用公文为多，表诗赋之义为少。例如《三国志·蜀书·李严传》“亮具出其前后手笔书疏本末，平违错章灼。平辞穷情竭，首谢罪负”[⑦]，《晋书·王珣传》“珣梦人以大笔如椽与之，既觉，语人曰：比当有大手笔。俄而帝崩，哀册谥议，皆珣所草”[⑧]，等等，用例极多，皆是以“笔”或“手笔”代

---

① 《汉书》卷三十九，中华书局1962年版，第2021页。

② 同上，卷九十二，第3707页。

③ 王充著《论衡》卷十三，中华书局1985年版，第149页。

④ 陈寅恪《逍遥游向郭义及支遁义探源》，载陈寅恪著《金明馆丛稿二编》，三联书店2001年版，第91页。

⑤ “笔究竟包含着哪些内容呢？稍作归类，有诗、赋、文（包括颂、赞、诔、表、笺、小说、史书、传记等）……文和笔在《世说新语》中是互相混用的，实属于同一个概念。”参陈桥生著《刘宋诗歌研究》，中华书局2007年版，第34～35页。

⑥ 曹丕《典论·论文》、陆机《文赋》中的“文”便是包括奏议、书论、铭诔、诗赋等。

⑦ 《三国志》卷四十，中华书局1960年版，第999页。

⑧ 同上卷六十五，第1756页。

表章表、书札、哀册、谥议等无韵公文的实证。这表明人们经过汉至魏晋的长期认知过程，先确立了“笔”泛指公文的特点，为后来以“韵”区分文笔的说法奠定了语义上的基础。

三　第二阶段：“笔”指无韵的文体

故此，刘宋人在弄清“清谈”和“文学”之别的前提下，进一步对“文学”中的“文”及“笔”进行辨析。宋人根据他们对“文”“笔”的文体认识，提出以有韵无韵作为区分“文笔”的准则，使本来同表“文章”之义的“文”和“笔”“别目两名”。[①] 例如范晔《狱中与诸甥侄书》云：“手笔差易，文不拘韵故也”[②] 便称押韵的文章为“文”，不押韵的文章为“笔”。

活跃于齐梁之间的刘勰也大体沿用这种观念。《文心雕龙·总术》：“今之常言，有文有笔，以为无韵者笔也，有韵者文也。”[③] 诚如刘师培《中国中古文学史》云：

> 更即《雕龙》篇次言之，由第六迄于第十五，以明诗、乐府、诠赋、颂赞、祝盟、铭箴、诔碑、哀策、杂文、谐隐诸篇相次，是均有韵之文也；由第十六迄于第二十五，以史传、诸子、论说、诏策、檄移、封禅、章表、奏启、议对、书记诸篇相次，是均无韵之笔也。[④]

《文心雕龙》也是按文体的有韵与否来区分“文”“笔”的准则来编排全书结构的。综观《文心雕龙》一书，凡“论文叙笔”，多“囿别区分”[⑤]，如《文心雕龙·声律》“属笔易巧，选和至难，缀文难精，而作韵甚易”[⑥]，《文心雕

---

① 刘勰著，范文澜注《文心雕龙注》卷九，人民文学出版社 1958 年版，总术第四十四，第 655 页。

② 《宋书》卷五十二，中华书局 1974 年版，第 1830 页。

③ 刘勰著，范文澜注《文心雕龙注》卷九，总术第四十四，第 655 页。

④ 刘师培著《中国中古文学史讲义》，上海古籍出版社 2006 年版，第 96～97 页。

⑤ 刘勰著，范文澜注《文心雕龙注》卷九，总术第四十四，第 666 页。

⑥ 同上卷七，声律第三十三，第 553 页。

龙·才略》"孔融气盛于为笔，祢衡思锐于为文，有偏美焉"[①]，《文心雕龙·时序》"逮明帝秉哲，雅好文会，升储御极，孳孳讲艺，练情于诰策，振采于辞赋，庾以笔才愈亲，温以文思益厚"[②]，等等，也是以"有韵为文"而"无韵为笔"的标准出发区别"文""笔"的，具有文体分类和辨析上的意义。但是由于"文""笔"本无严格的划分，而"有韵者文，无韵者笔"乃"自宋以来之新说"[③]，所以刘勰在应用时，也偶尔有认识上的混乱，存在以"笔"表"有韵之文"的特例，如《文心雕龙·颂赞》"相如属笔，始赞荆轲"[④]，便以"属笔"表示撰写"颂赞"。但这样的用例毕竟为数不多，只能说明刘勰对"今之常言"的"文笔"新说及魏晋"文笔不分"的旧用法还有一定程度上的混淆，使"文"和"笔"的内涵仍有交叉重叠之处；但却不足以证明刘勰有反对以"韵"区分"文""笔"的倾向。[⑤]

除了无韵外，这时的"笔"还有一些内涵值得注意。首先，"笔"须有文采，具有文学性。《文心雕龙·总术》云："颜延年以为'笔之为体，言之文也。'"[⑥] 可知"笔"乃是经过文饰的言语，须有辞采之美。

其次，从颜延之云："经典则言而非笔，传记则笔而非言。"[⑦] 而刘勰《文心雕龙》亦有《史传》一篇，可知"笔"包含了史传这些文体。至于"经典"是否属"笔"则仍有争议，如颜延之便将"经典"排斥于"笔"体之外，而刘勰却力主"易之文言，岂非言文？若笔果言文，不得云经典非笔矣"[⑧]，认为"经典"同样具有文饰，故应当属"笔"。由此可见，"笔"由东晋至齐梁均是包涵史传的，至于是否独立于经，则仍有争议，暂无定案。

最后，"笔"主要还是指应用公文，《宋书·颜竣传》："竣得臣笔，测得

---

① 刘勰著，范文澜注《文心雕龙》卷十，才略第四十七，第699页。

② 同上卷九，时序第四十五，第674页。

③ 黄侃著，黄延祖重辑《文心雕龙札记》，中华书局2006年版，第257页。

④ 刘勰著，范文澜注《文心雕龙注》卷二，颂赞第九，第158页。

⑤ 黄侃曰："彦和不坚守文笔之辨明矣。"见黄侃著，黄延祖重辑《文心雕龙札记》，第263页。又朱东润云"《文心雕龙》论文，先破当时文笔之界限"。见朱东润著《中国文学批评史大纲》，上海古籍出版社1983年版，第48页。两人皆认为刘勰反对刘宋时期以有韵无韵区分"文""笔"的新说。

⑥ 刘勰著，范文澜注《文心雕龙注》卷九，总术第四十四，第655页。

⑦ 同上。

⑧ 同上。

臣文。"[①] 又《宋书·颜延之传》："及义师入讨，竣参定密谋，兼造书檄。劭召延之，示以檄文，问曰：此笔谁所造？延之曰：竣之笔也。又问：何以知之？延之曰：峻笔体，臣不容不识。"[②] 可知"笔"大体是指檄文一类的应用文。

简单来说，"言""文""笔"三者在这个时期的区别，当如范文澜《文心雕龙注》所言："意谓直言事理不加彩饰者谓言，如《礼经》《尚书》之类是，言之有文饰者谓笔，如《左传》《礼记》之类是，其有文饰而又有韵者为文。"[③] 即先以"辞采"区分"言"和"文笔"，再以声律元素中的"韵"分别"文"与"笔"。这与魏晋时人的观点相比，明显强调了"笔"的文采，因而有别于"言"。另外，颜延之敢于将经典摈除于文笔之外，在当时也是相当大胆的说法。

为什么晋宋文人要进一步划分"言""文""笔"三者呢？笔者认为这与集部的形成过程有密切的关系。自汉刘歆《七略》和班固《汉书·艺文志》开始，文学作品多归于"诗赋"类。后来由于兵书渐少，文籍增多，故西晋荀勖的《中经新簿》根据郑默的《中经》，将六略改为四部，甲部纪"六艺及小学等书"，乙部录"古诸子家、近世子家、兵书、兵家、数术"，丙部录"史记、旧事、皇览簿、杂事"，丁部收"诗赋、图赞、汲冢书"。[④] 其后东晋李充《元帝四部书目》沿用此法，"因荀勖旧簿四部之法，而换其乙丙之书"（阮孝绪《七录序》）[⑤]；自此以后，刘宋的官家目录亦大多沿袭此分类法[⑥]。

然而，这种分类法有两个问题：第一，丁部除了主收"诗赋"外，又兼录"图赞"及"汲冢书"等缺乏文学性的著作，使集部的性质变得庞杂，存在着文籍分类上的局限；第二，随着文章的体裁日渐增多，造成"众制锋起，源流间出"（萧统《文选序》）的情况[⑦]，故在刘宋时期丁部所著录的文籍不可能只有诗赋，当中定必夹杂着种类繁多的各体文章，那是"诗赋"所不能

---

① 《宋书》，卷七十五，第 1959 页。

② 同上，卷七十三，第 1903 页。

③ 刘勰著，范文澜注《文心雕龙注》卷九，总术第四十四，第 658 页。

④ 《隋书》卷三十二，中华书局 1977 年版，第 906 页。

⑤ 严可均辑《全上古三代秦汉三国六朝文》全梁文卷六十六，中华书局 1958 年版，第 3345 页。

⑥ 如谢灵运撰《四部目录》、王俭撰《四部书目录》。

⑦ 萧统编，李善注《文选》，中华书局 1977 年版，第 2 页。

完全概括的。宋人王俭有鉴于以上两点，其《七志》便有意改变魏晋以来的四分法，尝试恢复《七略》的分类法，以弥补不足。王俭《七志》既增《图谱志》以纪地域及图书，用来著录《图画之篇》及《注记之类》等类近于《图赞》《汲冢书》的著作[①]，又改《七略》之《诗赋略》为《文翰志》。何谓“文翰”？根据逯钦立的说法：“文翰与文笔约相当，因为翰就是笔。《后汉书·王逸传》附《子延寿传》谓：‘蔡邕欲作《灵光殿赋》，见延寿作，辍翰而止。’此翰即笔之证。”[②] 这表示章表奏议这类“无韵之笔”，在当时也被视为文学。盖因“诗赋之名，不兼余制”（阮孝绪《七录序》）[③]，“笔”非“诗赋”之名可以概括，而“有韵之文”又可兼包“诗赋”之义，故王俭以“文翰”取代“诗赋”，大大扩阔了前代对文学的义界，以便较全面地著录当时各类的文学作品，使名实相符。可以说，“文笔之辨”至刘宋才正式开始，宋人之所以把文章分为“文”和“笔”两类，乃是出于著录的需要。

同时，“文笔之辨”与文章的结集也有互为因果关系。自第一部称集的《诸葛氏集》起，文集（包括别集和总集）的编排多以文体为归类，以类相分。例如从《三国志·蜀书·诸葛亮传》“亮言教书奏多可观，别为一集”[④]，可知《诸葛氏集》大体可以文体分为言、教、书、奏四大类；其后的别集，如宋王微[⑤]、颜峻[⑥]、陶渊明[⑦]、王俭[⑧]等人的文集，其体例虽不可考，但大体亦应跟随《诸葛氏集》，以文体相分。除此之外，又据《隋书·经籍志》“总集类”，可知在晋宋之时出现了殷仲堪的《策集》[⑨]，谢灵运的《赋集》[⑩]、

---

① 阮孝绪《七录序》：“王氏图谱一志，刘略所无，刘数术中虽有历谱，而与今谱有异，窃以图画之篇，宜从所图为部，故随其名题，各附本录。谱既注记之类，宜与史体相参，故载于记传之末。”载严可均辑《全上古三代秦汉三国六朝文》，全梁文卷六十六，第3346页。

② 逯钦立《说文笔》，载于逯钦立遗著，吴云整理《汉魏六朝文学论集》，陕西人民出版社1984年版，第347页。

③ 严可均辑《全上古三代秦汉三国六朝文》，全梁文卷六十六，第3346页。

④ 《三国志》卷三十五，第927页。

⑤ 《宋书·王微传》“所著文集，传于世。”见《宋书》卷六十二，第1672页。

⑥ 《宋书·颜峻传》“峻文集行于世。”见《宋书》卷七十五，第1966页。

⑦ 萧统有《陶渊明集序》，可见陶渊明有别集传世。

⑧ 任昉有《王文宪集序》，可见王俭有别集传世。

⑨ 《隋书》卷三十五，第1089页。

⑩ 同上，第1082页。

《诗集》[①]、《七集》[②]，谢庄的《赞集》[③] 等总集，由此可见总集亦有以文体区分的倾向。因此，把文章以有韵无韵分“文”“笔”两类大项，再以文体如诗、赋、铭、表等小项排列在“文”“笔”之下，实有助于别集之编排整理；亦有助辨清“本同而末异”（曹丕《典论·论文》语）[④] 的各式文体，方便总集收录文章。萧统的《文选》便是在总结前代别集和总集编撰的基础上，才得以确立“凡次文之体，各以类聚。诗赋体既不一，又以类分。类分之中，各以时代相次”（《文选序》）[⑤] 的编排体例，标志着文集的成熟。以此观之，“文笔之辨”既是由于结集的需要才产生的现象，也在一定程度上促进了文集之发展，乃是文集盛行于齐梁的近因。[⑥]

四　第三阶段：“笔”指诗赋以外的文体

至萧梁后期，随着永明声律说的兴起，声色大开，文章更趋骈俪化，致使大部分的文体均以骈文写成，同样讲究藻饰文采，模糊了“言”和“文笔”以“辞采”相分的界限，拉近了文学与非文学的距离。人们逐渐认识到以“辞采”为限，根本无法辨清文学与非文学之间的差异。因为当“言”被骈俪化，与属“言之文也”的“笔”同样具有辞采，文学之特性何在呢？诚然，前人的解释根本不能解决这个问题。因为前代的“言”与“文笔”之分，只能说明文学的艺术特性就是“采”，即形式的华美，并没有对文学的内容特质做出探讨；而且如上文所述，以“韵”区分同属文学的“文”和“笔”只是时人基于著录及文集编排的需要，而对“文学”所做的文体分类，并非判别文学与非文学的准则。诚如张少康《中国文学理论批评发展史》所言：

---

① 《隋书》卷三十五，第 1084 页。

② 同上，第 1086 页。

③ 同上。

④ 严可均辑《全上古三代秦汉三国六朝文》，全三国文卷八，第 1097 页。

⑤ 萧统编，李善注《文选》，第 2 页。

⑥ 有关六朝集部的论述，可参考钱志熙《早期诗文集形成问题新探——兼论其与公燕集、清谈集之关系》，《齐鲁学刊》2008 年第 1 期，第 106 ~ 111 页。

有韵的其实不一定是文学，无韵的也不一定不是文学。……所以押韵与否不是一个科学的标准，也不能真正分清文学与非文学。①

因此，骈文之兴盛促使人们进一步思索文学的特征，为“文笔之辨”注入了新的内涵。

另一方面，齐梁诗文讲求声律和谐的特点，又为以“韵”区分“文”“笔”的准则带来冲击。因为“韵”在刘勰《文心雕龙》中本指韵脚；但随着永明声律说的兴起，“韵”又兼指声律，如沈约《答陆厥书》云：

自古辞人，岂不知宫羽之殊，商徵之别，虽知五音之异，而其中参差变动，所昧实多。故鄙意所谓，此秘未睹者也。……士衡虽云：炳若缛锦，宁有濯色江波，其中复有一片是卫文之服。此则陆生之言，即复不尽者矣。韵与不韵，复有精粗，轮扁不能言，老夫亦不尽辨此。②

当中的“韵”便是指合乎声律。可见，诚如阮元《文韵说》所言：

梁时恒言所谓韵者，指押韵脚，亦兼谓章句中之音韵，即古人所言之宫商，今人所言之平仄也。③

“韵”的含义在永明年间产生了一定的变化，渐渐与声律之义混合，把意义明晰的“有韵者文也”的界限导向模糊，如沈约《宋书·谢灵运列传·论》便提出以“声律言文”之说，认为文章必须“五色相宣，八音协畅，由乎玄黄律吕，各物适宜。欲使宫羽相变，低昂舛节，若前有浮声，则后须切响；一简之内，音韵尽殊；两句之中，轻重悉异”，“始可言文”，把声律视为“文”的重要元素。④ 以此观之，“文笔说”发展至齐梁，随着骈文和声律说的兴盛，前代以“辞采”区分“言”和“文笔”及以“韵”分别“文”与“笔”

① 张少康、刘三富合著《中国文学理论批评发展史》，北京大学出版社1995年版，第215页。
② 《南齐书》卷五十二，中华书局1972年版，第900页。
③ 阮元撰《揅经室续集》，上海商务印书馆1937年版，第126页。
④ 《宋书》卷六十七，第1778页。

的标准已不太适用于当世。因此，齐梁的“文笔之辨”，转而以文学的内涵为尺度，试图解决什么是“文学”的疑惑。

萧绎便是在萧梁时期成功突破前人以是否押韵为标准分辨“文笔”的传统，重新建构“文”和“笔”之定义的代表人物。其《金楼子·立言》云：

> 古之学者为己，今之学者为人。学而优则仕，仕而优则学，古人之风也。修天爵以取人爵，获人爵而弃天爵，末俗之风也。古人之风，夫子所以昌言，末俗之风，孟子所以扼腕。然而古之学者有二，今之学者有四。夫子门徒，转相师受，通圣人之经者谓之儒。屈原、宋玉、枚乘、长卿之徒，止于辞赋，则谓之文。今之儒博穷子史，但能识其事，不能通其理者，谓之学。至如不便为诗如阎纂，善为章奏如伯松，若此之流，泛谓之笔，吟咏风谣，流连哀思者谓之文。而学者率多不便属辞，守其章句，迟于通变，质于心用。学者不能定礼乐之是非，辩经教之宗旨，徒能扬榷前言，抵掌多识。然而挹源知流，亦足可贵。笔退则非谓成篇，进则不云取义。神其巧惠，笔端而已。至如文者，维须绮縠纷披，宫徵靡曼，唇吻遒会，情灵摇荡。而古之文笔，今之文笔，其源又异。至如象系风雅，名墨农刑，虎炳豹郁，彬彬君子。卜谈四始，李言七略，源流已详，今亦置而弗辩。潘安仁清绮若是，而评者止称情切，故知为文之难也。曹子建、陆士衡，皆文士也。观其辞致侧密，事语坚明，意匠有序，遣言无失。虽不以儒者命家，此亦悉通其义也。遍观文士，略尽知之。至于谢元晖，始见贫小，然而天才命世，过足以补尤。任彦升甲部阙如，才长笔翰，善缉流略。遂有龙门之名，斯亦一时之盛。用百家则多尚轻侧，涉经记则不通大旨。苟取成章，贵在悦目。龙首豕足，随时之义，牛头马髀，强相附会。事等张君之弧，徒观外泽，亦如南阳之里，难就穷检矣。射鱼指天，事徒勤而靡获，适郢首燕，马虽良而不到。夫挹酌道德，宪章前言者，君子所以行也。是故言顾行，行顾言。原宪云：无财谓之贫，学道不行谓之病。末俗学徒，颇或异此。或假兹以为伎术，或狎之以为戏笑。若谓为伎术者，黎轩眩人，皆伎术也。若以为戏笑者，少府鬭获，皆戏笑也。未闻强学自立，和乐慎礼，若此者也。口谈忠孝，色方在于过鸿，形服儒衣，心不则于德义。既弥乖于本行，

实有长于浇风。一失其源，则其流已远。[①]

目前，学界对此关注虽多，但研究者对萧绎这段文字的解读存在着极大的分歧，解释亦多偏离文意，未能贯穿上下文，有断章取义之弊。再者，学界对于“笔”的内涵一般避而不谈，讨论较少，解释亦较含糊。笔者希望就此做一点诠释，透过对《金楼子》该段文字做文本解读，并结合《金楼子·立言》的相关条目，揭示萧绎“文笔说”的真正内涵。[②]

首先，萧绎透过文人分类，区分出“古之学者”及“今之学者”，并就此逐一做定义说明。萧绎把“古之学者”分为“儒”与“文”两类，“儒”是“通圣人之经者”，“文”则是屈原、宋玉、枚乘、司马相如等“止于辞赋”者。接着，萧绎又把“今之学者”从“古之学者”的“儒”中分出，称为“学”，从“文”中分出“笔”，以“儒”与“学”、“文”与“笔”对举，共分两类四项。萧绎没有对今之“儒”做新的定义，故今之“儒”大体与古时一样，指通晓经典义理的人。而“学”则是“今之儒，博穷子史，但能识其事，不能通其理者。”“笔”是“不便为诗如阎纂，善为章奏如伯松”之流的总称。这两句为骈文的互文句式，指出不适宜写诗，却善为章表奏议等应用文体的作家，如阎纂、张竦这类人，便是“笔”。[③] 至于“吟咏风谣，流连哀思者”才能称作“文”，这主要是就文章的功能性质和作家的创作动机而言的。“文”不同于“笔”，只要善写公文，便可以动辄成篇；“文”必须有感兴，始能情因物感，文以情生，写出吟咏情性的文章。故此，“文”的特征必须是“流连哀思”，因为“内外相感，愁情结悲，然后哀怨生焉。苟无感，何嗟何怨也”[④]。假如缺乏真情实感，没有体验过哀愁悲伤，根本写不了感人之

① 萧绎撰《金楼子》卷四，立言，中华书局1985年版，第74～76页。

② 王运熙、杨明《魏晋南北朝文学批评史》认为：“《金楼子·立言》那段话意在泛论‘今之学者’的状况，并不是给‘文笔’下定义、定标准。”王运熙、杨明著《魏晋南北朝文学批评史》，上海古籍出版社1989年版，第198页；又云：“《金楼子·立言》中有一段评述当时学风的话，虽非专论文章，但其中言及文、笔之分……反映了当时人对于抒情诗赋等作品的审美特征的认识。”见同书，第301页。本文同意这点，并以此作为从《金楼子·立言》解读“文笔说”的根据。

③ 至于“不便为诗如阎纂”一语，多数学者解释为不会作诗的阎纂所写的公文；而逯钦立则认为这里只说阎纂的那些写得不好的诗；罗宗强《魏晋南北朝文学思想史》也赞成此种解释，证明萧绎并不特别强调文体，而是注重作法技巧。由是，逯氏才称萧绎为“革新派”。

④ 萧绎撰《金楼子》卷四，立言，第61页。

作。故此，萧绎认为作者需要经历哀伤痛苦的生活体验，才能写出感人肺腑的作品。萧绎这个观点，与刘勰《文心雕龙·明诗》“人禀七情，应物斯感”①，钟嵘《诗品·序》“气之动物，物之感人，故摇荡性情”②，二人对“诗”写作动机的论述是相近或相通的。可以说，萧绎的“文”更加强调了“诗”抒情的特征，并据此认为“文”与“诗”的创作性质是一样的。

其次，萧绎对“今之学者”做出批评。他先批评“学”，认为他们大多既不善于连缀文辞，又不灵活变通；只能专心地固守其章句之学。然而，“学”只能“识其事”，却不能像“儒”般能“通其理”，所以即使专注于学术，也不能“定礼乐之是非，辩经教之宗旨”，不可能有什么大成就。他们只能拾人牙慧，阐述及研讨前人之言，表现出较为丰富的知识修养。萧绎认为“学”最大的贡献只在于他们能“揖源知流”，继承前代的学术知识，能“抵掌多识”。

最后，萧绎批评今之“笔”，其曰：“笔退则非谓成篇，进则不云取义。神其巧惠，笔端而已。”这四句比较难解，“退”“进”“成篇”“取义”“巧惠”等词皆义界不明。然而，这四句正是解读的关键。笔者认为这里的“笔”承上文而来，指操“笔”之士，也兼指笔士所写的文章。“退”指下的境界，而“进”与“退”对举，指上的境界。“成篇”又见于曹植《赠徐干诗》“慷慨有悲心，兴文自成篇”③，《赠白马王彪·序》“盖以大别在数日，是用自剖，与王辞焉，愤而成篇”④，《王仲宣诔》“发言可咏，下笔成篇”⑤ 及范晔《狱中与诸甥侄书》“文章转进，但才少思难。所以每于操笔其所成篇，殆无全称者”⑥，四例皆指写成文章。萧绎这里的“篇”与萧纲所言的“篇什之美”⑦ 相似，大体是指写成漂亮、有创意的文章。⑧ 而“取义”中的“义”可泛指义理，也可呼应后文“虽不以儒者命家，此亦悉通其义也”一句，专指

---

① 刘勰著，范文澜注《文心雕龙注》卷二，明诗第六，第65页。

② 钟嵘著，曹旭集注《诗品集注》，上海古籍出版社1994年版，第1页。

③ 逯钦立辑校《先秦汉魏南北朝诗》魏诗卷七，中华书局1983年版，第1451页。

④ 同上魏诗卷七，第1453页。

⑤ 严可均辑《全上古三代秦汉三国六朝文》，全三国文魏卷十九，第1155页。

⑥ 同上全宋文卷十五，第2919页。

⑦ 同上全梁文卷十一，第3011页。

⑧ 郭绍虞把“成篇”注为“成为有文学价值的作品”。本文的解释与之相近。见郭绍虞主编《中国历代文论选》，上海古籍出版社1979年，第842页。

儒家的道理，亦即经教之义理。“非”和“不”属否定词，用作否定谓语和主语的关系。因此，“笔”作为这两句的主语，“成篇”和“取义”也不是今之“笔”能达到的。以此观之，“笔退则非谓成篇，进则不云取义”大体就是批评下等的“笔”没有美感，不能遣词写成美文，即使是较好的“笔”也不能阐述儒家的义理。

由于“笔”乃“善为章奏”者。基于文体所限，章奏一类公文是在朝廷应用的，带有政治性和功利性的色彩。这类公文为应时之作，内容以纪功德、颂王政、传政令为主，其作用仅在于清晰地表达政事，以明白得体为上，既不苛求华丽，也不讲究创意，根本不能抒发个人情性，甚至想阐述独到之义理也非常困难。可以说，“笔”只是听从命令执笔把公事挥写成文，文章当中大多没有个人的情性及义理。

因此，萧绎认为今之“笔”，最多只能做到“神其巧惠”。何谓“巧惠”？按字面解，“惠”与“慧”在古代汉语中通用，“巧惠”即“精巧机智”。但“巧惠”作为文学批评的用语，其内涵究竟是什么？这可在汉魏六朝人对“巧惠”的使用中找到线索。桓范《世要论》云：“故作者不尚其辞丽。而贵其存道也。不好其巧慧。而恶其伤义也。”① 在这四句排偶句中，“不尚其辞丽”和“不好其巧慧”意思相同，互文见意，可知“巧慧”一词主要取“巧”表美好的字义，指文辞的华美。另一方面，分而论之，“巧”和“慧”两字同有表技艺高明灵巧之义，故二字连用时也可表此义，如《后汉书·桓谭冯衍列传》中“今诸巧慧小才伎数之人，增益图书，矫称谶记，以欺惑贪邪，诖误人主，焉可不抑远之哉”②，及《论衡·辨崇》“巧惠生意，作知求利，惊惑愚暗，渔富偷贫”③。从上述所有引例可知“巧惠（慧）”一词多用于贬义，被认为是“伤义”之“小伎”。而从《金楼子·立言》的文中语气来看，萧绎的“巧惠”同样是不好的评价，他认为无论今之“笔”如何“巧惠”，也只是笔头漂亮、卖弄小聪明而已，根本不能达到“文”的境界，当然也更不可能“取义”。

然后，萧绎对于今之“文”提出了他的定义，认为“文”应具有“采”

---

① 严可均辑《全上古三代秦汉三国六朝文》，全三国文魏卷三十七，第 1263 页。

② 《后汉书》卷二十八上，中华书局 1965 年版，第 960 页。

③ 王充著《论衡》卷二十四，第 261 页。

"韵""情"三大内涵，这是今之"笔"所不能兼备的。当中的"采"是指"绮縠纷披"，即辞采的华美；"韵"则是指"宫徵靡曼，唇吻遒会"，讲究声律的和谐动听；这两个元素，前者是上承前代"文笔之辨"以"辞采"区分"言"与"文学"的基础而来的，而后者则是在"有韵者文也"和永明声律说的成果上发展出来的。至于"情"，便是指"情灵摇荡"，萧绎呼应上文对"文"士"吟咏风谣，流连哀思"的要求，强调"文"乃情志的产物，故具有使读者"情灵摇荡"的审美功能，读者能在阅读的过程中受到感动。由此可见，萧绎开始重视文学抒情性的特征，这是齐梁文人的创见，也是他们对晋宋文风过于典正、酷不入情弊病的革新。① 一般来说，萧绎认为符合以上三大标准的，当称作"文"。

萧绎在"今之学者"中，只批评了"学"和"笔"，却没有对"儒"和"文"做出批判。究其原因，主要与"今之学者"的等级轻重有关。"儒"与"学"的源头是"古之儒"，故两者的本体是一样的，同属"学术"的范畴。不同的只是古今之"儒"都具有"通其理"的特点，而"学"却只能"识其事"。由此可见，"儒"的地位是高于"学"的，"学"只是次一级的"儒"。同一道理，"文"和"笔"的出处都是"古之文"，属于"文学"的领域。今之"文"承继古之"文"而来，以"绮縠纷披，宫徵靡曼，唇吻遒会，情灵摇荡"为特征，与"古之文"同样在艺术上具有极高的文学性，故在当时是最高级的；而"笔"是较次等的，因为多数的"笔"也写得不好，不能"成篇"，缺乏创意和美感；而且即使是写得较好的"笔"，也只是"神其巧惠"，不能"取义"。基于这个原因，萧绎认为尚带有"古人之风"的"儒"和"文"是值得"倡言"的，故只对逐渐沦为"末俗之风"的"今之学"和"今之笔"提出批评。

然后，萧绎又指出"古之文笔"与"今之文笔"的"源"是不同的。"古之文笔"的源头在于"彖系风雅，名墨农刑"，即易经、诗经一类儒家经典及诸子百家的著作。这类著作就像虎豹之皮一样，"虎炳豹郁"②，自然形

① 参见葛晓音《论齐梁文人革新晋宋诗风的功绩》，《北京大学学报》（哲学社会科学版）1985年第3期，第22～26页。

② "郁"与"蔚"同指茂盛之貌，二字同义相通。故笔者认为"虎炳豹郁"与《文心雕龙·原道》"虎豹以炳蔚凝姿"意思相近。见刘勰著，范文澜注《文心雕龙注》，卷一，原道第一，第1页。

成，虽没有刻意的雕饰，文采却鲜明显耀，甚为可观。而且这类著作文质兼备，具有很强的义理性，能阐述大道理，可谓“文质彬彬”，暗示这时的学者是不分“儒”与“文”的。萧绎续言“卜谈四始，李言七略，源流已详，今亦置而弗辩”。“卜”指卜商，即子夏。萧绎认为擅长文学、孔门诗学的子夏谈“四始”①，阐明了诗歌“言志抒情”的特征，又创立了诗歌的分类方法，《诗大序》云：“一国之事，系一人之本，谓之风。言天下之事，形四方之风，谓之雅。雅者，正也，言王政之所由废兴也，政有小大，故有小雅焉，有大雅焉。颂者，美盛德之形容，以其成功告于神明者也。是谓四始，诗之至也。”② 建立了以内容区分文学类别的传统。自此，人们开始意识到文学与儒家经典及诸子类著作在情志及内容上的分别。至刘歆著《七略》，把天下著作分六艺略、诸子略、诗赋略、兵书略、术数略、方技略六类，使“文”与经、史、子的区分日渐清晰，“古之学者”至此才正式分为“儒”与“文”两类。“古之文”亦大体成熟，可谓“源流已详”。

接下来，萧绎对“古之文”的代表作家做出评价，体现了“古之文”的特点。他指出“潘安仁清绮若是，而评者止称情切，故知为文之难也”。潘岳的“文”清秀绮丽，却大多不涉义理，故评论者多只称赞其“文”的情感恳切。萧绎认为这表示了“为文之难”，可见“古之文”的难处正在于难以兼顾“文”和“义”，既要写得辞藻清丽、感情真切，又要体现儒家的义理。萧绎认为曹植、陆机才是最优秀的“文士”，因为其“文”既具辞采，写得漂亮，具有艺术性，“辞致侧密，事语坚明，意匠有序，遣言无失”；又能“通其义”，傍通儒家的道理。萧绎认为纵观当时的文士，大体也能体现这种“文”“义”相通的共性。这主要是因为曹植、陆机这些“古之文人”的“源”是《易经》《诗经》等“文儒合一”的著作，耳濡目染，写的文章自然能通大义。

那“今之文笔”又如何呢？“今之文笔”接续“古之文”而来，其“源”便是潘岳、曹植、陆机等“古之文”了。作为“古之文”的潘岳已经透露出

① “四始见《毛诗序》。卜，指卜商。梁时人一般认为《毛诗序》是卜商所作，《文选》选此文即署卜商名。”见郭绍虞主编《中国历代文论选》，第842页。

② 毛亨撰，郑元笺，孔颖达疏《毛诗正义》卷一，第18～19页，载于阮元校勘《十三经注疏》，艺文印书馆1965年版。

“文”的发展有着重“情切”而不能兼备儒家义理的倾向。因此，“今之文笔”亦继承了这种取向，重视抒发才性，而开始与儒家之道脱轨，离“儒”愈来愈远了。

由于“世代亟改，论文之理非一；时事推移，属词之体或异”（萧绎《内典碑铭集林序》），[①] 文学批评的标准并不是一成不变的，故“今之文笔”凭着个人的才华也能成为文坛英杰。萧绎推举出谢朓和任昉作为“今之文笔”的典范，肯定了两人的成就，标志着萧绎对“今之文笔”的最高标准。在“今之文”方面，萧绎认为“文”至谢朓，思想内容渐趋贫弱，“始见贫小”，缺乏高远的理想和志向。谢朓已不能像“古之文”的曹植、陆机般，“虽不以儒者命家”，却懂得儒家的道理。幸而谢朓“天才命世”，乃是闻名于世的天才，能以高超的艺术技巧抒情写景，故成就极高，足以弥补其“文”在思想内容方面的缺失。事实上，萧绎这个观点，与前文“至如文者，维须绮縠纷披，宫徵靡曼，唇吻遒会，情灵摇荡”是相呼应的。在萧绎看来，“今之文”既需要具备“采”“韵”，讲究艺术形式；但“今之文”最重要的本质是“情”，就是要表达个人的才情，以抒情言志作为创作的目的。至于能否在“文”中体现儒者的风范，这在“今之文”而言是较次要的。这是因为“今之文”与“古之文”的“源”相异，基于时代发展的趋势，所以纵使萧绎推崇“古之文”“文中带义”的特点，但也不以此苛求“今之文”。更何况，“古来文士，异世争驱，而虑动难固，鲜无瑕病”[②]，自古以来文章就很少是完美无瑕的，故谢朓之“文”在萧绎看来也是瑕不掩瑜的。

而“今之笔”的代表是任昉。萧绎称赞任昉“甲部阙如，才长笔翰，善缉流略”。“甲部阙如”指任昉不善经学，可见“任笔”也不能通晓儒家的经典义理，与“古之儒”相异。“任笔”虽不及谢朓的才气无双，但也讲究才思文采，故云“才长笔翰”，能在文章中体现个人的修养。《说文》云：“缉，绩也。”[③]“缉”就是连缀、聚集的意思。“流略”是指九流、七略之书，又泛指前代的书籍。故“善缉流略”就是说任昉善于聚集前代的书籍，接续前人的知识，对“古之文”有深入的理解，懂得文体的流变，能应用各种文体。

---

① 严可均辑《全上古三代秦汉三国六朝文》全梁文卷十七，第3053页。

② 萧绎撰《金楼子》卷四，立言，第68页。

③ 许慎撰，徐铉校定《说文解字》，中华书局2004年版，第277页。

任昉的“笔”与“退则非谓成篇，进则不云取义”的“今之笔”具有明显的分别。“任笔”不但具有辞采，写得精致漂亮，更能体现出个人的才性及修养。而且最重要的是，“任笔”能以“古之文”的积累为基础，而不是仅限于“笔端”的“巧惠”，这正是他之所以成为“一时之盛”的原因。

“源流”在萧绎心中，是极其重要的，这从萧绎认为“今之学”虽一无是处，但能“挹源知流，亦足可贵”及特别点出“古之文笔，今之文笔，其源又异”大体可知。萧绎主张要辨清源流，认为“一失其源，则其流已远”①，故无论是“儒”“学”或是“文”“笔”也不能失其源，必须“挹酌道德，宪章前言”②，在前人的著作中吸取养分，以免沦为末俗之风。因此，“任笔”的可贵正在于他能“善缉流略”，能取法古人，加强自己的修养，并能在继承传统的基础上，在文体和艺术上有所创新。

事实上，萧绎以当代孔子自称③，以儒家礼教为修身准则，其《金楼子·立言》正是对儒家“三不朽”中“立言”概念的诠释。儒家认为人可通过树立精辟可传的著述，而永远受后人敬仰怀念，萧绎的“文笔说”便是以此为基点提出来的。他认为古代的“立言”与现今的“立言”动机有很大的分别，“古之学者为己，今之学者为人”，“古之学者”是“学而优则仕，仕而优则学”，即是学习有成后尚有余力才从政，官做好了则再去求学著述；而“今之学者”却只是为了“取人爵”，只求以文章获取公卿大夫的职位，却不求实践道德和正义，缺乏高尚的道德修养。④ 萧绎并不认同“今之学者”的动机，他认为这是“孟子所以扼腕”的原因。就此，萧绎对“今之学者”提出了一系列“立言”的准则，他认为若以学术立言者，必须“通经”，假如只能“识其事”，根本不能推动学术的进步，这是绝不能不朽的。若以文章立言者，应上法“古之文”的曹植、陆机，以文阐述儒道，重之以修德；而下则应以今之谢朓和任昉的“文笔”为学习典范，使写出来的文章纵然不能完全通晓儒家之义，也能才气横溢，具有非凡的艺术性。而一般不能“成篇”

① 萧绎撰《金楼子》卷四，立言，第76页。

② 同上卷四，立言，第75页。

③ 《金楼子·立言》：“周公没五百年有孔子，孔子没五百年有太史公，五百年运，余何敢让焉？”见萧绎撰《金楼子》卷四，立言，第59页。

④ 萧绎撰《金楼子》卷四，立言，第74页。

“取义”之笔，就算写得再“巧惠”，也是不能流传后世的。因此，萧绎认为“立言”者，若不能达到以上的标准，就是失其道，致使他们“徒勤而靡获”，“虽良而不到”，最终只会沦为“今之儒学”及“今之文笔”的末流，成为“学以浮动为贵。用百家则多尚轻侧，涉经记则不通大旨。苟取成章，贵在悦目。龙首豕足，随时之义。牛头马髀，强相附会”的“今之俗”。①

关于萧绎的“文笔说”，还有一点要注意，就是无论“文”或“笔”都是独立于经、史、子之外的。萧绎既分“今之学者”为“儒”“学”“文”“笔”四类，显然是把“经”排除在“文笔”的范畴之外。而“学”能“博穷子史”，可见“子”“史”与“文笔”也非相类。可以说，“文笔”在萧绎的《金楼子·立言》中，有类近于“文集”的新义。从梁阮孝绪《七录》改宋王俭《七志》的《文翰志》为《文集录》，欲“窃以倾世文词，总谓之集，变翰为集，于名尤显”（阮孝绪《七录序》）②，可知当时合“文”和“笔”为“文集”的意识十分明显。由于前人只以“辞采”作为判别文学与否的唯一标准，致使部分集部的文章混同于经史，不但混淆了经、史、子与文学的分别，还使文集数量大增，从而出现了“烦简牍，疲后生，往者既积，来者未已，翘足志学，白首不遍”之流弊。萧绎既鉴于此，又认为文集有“昔之所重，今反轻，今之所重，古之所贱”的问题，文集所收录的文章渐渐背离了时代的趋向，所以萧绎欲“品藻异同，删整燕秽，使卷无瑕玷，览无遗功”③，希望透过对“文”“笔”的新诠释，重新整理文集的文章。萧绎对“笔”的辨析，打破了齐梁以前“笔”与经史不分的情况，净化了“文集”的杂质，促使“集部”渐渐脱离经、史、子，进一步近于“文学”，有更独立的地位。

总的来说，萧绎对“文笔说”的内涵进行了更新，体现了其对文学特征的深入认识。萧绎认为“文”是指以“吟咏风谣，流连哀思”为写作动机，并且具备“采”“韵”“情”的文体；而“笔”专指应用公文，虽同样讲究辞

---

① 萧绎撰《金楼子》卷四，立言，第75页。

② 严可均辑《全上古三代秦汉三国六朝文》全梁文卷六十六，第3346页。

③ 萧绎撰《金楼子》卷四，立言，第63页。原文曰：“诸子兴于战国，文集盛于二汉，至家家有制，人人有集，其美者足以叙情志，敦风俗。其弊者祇以烦简牍，疲后生，往者既积，来者未已，翘足志学，白首不遍，或昔之所重，今反轻，今之所重，古之所贱，嗟我后生博达之士，有能品藻异同，删整燕秽，使卷无瑕玷，览无遗功，可谓学矣。”

采，但没有声律方面的要求，也具有才性，能在文章中体现个人修养，但读之不能使人“情灵摇荡”。

以此观之，能符合“文”之要求的文体，除了部分骈文书启及抒情赋外，当以诗为主。因此，“文”与“诗”在萧绎及时人眼中差不多等同，“诗”既是“文”最主要的部分，其艺术特征又是“文”的特点，致使“文”和“诗”的界限愈趋朦胧。但“文”又被赋予了超越文体的内涵，这是“诗”所没有的。故此，“有韵之文”的概念在齐梁之际明显开始淡化，“文”慢慢丧失了专指某类文体的涵义，几乎没有以“文”专指“有韵”文体的用例。“文”在文体上的意义渐渐被文学地位越来越重要的“诗”所取代，因而出现了大量诗笔并称的记载，如《梁书·刘潜传》：“孝绰常曰：‘三笔六诗’，三即孝仪，六孝威也。”① 《南史·沈约传》“谢玄晖善于诗，任彦升工于笔”②，《南史·任昉传》的“沈诗任笔”，等等，使“文笔之辨”终演变成“诗笔之辨”。

再者，本来同属“有韵之文”的诗、赋、铭、颂、箴、赞、吊、诔，在萧统的《文选》中也不像前代的《文心雕龙》般按照先文后笔的顺序，依次排列；而是先录文学性较强的诗赋，然后把铭、颂、箴、赞、吊、诔这些在创作动机上多不符合“文”“吟咏风谣，流连哀思”要求的“有韵之文”夹杂在章、表、奏、议等“无韵之笔”内，足证“有韵无韵”在当时已非严格的界限，文集也不以有韵无韵区分之“文笔”为编排次序。由上述两点可见，萧绎的“文笔说”似非一己之新见，而是梁末文人的普遍共识。因为“有韵为文”“无韵为笔”“笔含史传”“笔与经典的分界不明”等旧有观念在当时已被抛弃，时人又多视“诗”为“文”的代表文体，这与萧绎的看法是一致的。

五　结论

综上所述，六朝的“文笔之辨”当经历了三个发展阶段。魏晋时的“文

① 《梁书》卷四十一，中华书局 1973 年版，第 594 页。

② 《南史》卷五十九，中华书局 1975 年版，第 1412 页。

笔之辨”重点在于分别“清谈”和“文学”之间的关系，乃是“言”与“文笔”的区分；至刘宋时期，才变成了对“文学”中的“文”及“笔”进行文体意义上的辨析；最后，“文笔之辨”在萧梁之时终变成了时人对文学特征的反思。由此可见，“文笔说”并非前后一成不变，当是有着变化的，各时代的人对“文”和“笔”的理解也各有不同。大体来说，“笔”与“文”在魏晋之时并无差异，指清谈以外的所有文体；至宋齐之际，“笔”逐渐发展成与有韵之“文”相对的概念，指无韵的文体。及后在萧梁时期，“笔”又突破了无韵的限制，专指诗赋以外的应用文体。虽然这些“今之笔”大多属“非谓成篇”“不云取义”的应酬文字，读来“巧惠”但枯燥无味，然而，从萧绎推举能展现才性修养的“任笔”为“今之笔”的创作典范，可知当时最优秀的“笔”也是具有一定抒情色彩的文学作品。

论中唐乐府中的风俗题材的兴起

吕家慧

中唐乐府向来以抨击现实而为论者所关注，然排比盛、中唐之际的乐府作品，可以发现除了兴讽刺时的创作外，还有另一批作品对于地方风土风俗表现出浓厚的描写兴趣，这是前代乐府所罕见的主题。那么，这类作品在乐府自身传统下的发展脉络为何？背后是否牵涉到思想观念的转变？学界尚未有明确的讨论及回答。[①]

一　牵缀书土风：六朝乐府对于地方风土的关注

乐府诗在入唐以前已存在两个传统。一是上承“诗教”风刺一面的汉魏传统，具有“王者所以观风俗，知得失，自考正也”[②] 的政治目的，大多保存于《乐府诗集》“相和歌辞”中；二是以艳歌艳词为主的六朝传统，大多保存在“清商曲辞”及部分“杂曲歌辞”当中，是白居易所批评的“若求兴谕规刺言，万句千章无一字”[③] 之作。初唐乐府沿袭齐梁绮靡的路子，内容不

---

① 刘航著《中唐诗歌嬗变的民俗观照》（学苑出版社 2007 年版）从风俗的角度观察中唐诗歌史，并从中发掘风俗诗歌的文学史价值，但对于风俗题材在乐府内部的发展则尚无涉及。李建昆《从张籍乐府看唐代民间风情》（中国台湾中兴大学中国文学系主编《第三届通俗文学与雅正文学全国学术研讨会论文集》2002 年版）指出张籍乐府诗从民俗的角度出发，呈现特殊的美感与趣味，并借此体察中唐民生哀乐。李氏的论述着重在对张籍乐府的分析，对于风俗作为一个题材何以会在中唐兴起则没有提出解释。

② 《汉书·艺文志》卷三十，中华书局 1962 年版，第 1708 页。

③ 谢思炜撰《白居易诗集校注》，中华书局 2006 年版，第 443 页。

出白氏所批评的“赞君美”或“悦君意”。“四杰”的乐府虽体现闻一多先生所谓“由宫廷走到市井”“由台阁移到江山和塞漠”的倾向，但现实的针对性不强。盛唐王维、高适、王昌龄发展以边塞为题材的乐府诗，但更多地歌颂盛唐的武功气象。中唐以后，张籍、王建、元稹、白居易和刘禹锡集中创作乐府，试图在理念的层次上直接继承《诗经》的“风刺”传统，甚至否定汉乐府的价值，故有“周灭秦兴至隋氏，十代采诗官不置”[①] 之说。但选择以“乐府”而非其他诗体干预政治，还是反映出他们对于汉乐府观风知俗观念的继承。不仅如此，中唐乐府诗人吸收了六朝的部分传统。六朝乐府在男女相思怨别的主题外，还展现对于地方风土风俗的书写兴趣，这是“观风”的新视角，显示观风观念的变化，由此所发展出的新兴题材以及表现手法深刻地影响中唐的乐府创作。可以说，新乐府在观念上高举《诗经》的旗帜，批评六朝乐府甚至汉乐府，但事实上，其既继承了汉乐府的传统，也同样吸收了六朝乐府的精神。其继承汉乐府批评六朝乐府者，学者言之已多，而其继承六朝乐府者则鲜有人论及，兹试论之。

首先，就乐府命题方式来看，六朝乐府有相当数量是以“地方”命名。诸如《吴歌》《襄阳乐》《襄阳曲》《雍州曲》《石城乐》《寻阳乐》《寿阳乐》《三洲歌》《江陵乐》《那呵滩》《江南曲》《西洲曲》《荆州乐》《南郡歌》《长干曲》《齐讴行》《吴趋行》《会吟行》《邯郸行》《常林欢》等，都是以“地方”为题，直接或间接叙写地方风物，数量远超汉魏旧题。《乐府诗集》所列与地名相关且出于汉魏乐府题的只有《江南》《豫章行》《陇西行》《蜀道难》《泰山吟》及《东武吟行》，其中《泰山吟》和《东武吟行》据左思《齐都赋》注云：“皆齐之土风。”[②] 或涉及地方风土，但这些作品在“相和歌辞”中只占很少的数量。班固虽然宣称乐府有“代赵之讴，秦楚之风”，但今存汉乐府却甚少涉及地方风土的描写，我们很难知道赵、秦、楚地百姓的日常生活样貌。汉魏乐府虽以“观民风”为出发点，但“存问鳏寡，览观风俗”[③] 的焦点往往在于凸显“人伦”关系。因此，汉乐府中最能反映庶民声音的作品如《东门行》妻子对于丈夫的规劝、《病妇行》病妇对丈夫的叮咛、

---

① 谢思炜撰《白居易诗集校注》，第443页。

② 郭茂倩编《乐府诗集》卷四十一，中华书局1979年版，第608页。

③ 《汉书》卷八，第258页。

《孤儿行》兄嫂对孤儿的虐待等，都是以伦常的扭曲控诉社会对于底层人民的压迫，对于民间生活的描写却甚为稀少。一首典型的汉乐府一般截取生活的单一场面，以人物的独白或对白进行叙事，因此我们很难知道事件的前因后果，故事人物的生活环境如何，以什么产业为生，为何会遭受如此困境。这些细节往往必须靠读者自行想象，填补故事的空白。

六朝这批以“地方”命题的乐府则可见显著的地方特征。《石城乐》描写石城少年的日常活动。《那呵滩》“多叙江陵及扬州事”①。陆机《齐讴行》：“备言齐地之美。”② 《吴趋行》乃“吴人以歌其地”③。《会吟行》“其致与《吴趋》同，会谓会稽”。谢灵运就曾作此题表达对于“牵缀书土风”④ 的写作兴趣。相对于汉乐府关注人伦而忽略事件的时空背景，六朝乐府在地方风土的框架下展现对于百姓生活的书写兴趣。

其次，六朝乐府亦表现对于百姓营生方式的高度关注。《采桑度》《采桑》《拔蒲》《作蚕丝》《采莲曲》《采菱歌》以江南的营生活动为题。“金钩全出树，桑条半隐篱。欲教见纤手，攀取最高枝。”⑤ “上水郎担篙，下水摇双橹。四角龙子幡，环环江当柱。”⑥ 无论是对采桑活动正是对江南水上生活的描写，都反映长江流域的生活特征及江南百姓的营生活动，这也是汉乐府所罕见的表现内容。

六朝乐府以男女恋歌为主要内容，但男女恋歌又往往以南方风土习俗及营生活动作为叙事背景，这就让乐府的写作根植于百姓的日常生活。《子夜四时歌》“春倾桑叶尽，夏开蚕务毕。昼夜理机缚，知欲早成匹”⑦ 在营生活动中寄托相思。宋武帝《丁督护歌》“督护初征时，侬亦恶闻许。愿作石尤风，四面断行旅”⑧，及萧子显《南征曲》“棹歌来扬女，操舟惊越人。图蛟怯水伯，照鹢竦江神”⑨，反映民间的传说与信仰，较汉乐府更全方位地展现百姓

---

① 郭茂倩编《乐府诗集》卷四十九，第 713 页。
② 同上卷六十四，第 932 页。
③ 同上卷六十四，第 934 页。
④ 同上卷六十四，第 935 页。
⑤ 周弘正《采桑》。刘克庄著《后村诗话》续集，卷一，中华书局 1985 年版，第 85 页。
⑥ 《襄阳乐》，郭茂倩编《乐府诗集》卷四十八，第 703 页。
⑦ 郭茂倩编《乐府诗集》卷四十四，第 646 页。
⑧ 同上卷四十五，第 659 页。
⑨ 《南征曲》，郭茂倩编《乐府诗集》卷七十四，第 1053 页。

的生活状态。梁武帝《子夜四时歌》及李白的拟作最能说明汉到六朝乐府的创作视角的转变。武帝“含桃落花日，黄鸟营飞时。君住马已疲，妾去蚕已饥”[①]是一首典型的男女恋歌，但主人翁没有长聚的原因在于“妾去蚕已饥”，思妇是以养蚕为生，因为负责蚕桑之事，所以无法抛下一切与意中人相会。这就将相思的主题置于日常劳作的框架中，而不同于汉乐府仅截取单一对话场景却模糊人物背景的叙事方式。李白“秦地罗敷女，采桑绿水边。素手青条上，红妆白日鲜。蚕饥妾欲去，五马莫留连”[②]正是将梁武帝笔下的采桑女嫁接到汉乐府《陌上桑》的主人公身上。汉代罗敷借由夸耀自己的夫君来拒绝使君的引诱，她对丈夫的坚贞不贰凸显的还是夫妻间的伦常关系。然李白“蚕饥妾欲去”承梁武帝“妾去蚕已饥”而来，以女子对于产业的挂记作为托词，这是汉乐府未曾展示的线索，亦可见六朝乐府的新视角对于唐人的影响。李白实际上是以六朝乐府的惯用手法将汉乐府的经典作品重新诠释一遍，让百姓日用进入乐府叙事，并在其中扮演重要的角色，从这个意义上说，南朝乐府已开启有别于汉乐府“观民风”的“新观风”角度。这一新角度与中唐新乐府可谓是视野相合，前后相通。

二　陈诗观民风：风俗题材在中唐乐府中的突出表现

六朝乐府旧题在入唐后仍有许多文人拟作，如张祜《襄阳乐》，李白《襄阳歌》，李白、刘禹锡《荆州歌》，崔国辅、施肩吾、李白和李端的《襄阳曲》等。同时，这种以地方为题的命名模式也为唐人所继承，李白《巴女词》，杜甫《夔州歌》，刘湾《云南曲》，于鹄《巴女谣》，王建《荆门行》，张籍《湖南曲》《成都曲》《湘江曲》《泗水行》，刘禹锡《纪南歌》、出自古题《荆州乐》，另又有《宜城歌》《顺阳歌》《龙阳县歌》《淮阴行》。这批带有强烈地方色彩的乐府题大多也是采用“歌”“曲”等歌辞性题目，这又与

---

① 郭茂倩编《乐府诗集》卷四十四，第650页。

② 王琦注《李太白全集》，中华书局1957年版，第351页。

以南朝乐府为主的“清商曲辞”以及部分“杂曲歌辞”的取向一致①，延续了南朝乐府的命题方式与地方书写传统。

唐人也拓展了六朝旧题所涵盖的营生内容，杜甫《负薪行》《最能行》《蚕谷行》《观打鱼歌》，元稹《采珠行》《织妇词》和《田家词》，刘禹锡除了古题《采菱行》外，还有新题《插田歌》《畲田行》，王建有《簇蚕辞》《赛神曲》《当窗织》《织锦曲》《田家行》《水夫谣》《海人谣》，张籍有《野老歌》《樵客吟》等。尽管六朝往往是以劳动背景中的男女恋歌为主题，但“语欢稍养蚕，一头养百坻。奈何黑瘦尽，桑叶常不周”，“伪蚕化作茧，烂熳不成丝。徒劳无所获，养蚕持底为”② 亦稍涉及百姓劳动所遭遇的困境，可见六朝乐府除了在风土的框架中叙写男女恋歌，也将视角转移到劳动本身。中唐乐府除了对劳作本身的兴趣外，更进一步以生民劳作的辛劳暗示官府对于百姓的诛求，杜甫“筋力登危集市门，死生射利兼盐井”③，元稹“海波无底珠沈海，采珠之人判死采”④，王建“输官上顶有零落，姑未得衣身不着”⑤等分别从夔州女、珠人及织女的角度出发，尖锐地指出劳动者辛勤工作却要将所得全部上交官府，甚至牺牲自己的生命。这种批判的强度首见于中唐，但以生民劳动作为主题或烘托主题的创作手法也可以说是中唐乐府在六朝基础上的继承与发展。

中唐诗人继承六朝的写作手法并进一步转化其观察视角。《江南曲》“盖美芳晨丽景，嬉游得时”⑥，此题在六朝的发展除了梁简文帝“歌游戏”外，入唐后宋之问、刘昚虚、丁仙芝、刘希夷不脱以“芳晨丽景”写男女恋歌的传统。因此宋之问、刘昚虚要给“懒结茱萸带，愁安玳瑁簪”，“玉手欲有赠，

---

① “相和歌辞的汉魏晋古题中，‘行’诗有五十八题，二字至五字题有十九题。其余‘曲’占两题，‘叹’占一题，‘吟’占五题。鼓吹曲辞中二字至五字题有十九题；杂曲歌辞中，‘行’诗有三十四题，二至五字题九十六题，‘篇’二十七题，‘曲’三十一题，‘歌’九题，‘吟’八题，‘怨’两题。其中有些‘曲’‘篇’和三字题在南朝至唐代被改成‘行’诗。而主要是保留南朝乐府民歌的清商曲辞中则有‘歌’二十六题，‘曲’十八题，‘乐’十二题，没有‘行’诗。”可见“歌”“曲”“乐”等歌辞性题目以南朝为最大宗。见葛晓音《论杜甫的新题乐府》，收入《诗国高潮与盛唐文化》，北京大学出版社1998年版，第200页。

② 《采桑度》，郭茂倩编《乐府诗集》卷四十八，第709页。

③ 《负薪行》，杜甫著，仇兆鳌注《杜诗详注》卷十五，中华书局1979年版，第1285页。

④ 《采珠行》，周相录校注《元稹集校注》卷二十三，上海古籍出版社2011年版，第680页。

⑤ 《当窗织》，尹占华校注《王建诗集校注》，中州古籍出版社2006年版，第38页。

⑥ 郭茂倩编《乐府诗集》卷二十六，第384页。

徘徊双鸣珰”[①] 一联特写，刘希夷《江南曲》八首要以翡翠、朱服、金阁、珠楼、芙蓉、金花等意象入诗，形塑江南女子高贵美丽的形象。如果说其三“朝游含灵果，夕采弄风苹”[②] 尚借“灵果”等珍奇的事物衬托“白苹”，展现思念的真诚[③]，那到中唐于鹄“偶向江边采白苹，还随女伴赛江神。众中不敢分明语，暗掷金钱卜远人”[④]，江南风俗进入诗歌的视野，诗人不再延续南朝以来瑰丽的江南想象，而更贴近江南百姓的日常生活，从“赛神”“卜巫”等民间信仰侧写少女心事，见观察视角的转移。

张籍的拟作：“江南人家多橘树，吴姬舟上织白苎。土地卑湿饶虫蛇，连木为牌入江住。……江南风土欢乐多，悠悠处处尽经过。”[⑤] “吴姬”是南朝以来“江南曲”的主角，但张籍一笔带过，他更感兴趣的是具体的风土。“虫蛇”入诗在此前的“江南”书写中是无法想象，也无法跟“欢乐多”做系连，《江南曲》对于庶民生活的关注说明此题从“汉世街陌讴谣”的“江南可采莲”走向南朝华美的江南想象，到中唐再转回庶民生活的痕迹。《春江行》“巴女曲也”，梁简文帝诗描写巴女在大堤上与恋人相别，篇幅短小但亦足以让读者知道事件的具体位置。此题在张籍手上进一步发展[⑥]，脱离“巴女曲”的原始意义而将诗歌的背景转移到长江下游的金陵一带。描写女子要将染制完成的春衣送到江北予夫婿，趣味全在女子于诗末私自在江头祭祀水神的活动。是以女子“私向江头祭水神”这种根植于庶民生活中的民俗活动体现女子的幽微心事，希望长江水平，让她得以早日和夫婿团聚。同样是以男女相思为主题，中唐诗人的描写角度更贴近百姓的生活，体现对于民间风俗的细腻描写。

《采莲曲》曾被梁简文帝、梁元帝、刘孝威、朱超、沈君攸、吴均、陈后主、卢思道、殷英童、崔国辅、徐彦伯、李白、贺知章、王昌龄等多人拟作。无论是梁元帝“因持荐君子，愿袭芙蓉裳”[⑦]，或是王昌龄“吴姬越艳楚王

---

① 郭茂倩编《乐府诗集》卷二十六，第386页。

② 同上，第387页。

③ 同上，第387页。

④ 同上，第388页。

⑤ 徐礼节、余恕诚校《张籍集系年校注》，中华书局2011年版，第113页。

⑥ 同上，第822页。

⑦ 郭茂倩编《乐府诗集》卷五十，第731页。

妃，争弄莲舟水湿衣”[①]，都可见诗人的关注点并不在于“采莲”作为一种营生方式，而是南朝宫体诗式的刻画，描绘采莲女子的妖娆姿态。中唐鲍溶今存两首《采莲曲》则与前作稍有不同，第二首“艳歌笑斗新芙蓉，戏鱼住听莲花东”[②] 明显借鉴汉乐府《江南曲》“鱼戏莲叶东”[③]，就不同于南朝以降的艳情路数；第一首“殷勤护惜纤纤指，水菱初熟多新刺”[④] 已涉及采莲女的劳作姿态，对于女子劳作细节的描写前承梁代诗人朱超同题乐府“洗手畏菱滋”的视角，只是朱作尚未脱去对于女子“艳色前后发”的描写兴趣。“采莲”作为百姓的劳动方式在张籍同题作品[⑤]中得到进一步的描写，“试牵绿茎下寻藕，断处丝多刺伤手”对于女子手部的特写反映的是采莲女的劳动实况。此联的创意可说与朱超、鲍溶等一脉相承，只是张籍对于采莲作为一种劳动方式有更加深刻而真实的观察，保留六朝以来的刻画技巧，但却脱去其中艳情的描写。同时，张诗“白练束腰袖半卷，不插玉钗妆梳浅”，写女子装束干练，去除一切多余的饰物，刚好和陈后主“随宜巧注口，薄落点花黄。风住疑衫密，船小畏裾长”[⑥] 形成一组有趣的对照。后者的装束根本不宜从事任何劳作，盛装打扮的女子只是被观赏的对象而非真正的劳动者。而从陈后主到张籍，也可看出《采莲曲》一题从“艳词悦君意”回归“陈诗观民风”的转向。

刘禹锡《淮阴行》并引曰：“古有《长干行》，言三江之事悉矣。余尝阻风淮阴，作《淮阴行》，以裨乐府。”[⑦] 说明新题《淮阴行》受到古题《长干行》的影响。《长干行》古辞短小但亦涉及长干生活的侧面并承六朝乐府之传统，喜欢以女子的声口叙事，李白的《长干行》就是一首爱情诗。刘禹锡《淮阴行》五首则更直接地书写淮阴风土，其一“簇簇淮阴市，竹楼缘岸上。好日起樯竿，乌飞惊五两”[⑧] 展示百姓的具体生活，直接书写地方风土习俗

---

① 郭茂倩编《乐府诗集》卷五十，第 734 页。
② 同上卷五十，第 735 页。
③ 同上卷二十六，第 384 页。
④ 同上卷五十，第 735 页。
⑤ 徐礼书、余恕诚校《张籍集系年校注》，第 68 页。
⑥ 郭茂倩编《乐府诗集》卷五十，第 732 页。
⑦ 陶敏、陶红雨校注《刘禹锡全集编年校注》，岳麓书社 2003 年版，第 17、18 页。
⑧ 同上，第 18 页。

“以裨乐府”，可说是以创作实践丰富汉乐府“观民风”的理想。

除了古题乐府，新题乐府或歌行也体现中唐诗人对于地方风土习俗的关怀。皎然《顾渚行送裴方舟》，顾况《杜秀才画立走水牛歌》，张籍《江村行》《樵客吟》《牧童词》，王建《赛神曲》《田家行》《簇蚕辞》《荆门行》《寒食行》，刘禹锡《竹枝词》《畬田行》《踏潮歌》，孟郊《弦歌行》等都涉及百姓生活的诸面相，他们与六朝《清商曲辞》及《杂歌谣辞》在命题及题材上具有亲缘关系。中唐乐府诗人尽管在观念上反对六朝传统，但落实在写作上依然受到六朝的影响，只是观察视角有异于六朝的男女恋歌模式，更关注生民活动的本身。

但是，中唐乐府中所描绘的风俗，并非中唐才开始出现，此类题材为何不受初、盛唐诗人的关注，却大量出现在中唐诗人的笔下，成为中唐乐府“伤民病”之外的另一主流？其背后的原因何在？

三　赋之以俟采诗者：中唐风俗观念的变化与采诗理想的复兴

中唐大量出现表现地方风土或风俗的乐府与中唐对于观风观念的转变关系密切。观念的变化使得当代的地方风俗得以出现在诗人笔下。

“观风”之观念亦非始自中唐，初、盛唐已有之。但对初、盛唐人而言，所谓“观风”的内涵究竟是什么呢？李峤《论巡察风俗疏》指出“巡察风俗”的内容在于“察吏人善恶，观风俗得失”，而察观的标准又在于“汉之六条”。[①]“六条”[②]中有五条都以“二千石”的德行作为考察的对象，余一条则在压制地方豪强。六条以“察吏人善恶”为重，或有涉及“观风俗得失”者，但恐怕也只是作为考察地方吏治的背景罢了。李峤的看法与汉乐府的设置目的是相通的。汉乐府作为中央政府的采风机构，司职收集民间讴谣，但因为“乐府”作为官署的主要目的是收集民间歌谣来考察地方吏治，则民间歌谣或有以地方风土习俗为主题者，但并不为官署的“乐府”所重视。这种

① 《全唐文》卷二百四十七，上海古籍出版社1990年版，第1102页。

② 《汉书》卷十九上，第742页。

制度性因素就导致其所采集的乐府作品以对地方长官的“美刺”以及鳏寡孤独处境的揭示为主，而罕见“牵缀书土风”的内容。六朝乐府虽涉及地方风土的描写，但往往以男女恋歌为创作主题，甚至不乏艳情的内容，这便与汉乐府机构设置的目的及理想渐行渐远了。

初、盛唐人之观“风俗得失”要上接汉代传统，其内容“准汉六条”即是明证，其目的也离不开“察吏人善恶”。玄宗：“古者黜陟幽明，廉问风俗，匪惟察吏，亦以恤人。”① 观风的重点就是“察吏”和“恤人”。孙逖《授裴宽河南尹裴伷先蒲州刺史制》：“八使观风，咸推课最。”② “课最”即是官员考核最优者，则观风所观者当然是官员的表现。陈子昂《唐故朝议大夫梓州长史杨府君碑铭》中的“下车问俗，……抑浮窳，禁蠹食”③，以及苏颋《幸新丰及同州敕》中的“见彼耆耋，问其疾苦，察长吏之政，恤黎氓冤，盖所以展义陈诗，观风问俗”④，基本还是将观察落实在地方长官能否稳定境内人口、打击豪强、存恤鳏寡、澄清狱讼等层面上，大体可与“六条”相应，反映汉代以来对于良“二千石”的期待。上述记载涉及河南尹、梓州长史或是同州长官，但我们无从得知这些地方长官所会面对的地方差异及其应变措施。

一方面初、盛唐之观风俗以政治治理为中心，另一方面，更是要通过礼乐教化来“移风易俗”。此观念之基础是认为当代的地方风俗不合乎传统的礼教，缺乏应有的道德价值。魏徵“礼乐度数，徐思其宜，教化之行，何虑晚也。”⑤ 张鷟称：“古之天子，制礼以安人；昔者明王，作乐以崇德。移风易俗，成孝敬而厚人伦。”⑥ 邢巨应“文辞雅丽科”以“礼乐”为“先王所以美教化”的关键⑦。这些都是嫌当代风俗不美，人伦不厚，需要礼乐教化以改变之。由此，“观风俗得失”的目的除了“见彼耆耋，问其疾苦”外，还在于地方长官要能施行礼乐，改变风俗。因此，张说称美凉州长史元仁惠“我有

---

① 《全唐文》卷二十五，第119页。

② 同上卷三百零九，第1389页。

③ 同上卷二百一十四，第957页。

④ 同上卷二百五十四，第1137页。

⑤ 王福畤《录唐太宗与房魏论礼乐事》，《全唐文》卷一百六十一，第725页。

⑥ 《太乐令卢庆状称五帝殊时不相沿乐三王异代不相袭礼请改圣朝乐名大象天下往极为号又应国姓》，《全唐文》卷一百七十四，第780页。

⑦ 《全唐文》卷三百零一，第1350页。

礼乐，达于山川鬼神……观人设教，异邑同风”[①]。正强调以兴礼作乐的方式改变地方风俗。裴行俭《下建州教书》：“礼典既阙，风俗何观?”[②] 卢怀慎《陈时政得失疏》：“礼义未能兴行，风俗未能齐一，户口所以流散，仓库所以虚空。”[③]前者把国家“礼典”视为地方“风俗”的内容，后者甚至把户口流散、仓廪虚空归因于礼义不兴、风俗未齐。由王朝礼乐而致“风俗齐一”是地方吏治所能达到的最佳效果。这种观念与时人只凸显“上以风化下”而忽略“下以风刺上”的教化立场是相通的。

初、盛唐人固承认“风俗”是地方吏治的根本，但他们对“观风问俗”的理解一方面是政治上的，即地方长官对于鳏寡孤独的体恤或者对地方豪强的打压，这是“汉六条”的延续;[④] 另一方面是道德上的，即发现风俗之缺失，通过兴礼乐而改变风俗，这是王朝“制礼安人”“作乐崇德”观念的下移。但安史之乱后，这种观念发生了变化，中唐人不再视地方风俗为负面的无条件改造对象，而是承认其存在的合理性，而承认风俗的差异性与现实合理性乃是政治治理及道德教化的基础与前提。高郢《礼部试策五道》指出：“然为政之道，当因人所利而利之，故修其教不易其俗，齐其政不易其宜。”[⑤]以“不易其俗”“不易其宜”为政教的基础。这与初盛唐之移易风俗之说大相径庭。

白居易答《礼部试策五道》[⑥] 明确指出，先王的政教要建立在“任土辨物，简能易从”的基础上。“反地利，违物性”，追求同教化、一风俗，就会导致“易俗失宜”“匮神废礼”，反不能达到政教的目的。相对于初、盛唐将“乘时设教”的重点放在“以义制事，以礼制心”[⑦]，亦可见唐人对“教本”的看法转向强调“任土制宜”的重要性。文人开始注意地方土俗与地方吏治的关系，愿意花更多的篇幅描述地方特色，对地方风土风俗有强烈的书写兴

---

① 《唐故凉州长史元君石柱铭并序》，《全唐文》，卷二百三十二，第1038页。

② 《全唐文》卷一百六十二，第730页。

③ 同上卷二百七十五，第1235页。

④ 汉乐府是以考察二千石和体恤鳏寡孤独为采诗标准。见葛晓音《论汉乐府叙事诗的发展原因和表现艺术》，《汉唐文学的嬗变》，北京大学出版社1990年版，第3~15页。

⑤ 谢思炜撰《白居易文集校注》，中华书局2011年版，第425页。

⑥ 同上，第426页。

⑦ 张说《对词标文苑科策》，《全唐文》卷二百二十四，第998页。

趣。大历七年（772 年）常衮已然强调“因时以设教，便俗以立防”[1]；权德舆突出齐抗能“因习俗之便安”[2]；柳宗元详述“越人信祥而易杀”[3] 的陋习；韩愈说柳宗元出任柳州刺史的时候“因其土俗，为设教禁，州人顺赖”[4] 等，都说明中唐以后的文士对于异地风俗的关注。欧阳詹《鲁山令李胃三月三日宴僚吏序》说得更加清楚：“一方不同教化，恐他邑之欢乐此辰，不得似公之邑也。”[5] 既然一方有“不同教化”，那么自然不宜再以一套统一的礼乐制度规范之。

了解与尊重地方风俗的差异性与合理性，并且认为这是治理与教化的前提和基础，“观风”的内涵由是扩大到地方的风土民情上，这种观念上的变化甚至导致时人对于诗歌的诠解产生转变。白居易《策林六十九·采诗》：“闻《禾黍》之咏，则知时和岁丰也。……闻‘广袖高髻’之谣，则知风俗之奢荡也。”[6]“广袖高髻”出自汉童谣“城中好高髻”[7]，是少数保存东汉风尚的谣辞，现在白居易把它置于一串对《诗经》的论述之后。一方面说明书写风俗的乐府是上承《诗经》传统；另方面也让“观风”超出“伦理”的范畴，风俗进入创作的视野。更值得注意的是他对《诗经·黍离》的论述，毛诗解释：“周大夫行役至于宗周，过故宗庙宫室，尽为禾黍。闵宗周之颠覆……”[8] 但在白居易的理解中，这首诗恰可以证明“时和岁丰”。用以起兴的场景反倒成了“观风”的对象。《禾黍》焦点的转移可以作为风俗题材兴起的象征，在正统儒家的理解当中，周大夫是这首诗的主角，他所关注的是“宗庙宫室”的颓败，从而生发家国之思，但在白居易眼里，“彼黍离离”证明是年丰收，它更直接地与生民相关，宗室则可省略不谈。刘禹锡在《竹枝词》并引中说：“后之聆

---

① 《大历七年大赦天下制》，《全唐文》卷四百一十五，第 1780 页。

② 《唐故中书侍郎同中书门下平章事太子宾客赠户部尚书齐成公神道碑铭并序》，《全唐文》，卷四百九十九，第 2252 页。

③ 《柳州复大云寺记》，《柳宗元全集》，中华书局 1979 年版，第 752 页。

④ 《柳子厚墓志铭》，刘真伦、岳珍校注《韩愈文集汇校笺注》，中华书局 2010 年版，第 2407 页。

⑤ 《全唐文》，卷五百九十七，第 2672 页。

⑥ 《白居易文集校注》，第 1599、1600 页。

⑦ 《后汉书》卷二十四，中华书局 1965 年版，第 853 页。

⑧ 孔颖达疏《毛诗正义》，中华书局 1957 年版，第 252 页。

巴歈，知变风之自焉。”[①] 明确地将这类创作上接“国风”，说明写风土风俗的作品也有宗经的正当性。晚唐陆希声《北户录序》明确指出“诗人之作，本于风俗。……自非观化察时，周知民俗之事……则安足以蕴为六义之奥，流为弦歌之美哉?”[②] 把“民俗之事”涵盖于“风俗”的范围内，并承认它有“六义”的价值。风俗的描写获致“宗经”的正当性。

同时，“采风”或“采诗”的理想被中唐诗人不断提出。《新唐书·礼乐志》载天子巡狩“太常卿采诗陈之，以观风俗”[③]，但其“采诗”与汉人有异，所采并不真正来自民间，而是从士大夫的创作中收集而得[④]，与其说是“采诗”，不如说是“献诗”。是故白居易和刘禹锡在太和二年（828 年）都曾作“观稼”诗，目的在“谨书盛事以俟采诗者”[⑤]，内容但以颂圣为主。尽管中唐以后仍可见这种徒具形式的“采诗”活动，但“陈诗采风俗”[⑥] 作为一种时代的声音还是广泛地出现在诗人的个人创作中。白居易和刘禹锡是中唐乐府大家，白氏真正主张的是“采诗以补察时政”，新乐府如《上阳白发人》《卖炭翁》《道州民》都已涉及唐世风俗的叙写。刘禹锡《淮阴行》“以俾乐府”其实就是一种采诗的思路。又其《采菱行》和《插田歌》明确表示要赋之“以俟采诗者”。这就进一步把与六朝乐府有亲缘关系的乐府赋予汉乐府的政治意义，并在题材上扩充之了。

这种“采诗”的思路为中唐文人所共有。[⑦] 随着中唐文人纷纷到地方就职，送行者常期待所送者在地方因为施政得当而让当地民众作歌谣以颂之，这预设的正是“采诗”的可能。钱起“衣催莲女织，颂听海人词”[⑧]，李端

---

① 陶敏、陶红雨校注《刘禹锡全集编年校注》，第 317 页。

② 《全唐文》卷八百一十三，第 3791 页。

③ 《新唐书》卷十四，中华书局 1975 年版，第 335 页。

④ 左汉林：“唐代天子巡狩中的太常卿采诗实际上是一种复兴古礼的行为。在先秦和汉代，天子巡狩以及在巡狩中采诗已经成为之种制度，唐代的太常卿采诗明显是对这种传统的继承。”《唐代乐府制度与歌诗研究》，商务印书馆 2010 年版，第 129 页。

⑤ 谢思炜撰《白居易诗集校注》，第 2029 页。《刘禹锡全集编年校注》，第 465 页。

⑥ 陆龟蒙《读襄阳耆旧传，因作诗五百言寄皮袭美》，《全唐诗》卷六百一十七，第 7108 ~ 7109 页。

⑦ 除白居易和刘禹锡外，张籍、王建、元稹等人亦有创作乐府以待采诗的主张。柳宗元《捕蛇者说》要“俟夫观人风者得焉”。《永州铁炉步志》“予以为古有太史，观民风，采民言。若是者，则有得矣。嘉其言可采，书以为志”。连古文都被赋予“采风”任务了。

⑧ 《送任先生任唐山丞》，《全唐诗》卷二百三十八，第 1161 页。

“太守新临郡，还逢五裤歌”①，以及刘商“人咏甘棠茂，童谣竹马群”② 都依循百姓歌咏地方官的套路。那么百姓何以要歌颂地方官呢？如果说韩翃“使者下车忧疾苦，豪吏销声出公府”③ 的思路还是延续“汉六条”的标准，那么耿湋“之官逢计吏，风土问如何”④，司空曙“晓樯争市隘，夜鼓祭神多”⑤，以及元稹《茅舍》详述韦丹对楚地土俗的改造等，⑥ 都将官员的治绩与其对地方风土的掌握相结合，强调的是对于百姓生存环境及生活细节的关注。

此外，有些作品本身就是在表达某州县长官的“政教得失”，背后还是体现“采诗”的观念。耿湋因王公“凿井便溉”，解决“覃怀旧水咸卤，人多祓患”的问题，作《甘泉诗》以“美良牧也”。欧阳詹《益昌行》记陆长源牧利州“人安俗阜”，故“钦所以美，作诗一章”⑦。白居易《代州民问》、元稹《代杭民答乐天》、李贺《巴童答》干脆代州民发声，扭转官员“观风”，庶民“歌谣”的路数，从“观风”“采风”者变成创作“风”诗的人。这类型的创作未见于初、盛唐却为中唐文人所发掘，这都说明汉代“观风”或“采风”的传统在中唐复兴。

各类文体中，乐府的起源本与“采诗”或“采风”的理想直接相关，当采风的传统被再次强调，“观风俗得失”不再依附于“察吏人善恶”或王朝礼乐的落实，而是更直接地与百姓生活的具体情况相关，这就让与“观风俗”最直接相关的乐府产生创作上的转变。中唐之所以出现大批书写风俗的乐府，背后正涉及唐人在观念上的转变。

总之，乐府到唐代已形成两个传统，一是要“观风俗，知薄厚”的汉乐府，二是以男女恋歌为主的南朝乐府。中唐新乐府“病时之尤急”者即意在拓展汉乐府“伤民病”的传统，但梳理中唐乐府的创作情况，这类乐府常以

---

① 《送张少府赴夏县》，《全唐诗》卷二百八十五，第3258页。

② 《送卢州贾使君拜命》，《全唐诗》卷三百零三，第3456页。

③ 《送巴州杨使君》，《全唐诗》卷二百四十三，第2732页。

④ 《送海州卢录事》，《全唐诗》卷二百六十八，第2292页。

⑤ 《送夔州班使君》，《全唐诗》卷二百九十二，第3310页。

⑥ 《元稹集校注》，第76、77页。

⑦ 《全唐诗》卷三百四十九，第3900～3901页。

地方风土或百姓的日常生活为框架，此又与南朝乐府的表现方式前后相承。因此，白居易《红线毯》“忧蚕桑之费也”，《杜陵叟》“伤农夫之困也”，《缭绫》“念女工之劳也”，都涉及唐世百姓的生计活动；《牡丹芳》《时世妆》《井底引银瓶》则书及当世风尚与婚俗；《城盐州》《道州民》又见地方描写，这都是汉乐府所罕见的表现手法，却能在南朝乐府中找到创作的线索。另一类乐府则与“民病”没有直接关联，其兴趣更在地方风土风俗的本身，如上文刘禹锡诸人诸作所示，更可见其与南朝乐府的亲缘关系，后者是其创作倾向的先导。中唐乐府对于地方风土习俗的描写兴趣涉及时人对“观风”理解的变化。初、盛唐文人对“观风”的看法一则延续“汉六条”，主要的观省对象是地方“二千石”；二则以地方官在地方兴礼作乐的办法移风易俗。到中唐“观风”被落实到具体的风土风俗上，这就对乐府书写风俗产生正面的影响。乐府作者或者聚焦风俗本身，或者将生民哀乐置于风俗的具体背景中。最后，随着中唐文人到地方任职的机会大增，“观风”或“采风”的意图逐渐于文人的创作中发声，而“乐府”的源头本与“观风”或“采风”的理想密不可分，这也推动中唐乐府在六朝的基础上往地方风土风俗的题材转型。

（本文原刊于《北京大学学报》2016 年第 4 期）

让“文学史”还原“审美”的面貌

李　伟

自十九世纪末二十世纪初以来，以欣赏体味为主要批评方式的“诗文评”逐渐让位于重视知识积累和文化传承的“文学史”①，对于“文学”所谓发展规律的探讨就成为“文学史”研究和书写的题中应有之义。回溯百年来的发展演变，“文学史”在二十世纪学术史舞台上也曾大展拳脚，其流转炫目的“表演姿态”曾引得国内外诸多满怀热情的学人投身其间，甚至承担起为政治、文化乃至思想学术等各个领域“张目造势”的时代功能。那些蕴涵着政治隐喻的“文学史”研究曾迅速成为特定政治年代的“显学”②，而伴随着时代巨变与思想转型的异军突起，“文学史”研究又摇身一变，在中西文化碰撞

---

① 关于“文学史”，陈平原先生曾经以充满学理性的语言，做了四个面向的分析，即作为课程设置“文学史”、作为著述体例的“文学史”、作为知识体系的“文学史”和作为意识形态的“文学史”。这一判断的出发点主要是基于百年来大学中文系文学教育实践的总体经验。见于陈平原《作为学科的文学史》中的序言《重建“文学史”》（北京大学出版社2011年版，第1～11页。）本文所言之“文学史”大体与这一概括一致，兼及书籍、教学与实践意义，书籍为出版过的“文学史”教材及其透露出的学者的文化心态、研究方式和学术个性，教学主要是大学中文系中文学教育与“文学史”的参与，实践意义的“文学史”则是写作“文学史”教材的过程以及与“文学史”相关的研究状态。限于我的专业，“文学史”多以中国古代文学为对象。

② 新中国成立后，多次政治运动是从文化领域展开，最典型的是二十世纪五十年代的“《红楼梦》研究”的批判运动，而这些带着浓郁政治色彩的文学批判都曾深刻影响了当时的文学史研究，使之带有鲜明的“借经术文饰其政论”的理论色彩。虽然时过境迁，那个年代的文学史研究在后来以较为纯粹的学术理性去判断，很多结论和研究方法都受到普遍的质疑，但毕竟也反映出新中国成立后我国对于文学史研究在特殊年代的一个值得深思的面影。

交流的历史洪流中激荡起“重写”的文化呐喊。[①] 进入九十年代后，李泽厚先生一句“思想家退隐，学问家凸显”的睿智评语，仿佛又预示着“文学史”研究在经历了历史的跌宕起伏之后，重又回归书斋的理性探索和沉潜的思维构建。在二十一世纪文化交流日渐国际化的今天，“文学史”研究这一略显冷僻却又引人入胜的领域，呈现出的是“却顾所来径，苍苍横翠微”，看似气象万千，实则模糊不清，其实并未从此前歧义丛生的思想观念中走出，更需要学者们在回望先贤研究的得失成败后，重新思考“文学史”研究到底应该基础何在，方向何从，学者何为。从某种意义上，“重写文学史”的美丽口号依然没有过时，只是在大量的文学史研究基础实践过后，如何去总结这些事件背后的经验教训。本文拟就此问题展开，在结合已有“文学史”研究的基础上，对未来“文学史”的研究策略和应该注意的问题提出一孔之见，求教于方家。

一　以“审美”为基础的“文学史”研究

二十世纪以来，随着学术规范化的缜密性日渐提高，主体学科开始衍生出大量的分支学问，这其中就包括原本单纯的“文学史”研究，由于各个时代不断涌现出各种版本的文学史著作，对“文学史”研究的理论反思——“文学史学”应运而生。其中由董乃斌、陈伯海、刘扬忠三位先生主编的《中国文学史学史》于2003年在河北人民出版社出版，成为“文学史学”这一研究领域初见规模的标志性著述。此前和此后都有类似内容的著作出版，如赵敏俐、杨树增二位先生合著的《20世纪中国古典文学研究史》[②]，与复旦大学黄霖先生主编、集众多学者之力编成的《二十世纪中国古代文学研究史》[③]，

① “重写文学史”是出现于二十世纪八十年代中后期的一次从文学研究领域发生，此后又蔓延至整个文化思想界的一次理论探索，首先是在北京与上海的从事现代文学研究的学者发起，当时参与其事的学者如今都已在各自领域取得令人瞩目的成就，如上海的王晓明与陈思和，北京的钱理群、黄子平和陈平原等人。产生的成果如《二十世纪中国文学三人谈》《二十世纪中国小说史》与陈思和、王晓明在《上海文论》主持的专栏“重写文学史”所产生的文章等，其学术影响至今犹在。此后学界每每对“文学史”的研究有所回应时，大多都会与八十年代的“重写文学史”有着或明或暗的历史渊源。

② 赵敏俐、杨树增著《20世纪中国古典文学研究史》，陕西人民教育出版社1997年版。

③ 黄霖主编《二十世纪中国古代文学研究史》，东方出版中心2006年版。

都可称为这方面的代表。但明确标示“文学史学”的还是董、陈、刘三位先生的那套书，由此可见“文学史学”的名称虽新，但其实已基于很长一段时期的写作实践了，尤其是改革开放以后各种名目的“文学史”著作层出不穷。[①]

“文学史学”的名称既已形成，标志性的著作也堪称皇皇巨著，却并未获得学界一致的“鲜花和掌声”，陈平原先生就曾在《假如没有“文学史”》中深表进退两难的复杂心情，“文学史”虽然有其局限性，但在承担文学教育方面的重要作用仍不可替代。[②] 而南京大学的莫砺锋先生则曾对此明确表示质疑。他在《“文学史学”献疑》一文中，主要对“文学史学”的学科成立条件并不乐观，一是总结文学史编写规律的时机远未成熟，二是写作实践中存在的问题依然明显。[③] 在此情形下，莫砺锋先生对“文学史”的内涵意义做出有意义的探讨，他认为：“当我们说‘文学史’这个词的时候，大概有以下两种意义：一是指文学的发展过程，是一种客观的历时性的存在。……二是指人们关于文学发展过程的研究、论述，是一种主观的叙述、阐释和评价。”这就提出了如何看待“文学史”的实质这一问题，所谓“客观”和“主观”的“文学史”，如果更深一层追问，就是在对“文学史”的书写中究竟以何为基础和中心的问题。

借助学术史的经典研究方法，“文学史”的书写达到的最高境界是“辨章学术，考镜源流”，就是在充分占有历代作家的创作作品、时代特征和生平资料基础上，对我国的文学发展历程进行一番由表及里的理性梳理，大致勾勒出从上古三代到“五四”以前我国文学如何一步步发展演变的轨迹，莫砺锋先生的所谓的“客观”即在于此。对于这种“客观”，需要指出的一点是，这又与我国古代文学创作的特征密切相关。吉川幸次郎先生在《中国文学史

① 改革开放后出现的具有典型性的“文学史”著作包括面向电大教学所用的《中国文学史纲要》（袁行霈等编撰，北京大学出版社 1998 年版），运用新理论分析的《中国文学史》（章培恒、骆玉明主编，复旦大学出版社 2005 年版），以及社科院文学所学者集体编写的《中国文学史系列》。而在目前大学中文系承担教材任务的《中国文学史》，则是由袁行霈先生主编，高等教育出版社 1996 年版。就教学影响和总结学术而言，高教版的《中国文学史》应该是目前国内最具权威性的“文学史”教材。

② 陈平原著《假如没有“文学史”》，三联书店 2011 年版，第 2 页。

③ 莫砺锋著《文学史沉思拾零》，中华书局 2013 年版，第 1～5 页。

的一种理解》中曾指出：

> 中国的文学史，其形态与其他地域的文明里的未必相同。至少，在最近时期以前，一直是不同的。被相沿认为文学之中心的，并不是如同其他文明所往往早就从事的那种虚构之作。纯以实在的经验为素材的作品则被作为理所当然。诗歌净是抒情诗，以诗人自身的个人性质的经验（特别是日常生活里的经验，或许也包括围绕在人们日常生活四周的自然界中的经验）为素材的抒情诗为其主流。以特异人物的特异生活为素材、从而必须从事虚构的叙事诗的传统在这个国家里是缺乏的。散文也是以叙述实在事件的历史散文或将身边的日常事情作为素材的随笔式的散文为中心而发展下来的。①

围绕作家作品而呈现的时代特征和历史环境，作家的生卒年和生平经历，作品反映的作家生活和心态，这些具有“客观性”的内容是我国文学史得以顺利编写的基本条件。由于这种文学素材本身的“客观性”，导致文献历史考据之学在中国文学史的编写中大有用武之地，可“辨”、可“考”的重点也在于斯。特别是近些年出土文献和域外汉籍的发掘和整理，我国文学史已有的“客观性”不断受到冲击，因此大批“文学史”研究者投身其中，乐此不疲，把考证“文学史”材料的“客观性”作为研究的第一要义，好像“材料”的迷雾既已廓清，“文学史”的发展规律就不言自明。我国“文学史”的研究在各种版本的文学史著作中大同小异，也与学者们大多下功夫于各类文学史外部材料的考证有关，除非自己手中掌握着在时间和空间维度上足以颠覆传统的“文学史”材料。

与这种注重“文学史”之“客观”不同的是，莫砺锋先生鲜明地指出了“文学史”的“主观”意义，这才是涉及到“如何研究、撰写文学史，或对已有的文学史著作进行分析、总结”的关键所在。俗话说，论文写作的模式是“观点加材料”，既然大家共同享有的材料资源大体一致，为什么还能有各具特色和面目的文学史著述出现，根源就在研究者的“观点”，再具体点就是

① 吉川幸次郎著，章培恒、骆玉明等译《中国诗史》，复旦大学出版社2012年版，第1页。

“谁”在“辨”“考”，如何“辨”“考”的问题。说到“观点”的“主观性”，文献历史“考据”绝非这方面的长处，以桐城古文的观念而言，更多指向的是“义理”和“辞章”。

“文学”的“征实”与“虚构”历来是文学理论和比较文学研究中关注的焦点，吉川幸次郎的看法代表了国外学者看待中国文学史的一种观念，纯粹向壁虚构的文学形态在中国文学史的长河中难觅踪影，至少是不占主流，这主要基于文学素材的“客观性”而言。但是文学毕竟是“文学”，除了关心时代特点、作家履历和文学素材等客观要素外，更关键的是“文学”作为作家主观情志体现的载体特征，它所反映的永远是作家主观的情思表达，[①] 吸引历代文学研究者不断投身于文学史研究的动力应该在探索作家作品背后的那“剪不断，理还乱”的心境与情感。文学史研究的魅力也多源于此。某种意义上说，“重写文学史”既不需要时代的召唤，更不需要理论的更新，只要研究者愿意捧读文章，品味作家，一路下来，长此以往，自会形成对中国文学史的独特判断，这种“主观”判断就是自己的文学史“观点”。

除了强调研究者自我与作家作品形成“莫逆于心”的对话之外，文学史研究的基础还在于研究者对文学“审美”的体悟与欣赏。陈平原先生在《小说史：理论与实践》中深刻反思了韦勒克、沃伦的《文学理论》中关于“文学史”的观念，形成了“文学史”研究在文学研究总体格局中“先锋派的后卫”的认识：

> 文学史研究要求相对的稳定性和连续性（包括研究对象的选择、理论框架的设定，乃至某些作家作品的评价），是一种规范化的常规作业，需要学识与才情、广博与精深、新颖与通达等的平衡和调适。[②]

总体说来，在陈平原先生的眼中，“文学史”研究没有对理论设计的情有独钟，也没有对个性批评的恣意炫耀，关注的永远是“对研究对象特性的理解

---

① 《诗大序》：“诗者，志之所之也，在心为志，发言为诗。”因此，即使中国文学的素材相对质实，但其主观情志的抒发，依然决定了我国文学具有主观审美的抒情特征。参见陈世骧《中国的抒情传统》，《陈世骧文存》，辽宁教育出版社1998年版，第1页。

② 陈平原著《小说史：理论与实践》，北京大学出版社2010年版，第5～6页。

和把握，以及始终以研究对象为中心来展开理论设计”。因此他主张：

一切以适合对象为标准，合则取之，不合则舍弃，不过分追求理论的完整与逻辑的严密。文学史家应该了解巴赫金、福柯或者巴尔特的理论，但不应该照搬套用其学说。转化与变形乃接受中必不可少的“损耗”，这里强调的是文学史家接受中的转化与变形带有明显的自觉性和自主性。作为研究思路，文学史家不同于批评家之处，就在于其是为了更好地阐释对象而选择某一理论。①

其实这是针对一切文学史研究所做的理论反思，不论是文学素材过于质实的中国文学，还是以虚构为主流的西方文学而言，仔细体察“研究对象”始终是“文学史”写作的关注焦点。当然，研究对象的构成要素较为复杂，文学作品与作家必然是其核心，围绕在它们周围的时代背景、思想特征，包括作家的生活过程和作品产生的具体环境，都应纳入文学史的研究对象范畴。然而除此之外的作家思想心态、作品的艺术结构及其折射出的审美情趣，更应该成为“文学史”关注的重点内容。而在目前过于凸显文献历史考据的时代氛围中，对于文学“审美”的细究深考正在日渐远离文学史研究的中心，则显得殊为可惜。

韦勒克、沃伦在《文学理论》中曾对文学研究的出发点和文学作品的存在方式做出过精辟的说明：

文学研究的合情合理的出发点是解释和分析作品本身。无论怎么说，毕竟只有作品能够判断我们对作家的生平、社会环境及其文学创作的全过程所产生的兴趣是否正确。然而，奇怪的是，过去的文学史却过分地关注文学的背景，对于作品本身的分析极不重视，反而把大量的精力消耗在对环境及背景的研究上。②

---

① 陈平原著《小说史：理论与实践》，第 21 ~ 22 页。

② 韦勒克、沃伦著，刘象愚等译《文学理论》，江苏教育出版社 2007 年版，第 155 页。

这种情况在韦勒克与沃伦看来自有其特殊的时代背景，具体到目前我国的文学史研究中，重视文学史的客观要素的研究与探索作品本身的文本结构研究已有明显的分野，而且其背后具有明确的学术追求与文化理想。二十世纪八十年代以来，文学研究的社会历史化趋向日益明显，固有学术传统中强调文史综合的倾向加重这一趋势①，大批学者在进行文学研究的实践过程中逐渐形成某些共识，其中最为突出的是文人相轻带来的“人人自谓握灵蛇之珠，家家自谓抱荆山之玉”，即重考证者谓理论为肤浅，讲理论者视考证为琐碎，延伸开来，就造成重文献者视审美分析为空洞无物，重审美者视文献考据为滞涩狭隘。文献考据与审美分析本是文学研究的两翼，原无轩轾之别，但求实之风的盛行使得考据之风更为流行，导致目前文学研究中的审美分析日渐萎缩。考据所得，经过一番苦功夫的钻研，确能获得相对稳定的答案。② 而审美分析则由于研究者自身的主观选择，更多地渗透着个性与情怀，但不能因审美分析的这种“主观”而抹杀其对于文学研究的重要意义。

强调“审美”之于文学史研究的重大意义，还根源于文学艺术作品的独特的存在方式及其把握途径：

> 艺术品就被看成是一个为某种特别的审美目的服务的完整的符号体系或者符号结构。……艺术品似乎是一种独特的可以认识的对象，它有特别的本体论的地位。它既不是实在的（物理的，像一尊雕像那样），也不是精神的（心理上的，像愉快或痛苦的经验那样），也不是理想的（像一个三角形那样）。它是一套存在于各种主观之间的理想观念的标准的体系。……只有通过个人的心理经验方能理解，它建立在其许多句子的声音结构的基础上。③

---

① 文学研究的社会历史化趋势在古代文学研究领域更为明显，尤其是傅璇琮先生的《唐代科举与文学》出版后，类似研究模式的著作不断涌现。但后来发展的趋势显示，后来的效法者大多围绕影响“文学”的各种因素展开研究，形成偏于历史研究而忽视文学自身研究的弊端。葛晓音在《秦汉魏晋游仙诗史研究的新创获》（《北京大学学报》2002 年第 5 期）一文中已有深入分析，后作为张宏《秦汉魏晋游仙诗的渊源流变略论》（宗教文化出版社 2009 年版）的序言。

② 参见南帆《批评抛下文学享清福去了》，《当代文学与文化批评书系·南帆卷》，北京师范大学出版社 2010 年版，第 374 ~ 377 页。

③ 韦勒克、沃伦著，刘象愚等译《文学理论》，第 173 页。

这不仅从文学作品的存在方式角度为文学史研究中需要“审美”正名，而且还道出了如何把握文学审美的基本方式，即“通过个人的心理经验”，因为韦勒克和沃伦认为“艺术品可以成为‘一个经验的客体’……只有通过个人经验才能接近它，但它又不等同于任何经验”。其中隐含着“审美”理解的辩证法，每个人对于文学作品的艺术分析只能无限逼近，但不可能穷尽一个作品的全部意蕴。这一点可能为那些标榜追求确论的文学史研究者所轻视，但不能说对于文学作品的这种审美分析毫无意义，毕竟在艺术客体与欣赏主体之间存在着审美经验的交流，而且随着这种交流的回环往复，审美意蕴的呈现就更加鲜活而有价值。从这个意义上说，文学史研究中的“审美”分析依然有其不可替代的重要意义。正如维柯在《论我们时代的研究方法》中所言：“关于诗艺……而又想通过文学研究以使之改善，那就有必要吸取一切学问研究的精华。关于这方面那些既无方法可循，而又不是全无章法的地方。”[①]“诗艺”所代表的审美分析虽难以确证，但并非无章可循，有关“诗艺”的研习可以通过加强文学的“审美”判断力予以补充，以此为核心还可以吸取其他学问的精华，而不是从根本上彻底放弃对“审美”的不懈追求。

二 “文学史”体例与文学教育的互动

小而言之，呈现于“文学史”编撰中的体例折射出研究者的思想观念和审美趣味，如林庚先生的《中国文学简史》[②]，就成为其文学个性中诗意表达的学术载体；大而言之，“文学史”的体例中必然与时代变动、思潮转移存在着或显或隐的关联，处于新旧文学时代交替的胡适以提倡白话的观念贯穿《白话文学史》，把“文学史”书写变成新文学取代旧文学的角力场。“文学史”的框架体例如何与研究者的学术个性构成彼此映衬的复杂关系，早已为学界所瞩目，最近陈平原先生在《作为学科的文学史》中又突发奇想式地勾勒出“文学史”与文学教育、文学课堂之间互动幽微的关系，成为我们再次

① 维柯著《维柯论人文教育》，广西师范大学出版社2005年版，第149～150页。

② 参见葛晓音《诗性与理性的完美结合——林庚先生的古代文学研究》，《文学遗产》2000年第1期。陈国球著《文学史书写形态与文化政治》中的《“文化匮乏”与“诗性书写”——林庚〈中国文学史〉探索》，北京大学出版社2004年版，第107～147页。

思索“文学史”其实存在着看似略显沉闷而又实际关乎文学“审美趣味”如何培养的“百年大计”。

“文学史”的体例可以根据不同的分类标准做出大致的划分，总的来说，“创作主体”和“拟想读者”这两大标准与“文学史”的编写体例影响最巨，而且对如何有效实践文学教育的问题密切相联。对于中国上下五千年的历史进行总结，就“创作主体”，无外乎两种方式，即“成一家之言”式的独撰和“弥伦群言，唯务折衷”式的集体编著。这两种方式各有短长，“独撰”所长在体现自家的文学思想，具有鲜明的学术个性，短处则在可能会对学界已有的研究成果吸收不足。而“集体编著”则是长在集合众家的智慧而短于体系汗漫、个性暗淡。从“拟想读者”的角度去划分，陈平原先生在《小说史：理论与实践》中已有说明，他根据读者的期待视野，将“文学史”分为三种，即“研究型文学史”“教学型文学史”和“普及型文学史”。[①] 依照这两大分类，“独撰”近于“研究型文学史”，而“集体编著”多为“教科书文学史”和“普及型文学史”。

其实“创作主体”与“读者”本是相反相成的关系，研究者在编写“文学史”之前必会仔细思考自己的著述会有哪些人看，只有极少数者才会采取“闭门造车”的态度，对自己的创作有足够的信心。而读者也自会根据阅读兴趣寻求合适的“文学史”，这其中能将两方准确捏合在一起的“文学史”，就可算是成功的作品了。“文学史”除了有作为社会上的普通书籍以作流通外，还承担着在大学和科研院所进行文学“传道授业”的重要功能，从某种意义上，这才是“文学史”得以不断延续的立身之本。在此视角下，“创作主体”与“读者”就被转化成“师生关系”，而“文学史”就成了传播文学知识、培养文学意识的重要载体。陈平原先生最近关注到“文学教育”与“文学史”编写乃至讲授的复杂关系，更多地也是源于此类角度的思索。[②]

说到此处，“文学教育”对于“文学史”的编写体例确实有着十分重要的规范意义，如再结合各种“文学史”编写的经验教训，将其置于我国大学中文系教育的大背景中，则更有价值。“文学史”编纂在我国经历了百余年的

---

① 陈平原著《小说史：理论与实践》，第24页。

② 陈平原《“文学”如何“教育”——关于“文学课堂”的追怀、重构与阐释》，见《作为学科的文学史》，北京大学出版社2011年版，第151~223页。

发展历程，其开端是在西学东渐的时代背景下取代了我国传统的“诗文评”，而成为文学教育的重点课程，并将其设置于大学中文系的教学体系中，因此，它与生俱来地就不再是我国古典传统中简单式的文学鉴赏，而逐渐成长为一个承载国族文化象征的知识体系。“文学史”的这一宏大品格赋予大学中文系的文学教育以深厚的底蕴，已成为不争的事实，与传统的“诗文评”相比，其利弊得失也值得反思，尤其是就此后的文学教育发展中出现的问题更显得有针对性。

陈平原先生在其论著中曾不止一次地指出现在大学中文系的“文学史”教育导致很多学生无法真正进入文学作品的细读，所写的论文大多是经过简单的文本分析后，就立即进入知识权力等宏大理论的建构中。① 这其实道出了“文学史”教学在中文系文学教育中的尴尬处境，以知识传播为主要功能的“文学史”体例已让文学教育中本该有的“审美趣味”逐渐失落了，这也促使当前很多学者深入思考学科视野中的“文学史”体例到底应该以何种方式改善，才能使得兼具知识传承与审美趣味两者于一体的文学教育更好地发挥作用，从而让莘莘学子在“文学史”的阅读学习中既能细致入微地领会诗文之“美”，又能全面深入地掌握中国文学发展的学术脉络。

追索前辈学者在“文学史”教学中总结的经验，或许可以给我们更多的启迪。南京大学的程千帆先生在《我和校雠学》一文中说道：

> 我历来主张研究文学，要将考证与批评密切地结合起来，将文献学与文艺学密切地结合起来。文学批评应当建立在考据的基础上，文艺学研究应当建立在文献学知识的基础上。从事文学，特别是古代文学研究的人，不一定人人成为文献学家，但应当人人懂得并会利用校雠学知识。②

这是多年教学经验积累的“夫子自道”，“文学史”的研究总体上被分为“文献学”与“文艺学”，文献考据是基础与条件，而文学批评是依归和指向。程

---

① 萨义德在《回到语文学》一文中也有精到的分析。萨义著，朱生坚译，胡桑校《人文主义与民主批评》，上海三联书店 2013 年版，第 71 页。

② 张世林编《家学与师承》（第二卷），广西师范大学出版社 2007 年版，第 20 页。

千帆先生在文学教育中的这种方式在其学生身上得到有效的印证，蒋寅先生曾通过总结在南京大学的学习经历而指出，程千帆先生教给他的更多的是洞察幽微的文艺审美批评。[①] 由此可见，与“审美”密切相关的文学批评能力的培养被程千帆视为文学教育的重心。此外，作为老一辈学者的代表，吴小如先生在《我和中国文学史》中也曾提及：“如果自己不会写文言文和作旧体诗，上课给学生讲古代诗文是搔不到痒处的。”[②] 这种“知”“能”相济的学养在老一辈学者身上随处可见，[③] 他们背后的“文学史”视野绝不是来自教科书式的呆板知识，而是基于大量阅读经验和创作体会之上的审美感受的摸索与深化。他进而指出大学中文系的本科生应该兼通“文”“语”两大部分，“义理”“考据”“辞章”兼而有之，由此而上，还必须“通古今之变”，这就表明了吴先生看待“文学史”教学，主张先加强审美感性经验的基本功，后注重知识体系的建构，否则“学生头脑中还没有足够的感性材料，听了不免茫然”，本末倒置的结果必然使得文学教育走到空洞无物的境地。

老先生的经验之谈可以为现在如何改善“文学史”体例以适应文学教育提供必要的参照，文学作为一门讲求“审美趣味”的学科，其基础必然在审美经验的提炼与领悟，即使是我国文学中有重视现实生活素材的“征实”趋向，也应该注意深入挖掘其背后隐含的美学意义，否则“文学史”研究就基本等同于纯粹的历史研究。同时，还应注意“文学史”体例中“审美”基础与“知识”建构的关系，让学生在更多地接触“文学史”的感性材料后，再去尝试“文学史”庞大的知识结构，是以后中文系“文学史”研究积极适应“文学教育”本质的应有体例。不论是从“文学”作为学科的本质，还是“文学史”内部体系的建构，这其中培育学生的“审美经验”的基本功都是必不可缺的重要一环，更是值得学者们在研究“文学史”的过程中倍加努力的方向。

---

① 蒋寅、巩本栋、张伯伟《书绅录》，《新国学》1999 年第 1 期。

② 张世林编《家学与师承》（第二卷），第 285 页。

③ 陕西师范大学的古典文学研究名家霍松林先生在其教学经验的总结中也曾强调“知能并重”的意义，即研究“文学史”的学者应该具备古典诗文创作的基本经验，研究和创作相辅相成，借此可以体会文学的审美感受，培养辨别文学高下的审美趣味。见《霍松林治学录》，《淮阴师范学院学报》2002 年第 1 期。

三　走向文学内部研究的“文学史”观念

韦勒克、沃伦的《文学理论》自从在我国翻译出版后，其中对于“文学史”研究的诸多理念深刻影响了后来的文学研究者，陈平原先生在《小说史：理论与实践》中反思自己的文学史研究时，就曾借助《文学理论》中关于“文学史”“文学理论”和“文学批评”三分天下的观念。这种分类方式着眼于对待“文学”的三个视角，陈平原先生将之归结为“文学理论追求彻底性，文学批评强调品味，而文学史则注重通观”。[①] 需要指出的是，在这种三分天下的态势下，“文学史”的研究最具整合意义，“通观”必然带来“瞻前顾后”的调和作用，意味着“文学史”研究既可以明确借鉴“文学理论”的犀利武器，又可以充分享用“文学批评”对“文学”的涵泳品味。最佳的“文学史”研究当然是能够做到三者的完美结合，但在具体的实践操作中，出现的状况并不乐观，韦勒克、沃伦的《文学理论》就曾指出：“写一部文学史，即写一部既是文学的又是历史的书，是可能的吗？应当承认，大多数的文学史著作，要么是社会史，要么是文学作品中所阐释的思想史，要么只是写下对那些多少按编年顺序加以排列的具体的文学作品的印象和评价。……上述这些文学史家和许多其他文学史家们仅只是把文学视为图解民族史或社会史的文献，而另外有一派人则认为文学首先是艺术，但他们却似乎写不了文学史。他们写了一系列互不连接的讨论个别作家的文章，试图探索这些作家之间的‘互相影响’，但是却缺乏任何真正的历史进化的概念。”[②] 文学史研究在“文学理论”和“文学批评”的夹缝中最终走向两个极端，真正意义的完美的“文学史”并未出现，因此韦勒克、沃伦发出了“为什么还没有人试图广泛地探索作为艺术的文学的进化过程呢”这样的疑问。要解答这一疑惑，还应该从“文学史”研究的“主体”角度进行思考，毕竟“文学史”研究落实到具体的实践操作，离不开写作主体的个性与选择。“独撰”式的“文学史”自不待言，即使是集体编撰的“文学史”，透露出的也必然是一个相对集

---

① 陈平原著《小说史：理论与实践》，第4页。

② 韦勒克、沃伦著，刘象愚等译《文学理论》，第302页。

中的思想线索。

如果转换这种分类标准，而采用“主体”的素养这一视角，那么关于文学研究的风格划分又是另外一番风景。法国评论家阿尔贝·蒂博代在《六说文学批评》[①] 中按此“评论主体”的风格，将文学研究分为“自发的批评”“职业的批评”和“大师的批评”。这其中“职业的批评”更多地对应的是“文学史研究”，然而蒂博代对此却是“爱恨交加”，有褒有贬。他指出了“职业的批评”兼具重视历史、强调评判和追求阐释的平衡，但也列举了可能出现的两种危险——“并非每写必读”和“迟疑症”，即“文学史”思维可能会使写作主体不必具体细读文学作品，只需按照某种框架设计填充材料即可，或是由于过分注重考证细节而无法进入整体的“文学史”。所以他给出的解决方法更值得当前文学史研究借鉴，那就是注重“趣味”的养成，这是“寻美的批评”的核心。

“文学史”发展至今，已经形成自给自足的研究体系和学术风格，尤其是在当前学科体系的规范之内，研究程式化的倾向日趋明显，南帆先生曾对此表示忧虑：

> 至少在目前，“考据”更为投合学院体制。见仁见智，趣味无争辩，灵魂的冒险或者思想游戏，这一切更像是机智和才气的产物，甚至有徒逞口舌之利的嫌疑。学院必须有“硬”知识，必须提交‘科学论断’。对于文学研究来说，一个结论必须是故纸堆里翻出来的，而不是拍拍脑袋想出来的。……一系列成文不成文的规定形成了文学系的某些价值观念：重学者而轻文人，重语言学而轻文学，重古典文学而轻现当代文学，重文学史而轻文学理论。[②]

这种意见大致反映了目前“文学史”研究的普遍情形，因此蒂博代重视“趣味”的趋向在文学研究中就更显其针对性，尤其是对“文学史”研究者如何确立文学评论的基本态度更有指导作用。“文学史”的撰写固然有判断、分

① 蒂博代著，赵坚译，郭宏安校《六说文学批评》，三联书店2002年版，第44～145页。
② 南帆著《当代文学与文化批评书系·南帆卷》，北京师范大学出版社2010年版，第375页。

类、解释的作用，学养、知识积累和理论借鉴不可或缺，但这一切的基础首先应该是直面文学作品的“趣味”养成，这是一切“文学史”分析的起点。一位好的“文学史”家首先是一位好的批评家。在蒂博代看来，“好的批评家，像代理检察长一样，应该进入诉讼双方及他们的律师的内心世界，在辩论中分清哪些是职业需要，哪些是夸大其词”。保持“审美趣味”对于“文学史”研究的活力是研究主体始终如一的责任，也是“文学史”研究者在文学教育的环境中给予受众真正文学感受的唯一途径，否则教育出的学生对于文学作品，必然是“看了也似不曾看，不曾看也似看了”①。失去了对文学审美的敏感和对具体作品的亲近，会使得“文学史”的研究和教学走向蒂博代所说的“半死不活的学究气中”。

也正是对“审美”素养的呼唤与重视，韦勒克与沃伦在《文学理论》中，将“文学史”置于“文学的内部研究”之中。作为独立意义存在的“文学史”应该呈现的是关注文学内部的艺术发展演变的过程，因此韵律、节奏、意象分析、文体、文学类型、艺术风格等都成为文学的内部研究的重要组成部分。在此基础上，才能构建作为艺术的“文学”的“史”的脉络。

当然，还要注意研究者审美趣味的个性化与“文学史”要求的“通观”共性之间如何调和的问题。研究者沉溺于文学魅力的发挥，往往具有自我鲜明的学术个性，蒂博代对此看得很清楚：“不应该在趣味问题上追求精确。我们应该把精确当成趣味和对趣味健康的判断最危险的敌人。”他把“趣味”限定为“那种精神感觉，那种先天或后天的识别美和倾心于美的能力，一种对准则做出判断而本身又没有准则的本能”②。要做好这种研究个性与“文学史”研究中强调通观的平衡，大体要从两个层面注意。一是研究者自身必须注重对作家作品的反复阅读，许多评论家对作家作品持之以恒地进行艺术与审美的关注，只有在与作者和作品的不断对话中，才能获取更多的鲜活的审美经验，这一过程也是使得自我的审美经验不断稳定和成长的基本保证，审美经验的不断积累可以从多侧面、多角度持续逼近文学艺术作品的审美价值，也是对作家作品美学内涵再创造的过程。蒂博代在《批评中的创造》中曾说：

---

① 朱熹著，黎靖德编《朱子语类》第2册，中华书局1986年版，第171页。

② 蒂博代著，赵坚译，郭宏安校《六说文学批评》，第158页。

任何一位批评家都不能完全甚至近似地与一位艺术家的整个气质相吻合，但是没有任何一位大艺术家不曾引起不同的观点，这些无穷无尽的彼此不同的看法可能与他本人相吻合正如一个有无数个边的多边形能和圆叠合一样。于是我们对卢梭，对夏多布里昂，对雨果，有了一定数量的不完全的片面的观点，它们作为批评家和艺术家之间的误差是不精确的，但从某个侧面来看，它们又是精确的，因为批评家之间的误差互相纠正，在每个作品周围维持着苏格拉底式对话的气氛，进行着一种继续创造的黑暗与光明、阳光和阴影、色调和生命的跳动的变幻。……由批评所进行的艺术家的继续创造，同时从另一个意义上来说，也是由艺术家进行的作品的继续创造。①

第二，除了批评家的持续阅读和对作品的多角度阐释外，还可以从历史的纵向线索中建构审美趣味的链条，即“美学生活并非处在人人各行其是的状态，它包含着趣味的共同趋势，这种趋势可以把相隔很远的前人与后人联系在一起，其中最为完整的形式就是人们所说的趣味大干线和总局，即西方的传统链条”。

这两种培养“审美趣味”的途径和方式实际构成了我们真正的“文学史”观，任何作家作品的审美解读都没有终点，批评家每一次的阅读作品都是对其美学内涵的崭新开始，而不同的批评家又可以从不同的方向去深入剖析作品的美学意蕴；在此意义上的不同的文学研究，对于作为艺术的文学的发展过程的“文学史”而言，可算是鲜活而细腻的素材。至于放眼于历史长河中的“趣味大干线”，则是众多文学研究者个人努力之后建构起的美学脉络，这是“文学史”得以成立乃至成熟的实质。这种成立乃至成熟绝不意味着完美“文学史”的出现，而是历代“文学史”研究者共同努力的方向，在这个意义上说“重写文学史”是每个时代的必然命题，所以“重写文学史”永无止境，“文学史”永远都在重写。

不论是苦心孤诣地追求“文学史”的个性化，还是雄心勃勃地希望进入

---

① 蒂博代著，赵坚译，郭宏安校《六说文学批评》，第211页。

“文学史”的“趣味大干线”，都不能脱离对文学作品本身的“温情与敬意”。不必期待完美“文学史”的出现，只要研究者能够持之以恒、老老实实地体味文学“审美”的真谛，自家的“文学史”必然会凸显。关于此种态度，萨义德在《回到语文学》中的思想可资借鉴：“让一个文本的读者从一种快速的、浮浅的阅读，直接进入对于庞大的权力结构的全面甚或具体的陈述，或者含糊地进入有利的拯救之治疗体系，也就是放弃所有人文主义实践的永恒的基础。那个基础实际上就是我所说的语文学，也就是对言辞和修辞的一种详细、耐心的审查，一种终其一生的关注。”① 文献考据之学虽然是“文学史”研究之必需，而且在人文学讲求“科学规范”的今日，还有愈演愈烈之势，但依然保留让“文学史”还原“审美”的面貌的那一份憧憬，更应成为深刻推动“文学史”走向文学内部研究的源头活水。呼唤更多的“文学史”研究者真正走入文学的内在，毕竟“文学”带给人的首先是审美的愉悦和心灵的震颤，正如陈思和先生所言：“从今天的标准来看，比较有价值的是对作家作品进行美学的、历史的分析，而不是从道德的、党派的观点进行批评。……人性对作品而言，人格对作家而言，主体的投入是对批评家的阅读和批评而言，三者的结合是最理想的批评。”② 这话对今日的“文学史”研究、编写与大学中的文学教育而言，仍然值得学人深思。

---

① 萨义德著，朱生坚译，胡桑校《人文主义与民主批评》，第71页。

② 陈思和著《当代文学与文化批评书系·陈思和卷》，北京师范大学出版社2010年版，第427页。

论鲍照五言诗的写景与抒情方式的新变

毛若苓

在钟嵘《诗品》中，鲍照获得了“善制形状写物之词”的评价，其在刻画包括自然山水在内的各种“外物”的形态方面的精工奇巧历来也被人所重视[①]。在讨论这一话题时，大部分研究是将鲍照对于自然景物的描绘放入“山水诗”这一类型中进行讨论的。研究者通常会注意到鲍照与谢灵运的相似与不同[②]，总结鲍照使用的意象类型，或用绘画理论进行分析，或分析其使用点、线、面构图的方式以及使用奇崛意象和比喻的能力[③]。此外，研究者也注意到鲍照将山水与行役相结合的题材创新，重点突出其将抒情与山水结合的努力，并注意到其在大谢和小谢之间的过渡作用，这其中，对玄思的“清洗”、对情感的“回归”均被认为是重要的一点[④]。也有研究不仅将鲍照在描绘山水方面的新变放入“山水诗”序列讨论，还将其视为五言诗演变的一个组成部分，从题材、情景关系、句式结构的角度，讨论鲍照的新变在五言诗整体由古向今演变中的位置[⑤]。

笔者认为，诗歌的整体变化与写景、抒情方式的变化相关，具体而言，视角、取景、构图、叙述线索乃至于句式的变化都是相互关联的。鲍照具有明确的取景和构图意识，能够把握所写景物的统一特征，有意识地试图构造

---

① 钟嵘著，古直笺《诗品》，上海世纪出版集团2007年版，第46页。

② 王国璎著《中国山水诗研究》，中华书局2007年版。

③ 李鹏《鲍照诗歌专题研究》，陕西师范大学博士论文，2009年；王亚青《鲍照山水诗研究》，西北师范大学硕士论文，2012年；李金欣《鲍照山水诗研究》，北京大学硕士论文，2012年。

④ 苏瑞隆著《鲍照诗文研究》，中华书局2006年版；陈桥生著《刘宋诗歌研究》，中华书局2007年版。

⑤ 葛晓音《从江鲍与沈谢看宋齐五言诗的沿革》，《学术研究》2010年第3期，第128～142页。

出一幅完整而有机的画面，他的观看、取景和构图方式都是密切联系的。而写景方式的改变，还与诗歌的整体抒情结构与方式的改变相关联，这其中，“诗中人”的淡化是十分重要的。此外，鲍照在写景句式上也进行了有意识的开拓，明确打破了汉魏晋以来的古诗句法，在语序、节奏、用字上皆有大量新变，大大增加了五言句的容量，并使得其节奏顿挫之感加强，而这种句子的大量出现，也给诗歌的整体变化带来了新的可能。

一　视角、取景与构图意识

在讨论鲍照对山水的描画时，研究者会注意到他对谢灵运山水诗写法的继承。如《登庐山》《登庐山望石门》《从登香炉峰》《从庾中郎游园山石室》等几首山行登览诗，几乎模拟了大谢开头叙游览之“事”，主体写所见之“景”，末尾抒发与玄理相关之“情”的基本结构[①]。而在取景之时，也往往先写山峰怪石，再取流水，又包含植物和动物的声响，取景的范围包括了上下远近所见之全景。不过，仔细对比这几首作品和大谢的山行诗如《登石门最高顶》《从斤竹涧越岭溪行》以及《于南山往北山经湖中瞻眺望》等作品，可以看出，鲍照之作与大谢的一个差别在于，除了在开头提到“山行”一事，在整段的景物描写中，山行者的身影基本消失了，不能像大谢之作那样，景随人变，有“移步换景”之感[②]。在交代完“登山”一事后，鲍照的全部注意力都集中在如何构筑“山景”上。其中，《登庐山望石门》一诗十分典型，在登山这个行为完成后，呈现在眼前的是这样的景象：

高岑隔半天，长崖断千里。氛雾承星辰，潭壑洞江汜。崭绝类虎牙，巑岏象熊耳。埋冰或百年，韬树必千祀。鸡鸣清涧中，猨啸白云里。瑶波逐穴开，霞石触峰起。回互非一形，参差悉相似。

---

① 鲍照这几首诗歌的末尾之“情”，并非对玄理的感悟，而带有强烈的“游仙”色彩，特别是《从登香炉峰》，全诗所用意象，所构造出的其实是游仙的环境。

② 正如葛晓音先生所言，鲍照的登览诗“既不作大谢式的过程交代，也没有明显的主线和作者的身影，而是类似赋体的铺陈”。（葛晓音《从江鲍与沈谢看宋齐五言诗的沿革》，《学术研究》2010年第3期，第128～142页）

最先出现的是两条充塞天地的坚硬线条，上处是氤氲雾气和星辰，下处和深处是深壑暗流，它们大面积迅速铺开，构成了整个画面的基本背景。如虎牙、熊耳般的奇峰怪石点缀其中，深冰老树立于其隙，是画面前端的实景；鸡猿藏于其间，闻其声而不见其物，水波云霞回荡，遇峰壑而变，是画面中层的虚景。诗中景物并非随着登山之人的身影变化而相继出现，而是同铺在一张布景上，由读者在其外，将它想象出来。这种描写说明鲍照在写景时候是有明确的“构图”意识的，他不是将自己身在其中、上下左右所见之景一一写出，而是人在画外，试图呈现给读者一幅纯粹的山水图景①。

这种“构图”方式，与鲍照的观看方式有关。“望”是鲍照最常见的观看方式，也就是人立于不变的一点之上，将视线投向他处或者远方，而不一定需要亲身深入其中。这种方式使人可以立于画面之外去描述一幅完整的、作为被观察对象的图景。这种方式，不仅出现在能被划入“山水诗”类别的作品中，也同样出现在行役、赠答类作品中的写景部分，例如《自砺山东望震泽》《日落望江赠荀丞》《望水》《寻阳还都道中》以及《还都至三山望石头城》等。

不过，“望”的方式，并不是鲍照的写景能够给人以明确的“构图”感和整体性的原因②。“望”在前代诗作中其实并不罕见，比如西晋潘岳的《在怀县作诗》《河阳县作诗》便是写登城而“望”之景，而东晋诗中则格外强调“散目”“运目”“寓目”的观看，本质上也是人不动而视线变动的观看方式，陶渊明在《游斜川》中也曾举目远望。鲍照的观看方式，与他们是相似的，但这些诗作却并不能形成一幅完整的、被观看的图景③。

---

① 虽然鲍照会全力写景，但并不是每一篇山行诗都能够形成视觉效果优秀的画面。有时候，这种全力描绘景物的努力，反而会使得诗歌整体缺少变化而显得凝滞，如方东树评论《登庐山》时所言“一片板实，无款窍章法”（方东树著，汪绍楹点校《昭昧詹言》卷六，人民文学出版社1961年版，第170页）。

② 从逻辑上来说，并不是只有“望”这种观看方式可以形成构图，也不是说用“望”就一定会形成这样的构图。

③ 例如潘岳的《河阳县作诗》，是人站在城楼远望而视线移动：“川气冒山岭，惊湍激岩阿。归雁暎兰畤，游鱼动圆波。鸣蝉厉寒音，时菊耀秋华。”一句山，一句水，一句空中动物，一句水中动物，然后是具有季节性的植物和动物的表现，这些只能形成方位的呼应以及时节的呈现，互相之间却并不密切相关，无法构成画面。（逯钦立辑《先秦汉魏晋南北朝诗》卷四，中华书局1983年版，第633页）

要形成画面的整体感，诗歌的取景以及景物的组合方式和相互关系是一个要点。在大量的魏晋诗中，景物经常以方位、颜色、形状、材质、类别的呼应来形成关联，并以对偶句的形式出现，但从整体而言，每一对对偶句之间关系常常并不显著，更多的时候，诗歌的写景部分只是景物元素的铺排。在大谢的山水诗中，诗人用移步换景的方法，将远景、近景、大背景以及细节连在一起，以此构成整首诗歌中景象的关联，形成一个完整的、有变化的山水图景①。鲍照的山水图景中，如果“人”的身影并不是很明确，有时候就要完全依靠物之间的关系来构造画面了，如何取景，如何组景，因此也就格外重要。

鲍照的一个基本组景方式就是让笔下的景物呈现出具有整体性的特征。他经常描绘大面积动荡不安的景象和险峻陡峭的物体，比如江水、乱流、云雾、光影、烟与气，以及尖锐的峰峦和怪石，深谷与险壑，刻画物形时强调它们的特征给人的统一感受，也就使得它们能够形成整体感。例如在《过铜山挖黄精》中，“羊角栖断云，榼口流隘石。铜溪昼森沉，乳窦夜涓滴。既类风门磴，复像天井壁”六句，羊角和榼口用比喻代指山水，描绘锐利而尖细的感觉，铜溪和乳窦共同强调“幽深”，风门蹬和天井壁两个比喻则强调的是险峻和逼仄，它们共同构筑了一个深险的画面。在《行京口至竹里》中，“高柯危且竦，锋石横复仄。复涧隐松声，重崖伏云色”作为诗歌的开头，树木、石头、水流和山崖，共同呈现出“重叠”的特征，构筑了一个层叠往复的画面。《自砺山望震泽》一诗中，“澜漫潭洞波，合杳崿嶂云。涨岛远不测，冈涧近难分”四句写回荡变化着的水波和层云，时隐时现的岛屿和冈涧，共同的特征就是“来回不定”。在这样的刻画中，画面里的景物不是作为零散的物象而存在，而是相互关联，也就具有了整体性。

不过，让笔下的景物具有共同的、相配合的特征从而形成一种“整体”的感觉，也并不一定就能够形成优秀的构图。仅有这种写法，也可能只是在堆叠相似物象。在这一方面，鲍照还进行了别的尝试，利用不同线索去组织诗中的不同物象。在他的诗歌中，最典型的优秀构图的例子是《还都至三山

① 蔡瑜《重探谢灵运山水诗——理感与美感》，《台大中文学报》2012年第37期，第89～128页。

望石头城》和《日落望江赠荀丞》两首诗：

> 泉源安首流，川末澄远波。晨光被水族，晓气歇林阿。两江皎平迥，三山郁骈罗。南帆望越峤，北榜指齐河。关扃绕天邑，襟带抱尊华。长城非壑崄，峻岨似荆芽。攒楼贯白日，摛堞隐丹霞。征夫喜观国，游子迟见家。流连入京引，踯躅望乡歌。弥前叹景促，逾近勘路多。偕萃犹如兹，弘易将谓何。

> 日落岭云归，延颈望江阴。乱流灇大壑，长雾匝高林。林际无穷极，云边不可寻。惟见独飞鸟，千里一扬音。推其感物情，则知游子心。君居帝京内，高会日挥金。岂念慕群客，咨嗟恋景沉。

前者开头四句写水流头尾之平稳以及水面、水岸光和气的景象，既划出了全景式的视角，又以大面积虚景垫出了画面的整体氛围和色调。“两江”“三山”由水带出山，以大视角概括整体地势。“南帆”“北榜”给出了流水直线延伸的方位想象，“望”和“指”给出了方向，使其颇像一幅画中延伸至远处消失的线条。“关扃”和“襟带”写山川环抱城池，则构成了画面上自足的、完整的曲线，并且点出了整幅画面的视觉重心：石头城。城池是以“点”和“向上”的形态出现的，城池是高大而参差不齐的，其险峻有力正好与整体画面的舒缓形成了对比，而攒楼、摛堞的“贯白日”和“隐丹霞”均有向上之力，并隐入虚幻的背景之中。这种险要的、封闭的、隐约可见的宏伟城池，又暗示了一个从外往内看的观看者的情绪。因此，鲍照的写景自然在这里结束，后面进入抒情部分。

而在赠给荀丞的诗歌中，因为观看的方式是“延颈望江阴”，所以视线有一个从地下向高处抬升，由近向远处延伸的过程：先入眼的是乱流淙淙，然后是水岸树林，被大片的雾所围绕和笼罩。接着，视线从林间之雾继续抬向远处和高处，所见范围亦由实入虚，进入更广阔的空间。这四句构成了整个空间的茫然昏暗之感，并为整个画面铺上了大面积的底色。此时，视线已经集中在空中，在这片混茫一片的空间中，突然出现了唯一的运动的点——一只孤独的飞鸟破空而来，其所带有的比兴含义，使得诗歌顺利进入抒情之中。

这两首诗给出了两种不同的构图线索：一是通过对画布上背景、线条和层次组合，来构成画面；二是通过视线在画布上的移动，带出各个物象。它们成功地将诗中的每一个物象勾连在一起，最终组成一张完整的、被观看的图画。

二　“诗中人”的淡化与抒情结构的变化

汉魏古诗乃至晋诗的一个共同特征是诗中常常有一个活动着的主人公，他是一个对外部环境和内心世界有着明确感受的主体，诗歌以其为核心，描绘他所在的环境、见闻、感想，很多时候，他的动作和感想的变化是诗意流转推进的基本方式①。从汉诗到晋诗，“诗中人”的存在感总体而言是在逐渐减弱的。西晋诗因其“感物”与“体物”的基本创作方式，对“物”本身的描绘在诗歌中的篇幅大量增加，而感物之“人”的行为动作相应减少，甚至出现了一些“诗中人”并不明确出场、仅用外物构成的画面来抒发情感的作品②。这种对“物”的描绘的大量增加，其实指向了“人”的退场的可能，但也由于“感物”传统始终存在，“感物”是一个被强调的过程，即使诗中人的身影已经淡化，诗歌由物到人、触物兴情的基本逻辑却并没有被打破，诗歌的整体抒情结构也就还没有发生本质性的变化。陶渊明和谢灵运则有回到汉魏的自觉，在陶诗中，“诗中人”基本上和作者的自我精神和心灵合二为一，而在谢诗中，“诗中人”成为了构筑整个山水图景的重要线索。鲍照的一些诗歌，其实与西晋诗歌相似，对“景”的强调使得对“人”的行为描绘减少，其不同之处则在于，“感物”的情思生发过程不再被特别强调，而将具有统一性的画面本身直接呈现在读者面前，给读者带来直观的感受。

与谢灵运徜徉山水、在其中获得乐趣、消磨忧愁并体悟玄理不同，山水本身并不是鲍照所偏爱的对象。即使在可以被划入标准“山水诗”范畴的登览类作品中，鲍照也并没有展现出他对山水本身的兴趣。这些诗歌多以幕僚或者臣下的身份而写，或者带有明显的社交性，在其中并不能看到太多鲍照

① “诗中人”并不是指“作者”或者“抒情者”，而是那个在诗中活动着的身影。有些时候，诗中人的存在感不明确，但诗歌背后的作者或“抒情者”的存在感是明确的。

② 例如张协的几首《杂诗》中的写景部分，就具有用景物暗示情绪的能力（逯钦立辑《先秦汉魏晋南北朝诗》卷七，第745～747页）。

作为诗歌背后的独特作者的身影，同样，鲍照对山水中所展现的玄理，兴趣也不大。而在另一类山水与行役结合的作品中，山水图景归根结底是要为抒情服务的。

由于画面特征的统一和集中，其本身就具有暗示一种情绪的可能。西晋诗人笔下的景物尚不能够全然指向其所要表达的情绪，当他们笔下的景物具有共性时，往往是共同作为一种“自然现象”去呈现“规律”的运转。而到了陶渊明的行役诗中，诗中所写的景物就往往能够共同指向行役之苦与思乡之情，但陶渊明并没有对景物进行详细的刻画①。鲍照继承了陶渊明的这种方式并更进一步，很多时候，直接将景物暗示的情绪提到了整首诗歌的最前面。《行京口至竹里》中的重重叠叠的山峰和水流，暗示着行役之苦。《吴兴黄浦亭庾中郎别》中，“风起洲渚寒，云上日无辉。连山眇烟雾，长波回难依”以大面积阴郁而动荡不安的景象暗示一种不安的情绪。《冬日》中“严云乱山起，白日欲还次。曛雾蔽穷天，夕阴晖寒地。烟霾有氛氲，精光无明异”所给出的是一幅阴郁昏暗大面积遮天蔽日的景象，暗示着一种光明被遮蔽了的情绪。这些景象均出现在诗歌的开篇，在“诗中人”及其情感并未出场之前，就为作者想要表达的情感做好了铺垫。在汉魏晋古诗中，我们也能见到不少将外物的描写置于诗歌开头的作品，但通常它们是作为“诗中人”所运动的“环境元素”而存在的，或者是通过带有较为明确的比兴的暗示来指向情感，与鲍照笔下的景物大不相同。

更具新意的是，画面本身可以用来“叙述”。最为典型的是《过铜山掘黄精》一诗，其中的十句写景其实可以被分为两个层次。前六句是对铜山景物的客观描述，而后四句“蹀蹀寒叶离，瀠瀠秋水积。松色随野深，月露依草白”，则与之前不同，所描绘的是诗中人进入铜山挖掘时的景象。挖黄精的人并没有直接出现，而是完全隐藏在这四句写景句之后。“松色”和“月露”两句，以充满新意的句式，包含了空间和时间的变化，让我们在落叶和秋水中，在颜色渐深的松树和月下露水的出现中，隐隐窥见那个长时间逐渐深入山林的人。整首诗除了开头以“重拾烟雾迹”一句明确点出了所写之“事”，

---

① 如《庚子岁五月中从都还阻风于规林》二首，广阔艰险的山川和无休止的风，其存在的统一目的就是阻碍“我”的归途（逯钦立校注《陶渊明集》卷三，中华书局1979年版，第72页）。

事件全部是靠景物描写呈现出来的。这种作品在鲍照的诗歌中也相当罕见，却指向了一种新的诗歌叙述和抒情方式的可能："诗中人"的身影隐藏，直观呈现给读者的是经过主观提炼的、包含了人的情感和行为在内的画面。此外，《登黄鹤矶》中，有一个东望西看的人，但作者并没有让"诗中人"将其东西两望的行为表达出来，而是直接以"三崖隐丹蹬，九派引沧流"这种景物来呈现"望"一事。而《阳岐守风》一诗，如果我们将其与王粲的《从军诗》和陶渊明的阻风诗对比，则可以看出，同样是水上行役之事，在鲍照诗里，行役之人虽然存在，但是行役之事的过程却完全被"广岸屯宿阴，悬崖栖归月"和"洲回风正悲，江寒雾未歇"的景物所取代了。在《发长松遇雪诗》中，同样也看不到行役的过程和人，只有"天野浩无涯"的雪景。还有《悲岁暮》《咏秋》《望孤石》这些作品中，我们都可以感受到，"人"的行为不再是构成诗歌的主要线索，其中景物和人的关系，也都不再有明确的感知过程。这种变化也都指向了一种新的诗歌结构方式。

三　写景句的句式和组合方式

汉代五言古诗中有几种基本的句式，而其中最为常见的是二一二节奏的顺叙句子，例如"东风摇百草""松柏夹广路""白露沾野草"等。从汉古诗一直到西晋诗，写物、写景句逐渐走向精工细密，但在句式上，并没有产生根本性的突破。以二一二句式为例，相比起汉古诗，建安诗人精心写物表现在对形状和颜色的强调，而更加注重二一二句式中双音节名词第一字所具有的修饰性，并努力加强中间动词的动态感，比如"曲池扬素波，列树敷丹荣"，"细柳夹道生，方塘含清源"，"秋兰被长坂，朱华冒绿池"。而西晋诗人更加强化了建安诗人这种对修饰字的强调，并开始使用一些凝重或者艰险的修饰字，或者替换以更加典雅、书面化的名词。而从整体句式上而言，同样没有达到突破。在陶渊明和谢灵运手中，写景句开始逐渐打破正常的语序，如"露凄暄风息，气澈天象明"，"春晚绿野秀，岩高白云屯"都不再是简单的顺叙，而带有因果联系和强调的色彩，并包含了诗人的主观感受[①]。

在句式上有本质突破的句子，在鲍照的诗歌中大量出现，在这一方面，鲍照比陶渊明和谢灵运走得更远。吴小平先生从语法关系的角度，总结了齐梁陈律化的五言句中省略虚词、一般动词，扩大实词用法并寻求新的词语组合方式的尝试[②]。这些语法变化均在鲍照手下就已经出现。而从另外一个角度，如葛晓音先生所说，鲍照笔下的这种具有明显新变特征的写景句所具备的共同特征就是“强调主观感受、打破顺序而把要强调的内容置前、使用不合常理与逻辑的动词以及词语组合”[③]。从客观效果上来说，这种句式的大量出现，使得五言句的内涵容量大大增加了，也让写景更加凝练，并具有改变诗歌节奏的效果。

鲍照这种新变的写景句可以分为以下几类。第一类是明显的二三节奏，比如“鸟还暮林喧，潮上水结洑”，“气交蓬门疏，风数园草残”，“岫远云烟绵，谷屈泉靡迤”，“冰闭寒方壮，风动鸟倾翼”。和原本最为常见的二一二写景句相比，这些句子的共同特征是，原本经常出现在写景句中的第一个双音节名词变成了单音节词，而第二字带有较为强力的动态或者修饰感，在前两个字上能够形成一种带有“主动感”的修饰效果。在句意上，前后暗藏因果联系，加大了句子的信息容量。在语音节奏上，也能够形成顿挫之感。

第二类是将双音节修饰词前置的句子，如“阴沉烟塞合，萧瑟凉海空”，“浸淫旦潮广，澜漫宿云滋”，“散漫秋云远，萧萧霜月寒”。这一类句子是将所要描绘的事物的动态形状前置强调。此外，“阴沉”“萧瑟”“浸淫”和“澜漫”所形容的，不仅是烟、海、潮和云这些事物，同样对“合”“空”“广”“滋”具有修饰性，这种修饰性的加强，也使得句子的信息容量增大了。

第三类是将人的行为织入写景句中，如“途随前峰远，意逐后云结”，“幽篁愁独见，思鸟伤夕闻”，“霁旦见云峰，风夜闻海鹤”，“松色随野深，月露依草白”。这一类句子能够在一句之中将人与景相结合，不仅是情绪上的统一，而且是将人的行为和存在融入景物的存在之中。它们具有以画面叙述

---

① 说这种句式有本质变化是因为按照最常见的二一二句式，“岩高白云屯”应该被表述为“高岩屯白云”或“白云屯高岩”。

② 吴小平著《中古五言诗研究》，江苏古籍出版社1998年版，第273~278页。

③ 葛晓音《从江鲍与沈谢看宋齐五言诗的沿革》，《学术研究》2010年第3期，第128~142页。

的潜能，当它们大量出现的时候，能够含有多层的信息容量。

而在使用传统的二一二句式时，为了增加新鲜感和信息量，鲍照擅长活用第三字。比如“丰雾粲草华，高月丽云崿”中，“粲”和“丽”本是形容词，在这里则有了动词的效果；“连山眇烟雾，长波回难依”中的“眇”与“回”，也同时具有形容词和动词的效果；“冈涧纷萦抱，林障杳重密”中，则叠用了形容词，“纷”既是涧水的状态，又是“萦抱”的效果，“杳”则既形容树林本身，又是“重密”造成的效果。

此外，鲍照除了会描绘新奇的景象外，还能够将熟悉的形象以新鲜句式写出。如“未叶霜已落，不风条自吟”，其中霜、条均是常见景物，而鲍照却以“未叶”“不风”的否定式开头，增加了句意的顿挫感，带来了新鲜感；“江介早寒来，白露先秋落”的江寒与白露也都不新鲜，但鲍照能够观察到一个“先秋落”的新鲜现象，并与“早寒来”在道理上构成因果联系，于是成为了一个非常新鲜的句子。此外，“木落江渡寒，雁还风送秋”，将造成木落的“寒”后置，让读者先直面形象，再深入原因，风不送雁而送秋，也就是在熟意象中找到了新组合①。

总的来说，鲍照在句子的节奏、语序，句子内部意象的组合方式上均有创新，从而大大增加了五言句的信息量和描写能力，而句子表达能力的增加，同样也会为诗歌的整体变化做出贡献。

综上所述，鲍照五言诗的写景的方式发生了比较明显的新变。较此前的诗人而言，鲍照具有更加明确的“构图”意识，能够构造出完整而有机的、指向某种集中情感的画面，有时候，画面甚至还能够承担叙述的功能。与此同时，鲍照诗歌中的“诗中人”的身影明显淡化，诗歌的抒情不再全然按照汉魏晋古诗中以人为核心、事—景—情为基本逻辑的方式进行，这种变化，也与鲍照笔下景物和画面所能够承担的功能增加有关。此外，鲍照的五言写景句也较前人发生了明显的变化，句子的节奏和语序都更加趋近律化，这些变化让他笔下的五言句有了不同于前人的容量和表现能力，而句子的表现力同样也能够影响写景的整体效果。总之，这些变化相互关联，共同构成了鲍

---

① 方东树在评价此诗时说：“孟公‘木落雁南渡，北风江上寒’，全脱化此句，可悟造句之法。若云‘秋风送雁还’，‘寒风送秋雁’，‘木落秋雁还’，皆不及此妙。”（方东树著，汪绍楹点校《昭昧詹言》卷六，第177页）

照在五言诗上的新变。不过，从整体而言，鲍照依然是属于“古”的，他的诗歌中的这些变化指向了一种新的可能，但也还并没有达到完全打破汉魏晋宋古诗写作方式的地步，更大的变化由其后来者完成。

附录

探索古典文学的内在之理

——葛晓音教授访谈录

刘 宁

一 从“体式”发现诗歌的“原理”

刘宁 葛老师，您自20世纪80年代以来，在汉唐文学领域取得了丰硕成果。您的《八代诗史》《汉唐文学的嬗变》《诗国高潮与盛唐文化》《山水田园诗派研究》等论著，对汉唐文学的核心问题做了重要探索。近些年，您的思考重心转向古典诗歌的体式研究。国内外很多学者感到，无论是视角还是方法，您的研究都很有创新性，是什么促使您开始这方面思考的？

葛晓音 我在《诗国高潮与盛唐文化》的专题研究中，已有关于杜甫的新题乐府，白居易的新乐府，初、盛唐绝句和七言歌行的讨论，尝试从体制、形式来界定杜甫的新题乐府和中唐的新乐府，从绝句和七言歌行两种体式的形成以及节奏原理来解释其表现艺术的特点。这些文章，引起学界的关注。由此我想到，先秦至汉、魏、六朝是中国古典诗歌各种体式发生和形成的时期，各种诗体与其表现特征的关系，是历代诗论关注的重点，但古人的评论大都是印象式的，今人的研究又大都停留在形式规则方面的阐述，少见原理的探讨。这样，大约从21世纪初起，我开始从各体诗歌的源头做起，主要目标是从语言变化、节奏提炼、诗行安排、篇体结构、表现方式等多种角度说明各种体式的生成途径、发展过程和创作原理。古代诗学对各类诗体的艺术规范和创作传统，都有许多描述，而我希望对这些规范和传统的成因做出解释。《先秦汉魏六朝诗歌研究》中有二十余篇论文，主要分析了四言诗、骚体、五言诗、七言诗、杂言诗等，目前我还希望逐步扩展到对唐代诗体的讨论。

刘宁 您对诗歌体式的讨论，关注许多要素，其中对语言节奏的关注很突出。

葛晓音 是的，我在思考体式时，首先关注的是体式生成和语言节奏的关系，我发现每种新诗体节律的产生都与当时语言的变化直接相关，因为新的语言节奏在诗歌、谣谚、民歌等各种韵语体中都是同步发展的。这种节奏感不仅表现在句子的构成，更重要的是表现在诗行、诗节以及整篇节奏感的形成。比如研究《诗经》四言体的时候，我参考了上古语言研究的成果，还有散见于各种文献中的先秦韵语，由此确认《诗经》和《离骚》都是从当时散文语言中提炼出来的诗歌形式。在此基础上，我就着重考察诗、骚如何通过从散文句中提炼基本节奏音组来构成其各自独特的体式。

刘宁 以前林庚先生也很关注诗歌的节奏。

葛晓音 林庚先生对古诗格律和新诗节奏有很深入的思考与探索，他希望在古诗和新诗的节奏、形式之间，寻找某种一致性。尽管他对新诗节奏的探索并不都是成功的，但他的探索启发我从诗歌最根本的问题，即散文语言如何提炼成诗歌语言来思考。我从这个角度去思考诗歌节奏的形成。例如以前研究四言的诗化问题，都拘泥于二、二节奏如何形成，但这些研究没有注意到，二、二节奏的四言在先秦的散文如《尚书》还有《易经》里都存在，为什么我们不称之为诗呢？而到了汉代，四言都是双音节词构成的二、二结构，十分僵化；四言诗在陶渊明手里还能复活，就是因为他按照《诗经》的句式来做。因此，我就没有从二、二结构来分析四言诗，而是思考整篇的节奏感如何形成。我总结了《诗经》的七十多种句式，再把这些句式进行归类，总结出音节配合和诗行构成的规律，观察这些句式如何形成和谐的节奏感，这是《诗经》最重要的地方。此外，一般人认为《楚辞》是诗歌的散文化，但恰恰相反，《楚辞》是散文语言的诗歌化，从节奏音组来看，实际上主要是通过三种结构，把散文化的语言变成诗歌的体式。

刘宁 您从诗歌语言如何形成来分析诗、骚的体式，真是别开生面。您不仅关注诗歌语言和大的语言环境的关系，同时对诗歌内部不同体裁之间的观察也很全面。中国古代讨论文体、诗体的著作，也多是兼论众体，如《文心雕龙》《诗源辩体》《诗薮》等。您是否在继承这一文体研究传统？

葛晓音 对诗体的分析，当然要有全面的视野，但我并不想单纯罗列各种诗体特点，而是希望发掘各种体式之间的关系。以前研究诗体的思路比较单一，做五言的只看五言，做七言的只看七言。我希望把各种体式的生成和发展联系起来思考。例如三言体，我思考的是三言节奏对七言句如何产生作用；在思考中古七言体式的转型时，我从五言和七言、骚体的关系着眼，找出七言从句句韵变成隔句韵的原因，弄清五七言杂古如何改造七古的格调、如何极大地扩张了抒情结构，还有就是对新题歌行“篇体”产生了怎样的影响。对于杂言诗的节奏特征，我比较关注各种含七言句的杂言与七言的关系以及与六言的关系。这些都是诗体研究中的悬案。如果打通各体研究之间的藩篱，就可以有更透彻的认识。

古代诗论中的体式研究传统，为当代研究提供了丰富的理论资源，我是在诗体研究逐渐深入的过程中对《文心雕龙》的文体论有了比较切实的体会。许学夷的《诗源辩体》、胡应麟的《诗薮》我也非常重视，经常思考比较其中的论点。只不过我的角度是希望结合诗歌创作实践的具体分析，对这些著作的论点有所判断，并以现代的学术思维给予解释。

刘宁 在打通不同文体间壁垒的同时，您还很注意观察各种体式的时代变化，您发现了怎样的演变特点？

葛晓音 我的确十分注意分析各种体式自身的转型。每种诗体在生成之后，都有不断发展、变化的过程，我试图找出这种变化的阶段性、特征以及原因。正如《文心雕龙·通变》所说：“夫设文之体有常，变文之数无方。何以明其然耶？凡诗、赋、书、记，名理相因，此有常之体也；文辞气力，通变则久，此无方之数也。”文学创作的变，与各种文体的自身发展关系密切。一种文体不变的恒常之理是构成这种文体的名称、形式和表现原理，可以变的是每篇文章的具体作法、表现技巧等文术的因素。这也可以说是今人研究诗歌体式与创作艺术发展变化的理论依据。

刘宁 这种“恒常之理”又该如何认识？

葛晓音 这个要分别来讲，比如说四言体，在汉、魏以后因为词组结构的变化，有一个体式重构的时期，但是在两晋摸索篇章结构的过程中又有向《诗经》体回归的倾向。我在寻找这种变化的必然性的同时，也理解了为什么陶渊明的四言成就很高，而其后四言体却一蹶不振。又如七言在中古的转型，不仅仅是在句句韵之外出现了隔句韵，更重要的是确立了双句成行的观念以及首句入韵、以四句为基本诗节转韵的结构，这对绝句体和歌行体都有重要影响。五言是汉、魏、六朝诗的主流体裁，从汉、魏到西晋、到陶渊明，一直到齐、梁，其结构方式也有几个阶段的变化。这种变化直接影响到每个阶段诗风和艺术表现。在这些讨论的基础上，我对汉魏体、太康体、元嘉体、齐梁体四个阶段的基本特征都做出了一些归纳。

刘宁　看了您的研究，感到对古人，特别是对明清时期诗论家的一些重要诗学思想，能够获得更切实和深入的理解。古人的意见，许多都表达得比较含蓄、朦胧，而您对这些意见做了更明晰的分析和阐发。

葛晓音　我的确是希望突破古人的思维定式，用科学的分析来做诗体研究，对体式和表现方式的关系做出说明。古代诗学非常重视每种诗体的艺术表现规范，有很多精彩的感悟，但缺乏原理的解释，所以，探索这种规范的形成与诗体的生成途径以及节奏结构的关系，也是我思考体式问题希望达到的目的之一。例如比兴问题，在研究四言体时，我发现兴的句式与四言体式相辅相成，这可以解释《诗经》为何需要反复重叠，为何大量用兴，又为何适宜抒情而不宜叙事。历史上，朱熹、严粲、姚际恒曾区分赋、比、兴。对赋、比、兴的意思，朱熹讲得比较清楚，但具体到作品，究竟何者为兴，何者为赋，三人意见差距很大。为什么赋和兴分不清？因为《诗经》里把许多赋的内容用兴的方式表现出来，《小雅》里这一点特别明显。

刘宁　不光是《诗经》，《楚辞》也对比兴艺术影响很大，您怎么看《楚辞》的比兴？

葛晓音　人们都说《离骚》结构很乱，好像看不出什么线索。这是因为看不清它内在的结构规律，所以出现了各种解释，像巫师说、女性说。我发现《离骚》中有几条比兴的主思路作为结构的主导，有四组喻象：香草、女子、道路、绳墨，它们贯穿全篇三大部分。这四种主导思路的象征意义是高度抽象的，但在各个具体章节中，每一种喻象又都包含着丰富的喻指对象。这些思路虽然以复杂的方式组合成全诗的结构，但主导喻象反复出现，就形成了一唱三叹的抒情效果。这样就从结构上读懂了《离骚》。所以，巫师说、女子说都不符合屈原创作的基本思想。这里还涉及《诗经·小雅》和《离骚》的关系。女子与道路的比兴喻象，在《小雅》中就已经有了，由此可以看出，《诗经》和《离骚》之间有明显的传承关系。清代黄文焕也注意到《离骚》中“芳、玉、路、女”四个意象反复出现，可惜他没有做进一步的分析。

前人诗论还有一些意见，比如早期五言诗和陶体都天然浑成，一直被历代诗学视为五古的典范，这也可以从结构特征和表现方式去解释。考察早期五言诗的生成途径可以说明汉诗风貌形成的原因，还可以理解五言古诗和五言乐府的表现有何区别，曹操、嵇康在四言诗发展中的地位，陶渊明对四言诗和五言诗的贡献，鲍照在七言转型方面的作用，李白和杜甫杂言诗的成就等。此外，还有前人诗论中经常提及的一些问题，如南朝五言诗的“古意”和“近调”究竟如何理解，“近调”与“古调”的创作特征及其因革关系如何等等，从体式研究的角度，都可以获得进一步的认识。

刘宁 您的体式研究显示出对前代诗论的深刻思考，读您的书，看您的文章，深感您对古代诗论真是烂熟于胸。您如何看待前代诗论的成就与局限？

葛晓音 对于古人的意见，我们要努力去体会和理解。我们毕竟不如古人对诗歌有那么高的感悟力。但在理论上，他们的表述往往是笼统的、玄妙的，喜欢用比喻，令人不易理解。此外分歧也很多，像体格、格调这些说法，不同诗论家在不同语境中有不同说法。阐发他们的理论内涵是研究诗论的专家的任务。而我希望弄清楚的是，他们所说的这些，在创作上究竟是什么表现。这是我们现代人需要知道的。我觉得古代人也想知道。你看王渔洋《师友诗传录》，三位老师回答学生提问，学生很想知道各种诗体的内在机制，但老师的回答不少是很含糊的，有的干脆避而不答。我们现在教学也是这样，学生离古诗更远，更隔膜了，他们更想了解那些诗论所指的具体创作实践。例如，论及山水、田园诗派的艺术特点，王渔洋常说“水中著盐”，又说“镜中之相、水中之色”，这究竟是什么意思呢？

刘宁 这是王渔洋反复强调的，但他始终讲得很玄妙。

葛晓音 王渔洋的神韵说很强调“妙悟”。除了直寻兴会的悟以外，盛唐山水诗中又有这样一种悟，是对哲学大道的领悟。这种领悟对意境的创造有影响。像“独往”与“虚舟”是当时流行的庄老、佛教理念，当它进入唐诗以后，有人直接在诗里写出来，例如王维的“兴来每独往”；还有从字面上根本看不出，但意思含在里面的，如孟浩然的《夜归鹿门歌》，这诗我以前还不是太看得懂，陈贻焮先生就说是太幽冷了，也没有说太多，其实这就是表现“独往”。我还从李白、杜甫的诗里各找出两句来证明。“无往不适”“独往”“虚舟”等虽然是哲理的概念，但由于其本身就是形象的比喻，含义又众所周知，可以自然地转化为一种幽适之境和自在之趣，即使没有刻意寄托什么理趣，也能引发有关哲理的联想。因此，这类玄理在诗境中犹如水中之盐，不见其痕迹而唯有言外之味，使盛唐山水诗在优美的意境之外别具神韵。王渔洋他们讲的就是这类现象，但我们以前极少和创作联系起来去理解，就只能是诗论归诗论，作品归作品，这两个东西没法结合。

古人对诗体的研究有悠久的传统，但有关的讨论，水平也参差不齐。我也看了齐鲁书社出版的《全明诗话》，收录了一百多种诗话，但优秀的诗话还是经常提到的那些。这些诗话经常看，对古人水平高低也会有鉴别。

刘宁 明清诗论中，您最欣赏的是什么？

葛晓音 明清诗论中，最有现代学术思维的，当然还是叶燮。我特别推重叶燮的《原诗》，理论上原创性高。胡应麟对各类诗体的艺术感觉最好，许学夷《诗源辩体》我觉得有些地方不如胡应麟。王夫之的感觉也很好，尤其是具体的诗评。王渔洋不好捉摸，要看懂他的意见，一定要看翁方纲。翁方纲是讲格调的，不过他真能把握王渔洋的用心。

我在《山水田园诗派研究》中对山水、田园诗的分析，主要涉及如何理解情景关系、如何理解“神韵”，目前对体式的研究则更多涉及古人所说的“格调”问题，而对杜甫的研究则涉及古人所说的“正变”“学力”“诗法”。这些都是古代诗学的核心命题。我是希望从现代学术思辨的角度，把这些问题讲得更清楚。

刘宁 您从原理的角度把握古诗艺术的基本规律，和前代诗论相比，是学理性很强的探求，我感到很有现代学术研究的科学精神。

葛晓音 我是希望对古代诗学做学理性的把握。我前面提到，在古人的诗论中，《原诗》最有现代学术思维。叶燮从“理、事、情”来分析诗歌的不同层次，“理”是最根本的，只有得其“理”，纷繁复杂的“事”与“情”才能得到深入、准确的认识。我理解诗歌，也希望能够探索到原理这个层面，因为感受和体验是朦胧的、个人化的，一定要加以提炼、总结。一般来说，大家都认为追求诗学研究的学理性一定要懂西方诗学，这是有道理的。林庚先生对诗歌有深入的理性探索，他真有高远的想法，我看过他没有发表的笔记，还有他《唐诗论丛》《问路集》中对诗歌语言、节奏、格律、表现特点的讨论，涉及诗歌原理的很多思考。他本人又喜欢作诗，因此喜欢从原理、本质方面来研究新、旧诗的差别。林先生他们那一代人，尤其是林先生本人，早期受西方诗学影响，读过西方诗学的很多东西，他后来否定音步说，但他对音步说了解得很早，还有诗歌的飞跃性，他讲得很有道理。我讲五律也讲飞跃性，受他启发。松浦友久先生的研究，也希望用西方学理来解释中国诗歌，他懂东方诗学，懂其中的难点和悬案，他利用西方诗学，是希望解释这些难点和悬案。他们两位对我的体式研究影响最直接。有的学界朋友说，我的研究接近西方的诗学分析，觉得我对体式的分析，能把西方的学理和传统研究结合起来。其实我对西方诗学了解不多，我只是不太满足于目前对诗歌传统的浅层次解释，希望有更深层的挖掘。不熟悉西方诗学能不能追求现代学术的科学性呢？我想，问题意识的确立、对原理的学理性探索，这两者就是科学性的体现。至于方法，古代诗学研究也有不少方法，比如考据就是很好的方法。传统的方法、西方的方法都可以用，但问题意识和探索原理的精神，是科学研究的核心。

刘宁　您的诗歌体式研究，还使用了不少新概念、新术语，例如“句序”这个概念，就给人留下深刻印象。您为什么要创造这些新概念？传统的概念是否不能满足研究的需要？

葛晓音　的确，在充分利用古代诗学理论概念的同时，我也自创了一些新的术语，如句序、辨体观念、节奏结构、主导节奏、主导思路、主导喻象、生成途径、场景单一性、古题乐府近体化、典型句式、逻辑相因、体式重构，等等；唐诗体式研究中又有表现感觉、表现原理、表现潜力、叙述节奏、铺陈节奏，等等。我本来是最反对杜撰概念和乱用新名词的，但在体式研究中所用的这些名词、术语，除了它们的组成基本上来自普通论文语言以及前辈论者的启发以外，还有部分是从古典诗论中提取得来的。就拿我自撰的“句序”来讲，它的提出，是出于论证四言诗篇体节奏的需要，可以比较确切地表达“句子组合顺序的规律”这个意思，还可以用来说明其他体式。新术语的使用，是出于新思路的需要，这些术语的着眼点都在于从原理上更深入地解释诗歌体式和节奏的形成，我觉得这和20世纪80年代盲目引进新名词是不一样的。研究中需要一个理性的概念来概括感性的发现，这是水到渠成的事情，而不是硬套的，是在论证中自然产生的，而非生搬外来名词。

二　立足文本理解文学

刘宁　您的体式研究，主要着眼于文学的内部研究，而您以往所做的汉唐文学史、山水田园诗派的研究，有不少内容涉及社会、文化等文学外部因素的探讨，像初、盛唐诗歌革新的社会文化背景、山水、田园诗演变与士人隐逸方式变迁的关系等，都给人留下深刻的印象，您如何看待文学内部研究和外部研究的关系？

葛晓音　我始终认为，文学研究要立足文本，对外因的分析，要以内因为出发点。当然，立足文本中的“文本”，不能太狭义地看，不是单指文学文本，史料也是文本。即使文本就是指文学作品本身，那它也包含义理和辞章两个方面。我们现在对古代文学文本的研究，文学性的研究比较弱，义理的研究也比较弱。汉、魏、六朝时期有思想深度的作家、作品，像谢灵运还有些研究，其他好像深入不下去。唐代就更是这样。我们现在的研究，无论考据也好，义理、辞章也好，都要立足文本。古代文学学科已经有一百年的发展，特别是作为一个大学里的学科，它肯定是要有一个不断深入和发展的过程。如果要强调我们古代文学学科的特色，那还是要立足于文本。立足文本既要立足于史料，寻找史料之间的联系，更要发掘文学作品文本之间的内在的联系。这个内在的联系，说起来好像很空，但很多问题的解决都要到文本的内部去寻找。

刘宁　很多研究难以深入，和不能回到文本内部有关吧？

葛晓音　我们这一行，现在很多表面的问题都扫光了，但很多旧问题，所谓悬案，多少年也没有解决；还有就是新的问题，新问题要我们在研究当中发现，因为发现不了新问题，研究就没有办法推进。这些都要靠寻找文本内部的联系来解决。比如我曾研究干谒，这个问题以前也有人做过，而我最关心的是一个人们很疑惑的问题，就是初、盛唐的文人为什么一方面很鄙视干谒，一方面又不停地干谒，李白、杜甫、王维、李颀，他们都是这样，他们行为和观念上的矛盾怎么解释？这就是一个立足于文本的思考。于是，我从史料中去了解当时的举人方式，初、盛唐取人、用人制度的不同，去考察文人的干谒途径，由此对文人心态造成的影响，再解释盛唐何以这么特别，人人理直气壮地干谒，甚至极端地提出让宰相让位。宋人觉得唐人很狂，不可理解，但其实就是那个时代的风气造成的。开元时期干谒常态化且加以规范，一方面举贤不避亲，另一方面非常规范，举贤就是至公之道。唐太宗时很多人不敢举贤，举贤是结党营私。盛唐时社会观念变了。这个问题对于理解初、盛唐诗歌很重要。关于盛唐士人的精神风貌，除了从诗歌中找出他们表示自己有大志、有理想的内容以外，再找其他原因，我觉得干谒方式是一个理解的途径。这是外因的研究，但始终从内因出发来寻找外因。

刘宁 这样内因和外因结合，的确可以提出很有意思的学术问题。

葛晓音 目前，许多博士生因为找不到题目，习惯到史学界找一些人们已经讨论过的历史现象，再把它们和文学联系起来，但有些外部现象与文学有多少联系呢？有的人还硬把远因说成近因。我主张由内到外，从解决文学本身问题的需要来寻找外因，干谒就是这样的例子。我们从文学研究的基点出发，解释历史现象，不仅可以帮助理解文学，也可以为其他学科的研究提供参考。可是，如果我们把别人的观点拿来解释文学，讲了半天还是别人的东西，这样就没有多少原创性。

刘宁 自20世纪80年代以来，您对汉、唐文学史做了深入的探索。文学史要揭示文学的历史变化，研究中要借鉴史学的思维，但又不能简单套用外在的历史线索来认识文学演变的轨迹，如何从内在的角度去理解文学的历史变化，也是学界争论颇多的问题。您对汉、唐文学史的研究，注重把握文学史发展的大趋势，把握转变的关键环节，对齐梁、初盛唐、古文运动等有深入的考察。特别是您曾提到，对文学史的研究，要善于把握“草色遥看近却无”的变化趋势，请问这该如何理解？

葛晓音 文学史研究是古代文学研究的核心，研究中虽然要借鉴史学思维，但还是要立足文学来揭示文学的历史演变。如何立足文学呢？我自己体会较多的，是要善于捕捉文学史演变中的重要现象，特别是有些大的变化趋势，不是简单套用社会文化的外部变化能发现的，需要对诗风、文风的变化有整体的、敏锐的观察与把握。这样的整体性变化趋势，恰如韩诗所说“草色遥看近却无”。

我读硕士的时候，开始喜欢做这样的宏观观察，由于那时读的书还不多，陈贻焮先生不让我写这些东西。陈先生的批评是对的，因为我没有掌握这么多的作品。为什么我后来做了，是因为我对魏、晋、南北朝到初、盛唐的作品，至少读过三遍以上，这一段材料也还有限。这种观察，首先需要对某一个时段全部作品的把握，还要有一个准确的感觉，这个感觉包括对作品的基本风格，还有某一时段诗歌中出现的新迹象的灵敏捕捉。这个我在《八代诗史》中已经注意，不过当时主要关注风格。这样的观察，特别要注意前人之源头如何成为后人之流，前一阶段出现的新现象如何在后一段成为普遍的现象，还要能说出它的特征。这可是有一点难度的。我曾经研究江淹的《拟古》，以往研究者都在研究江淹拟得像不像。但我看他前面的序，辨体的意图讲得很清楚。联系江淹其他辨体诗，再联系刘宋时期的风气，可以确认江淹写这组诗最根本的就是从时代、题材、作家三个方面来辨体。作家这一方面很容易看出来，但据时代辨体，确实不太容易，这就有“草色遥看近却无”的问题，你如何能概括一个时代的体有什么特点呢？这就得力于我做体式研究。我原来对汉、魏、晋五言诗都做过分段研究，江淹通过模仿把这几个时代的主要特征综合在诗里，假如没有对汉诗特征的认识，所谓魏制晋造，这些就难以发现，这就是说要善于概括“草色遥看”的现象。

刘宁　对文学史的“遥看”与“近看”，的确很微妙。

葛晓音　刚才说“遥看”，而“近却无”是指“遥看”可见的“草色”近看并不明显，远看的趋势很难具体、切实地论证出来。如何从大趋势中发现对后世有影响的新迹象，也是需要近看的。比如大家觉得大历五律雷同，明代却有人注意到刘长卿还有“语出独造”的特点，我注意到这种特点大历其他诗人也有，但散见在部分作品中。从原理上解释刘长卿五律独创的新迹象，才能理解为什么到中唐，“吟安五个字”成为一种趋势。五个字这一定是指五律，五古是按照汉语语法的自然顺序，五律要求每个字特别凝练，词语组合跳跃性大。中唐五律讲究刻意炼字的趋势正是从大历时期看似雷同的表象中萌生的。

对于文学史上的新变，我常从三个方面来分析：突变节点、转变背景、创作演变。第一是节点。我特别注重诗文革新，尤其齐梁、初盛唐、北宋这些革新阶段。唐、宋革新文学史上都在讲，但有不少问题没有讲清楚。诗文革新是自觉革新前代诗风，这是重要节点，关键要抓观念的转变，凡是自觉的革新，都由观念促成。第二是背景。初、盛唐诗文革新，中唐、北宋革新，都与政治背景有关，弄清这一背景就明白了促进文学革新的最直接的外因。第三是转变。我们以前只注意弄清风格上的、精神面貌上的变化，我后来做体式研究，又注意到体式本身的变化。比如陈子昂在初、盛唐诗歌革新中的作用，以前我们只注意《修竹篇序》中的那段话，顶多注意《感遇》三十八首，对于这三十八首诗如何体现他对汉魏风骨的实践，当时是没有认识的。做了体式研究我才发现，初唐到陈子昂之前是古今不分的，到陈子昂才区分古今。而什么是古诗？他如何提倡汉魏古诗？这些问题在明清诗论中争议很大，但我们以前没有与他的复古革新主张联系起来看。

刘宁　您的体式研究，也为“遥看”与“近看”提供了很好的视角。

葛晓音　从体式研究来看，我也观察到一些重要节点。关于沈约、小谢对江淹、鲍照的发展，以前研究刘宋诗坛时，好像鲍照以后就没什么值得关注的了，下面就是永明体了，但宋、齐之间有很多问题可以思考。实际上沈约和小谢从江淹和鲍照那里吸收了很多东西，这个我以前没注意到，这就是一个转变节点。我虽然在《八代诗史》中说这是一个转关时期，但只是前面如何，后面如何，这中间如何转过来的，我没有讲。做了体式研究，再看《诗品》，看到钟嵘论述小谢与前人的关系，我懂了钟嵘为什么要这么讲。作家前后继承也是一个节点，继承什么，发展了什么。沈德潜讲宋、齐之间诗运转关，没有诗文革新，也有一个转关，如何把这样的转关描述出来，也是很重要的。前人相关议论很少，只是一些零散的东西。这些转关要在思考深入的情况下才能勾勒出来，包括我刚才讲到的那个江淹的问题，其实也是一个节点，他这组诗作于宋末齐初，正好把宋以前的五言古诗做了一个总结，可以和后来齐、梁做一个对比。厘清这些问题，就可以对整个文学史看得更清楚。

三　深入文本的途径

刘宁　从您的分析可以看出，只有立足文本，才能获得对文学、文学史更内在、更深入的理解，那么如何才能深入文本呢？很多学生感到在阅读文本时，好像总是浮在表面，难以发现问题，您怎么看待这种困惑？

葛晓音 目前，对文本的细致阅读的确不太够，文学性研究很难深入下去。现在图书有了电子版，更加难以细致。如何一首一首、逐字逐句地阅读，以自己的感悟为基础，洞彻作品的创作原理，感受到它的好处，想明白何以好，小到讲透一首诗，大到讲透一种诗体、诗歌现象，弄清楚历代诗学的争议，都不容易。怎样才能突破一些表层的印象，达到比较深入的认识，这的确是很普遍的困惑。

阅读文本要努力准确地理解，有许多内容在泛泛浏览时不会注意，深入的阅读至关重要，要从细微处发现问题，一些文字记载的细微差异，都可能意味着一些大问题。要努力准确把握总体印象和突出印象。要能实实在在地把阅读的感受体会论证出来，把感觉变成理性分析，这样才能真正发掘创作现象，归纳创作规律。诗歌创作现象是很微妙、复杂的，分析要从诗人的用心着眼。这种用心在不同作品中有不同的体现，把每首诗读懂了，能讲出其中的道理，再总结出一些共同特点，就可以避免一般化的毛病。当然，这种提炼和分析也是一个复杂的问题。

诗歌分析容易流于一般化的原因，除了细读不够以外，还在于我们以前讲文学性，头脑里有一套概念，这套概念除了现代文学理论，还包括明清诗话给我们的那一套概念，我们被套住了跳不出来，所以王运熙先生就说过，我们用来用去，还是用明清诗话那一套概念。头脑里先有这一套概念，然后就看作品风格如何、意境如何，读的时候就已经先入为主。如果把这套概念都抛开，读一首诗时，先抓住自己的直觉感受，能用自己的语言表达出来，就有了自己的感悟。你自然就会把小的体会凝聚成一个大的体会。这样我们可以突破常用的理论概念和习惯思路的束缚。这是现在回归文学本体研究的一个坎儿，能迈过这个坎儿，或许就能找到文本研究的独特思路。

刘宁 这就是您常说的研究要“一空依傍”吧？

葛晓音 最有原创性的研究，都是“一空依傍”的，这不是不看前人的研究。前人说李后主的词“一空依傍”，学术不同于创作，学术上的“一空依傍”，是指找到学术前沿，提出新问题，开出新领域，或解决旧的悬案问题。所谓依傍，比如像20世纪80年代套用新理论，依靠史学界、哲学界现成的理论或者流行的某种文学理论，拿来一套，稍微发挥一下，这些都是在借助外力。当然，前人的东西做得不够，后面继续拓展是可以的，但是，依傍就是基本结论前人已经做出来了，你再怎么发挥，大的方面很难突破，这就很不利于学术的原创。海外有些学者说我们的研究重复之处多，他们就是看大结论，如果大结论重复前人，前人都说过了，就不必再做。二流的研究，想要提出观点，一定要借助别人的启发，提不出原创的思想。我的选题，很多都是自己已有研究的后续选题，前面的问题解决之后，往往会带出新的问题。有的朋友让我给学生出些题目，我真是给不出，我自己也一定要读了书以后，才知道要做什么题目。读书时一般没有明确的题目，只是有个大概的方向，然后不停地提问、质疑，最后会得出结论，这个最后的结论可能和以前想的完全不同。现在一些项目课题的论证书，事先就要求把所有的问题都想到，连结论都有了，这是否符合学术研究的规律，也很难讲。

刘宁　您从不预先设定研究课题，但从《八代诗史》到《先秦汉魏六朝诗歌体式研究》，您围绕对汉唐文学史的文学史研究、对山水田园诗派的诗歌体派研究以及目前对先秦、汉、唐的诗歌体式研究，形成了阔大而扎实的研究格局，讨论了古典文学的许多重大问题。您的研究格局、您所探讨的问题不是预先安排好的，而是如您所说，是由老问题不断带出新问题。请问推动您不断提出新问题的动力是什么？

葛晓音　这首先是一种追问吧。林庚先生说得好，要追问那一切开始的开始，我受林先生的影响，也喜欢追问，既是严肃的思考，也是一种好奇。对诗歌，要追求到原理是什么，例如我曾思考杜甫五律的“独造”和“胜场”，因为看到明清诗话里都强调杜甫的“独造”，那么杜甫的独造在哪里呢？许多诗家喜欢说杜甫的五律最能体现“集大成”，但是“集大成”不是“独造”。叶燮举杜甫五律的例子，主张诗歌要表现不可施见之事、不可名言之理，这给我很大启发。五律原来最适合写景造境，杜甫在造境方面和盛唐五律的不同是容易看到的，但从原理来看，差别不大。还有更深入一层的，是对物色生态的穷理尽性的表现，只有少数诗论家从杜甫五律中发现了这一点，但只是零星的评点，没讲清楚。我读了杜甫六百多首五律，最后联系他如何发掘五律表现潜力的思考，认识到杜甫善于运用五律句字组合的自由度和跳跃性，使其所造之境的象外之意和所写事物的内在之理包含在无字之处，使五律达到前所未有的表现深度，这是他超越盛唐五律的独造之处。这样，我对叶燮所说“诗可入画”只是“诗家能事”而非至境的道理也有了切实体会。

又如，以前的文学史都说盛唐的诗歌革新就是陈子昂、李白倡导的，我一直在想，陈子昂和李白之间，究竟有什么关系呢？陈子昂究竟有多少影响力，人们就都跟着他提倡汉魏了呢？我曾经寻找他们的联系，但除了《感遇》和《古风》之间诗歌理念上相关，你找不到更多的联系，李白也极少提到陈子昂。我 1985 年写《初盛唐诗歌革新的基本特征》时，发现了张说和张九龄，我觉得他们两人的作用比较大，但当时也仅仅停留在理论上的倡导，张说有理论、张九龄有《感遇》，但至于其他方面还是不清楚。那篇文章之后，我还在钻研陈、李关系，后来从《全唐文》里发现了盛唐强调“礼乐革新”，我想李白提出“大雅正声”可能更多是从时代的潮流里吸收来的。那时没有电子搜索，只能一篇篇看，发现“文儒”是盛唐推崇的新的人才标准，于是下决心考察文儒为什么重视礼乐雅颂的问题。我想李白提倡“大雅正声”应该和这有关，而不是从陈子昂来的。这样，就把这个难点基本上解决了。所以，动力就是要不断追问，有追穷寇的劲头，还要有坚持不懈的毅力，没有完满的解释决不罢休。

刘宁　追问一定伴随着对研究对象复杂性的深刻体会，该如何面对这种复杂性？

葛晓音　那就要不断打破思考套路。观察文学要有一种全面的眼光，要像看万花筒。任何一种现象、文本，各自自成面目，可以从不同的方向去看，万物万事本身就是万花筒，丰富复杂，不能只用一种理路去套，比较理想的方法是，对待每一个研究对象都能用最适合这个对象的思路和方法去解决它，就像苏东坡讲的随物赋形。一个人可以形成他的治学方法和思路，但不能形成一个套路，形成套路就很不容易再往前走。

另外就是，一个事物从不同的角度看有不同的面目，我们要把它不同的面目都去了解清楚，但这其中还是有一种最主要的东西，是这一事物的本质现象，多面性和本质性两方面要处理好。例如我思考初、盛唐诗歌繁荣的原因，注意到干谒、文儒、女性专权等多种现象，易学的影响我也钻研过，初唐诗歌最打动我们的就是从天道变化去思考人事盛衰的宇宙意识，它到底从哪里来的？我注意到易学在初、盛唐的流行，初唐文章开篇都引用《易经》，易学从江左继承过来，于是研究其影响在“四杰”、陈子昂作品中如何体现，到盛唐这种思维方式又是如何影响到诗歌的境界。对于李峤《百咏》，我看到它在日本成为童蒙书，就想弄明白它在唐代为什么流行，研究后发现它作为诗歌写作的范式，和律诗的普及有关。探讨这一问题的根本出发点是，诗歌高潮的出现，必须要有创作的时代高原。所以方方面面的原因探索，都围绕着盛唐的诗歌高潮如何形成这条主线。观察文学史的现象，每次都可以从一个不同的角度进入。

同时，角度也有主、次之分，这可以用体温计来比喻，一定要转到一个特定的角度，才能看到很宽的一条水银柱，再转过来只能看到细细的一条。这些丰富的时代社会因素，和文学的关系也不尽相同，有远有近，思考的角度要多，但必须找到和文学最切近的联系。角度多变，比较容易发现各种现象之间的内在逻辑关系，而这种内在联系一旦被发现，又会极大地激发起继续研究的兴趣，动力就是这么来的。

刘宁　立足文本，从文学内在逻辑出发去观察历史、思考文学的研究方法，对研究者有怎样的要求呢？

葛晓音　古人说“义理、考据、辞章”，现在学科分工这么细，只要精通一个方面，就可以做得很好，但要立足文本，进行文学本体的研究，手段掌握得越全面越好。考证可以有助于研究作家生平、作品本事，对于研究文学现象，王国维曾说过，比较理想的是考证和义理相结合，我很向往这样的境界。

一个学者手段比较多面的话，就可以左右逢源，大学者都是义理、考据、辞章兼擅的，如程千帆先生、周勋初先生、林庚先生、陈贻焮先生。现在的研究者，义理方面还有现代思维方法的帮助，而对辞章的把握，就是文学性研究，有相当的难度。除了研究作品本身的文学性，还有本人论述的辞章。以前的老先生，如程千帆先生、林庚先生，我特别喜欢看他们的文章，他们的辞章本身就特别好，好的辞章有助于表达，感悟也更多一些。现在一些年轻学者的文字不错，但要防止过于追求理性色彩，把自己的文字弄得很玄，不知他要说什么，还是以明白易懂、流畅准确为好。

研究还要能攻坚克难，要解决难点、疑点，啃硬骨头。对此，学者如果掌握的手段全面，无疑是更有利的。比如我和户仓英美合作研究日本的雅乐，我以前把唐乐府研究想得太简单了，我以为理解清乐、雅乐这些概念，再把乐府文学做一遍，就可以了。到了日本以后才发现许多唐乐舞的曲目，研究起来真是看不见底。音乐方面我是外行，还花了一年时间学习有关知识。这个研究的难点在于，文献资料实在太少，利用日本资料是关键，但是日本资料有很多传说，对使用的古乐书，本身还要考证，还要利用实物。那时光找资料就不知费了多少时间，每天在东大图书馆一坐十二个小时，有时都不知道应该找什么资料来解决。曾经遇到有个问题和印度教有关，找不到线索，只好把有关的期刊都查一遍，像大海捞针一样。当时，为了解决问题，我结合传世文献、实物资料、图片影像、日人史籍、古乐谱和英文、法文、德文研究成果的分析，调动了各种可用的手段，得出的结论就不仅是单一的乐舞名称、舞容状况的描述或是乐谱谱字的解析，更有对乐舞表演形式及其与戏剧的关系、音乐结构和词乐起源之关系的理论分析，真正体会到了考据对义理的重要性。

刘宁 随着学科发展，学术研究上的分工也日趋细化，古代文学研究者对于如何形成比较大的研究格局，似乎有了越来越多的困惑，您能谈谈您的体会吗？

葛晓音 学术研究格局要大、器局要宽，格局和学术范围的大小，学术眼光的高低，使用方法的单一还是多样，这三者是有关系的。研究的范围不能太窄，要关注全局，即使做一个小问题，也要关注它在全局中的位置，但也不能把格局大简单地理解为选题大。宏观的大题目可以做，但不是泛泛地谈论。如果研究一个大题目、长时段，但思路单一，也会流于浅表，谈不上是大格局。前人说义理、考据、辞章，如果只运用其中一种，做得深入、做得充分，也很好，但三者结合更可以游刃有余。当然，除了这些之外，还有一个培养器局的问题。

刘宁 您说的“器局”是指什么？

葛晓音 器局是学者内心的修养问题，做学问要心无旁骛、目不斜视，这挺不容易做到的。我们生活在这样一个时代，完全不食人间烟火也不可能，要尽量减少世俗的干扰、诱惑，培养自己对于学问本身的兴趣，或者说用对学术本身的兴趣冲淡、压倒外在的干扰，这也是非常重要的。总想着职称、评奖、人事关系，器局就不会宽。这些东西想得少了，天地自然就宽广。这是内心修养，但它可以体现到学问的格局中。如果整天想着那些东西，往往就会急于求成，而急于求成，做出来的成果能不能经受住时间的考验，就很难讲。沉得下心来，加上能力还跟得上，做出的成果就可以耐久一点。

再者就是不要故步自封，要努力超越自己。但文人最容易自以为是，而且文人相轻，往往过于放大自己，这就不容易进步。学术无止境，无论多么努力，你的学术生涯也就几十年。我们每一个学者，都是很渺小的。类似的意思陈贻焮先生以前也讲过。所以，我不是特别在意别人对我的评价，你说完全不在意也不是。但是，只要是有道理的批评，我不会生气，一定接受。经过自己认真思考的结论，别人可能会不同意、不理解，我也会坚持；别人说你有多好，也要对自己有很客观的认识。我觉得这一点非常重要，对自己的评价，绝对不能大于别人对你的评价，要特别理性客观，这样才能任何时候都保持从容、平和的心态。这种心态有益于形成较宽的器局。

刘宁 现在的学术空气多有浮躁之处，人们甚至感慨，各种考核、指标、评比，让校园里放不下平静的书桌，学者又该如何养成定力、涵养器局呢？

葛晓音 不受外界影响是很难的，但关键是自己的人生选择。既然选择了学问，就要甘于寂寞。林庚先生在这方面对我的影响很大，林先生真能做到超脱。一遇到学术问题，即使是文章中一个“又”字，是否要改成“有”，他都很在意，反复推敲。林先生也经历过政治的风风雨雨，但他在现实中，一切以学问为上。“文化大革命”中“四人帮”组织代表团去加拿大，要他参加。那时候出国多不容易，但林先生说师母身体不好，其实师母那时还没有病到他完全离不开的地步，家里还有两个女儿、保姆照顾，但林先生就推脱不去，他就是身上有清气。我们看不到古人，看不到陶渊明，但林先生让我们能感受到古人的那种清气。在这一点上，日本学者对我启发也很大。我接触较多的老学者，如松浦友久、平山久雄、丸尾常喜，等等，他们很少关心学问以外的事，日本也没有这么多评价制度整天来刺激你。平山先生退休之后照样做学问，松浦先生和丸尾先生在得了癌症以后仍旧伏案苦干到生命终结。这些人都给我正面的影响，这才是真正的学者。我也看到有的国内学者，做不到自甘寂寞，很是痛苦，至于等而下之的就更不要提了。两相比较，就很感慨。其实陶渊明内心也有许多挣扎、纠结，人不是天生就清高，但他做出选择后，自然心就定下来了，非常平静。

刘宁 非常感谢您谈了这么多深刻的治学体会，相信学界尤其是年轻学者能从您的体会中获得丰富的启示。

葛晓音 青年学者是学术的未来和希望，我很欣喜地看到，现在有越来越多的青年人能沉潜读书，积极思考。古典文学的研究一定会生生不息，不断前进，我寄望于年轻人。

（本文原刊于《文艺研究》2016 年第 1 期）

追寻那一切的开始之开始

——葛晓音教授古典文学研究的成就及其方法

李鹏飞

葛晓音教授自1979年考上北京大学中文系古代文学硕士研究生，随陈贻焮先生研读魏晋南北朝隋唐五代文学史以来，从事这个专业方向的研究已经有37年了。其所研究的范围，主要有八代诗、初盛唐诗、山水田园诗、先秦汉魏六朝诗歌体式、唐宋散文、隋唐乐舞与日本雅乐等几方面。其主要代表作有《八代诗史》①、《唐宋散文》②、《汉唐文学的嬗变》③、《山水田园诗派研究》④、《诗国高潮与盛唐文化》⑤、《唐诗宋词十五讲》⑥ 与《先秦汉魏六朝诗歌体式研究》⑦ 等，再加上各种古典文学研究杂著，共计20种，学术论文约110篇。这些论著的研究重点和主要观点有以下五个方面：

一　汉魏六朝至初盛唐诗风演变的过程及其原因

20世纪80年代前半期（1985年）完成的《八代诗史》较早地结合时代背景、政治制度、学术思潮等外因论述了汉魏、晋宋、齐梁、陈隋及初、盛唐各个历史时段的诗风特点及其演进的阶段性。如联系汉代历朝的诏令等史

① 陕西人民出版社1989年初版，中华书局2007年、2012年再版。

② 上海古籍出版社1990年初版，2011年再版。

③ 北京大学出版社1990年版。

④ 辽宁大学出版社1993年版。

⑤ 北京大学出版社1998年版。

⑥ 北京大学出版社2003年、2013年版。

⑦ 北京大学出版社2012年版。

料，分析了汉代观风采风以体恤鳏寡孤独、关注流民、考察郡县吏治为主的基本目的，指出了汉乐府诗内容集中在家庭问题、流民士卒、刺美郡守等内容的原因。同时，根据汉武帝在泰山、华山建宫殿祀坛的史实，分析了汉乐府游仙诗的内容和表现特点。又如将建安文人的人生观、道德观、学术思想的变化联系起来加以考察，指出崇尚朴素自然、通达人情、寻求人生的永恒精神价值，是建安时代的基本精神，并据此分析了建安风骨在汉末、魏晋到刘宋作家诗歌中的不同表现，指出讴歌建功立业的理想和不朽的令名高节，在理想和现实的矛盾中反映出时代和社会的面影，是贯穿在阮籍、左思、陶渊明乃至鲍照等的建安风力的实质内涵。

其余如论两晋诗风的逐渐雅化与儒学、玄学的关系，刘宋诗风的雅化与两晋的差异，齐梁时期文升质降的趋势以及诗风转为平易清新的原因，都结合着学术观念对当时文人诗学观的影响，分析了各时期诗歌题材、内容、形式、风格变化的原因。

对于初唐诗歌逐渐走向盛唐高潮的过程及其外在原因，葛晓音教授也开拓了一些新的视角，没有停留在政治、经济、文化大背景的泛泛论述上，而是扣住直接影响诗歌繁荣的诸种因素来谈。她这方面的论述集中在专题论文集《诗国高潮与盛唐文化》中。如《论宫廷文人在初盛唐诗歌艺术发展中的作用》及《论初唐的女性专权及其对文学的影响》二文结合初唐宫廷诗坛从箴规型到颂美型再到娱乐型的三个发展阶段，指出宫廷文人与诗歌革新派没有形成绝对的对峙关系，对他们在初唐诗歌发展中的作用应予以恰如其分的评价，又指出宫廷女性专权对北朝士族礼法的破坏，以及对庶族取代士族的转折都有重要影响，在武周后期及中宗时期更是促成了宫廷对文学的巨大热情。又如《论初盛唐文人的干谒方式》一文指出初盛唐取士授官的各种制度，造成了士人必须不断干谒的风气。但是从太宗、到武后中宗，及玄宗的不同时期，朝廷关于荐举文人的政策的转变，又导致文人在不同时期形成不同的心态：开元时期荐举的整顿使整个时代形成以荐贤为“至公”的观念；盛唐文人平交王侯、傲视权贵的意气，高谈王霸、经邦济世的大志，敢于抗议现实不平的勇气，都与他们在干谒中坚持“至公之道”的原则密切相关。这就从干谒这种历来有争议的社会现象入手，解释了盛唐文人的精神风貌的成因。又如初盛唐文人如何认识江左文化，是继承创新的一个重要依据。《江左文学传统在初盛唐的沿革》一文在梳理了从唐初到盛唐后期文人对江左文统的认识发展过程之后，从图籍的收集、士人接受教育的途径等方面考察了唐初文人所继承的主要是江左的文化。就文学而言主要是文学的载体部分，这就决定了他们改革这一传统必然是以精神气质充实其中的基本方式。但江左文化传统中的易学在初唐影响至大，易学与初唐史学的沟通，促使初唐文人对“天人之际”的思考，处处落实到历史和人生的变化规律上。从“初唐四杰”到陈子昂，都将这种思维方式融会于诗歌中的人事感叹，因而视野开阔，境界高远。到盛唐，易学又转向与礼的结合，从天道人事的变化观察现实的思维惯性由初唐延续下来。这种对于宇宙、历史、人生的感悟，是初盛唐诗深深打动人心的特殊内涵。这正是初盛唐文人从江左文化传统中吸取的文化因素。

《论唐前期文明华化的主导倾向》一文则从初盛唐吸收外来文明的角度，考察了建筑、音乐、美术、服饰、饮食、游乐等各方面的“胡化”迹象，又从初盛唐处理外族内附的办法、对“入唐蕃夷”的诗书礼乐教育，以及公主和番、大臣出使、将帅治边等传播中原先进生产方式、社会制度和文物典籍等方面，考察了唐王朝对外族“华化”的措施，认为“胡化”是局部的浅层次的，“华化”是深层次的主导倾向。同时进一步分析了唐王朝抵制西域幻术、处理佛道关系的争论等问题，说明唐前期坚持中华传统礼教规范，对于外来文明在开放和抵制之间能保持一种均势，正说明这个时代对于本土文化力量的充分自信。而中唐以后对于“胡化”的警觉性大大提高，正是士大夫在唐王朝衰落过程中对自身力量缺乏自信的表现。这就较为切实地解释了初盛唐诗歌中反映“胡化”问题远少于中唐的现象，以及中唐文人大力排斥外来文化的原因。

此外，《创作范式的提倡和初盛唐诗的普及》一文从《李峤百咏》的分析入手，在和《初学记》等类书的编排体例加以对照之后，确认它是一部以诗体撰写的“作诗入门”的类书式的大型组诗，其撰写目的在于给初学者提供便于效仿的创作范式，进而考察了初、盛唐文人学习诗赋以应付举选、交游、干谒、观光、文会等社交活动的需要。由此解释了在中宗神龙年进士试诗赋之前，促使人们热衷于诗歌创作的原因在于频繁的社交应酬。同时指出初盛唐诗文作法类著作的发展反映了初、盛唐诗歌的技法和标准由低到高的过程。而只有文学写作水平的提高，才可能出现盛唐诗的全面繁荣。以上对初、盛唐诗精神风貌和演进原因的诸种解释角度都能发前人所未发，也比一般化的背景论述更贴近历史事实。

二　齐梁至北宋历次诗文革新的成因和过程

葛晓音教授对于齐梁、初盛唐、中唐以及北宋的历次诗文革新的背景、过程以及观念的演变提出了系统的见解，从而突破了许多传统的看法。诗文革新研究向来是文学史论述的重要任务，但是20世纪80年代之前，学界对很多问题的认识是模糊不清的。解决这些问题的关键是紧紧抓住诗文革新的理念与政治背景的关系，以儒家风雅观的变化为主线，贯穿始终。葛晓音教授在这方面的成果主要反映在《汉唐文学的嬗变》和《诗国高潮与盛唐文化》中。《齐梁文人革新晋宋诗风的功绩》一文是这一系列研究的开头。齐梁诗风一向是文学史批判的对象，但该文通过对沈约"三易说"的辨析，联系萧纲、萧绎、萧子显的相关论述，指出：齐梁文人在晋宋诗歌走到生涩僵滞的绝境时，通过学习乐府古诗和南北朝乐府民歌，懂得了必须从当代口语中提炼新的语言才能使诗歌获得新生的道理，大力提倡流畅自然的诗风，促使诗歌完成了由难到易、由深到浅、由古到近的变革；而且，齐梁文人批判晋宋诗过于典正、酷不入情的弊病，强调文学吟咏情性的特点，在理论上提出了"诗笔之辨"的重大问题，在创作中侧重于表现日常生活中的感受和情绪。由于重视情性的表现，日常生活的诗化才成为中国古典诗歌的基本审美特征之一。由于将齐梁文人在语言风格方面的革新和他们对文学特征的认识联系起来考察，该文确认这是我国诗歌史上第一次文学观念的自觉革新，对唐诗风貌的形成有深远的影响。曾有同行学者指出，"主张声律论最有力的沈约也有'文章三易'之论，胡适曾感到不可理解"，而葛晓音则"揭示了四声说与三易说、声律说与永明新体的内在联系"，并"充分证实了齐梁文学的复杂性，揭示了齐梁诗歌日常生活诗化的双重性，因而得出的结论是令人信服的”[1]。

以往论及初、盛唐诗歌革新的功绩，学界主要强调的只是革除绮艳文风这一点。而葛晓音教授的《论初盛唐诗歌革新的基本特征》一文，“通过对初、盛唐各个文学阶段中有代表性作家的创作实践和文学思想的具体剖析，详尽地展现出几经反复的唐诗革新承前启后、不断发展和完善的全过程，从而第一次比较完整地总结了唐诗的双重革新，即在内容和艺术两方面所取得的宝贵经验”。文章辩证地分析了唐太宗及贞观重臣、“初唐四杰”、陈子昂、李白等诗歌革新的观念及其局限性，首度阐发了张说和张九龄在盛唐诗歌革新中的作用，最后“将初、盛唐革新的基本特征概括如下：恢复建安时代建功立业的人生理想，突破美刺讽喻的传统风雅观念，逐步解决理论和创作之间的矛盾，正确处理内容和艺术的复变关系，用健康的审美标准批判地继承齐梁诗的艺术成就，使盛唐诗形成理想主义的倾向和乐观昂扬的基调，达到融汉魏风骨于南朝词采的完美境界”。这些深刻的阐述和新颖独到的见解，“将唐诗研究和唐代文学思想的研究推向一个新高度”[2]。但是其相关研究没有到此为止，十年以后发表的《盛唐“文儒”的形成和复古思潮的滥觞》一文又进一步探索了盛唐诗歌革新的深层政治背景，发现“文儒”型的知识官僚阶层在开元年间的形成，以及礼乐观念在盛唐的普及，是盛唐诗歌革新提倡大雅正声和雅颂之文的观念的根源，这一阶层以张说和张九龄为核心，在开元中因适应了唐玄宗“礼乐沿今古，文章革旧新”的政治需要而进入全盛时期，到天宝前期趋于衰落。由此决定了盛唐两代文人的思想和命运的联系和区别，对天宝复古思潮的滥觞有重大影响。这一全新的研究视角发掘了初、盛唐和中唐前期以复古为号召的诗文革新观念之间的有机联系。此文的观点在学界引起了很大反响，得到广泛认同，并成为后来不少研究者继续深入考察唐代文学发展史的重要视角之一。

与以上观点相联系，《论汉魏六朝诗教说的演变及其在诗歌发展中的作用》一文还系统地分析了以美刺观念为中心的儒家诗教说在中古时期的演变

---

① 见宋绪连《探求古代诗歌革新的历史轨迹——葛晓音古典文学研究举隅》，《辽宁大学学报》1987 年第 6 期。

② 见宋绪连《探求古代诗歌革新的历史轨迹——葛晓音古典文学研究举隅》，《辽宁大学学报》1987 年第 6 期。

及其与各时期诗歌创作的关系，阐明了诗教说由汉代的美刺并重到西晋的只重颂美，其影响波及南北朝和初、盛唐的发展过程，指出《雕虫论》和《文心雕龙》重雅颂、轻风骚的局限性与此有关。由此出发，《论南北朝隋唐文人对建安前后文风演变的不同评价》一文又从纵向的角度梳理出隋唐时期重"大雅""正声"，贬楚骚和建安文学的观念所产生的理论根源，从而解开了前人论证李白《古风》其一"正声何微茫，哀怨起骚人"，"自从建安来，绮丽不足珍"，杜甫《戏为六绝句》中"劣于汉魏近风骚"的种种纠结，提出了符合当时认识又顺理成章的合理解释。二十年后，葛晓音教授又在《从诗骚辩体看"风雅"和"风骚"的示范意义》一文中梳理了从汉代到清末所有的诗论和研究诗骚的学术著作，就历代对于诗骚示范意义的不同认识及其变化过程做了更系统的辨析，充分证明了自汉到唐，风骚被看成汉赋到建安以后绮丽和哀怨文风的源头，骚与风雅被视为正声的观念在北宋诗文革新中才得以确立，由于人们对文学能否怨刺的认识发生了根本转变，此后历元、明、清三朝，大多数学者没有异议，但视骚为正声之变的看法仍未绝迹。

关于中唐和北宋的诗文革新，20 世纪 80 年代以前学术界的认识大多偏重于文体革新的意义。收入《汉唐文学的嬗变》一书中的《论唐代的古文革新与儒道演变的关系》《古文成于韩柳的标志》《中晚唐古文趋向新议》《欧阳修排抑太学体新探》《北宋诗文革新的曲折历程》这组论文，从各个角度探讨了两次古文运动与儒家之道内涵演变的关系及差别。指出中唐古文运动的成功，主要在于韩、柳对儒家传统的政治观和文学观进行全面的清理，提出了许多反传统观念的新解，得到当时新兴的庶族士人的响应，才能以"道"的变革带动古文自身的革新，这就揭示出古文运动成功的深层原因。关于北宋诗文革新的对象，前人研究一直没有厘清，以为主要是西昆体。论文通过深入细致的考证，从探明文风变化的阶段性和各派复古理论的针对性入手，理出了北宋诗文革新反对五代体、西昆体和太学体的三个阶段。指出王禹偁等人提倡新乐府，与宋太宗雍熙至淳化年间曾行采风的背景有关；杨亿、张咏、丁谓等由早年学韩复古转为写作时文，与真宗时大兴礼文的政治形势变化有关，同时也本于"越风骚而追二雅"的传统观念。论文还考出"太学体"是自庆历四年（1044 年）始，流行于太学的一种内容迂阔矫激、文辞僻涩的古文，这种文体是因石介、孙复、胡瑗等任太学学官时复古过当造成的，其思想根源可追溯到范仲淹复古之道的局限性。欧阳修领导诗文革新成功的主要原因，就在于彻底纠正了尊雅颂、贬风骚的观念。关于“太学体”的考辨，第一次解开了这个在前人研究中长期存在的疑团，为北宋文学史研究补上了重要的一页。

三　山水田园诗的哲学社会背景和艺术发展特征

山水田园诗是中国古典诗歌源远流长的重要类型之一，20 世纪 90 年代以前，学界有关的研究虽多，但多零散不成体系，或者深度不够。葛晓音教授从纵向和横向的角度展示了东晋到中唐山水田园诗形成发展的全貌：这方面的成果主要反映在《山水田园诗派研究》及若干相关论文中。这些论著首先深入考察了玄学对山水诗审美观照方式和精神旨趣、意境创造的影响，指出晋宋之交，山水田园诗同时出现，而且都以回归自然、与造化冥合为宗旨，是因为在东晋玄学的催化下，产生了新的山水审美意识。其中支遁用佛理对《逍遥游》提出新解，促使东晋文人通过以山水证道的思维方式认识到万物无主，自然美不随人的情感而变异的客观性，才使山水成为具有客观审美价值的独立的“因咏”对象，并确立了静照忘求、澄怀观道的审美观照方式和体合自然、适意为乐的精神旨趣；《苏轼诗文中的理趣》一文更将东晋玄言诗中确立的这种旨趣延伸到苏轼的诗文，指出苏轼诗文中理趣的内涵实与东晋玄学一脉相承，这是他特别推重陶、王、韦、柳的重要原因。《独往和虚舟——盛唐山水诗的玄趣和道境》一文从盛唐山水诗中发掘出“独往”的理念和“虚舟”的意象，指出这两个来自《庄子》的概念与佛教哲学的关系，分析其意象如何化为山水诗意境的组成部分，从诗人的行迹和心境两方面表现盛唐诗人对超然物外、游于大道的精神境界的妙悟，阐明了盛唐山水诗独具“泠然独往”之趣的基本原因。

其次，葛晓音教授对促成盛唐山水诗繁荣和衰退的社会原因做了多角度的探索，如初、盛唐的朝隐与别业的关系，以及郡县官员多有任所寄庄的发现，为解释盛唐诗人的朝隐和待仕之隐提供了更切合实际的依据。“别业诗”这一概念也由此首次提出，为国内外学者所引用。又如《中晚唐的“郡斋诗”和“沧洲吏”》一文从中晚唐内外官迁转状况及文人吏道观的变化、贬官冗员多发配边远州县的制度，及其事简人闲的生活方式和寂寞失落的心理状态，论述了文人们视外郡为沧洲的普遍观念的产生；同时，又从唐代郡斋多有山池亭阁的建筑格局，考察了郡斋诗创作的现实环境。指出郡斋诗的表现重点在于强化郡斋的幽居特性，刻意营造出对宦情的疏离姿态和幽人自适的小天地，因而形成了审美视野不同于初盛唐别业诗的一种诗歌类型。郡斋诗在中晚唐的普遍增多正是盛唐王孟式山水诗减少的原因之一。

最后，晓音教授对山水田园诗艺术发展过程中一些重要环节的发现，开拓了不少新的课题。例如对“方外十友”的考证不但弄清了陈子昂、宋之问、司马承祯、卢藏用等十人交游的时间地点、性质以及政治背景，而且通过对茅山道派的纵向考察，分析了这一道派以入世为本、以出世为迹的传统，及其天命论和历史循环论对陈子昂《感遇》三十八首的影响。指出其交游虽然没有直接促成山水诗的勃兴，但其“道心”却使他们将出处进退的原则和山林隐逸生活联系起来，将中断了百年之久的游仙诗传统引入山水，为盛唐山水诗开辟了与仙道相结合的境界。又如从唐初到开元中山水诗风格的变化中发现学习大谢和小谢的两次复变，指出这不仅是两种艺术倾向的融合，也是在山水诗中恢复兴寄传统的革新。这一发现抓住了从神龙至开元中诗坛崇尚小谢体的主流，发掘出张说、张九龄在山水诗变革中所起的作用，有助于深入认识孟浩然作为南方山水诗的典范，以及王维开拓北方山水诗的功绩。

此外，《山水田园诗派研究》一书还从表现艺术发展的角度，层次分明地展现了山水诗在南朝到初唐的复变过程中如何一步步解决艺术表现上的许多重要问题，如古近体格调的区别渐次清楚，情景关系的处理愈趋丰富多变，取景的视野不断拓宽，诗境的概括力愈益深广，构思的复杂化与“兴象”的个性化取代了单纯的模山范水和静态观照的模式，等等。到王孟手里，又进一步解决了山水诗人的个人风格以及典型意境的创造，融化禅境和仙境以丰富山水诗的内容、虚实动静关系的处理等问题，才使盛唐山水诗达到尽善尽美的境地。这就既从宏观的文学史的层面上，又从深层艺术原理的层面上，深刻地说明了山水田园诗演进的历史轨迹。

四　先秦汉魏六朝至初盛唐的诗歌体式研究

在《诗国高潮与盛唐文化》的专题研究中，已有关于杜甫的新题乐府、白居易的新乐府、初盛唐绝句和七言歌行的几篇论文，尝试从体制形式来界定杜甫的新题乐府和中唐的新乐府，从绝句和七言歌行两种体式的形成以及节奏原理来解释其表现艺术的特点，引起学界的广泛关注。晓音教授由此想到先秦至汉魏六朝是中国古典诗歌各种体式发生和形成的时期，各种诗体与艺术表现特征的关系，是历代诗论关注的重点。但古人的评论大都是印象式的，今人的研究又大都停留在形式规则方面的阐述，都少见原理的探讨。于是，她在林庚先生和松浦友久先生相关研究的启发下，从21世纪初起，开始从各体诗歌的源头做起，主要目标是从语言变化、节奏提炼、诗行安排、篇体结构、表现方式等多种角度，说明各种体式的生成途径、发展过程和创作原理，以对古代诗学所论有关各体艺术规范和创作传统的形成原因做出解释。收集在其专题论文集《先秦汉魏六朝诗歌研究》中的二十余篇论文着重研究了：四言诗、骚体的体式形成、节奏结构、比兴与体式的关系；七言诗的生成原理及其与三言体、四言体的关系、中古七言诗体式的转型，先唐杂言诗的节奏特征和发展趋向；五言诗的生成途径，汉魏、西晋、晋宋、齐梁等不同阶段五言体的特征及其沿革，南朝五言诗体调的古近之变等问题。由于以所有的诗歌（包括其他韵文形式）传世文献为文本分析基础，而且切入角度新颖，这些论文提出了许多引人注目的全新的见解，大致可以归纳为以下几个方面：

首先是体式生成和语言节奏的关系。文章认为，每种新诗体节律的产生都与当时语言的变化直接有关，因为新的语言节奏在诗歌、谣谚、民歌等各种韵语体中都是同步发展的。这种节奏感不仅表现在句子的构成，更重要的是诗行、诗节，以及整篇节奏感的形成。比如研究诗经四言体的时候，在参考了上古语言研究的成果，以及散见于各种文献中的先秦韵语之后，先确认了《诗经》和《离骚》都是从当时散文语言中提炼出来的诗歌形式，据此形成了考察诗骚的体式如何从散文句中提炼基本节奏音组的主要思路。文章摆脱了研究《诗经》向来拘泥于二、二节奏如何形成的传统思路，转而从《诗经》的全部文本中统计出七十种左右的典型句式，然后把这些句式再加以分类归纳，总结出音节配合和诗行构成的规律。由此提出了《诗经》篇体节奏的形成主要依靠“句序”的结论。又如楚辞虽有《离骚》和《九歌》两种句式类型，但是从节奏音组来看实际上主要是三种，“兮”和虚字句腰在句中的节奏作用是一样的，文章通过仔细分析楚辞将散文语言诗化的规律，透彻地解释了为什么楚辞体的典型句式需要句腰，而且多以单音节词前置的问题，并纠正了历来认为楚辞是诗歌的散文化的误解。又如西汉时期除了四言和骚体以外，各种句式的韵文都出现了，而新的齐言体诗却没有形成。三言和四言词组结构实字化的倾向导致人们必须寻找新的韵语节奏音组，因此这必然是一个杂言兴起的时代，也是三言体在西汉短暂兴盛以及四言在两汉趋向僵化的主要原因。

关于五言诗的形成，历来纠结于其正式形成的时间和代表作。晓音教授则从诗经、楚辞、先秦至汉代歌谣和各种韵语中的五言句分析做起，指出二三节奏的五言句借助排比、对照或对偶句式形成流畅语脉的重要特征，节奏流畅的五言体雏形首先在排比对偶句式的重复连缀中出现，原因正在此。汉代五言诗走向成熟的过程，也就是五言体雏形将重迭复沓的诗化途径和寻找连贯的叙述语脉的诗化途径相融合的过程。这一研究结果可以解释早期汉诗的特殊艺术魅力。七言体的产生，向来有出自谣谚和楚辞两种对立的意见。文章跳出固有的思维框架，从七言句式四、三节奏的形成过程入手，分析了楚辞中七言句的五种形态，与《成相辞》的七言结构的区别，指出标准的四三节奏七言句的形成关键在于战国后期四言句和三言句节奏和语法意义的独立，也就是前面所说三字和四字节奏音组的实字化。战国末期，无论是楚辞还是民间歌谣，都出现了在语法关系上相对独立的四言词组和三言词组以不同方式连缀成句的现象。对于四言词组和三言词组之间节奏关系的探索，成为骚诗和民间谣谚的共同现象，这是酝酿七言节奏的主要背景。这一结论可以解释早期七言为何句句押韵、单句成章，其发展滞后于五言的问题。

其次是发掘了各种体式之间的关系。以前研究诗体的思路比较单一，做五言的只看五言，做七言的只看七言，文章把各种体式的生成和发展联系起来思考。例如研究三言体时，论述了三言节奏对七言句产生的作用；在研究中古七言体式的转型时，从五言和七言、骚体的关系着眼，找出七言从句句韵变成隔句韵的原因，论述了五七言杂古对七古格调的改造、抒情结构的极大扩张以及对新题歌行“篇体”的贡献。而在探索杂言诗的节奏特征时，同时关注各种含七言句的杂言与七言的关系，以及与六言的关系。这些都是诗体研究中的悬案，现在能够得到比较实事求是的解释，主要是因为打通了各体研究之间的隔墙。

再次是论述了各种体式自身的转型。每种诗体在生成之后，都有不断发展变化的过程，找出这种变化的阶段性、特征以及原因，也是贯穿这一专题研究中的一条主线。例如四言体在汉魏以后因为词组结构的变化，有一个体式重构的时期，但是在两晋摸索篇章结构的过程中又有向《诗经》体回归的倾向。在探索这种变化的必然性的同时，也解释了为什么陶渊明的四言成就很高，而其后四言体却一蹶不振的原因。又如七言在中古的转型，不仅仅是在句句韵之外，出现了隔句韵，更重要的是确立了双句成行的观念，以及首句入韵、以四句为基本诗节转韵的结构，对绝句体和歌行体都有重要影响。五言是汉魏六朝诗的主流体裁，从汉魏到西晋、到陶渊明，一直到齐梁，其结构方式也有几个阶段的变化。这种变化直接影响到每个阶段诗风和艺术表现。晓音教授通过系统研究，归纳了汉魏体、太康体、元嘉体、齐梁体四个阶段的基本特征。

最后是体式和表现方式的关系。古代诗学非常重视每种诗体的艺术表现规范，有很多精彩的感悟，但缺乏原理的解释。所以，探索这种规范的形成与诗体的生成途径以及节奏结构的关系，也是体式研究的目的之一。例如比兴的问题，在研究四言体时，指出兴的句式与四言体式相辅相成，由此解释了《诗经》为何需要反复重叠，为何大量用兴，又为何适宜抒情而不宜叙事的问题。而在《离骚》研究中，则指出比兴的几条主思路如何成为组合全诗复杂结构的纲领。又如早期五言诗和陶体的天然浑成为何一直被历代诗学视为五古的典范，也可以从结构特征和表现方式去解释。考察早期五言诗的生成途径可以说明汉诗风貌形成的原因。又如五言古诗和五言乐府的表现有何区别，是历代诗论始终说不清楚的问题。晓音教授从鲍照“代乐府”的分析入手，考察了鲍照对刘宋以前乐府创作传统的认识，说明了汉魏到晋宋五言古诗和乐府这两种体式在表现上逐渐有所界分但又相互影响的事实。从以上角度还可以更清楚地认识大作家的成就，比如曹操、嵇康在四言诗发展中的地位，陶渊明对四言诗和五言诗的贡献，鲍照在七言转型方面的作用等。通过杂言诗节奏特征和发展趋势的考察，也可以进一步理解李白和杜甫杂言诗的成就。此外，还有前人诗论中经常提及的一些问题，如南朝五言诗的“古意”和“近调”究竟如何理解，“近调”与“古调”的创作特征及其因革关系如何，等等，都是这一系列论文提出的创见。

近几年，晓音教授又将唐前诗歌体式的研究继续延伸到唐代，写了若干篇关于唐诗体式研究的论文。思考的方向转为诗体形成之后如何继续开拓其表现潜力，这就出现了新的重点如古近之辨、体调正变等。同时着眼于联系体式的特点，发掘各种体式作法的原理，这也是历代诗学最为关注却一直说不清楚的问题。例如《陈子昂与初唐五言诗古、律体调的界分》[①] 一文从明清诗论中关于“唐无五言古诗，而有其古诗”的争论出发，通过分析初唐五言古、律不分的背景，探讨了陈子昂《感遇》在齐梁以来逐渐近体化的八句、十句、十二句体中恢复汉魏古调的途径；并对照宋之问在八句体和中长篇五言中区分古、律体调的创作方法，指出陈子昂的功绩在于从作法上区别了古体和律体的体调，打破了初唐五言诗介于宋齐之间的混沌状态，为诗坛指出了界分古、律的关键在于上溯汉魏。又如《刘长卿七律的诗史定位及其诗学依据》[②] 及《意象雷同和语出独造——从钱刘看大历五律守正和渐变的路向》[③] 两篇论文分别指出刘长卿和大历诗人在基本保持盛唐“正宗”风韵的基础上，如何开拓了七律营造意境的空间，探索七律结构的变化，拓展了七律抒情的容量和深度；并从内因和外因两方面指出大历五律意象雷同的原因，以刘长卿为代表的大历五律“语出独造”的原理，论述了诗歌正变之间的辩证关系。最近更将重点放在杜甫对诗歌体式发展的贡献上，发表了论杜甫七律、五古、五律、五排等系列论文。如《论杜甫七律“变格”的原理和意义》[④] 一文从明诗论中关于七律正宗的争论说起，指出被视为“正宗”的盛唐七律平和优雅、高华壮丽，这种格调的形成与七律和乐府歌行的同源性以及早期主要用于应制体的历史影响有关，杜甫七律被明清诗家公认为“变

---

① 《文史哲》2011 年第 3 期（创刊 60 周年纪念专刊），第 97 ~ 110 页。

② 《中山大学学报（哲学社会科学版）》2013 年第 1 期。

③ 《清华学报》（中国台湾）2015 年第 1 期。

④ 《北京大学学报》2011 年第 6 期。

格”，其深层原因在于杜甫探索七律体式原理和发掘其表现潜力的自觉意识。他在后期七律中利用七言可以单句成行的特性，加大句联之间的独立性和跳跃性，以及句脉转折的自由度，同时在意象的提炼组合以及与声调的配合方面深入到心理感觉的表现，从多种角度发掘了七律体式对各类题材的适应性，大大拓展了七律的抒情和议论功能，使七律在体调和表现上进一步与七言古体区别开来，并以其能“融各体之法，各种之意”的巨大容量成为中唐以后应用最广的诗歌体裁。《从五古的叙述节奏看杜甫“诗中有文”的创变》[①] 一文指出杜甫从当代生活语言中提炼新的五古节奏，吸取汉魏诗歌的创作原理，并且深入发掘五古以单行散句叙述的潜力，探索了在诗歌中展开叙述的多种表现方式，从而形成了“诗中有文”的重要特色。在初、盛唐五言普遍受宋齐体调影响的背景下，解决了使中长篇五古恢复汉魏古调的问题，因而是唐代五古继陈子昂之后的又一重大转关。《杜甫五律的“独造”和“胜场”》[②] 一文指出杜甫五律的“独造”主要体现在取景造境内涵的极大拓展，以及对“物色生态”穷理尽性的深入体察，并能运用五律句字组合不受散文语法逻辑限制的自由度，使其所造之境的象外之意和所写事物的内在之理包含在无字之处，使五律达到了更深邃的表现层次。《从五排的铺陈节奏看杜甫长律的转型》[③] 一文指出杜甫五排变台阁体为咏怀诗的转型是渐变的过程。其表现原理在于充分运用排律铺陈终始、排比声韵的表现元素，以变化多端的罗列方式构成横向的铺陈节奏，同时巧用多层次、多角度反复对照的排比句式，形成开阖顿挫的章法变化，以双管齐下的笔法开创出长律的独特结构，从而充分发掘了长律的表现优势，突破了传统排律表现功能的种种局限，从而形成了与五古长篇迥然各异的鲜明特色。这些论文都紧紧扣住各种体式的表现原理和表现功能，对杜诗艺术做出了更深入的阐发。

五　日本雅乐和隋唐乐舞的关系

这是葛晓音教授和东京大学户仓英美教授合作了十几年的一个研究课题。

---

① 《岭南学报》（中国香港）第4辑，2015年12月版。

② 《文学遗产》2015年第4期。

③ 《复旦大学学报》2015年第4期。

20世纪80年代以前，日本雅乐是国际上的一个研究热点。以往相关研究以日本、英国学者为主，侧重在音乐方面，目前参与其中的中国音乐学者也越来越多。与已有研究不同的是，晓音教授与户仓教授的研究目标是尽量沟通各地域的研究，综合运用中日文献资料和实物资料，调动文学、历史、宗教、音乐舞蹈、文字训诂等多方面的知识，对日本雅乐中的唐乐舞逐一考证，分辨真伪，加以全面整理，对这些唐乐舞的表演形式、服饰、面具、歌词、有关传说等究竟在多大程度上保留了唐代风貌进行仔细辨析。然后在此基础上进一步考察与唐乐舞有关的文学现象。诸如戏剧的起源、大曲的结构、词的起源、乐府和歌诗的关系，等等。这种综合研究，不但有助于解决中国隋唐诗歌、戏剧、音乐舞蹈研究中长期得不到解释的一些疑点和难点，而且可以解释日本雅乐中许多乐舞的来源和社会文化内涵。目前发表了十几篇论文，大致涉及以下三方面的问题：

第一，是通过古乐谱节奏的研究解释词的起源。《关于古乐谱解读的若干问题》①、《从古乐谱看乐调和曲辞的关系》②、《关于古乐谱和声辞配合的若干问题的再认识》③、《从唐乐谱和姜谱的关系看词的音乐背景》④ 等论文，考察了日本学者林谦三对古乐谱的论证，把日本古乐谱和敦煌乐谱的记载方法和姜夔的歌谱以及张炎《词源》的“拍眼”一节联系起来分析，证明了唐乐谱的结构和日本古乐谱的书写方法相同，都是旋律结构和节奏结构不一致的均拍谱，共分成四均拍、六均拍和八均拍三种。无论是齐言曲辞还是杂言曲辞，都是在均拍谱里填写的。齐言和杂言的不同在于一均之内谱字的不同。最早的乐谱书写简单，一个谱字所包含的只是一个小拍，当乐谱的书写愈趋细致以后，一个小拍也可以写成两个谱字，这时一个均拍里的谱字可以不止四个、六个或八个；一个八均拍的乐段里可以有13~18个谱字（日本乐谱里有这类例证）。谱字的增减决定了文字的增减。所以，同样一个六均拍或八均拍的曲子既可以填齐言也可以填杂言。但词里最长的长句很少超过16字，这就是它被一均八个均等小拍所限制的结果。刘禹锡所说“以曲拍为句”，就是根据打

① 《燕京学报》1998年第5期，第189~207页。
② 《中国社会科学》1999年第1期，第147~167页。
③ 《中国社会科学》2000年第6期，第166~178页。
④ 《文史》2004年第2辑，第143~173页。

大拍的地方考虑句读。词的一韵相当于一均，在乐谱中用一大拍表示。由此搞清了歌词与乐曲配合时，词组与均拍对应的规律，以及配乐时必须考虑旋律结构的原则。由此解释了张炎《词源·拍眼》一节中的若干疑问。用以上认识与早期柳永之前的词谱加以核对，小令、慢词的音乐结构已可得到具体的解释。

此外，《敦煌舞谱的对舞结构试析》① 一文还通过仔细研究日本古代舞谱记录舞姿的一些文字，解出了几个关键的谱字，如“寄”“据”“与”等，以前的多种解释都以猜测为多，本文有了更确凿的证据来说明这些谱字所表示的舞容。特别是确定“送”字不是舞姿的记录而是表示节拍，对于解释舞谱的结构也很有帮助。《天平琵琶谱“番假崇”调性新探》② 一文则是研习琵琶调调性的产物，该文解决了日本天平十九年（747 年）的琵琶谱“黄钟番假崇”如何调弦的问题。林谦三经过多次实验，指出用黄钟调调弦，必须高五律，才能与《三五要录》中的同名二曲部分旋律相通，但是高五律以后，因调值太高，会导致断弦，实际无法演奏，因此一直不明缘故。本文运用邱琼荪先生关于唐代琵琶用下徵调、比正声低五律的观点，经过细致考证，指出“黄钟番假崇”应是黄钟下徵调。用日本调弦法应属壹越调，就自然比黄钟调低五律，而据《三五要录》“调子品”，返风香调与壹越调相合，由此也解开了为何《三五要录》将番假崇置于返风香调中的疑问。

第二，是考证了若干日本唐乐舞和隋唐同名乐舞的关系，辨析这些乐舞的表演形态和服饰、面具、歌词、有关传说等，究竟在多大程度上保留了唐代风貌。如“罗陵王”曲，日本权威学者根据古记，认为不是唐代的兰陵王，而是由林邑高僧佛哲带到日本的印度乐舞，表演的是沙羯罗龙王的故事。晓音教授与户仓教授的《日本唐乐舞“罗陵王”出自北齐“兰陵王”辨》③ 一文，通过佛教记载、日本寺院的古记和各种乐书考证，日本寺院“行道”仪式的记载，证明佛哲传兰陵王的传说没有根据；又将中国秦汉时代文物里各种龙的造型与兰陵王最古的假面的造型对比，指出兰陵王头上有腿有翅膀的龙形在秦汉时常见；又根据兰陵王的歌词考证这是北齐民歌的语言；兰陵王

---

① 《敦煌吐鲁番研究》1999 年第 4 卷，第 509 ~ 527 页。

② 《中华文史论丛》1999 年总 58 辑，第 258 ~ 277 页。

③ 《唐研究》2000 年总第 6 期，第 87 ~ 108 页。

舞者执鞭与中国龙的想象有关，所穿的服饰如裲裆、半臂、接腰等都在中国文献中可找到依据。从而充分证明了日本罗陵王就是中国的兰陵王。并据此进一步考出“兰陵王”表演中的故事情节，证明此舞当是北齐龟兹乐人改编。又如《唐代女舞“玉树后庭花”及“霓裳羽衣曲”之舞容考》① 一文发现《霓裳羽衣舞》《玉树后庭花》这两个舞在日传古谱中混在一起了，而且其中还掺杂了隋代《金钗两臂垂》的舞容，通过仔细的分辨和考证，知道了这两个舞蹈的基本装束和舞姿队形。尤其是以《霓裳羽衣舞》和白居易的《霓裳羽衣歌》相印证，两者完全符合。《拨头考》② 一文联系日本唐乐中的“拨头(ba tou)”舞以及日本法隆寺“拔头”假面实物资料加以考察，确认“拨头”是以拨头甩发为主要特征的龟兹乐舞表演形式的类名；并辨析了《通典》和《乐府杂录》二书记载的差异及其原因，认为此戏在玄宗千秋节上演，可能与开元年间关注猛兽的对策有关。

此外，日本雅乐谱里记载着一批“吴乐”，又称为“伎乐”。也带有故事性的表演，是隋代传到日本的曲目，不见于中国文献的记载。《日本吴乐“狮子”与南朝乐府》③ 一文辨析了日本古文献中的“吴”究竟是指百济的带方还是指南朝的问题，同时对这批“吴乐”中的狮子舞的故事内容和出处做了考证，指出它与梁代周舍写的《上云乐》老胡文康辞有关。《日本伎乐“吴公”本事 与汉魏乐府》④ 一文通过对吴乐中“吴公”的表演内容的考辨，指出该曲以东晋吹笛名家桓伊歌《怨诗》以进谏的历史故事为本事，由此观察日本吴乐与汉魏乐府的关系，说明日本伎乐虽然是根源于印度佛教文化又融合了西域文化的产物，但其中也包含中华文化。

第三，搜寻和梳理了日本雅乐中的隋唐乐舞的若干遗迹：《隋唐乐舞服饰在日本雅乐中的遗存痕迹》⑤ 一文选取日本唐乐舞中几种常见的装束如鸟甲、半臂、大口袴、石带、裲裆以及胡簶、鱼袋等饰具，考察其与隋唐服饰的关系，认为日本雅乐虽然在平安朝的改制后已经和风化，但其服饰也有不少保

---

① 《北京大学〈唐宋妇女与社会生活〉国际学术研讨会论文集》，上海辞书出版社2003年8月，第223~231页。

② 《中华文史论丛》2013年第1期，第329~350页。

③ 《唐研究》2004年12月总第10期。

④ 《北京大学学报》(哲学社会科学版) 2016年第1期。

⑤ 载于《傅璇琮先生八十寿庆论文集》，中华书局2012年版，第198~207页。

留了唐乐的名称和形制，对于研究隋唐乐舞具有重要的参考价值。又如唐参军究竟是配乐的歌舞剧还是滑稽戏，始终没有结论。《从日本雅乐看唐参军和唐大曲的表演形式》[①] 一文从日本雅乐中发掘出大曲“盘涉参军”的古记载，仔细考订了唐大曲和日传唐乐大曲的结构形式及名词术语；并根据日本唐乐中少数舞乐的滑稽情节与舞蹈动作融为一体的事实，推测大曲也可以有滑稽取乐的表演。俳优的“弄参军”，包括有参军、苍鹘两个角色的表演形式很可能摘自大曲“参军”。

据葛晓音教授说，这一专题的研究难度极大，进展较慢，日后还将有一些成果陆续面世。

六　学术性格和思路方法的特点

在20世纪70年代末就读研究生的这一代学者，学术起点始于新时期，时代赋予了他们创新的机遇。相比老一代学者来说，虽然功底略显不足，但是思想包袱轻，胆子较大。加上80年代之前学术界受极左思潮和教条主义的影响，亟待肃清，文学史上留下许多空白有待填补。在北京大学创新、严谨、求实的学术风气引导下，很容易确立明晰的学术方向。所以，葛晓音教授在八九十年代时期，能够在所从事的文学史研究方向提出许多新问题和新见解。进入21世纪以后，随着学术队伍的日趋庞大，古典文学学科的日渐老化，在魏晋南北朝隋唐文学史这一领域，许多表层的问题几乎都被扫尽，要有新的开拓和更深层的发掘，必须更新思维方式。于是，如何将古诗创作传统的把握和当代学术思辨结合起来，以新的眼光重新审视古老的课题，就成为她这一时期研究诗歌文本的主要努力目标。在这一过程中，葛晓音教授始终不肯故步自封，不断突破固有的思维模式，可以说是学界同仁都已注意到的一个特色。

她的学术理念和学术性格可以用她曾经讲过的两段治学感言来概括：“学术研究的目的在于发现问题，解决问题。以最大的耐心和细心阅读原始文献，发掘材料之间的内在联系，从切切实实的感悟中提炼出创见，使每一个结论

① 《北京大学学报》2015年第3期。

经得起时间的考验，是治学的根本。而要做到这一点，必须保持自由的思考和独立的精神，不受学界风云变幻的迷惑，不为喧嚣浮躁的风气所动，坚定不移、目不斜视地按照既定的学术道路走完一辈子。学术研究的快乐在于攻坚，越是艰难的问题，越是有长远价值的课题，越能提供发现和创造的乐趣。永不满足于表层的收获，不断深挖探底，不断寻找最接近事实真相的答案。在攻坚中能激发研究者的活跃思维，感受创造力的旺盛，学者也就获得了源源不断的生命的活水。”具有对疑难问题的敏感和攻坚克难的精神，是陈贻焮先生以前对她的评价，这也是她学术性格的一个重要特点。

从选题来看，她的学术选题，都是从文本的细致阅读中通过发现问题逐渐归纳出来的。她常说自己没有预先设定的题目，阅读资料时只有一个大致的范围和方向。从研究生时代起，就一直保持着边阅读边做卡片的习惯，将心得体会和疑问随时记下来，在思考中不断解疑，不断自我否定，最后自然形成论点。除了新的选题以外，她也有不少选题是从自己以前的研究中提炼出来的后续问题，例如由论初、盛唐诗歌革新一文中涉及的儒家诗教说的变化，论及中唐、北宋的诗教观和风雅观的变化。对初、盛唐诗歌革新的背景，通过反复研究陈子昂和李白的复古革新思想及其联系，最后导出盛唐文儒的研究题目。又如研究唐代乐府时通过对于“清乐”和“雅乐”概念的辨析，最后引出日本雅乐和隋唐乐舞之间关系的大课题。她的论文内容往往互相勾连，原因就在许多选题是通过不断发掘材料之间的内在联系得来的。

从思路来看，她强调文学史和一切事物一样，有如万花筒。从单一视角看问题太受局限，因此努力追求解决问题的视角多样化。她对初盛唐诗歌繁荣的原因和山水田园诗创作环境的研究多能从前人不注意的角度着眼，已经充分体现了这一特色。对于人所熟知的材料和陈熟的观点，她在处理时总是力求另出手眼，例如关于江淹的拟古诗三十首，历来的争议始终集中于拟得像不像这一点上，而她从这组拟古诗中看出了江淹之本意在于从作家、题材、时代三方面总结汉魏到宋初五古体式的发展，体现了明晰的辩体意识。又如杜甫的七律之变，也是一个陈旧的话题，她从明末盛唐派关于七律的正变之争出发，考察了盛唐七律被视为正宗的原因，从原理上说明了杜甫七律“变格”的三个方面，揭示了杜甫之变对于挖掘七律表现潜力的贡献。而在视角的不断变换中，她又有一些主要的思路是一以贯之的，这就是注意诗歌史现象的归纳，尤其善于描述“草色遥看近却无”的趋势，抓住诗歌发展变化中的重大环节，强调关键节点的发现，重视诗歌创作传统和原理的探索。这些思路构成了上文所说几大板块研究的主线。

从方法来看，她似乎没有一定之法，而是经常根据研究内容变换处理的方式，在她看来，每个研究对象都有其特殊性，要设法找到解决问题的最合适的方法。强调研究文学固然要文史贯通，但应立足于文学史本身。史学作为研究文学发展外因的辅助虽然重要，但研究者切不可生搬硬套史学界现成的研究成果，而应当采取由内而外的方法来处理外因和内因的关系。从文本中存在的问题去探求外在的原因，如初盛唐文人的干谒方式，正是从当时文人的行为、诗作以及大量干谒文字中发现从初唐到盛唐，统治者用人进贤政策及其社会效果的几度变化，以及给文人们心态观念所造成的变化。又如对于干谒、文会、交游促成诗歌繁荣的社会风气，她也是从李峤百咏的编撰体例、写作程式等分析入手，推及其在当时的社会功用，这就将内因和外因的研究融为一体，更切合历史事实。而在研究文学发展的各种因素以及变化时，她特别强调表述的分寸感，坚决反对为突出自己的创见，而把远因扯成近因，把小变说成大变。

古典文学研究者常用的方法是义理、辞章、考据三大类。她在辞章研究上以分析中肯透辟、文字准确精致为特色，常为中外学者所称道。在文学史研究方面虽然也做过一些作家作品的考据如王维前期生平事迹考、储光羲四任县尉的时间考、李商隐江乡之游考辨、左延年《秦女休行》考，等等，但在这方面用力不多，直到研究日本雅乐和隋唐乐舞的关系时才倾力于考据。她说自己更追求王国维所说的将义理和考据相结合的理想境界。她认为文学研究者如能使用三类方法，思路和视野自然开阔，格局也会比较大。而考据和义理的结合可以体现在两方面。一是以考证的方法研究义理，她对欧阳修排抑太学体的研究，以及盛唐文儒的发现，对于东晋山水审美观形成的过程，等等，大体上都是在通过考证搞清其背景的同时在义理方面做出了新的阐发。二是考证方法本身的创新，她的隋唐乐舞研究，跳出了历来考据囿于文献的单一藩篱，结合传世文献、实物资料、图片影像、日人史籍、古乐谱和英文、法文、德文研究成果的分析，调动了各种可用的手段，而得出的结论也不仅是单一的乐舞名称、舞容状况的描述或是乐谱谱字的解析，更有对乐舞表演形式及其与戏剧的关系、音乐结构和词乐起源之关系的理论分析，因而其难度和解决问题的深度也就自然超出了同类论著。

在尝试抛开所有的外因研究，专门研究诗歌发展内因的过程中，她从体式入手，以能够阐发诗歌创作原理为目的，在充分利用古代诗学理论概念的同时，也自创了一些较新的术语。从她的《先秦汉魏六朝诗歌体式研究》一书后面所附的名词索引就可以看出，如句序、辩体观念、节奏结构、主导节奏、主导思路、主导喻象、生成途径、场景单一性、古题乐府近体化、典型句式、联想方式、逻辑相因、体式重构等等，唐诗体式研究中又有表现感觉、表现原理、表现潜力、叙述节奏、铺陈节奏等等。她本来是最反对杜撰概念和乱用新名词的，但在体式研究中所用的这些名词术语，虽然不为研究者常见，却并不生硬，除了它们的组成基本上来自普通论文语言以及前辈论者的启发以外，还有部分是从古典诗论中提取得来。就以她自撰的“句序”而言，也是因为符合论证四言诗句式的需要，可以比较确切地表达“句子组合顺序的规律”这个意思，而且可以用来说明其他体式。新术语的使用其实正反映了其思路的独特，这些术语的着眼点都在于从原理上更深入地解释诗歌体式和节奏的形成，是在论证中自然产生而非生搬外来名词，体现了她努力以当代学术思辨去解释古典诗歌创作传统和相关诗学遗产的努力。

（原载《文学评论》2016 年第 4 期）

作者单位

钱志熙　北京大学中文系
朱　琦　曾在美国斯坦福大学任教多年，2011 年辞职，创办奇力公司
臧　清　北京语言大学汉语学院
陈伟强　香港浸会大学中国语言文学系
吴光兴　中国社会科学院文学研究所
孙明君　清华大学中文系
吴相洲　首都师范大学文学院
杜晓勤　北京大学中文系
金昌庆　韩国釜庆大学国际地域学部
赵志强　浙江金融职业学院人文艺术系
刘　宁　中国社会科学院文学研究所
陈桥生　《羊城晚报》副刊部
姜必任　韩国世宗大学人文科学大学国际学部
徐　盛　韩国培才大学教养学部
李鹏飞　北京大学中文系
郭朝凤　商务印书馆
邓　芳　日本富山大学人文学部
李　俊　中国青年政治学院中文系
冯志弘　香港教育学院文学及文化学系
陈先明　中共惠州市委办公室
梁海燕　中国人民大学国学院
刘占召　东南大学人文学院

康建强　浙江传媒学院新闻与文化传播学院
简汉乾　香港教育学院语文教育中心
吉　凌　新加坡道教学院
唐梓彬　香港浸会大学中国语言文学系
吕家慧　香港树仁大学中国语言文学系
李　伟　济南大学文学院、山东大学文学与新闻传播学院
毛若苓　北京大学中文系

编后记

今年是葛晓音老师的七十华诞。我们这些受业弟子，以“古典文学的内部研究”为主题，编辑了这部论文集，以此向辛勤培育我们的葛老师，表达深深的感谢。

葛老师很注重古典文学的内部研究，注重立足文本，从文本的内在逻辑出发，对文学做整体的观察。她的研究，以汉唐为中心，上探诗骚，下及明清，对古典文学的一系列重大问题，做出了深入的思考，而推动这一阔大研究格局形成的，并非是预先刻意安排的课题式计划，而是沉潜文本的探索与追问。对于我们这些学生，葛老师所给予的，也不是一个规定好的论文题目，而是从文本出发这样一根学术的金针。

立足文本的研究之路是艰苦的。它拒绝任何程式与套路，需要在沉潜文本中，锻炼敏锐地发现问题的能力，探索最恰切的解决方法。葛老师既鼓励我们走这样的道路，又给予悉心的指导与支持。我们读书时代的每一篇读书笔记，都得到过她细致的批改和学术上的指引，使我们不至在喧嚣的时风中，面对道路上的荆棘而却步。这条“一空依傍”的道路，也充满发现的愉悦，也可以越走越享通衢之乐。葛老师从《八代诗史》到《先秦汉魏六朝诗歌体式研究》，在沉潜文本的追问中，其思考的边界在不断扩展。而踏上学术之路的我们，也越来越多地感受到为学进益的欣喜，感受到这条道路的宽广与通达。

大音希声、大象无形，立足文本的“沉潜”是朴素的，但它是一切学问的基础，再高明的义理，都需深入文本的脉络，才能生根开花，中国文学研究在现代化的曲折历程中，经历着异常丰富的文化冲击与方法上的挑战，如何让这些冲击与挑战，通过朴素而深厚的沉潜，化为真正的学术创新，仍是一个需要不断深思的时代课题。四年前，在葛老师从教三十周年之际，我们和葛老师会聚一堂，召开了一个以“古典文学内部研究之反思”为主题的小型研讨会，畅谈对立足文本的体会。四年后的今天，欣逢葛老师的七十华诞，我们希望用专题论文来表达自己的感受和思考，表达对葛老师的感谢。我们的思考有许多不成熟之处，但思考的快乐期望与学界分享，其间的问题，也期望与学界一起讨论。

本书的编辑，得到许多师友的帮助，清华大学中文系王春燕同学、北京大学中文系潘悦同学、毛若苓同学在文稿整理校对方面，协助做了许多工作。本书的出版，得到北京出版社安东先生、高立志先生的大力支持，在此一并深表谢忱！

编者谨记

2016 年 6 月